U0552550

本书为国家社科基金青年项目（10CZW022）成果

福建省高校创新团队"传统宗教与中国文学研究"资助出版

# 中古早期
# 士僧交往与文学

蔡彦峰◎著

中国社会科学出版社

## 图书在版编目（CIP）数据

中古早期士僧交往与文学/蔡彦峰著.—北京：中国社会科学出版社，2021.7
ISBN 978-7-5203-8392-9

Ⅰ.①中… Ⅱ.①蔡… Ⅲ.①中国文学—古典文学研究②佛教—宗教文学—古典文学研究—中国 Ⅳ.①I206.2

中国版本图书馆 CIP 数据核字（2021）第 082787 号

---

| 出 版 人 | 赵剑英 |
|---|---|
| 责任编辑 | 张　林 |
| 特约编辑 | 张甲子 |
| 责任校对 | 王　龙 |
| 责任印制 | 戴　宽 |

| 出　　版 | 中国社会科学出版社 |
|---|---|
| 社　　址 | 北京鼓楼西大街甲 158 号 |
| 邮　　编 | 100720 |
| 网　　址 | http://www.csspw.cn |
| 发 行 部 | 010-84083685 |
| 门 市 部 | 010-84029450 |
| 经　　销 | 新华书店及其他书店 |

| 印刷装订 | 三河弘翰印务有限公司 |
|---|---|
| 版　　次 | 2021 年 7 月第 1 版 |
| 印　　次 | 2021 年 7 月第 1 次印刷 |

| 开　　本 | 710×1000　1/16 |
|---|---|
| 印　　张 | 24.5 |
| 插　　页 | 2 |
| 字　　数 | 377 千字 |
| 定　　价 | 138.00 元 |

---

凡购买中国社会科学出版社图书，如有质量问题请与本社营销中心联系调换
电话：010-84083683
**版权所有　侵权必究**

# 序

钱志熙

　　文学与佛教的关系，包括佛教文学与受佛教影响的文学两个大的方面。但两者之间的界限也是相对的。正如道教与文学的关系一样，我们可以说有道教文学，如仙真诗之类，也有受道教影响的文学，如南朝唐代文人的游仙内容的作品。两者的性质是不一样，但有时难以清晰地区分。真正意义上的佛教文学，是指佛教运用文学的手段来表现实现其宗教的功能。所以从文学研究的立场上看，那一部分虽然重要，但从文学史研究的立场来看却不是重点。就现在的古代文学研究的情况来看，对于佛教与文学关系的研究，我们的重心是放在文学上面，而不是放在佛教上面，所以研究的重心，在于文学受佛教的影响方面。

　　佛教对文学的影响，是一种极为广泛的现象。从其大节来看，应该包含这么几方面：一是佛教在思想上对文学发生影响，包括对作家的思想及思维方式的影响；二是佛教的内容，包括佛教本身的内容如经律论等和各种各样的佛教活动，成为文学表现的内容，也包括佛教影响人们的生活而表现为文学的那一部分，比如王维、白居易、苏轼、黄庭坚对于居士生活的表现；三是佛教的观念对文学的审美观及艺术方法的影响。这三方面，其实是联系在一起，尤其是第三方面与第一方面有所交叉。我们说的这三个方面，还都是就佛教与文学的直接关系来说，至于佛教影响其他的社会文化，而间接地影响于文学的，还不在上述的考虑之内。比如南朝佛教对文学的影响，有很大一部分是通过佛教影响政治及士群组织结构，进而影响南朝文学的。那可能是更为复杂、也更大的问题。

从上述的情况看，佛教与中国古代文学的关系，的确是一个很广阔的、多面相的研究领域。而我们在任何一个方面的研究，都还是比较缺乏的。20世纪八九十年代，佛教与文学一度是比较热门的话题。但近二十年来，这个领域相对来说比较的冷淡，只有几位苦心孤诣者仍在探索。蔡彦峰教授是21世纪初走上学术舞台的，他的研究中的一个课题，就是东晋南北朝玄学、佛学与诗学的关系。从撰写博士论文开始，他在这个课题上的研究已经持续十多年，出多种成果，真正可说苦心孤诣。

他的这本书的上编《玄佛合流：早期佛教思想与文学》，就是属于我上面说的佛教思想对作家的思维方式及文学表现形式的影响的问题。其中几点，如支遁的"即色游玄"思想与东晋初步兴起的山水审美及山水诗创作的关系，慧远"法性"及"形神"佛教哲学思想与晋宋之际重视物色及形似的关系，都是前人有所论及而他作了更深入的探讨。他提出了一些新的看法，如他将慧远这方面的思想概括为"形象本体"之说，这就是为南朝佛教哲学影响文学找到了一个中介。他的态度之认真，还表现在他把研究的重点，较多地移到佛学本身，当然也很充分重视海内外佛学研究的新成果。本书在这方面的征引是极为丰富的，有时让我感到有一种过于重视佛学本身，而稍微冲淡了文学本身的主题。当然，原则上说，在有关佛教影响文学的研究课题上，对佛教本身的重视，不存在过分的问题。

本书的中编《早期佛教中心的形成与文学》、下编《早期士僧交往视域下的文学》，则是属于佛教对文学家群体、文学创作活动的影响的问题。他在前人南朝佛教史研究的基础上，提出了"早期佛教中心"这样的概念，或者说强化了这个概念，突破了从前笼统地讲述南朝文学家受佛教影响的做法，其新意是比较明显的。这里面有几个重要的单元，如会稽士僧群与文学、庐山士僧群与文学、东晋僧人的诗歌创作，都是可以作为独立研究专题进一步探讨的。对于士僧交往与文人创作及文艺思想的影响，他主要集中在陶渊明、谢灵运与宗炳三位的身上。谢灵运受佛教的影响是明显的，我们以前较多地注重其思想方法及审美方式受佛学影响的方法，对于其生天成佛的信仰之于文学的影响有所忽略。至于陶渊明的问题，本书提出"心无宗"可能对陶渊明有影响。这是一个新的观点，但需要进一步的研究。

总之，佛教影响文学，尤其是佛教哲学对作家的世界观及审美方式的影响，的确是引人入胜的话题，也可以说是尖端性的课题。说到这个问题，我经常会想起殷璠《河岳英灵集》评常建诗的几句话："建诗似初发通庄，却寻野径百里之外，方归大道。"我总是期待我们对佛学对文学的影响的研究，能够达到这样的境界。我最欣赏彦峰教授的地方，就是他对于问题的探索精神，并且一直重视理论的问题。所以，举出上面殷璠的这几句话与他共勉，期待他在佛教与中古文学的关系的研究方面再走出一种新境来。

# 目 录

绪 论 ················································································· (1)

## 上编 玄佛合流：早期佛教思想与文学

### 第一章 支遁的思想与文学 ································· (13)
引言 玄佛结合与支遁的思想 ······························· (13)
第一节 玄佛会通与支遁"逍遥游义" ······················· (16)
　一 支遁"逍遥游"新义的提出 ··························· (16)
　二 支遁与郭象《逍遥游注》之义 ······················· (19)
　三 支遁"逍遥游义"的内涵 ······························ (23)
第二节 "空"的两种含义与支遁"即色义"考论 ············ (28)
　引言 玄佛合流与般若六家七宗的形成 ················ (28)
　一 玄学与支遁"即色义"的形成 ·························· (38)
　二 玄学与支遁对"色空"的理解 ·························· (43)
　三 "虚空"与"本无"："空"的两种含义与支遁
　　　"即色义" ······················································ (51)
第三节 支遁"即色游玄"与山水诗 ··························· (58)
　一 东晋自然观的转变 ········································ (60)
　二 支遁"即色游玄"与东晋玄言山水诗 ················ (63)
　三 支遁与谢氏山水文学传统 ······························ (69)

## 第二章　慧远"实有"的佛教思想与文学 …………………………(77)
### 第一节　求宗体极：慧远的"实有"思想 ……………………………(77)
一　慧远的"法性论" …………………………………………(77)
二　慧远的"法身"义 …………………………………………(87)
三　慧远实有思想的渊源 ………………………………………(95)
### 第二节　"实有"与慧远"形象本体"之学及其诗学意义 ……(103)
一　慧远"形象本体"之学的思想渊源 ………………………(103)
二　慧远"形象本体"之学的建构及其美学内涵 ……………(108)
三　慧远"形象本体"之学与晋宋之际的诗歌变革 …………(111)

# 中编　早期佛教中心的形成与文学

## 第一章　会稽士僧群的形成和文学 ……………………………(123)
### 第一节　东晋会稽士僧群的形成 ……………………………………(123)
### 第二节　支遁与会稽名士群的交往及影响 …………………………(131)
一　王濛 …………………………………………………………(131)
二　谢安 …………………………………………………………(135)
三　许询 …………………………………………………………(138)
四　孙绰 …………………………………………………………(142)
五　王羲之 ………………………………………………………(149)
### 第三节　会稽其他士僧群和文学 ……………………………………(151)
一　剡县仰山竺法潜僧团 ………………………………………(152)
二　剡县石城山于法兰僧团 ……………………………………(156)
三　剡县葛岘山竺法崇僧团 ……………………………………(163)
四　若耶山竺法旷、帛道猷、竺道壹僧团 ……………………(165)
小　结 ……………………………………………………………(168)

## 第二章　慧远与庐山士僧群体的学风和文学 …………………(170)
### 第一节　慧远的学问与人格 …………………………………………(170)

第二节　慧远与庐山僧团博雅的学风与文学 …………… (174)
第三节　慧远与士人群的交游考 ………………………… (183)
　　一　刘遗民 …………………………………………… (185)
　　二　周续之 …………………………………………… (192)
　　三　雷次宗 …………………………………………… (194)
　　四　张野 ……………………………………………… (196)
　　五　张诠 ……………………………………………… (198)
　　六　王乔之 …………………………………………… (199)
第四节　慧远与宗炳及其《明佛论》……………………… (201)
　　一　宗炳的生平及与慧远的交往 …………………… (201)
　　二　《明佛论》的佛学思想 ………………………… (204)

# 下编　早期士僧交往视域下的文学

## 第一章　东晋僧人的诗歌创作 ………………………… (215)
引言　家族与学术：魏晋家族分隔与学术的分化 ……… (215)
第一节　东晋诗僧群的出身、创作与五言诗史的重建 …… (220)
　　一　东晋诗僧群的出身及其学术渊源 ……………… (222)
　　二　东晋诗僧群的五言诗写作 ……………………… (226)
　　三　东晋诗僧群的诗学渊源与诗史意识 …………… (231)
　　四　东晋诗僧群对五言诗史的重建 ………………… (235)
第二节　支遁的诗歌创作及其意义 ……………………… (242)
　　一　名理和奇藻：清谈与支遁的诗学主张 ………… (244)
　　二　支遁五言诗的诗体渊源 ………………………… (248)
　　三　支遁五言诗的诗史意义 ………………………… (255)

## 第二章　士僧交往与文人创作 ………………………… (262)
第一节　陶渊明与佛教的关系考论 ……………………… (262)
　　一　陶渊明与庐山佛教的关系 ……………………… (263)

二　佛教与陶渊明《形影神》组诗 …………………………（268）
　　三　心无宗与陶渊明的自然思想 ……………………………（279）
　　四　心无宗与陶渊明的诗歌艺术 ……………………………（284）
　第二节　谢灵运与僧人的交往及其文学创作 …………………（291）
　　一　谢灵运与僧人的交往 ……………………………………（292）
　　二　慧远"形象本体"之学与谢灵运山水诗 ……………………（316）
　　三　谢灵运山水诗对慧远禅智思维方法的发展 ………………（319）
　　四　顿悟与神助：谢灵运山水诗学的建构和诗境 ……………（323）

第三章　士僧交往与六朝文艺理论 ………………………………（340）
　第一节　佛教与宗炳《画山水序》的理论建构 …………………（340）
　　一　宗炳对慧远庐山"形象本体"之学的接受 ………………（340）
　　二　"形象本体"之学与宗炳《画山水序》的理论建构 ………（342）
　第二节　玄佛合流与刘勰《文心雕龙》"太极"论 ………………（351）
　　一　王弼易学的流行与刘勰的学术渊源 ……………………（353）
　　二　佛教与刘勰对王弼易学的接受 …………………………（358）
　　三　《文心雕龙》"太极"的含义 ………………………………（363）

**参考文献** ……………………………………………………………（371）

**后　记** ………………………………………………………………（379）

# 绪　　论

**一**

东晋以来，佛教取得了迅速的发展，佛教对士人的影响从此时才开始不断走向深化。许理和研究佛教在中古早期的传播时提出了"士大夫佛教"的概念，其实也就是特别注意东晋士人群对佛教的接受，及在佛教发展史上的重要意义，许氏认为："大约公元300年是个特别的转折点。佛法渗入最上层士大夫中，实际上决定了中国佛教此后几十年的发展进程：它为佛教征服中国铺平了胜利之路。"① 东晋之前，我们虽然可以找到几条关于士人与僧人交往的材料②，但是士人接受佛教思想几不可见。两晋是士族社会，尤其是东晋门阀政治中，士族在社会生活中占据着主导地位，因此士人群体"对佛教的态度是至关重要的，中国佛教的发展形态也受制于他们的理解与需求"。③《世说新语·假谲》载："愍度道人始欲过江，与一伧道人为侣。谋曰：用旧义往江东，恐不办得食，便共立心无义。既而此道人不成渡。愍度果讲义积年。"④ 又《文学》："康僧渊初过江，未有知者。恒周旋市肆，乞索以自营。忽往殷渊源许，值盛有宾客，殷使坐，粗与寒温，遂及义理。语言辞旨，曾无愧色。领

---

① ［荷］许理和：《佛教征服中国》，李四龙、裴勇等译，江苏人民出版社2017年版，第86页。
② 《高僧传》："孙权使支谦与韦昭共辅东宫。"汤用彤认为："言或非实，然名僧名士之相结合，当滥觞于斯日。"其他如竺叔兰与乐广，支孝龙与阮瞻，帛尸梨密多罗、支孝龙与谢鲲交好等，士人与僧人的交往虽可以追溯到东晋之前，但其例既少，影响也小。
③ 李四龙：《佛教征服中国》译后记，第552页。
④ 余嘉锡：《世说新语笺疏》，上海古籍出版社1993年版，第859页。

略粗举，一往参诣。由是知之。"① 由这些记载可见东晋僧人主动迎合士人的需求。士僧间的这种迎合和接受，是佛教在东晋迅速发展的重要原因。清代学者钱大昕云："晋南渡后，释氏始盛。"② 东晋佛教之盛在广度和深度上都得到了明显的体现，就广度而言是佛教传播范围的扩大，唐代释道世《法苑珠林》谓："西晋二京，合寺一百八十所。"张弓《汉唐佛寺文化史》统计方志汇计西晋佛寺五十七所③。总数二百三十七所。而东晋的佛寺，据《法苑珠林》称有"一千七百六十八所"。僧尼总数由三千七百人增加到二万四千人。④ 可直观看出东晋佛教之盛。严耕望《魏晋南北朝佛教地理稿》统计东晋高僧之地理分布，可见佛教寺庙、高僧几已遍及南方主要地区，并形成了一些影响深远的佛教中心⑤；就深度而言则是佛教对传统思想、文化、学术等有更加深入的影响，并在相互融合中形成新的文化格局，孙绰宣称："周孔即佛，佛即周孔。"⑥ 即体现了东晋士人对佛教与传统文化融合的一种认识。

　　从思想本身的发展来看，佛教在东晋的兴盛，与东晋玄学的发展有内在的关系。东晋时期形成了盛极一时的般若学思潮，有六家七宗之说，对诸家稍作考察可以发现，诸家都产生于东晋，且各家的主要代表人物（除道安之外）几乎都活跃在南方。般若诸家虽有不同的思想倾向，但他们探讨的基本问题与玄学皆有密切的关系，如"有无""空有""宗极"，都是玄学与佛学共有的论题⑦，甚至可以说般若诸家乃是时人从玄学角度对般若作出的不同阐释。东晋般若各派之间的论争、分化、融合，把东晋以来重要的高僧、名士都卷入其中，同时又促进了思想的发展，这就是玄学与佛教在东晋时期合流的发展进程，佛教的本土化及其对东晋以

---

① 余嘉锡：《世说新语笺疏》，第231页。
② 钱大昕：《十驾斋养新录》卷六，上海书店2000年版，第122页。
③ 张弓：《汉唐佛寺文化史》（上），中国社会科学出版社1997年版，第27页。
④ 释道世撰，周叔迦、苏晋仁点校：《法苑珠林》，中华书局2003年版，第2289—2290页。
⑤ 严耕望：《魏晋南北朝佛教地理稿》，上海古籍出版社2007年版，第35—41页。
⑥ 严可均：《全上古三代秦汉三国六朝文》，中华书局1958年版，第1811页。
⑦ 冯友兰：《冯友兰文集》第四卷，《中国哲学史（下）》，长春出版社2017年版，第114页。

来思想文化学术的深刻影响，都无法脱离这样一个思想背景。思想的这种合流直观地体现为士僧交往的普遍和深入。从《世说新语》《高僧传》《晋书》等文献来看，东晋以来有关士人与僧人交往的记载蔚然增多，汤用彤即指出："夫《般若》理趣，同符《老》《庄》。而名僧风格，酷肖清流，宜佛教玄风，大振于华夏。"[①] 梅维恒主编《哥伦比亚中国文学史》也说："早期大乘佛教群体的学说和社会实践有助于佛教这一外来宗教适应中国社会中的上层社会，这导致了后来被称为'士大夫佛教'的形成。"[②] 这正是东晋以来玄佛合流和士僧交往的结果，孙绰《道贤论》以七位名僧比附竹林七贤，即是东晋以来士僧之间"风好玄同"的体现。玄佛的融合和探讨是早期士僧交往的重要内容，推动着士人对佛学义理的理解走向深入，佛教对传统思想文化遂产生重要的影响。

## 二

就文学的整体而言，玄佛合流带来了新的语言系统和文学风格[③]，如支遁《大小品对比要钞序》、《释迦文佛像赞》（并序）、《阿弥陀佛像赞》（并序）、《咏怀诗》《述怀诗》，康僧渊《代答张君祖》，慧远《大智论钞序》《沙门不敬王者论》等，孙绰《喻道论》《列仙赞》《游天台山赋》，宗炳《明佛论》，谢灵运的诗文等，他们都共用了玄学、佛教融合而成的一套语言，这使东晋刘宋的文学从语言上就体现出一种崭新的特点。更具体来看，东晋以来文学史一些重要的问题都与佛教有密切的关系，如士族五言诗的复兴、山水文学的兴起、志怪小说、宫体诗等，都能明显地发现佛教的影响。因此，佛教与文学成为中古文学研究中一个重要课题，取得了较为丰富的成果。但是从总体来看，当前的研究主要集中探讨佛教与山水诗、四声和永明体、宫体诗及志怪小说的关系等问题上，

---

[①] 汤用彤：《汉魏两晋南北朝佛教史》，中华书局2016年版，第105页。
[②] [美]梅维恒主编：《哥伦比亚中国文学史》，新星出版社2016年版，第177页。
[③] 汤用彤指出："晋宋以来，僧徒多擅文辞，旁通世典。士大夫亦兼习佛理。……因而文人学士，首已在文字上结不解因缘。一方文字之取材，辟有甚广大之新领域。读支道林、谢灵运之诗文，可以概见。"（《汉魏两晋南北朝佛教史》，第347—348页）所谓的"文字之取材""新领域"，即指东晋以来佛教对文学语言、题材、风格等的深入影响。

研究的方法，比较多的是在佛教中寻找相应的依据以解释文学艺术的现象，如从般若学、净土思想、涅槃学探讨南朝山水诗的发生、发展，从欲色异相分析齐梁宫体诗产生的原因，从佛经故事研究魏晋六朝志怪小说等，这种研究方法带有比较明显的比附性质，某种程度上是把问题宽泛化和简单化了。东晋时期开始形成的"士大夫佛教"这个概念，本质上即由士僧两大群体在思想、文化、行为等方面上的融合而得出，某种意义上说，文士佛教化和僧人文士化使这两大群体的身份模糊了，在这一背景下，单向地从影响和接受来探讨佛教与文学艺术的关系，无法准确地揭示两者的关系。哲学、宗教等对文学艺术的影响，必须通过创作主体这个中心环节才能得以实现，而东晋以来，士僧两个群体往往既是思想的主体又是文学创作的主体，因此厘清士人与僧人的交往，包括两者之间的思想、学术、文学等方面的双向的、多元的交流互动，有助于比较准确地把握佛教与文学艺术相互关联的发生机制，这是本书基本的研究思路。在这个大的问题之下，我们会发现，东晋以来佛教的不同派别、士僧间不同的交往，与文学艺术产生了不同的关系，因此构成士僧交往这个总问题的，是一系列具体的个案研究。

从时间上来看，佛教对文学真正产生比较明显的影响始于东晋，东晋刘宋之际是文学一个重要的变革时期，也是佛教与文学关系的第一个阶段，本书所研究的士僧交往与文学即集中于这一时期。这是本书使用"中古早期"一词的基本意思。东晋虽然是士僧交往的早期阶段，交往的方式却丰富多样，如翻译、讲经、法会、清谈、文咏、集会、出游等，这些交往对士僧的影响是双向的。对文学来讲，早期士僧交往的多样性，影响了文学的各个方面，在文学上留下了不同的印记。其中尤以玄佛合流的思想特点及对文学的影响、早期佛教中心的形成与文学、士僧群的文学创作等几方面值得关注，这也是本书拟要深入探讨的三个主要问题。

## 三

玄佛合流是东晋思想发展的突出特点和主要内容，东晋以来的名士名僧几无不受到玄佛两方面思想的影响。从大的角度来讲，玄佛合流与士僧交往是相辅相成的两面，玄佛融合是士僧交往的思想基础，而士僧交往的深入又推动了玄佛思想在社会、文化等方面的广泛影响。从僧人的角度来看，支遁和慧远是东晋南方最具影响又与文学关系最为密切的两位高僧，他们源自玄佛融合的思想，不仅影响了东晋以来的士人，而且对东晋刘宋的文学发展也产生了深刻的影响。对慧远和支遁两位高僧思想特点的分析，关系到对东晋刘宋文学的准确把握。

在东晋玄佛合流的思想背景下，支遁在玄学和佛教两方面都有重要建树，这体现在支遁"逍遥游"新义及即色义上。《世说新语》谓支遁"逍遥游义"卓然标新理于向秀、郭象二家之外，致群儒旧学皆为叹服。由于文献资料的散佚，对支遁"逍遥游"新义的内涵仍颇多争论，我们在比较各家说法的基础上，认为其"逍遥游义"虽引入了般若思想，但仍与郭象有内在的关联，这也是其思想与玄学有密切关系的体现，并且反过来影响了他对般若学的理解。在佛教方面，支遁是般若学即色宗的代表，其《即色游玄论》虽已散佚，但后代各家对即色义多有评述，从各家所述可以看到，影响后人在即色义内涵上的不同理解，主要是源自对《妙观章》"色即为空，色复异空"这两句不同的阐释。分析支遁即色义时，仍然需要注意到他深刻的玄学思想背景。支遁《妙观章》所讲的"色复异空"并不是割裂色与空，而是注意到色与空性质上的歧异，从般若学上讲是"色无自性"，故"色即是空"，从玄学本体论来说"空"即是"无"。支遁强调色对认识空的意义，明显受玄学本体思想和认识论的影响，从本末、有无上来看待色空，与般若中观思想之非有非无、无知而知有显著的区别，这是支遁"即色义"受到准确理解了般若中观学的僧肇批评的原因。但是认识到色、空的区别与关系，也恰恰是支遁思想深刻影响文学的重要原因，从这一点来讲，支遁"逍遥游义"与即色义虽各有侧重，但都体现了玄佛合流的内在理路。支遁《即色游玄论》就其题名即带有明显的玄佛融合的特点，其所揭示的通过现象体悟本体的思想方法，极大地促进了东晋中期以来山水文学的发展。

与支遁同时代而稍晚的慧远是东晋中后期南方佛教的领袖。慧远佛教思想旨趣极为广泛，出入大小乘，涉及般若学、毗昙学、涅槃学、律学、禅学、净土等。但是贯穿于佛教思想中最为重要的是求宗体极，即对佛教最高精神实体、佛教最高境界等的追求，这是慧远建构其佛学思想体系的基础。慧远沟通了"法性""法身""神"这三个范畴之间的关系，以表达其本体的思想观念，这说明认为存在一个实有的本体是慧远思想体系的基本特点。这种本体思想有复杂的渊源，传统的道家、玄学，以及佛教的般若学、毗昙学等都对其产生了影响。实有思想也体现了慧远对般若性空学说的反思，在晋宋之际中国佛学思潮由"般若性空"转向"涅槃妙有"，亦即由"性空无我"转向"佛性真我"的过程中具有重要的意义。而且也正是慧远坚持实有的本体思想，使他在现实中更好地处理了本体与现象的关系。东晋刘宋之际是中国山水艺术得以确立和发展的重要时期，这首先需要一种以山水为主体的审美思想，慧远在佛教信仰活动的基础上综合玄学和般若思想，发展出一种处理本末、有无的"形象本体"之学。"形象本体"之学主张通过"形象"的观赏以体悟"本体"，具有重视"形象"的美学意义，为山水作为审美客体的确立奠定了美学思想基础。谢灵运的山水诗学和宗炳的山水画理论很大程度上即源自慧远的美学思想，这是慧远在山水艺术史上重要意义的一个体现。

## 四

东晋以来佛教发展与士僧交往的深入，带来的另一个重要成果是南方佛教中心的形成，如江陵、襄阳、建康、会稽、庐山等，这些佛教中心不仅是宗教中心，也是当时的文化学术和教育的中心，佛教中心士僧群体思想文化的交流是文学发展的重要基础，尤其以会稽和庐山两大佛教中心对文学发展的推动最为显著。东晋中后期士族文学创作风气转盛，与会稽和庐山两大佛教中心的形成几乎同步，两者间的重要关系值得深入探讨。

晋室南渡后会稽成为建康之外重要的士族聚居地，南渡士族的到来极大提升了会稽的文化品位，而会稽一带山水秀美也激发了山水文化的发展。咸康五年（339）庾冰辅政后主张沙门应敬王者，朝廷文化政策的转变使东晋前期建康的清谈风气受到抑制，大量名士、名僧南迁会稽，以《高僧传》正传所载来看，当时会稽的高僧有竺法潜、支遁、于法兰、于法开、竺法崇、竺法义、释法虔等，名士则有谢安、王羲之、孙绰、许询、李充、谢万等，东晋中期最重要的名士、名僧群集会稽，名士名僧的广泛交游，使会稽在穆帝永和年间成为清谈和文学创作的中心。其中以支遁影响最大，支遁在会稽的交游极广，可以说是会稽士僧群的核心。考察会稽作为佛教中心的形成及士僧群的交往，为我们了解东晋会稽的文学风气和创作，及东晋中后期文学观念的转变，提供了一个新的视角。

庐山是东晋中后期另一个重要的佛教中心。自慧远驻锡庐山大弘佛教，翻译佛典、宣扬义学，兼讲儒家经典，庐山成为当时重要的佛教和文化学术中心，聚集于庐山的名僧名士如慧永、慧持、昙顺、慧叡、竺道生、佛陀耶舍、佛陀跋陀罗及刘遗民、宗炳、雷次宗、张野、周续之等，而往返于庐山的士人、僧人其数量则更多，形成了一个庞大的士僧群体。据僧传所载，庐山有九寺，此亦颇可见庐山佛教的规模。能维持这样一个庞大的士僧群体，被称为"道德所居"，首先要归功于慧远功绩卓著的弘教活动，及其以自身的人格、学问对庐山学风的塑造。慧远富于文学才华，在弘法之外也注重文学创作，入庐山追随慧远的士人，如刘遗民、周续之、宗炳等，他们既接受慧远佛学、儒学等方面的指导，又在慧远的影响下积极进行文学创作，庐山僧团的文学风气浓厚，创作了大量的文学作品。庐山的士僧群体的文学创作在晋宋文学史的进程中具有不可忽视的意义。

## 五

随着东晋以来士僧交往的深入，僧人的文学创作尤其是诗歌写作能力得到了长足的进步，僧人开始作为一个特殊的创作群体，对诗史产生了影响。逯钦立《先秦汉魏晋南北朝诗·全晋诗》卷二十"释氏"，收录十五位与佛教密切相关的东晋诗人的作品，他们可以说是中国最早的诗僧群。尤其值得注意的是东晋诗僧创作的诗歌几乎全为五言体，在东晋前中期四言体玄言诗占主流、五言诗创作处于低谷的背景下，这是诗歌史上一个很突出的现象。东晋诗僧群的五言诗创作，一方面是源于对汉魏西晋士人五言诗传统的学习，另一方面又与佛经翻译中的五言偈颂有关。东晋诗僧将抒情言志的传统五言诗与佛玄义理相结合，在山水描写中融合言咏写怀、名理奇藻而形成了新的五言诗风格。这种融合新旧的五言诗，对士人具有很大的吸引力，弥缝了东晋士人以五言诗为俗体及与汉魏西晋诗歌传统的隔阂，至东晋中期孙绰、许询、王羲之、谢安等人开始比较明显地重新开启了士人五言诗的写作。士僧群的五言诗写作构成了东晋中后期诗歌变革的主要内容，开启了晋宋的新诗风，这是研究东晋前中期诗歌发展、转变，准确把握东晋诗歌史，需要关注的一个关键问题，同时也体现了士僧在文学上的相互影响。

对东晋士人而言，"加以三世之辞"即佛教的影响及士僧的交往，是其文学创作的新要素。从东晋中后期的王羲之、谢安、孙绰、许询到晋宋之际的陶渊明、谢灵运等人，其文学创作都或多或少可以看出佛教的印迹。像陶渊明这样自觉与佛教信仰保持着距离的诗人，其《形影神》组诗的写作及其表现的生命哲学观，恰恰是在慧远的净土信仰、对形神关系的哲学阐释的激发下，对生死问题进行系统的、哲学的思考的结果。其任物之自然的人生和艺术态度，更与心无宗极相契合，颇可看出佛教义理强大的影响力。谢灵运这样对佛教极为热衷，对佛教思想又有深入理解的诗人，其诗歌就更明显有佛教的色彩，除了一些佛教题材的作品，如《过瞿溪山饭僧》《石壁立招提精舍》，谢灵运在永初三年（422）出守永嘉开启的山水诗写作，与他接受慧远的"形象本体"之学有直接关系。唐代诗僧皎然谓谢灵运："及通内典，心地更精，故所做诗，发皆造极，得非空王之助邪？"[①] 就谢灵运来讲，所谓的"通内典""空王之助"，指的是他对"顿悟"说的理解和接受，其山水诗"神助"的运思方式及极为突出的孤独诗境的营造，则深受竺道生"顿悟"说的影响。士僧交往对文学艺术的影响，还体现在中古艺术理论的建构上，宗炳《画山水序》、刘勰《文心雕龙·原道》的"太极"说，与宗炳和慧远、刘勰和僧祐的交往有直接的关系。

东晋刘宋是佛教发展的重要时期，佛教在士人阶层中得到广泛的流行，士僧交往的深入，对两个群体都产生了深刻的影响，东晋刘宋文学

---

[①] 皎然撰，李壮鹰校注：《诗式校注》，人民文学出版社2003年版，第118页。

的发展变革与此是密切相关的。虽然晋宋是士僧交往的早期,但其对东晋刘宋文学的影响却十分广泛,几乎每个作家都牵涉其中,包含了丰富多样的个案研究。我们期望通过这方面的研究,更好地把握和解释晋宋之际文学观念转变、文学艺术的发展、新的文学风格的形成等关键问题。但是本书以问题为导向的研究思路,不得不舍弃论述上的面面俱到,而这恰恰说明这个课题的丰富性,仍有进一步研究的空间和价值。

## 上 编

### 玄佛合流：早期佛教思想与文学

# 第 一 章

# 支遁的思想与文学

支遁是东晋著名的高僧，在东晋僧人群中又最具名士风度，与士人有广泛的交游，在东晋玄佛合流的背景下，其思想有重要的影响。如玄学上，他在向、郭之外提出"逍遥游"新义，在当时引起轰动，以至时人皆用支理；佛教思想上，支遁代表的即色宗是当时般若六家七宗中重要的一家，僧肇《不真空论》批评般若诸家时，特拈出三家加以批判，其一即即色，可见其重要性。因此要了解支遁在东晋以来思想史、文学史上的意义和影响，需对其思想进行深入的分析。

## 引言　玄佛结合与支遁的思想

支遁（314—366），字道林，本姓关氏，陈留人，或云河东林虑人。《高僧传·支遁传》说他："幼有神理，聪明秀彻。初至京师，太原王濛甚重之，曰：'造微之功，不减辅嗣。'陈郡殷融尝与卫玠交，谓其神情俊彻，后进莫有继之者。及见遁，叹息以为重见若人。家世事佛，早悟非常之理。隐余杭山，深思《道行》之品，委曲《慧印》之经。卓焉独拔，得自天心。年二十五出家，每至讲肆，善标宗会，而章句或有所遗，时为守文者所陋。"[①] 王弼是正始玄学、清谈之宗，卫玠亦为西晋清谈领袖，其清谈甚为时人所推崇，东晋人以支遁方王弼、卫玠，可见对其玄学之功的赞赏。支遁《述怀诗二首》其二："总角敦大道，弱冠弄双玄。"

---

① 释慧皎撰，汤用彤校注：《高僧传》，中华书局1992年版，第159页。

又《咏怀诗五首》其二："涉老晗双玄，披庄玩太初。"皆自谓对老庄玄学的热衷。孙绰《道贤论》以之方向秀，论云："支遁、向秀，雅尚《庄》《老》。二子异时，风好玄同矣。"①《弘明集》卷十三载王该《日烛》云，"今则支子特秀，领握玄标，大业冲粹，神风清萧。"② 可见支遁的思想、学术渊源来自玄、佛两家，南齐王琰《冥祥记》谓支遁"神宇俊发，为老、释风流之宗"③，颇得其实。支遁出家之后，"每至讲肆，善标宗会，而章句或有所遗"，这种学术的风格和方法似即得之于玄学"得意忘言"之法，甚至其"早悟非常之理"也与其玄学的修养有重要的关系。从现有的资料来看，支遁的思想主要体现在对《庄子》逍遥游义的阐释和般若学即色宗，其思想在当时已引人注意，但是分析这些思想的发展、内涵，都可以发现有重要的玄学背景，体现了玄佛融合的特点。

汤用彤论东晋般若盛行的原因说："其所以盛之故，则在当时以《老》《庄》《般若》并谈。玄理既盛于正始之后，《般若》乃附之以光大。"④ 这也是当时佛教引玄学为连类的"格义"之法流行的结果。"格义"是道安同学竺法雅所创，《高僧传·竺法雅传》载："法雅，河间人，凝正有器度，少善外学，长通佛义，衣冠士子，咸附咨禀。时依门徒，并世典有功，未善佛理。雅乃与康法朗等，以经中事数，拟配外书，为生解之例，谓之格义。雅风采洒落，善于枢机。外典佛经，递互讲说。与道安、法汰每披释凑疑，共尽经要。"⑤ 汤用彤认为"格义"的本义不是"简单的、宽泛的、一般的中国和印度思想的比较"，而是"一种很琐碎的处理，用不同地区的每一个观念或名词作分别的对比或等同。……'格'在这里联系上下文来看，有'比配'或'度量'的意思，'义'的含义是'名称''项目'或'概念'；'格义'则是比配观念（或项目）

---

① 严可均辑校：《全上古三代秦汉三国六朝文》，第 1813 页。
② 释僧祐撰，李小荣校笺：《弘明集校笺》，上海古籍出版社 2013 年版，第 742 页。
③ 鲁迅：《古小说钩沉》，《鲁迅全集》第八卷，人民文学出版社 1972 年版，第 592 页。
④ 汤用彤：《汉魏两晋南北朝佛教史》，第 164 页。
⑤ 释慧皎撰，汤用彤校注：《高僧传》，第 152 页。

的一种方法或方案,或者是不同观念之间的对等"。① 吕澂认为格义"即把佛书的名相同中国书籍内的概念进行比较,把相同的固定下来,以后就作为理解佛学名相的规范。换句话说,就是把佛学的概念规定成为中国固有的类似的概念。因此,这一方法不同于以前对于名相所作的说明,而是经过刊定的统一格式"②。这是一种狭义的"格义"。从广义上讲,"格义"则包含了佛教与中国原有思想的比附和融会贯通③,如《高僧传·慧远传》载慧远:"年二十四,便就讲说。尝有客听讲,难实相义,往复移时,弥增疑昧。远乃引《庄子》义为连类,于是惑者晓然,是后安公特听慧远不废俗书。"④ 陈寅恪认为:"讲实相义而引庄子为连类,亦与'格义'相似也。"⑤ 陈氏又进一步详举例子,以为内典外书相比附大多可视为格义之支流。⑥ 故东晋初以来,格义对佛教传播有积极的意义。法雅、道安、慧远诸人之学皆内外兼擅,固亦最能用格义之法。汤用彤说:"观乎法雅、道安、法汰俱为同学。或格义之法在道安青年师佛图澄时,早已用之。"⑦ 335 年石虎废石弘自立,迁都邺,佛图澄也在这一年到邺都,住于中寺。《高僧传·道安传》载道安"至邺入中寺,遇佛图澄,澄见而嗟叹……因事澄为师"。⑧ 道安具体到邺都的时间史传未载,

---

① 汤用彤:《理学·佛学·玄学》,北京大学出版社 1991 年版,第 284 页。
② 吕澂:《中国佛学源流略讲》,中华书局 1979 年版,第 45 页。
③ 关于"格义"的含义,还可以参见刘立夫《论格义的本义及其引申》(《宗教学研究》2000 年第 2 期);张舜清《对"格义"作为言"道"方式的反思》(《学术论坛》2006 年第 6 期)等。
④ 释慧皎撰,汤用彤校注:《高僧传》,第 212 页。
⑤ 陈寅恪:《支愍度学说考》,《金明馆丛稿初编》,生活·读书·新知三联书店 2001 年版,第 169 页。
⑥ 美国学者梅维恒(Victor H. Mair)率先对"格义"在东晋的普遍性提出了质疑,他认为:"格义在当时并不是一种被普遍采用的翻译技巧或诠释方法,它的重要性完全是由近代学者即陈、汤等构建的。"王颂也认为:"就现存的为数不多的资料来看,格义恐怕只局限于特定的小圈子之内,持续的时间也不长。"并进一步指出:"格义不过是一种随手拿来用的手段,并非什么需要加以反思的方法论。"(王颂《支遁"逍遥新义"新诠——兼论格义、即色与本无义》,《中国哲学史》2019 年第 4 期)但我们还是认为格义体现了佛教与中国原有思想的融会贯通,是玄佛合流的一种重要方法,其对东晋以来思想发展的意义似不可轻易否定。
⑦ 汤用彤:《汉魏两晋南北朝佛教史》,第 169 页。
⑧ 释慧皎撰,汤用彤校注:《高僧传》,第 177 页。

或在佛图澄住中寺不久之后,即335年以后。① 道安生于312年②,早支遁两年,汤用彤认为格义之法在道安师事佛图澄时即已用之,此正当支遁出家之前,加以支遁亦精通玄、佛,因此对格义融会中外思想之用意领会极深,虽然支遁"善标宗会而章句或有所遗"的方法或与格义统一的格式有所出入,但其思想之提出、展开,往往不离玄佛融通互释的格义之法。因此探讨支遁的佛学思想,实不能脱离玄学这一思想背景。

## 第一节 玄佛会通与支遁"逍遥游义"

### 一 支遁"逍遥游"新义的提出

支遁在出家之后,提出的令时人叹服的"逍遥游"新义,即由会通玄佛的格义之法而得。《高僧传》本传载:

> 遁尝在白马寺与刘系之等谈《庄子·逍遥篇》,云:"各以适性以为逍遥。"遁曰:"不然,夫桀跖以残害为性,若适性为得者,彼亦逍遥矣。"于是退而注《逍遥篇》。群儒旧学,莫不叹服。③

又《世说新语·文学》:

> 《庄子·逍遥篇》,旧是难处,诸名贤所可钻味,而不能拔理于郭、向之外。支道林在白马寺中,将冯太常共语,因及《逍遥》。支卓然标新理于二家之表,立异义于众贤之外,皆是诸名贤寻味之所不得。后遂用支理。④

又《高僧传》:

---

① 方广锠:《道安评传》,昆仑出版社2004年版,第39页。
② 汤用彤《汉魏两晋南北朝佛教史》、方广锠《道安评传》皆认为道安生于312年。陈垣《释氏疑年录》认为生于公元314年(广陵书社2008年版,第2页)。
③ 释慧皎撰,汤用彤校注:《高僧传》,第160页。
④ 余嘉锡:《世说新语笺疏》,第220页。

王羲之时在会稽，素闻遁名，未之信。谓人曰："一往之气，何足言。"后遁既还剡，经由于郡，王故诣遁，观其风力。既至，王谓遁曰："《逍遥篇》可得闻乎？"遁乃作数千言，标揭新理，才藻惊绝。王遂披衿解带，流连不能已。仍请住灵嘉寺，意存相近。①

支遁在白马寺谈《庄子·逍遥篇》的时间，王晓毅《支道林生平事迹考》系于晋成帝咸康四年（338），即在支遁出家的当年。《高僧传》本传说支遁在出家之前"隐余杭山，深思《道行》之品，委曲《慧印》之经。卓焉独拔，得自天心"②。可见在出家之前，支遁即有意识地在玄学、佛教两方面进行潜心的研习，其《述怀诗二首》其二自述其少年的学习经历："总角敦大道，弱冠弄双玄。"大概支遁对玄学、佛教的学习是并行不悖的，并且都有深刻独到的理解。建康是当时的佛教中心，支遁在出家之后即离开余杭重到建康，这既有弘教的目的，可能也有进一步确立其思想界的地位的考虑。其"逍遥游"新义就是出家之前深入研习玄学、佛教时的成果，陈寅恪《逍遥游向郭义及支遁义探源》指出格义与支遁解读《庄子·逍遥游》的关系："据道安《道行经序》，既取《道行经》与《逍遥游》并论，明是道安心目中有此格义也。依僧光'且当分析逍遥，何容是非先达'之语，则知先旧格义中实有以佛说解《逍遥游》者矣。慧远少时在南又荆州之前，讲实相义，即已引《庄子》义为'连类'，则《般若》之义容可与《逍遥游》义附会也。取此诸条，依其时代先后及地域南北之关系，错综推论之，则借《道行》《般若》之意旨，以解释《庄子》之《逍遥游》，实是当日河外先旧之格义。"③ 道安《道行经序》云："要斯法也，与进度齐轸，逍遥俱游，千行万定，莫不以成。"④ "进

---

① 释慧皎撰，汤用彤校注：《高僧传》，第160页。
② 王晓毅：《支道林生平事迹考》，《中华佛学学报》1995年第8期。
③ 陈寅恪：《金明馆丛稿二编》，生活·读书·新知三联书店2001年版，第96—97页。又说："寅恪前作《支愍度学说考》时，不以此传文之'逍遥'为书篇之名。今细绎上文有'披文'之语，故认此为庄子之《逍遥游》。僧先意谓：且务证解《逍遥游》之真谛，不必非难昔日所受于先辈之《逍遥游》格义旧说也。如是解释，未知确否？附识于此，以俟详考。"（第96页）
④ 释僧祐撰，苏晋仁、萧炼子点校：《出三藏记集》，中华书局1995年版，第263页。

度"即精进度，是六波罗蜜之一，道安此处引"逍遥"为连类的格义，是以庄子解说佛义，即陈氏谓道安取《道行经》与《逍遥游》并论。又僧先之"分析逍遥"，见《高僧传·僧先传》："值石氏之乱，隐于飞龙山，游想岩壑，得志禅慧。道安后复从之，相会欣喜，谓昔誓始从，因共披文属思，新悟尤多。安曰：'先旧格义，于理多违。'先曰：'且当分析逍遥，何容是非先达。'"① 这里的"逍遥"似形容格义之运用，而非陈寅恪说的"以佛说解《逍遥游》"。退一步讲，即使僧先所言就是指以般若解释《庄子·逍遥游》，从《高僧传》所载僧先值石氏之乱而隐于飞龙山，即在晋穆帝永和五年（349）石虎卒后的冉闵之乱以后，其时间也晚于支遁提出"逍遥游"新义的咸康四年（338）。所以，大体可以说支遁以会通玄佛的格义之法解释《逍遥游》，在当时是有首创之功的，正因为如此，所以他在白马寺与刘系之、冯太常等人论《逍遥游》得到了很大的反响。为了进一步完善其对"逍遥游"新义的阐释，促进新义的影响，支遁又"退而注《逍遥篇》"②，唐代陆德明《经典释文》卷二十六《庄子音义·逍遥游》还保存了支遁的七条注③，从所存七条注来看，其训释名物词义也多与他家不同，如"抢"字，司马彪等谓"犹集也"，崔撰云"着也"，支遁注则以"抢"为"突"。又"莽苍"，司马彪等或谓"近郊之色"，或云"草野之色"，其意相去不远，唯支遁释为"冢间也"，颇出人意表。④ 余嘉锡引陆德明《经典释文》所存支遁注云："与《高僧传》退而注《逍遥篇》之说合。然则支并详释名物训诂，如注经之体。不独作论标新立异而已。或者此论即在注中。"⑤ 支遁在注《逍遥游》时可能还进一步完善其论，因此在他注《逍遥游》之后，"逍遥游"新义取得了广泛的影响，以至"群儒旧学，莫不叹服""遂用支理"。

---

① 释慧皎撰，汤用彤校注：《高僧传》，第160页。
② 释慧皎撰，汤用彤校注：《高僧传》，第160页。
③ 陆德明撰，黄焯汇校：《经典释文》卷二十六《庄子音义》上，中华书局2006年版，第734页。
④ 参见叶蓓卿《"明至人之心"——支遁的庄子逍遥义》，《古代文学理论研究》2010年第2期。
⑤ 余嘉锡：《世说新语笺疏》，第221页。

支遁《逍遥论》已佚，其基本思想现最详细地见于《世说新语·文学》第 32 条刘孝标注：

> 向子期、郭子玄《逍遥义》曰："夫大鹏之上九万里，尺鷃之起榆枋，小大虽差，各任其性。苟当其分，逍遥一也。然物之芸芸，同资有待，得其所待，然后逍遥耳。唯圣人与物冥而循大变，为能无待而常通，岂独自通而已。又从有待者不失其所待，不失则同于大通矣。"支氏《逍遥论》曰："夫逍遥者，明至人之心也。庄生建言大道，而寄指鹏、鷃。鹏以营生之路旷，故失适于体外；鷃以在近而笑远，有矜伐于心内。至人乘天正而高兴，游无穷于放浪，物物而不物于物，则遥然不我得，玄感不为，不疾而速，则逍然靡不适。此所以为逍遥也。若夫有欲当其所足，足于所足，快然有似天真。犹饥者一饱，渴者一盈，岂忘蒸尝于糗粮，绝觞爵于醪醴哉？苟非至足，岂所以逍遥乎？"此向、郭注之所未尽。①

刘孝标此注应该是撮支遁《逍遥论》之旨要而成。观《世说新语·文学》载支遁与谢安等清谈，随手翻得《渔父》一篇，猝然便作"七百许语，叙致精丽，才藻奇拔"②，又《高僧传》及《世说新语》谓其为王羲之论《逍遥游》，"乃作数千言，标揭新理，才藻惊绝"③，可以想见支遁作《逍遥论》，亦当有比较长的篇幅详加阐述。

## 二 支遁与郭象《逍遥游注》之义

从刘孝标的注来看，支遁的"逍遥义"以"至足""无待"为基本内涵，他以此批评了向秀、郭象"小大虽差，各任其性。苟当其分，逍遥一也""又从有待者不失其所待，不失则同于大通矣"这种各任其性的逍遥。郭象《庄子·逍遥游注》解题云："大小虽殊，而放于自得之场，

---

① 余嘉锡：《世说新语笺疏》，第 220 页。
② 余嘉锡：《世说新语笺疏》，第 237 页。
③ 释慧皎撰，汤用彤校注：《高僧传》，第 160 页。

则物任其性，事称其能，各当其分，逍遥一也，岂容胜负于其间哉！"①可见各任其性的确是郭象逍遥义的基本内涵，郭象在《逍遥游注》中亦反复申说此义，如：

> 夫大鸟一去半岁，至天池而息，小鸟一飞半朝，抢榆枋而止。此比所能则有间矣，其于适性一也。②
>
> 苟足于其性，则虽大鹏无以自贵于小鸟，小鸟无羡于天池，而荣愿有余矣。故小大虽殊，逍遥一也。③
>
> 故有待无待，吾所不能齐也；至于各安其性，天机自张，受而不知，则吾所不能殊也。夫无待犹不足以殊有待，况有待者之巨细乎！④
>
> 此章言物各得其宜，苟得其宜，安往而不逍遥也。⑤

但是郭象的逍遥义又特别强调"分"这一个概念，如《逍遥游》郭象注云："夫庄子之大意，在乎逍遥游放，无为而自得，故极小大之致以明性分之适。"⑥又，"夫年知不相及若此之悬，比于众人之所悲，亦可悲矣。而众人未尝悲此者，以其性各有极也。苟知其极，则毫分不可相跂，天下又何所悲乎哉！夫物未尝以大欲下，而必以下羡大，故举小大之殊各有定分，非羡欲所及，则羡欲之累可以绝矣。"⑦合而言之，"性分"即事物的本性，分开而言，"分"则似可理解为对"性"的界定，所以郭象既言物"各有定分""各冥其分""各当其分"，即万物皆各有其本性，又常言"极""至"，如"故理有至分，物有定极，各称其事，其济一也"。⑧

---

① 郭庆藩：《庄子集释》，中华书局2004年版，第1页。
② 郭庆藩：《庄子集释》，第5页。
③ 郭庆藩：《庄子集释》，第9页。
④ 郭庆藩：《庄子集释》，第20页。
⑤ 郭庆藩：《庄子集释》，第39页。
⑥ 郭庆藩：《庄子集释》，第3页。
⑦ 郭庆藩：《庄子集释》，第13页。
⑧ 郭庆藩：《庄子集释》，第7页。

"物各有性，性各有极"①。"性各有极，苟足其极，则余天下之财也"②。汤用彤《崇有之学与向郭学说》说：

> 物各有分，分非外铄，乃物本有。所有之"分"，包括一切之"分"在内，即"至分"或"极"，因其"所禀之分，各有极也"。任其至分，即得其极，即以极为体，曰"体极"。……向郭说各有其极，"物各有性，性各有极"。"体极"即"任其至分，无毫铢之加"。③

从这一点来看，物之"性分"可以说是绝对的，所以万物虽各有其性，但在至分、定极上则可谓"无胜负于其间"，并且是"逍遥一也"。故郭象又云："岂知至至者之不亏哉"。④"至至者"即"至人"也，即至其至人之境界则能逍遥，《庄子序》谓："至至之道"，《齐物论注》又曰："是以涉有物之域，虽复罔两，未有不独化于玄冥之境者也"。⑤ 所以从郭象来讲，所谓的至人、神人、圣人，从本质上讲也就是一种玄冥之境，万物皆"独化于玄冥之境"，故万物皆得逍遥。从这一点来看，郭象所讲的"至""极"是对"适性逍遥"之"性"的界定，只有至足其性，才能是"独化于玄冥之境"，也才得逍遥。显然郭象的逍遥义以其自生、独化的玄学思想为基础，其基本含义是：物各有性，性各有极，苟得其极，则逍遥一也。

郭庆藩认为郭象"注谓小大虽殊，逍遥一也，似失庄子之旨"⑥。庄子《逍遥游》云："若夫乘天地之正，而御六气之变，以游无穷者，彼且恶乎待哉！故曰：至人无己，神人无功，圣人无名。"⑦ 庄子认为只有至

---

① 郭庆藩：《庄子集释》，第39页。
② 郭庆藩：《庄子集释》，第25页。
③ 汤用彤：《崇有之学与向郭学说》，《魏晋玄学论稿》，上海古籍出版社2005年版，第171页。
④ 郭庆藩：《庄子集释》，第28页。
⑤ 郭庆藩：《庄子集释》，第111页。
⑥ 郭庆藩：《庄子集释》，第1页。
⑦ 郭庆藩：《庄子集释》，第17页。

人、神人、圣人为无待而得逍遥。《齐物论注》:"世或谓罔两待景,景待形,形待造物者。请问:夫造物者,有耶无耶?无也,则胡能造物哉?有也,则不足以物众形。故明众之自物而后始可与言造物耳。是以涉有物之域,虽复罔两,未有不独化于玄冥者也。故造物者无主,而物各自造,物各自造而无所待焉,此天地之正也。"① 郭象则认为"物各自造,而无所待焉,此天地之正也",此由物之独化以言其无待而为天地之正。故郭象之与庄子异者,在于泯却本体之道,其所同者在于突显其境界形态。郭象《逍遥游注》:"故有待无待,吾所不能齐也。至于各安其性,天机自张,受而不知,则吾所不能殊也。夫无待犹不足以殊有待,况有待者之巨细乎?"② 牟宗三阐释此段云:"分别说,则有待无待不能齐也。然通过至人之逍遥,使有待者不失其所待,而同登逍遥之域,皆浑化于道术之中,则至人之无待亦无殊于芸芸者之有待,此为一整个浑化之大无待。"③ 这个阐释可以说符合郭象的原意。郭象说:"然则凡得之者,外不资于道,内不由于己,掘然自得而独化也。"郭象认为独化者,一切皆"无待",皆自生、自尔,故《寓言注》云:"推而极之,则今之所谓有待者,卒至于无待,而独化之理彰矣。"④ 此亦所谓"夫无待犹不足以殊有待"也,故其解释"圣人"云:"圣人者,物得性之名耳。"可见郭象将逍遥义由庄子的至人的本体境界发展为万物的玄冥之境,使其由至人的唯一性发展为万物的普遍性。但郭象之言"性分"又常谓"极""至",故其逍遥之唯一性,实际蕴含于普遍性之中。牟宗三云:"向、郭复进一义云:'岂独自通而已?又从有待者,不失其所待。不失,则同于大通矣。'……含生抱朴,各适其性,而天机自张,此即为'从有待者,不失其所待'也。在去碍之下,浑忘一切大小、长短、是非、善恶、美丑之对待,而皆各回归其自己,性分具足,不相凌驾,各是一绝对之独体。……而同登逍遥之域矣。"⑤ 这种万物"各是一绝对之独体",实即

---

① 郭庆藩:《庄子集释》,第 111—112 页。
② 郭庆藩:《庄子集释》,第 20 页。
③ 牟宗三:《才性与玄理》,广西师范大学出版社 2006 年版,第 160 页。
④ 郭庆藩:《庄子集释》,第 961 页。
⑤ 牟宗三:《才性与玄理》,第 158 页。

万物皆有"玄冥之境",亦即万物皆可得逍遥之境。由此而言,逍遥的唯一性蕴含于普遍性之中。

### 三　支遁"逍遥游义"的内涵

《高僧传》载支遁在白马寺与刘系之等谈《庄子·逍遥篇》,针对时人皆依郭象"各适性以为逍遥",提出:"不然,夫桀跖以残害为性,若适性为得者,彼亦逍遥矣。"这其实是对郭象"适性逍遥"可能引出的谬误提出反驳,从《高僧传》所引来看,支遁指出的"适性逍遥"可能出现的谬误是时人所没有发现的,因此在当时引起了很大的轰动。但是从上文的分析来看,郭象讲的"适性"并不是任性而为、为所欲为之义。支遁由引申而得的"桀跖以残害为性,若适性为得者,彼亦逍遥矣",是以这种极端的例子去否定郭象的逍遥义。但是从《世说新语·文学》注引的材料来看,支遁的《逍遥论》思想实亦综合玄、佛而来,与郭象有内在的关系。

《世说新语·文学》刘孝标注载支遁开宗明义说:"夫逍遥者,明至人之心也。"这是支遁逍遥义的关键所在,也就是说逍遥是讲"至人之心"的,这句的内涵当从"至人"和"心"两层来理解。"至人"是《庄子·逍遥游》中"无待"之逍遥的主体,"若夫乘天地之正,而御六气之辩,以游无穷者,彼且恶乎待哉!故曰,至人无己,神人无功,圣人无名。"郭象注云:"此乃至德之人玄同彼我者之逍遥也。"又注"无己"曰:"无己,故顺物,顺物而至矣。"成玄英云:"至言其体,神言其用,圣言其名。故就体语至,就用语神,就名语圣,其实一也。诣于灵极,故谓之至;阴阳不测,故谓之神;正名百物,故谓之圣也。"[①] 钟泰《庄子发微》认为三者中"至人"最为根本,云:"'至人无己'三句,则为一篇之要旨。而'无己',尤要中之要。盖非至'无己'不足以言'游',更不足以言'逍遥'也。'圣人''神人''至人',虽有三名,至者圣之至,神者圣而不可知之称。其实皆圣人也。而'无己'必自'无名''无功'始,故先以之'无名',次之以'无功'。'无名'者,

---

① 郭庆藩:《庄子集释》,第22页。

不自有其名。'无功'者，不自有其功。不自有者，'无己'之渐也。故终归于'无己'而止焉。"① 刘武《庄子集解内篇补正》云："《齐物论篇》云：'王倪曰：至人神矣。是至人、神人一也。故下藐姑射神人，亦至人也。惟圣人则有间。《则阳篇》云：'客大人也，圣人不足以当之。'《秋水篇》云：'大人无己。'此言'至人无己'则至人即大人也，圣人不足以当之矣。《列子·力命篇》云：'横私天下之身，横私天下之物，其唯圣人乎！公天下之身，公天下之物，其唯至人乎！'公天下之身，即无己也，此明言圣人不及至人矣。《外物篇》云：'圣人之所以骇天下，神人未尝过而问焉。贤人之所以骇世，圣人未尝过而问焉。'此明言圣人不及神人矣。成氏乃谓'其实一也'尚欠详审。自'若夫乘天地之正'至此，为本篇之主，下则逐一举事证明之。此三句，为本段之主；'至人无己'，则有三句中之主也。"② 从以上所引郭象等人的阐释来看，至人即至德、至圣、神人之义，庄子认为只有这样的"至人"才是真正逍遥。

支遁以"至人之心"明逍遥，"至人"之说源自庄子，所谓"至人之心"即至人的精神境界，其《大小品对比要钞序》阐述"至人"云：

> 夫至人也，览通群妙，凝神玄冥，灵虚响应，感通无方。建同德以接化，设玄教以悟神，述往迹以搜滞，演成规以启源。或因变以求通，事济而化息；适任以全分，分足则教废。故理非乎变，变非乎理；教非乎体，体非乎教。故千变万化，莫非理外，神何动哉？以之不动，故应变无穷。③

"至人"通晓各种微妙之事，凝聚心神而幽深玄远，神灵虚空而响应，感应通于无方。适应任运以成全"分"，"分"满足了教化就停止。所以理不是变，变不是理，教不是体，体不是教。千变万化，莫不是在理之外，

---

① 钟泰：《庄子发微》，上海古籍出版社2002年版，第14—15页。
② 刘武：《庄子集解内篇补正》，中华书局1987年版，第17页。
③ 张富春：《支遁集校注》，巴蜀书社2014年版，第513—514页。

心神有什么活动呢？正因为心神不动，所以能够应变无穷。① 支遁这一段集中阐述了至人幽微玄妙、寂然凝守的精神状态，但是如何达到这种精神状态，支遁强调应"无心"，《大小品对比要钞序》：

> 理冥则言废，忘觉则智全。若存无以求寂，希智以志心，智不足以尽无，寂不足以冥神。何则？故有存于所存，有无于所无。存乎存者，非其存也；希乎无者，非其无也。何则？徒知无之为无，莫知所以无；知存之为存，莫知所以存。希无以忘无，故非无之所无；寄存以忘存，故非存之所存，莫若无其所以无，忘其所以存。忘其所以存，则无存于所存；遗其所以无，则忘无于所无。忘无故妙存，妙存故尽无，尽无则忘玄，忘玄故无心，然后二迹无寄，无有冥尽。是以诸佛因般若之无始，明万物之自然。②

"凝神玄冥"的精神状态，不能由希智求寂而得，而应由"忘"而至"无心"，即"忘无故妙存，妙存故尽无，尽无则忘玄，忘玄故无心，然后二迹无寄，无有冥尽"。这种"无有冥尽"即至人之"凝神玄冥"。支遁又说："夫体道尽神者，不可诘之以言教，游无蹈虚者，不可求之于形器，是以至人于物，遂通而已。""体道尽神""游无蹈虚"即至人之境，乃由泯、忘、冥而得，故支遁屡言之，如"真人冥宗而废玩""恬智交泯""迈轨一变，同规坐忘"（《阿弥陀佛像赞》）、"恬智冥徼妙，缥眇咏重玄"（《弥勒赞》）、"何以绝尘迹，忘一归本无，空同何所贵，所贵在恬愉"（《闲首菩萨赞》）、"何以虚静闲，恬智翳神颖"（《不眴菩萨赞》）、"体神在忘觉，有虑非理尽。色来投虚空，响朗生应轸。托阴游重冥，冥亡影迹陨"（《善宿菩萨赞》）、"都忘绝鄙当，冥默自玄会"（《善多菩萨赞》）、"灵童绥神理，恬和自交忘"、"汲引兴有待，冥归无尽场"（《月光童子赞》）。支遁强调至人之"凝神""至足"，"'凝神'含有按照般若智慧的要求，控制自己的精神活动，不胡思乱想，直至泯除思维活动的

---

① 方立天：《魏晋南北朝佛教》，中国人民大学出版社 2006 年版，第 40 页。
② 张富春：《支遁集校注》，第 504 页。

意义。'至足'是精神的真正自足、满足，是'无待'的。支遁认为只有这样才能真正适应一切变化，才是逍遥，也就是只有成佛才能逍遥。"①可见支遁所说的"至人"就是佛，《大小品对比要钞序》开篇云："其为经也，至无空豁，廓然无物者也。无物于物，故能齐于物，无智于智，故能运于智。是故夷三脱于重玄，齐万物于空同，明诸佛之始有，尽群灵之本无，登十住之妙阶，趣无生之路径。"又上文所引一段云："是以诸佛因般若之无始，明万物之自然。"也说明支遁乃以般若来阐述"至人"。又《阿弥陀佛像赞》云："佛经记西方有国，国名安养，回辽迥邈，路踰恒沙。非无待者，不能游其疆；非不疾者，焉能致其速。其佛号阿弥陀，晋言无量寿。"②"无待"即《庄子·逍遥游》说的："乘天地之正，而御六气之辩，以游乎无穷者，彼且恶乎待哉"的"至人"。"不疾而速"见《三国志·曹爽传》注引《魏氏春秋》："初，夏侯玄、何晏等名盛于时，司马景王亦预焉。晏尝曰：'惟深也，故能通天下之志，夏侯泰初是也；惟几也，故能成天下之务，司马子元是也；惟神也，不疾而速，不行而至，吾闻其语，未见其人。'盖欲以神况诸己也。"③支遁这里说的至人、神人就是佛。这是支遁会通玄佛以标揭逍遥游之新理的一个重要体现。

《逍遥游》中庄子认为"至人"体现了无待的、绝对自由的逍遥之境，具有最高意义的"道"体之义。郭象《逍遥游注》中以至人为"至德之人"，实亦最高之义，但又说"无己"乃顺物而至，圣人则为物得性之名，郭象强调"小大虽殊，逍遥一也"，从上文分析来看，这是从万物独化于玄冥之境而言的。郭象实质上是认为"体"在于物自身，这是对庄子境界形态的"道"的发展，从逍遥的角度来讲，是将具有唯一性的"至人"之逍遥，扩展到普遍的万物玄冥之境的逍遥。支遁既云至人是佛，但是从佛教信仰来讲，又需要承认成佛的可能性，也就是一般人也能达到至人之逍遥的可能，支遁有顿悟、

---

① 方立天：《魏晋南北朝佛教》，第43页。
② 张富春：《支遁集校注》，第388—389页。
③ 陈寿撰，裴松之注：《三国志》，中华书局1982年版，第293页。

渐悟之说，如《大小品对比要钞序》云："悟群俗以妙道，渐积损以至无。设玄德以广教，守谷神以存虚。齐众首于玄同，还群灵乎本无。"所谓"渐积损以至无"，即渐悟成佛之说。又《阿弥陀佛像赞》："别有经记，以录其懿，云此晋邦，五末之世，有奉佛正戒，讽诵阿弥陀经，誓生彼国，不替诚心者，命终灵逝，化往之彼，见佛神悟，即得道矣。"见佛神悟而得道，此即颇近于顿悟。又《世说新语》刘孝标注引《支法师传》云："法师研十地，则知顿悟于七住。寻庄周，则辩圣人之逍遥。"[1]渐悟、顿悟皆成佛之说，可见支遁亦认为人可以成佛。因此支遁虽批评郭象，但是在思想的逻辑上却又与郭象有相同之处，与支遁同时的戴逵，在其《闲游赞》里还说："物莫不以适为得，以足为至。"所用的正是郭象之义，可见"时人"并没有"皆用支理"。支遁从"至人"逍遥这种唯一性来批评郭象适性逍遥的普遍性，但郭象逍遥义其实由"万物独化于玄冥之境"已将唯一性蕴含于其普遍性之中，而支遁之逍遥义亦不得不有普遍性之一面，如其《咏怀诗五首》其一云：

  傲兀乘尸素，日往复月旋。弱丧困风波，流浪逐物迁。中路高韵益，窈窕钦重玄。重玄在何许，采真游理间。苟简为我养，逍遥使我闲。寥亮心神莹，含虚映自然。亹亹沉情去，彩彩冲怀鲜。踟蹰观象物，未始见牛全。毛鳞有所贵，所贵在忘筌。

诗歌认为"逍遥"就是心神清澈明亮，包含虚空而明照自然，这也正是至人之心的内涵，但是诗人云"苟简为我养，逍遥使我闲"，安于简易为我涵养，逍遥自得使我闲静，此即诗人所体验的至人之心、逍遥之境，正是唯一性与普遍性之结合。

  逍遥义是支遁以融合玄佛的格义之法而进行的理论探索，在当时玄佛合流及士僧交往频繁的风气下，加以支遁长于清谈，以其名理奇藻引

---

[1] 余嘉锡：《世说新语笺疏》，第223页。

起了士人极大的轰动。① 支遁虽颇受般若和禅智之影响②，以阐述其逍遥之境，但从本质上讲，其义仍未脱玄学的理论范畴，汤用彤云："东晋名士崇奉林公，可谓空前。此其故不在当时佛法兴隆。实则当代名僧，既理趣符《老》《庄》，风神类谈客。"③ 支遁逍遥义引起巨大的反响，固不仅在其理之新，且亦与其契于玄理及支遁之才藻有莫大关系，故牟宗三说："支遁义只是分别说，实未真能'标新理于二家之表'也，且未能至向、郭义之圆满，然亦并不误。"④ 此言为得之矣。但支遁"逍遥游义"的提出，显著地体现了东晋以来玄学与佛教的融合，这对于准确理解东晋思想学术是极为重要的。

## 第二节 "空"的两种含义与支遁"即色义"考论

### 引言 玄佛合流与般若六家七宗的形成

东汉末以来，经支娄迦谶、支谦、朱士行、竺法护等人的努力，至晋宋之际，般若的经典和思想基本上都被介绍到中国来了。⑤ 东晋以来，形成了一股蔚然成风的般若学思潮。这股思潮融合到魏晋以来的玄学思想之中，而得到迅速的发展，正如道安《鼻奈耶序》说的："自经流秦土，有自来矣……以斯邦人《老》《庄》教行，与方等经兼忘相似，故因风易行也。"⑥ 由于对般若思想的不同理解，在般若学内部分化出了不同的派别，后秦僧叡《毗摩罗诘提经义疏序》首先提出了"六家"之说，"自慧风东扇，法言流咏以来，虽曰讲肆，格义迂而乖本，六家偏而不

---

① 《高僧传》载王羲之谓支遁曰："'《逍遥篇》可得闻乎？'遁乃作数千言，标揭新理，才藻惊绝。王遂披襟解带，流连不能已。"（第160页）

② 《高僧传》本传载其曾"注《安般》《四禅》诸经"。支遁诗歌中常言"恬智"，如"恬智冥徼妙，缥眇咏重玄"（《弥勒赞》）、"何以虚静闲，恬智翳神颖"（《不眴菩萨赞》），"恬智"虽出于《庄子》，但支遁所用实近于禅智之义。

③ 汤用彤：《汉魏两晋南北朝佛教史》，第128页。

④ 牟宗三：《才性与玄理》，第158页。

⑤ 汤用彤：《汉魏两晋南北朝佛教史》第七章"两晋之际的名僧与名士"，对当时《般若经》之流传及中国的"般若"学者，进行了详细的考证。

⑥ 《大正藏》，第24册，第851页。

即。"① 但是僧叡没有具体指明是哪六家。刘宋昙济有《六家七宗论》，此论佚。陈慧达《肇论序》云："或六家七宗，爰延十二。"唐元康《肇论疏》引昙济之说，以释慧达此句曰：

> "或六家七宗，爰延十二"者，江南本皆云"六宗七宗"，今寻记传，是"六家七宗"也。梁朝释宝唱作《续法论》一百六十卷云，宋庄严寺释昙济作《六家七宗论》。论有六家，分为七宗。第一本无宗，第二本无异宗，第三即色宗，第四识含宗，第五幻化宗，第六心无宗，第七缘会宗。本有六家，第一家分为二宗，故成七宗也。②

汤用彤《汉魏两晋南北朝佛教史》考证了六家七宗的名目与代表人物，为便于后文的论述，兹引之如下③：

| 六家 | 七宗 | 主张之人 |
| --- | --- | --- |
| 本无 | 本无 | 道安 |
| 本无异 | 竺法深 | 竺法汰　（竺僧敷） |
| 即色 | 即色 | 支道林　（郗超） |
| 识含 | 识含 | 于法开　（于法威　何默） |
| 幻化 | 幻化 | 道壹 |
| 心无 | 心无 | 支愍度　竺法蕴　道恒（桓玄　刘遗民） |
| 缘会 | 缘会 | 于道邃 |

六家七宗由对般若学的不同理解而发展出来。各家之基本思想，汤用彤《汉魏两晋南北朝佛教史》已详作分析，可谓是对六家七宗的经典论述，但对各家的产生大体时间，尚需稍作进一步的考释，以祈有助于了解彼

---

① 释僧祐撰，苏晋仁、萧炼子点校：《出三藏记集》，第311页。
② 《大正藏》第45册，第163页。
③ 汤用彤：《汉魏两晋南北朝佛教史》，第194页。

时般若学思潮的发展状况及其特点。

1. 本无宗

本无宗的代表是道安。道安的生平可分为四个阶段：第一河北求学时（335—349）；第二河北教学时（349—365）；第三襄阳教学时（365—379）；第四关中译经时（379—385）。①《高僧传》本传载道安在河北求学师事佛图澄时，"于时学者多守闻见，安乃叹曰：'宗匠虽邈，玄旨可寻，应穷究幽远，探微奥，令无生之理宣扬季末，使流通之徒归向有本。'于是游方问道，备访经律。"②这种"穷究幽远，探微奥"的精神与其在飞龙山反对格义相似，这一时期道安在佛图澄门下虽然主要学习小乘禅数学，但是其求道之精神，使他并没有局限在小乘之内，而是"游方问道，备访经律"，多方学习广寻经律，因此自然也了解当时的般若学思潮。汤用彤认为在河北教学时期，道安已见《放光》《道行》二经，而《光赞》亦得其一品。《道行经》是东汉灵帝时天竺沙门竺朔佛在洛阳所译，这是当时般若学的代表性典籍，因此道安很可能在追随佛图澄时即已看到该经。晋穆帝永和五年（349）道安避石氏之乱，先居濩泽③，后往飞龙山与竺法汰、僧先、道护等研习经典，"乃共披文属思，妙出神情"④，可见道安诸人于此时对佛教思想理论等有深入的思考。道安《道行经序》云：

> 然凡谕之者，考文以征其理者，昏其趣者也；察句以验其义者，迷其旨者也。何则？考文则异同每为辞，寻句则触类每为旨。为辞则丧其卒成之致，为旨则忽其始拟之义矣。若率初以要其终，或忘文以全其质者，则大智玄通，居可知也。⑤

---

① 汤用彤：《汉魏两晋南北朝佛教史》，第140页。
② 释慧皎撰，汤用彤校注：《高僧传》，第178页。
③ 刘汝霖《东晋南北朝学术编年》系于350年（华东师范大学出版社2010年版，第42页）。
④ 释慧皎撰，汤用彤校注：《高僧传》，第178页。
⑤ 释僧祐撰，苏晋仁、萧炼子点校：《出三藏记集》，第263页。

其大意是说，经中文句常会有不同的意义和用法，那些寻文摘句之徒如果沉溺其中，就不能真正了解经文的旨趣。所以必须透过表面的文字，抓住贯穿这部经典的始终理论，才能真正把握经典的奥义。道安这段话显然是针对格义不能真正体会般若经真义而发，这与其在飞龙山批评格义相契合，所以《道行经》很可能是道安在飞龙山时期研习的重要经典。① 大概在公元353年道安在恒山立寺塔②，《高僧传·慧远传》谓慧远："年二十一，欲渡江东，就范宣子共契嘉遁。值石虎已死，中原寇乱，南路阻绝，志不获从。时沙门释道安立寺于太行恒山，弘赞像法，声甚著闻，远遂往归之。一面尽敬，以为真吾师业。后闻安讲《般若经》，豁然而悟，乃叹曰：'儒道九流，皆糠秕耳。'便与弟慧持，投簪落彩，委命受业。"又，"年二十四，便就讲说。尝有客听讲，难实相义，往复移时，弥增疑昧。远乃引《庄子》义为连类，于是惑者晓然。"③ 说明河北教学时期，道安已十分重视般若学研究，并以之作为教育弟子的重要内容。道安在河北教学时期，又特别重视禅观，避居濩泽时即注《阴持入经》《大十二门经》及《道地经》，僧睿《大品经序》曰："亡师安和尚凿荒途以开辙，标玄指于性空。"④ 其《毗摩罗诘提经义疏序》亦云："格义迂而乖本，六家偏而不即。性空之宗，以今验之，最得其实。"⑤ 元康《肇论疏》曰："如安法师立义以性空为宗，作《性空论》。"⑥ 道安性空之论，即源于般若，又与其重视禅观颇有关系，"安公可谓自禅观以趣于性空者也"⑦。如《阴持入经序》云："以慧断智，入三部者，成四谛也。十二因缘讫净法部首，成四信也。其为行也，唯神矣，故不言而成，唯妙矣，故不行而至。"⑧ 《道地经序》："其为像也，

---

① 方广锠：《道安评传》，第86页。
② 方广锠：《道安评传》，第79页。汤用彤《汉魏两晋南北朝佛教史》谓于公元354年（第139页）。
③ 释慧皎撰，汤用彤校注：《高僧传》，第211—212页。
④ 释僧祐撰，苏晋仁、萧炼子点校：《出三藏记集》，第292页。
⑤ 释僧祐撰，苏晋仁、萧炼子点校：《出三藏记集》，第311页。
⑥ 《大正藏》，第45册，1859经，第162页。
⑦ 汤用彤：《汉魏两晋南北朝佛教史》，第176页。
⑧ 释僧祐撰，苏晋仁、萧炼子点校：《出三藏记集》，第249页。

含弘静泊，绵绵若存。寂寥无言，辩之者几矣。恍惚无行，求以漭乎其难测，圣人乃为布不言之教，陈无辙之轨。"①《安般注序》曰："寄息故无六阶之差，寓骸故有四级之别。阶差者，损之又损，以至于无为。级别者，忘之又忘，以至于无欲。"②《人本欲生经注》释想受灭尽定曰："行兹定者，冥如死灰，雷霆不能骇其念，火燋不能伤其虑，萧然与太虚齐量，恬然与造化俱游。"③"所谓无言无为，静寂逍游，语虽出于《老》《庄》，而实同于安公之般若。盖'据真如游法性，冥然无名者，智度之奥室也。''泊然不动，湛尔玄齐'，亦何异于冥如死灰。故安公之空，发于禅也。"④ 由此来看，河北教学时期道安兼重般若与禅观，故其本无宗的基本思想应该形成于此时，即349—365年间。

2. 本无异宗

吉藏《中观论疏》为本无一家，分为二宗。一为道安本无义，一为深法师义，"本无者未有色法，先有于无，故从无出有，即无在有先，有在无后，故称本无。此释为肇公《不真空论》之所破，亦经论之所未明也。"⑤ 日人安澄《中论疏记》云："若如深法师作定执言无在有前者，此无即是非为有，本性是无，即前无后有。若尔者，诸佛菩萨有先无后有过罪也。"⑥《高僧传》云："深法师者，晋剡东仰山竺潜，字法深，姓王，琅玡人也。年十八出家，至年二十四，讲《法华》《大品》。……以晋宁康二年，卒于山馆，春秋八十有九焉。"⑦ 《高僧传》本传谓法深"优游讲席三十余载，或畅方等，或释老庄。投身北面者，莫不内外兼洽"⑧。其具体学问不知如何，然亦会通玄释以解般若，故谓其为本无异宗之代表，亦无不可。法深卒于公元374年，其优游讲席三十余年，因此大体推测其本无异之形成或在公元340年左右。

---

① 释僧祐撰，苏晋仁、萧炼子点校：《出三藏记集》，第366—367页。
② 释僧祐撰，苏晋仁、萧炼子点校：《出三藏记集》，第245页。
③ 《大正藏》，第33册，第9页。
④ 汤用彤：《汉魏两晋南北朝佛教史》，第176页。
⑤ 《大正藏》第42册，第29页。
⑥ 《大正藏》第65册，第93页。
⑦ 释慧皎撰，汤用彤校注：《高僧传》，第156—157页。
⑧ 释慧皎撰，汤用彤校注：《高僧传》，第156页。

而元康《肇论疏》则谓僧肇《不真空论》所斥之本无义乃法汰之说。法汰是道安的同学，《高僧传》本传载其曾在荆州驳道恒心无义，又在建康瓦官寺讲《放光经》。僧佑《出三藏记集》中陆澄《法论目录》载："《本无难问》，郗嘉宾。竺法汰难，并郗答，往反四首。"①《高僧传·法汰传》云："汰所著义疏，并与郗超书《论本无义》，皆行于世。"② 郗超崇信支遁之即色义，故知此处之本无即法汰之说。《高僧传·道安传》载："俄而慕容俊逼陆浑，遂南投襄阳，行至新野，谓徒众曰：'今遭凶年，不依国主，则法事难立，又教化之体，宜令广布。'咸曰：'随法师教。'乃令法汰诣杨州，曰：'彼多君子，好尚风流。'"③《晋书·慕容暐传》载：晋哀帝兴宁初，慕容暐将孙兴、悦希围洛阳，"寻而陈祐率众奔陆浑，河南诸垒悉陷于希。慕容恪攻陷金墉，害扬威将军沈劲"。④ 据《晋书·海西公纪》：兴宁三年三月丙子"慕容暐将慕容恪陷洛阳，宁朔将军竺瑶奔于襄阳，冠军长史、扬武将军沈劲死之"⑤。道安当于此时（365）率众奔襄阳。法汰亦于此年下扬州。法汰与道安同出佛图澄门下，于飞龙山时与道安、僧先、道护等"披文属思，妙出神情"，此后大抵皆追随道安，因此其本无异思想之形成，或当与道安之本无宗为同期，即道安河北教学时期（349—365）。《高僧传》本传载其"与弟子昙一、昙二等四十余人，沿江东下，遇疾停阳口。时桓温镇荆州，遣使要过，供事汤药。安公又遣弟子慧远下荆问疾，……时沙门道恒，颇有才力，常执心无义，大行荆土。汰曰：'此是邪说，应需破之。'乃大集名僧，令弟子昙一难之"⑥。昙一即执法汰本无义以攻心无也。

3. 即色宗

《高僧传·于法开传》载法开为"每与支道林争即色空义"⑦，据此，

---

① 释僧祐撰，苏晋仁、萧炼子点校：《出三藏记集》，第429页。
② 释慧皎撰，汤用彤校注：《高僧传》，第193页。
③ 释慧皎撰，汤用彤校注：《高僧传》，第178页。
④ 房玄龄：《晋书》，中华书局1974年版，第2849页。
⑤ 房玄龄：《晋书》，第210页。
⑥ 释慧皎撰，汤用彤校注：《高僧传》，第192页。
⑦ 释慧皎撰，汤用彤校注：《高僧传》，第168页。

支遁即色义最迟于此时（352）已形成，详见后文分析。

### 4. 识含宗

这一宗的代表是于法开，《高僧传》本传载法开为兰公弟子，"善《放光》及《法华》"，"每与支道林争即色空义，庐江何默申明开难，高平郗超宣述林解，并传于世"。①《世说新语·文学》云："于法开始与林公争名，后精渐归支，意甚不忿，遂遁迹剡下。遣弟子出都，语使过会稽。于时支公正讲《小品》。开戒弟子：'道林讲，比汝至，当在某品中。'因示语攻难数十番，云：'旧此中不可复通。'弟子如言诣支公。正值讲，因谨述开意。往反多时，林公遂屈。厉声曰：'君何足复受人寄载！'"刘孝标注："《名德沙门题目》曰：'于法开才辨纵横，以数术弘教。'《高逸沙门传》曰：'法开初以义学著名，后与支遁有竞，故遁居剡县，更学医术。'"② 永和九年（353）王羲之组织兰亭集会，谢安、孙绰等参与者42人，会稽名士尽倾却独缺支道林，《世说新语·文学》记载支遁在会稽与王羲之、谢安、孙绰等人"出则渔弋山水，入则言咏属文"，其关系极为密切，因此支遁此时若在会稽而未参加兰亭集会，这是令人费解的，《高僧传》本传载其"俄又投迹剡山，于沃洲小岭立寺行道，僧众百余，常随禀学"。③ 因此支遁离开会稽赴剡县，当在王羲之等举行兰亭集会的永和九年（353）三月三日之前。而法开与支遁争即色空义失利而遁剡县，必在支遁离开会稽赴剡县之前，王晓毅《支道林生平事迹考》认为："于法开与支道林争名，众人倒向支，大概需要一定的时间，不可能在支初到山阴的永和七年，故系于此年。"④ 于法开之识含宗或即在与支道林争名中发展出来，兹定于永和八年（352）左右。

### 5. 幻化宗

吉藏《中观论疏》云："第六壹法师云：世谛之法皆如幻化。是故经云，从本已来未始有也。"⑤ 汤用彤云："壹法师不知指何人。竺法汰有弟

---

① 释慧皎撰，汤用彤校注：《高僧传》，第167—168页。
② 余嘉锡：《世说新语笺疏》，第229页。
③ 释慧皎撰，汤用彤校注：《高僧传》，第160页。
④ 王晓毅：《支道林生平事迹考》，《中华佛学学报》1995年第8期。
⑤ 《大正藏》第42册，第29页。

子昙壹及道壹。时人呼昙壹为大壹,道壹为小壹。竺法汰在荆州时,曾令昙壹攻难道恒心无义,大壹或确守师说者,则幻化义者或为道壹之说。"①《高僧传·道壹传》:"晋太和中出都,止瓦官寺,从汰公受学,数年之中,思彻渊深,讲倾都邑。汰有弟子昙壹,亦雅有风操,时人呼昙壹为大壹,道壹为小壹,名德相继,为时论所宗,晋简文皇帝深所知重。及帝崩汰死,壹乃还东,止虎丘山。……壹于是闲居幽草,晦影穷谷。"②太和是东晋海西公年号(366—371),简文帝卒于咸安二年(372)七月,道壹在从法汰受学数年后,即为时论所宗,得到简文帝的知重,当是在般若思想上有新的领悟,故推测其幻化义当形成于从法汰受学至简文帝去世之间,即366—371年间。许理和则认为道壹可能是在若耶山与博学的帛道猷交游期间,发展了自己的理论即幻化宗③,据许氏之说则幻化宗形成于公元387年法汰去世之后。但是《高僧传》说法汰去世后,道壹还东,"学徒苦留不止,乃令丹阳尹移壹还都,壹答移曰:……"不仅学徒苦留,朝廷还特意命丹阳尹征召他回都,可见道壹在都城影响极大,这或是他已发展出幻化义故得此重名,由此可见幻化宗当在法汰去世之前即已形成。

6. 心无宗

《世说新语·假谲》:"愍度道人始欲过江,与一伧道人为侣。谋曰:'用旧义在江东,恐不办得食。'便共立'心无义'。既而此道人不成渡,愍度果讲义积年。后有伧人来,先道人寄语云:'为我致意愍度,无义那可立?治此计,权救饥尔,无为遂负如来也!'"④据此可知心无义为支愍度所创。刘孝标注:"《明德沙门题目》曰:'支愍度才鉴清出。'孙绰《愍度赞》曰:'支度彬彬,好是拔新。俱禀昭见,而能越人。世重秀异,咸敬尔珍。孤桐峄阳,浮磬泗滨。'"⑤愍度之立心无义在心、物问题上与时论皆不同,故法汰斥之为邪说,而孙绰则谓之"好是拔新"。《高僧

---

① 汤用彤:《汉魏两晋南北朝佛教史》,第187页。
② 释慧皎撰,汤用彤校注:《高僧传》,第206—207页。
③ [荷]许理和:《佛教征服中国》,李四龙、裴勇等译,第188页。
④ 余嘉锡:《世说新语笺疏》,第859页。
⑤ 余嘉锡:《世说新语笺疏》,第859页。

传·康僧渊传》:"晋成之世,与康法畅、支敏度等俱过江。"① 又《世说新语·言语》:"庾(一作康)法畅造庾太尉,握麈尾至佳。公曰:'此至佳,那得在?'法畅曰:'廉者不求,贪者不与,故得在耳。'"②《排调》:"康僧渊目深而鼻高,王丞相每调之。渊曰:'鼻者面之山,目者面之渊,山不高则不灵,渊不深则不清。'"③《晋书·成帝纪》:"(咸康)五年秋七月庚申,使持节、侍中、丞相、领扬州刺史、始兴公王导薨。……六年春正月庚子,使持节、都督江豫益梁雍交广七州诸军事、司空、都亭侯庾亮薨。"④ 僧渊、法畅与愍度同时过江,其能与王导、庾亮交往,则过江时间必在王导去世的咸康五年(339)之前。陈寅恪进一步推论说:"据《世说新语·排调篇》'康僧渊初过江,未有知者'之语,王导、庾亮皆当日勋贵重臣,必非未知名之伧道人所易谒见者。然则僧渊、法畅与王导、庾亮对问之时,必在其已知名之后,而非其初过江之年。且《世说新语·排调篇》有'王丞相每调之'之语,则渊公、茂弘二人必以久交屡见之故,始有每调之可能。而元规必见畅公持至佳之麈尾,不止一次,然后始能作'那得常在'之问。故取此数端,综合推计,则僧渊、法畅、愍度三人之过江,至迟亦在成帝初年咸和之世矣。"⑤ 支愍度心无义立于过江前,即当在成帝初年之前。从这一考证来看,心无宗很可能是中国般若学派中比较早发展起来的学派。从这一点也可以看出般若学的发生发展有一个很明显的玄学思想背景。

7. 缘会宗

吉藏《中观论疏》云:"第七于道邃,明缘会故有,名为世谛。缘散故即无,称第一义谛。"⑥ 安澄《中论疏记》释此曰:"《玄义》云:第七于道邃著《缘会二谛论》云,缘会故有,是俗。推拆无,是真。譬如土

---

① 释慧皎撰,汤用彤校注:《高僧传》,第150页。
② 余嘉锡:《世说新语笺疏》,第111页。
③ 余嘉锡:《世说新语笺疏》,第799页。
④ 房玄龄:《晋书》,第182页。
⑤ 陈寅恪:《支愍度学说考》,《金明馆丛稿初编》,第176页。
⑥ 《大正藏》第42册,第29页。

木合为舍,舍无前体,有名无实故。佛告罗陀,坏灭色相,无所见。"① 据此则缘会宗为于道邃之说。道邃为法兰弟子,《高僧传》载:"于道邃,燉煌人。……至年十六出家,事兰公为弟子。学业高明,内外盖览,善方药,美书札,洞谙殊俗,尤巧谈论。……后与兰公俱过江,谢庆绪大相推重。性好山泽,在东多游履名山。为人不屑毁誉,未尝以尘近经抱。后随兰公适西域,于交阯遇疾而终,春秋三十有一矣。郗超图写其形,支遁著铭赞曰:'英英上人,识通理清。朗质玉莹,德音兰馨。'"② 竺法护曾称道邃"高简雅素,有古人之风"③。法护"卒于愍帝末"④,即317年,而道邃当在十六岁随于法兰出家后才可能得到法护的品评,据此道邃最迟出生于301年,三十一岁卒,故其卒年为331年。缘会义即产生于331年之前。

由于史料的缺乏,对六家七宗形成时间只能作大体的考释,从上文的分析来看,其产生的时间大概集中在330—360年这三十来年间,正值东晋前中期般若和玄学合流思潮极为盛行的时期。形成这种般若学派异峰突起现象的原因,有研究者认为:"是由于当时佛玄合流的思潮来势甚猛。许多佛教般若学者自身的理论准备不成熟而又急急忙忙去迎合这个思潮,创立新解,于是在一个相当短的时间内把玄学中的争论都搬过来了。"⑤ 如支愍度之立心无义,即出于迎合江东玄风的需求而改变旧义;又如于法开和于道邃皆是于法兰弟子,但却分别是识含宗和缘会宗的代表;法汰立本无异,其弟子道壹则立幻化义;竺法蕴主心无义,其师则是本无异宗的竺法深;又如慧远攻难道恒心无义,而《出三藏记集》中陆澄《法论目录》则有慧远之徒刘遗民《释心无义》;而识含宗的法开与支遁争即色义,本无异之法深亦与支遁有过交锋。⑥ 在比较

---

① 《大正藏》第65册,第95页。
② 释慧皎撰,汤用彤校注:《高僧传》,第170页。
③ 释慧皎撰,汤用彤校注:《高僧传》,第170页。
④ 陈垣:《释氏疑年录》,广陵书社2008年版,第1页。
⑤ 任继愈:《中国佛教史》第二卷,中国社会科学出版社1985年版,第219页。
⑥ 《世说新语·文学》:"有北来道人好才理,与林公相遇于瓦官寺,讲《小品》。于时竺法深、孙兴公悉共听。此道人语,屡设疑难,林公辩答清晰,辞气俱爽。此道人每辄摧屈。孙问深公:'上人当是逆风家,向来何以都不言?'深公笑而不答。林公曰:'白旃檀非不馥,焉能逆风?'深公得此意,夷然不屑。"(《世说新语笺疏》,第218页)

短的时间内，般若诸派的分化、矛盾，说明诸家对般若的理解还处于探索之中，这种探索与当时的玄学思想背景是密切相关的，因此对支遁即色义内涵的分析，也不能脱离玄学的影响。

### 一 玄学与支遁"即色义"的形成

六家七宗第三宗为即色义。支遁《妙观章》云：

> 夫色之性，不自有色。色不自有，虽色而空，故曰色即为空，色复异空。①

支遁善《维摩经》，曾与许询在山阴讲《维摩经》②，《妙观章》的色空观可能也与《维摩经》有关，该经卷下《不二入品》："世间空耳，作之为二色，空。不色败空，色之性空。"③吉藏《中观论疏》云："第二即色义。但即色有二家，一者关内即色义。明即色是空者，此明色无自性，故言即色是空，不言即色是本性空也。此义为肇公所呵。肇公云：此乃悟色而不自色，未领色非色也。次支道林著《即色游玄论》，明即色是空，故言即色游玄论。此犹是不坏假名而说实相，与安师本性空故无异也。"④吉藏认为即色义有两家：关内即色义和支道林即色义，僧肇所呵者是关内即色义。陈慧达《肇论疏》："第二解即色者，支道林法师即色论云……"⑤唐元康《肇论疏》则曰："即色者明色不自色，下第二破晋朝支道林即色游玄义也。"⑥安澄《中论疏记》云："然康、达二师并云，破支道林即色义。"⑦元文才《肇论新疏》："即色者，明色不自色，故虽

---

① 余嘉锡：《世说新语笺疏》，第222页。
② 释慧皎撰，汤用彤校注：《高僧传》，第161页。
③ 此据支谦译本《维摩诘所说经》，这是支遁当时所能看到的译本。鸠摩罗什译《佛说维摩诘经·不二入法门品》喜见菩萨曰："色、色空不二。色即是空，非色灭空，色性自空。"（《大正藏》，第14册，第551页）这一表述与支遁更接近。
④ 《大正藏》第42册，第29页。
⑤ 《卍续藏》第54册，第59页。
⑥ 《大正藏》第45册，第171页。
⑦ 《大正藏》第65册，第94页。

色而非色也,东晋支道林作《即色游玄论》。……支公已了名假,未了相空。名相俱空,圆成显现,由未了此,所以被破。"① 又遵式《注肇论疏》:"即色者,下注云,破支道林即色义。"② 可见从陈朝慧达以来,多以即色义当为支道林之说,吉藏之说实误也。从慧达《肇论疏》、吉藏《中观论疏》、元康《肇论疏》等所述来看,支遁的即色义主要体现在其所著《即色游玄论》中,但是此文已佚,因此关于支遁即色义的内涵,需要根据现有的材料作相应的辨析。支遁《妙观章》云:"夫色之性,不自有色。色不自有,虽色而空,故曰色即为空,色复异空。"③ 这数句对阐释支遁即色义极为重要,我们认为《妙观章》所说的"色即为空,色复异空"中,前后两个"空"有不同的含义,第一个"空"是色无自性的空无,第二个"空"则与本体的"无"之义相近。认识到这一点,是准确理解"色复异空"及支遁即色义的关键。而这又与支遁受玄学的影响有密切的关系。

《高僧传》本传载支遁"晚移石城山,又立栖光寺。宴坐山门,游心禅苑,木食涧饮,浪志无生。乃注《安般》《四禅》诸经及《即色游玄论》《圣不辩知论》《道行指归》《学道诫》等"④。僧祐《出三藏记集》卷十二陆澄《法论目录》载:"《即色游玄论》,支道林。王敬和问,支答。"⑤ 王敬和即王洽,王导之子,《广弘明集》卷二十八载王洽《与林法师书》云:"今本无之谈,旨略例坦然,每经明之,可谓众矣。然造精之言诚难为。允理诣其极,通知未易。岂可以通之不易,因广异同之说,遂令空有之谈,纷然大殊。后学迟疑莫知所拟。今《道行指归》通叙色空,甚有清致。然未详经文为有明旨耶?或得之于象外,触类而长之乎?今众经甚多,或取譬不远,岂无一言昭然易喻?"⑥ 可知《即色游玄论》即支遁为解答王洽读《道行指归》的疑问而作。《晋书·王洽传》载洽

---

① 《大正藏》第45册,第209页。
② 《卍续藏》第54册,第160页。
③ 余嘉锡:《世说新语笺疏》,第222页。
④ 释慧皎撰,汤用彤校注:《高僧传》,第161页。
⑤ 释僧祐撰,苏晋仁、萧炼子点校:《出三藏记集》,第428页。
⑥ 《大正藏》第52册,第323页。

"升平二年卒于官，年三十六"①。因此，王洽与支遁书只能作于升平二年（358）之前。王晓毅《支道林生平事迹考》认为："(《高僧传》)本传又称支道林：'晚移石城山。'时间应较晚，故系于升平元年。"②《即色游玄论》虽佚，但可以想见该文是支遁对其般若思想的系统阐述，故慧达、吉藏、元康等人述其即色义时皆特提出此文。从这一点来讲，至迟在升平元年（357），支遁已对即色义作了完整的阐述。但是从现有材料看，即色义形成的时间似乎还要早于此。《高僧传·于法开传》载法开"每与支道林争即色空义，庐江何默申明开义，高平郗超宣述林解，并传于世"③。此当为永和八年（352）之事④，可见此时已有即色义之说，而且很可能是在此之前就已有比较广泛的影响，所以才会有于法开与之争名之事。⑤ 又《高僧传》本传载支遁："家世事佛，早悟非常之理。隐余杭山，深思《道行》之品，委曲《慧印》之经。卓焉独拔，得自天心。年二十五出家，每至讲肆，善标宗会，而章句或有所遗，时为守文者所陋。"⑥ 可见在其出家的咸康四年（338）之前，支遁已对《道行经》般若学思想作过深入的思考，即色义或于此时已初步形成。此后支遁又作《大小品要钞》，编集《妙观章》，作《道行指归》，说明其即色义有一个不断发展的过程。支遁与道安同时，他们处于东晋以来玄佛合流的时代思潮之中，在阐述佛教思想上又深受格义的影响，因此，其般若思想具有显著玄学的思想背景，这是探讨支遁即色义内涵时需注意的。

支遁家世信佛，对《般若》之研习贯穿其一生。但其有关般若思想的论述如《道行指归》《即色游玄论》《妙观章》《释即色本无义》等皆已散佚，因此对支遁"即色义"，只能通过历代各家主要的评述加以比较分析。现在可以看到有关"即色义"的史料主要有以下几条，为了便于

---

① 房玄龄：《晋书》，第1756页。
② 王晓毅：《支道林生平事迹考》，《中华佛学学报》1995年第8期。
③ 释慧皎撰，汤用彤校注：《高僧传》，第167—168页。
④ 王晓毅《支道林生平事迹考》认为："于法开与支道林争名，众人倒向支，大概需要一定的时间，不可能在支初到山阴的永和七年，故系于此年。"于法开之识含宗或即在与支道林争名中发展出来，兹定于永和八年（352）左右。
⑤ 余嘉锡：《世说新语笺疏》，第229页。
⑥ 释慧皎撰，汤用彤校注：《高僧传》，第159页。

分析，我们将材料罗列出来：

> 夫色之性，不自有色。色不自有，虽色而空，故曰色即为空，色复异空。（支遁《妙观章》）①

> 即色者，明色不自色，故虽色而非色也。夫言色者，但当色即色，岂待色色而后为色哉？此直语色不自色，未领色之非色也。（僧肇《不真空论》）②

> 支道林法师《即色论》云："吾以为即色是空，非色灭空，此斯言至矣。何者？夫色之性，色虽色而空，如知不自知，虽知恒寂也。"彼明一切诸法无有自性，所以故空。不无空此不自之色，可以为有。只以色不自，所以空为真耳。（慧达《肇论疏》）③

> 第二即色义。但即色有二家，一者关内即色义。明即色是空者，此明色无自性，故言即色是空，不言即色是本性空也。此义为肇公所呵。肇公云：此乃悟色而不自色，未领色非色也。次支道林著《即色游玄论》，明即色是空，故言即色游玄论。此犹是不坏假名而说实相，与安师本性空故无异也。（吉藏《中观论疏》）④

> 第二破晋朝支道林即色游玄义也。今寻林法师《即色论》，无有此语。然《林法师集》，别有《妙观章》云："夫色之性也，不自有色。色不自色，虽色而空。"今之所引，正此引文也。"夫言色者，当色色即色，岂待色色而后为色哉"者，此犹是林法师语意也。若当色自是色，可名有色；若待缘色成果色者，是则色非定色也。亦可云：若待细色成粗色，是则色非定色也。此直悟色不自色，未领色之非色者，正破也。有本作悟；有本作语，皆得也。此林法师但知言色非自色，因缘而成；而不知色本是空，犹存假有也。（元康《肇论疏》）⑤

---

① 余嘉锡：《世说新语笺疏》，第222页。
② 僧肇著，张春波校释：《肇论校释》，第40页。
③ 《卍续藏》第54册，第59页。
④ 《大正藏》第42册，第29页。
⑤ 《大正藏》第45册，第171页。

《山门玄义》第五卷云：第八，支道林著《即色游玄论》云："夫色之性，色不自色，不自，虽色而空。知不自知，虽知而寂。"彼意明色、心法空名真，一切不无空色、心是俗也。述义云：其制《即色论》云："吾以为即色是空，非色灭空。斯言矣。何者？夫色之性，不自有色；色不自有，虽色而空。知不自知，虽知恒寂。"然寻其意，同不真空。正以因缘之色，从缘而有，非自有故，即名为空，不待推寻破坏方空。既言"夫色之性，不自有色。色不自有，虽色而空。"然不偏言无自性边，故知即同于不真空也。（安澄《中论疏记》）①

文才《肇论新疏》：即色者明色不自色，故虽色而非色也。东晋支道林作《即色游玄论》。初句牒，次二句叙彼所计。彼谓青黄等相，非色自能，人名为青黄等，心若不计青黄等皆空，以释经中色即是空。夫言色者，但当色即色，岂侍色（计也）色而后为色哉。齐此论主破辞，此且先出正理，初句牒名，次句示依他。谓凡是质碍之色，缘会而生者，心虽不计，亦色法也。受想等法，亦应例同。意云：岂待人心计彼谓青黄等，然后作青［黄］等色耶，以青黄亦缘生故。此直（但也）语色不自色，未领（解也）色之非色也。初句明所待，后句显所失，未达缘起性空。然缘起之法，亦心之相分，能见之心，随相而转。取相立名，名青黄等，名属遍计，相即依他。支公已了名假，未了相空。名相俱空，圆成显现，由未了此，所以被破。（文才《肇论新疏》）②

《妙观章》所存数句的意思是，色的本性不是自己形成的，由于色没有"自性"，虽然有色，而本质是空的，所以色就是空，但是色与空又有区别。所谓的"色不自色""色不自有"，汤用彤认为："'不自'者，即无支持之谓。亦即谓其色虽有，而自性无有。"③ 从本质上可以说是色没有

---

① 《大正藏》第65册，第94页。
② 《大正藏》第45册，第209页。
③ 汤用彤：《魏晋玄学流别略论》，《魏晋玄学论稿》，上海古籍出版社2005年版，第44页。

本体。因此《妙观章》"色即为空，色复异空"的意思是，色无本体因而是空，这个"空"指的是没有本体；因为色没有本体，所以色之"空"又与作为般若"性空"之"空"不一样。《肇论·宗本义》云："本无、实相、法性、性空、缘会，一义耳。何则？一切诸法缘会而生，缘会而生则未生无有，缘离则灭。如其真有，有则无灭。以此而推，故知虽今现有，有而性常自空。性常自空，故谓之性空。性空故，故曰法性。法性如是，故曰实相。实相自无，非推之使无，故名本无。"① 般若之性空即实相、本无。支遁所谓的"色复异空"之"空"当为般若"性空"之"空"，般若性空也就是本无，这与贵无玄学在性质上是相近的，这种本体之思正是支遁所受玄学影响的结果。但是由于资料的佚失，现无法看到支遁对"色即为空，色复异空"的解释，我们认为后人在即色义内涵上的不同理解，主要源自对这两句话的理解时产生了歧义。

## 二 玄学与支遁对"色空"的理解

僧肇《不真空论》批评即色义："夫言色者，但当色即色，岂待色色而后为色哉？此直语色不自色，未领色之非色也。"其意思即：色本身就是色，哪里需要赋予色才成为色呢？即色宗只说色没有自性，并未理解色所以为"非色"的道理。张春波《肇论校释》云："僧肇认为，境色（万物）皆因缘而成，因缘而成是'非色'。但既然因缘已合，物已产生，便是'假有'。不懂得在'非色'之外尚存'假有'，是支道林陷于谬误的主要原因。而不理解假有，也就不可能准确理解'空'。"② 这条注释在僧肇原话之外增加了"假有"之说，但是我们认为僧肇对即色义的批评，最关键的并不是支遁不理解"假有"③，支遁既云"不自有色""色不自有"，其实即认为色是有，而无自性，因此支遁不可能不理解色为"假有"之义。慧达《肇论疏》云："彼明一切诸法无有自性，所以故

---

① 僧肇著，张春波校释：《肇论校释》，第1—2页。
② 僧肇著，张春波校释：《肇论校释》，第41页。
③ 周大兴《即色与游玄——支遁佛教玄学的诠释》认为："细究僧肇之义，支遁《即色论》的困难，并非保留了一个'假有'，空得不够彻底的缘故，相反的，反倒是空得太彻底。"（《中国文哲研究集刊》第二十四期，2004年，第194页）此说很有道理。

空。不无空此不自之色，可以为有。"① 即认为支遁"不自之色"为"有"。元康《肇论疏》亦曰："此林法师但知言色非自色，因缘而成。而不知色本是空，犹存假有也。"② 元康更明确认为支遁存"假有"。又，王弼玄学虽强调有出于无，但又言"无不可以训，故言必及有"，崇无而不去有。郭象"独化"论玄学则本质上可认为属崇有。支遁之思想本自会通玄佛而来，从这一点来讲，也不能不理解色之为"假有"。相反的是，我们认为玄学对本末、有无的思考影响了支遁对"空"的理解。

僧肇从中观学对即色宗的批评是切中其要的，而这一批评核心主要在前一句，即"夫言色者，但当色即色，岂待色色而后为色哉？"③ 方立天分析支遁"色不自色"云：

> 当时意识形态领域的主要思潮是玄学，玄学探讨的中心是本体论问题，所谓本末、有无，大约讲的就是本质和现象的关系。当时我国佛教僧侣讲般若学也是按照本末、有无的思辨途径来理解、思考和探索的，所以我们认为把"色不自色"的前后两个"色"字训解为事物的现象和事物的本质，似乎较能符合支遁在世时般若学的历史本来真相。④

这一看法符合当时的思想背景，从这一点来看，支遁仍以玄学本末、有无的思维来建构其即色义，僧肇《注维摩诘所说经》云："色即是空，不待色灭然后为空，是以见色异于空者，则二于法相也。"⑤ 支遁则在色、空上作分别观，这是他被僧肇批评的原因。汤用彤云："支法师即色空理，盖为《般若》'本无'下一注解，以即色证明其本无之旨。盖支公宗

---

① 《卍续藏》第54册，第59页。
② 《大正藏》第45册，第171页。
③ 元康《肇论疏》认为这句"此犹是林法师语意也"（《大正藏》，第45册，第171页）。文才《肇论新疏》则认为这句是僧肇的"破辞"（《大正藏》，第45册，第209页），我们认为这当是僧肇对即色义的批评之词。
④ 方立天：《魏晋南北朝佛教》，中国人民大学出版社2006年版，第31页。
⑤ 僧肇等：《注维摩诘所说经》，上海古籍出版社2011年版，第152页。

旨所在，固为本无也。如其《要抄序》曰：'夫《般若波罗蜜》者，……明诸佛之始有，尽群灵之本无。登十住之妙阶，趣无生之径路。何者耶？赖其至无，故能为用。'此谓至极以无为体。因需证无之旨，支公特标出即色空义。然其所以标出即色者，则实因支公持存神之义。"①汤用彤指出的其实就是支遁即色义的本体之思，所以其《大小品对比要抄序》屡言"本无"，如"尽群灵之本无""还群乎本无"。僧祐《出三藏记集》载支遁有《释即色本无义》所谓"即色本无"实近于本末、有无之义。僧肇谓"当色即色，岂待色色而后为色哉"，认为色就是色，不需要赋予色之性方成为色，这是对支遁带有本体思维的即色义切中的批判。"色色而后为色"是支遁之意，第一个"色"是动词，第二个"色"是假有之"色"，第三个"色"则是经过本体赋予而使"色"成为有自性之色。② 支遁认为只有"色色"之色才不异本体之"空"。僧肇所谓"当色即色"，似契合于郭象自生、独化之说，而支遁之"色不自色"，则以色不自生、不自有，其《大小品对比要抄序》云："夫物之资生，靡不有宗，事之所由，莫不有本，宗之与本，万理之源矣。本丧则理绝，根朽则枝倾，此自然之数也。"③ 支遁认为万物有本、有宗，这与郭象之自生、独化、否定有以无为本不同。方立天认为："支遁的观点是从向、郭

---

① 汤用彤：《汉魏两晋南北朝佛教史》，第184页。
② 《列子·天瑞》："故有生者，有生生者；有形者，有形形者；有声者，有声声者；有色者，有色色者；有味者，有味味者。"东晋张湛注："形、声、色、味皆忽尔自生，不能自生者也。夫不能自生，则无为之本。无为之本，则无当于一象，无系于一味；故能为形气之主，动必由之者也。"唐卢重玄解云："有形之始谓之生，能生此生者谓之形神。能形其形，能声其声，能色其色，能味其味者，皆神之功，以无制有。"（杨伯峻：《列子集释》，中华书局2012年版，第9页）《列子》讲的"色色者"就是卢氏所谓的"能色其色"的"神之功"。从语法上看，物物者、生生者、色色者，第一个字是施动者，皆有本体之义，卢重玄直接谓之为"神"。张湛《列子序》云："然其所明往往与佛经相参。"季羡林《列子与佛典》认为《汤问篇》偃师之巧的故事和西晋竺法护所译的《生经》卷三里的一个故事"内容几乎完全相同，因而证明这一故事是"《列子》钞袭佛典恐怕也就没有什么疑问了。"（《列子集释》，第334页）作为一本魏晋的伪书（据杨伯峻考证），《列子》与佛教思想不无关系，《天瑞篇》所言"色色"之义，或与支遁即色义及僧肇《不真空论》不无关系。而通过《列子》所述及张湛、卢重玄等的阐释，也有助于我们理解僧肇对即色义的批评，"夫言色者，但当色即色，岂待色色而后为色哉？"也能更进一步理解支遁即色义两个"色"字的内涵。
③ 释僧祐撰，苏晋仁、萧炼子点校：《出三藏记集》，第302—303页。

那里吸取过来的。"① 余敦康也认为："支道林的'即色游玄论'和郭象的'独化于玄冥之境'是类似的。"② 事实上就"色不自色""色不自有"来讲，支遁的即色义与郭象自生、独化还是存在本质的区别的，支遁思想接近于贵无玄学，而与主张自生、独化的郭象不同。故其逍遥义亦在向、郭之外自创新说。因此，在阐释支遁的"色即为空，色复异空"时，需要注意到其受玄学本体思维影响的特点。③

《不真空论》之外，僧肇《般若无知论》从印度中观学阐释般若认识论也有助于我们进一步理解支遁即色义的内涵。此论作于公元405年，在鸠摩罗什译出《大品般若经》和《大智度论》之后，僧肇参与鸠摩罗什的译事，在其影响下对般若有了准确的认识。因此，从《般若无知论》再来看即色等六家七宗，可以进一步发现各家的偏差，也就是僧叡所谓的"六家偏而不即"。《般若无知论》云：

> 《放光》云：般若无所有相，无生灭相。《道行》云：般若无所知，无所见。此辨智照之用，而曰无相无知者，何耶？果有无相之知，不知之照，明矣。何者？夫有所知，则有所不知。以圣心无知，故无所不知。不知之知，乃曰一切知。故经云：圣心无所知，无所不知。④

僧肇引《放光般若经》卷十四："佛言，般若波罗蜜如虚空相，亦非相，亦不作相。"⑤ 也就是说般若没有相状，也无生灭相，但是般若又不是一无所有，所以般若的"空"不是一般理解的形而下的空无之空。又引《道行般若经》卷一："何所是菩萨般若波罗蜜？当何从说菩萨？都不可得见，亦不可知处。"⑥ 其意谓般若没有惑取之知，也没有妄取之见。至

---

① 方立天：《魏晋南北朝佛教》，第35页。
② 余敦康：《魏晋玄学史》，北京大学出版社2004年版，第450页。
③ 许抗生《略论两晋时期的佛教哲学思想》："般若学，不论其影响最大的道安本无宗也好，还是标新义于向、郭之外的支遁即色宗也罢，其哲学思想基本上是属于玄学的性质（心无宗是佛教中的异端邪说，所以除外），大都是以玄解佛。"（载《中国哲学》第六辑）
④ 僧肇著，张春波校释：《肇论校释》，第68—69页。
⑤ 《大正藏》第8册，第97页。
⑥ 《大正藏》第8册，第428页。

于圣人的知、见还是有的。所以般若既无知无相，但又无所不知，也就是认识了万物性空的本质，故是无所不知的。①《不真空论》云："然则物我同根，是非一气，潜微幽隐，殆非群情之所尽。""我"即自我、智、般若，也就是说般若与万物一样都是本性空寂的。但《般若无知论》又云："其为物也，实而不有，虚而不无。"般若既真实存在，但并不是"有"；无形无相，但又不是"无"，这就是非有非无。所谓般若本性空寂，乃是认识万物性空之理，即般若无知。般若本性空寂之"空"与色无自性之"空"不同，此种"色空"是假有，所以僧肇说："经云：真般若者，清净如虚空，无知无见，无作无缘。"②《摩诃般若波罗蜜叹品第七》："须菩提白佛言：'般若波罗蜜甚清净，天中天！'佛言：'色亦清净。'须菩提言：'故般若波罗蜜清净。'"③ 般若与色皆无相（清净）如虚空，但色由缘而起，般若则非缘所生，故云无作无缘。《般若无知论》中僧肇多处论述此点。又如："故《中观》云：'物从因缘有，故不真；不从因缘有，故即真。'今真谛曰真，真则非缘。"此句的意思是：任何事物，只要是因缘和合而成的，都不真；不是因缘和合而成的，才是真的。真谛是真实存在而非缘。④ 般若鉴照真谛，故般若亦真实存在。关于般若与真谛的关系，僧肇云："是以般若之与真谛，言用即同而异，言寂即异而同。"般若与真谛都有作用与性质。其作用各不相同，般若是能照，真谛是被照；其性质则相同，般若空寂，真谛也空寂。⑤ 万法的真谛是空寂，般若亦空寂，但般若鉴照空寂，故又与空寂不同。所以般若与诸法即异而同，即同而异。

但是未领悟中观学的士人很难理解僧肇所说的非有非无、同而异异而同⑥，如刘遗民在致僧肇的信中说到，慧远等庐山诸人对般若无知论的

---

① 僧肇著，张春波校释：《肇论校释》，第69—70页。
② 僧肇著，张春波校释：《肇论校释》，第79页。
③ 《大正藏》第8册，第443页。
④ 僧肇著，张春波校释：《肇论校释》，第91—92页。
⑤ 僧肇著，张春波校释：《肇论校释》，第103—104页。
⑥ 如僧肇《不真空论》批评本无宗，"故非有，有即无；非无，无即无。"本无宗认为，经中讲的"非有"，就是没有"有"；"非无"，就是没有"无"。（《肇论校释》，第43页）这都显然不符"非有非无"之说。

疑问，"《论》至日即与远法师详省之。法师亦好相领得意，但标位似各有本，或当不必理尽同矣。"元康《肇论疏》云："标位似各有本者，远法师以法性为宗本，谓性空非法性。肇法师以性空为真谛，与远法师不同也。"① 慧远的般若思想属本无宗，慧达《肇论疏》云："庐山远法师本无义，因缘之所有者，本无之所无。本无之所无者，谓之本无。本无与法性同实而异名也。"② 慧远以本无为法性。僧肇《不真空论》即批评本无宗"情尚于无多，触言以宾无"。所谓的"无"即本体之义。僧叡《大品经序》曰："亡师安和尚凿荒途以开辙，标玄指于性空。落乖踪而直达，殆不以谬文为阂也。亹亹之功，思过其半，迈之远矣。"③ 其《毗摩罗诘提经义疏序》又云："格义迂而乖本，六家偏而不即。性空之宗，以今验之，最得其实。"④ 据此则僧叡谓其师道安之说为性空宗。《中论疏·因缘品》叙道安本无云："释道安明本无义。谓无在万化之前，空为众形之始。夫人之所滞，滞在末有。若宅心本无，则异想便息。安公明本无者，一切诸法，本性空寂，故云本无。"⑤ 又《名僧传抄·昙济传》引昙济《六家七宗》云："第一本无立宗曰：'如来兴世，以本无弘教，故《方等》深经，皆备明五阴本无。本无之论，由来尚矣。何者？夫冥造之前，廓然而已。至于元气陶化，则群像禀形。形虽资化，权化之本，则出于自然。自然自尔，岂有造之者哉！由此而言，无在元化之先，空为众形之始。"⑥ 可见道安之本无与性空亦同实异名，本无、空即万物之本，此正是玄学有生于无之义。道安师事佛图澄，亦极重视禅观，所作《阴持入经序》《道地经序》《安般注序》等皆阐释其禅观。又如《人本欲生经注》内释想受灭尽定曰："行兹定者，灭心想身知，屈如根株，冥如死灰。雷霆不能骇其念，山燋不能伤其虑，萧然与太虚齐量，恬然与

---

① 《大正藏》第45册，第184页。
② 《卍续藏》第54册，第59页。
③ 释僧祐撰，苏晋仁、萧炼子点校：《出三藏记集》，第292页。
④ 释僧祐撰，苏晋仁、萧炼子点校：《出三藏记集》，第311页。
⑤ 《大正藏》第42册，第29页。
⑥ 《卍续藏》第77册，第354页。

造化俱游。"① 故汤用彤云："所谓无言无为，静寂逍遥，语虽出于《老》《庄》，而实同于安公之般若。盖'据真如游法性，冥然无名者，智度之奥室也'（《道行序》），'泊然不动，湛尔玄齐'（《随略解序》），亦何异于冥如死灰。故安公之空，发于禅也。"② 所以道安所说的"空"即"无"，这个"无"是玄学本末、有无之"无"。③ 可见道安之所谓"空"亦般若真如、法性之义，这与"不真空"之"空"固非一义也。僧祐《出三藏记集》载支遁有《释即色本无义》，其《闲首菩萨赞》云："何以绝全迹？忘一归本无。"可见支遁亦言"本无"，《世说新语·雅量》32条刘孝标注引《安和上传》云："（道安）以佛法东流，经籍错谬，更为条章，标序篇目，为之注解。自支道林等皆宗其理。"④ 故汤用彤认为："道林之学固自以为是本无宗也。"⑤ 又云："支法师即色空理，盖为《般若》'本无'下一注解，以即色证明其本无之旨。盖支公宗旨所在，固为本无也。"⑥ 因此在空、无上支遁与道安颇相似，即执"空"为本体，这就是支遁即色义所谓"色复异空"也。又道安《道行经序》云："执道御有，卑高有差，此有为之域耳；非据真如、游法性、冥然无名也。据真如、游法性、冥然无名者，智度之奥室也。"⑦ 真如、法性即实相义，"游法性"似与支遁之"即色游玄"相似，支遁所谓的"玄"即本体之境，这也就是"色复异空"之"空"，而非"色无自性故空"之"空"，这正是僧肇所批判的。僧肇认为般若即空即真，如《般若无知论》云：

---

① 《大正藏》第33册，第29页。
② 汤用彤：《汉魏两晋南北朝佛教史》，第176页。
③ 汤用彤《汉魏两晋南北朝佛教史》分析道安《合放光光赞随略解序》云："道安之状般若法性，或可谓常之至极，静之至极欤！至常至静，故无为，故无著。故解无为曰渊默，曰泊然不动。解法身为一，为净而不缁，谓泯尔都忘，二三尽息。解如曰尔，尔者无能令不尔，所谓绵绵常存，悠然无寄也。故自安公视之，常静之极，即谓之空，空则无名无著，两忘玄莫，隤然无主。由是而据真如，游法性，冥然无名。由是而痴除而尘垢尽，除痴全慧，则无往而非妙。千行万定，莫不以成。药病双忘，辄迹齐泯。故空无之旨在灭想。举吾心扩充而清净之，故万行正矣。凡此常静之谈，似有会于当时之玄学。"（第177—178页）
④ 余嘉锡：《世说新语笺疏》，第372页。
⑤ 汤用彤：《汉魏两晋南北朝佛教史》，第170页。
⑥ 汤用彤：《汉魏两晋南北朝佛教史》，第184页。
⑦ 释僧祐撰，苏晋仁、萧炼子点校：《出三藏记集》，第263页。

"万物虽殊,然性本常一。不可而物,然非不物。可物于物,则名相异陈;不物于物,则物而即真。……非有,所以不取;非无,所以不舍。不舍,故妙存即真;不取,故名相靡因。"① 僧肇所谓的"真",亦非有非无,"空"也。所以僧肇在回答刘遗民提出的问题"宜先定圣心,所以应会之道,为当唯照无相邪?为当咸睹其变邪"时云:

> 谈者似谓无相与变,其旨不一,睹变则异乎无相,照无相则失于抚会。然则即真之义,或有滞也。经云:"色不异空,空不异色。色即是空,空即是色。"若如来旨,观色空时,应一心见色,一心见空。若一心见色,则唯色非空;若一心见空,则唯空非色。然则色空两陈,莫定其本也。是以经云非色者,诚以非色于色,不非色于非色。若非色于非色,太虚则非色,非色何所明?若以非色于色,即非色不异色。非色不异色,色即为非色。故知变即无相,无相即变。②

"即真"即"色即是空",《摩诃般若波罗蜜经》:"舍利弗,色不异空,空不异色。色即是空,空即是色。"③ 但是刘遗民等人在对待色、空时,则是"一心见色,一心见空",把色和空当作截然不同的两种东西。④ 刘遗民的这个疑问其实是慧远等庐山诸人的疑问,说明慧远等人还是深受玄学本末、有无思维的影响以对待色、空问题。支遁的即色义与道安、慧远相近也强调本无⑤,这点在前文已作了分析,所以僧肇批评的"一心见色,一心见空",其实也是支遁所说的"色复异空"。所谓的"色复异空"并不是割裂色与空,而是注意到色与空性质上的歧异,支遁仍然强调色对认识空的意义,这仍是受玄学本体思维的影响,从本末、有无上

---

① 僧肇著,张春波校释:《肇论校释》,第157页。
② 僧肇著,张春波校释:《肇论校释》,第164—165页。
③ 《大正藏》第8册,0223经,第223页。
④ 僧肇著,张春波校释:《肇论校释》,第166页。
⑤ 参见汤用彤《汉魏两晋南北朝佛教史》(第163页)、王颂《支遁"逍遥新义"新诠——兼论格义、即色与本无义》(《中国哲学史》2019年第4期)。

来看待色空，与僧肇之非有非无、无知而知有显著的区别。

### 三 "虚空"与"本无"："空"的两种含义与支遁"即色义"

慧达《肇论疏》云："支道林法师《即色论》云：'吾以为即色是空，非色灭空。'此斯言至矣。何者？夫色之性，色虽色而空，如知不自知，虽知恒寂也。"① 此慧达述支遁之义，支遁认为"即色是空"之"空"是色无自性之空，非去掉色之后的空无。郗超是支遁的信徒，与支遁思想极相契合，其《奉法要》云："夫空者，忘怀之称，非府宅之谓也。无诚无矣，存无则滞封；有诚有矣，两忘则玄解。然则有无由乎方寸，而无系乎外物。器象虽陈于事用，感绝则理冥。岂灭有而后无，阶损以至尽哉？"② 其意思是说，所谓"空"，是心忘怀于物，不是如府宅的空间。方立天认为："郗超明确强调有无都是由'心'而生起的，这是支遁即色论的心有色空思想的一个重要佐证。"③ 此所谓"心"即至人之心，故这段可与支遁即色义相发明。汤用彤云："或者此宗由即色而谈本无。即色所空，但空色性。而空者，无者，亦无心忘怀，逍遥至足，如支氏所写之至人之心也。"④ "空"为忘怀之称，由忘怀之空而逍遥至足，汤氏即以"空"为至人之心，支遁《逍遥论》："夫逍遥者，明至人之心。"《大小品对比要钞序》："夫至人者，览通群妙，凝神玄冥，灵虚响应，感通无方。""至人"即本体之境界，这一点我们在上一节关于支遁的逍遥游义已作了分析，因此"空"亦即本体之义。这就是支遁"色即为空，色复异空"之"空"的两种不同含义，从无自性而言，空是空无；从"无心忘怀"来讲，空是本体之境。⑤ 按慧达《肇论疏》之义，支遁

---

① 《卍续藏》第54册，第59页。
② 释僧祐撰，李小荣校笺：《弘明集校笺》，上海古籍出版社2013年版，第730页。
③ 方立天：《魏晋南北朝佛教》，第35页。
④ 汤用彤：《汉魏两晋南北朝佛教史》，第185—186页。
⑤ 余敦康《六家七宗——两晋时期的佛教般若学思潮》云："就'即色为空'这个命题而言，支道林是把本体和现象看成一种相即的关系，但是从'色复异空'这个命题来看，他又把本体和现象割裂开来。这种自相矛盾暴露了即色义的理论上的漏洞。……这个与'空'相异的'色'把体用分为两截，……造成理论上的缺陷。"余氏这里就是把"空"看作是本体之义。（《中国哲学论集》，辽宁大学出版社1998年版，第338页）

"色即是空"之"空"乃是因为色无自性，故空，此与僧肇之"不真空"含义相同，所以这个"空"，从"自性"的角度来理解，可以说就是现实意义上的"空无"。慧达又云："不无空此不自之色，可以为有。只以色不自，所以空为真耳。"① 这个"真"是本体之义。这就是支遁前后两个"空"的不同含义，一为虚空，一为本体。

对"空"的这两种含义的认识，关系到对支遁即色义的准确理解。吉藏《中观论疏》释支遁即色义："此犹是不坏假名而说实相，与安师本性空故无异也。"② 元康《肇论疏》："此林法师但知言色非自色，因缘而成；而不知色本是空，犹存假有也。"③ 元康"色本是空"不是支遁说的"色即是空，色复异空"之"色即是空"，这里"色本是空"是来批评支遁的"色复异空"，元康似乎认为，支遁的"色复异空"之"空"其实就体现于色之中，这里的"空"是本体之义。这样看，吉藏、元康似都认为"色复异空"之"空"为本无也。安澄《中论疏记》则说："既言'夫色之性，不自有色。色不自有，虽色而空。'然不偏言无自性边，故知即同于不真空也。"认为支遁即色义同于僧肇不真空论。然安澄未释"色复异空"之义。文才《肇论新疏》云："支公已了名假，未了相空。名相俱空，圆成显现，由未了此，所以被破。""相空"即实相空④，"未了相空"文才此句即点出支遁仍存本体之义，故为僧肇所破。文才所释似得原意。可见对"色复异空"的不同解释关

---

① 《卍续藏》第54册，第59页。
② 《大正藏》第42册，第29页。
③ 《大正藏》第45册，第171页。
④ 《佛光大辞典》解释"实相"："原义为本体、实体、真相、本性等；引申指一切万法真实不虚之体相，或真实之理法、不变之理、真如、法性等。此系佛陀觉悟之内容，意即本然之真实，举凡一如、实性、实际、真性、涅槃、无为、无相等，皆为实相之异名。……但是在鸠摩罗什之翻译中，'实相'亦包含空之意义。"（《佛光大辞典》，北京图书馆出版社2004年版，第5787页）《肇论·宗本义》云："本无、实相、法性、性空、缘会，一义耳。"（《肇论校释》，第1页）张春波《肇论校释》绪论："'实相'指的是万物的真实相状。真实性状皆空，所以，僧肇笔下的'实相'也可谓'空'。"

系到对支遁即色义的理解。①

支遁即色义以《道行般若经》为思想渊源，《高僧传》谓支遁出家前即"深思《道行》之品"。移居剡县石城山立栖光寺后又作《道行指归》，其《即色游玄论》正是为回答王洽对《道行指归》的疑问而作。晋哀帝继位后征请支遁出都，于东安寺讲《道行般若》，"白黑钦崇，朝野悦服"②。又作《大小品对比要钞序》对《道行般若经》与《放光般若经》之异同详加考寻，得出"夫大、小品者，出于本品"的准确结论。③这些皆说明《道行般若经》确是支遁般若思想的渊源，因此可以从《道行经》中寻找到支遁即色义的某些思想依据，并进一步理解即色义的内涵。如《摩诃般若波罗蜜难问品第二》：

> 须菩提言："持佛威神恩当学知。拘翼！所问：'般若波罗蜜菩萨云何行？'亦不可从色中行，亦不可离色行，亦不可从痛痒思想生死识中行，亦不可离痛痒思想生死识行。何以故？般若波罗蜜亦非痛痒思想生死识，般若波罗蜜亦不离痛痒思想生死识。"④

简单地讲就是般若即在色中，故支遁云即色空，这个"空"即般若之性

---

① 周大兴：《即色与游玄——支遁佛教玄学的诠释》认为："支遁'色即为空，色复异空'的原意乃就'即色是空，非色灭空'之义而言，色即是'空'，而不是宰割求通的'色败空''色灭空'。……支遁'色复异空'之说，原就二于法相之'色'而言，所谓的'非色'，指明非'色'，此'色'异空，正所以言色空相即的不二法门；进一步言，倘若不知此色乃是'异'于空之色，如何明'非色'（色不自色，虽色而非色）？事实上，色即是空的相即不二，乃是二而不二，不二而二，所谓的诸法实相，并非戏论，此中既无所谓二，亦无所谓不二，犹如大鸟飞行虚空，不堕不住，既不证无相，亦不堕有相。支遁'色即为空，色复异空'的说法，更符合《中论》如实智观、不堕有无，不一不异、不即不离的精神。"并进一步认同安澄所说的即色义"同于'不真空'"。（《中国文哲研究集刊》第二十四期，2004年，第198—199页）但这与僧叡《毗摩罗诘提经义疏序》："格义迁而乖本，六家偏而不即。"对六家七宗般若之学的判断不符。僧叡与僧肇同为鸠摩罗什弟子，《高僧传》本传载其"著《大智度论》《十二门论》《中论》等诸序，并着《大小品》《法华》《维摩》《思益》《自在王禅经》等序，皆传于世。"故其对东晋以来般若学的发展的判断应是准确可信的。
② 释慧皎撰，汤用彤校注：《高僧传》，第161页。
③ 释僧祐撰，苏晋仁、萧炼子点校：《出三藏记集》，第302页。
④ 《大正藏》第8册，第430页。

空也，但色由因缘起，故般若波罗蜜不离色又非色，支遁所谓色复异空似即根源于此。又如《摩诃般若波罗蜜照明品第十》：

> 何谓所本无？世间亦是本无。何所是本无者？一切诸法亦本无。如诸法本无，须陀洹道亦本无，斯陀含道亦本无，阿那含道亦本无，阿罗汉道、辟支佛道亦本无，怛萨阿竭亦复本无，一本无无有异，无所不入，悉知一切。是者，须菩提！般若波罗蜜即是本无。怛萨阿竭因般若波罗蜜，自致成阿耨多罗三耶三佛，照明持世间，是为示现。怛萨阿竭因般若波罗蜜，悉知世间本无无有异。如是，须菩提！怛萨阿竭悉知本无，尔故号字为佛。①

"一切诸法亦本无""般若波罗蜜即是本无"，"本无"是真如的古译，汤用彤说："本无一辞，疑即《般若》实相学之别名。于是六家七宗，爰延十二，其所立论枢纽，均不出本末有无之辨，而且亦均即真俗二谛之论也。六家者，均在谈无说空。"② 故"本无"即是"空"。从《道行经》所言"从般若波罗蜜出怛萨阿竭成阿惟三佛""怛萨阿竭悉知本无，尔故号字为佛"来看，"《般若经》中，已有佛即本无之说。归乎本无，即言成佛。"故本无、空，皆具本体之义也。支遁即色空，即从本末有无以谈色空，"空"即本体义，宜其言"色复异空"。又如《摩诃般若波罗蜜道行经怛竭优婆夷品第十六》：

> 须菩提白佛言："阿惟越致菩萨极从大功德起，常为菩萨说深法教入深。"佛言："善哉，善哉！须菩提！若乃内菩萨使入深，何等为深？空为深，无想、无愿、无识，无所从生灭，泥洹是为限。"须菩提白佛言："泥洹是限，非是诸法。"佛言："诸法甚深，色痛痒思想生死识甚深。何等为色痛痒思想生死识甚深？如本无，色痛痒思想生死识本无，尔故甚深。"须菩提言："难及也，天中天！色痛痒

---

① 《大正藏》第 8 册，第 450 页。
② 汤用彤：《汉魏两晋南北朝佛教史》，第 192 页。

思想生死识，妄消去便为泥洹。"①

泥洹非是诸法，经又云"色痛痒思想生死识，妄消去便为泥洹"，色空、妄消而为泥洹，"涅槃离色声香味触五法、男女二相，及三有为相之十相，故称无相"②，故色空、无相实为涅槃之表征，空亦本体之义。《高僧传·慧远传》载："先是中土未有泥洹常住之说，但言寿命长远而已。远乃叹曰：'佛是至极，至极则无变，无变之理，岂有穷耶？'因著《法性论》曰：'至极以不变为性，得性以体极为宗。'罗什见论而叹曰：'边国人未有经，便暗与理合，岂不妙哉。'"③ 说明在强调诸法空寂的般若学盛行的东晋时期，慧远即已领悟到佛性本体之义。汤用彤云："《般若》《涅槃》，经虽非一，理无二致。（《涅槃》北本，卷八，卷十四，均明言《涅槃》源出《般若》）《般若》破斥执相，《涅槃》扫除八倒。《般若》之遮诠，即所以表《涅槃》之真际。明乎《般若》实相义者，始可言《涅槃》佛性义。"④ 其阐述道生佛性义又云："得本即曰般泥洹。泥洹即返于实相，成就法身。竺道生曰：'一切众生，莫不是佛，亦皆泥洹。'（《法华疏》）泥洹者，乃自证无相之实相，物我同忘，有无齐一，断言语道，灭诸心行，除惑灭累，而彻悟人生之真相。由是而有真我之说焉。"⑤ 所以般若与涅槃有内在的逻辑关系。支遁深思《道行》，故对泥洹与般若之关系或亦有所思考，其所谓"色复异空"与此当有关系。从前文分析来看，对"色即为空，色复异空"的理解，是阐释支遁即色义的关键。《道行经》是支遁般若学的思想渊源，《道行经》以"本无"译"真如"，体现了汉末以来佛教渐与道家、玄学的合流，"本无"也是王弼、何晏玄学重要的范畴，因此在东晋玄佛合流成为主要思潮之际，"本无"特别能

---

① 《大正藏》第 8 册，0224 经，第 456 页。
② 《佛光大辞典》，北京图书馆出版社 2004 年版，第 5130 页。
③ 释慧皎撰，汤用彤校注：《高僧传》，第 218 页。
④ 汤用彤：《汉魏两晋南北朝佛教史》，第 451 页。
⑤ 汤用彤：《汉魏两晋南北朝佛教史》，第 454 页。

够沟通士人对玄学与佛教的理解①,故当时的般若学者未有能脱离玄学之影响者。支遁即色义,亦从本末、有无的玄学思维以辨佛教之色空,故既言"色即为空",又谓"色复异空"。

此外,对支遁现存的相关论著的分析,也有助于进一步了解其即色义的内涵。如《大小品对比要钞序》:

> 夫般若波罗蜜者,众妙之渊府,群智之玄宗,神王之所由,如来之照功。其为经也,至无空豁,廓然无物者也。无物于物,故能齐于物,无智于智,故能运于智。是故夷三脱于重玄,齐万物于空同,明诸佛之始有,尽群灵之本无,登十住之妙阶,趣无生之径路。何者邪?赖其至无,故能为用。夫无也者,岂能无哉?无不能自无,理亦不能为理。理不能为理,则理非理矣;无不能自无,则无非无矣。②

虽然没有直接用"即色"一词,但明显是用即色来阐述性空,因此是研究支遁即色论思想的重要材料。此序体现了支遁对般若的重要看法,主要阐释了几方面的内容:般若的性质功用;般若智慧表现方式;般若认识事物真相的方式。③ 颇能体现支遁般若思想的基本特点,比较明显地带有本体论的倾向。如"明诸佛之始有,尽群灵之本无","始有"即自来而有,"本无"即真如,两者都有本体之义。又"无不能自无,理亦不能为理",即无不能离色而无,无存于色中,无若能自无,则无为空无,故此"无"即本无。又"存"与"所存","无"与"所无",即《庄子》

---

① 汤用彤认为,就广义而言,"本无几为般若学之别名",又云"性空本无义之发达,盖与当时玄学清谈有关"。(《汉魏两晋南北朝佛教史》,第170、172页)这是就东晋般若学而言。到僧肇写作《不真空论》《般若无知论》诸论的时候,已准确理解了般若学,因此除了注《维摩经》,僧肇其他论著已不用"本无"。这是佛教摆脱对玄学的依附独立发展的一个标志。反过来讲,当六家七宗皆可称为对性空本无之解释时,说明当时般若学受玄学影响是极深的,支遁的即色宗自然也并不例外。
② 释僧祐撰,苏晋仁、萧炼子点校:《出三藏记集》,第298页。
③ 方立天《魏晋南北朝佛教》对这段序文的内容有较为详细阐释,可以参见。(第32—33页)

"迹"与"所以迹"的现象本体之义。而"夫物之资生,靡不有宗,事之所由,莫不有本,宗之与本,万理之源矣"。① 则更明确指向万物皆有本体。王颂从《大小品对比要钞序》这段材料中分析了支遁的本体思想:

> 这个"至无"与万法的关系是什么?"赖其至无,故能为用"。故而"众妙之渊府、群智之玄宗、神王之所由、如来之照功"皆是其用。万法以"至无"为体,"至无"以万法为用。由此,支遁进一步提出:"夫无也者,岂能无哉?""至无"不是生灭的有为法层面上的有无的无,而是恒常不变的、作为众妙有之本体的无。熟悉六家七宗学说的读者在此恐怕会立刻联想到道安的名言,"无在元化之先,空为众形之始"。显而易见,支遁的"至无"与道安的"本无"是一回事。……由此,我们认为,尽管与本无论相比,支遁即色论遭到僧叡等人贬低,但其哲学主旨与道安本无论并无根本不同,都是以无为本,以无为体。这实际上并不是彻底的般若学立场,尚有存神之义,与同时期庐山慧远的神识观颇相类似。②

正如前文所分析的,正是这种本体思维的影响,所以支遁即色义既言"色即是空"又谓"色复异空"。其基本意思是:色无自性,所以是空;但色无自性的"空",又与般若性空之"空"不同。其关系是本体与假有的关系,从这一点来看,支遁的即色义仍与玄学本末、有无的性质相近。柳田圣山说支遁的即色义"其底子仍是本体论的思路"③,指的就是支遁的这种玄学本体之思。

在东晋玄佛合流的背景下,支遁即色义仍带有明显的玄学本体思维特点,对支遁即色义的理解,关键就在于对前后两个"空"的理解,历来对支遁即色义的阐释似尚未注意到这一点。本节正是在此基础上,尝试对支遁即色义的内涵进行新的解读。辨析支遁即色义内涵的意义,在

---

① 释僧祐撰,苏晋仁、萧炼子点校:《出三藏记集》,第302页。
② 王颂:《支遁"逍遥新义"新诠——兼论格义、即色与本无义》,《中国哲学史》2019年第4期。
③ [日]柳田圣山:《中国禅思想史》,吴汝均译,台湾商务印书馆1995年版,第89页。

于可以更好地把握支遁"即色游玄"及其与文学的关系。

## 第三节 支遁"即色游玄"与山水诗

东晋是谢灵运之前山水诗发展的一个重要阶段,范文澜《文心雕龙注》认为:"写山水之诗起自于东晋庾阐诸人。"① 钱锺书也指出,山水诗"蔚成大国,殆在东晋"。② 曹道衡、沈玉成《南北朝文学史》说:"自然界的山水景物作为主要的审美对象出现于作品,形成了下启历代的山水文学,这是一个发展的过程。这一过程开始于东晋,完成于刘宋之初。"③从魏晋南北朝诗歌史来看,东晋是一个诗歌发展的低谷,甚至可以说是诗歌艺术传统的一个断层④,但是就是这样一个时期,却为山水诗的产生、发展提供了思想和方法论基础,尤其是支遁,其思想、方法及诗歌创作,都对山水诗产生重要的影响,值得进行深入的研究。

东晋之前的游仙诗、公宴诗、招隐诗、行旅诗等也常有一些山水描写,从汉末邺下的诗歌创作来看,体物艺术在诗中已有很大的发展,曹丕、曹植、王粲、刘桢等邺下诗人"怜风月,狎池苑"的公宴诗中⑤,已开体物浏亮之风。西晋潘岳、陆机、张协、左思等进一步发展了体物的艺术和风气。钟嵘《诗品》评张协诗"巧构形似之言",即谓张协善于体物写景,陆机、左思等人诗歌中景物描写的成分也大大增加,从这一点来讲,魏晋以来"物"的确已逐渐成为诗歌写作比较关注的对象。所以陆机《文赋》提出:"诗缘情而绮靡,赋体物而浏亮。"从西晋诗歌写作实践来看,陆机这两句其实有互文的含义,即诗歌是"体物缘情"的,"情""物"皆是诗歌的表现对象,"物"逐渐成为诗学理论的一个重要的范畴。魏晋虽是"物"作为诗歌艺术表现范畴发展的一个重要阶段,创作中山水景物描写成分亦较前代有明显增加,但体物在魏晋诗歌中仍

---

① 范文澜注:《文心雕龙注》,人民文学出版社1958年版,第92页。
② 钱锺书:《管锥编》,中华书局1979年版,第1037页。
③ 曹道衡、沈玉成:《南北朝文学史》,人民文学出版社1991年版,第33页。
④ 参见蔡彦峰《玄学与两晋玄言诗学的发展流变》,《淮阴师范学院学报》2012年第3期。
⑤ 范文澜注:《文心雕龙注》,第66页。

不具独立的艺术地位，汉魏西晋诗歌中的山水描写主要还是起渲染环境或情感的作用，这与魏晋人的诗学思想相关。从诗歌创作实践及理论表述来看，"感物兴思"是魏晋的诗歌基本的诗学思想。① 魏晋文人常常因物色所感而进行创作，如曹丕自述因"感物伤怀"而作《柳赋》；曹植《神龟赋序》云："龟号千岁，时有遗余龟者，数日而死，肌肉消尽，唯甲存焉，余感而赋之。"这种写作机制和文学思想在诗歌中也是经常出现的，如张华"怀思岂不隆，感物重郁积"（《杂诗三首》其二），陆机"感物恋堂室，离思一何深"（《赴太子洗马时作诗》），"悲情触物感，沉思郁缠绵"（《赴洛道中作诗二首》其一），"感物多远念，慷慨怀古人"（《吴王郎中时从梁陈作诗》），潘岳"悲怀感物来，泣涕应情陨"（《悼亡诗三首》其三），张协"感物多所怀，沉忧结心曲"（《杂诗十首》其一），可见"感物兴思"的确是魏晋诗歌的发生机制和诗歌本源思想。但是，"西晋诗人的感物，主要是由天地运行、季候变化引起崇替兴衰之感，所以既是感情活动，也是理性的思考。从这个意义上说，西晋诗人与自然之间的关系，不是纯粹的审美关系。在天人合一、天人感应观念的支配下，人本来就处于从属于自然界的地位，还不可能将自然界作为自己的审美活动的客体。"② 从这一点来讲，魏晋诗人虽已开始认识到诗歌创作中的"物"的因素，但直接把"物"特别是自然景物作为诗歌创作的本源，这一诗学思想还没有确立起来，"感物兴思"中"物"主要还是起引发、催化感情的作用，而"思"或者说"情感"才是诗歌发生的真正本源，"感物兴思"与"体物写景"仍有明显的区别。从西晋诗歌创作实践来看，"感物"中包含的"体物"因素的确在不断地增加，这直观地体现为西晋诗歌中写景成分的增多。而且感物中"物"的内涵和范围都很广泛，当诗人关注的对象由天体运行、季候变化转向周围的山泉水

---

① 傅亮《感物赋序》叙自己"暮秋之月，述职内禁"见飞蛾"赴轩幌集明烛者，必以燋灭为度"，故"怅然有怀，感物兴思，遂赋之云尔"。"感物兴思"其实即是傅亮此赋的发生机制，而这种文学发生机制和写作原则乃是继承魏晋发展而来的。钱志熙《魏晋诗歌艺术原论》首次将"感物兴思"概括为魏晋诗歌的诗学思想，见该书第四章第五节《西晋文人的自然观和西晋文学的意象》。

② 钱志熙：《魏晋诗艺术原论》，北京大学出版社2005年版，第214页。

石、花草树木等自然物时，他们受到"天人感应"的理性思维的束缚就会少一点，在创作过程中就能具有较多的审美感受，这一点为"感物"向"体物"发展提供了契机。①

## 一 东晋自然观的转变

从诗学的思想基础来讲，东晋以来山水诗体物的诗学与魏晋感物兴思诗学的思想基础不同，因此诗学由"感物"到"体物"的转变，从本质上说是一个思想转变的问题，即由物色之动转变为以物为审美客体，这一变化是一个复杂的过程，从东晋开始直到刘宋元嘉时期谢灵运的山水诗创作，才标志山水诗学得以真正确立起来。东晋以来，山水诗使诗歌由"感物"到"体物"的发展，本质上是以自然观的发展变化为思想基础的。从艺术上来讲，山水诗体物写景属于再现主义的诗学，与魏晋"感物兴思"的表现主义是迥异的。"汉魏、西晋人的'感物'说的哲学基础仍是天人感应。"② 所以总体而言，魏晋的感物主要是受到天道观念的支配，魏晋人希望从自然界的类比中寻找一种形而上的理性认识，包括对"自然"一词也主要从抽象的角度加以认识的，如道家说的"自然"是本体之"道"，王弼则以"自然"为"无妄然"、不得不然、皆由"理"也。魏晋人说的"自然"极少指自然山水，因此他们对山水景物独立的审美价值还缺乏自觉意识。从这一点来讲，山水诗"体物"的诗学需要一种与魏晋天道思想不同的自然观，因此在考察山水诗的兴起和发展、诗学思想由"感物"向"体物"的转变时，首先需要探讨东晋以来自然观的转变。

玄、佛的合流是东晋思想发展的重要特点，东晋自然观主要即导源于玄学和佛教的共同影响。③ 首先从玄学来看，东晋玄学继承郭象，其自

---

① 关于诗学从"感物"到"体物"的发展，参见蔡彦峰《从"感物"到"体物"——晋宋诗学的重要发展》，《人文中国学报》第14期。
② 钱志熙：《魏晋诗艺术原论》，第288页。
③ 钱志熙《魏晋诗歌艺术原论》第五章第四节《东晋文人的自然观与山水诗的肇兴》，对东晋自然观有详细的阐述，可以参见。

然观主要源于郭象的玄学思想。① 郭象玄学本质上是崇有之学,"有"即现象世界之万物群有,然"有"由何而来,当时流行的王弼贵无论玄学谓"有生于无","无"为"有"之本。郭象反对此说,认为万有皆自生、独化,不待无而有,如《庄子·齐物论》:"吹万不同,而使其自己也。"郭象注云:

> 无既无矣,则不能生有;有之未生,又不能为生,然则生生者谁哉?块然自生耳。自生耳,非我生也。我即不能生物,物亦不能生我,则我自然矣。自己而然,则谓之天然。天然耳,非为也,故以天言之,所以名其自然也。②

郭象认为物皆"自生","无"既不能生"有","有"也不能生"有",一切事物的存在都是"无待"的,都包含着"自然"的性质,这就是郭

---

① 《晋书·向秀传》载:"庄周著内外数十篇,历世才士虽有观者,莫适论其统也。秀乃为之隐解,发明奇趣,振起玄风,读之者超然心悟,莫不自足一时也。惠帝之世,郭象又述而广之,儒墨之迹见鄙,道家之言遂盛焉。"可见郭象《庄子注》产生于西晋后期,汤用彤认为在元康、永嘉之际。玄学上西晋人多主王弼之老学,故向郭之学在西晋的影响还比较有限,如《世说新语·文学》:"初,注《庄子》者数十家,莫能究其旨要。向秀于旧注外为解义,妙析奇致,大畅玄风。唯《秋水》《至乐》二篇未竟而秀卒。秀子幼,义遂零落……"向秀《庄子注》之所以零落,主要的原因还是魏晋盛行的是以《老子》为思想基础的贵无论玄学,所以西晋人有时称谈玄为谈老,如《晋书·陆云传》谓陆云"谈老殊进"。另一方面,嵇、阮以来,庄学发展成为放达之风,如臧荣绪《晋书》谓裴頠著《崇有论》的背景,云:"頠深患时俗放荡,不尊儒术,魏末以来,转更增甚。何晏、阮籍素有高名于世,口谈浮虚,不尊礼法。尸禄耽宠,仕不事事。至王衍之徒,声誉太甚,位高势重,不以物务自婴,遂相放效,风教陵迟。頠著《崇有》之论,以释其敝。世虽知其言之益治,而莫能革也。朝廷之士,皆以遗事为高,四海尚宁,而有识者知其将乱矣。"向、郭所讲虽亦为庄子之学,"不过他们两人与当时的潮流确有不同之处,在此狂放愈甚的潮流中,向郭的思想可说是此潮流中之反动"(汤用彤《崇有之学与向郭学说》)。这也说明向郭玄学的确非西晋思潮之主流。这点在东晋发生很大的变化,《世说新语·文学》云:"《庄子·逍遥篇》,旧是难处,诸名贤所可钻味,而不能拔理于向、郭之外。"可见东晋时玄言之旨则已主向、郭义,在自然名教、逍遥、出处这些重要的问题上,东晋人的玄学思想观念实主要都来自郭象(参见蔡彦峰《从"得意忘言"到"言尽意"——论玄学"言意之辨"的发展及其诗史意义》,《国学研究》第31卷),在对"自然"之义的发展上更有明确的体现。(参见汤用彤《崇有之学与向郭学说》,载于《魏晋玄学论稿》,上海古籍出版社2005年版;余敦康《魏晋玄学史》之《郭象的独化论玄学》,北京大学出版社2004年版)

② 郭庆藩:《庄子集释》,第50页。

象所谓的"自性"。又《庄子·大宗师》注:"道,无能也。此言得之于道,乃所以明其自得耳。自得耳,道不能使之得也;我之未得,又不能为得也。然则凡得之者,外不资于道,内不由于己,掘然自得而独化也。"万物皆独化,不待"道"而使然。又《知北游注》云:

> 谁得先物者乎哉?吾以为阴阳为先物。而阴阳者,即所谓物耳。谁又先阴阳者乎?吾以自然为先之,而自然即物之自尔耳。吾以至道为先之矣,而至道乃至无也。既以无矣,又奚为先?然则先物者谁哉?而犹有物无已,明物之自然,非有使然也。①

道家和王弼贵无玄学都认为现象世界后有一支持之本体,郭象则一齐消化之,如《老子》云:"人法地,地法天,天法道,道法自然。"此种"自然"即道、即本体,郭象则谓"自然"为"物之自尔",只是物之本性。故《山木》:"有人,天也;有天,亦天也。人之不能有天,性也。"郭象注云:

> 凡所谓天,皆明不为而自然。……言自然则自然矣,人安能故有此自然哉。自然耳,故曰性。②

一切存在的事物都是自然的,自然乃万物之"性",各种事物本身都是一个和谐自足的小系统。"郭象只承认现象世界之实在,现象之外再没有东西"③,可以说存在的根据就是它自身,"王弼重'一',郭象重'多',故在郭象说'群有'各自独立。王弼之学说为绝对论,而郭象之学说为现象实在论。"④ 所谓的"现象实在论",可以说就是现象本体之学。王弼贵无论区分有、无,郭象则可谓现象本体一如,所以郭象虽然反对现象之外存在"无""道"等本体,然其学说本质上却是即现象即本体的。

---

① 郭庆藩:《庄子集释》,第764页。
② 郭庆藩:《庄子集释》,第694—695页。
③ 汤用彤:《崇有之学与向郭学说》,《魏晋玄学论稿》,第167页。
④ 汤用彤:《崇有之学与向郭学说》,《魏晋玄学论稿》,第172页。

因此即现象而可得至理。《逍遥游注》云："天地者万物之总名。天地以万物为体，而万物必以自然为正。自然者，不为而自然也。"① 故万物即自然，可见在郭象的玄学思想里，"自然"包含了万物实体及万物合乎自然、本性的存在状态的含义，这一点已符合现代的自然之义。

虽然郭象反对现象之后存在本体的"无""道"，但是他这种即现象即本体的"现象实在论"，很容易引发出山水即道的观念。由于东晋玄学主要来自郭象的思想，因此郭象这种观念在将时人的眼光引向自然山水方面具有重要的意义。郭象《庄子序》又云："上知造物无物，下知物之自造"，这一思想直接否定了汉儒神学目的的天道自然观②，也有助于将自然观由天人感应和抽象义理引向自然界，为新的自然观的确立奠定思想基础。

## 二 支遁"即色游玄"与东晋玄言山水诗

东晋中期之后般若学迅速发展成为一股思潮，对士人产生了普遍的影响，东晋人新自然观的形成，与此亦有密切的关系。东晋般若学派别众多，有"六家七宗"之说，这是由于中国人对于般若思想的不同理解而形成的，前文对此已作过考释。在鸠摩罗什译出《大品般若经》和《大智度论》，将大乘中观学介绍进来之前，东晋般若诸家对般若思想的理解都不完全准确，即僧叡《毗摩罗诘提经义疏序》所说的"六家偏而不即"。六家七宗虽对般若学有不同的理解甚至争论，但诸家对般若的阐释实际上皆围绕着色空、有无等范畴而进行的。僧肇《不真空论》在阐述其对般若学的理解之前，先批评了心无、即色、本无三宗，说明这三家在当时的影响最大。吕澂《中国佛学源流略讲》阐释东晋般若学与玄学的关系："就佛教学者说，他们中一小部分人原为玄学者出身，又由于佛学当时还不能独立，必须资取玄学家的议论，因而般若学必然与玄学学说接近。当时几位名僧都与名士有往来，清谈学问，名僧、名士，往

---

① 郭庆藩：《庄子集释》，第20页。
② 汤用彤：《魏晋玄学论稿》："自然一语本有多义。……至若向、郭则重万物之性分。……由向、郭义，则自然与因果相悖。"（第43页）此"自然"之义即直接否定了重因果的天道自然观。

往并称。这样一方面影响了佛学的研究，使它把重点放在与玄学类同的般若上，以致佛学玄学化；另方面，不仅用老、庄解佛，同时还以佛教发展了老、庄。般若学说这种理论上的不纯粹，直到罗什来华，大量译出佛典，传播龙树之学以后，才逐渐扭转过来，走上佛学自身的独立途径。"① 所以东晋般若与玄学的确存在一些共同的范畴、主题，余敦康认为："从抽象的思辨哲学的意义来看，它所探讨的问题和玄学基本相同。既然玄学的分化和演变是围绕着本末问题，即如何处理本体和现象的关系而展开，般若学继续玄学的探讨，其分化和演变也离不开这个轴心。本无宗尊崇本体而轻视现象，心无宗尊崇现象而轻视本体。即色宗试图综合本无和心无两派的观点，避免他们的偏向，这三个最有影响的学派和魏晋玄学的贵无、崇有、独化三派大体上对应。"② 支遁与向、郭在学术上处于对应的逻辑环节，孙绰《道贤论》即以"支遁方向子期"，论云："支遁向秀雅尚庄老，二子异时，风好玄同矣。"③ 支遁对向、郭玄学有所发展④。孙昌武阐述支遁《妙观章》云："支遁认识到色无自性，因缘而成，但还不理解万法不真故空的实相空。这也就是哲学史家批评的当时的般若学未能脱离玄学的框架的道理。但僧肇所批评的当时流行的三种主要的般若空义，'本无''心无''即色'之中，即色义包含了对缘起观念的深入理解，是最为深刻的，在自玄学本体论向般若实相空的转变中迈出了关键的一步。"⑤ 支遁又最具名士风度，因此其思想在东晋士人中影响最广。相对于本无宗"宅心本无"强调本体轻视现象的"以无为本"；心无宗"无心于万物，万物未尝无"强调现象的"心无色有"，支遁即色宗比较重视对本体和现象的综合。《世说新语·文学》刘

---

① 吕澂：《中国佛学源流略讲》，第44页。
② 任继愈主编：《中国佛教史》第二卷，第220页。
③ 严可均校辑《全上古三代秦汉三国六朝文》，第1813页。
④ 《世说新语·文学》载支遁《逍遥游注》："卓然标新理于二家（向、郭）之表，立异于众贤之外，皆是诸名贤寻味之所不得，后遂用支理。"（余嘉锡《世说新语笺疏》，第220页）汤用彤《崇有之学与向郭学说》分析支道林"即色义"说："支道林之说，佛教原有，但亦与向郭义通。……支道林之说盖为向郭之说加上佛教意义也。"（《魏晋玄学论稿》，上海古籍出版社2005年版，第176—177页）
⑤ 孙昌武：《传统文化与现代文化》1993年第4期。

孝标注引支遁《妙观章》:

> 夫色之性也,不自有色。色不自有,虽色而空,故曰色即为空,色复异空。①

一方面认为色是无自性的现象,故"色即为空";另一方面色虽无自性但作为现象仍是存在的,非色灭空,所以又与绝对空无的"空"不一样。关于支遁即色义,本章第二节已做了详细的探讨,对支遁即色义的理解关键在于"色即为空,色复异空"这两句,据前文分析前后两个"空"的含义不同,第一个"空"是"空无"之"空";第二个"空"则是本体之义。《高僧传·于法开传》:"(于法开)后移白山灵鹫寺,每与支道林争即色空义。"② 僧祐《出三藏记集》载支遁有《释即色本无义》③,可见支遁的即色义,或名即色空,或名即色本无,这进一步说明支遁的"空"既是"色无自性"之"空",又有本无之义。因此,支遁即色义有两层含义:一是色无自性故空;二是由色以领悟空、本无。《摩诃般若波罗蜜道行经难问品第二》:"般若波罗蜜菩萨云何行?亦不可从色中行,亦不可离色行,亦不可从痛痒思想生死识中行,亦不可离痛痒思想生死识行。何以故?般若波罗蜜亦非痛痒思想生死识,般若波罗蜜亦不离痛痒思想生死识。"④ 此即谓"色"虽为虚假之象,但般若即在色中。支遁的即色义以《摩诃般若波罗蜜道行经》为思想渊源,所以其即色本无实亦不离色以说空、本无。僧肇《不真空论》云:"万象虽殊,而不能自异,不能自异,故知象非真象。象非真象,故则虽象而非象。然则物我同根,是非一气……"张春波谓"物",外物、境;谓"我",智、般若。万物本性空寂,般若也本性空寂,故"物我同根"。⑤ 文才《肇论新

---

① 余嘉锡:《世说新语笺疏》,第 222 页。
② 释慧皎撰,汤用彤校注:《高僧传》,第 168 页。
③ 释僧祐撰,苏晋仁、萧炼子点校:《出三藏记集》,第 428 页。
④ 《大正藏》第 8 册,第 430 页。
⑤ 僧肇著,张春波校释:《肇论校释》,第 33—37 页。

疏》:"是非者,真俗也。"①"是",真谛,即绝对真实的境界。"非",俗谛,即虚假的现象世界。"是非一气"即绝对真实的境界就存在于虚假的现象世界之中,并不是在虚假的现象世界之外,另有一个绝对真实的境界。②从这一点看,支遁即色空其实即颇近于僧肇说的"是非一气"。汤用彤云:"支道林,无'无',只有'色'。'色'无自性,即色而空,非色灭才叫'空'。色无自性,无一个'自色'者。支道林之说,佛教中原有,但亦与向郭义通。郭象《知北游注》谓'物物者无物,物自物耳',又谓'既明物物者无物,又明物之不能自物',一切自尔,其外无造物者,其后无有一本体。支道林之说盖为向郭说加上佛教意义也。"③郭象认为物皆自生、自尔,都是无待的,支遁则谓"色不自色""色不自有",乃因缘和合而成,这一点支遁的即色义与向、郭自生、独化还是存在着区别的,诸法缘起性空是般若学的基本主张,这或即汤用彤所说的"支道林之说盖为向郭说加上佛教意义也"。然色虽为虚假现象,但又不离色以说般若,可见在对待现象上,支遁即色义与郭象玄学又有相似之处。从般若学的角度来讲,支遁即色义仍存在本体思维,故吉藏《中观论疏》谓即色义"与安法师本性空,故无异也"④。这可能是其受到僧肇批评的主要原因。从大乘中观学来看,支遁即色义的确仍不够圆融,但是支遁并不象道安那样讲"无在元化之先空为众形之始",在对待现象上,两者之间还是存在很大的差异的。⑤"不空色说般若波罗蜜"的即色义,确有综合现象和本体的意识,谓之为"现象本体"之学亦未为不可⑥,从这一点来讲,支遁的即色空义包含着认识论,也就是一种由现象认识本体的方法,这在其后来的《即色游玄论》中得到了进一步的阐述。

---

① 《大正藏》第 45 册,第 208 页。
② 僧肇著,张春波校释:《肇论校释》,第 37—38 页。
③ 汤用彤:《崇有之学与向郭学说》,《魏晋玄学论稿》,第 177 页。
④ 《大正藏》第 42 册,第 29 页。
⑤ 许抗生:《僧肇评传》,南京大学出版社 1998 年版,第 86 页。
⑥ 钱志熙《魏晋诗歌艺术原论》认为东晋玄学在佛学的影响下,"从表面上看已经不再是一种政治哲学了,而成了纯粹的现象本体之学"(第 299 页)。

《即色游玄论》是支遁为解答王洽读《道行指归》的疑问而作，据前文考证，大概作于升平元年（357）。《即色游玄论》虽佚，但可以想见该文是支遁对其般若思想的系统的阐述，故慧达、吉藏、元康等人述其即色义时皆提到此文。支遁作此论时，与其关系密切的会稽的名士群体大体已解散，王羲之于永和十一年（355）辞官，这个名士群体就已失去了一个核心和组织者。而许询在永和九年（353）的兰亭集会前已去世，谢万、王羲之在哀帝即位（361）之前辞世，孙绰则因仕途而离开了会稽，故谢安在升平五年（361）为吴兴太守时致支遁书曰："人生如寄耳，顷风流得意之事，殆为都尽，终日戚戚，触事惆怅……"这正是对会稽名士群体的消散而发的感慨。从其写作时间来看，《即色游玄论》作于会稽名士群体消散之后，但是此论所包含的思想、方法，则在写作之前即在发展的，因为支遁的诗文即已体现出一种即色观空的观物方式，如《善思菩萨赞》："能仁畅玄句，即色自然空。空有交映迹，冥知无照功。"即表现了这一认识方法。从这一点来讲，"即色游玄"对东晋人仍是有直接影响的。吕澂《中国佛学源流略讲》指出："在《出三藏记集》里，有他的一篇《大小品对比要钞序》，……从全文的内容看，似乎是用即色来解释性空的，与《即色游玄论》以即色掌握和运用空观的说法，不完全一致。因此，他的'即色本无'与'即色游玄'不是一回事。"[①] 从吕氏的这个说法来看，"即色游玄"是运用空观的方法论，可以说是支遁对其即色义所蕴含的认识论的发展。吕氏又说："般若，就其客观方面说是性空，就其主观方面说是大智（能洞照性空之理的智慧），把主观客观两方面联系起来构成一种看法，谓之'空观'。空观的过程，就是用大智洞照性空的实践，空观实践的关键在于修智。这种说法，与向、郭的玄学观点很相似，他们主张万物一体，其中也包括主观客观两方面，客观即自然（天道），主观即名教（实践活动），名教的实践活动即体现天道，因而它们是一体的。"[②] 从方法论的角度来讲，简单地说"即色游玄"就是不离色而观照诸法性

---

[①] 吕澂：《中国佛学源流略讲》，第49页。
[②] 吕澂：《中国佛学源流略讲》，第46页。

空之理。"《般若经》讲性空假有，假有即是性空，空有一如，并不是在有之外（或之内）有性空。"① 支遁则认为色无自性而空，元康《肇论疏》云："此林法师但知言色非自色，因缘而成；而不知色本是空，犹存假有也。"② 这是支遁即色义仍有未悟之处。但支遁也因此注重从色以认识空，即色游玄正是对其"现象本体"之学的方法论的概括，这还带有很明显的玄学思维特点。从字面上看"即色游玄"也是一个融合玄、佛的表述，庄子经常提到"游"，如以之名篇的《逍遥游》《知北游》，篇中亦多处提到，如《逍遥游》："若夫乘天地之正，而御六气之辩，以游无穷者，彼且恶乎待哉！"郭象注："故乘天之正者，即是顺万物之性也；御六气之辩者，即是游变化之途也。"③ 又，"乘云气，御飞龙，而游乎四海之外。"成玄英云："寄生万物之上而神超六合之表，故曰游乎四海之外也。"④《天下》："彼其充实不可以已，上与造物者游，而下与外死生无终始者为友。"成玄英云："乘变化而遨游，交自然而为友，故能混同生死，冥一始终。本妙迹粗，故言上下。"⑤ 庄子所说的"游"大抵是指进入绝对自由的本体境的精神活动。支遁"即色游玄"的"游"就是来自庄子。而且这种"游""包含着无功利关系的审美活动"。⑥"游玄"不可离"色"，如郗超《答傅郎诗》："森森群象，妙归玄同。"郗超是支遁的信徒，其佛学义理与支遁符契⑦，这两句诗正是对支遁"即色游玄"的直观把握。

---

① 许抗生：《僧肇评传》，第 87 页。
② 《大正藏》第 45 册，第 171 页。
③ 郭庆藩：《庄子集释》，第 20 页。
④ 郭庆藩：《庄子集释》，第 30 页。
⑤ 郭庆藩：《庄子集释》，第 1101 页。
⑥ 钱志熙：《魏晋诗歌艺术原论》，第 293 页。
⑦ 《世说新语》载郗超与亲友书曰："林法师神理所通，玄拔独悟，实数百年来，绍明大法，令真理不绝，一人而已。"汤用彤《汉魏两晋南北朝佛教史》云："郗超因与林公理义符契，故于竺法汰之本无义、于法开之识含义均破斥之。"据《高僧传》和《出三藏记集》，郗超颇多佛教著作，现唯存《奉法要》，其中一段"夫空者，忘怀之称，非府宅之谓也。无诚无矣，存无则滞封。有诚有矣，两忘则玄解。然则有无由乎方寸，而无系乎外物。器象虽陈于事用，感绝则理冥。岂灭有而后无，阶损以至尽哉？"正是阐述支遁即色义。又《文选·游天台山赋》李善注引郗超《与谢庆绪书》论三幡，文曰："近论三幡，诸人犹多欲，既观色空，别更观识，同在一有，而重假二观，于理为长。"（中华书局 1977 年版，第 166 页）汤用彤认为，据此则《出三藏记集》所载郗超《论三行上》《通叙三行》《论三行下》等，"固亦谈及色空也"。

"色""象"可以包括自然和社会之万有，但是由于东晋人常以纵情山水回避现实矛盾，因此他们借以悟玄的群象主要是自然的群象①，如王羲之《兰亭诗》"仰望碧天际，俯磐绿水滨。寥朗无厓观，寓目理自陈"，正是典型的以山水悟道。孙绰《游天台山赋》云：

> 散以象外之说，畅以无生之篇。悟遣有之不尽，觉涉无之有间。泯色空以合迹，忽即有而得玄。释二名之同出，消一无于三幡。恣语乐以终日，等寂默于不言。浑万象以冥观，兀同体于自然。

表现了以山水悟道之理，多用佛玄名理，"即有而得玄"显然是用支遁的"即色游玄"。

郭象玄学确立了以万物实体、自然状态以及山水即道等为内涵的自然观，支遁"即色游玄"由综合玄、佛而来，特别是与郭象玄学有密切的关系，可以说支遁"即色游玄"是对东晋以来不断发展的自然观及观物方式的总结。但是由于支遁突出的文学才华，他最早将"即色游玄"的思想方法运用于诗歌创作之中，沈曾植《与金潜庐太守论诗书》云："山水即是色，庄、老即是意。"② 因此他对东晋人以玄理和山水为表现内容的诗歌创作有直接的影响。可以说东晋中期以来山水和玄理的融合，玄言山水诗的产生，皆与支遁"即色游玄"的思想和方法密切相关。

### 三 支遁与谢氏山水文学传统

支遁对谢灵运山水诗也产生了重要的影响。葛晓音认为谢灵运山水诗的创作方法与东晋玄言诗出于一源③，而东晋玄言山水诗又与支遁"即色游玄"的思想和方法密切相关。因此，谢灵运受支遁思想和方法论的

---

① 钱志熙：《魏晋诗歌艺术原论》，第299页。
② 周兴陆、魏春吉等编著：《中国历代文论选新编·晚清卷》，上海教育出版社2008年版，第135页。
③ 葛晓音：《山水方滋，庄老未退——从玄言诗的兴衰看玄风与山水诗的关系》，《学术月刊》1985年第2期。

影响是可以想见的。

　　谢氏家族与支遁的关系极为密切,谢安曾称赞支遁只标宗会、不拘章句的讲经是"九方堙之相马也,略其玄黄而取其骏逸"。在会稽时谢安又与支遁"出则渔弋山水,入则言咏属文"。① 又谢安于升平五年(361)为吴兴太守时,适值支遁欲离开建康还剡,谢安致书支遁热情邀请移住吴兴以消解其"终日戚戚,触事惆怅"之怀,可见谢安对支遁之重视。《高僧传》本传载:"遁先经余姚坞山中住,至于明辰犹还坞中。或问其意,答云:'谢安在昔数来见,辄移旬日,今触情举目,莫不兴想。'"② 可见二人之情谊。谢安弟谢万亦极重支遁,《世说新语·雅量》载:"支道林还东,时贤并送于征虏亭。蔡子叔前至,坐近林公。谢万石后来,坐小远。蔡暂起,谢移就其处。蔡还,见谢在焉,因合褥举谢掷地,自复坐。谢冠帻倾脱,乃徐起,振衣就席,神意甚平,不觉嗔沮。坐定,谓蔡曰:'卿奇人,殆坏我面。'蔡答曰:'我本不为卿面作计。'其后,二人俱不介意。"③ 谢安、谢万兄弟皆有山水描写的诗歌,如谢万《兰亭诗二首》:"肆眺崇阿,寓目高林。青萝翳岫,修竹冠岑。谷流清响,条鼓鸣音。玄崿吐润,霏雾成阴。"这是一首纯粹的写景诗,其写法或受到嵇康《赠兄秀才入军》有关写景的影响,但是在兰亭修禊以山水体悟玄理的背景下,这种清幽之景其实也仍然蕴含着哲理,即以山水自适之理,颇近于王羲之《兰亭诗》:"大矣造化功,万殊莫不均。群籁虽参差,适我无非新。"正体现了支遁"即色游玄"的思想。其第二首:"司冥卷阴旗,句芒舒阳旌。灵液被九区,光风扇鲜荣。碧林辉英翠,红葩擢新茎。翔禽抚翰游,腾鳞跃清泠。"这种鲜丽的写景与支遁诗歌极为相似,或与谢万和支遁的交往不无关系。谢玄、谢朗等亦与支遁交往,如《世说新语·文学》载:"谢车骑在安西艰中,林道人往就语,将夕乃退。有人道上见者,问云:'公何处来?'答云:'今日与谢孝剧谈一出来。'"④ 又,"林道人诣谢公,东阳时始总角,新病起,体未堪劳。与林公讲论,遂至

---

① 余嘉锡:《世说新语笺疏》,第368页。
② 释慧皎撰,汤用彤校注:《高僧传》,第163页。
③ 余嘉锡:《世说新语笺疏》,第371页。
④ 余嘉锡:《世说新语笺疏》,第228页。

相苦。"①《晋书·谢朗传》谓谢朗"善言玄理,文义艳发,名亚于玄"②。可见谢氏诸人与支遁之关系。

　　晋宋以来,谢氏家族中谢安、谢万、谢混、谢灵运、谢庄、谢惠连、谢朓等皆长于山水写景,这成为谢氏的一个重要的文化标志。而谢安、谢万、谢玄、谢朗等与支遁的交往,对这一家族文化品格的形成实具有重要的作用。士族原本注重家族文化的传承,晋宋之际士林清浊分流,造成士族之间严于交纳,更促进了家族成员之间的交往和对家族文化品格的自觉坚持,谢氏尤可为代表,如《宋书·谢弘微传》载:"混风格高峻,少所交纳。唯与族子灵运、瞻、晦、曜以文义赏会,常共宴处,居在乌衣巷,故谓之'乌衣之游'。混诗所言'昔为乌衣游,戚戚皆亲姓'者也。其外虽复高流时誉,莫敢造门。"③谢灵运即在与从叔谢混等人的交往中,进一步继承了谢氏的家族文化。加以谢灵运崇尚且精于佛理,因此,对谢氏家族文化有重要影响的支遁,很显然会得到谢灵运的重视。谢灵运《庐山慧远法师诔》云:"予志学之年,希门人之末,惜哉,诚愿弗遂,永违此世。"④慧远的般若思想出自道安本无宗,慧达《肇论疏》云:"庐山远法师本无义云,因缘之所有者,本无之所无。本无之所无者,谓之本无。本无与法性同实而异名也。"⑤支遁即色义与本无宗也有内在的关系,僧祐《出三藏记集》载支遁有《释即色本无义》,其《阇首菩萨赞》云:"何以绝尘迹?忘一归本无。"可见支遁亦言"本无"。《世说新语·雅量》刘孝标注引《安和上传》云:"(道安)以佛法东流,经籍错谬,更为条章,标序篇目,为之注解。自支道林等皆宗其理。"⑥吉藏《中观论疏》云:"支道林著《即色游玄论》。明即色是空,故言《即色游玄论》。此犹是不坏假名,而说实相,与安师本性空故无异

---

① 余嘉锡:《世说新语笺疏》,第 226 页。
② 房玄龄:《晋书》,第 2087 页。
③ 沈约:《宋书》,第 1590—1591 页。
④ 严可均校辑:《全上古三代秦汉三国六朝文》,第 2619 页。
⑤ 《卍续藏》第 54 册,第 59 页。
⑥ 余嘉锡:《世说新语笺疏》,第 372 页。

也。"① 所以汤用彤认为:"道林之学固自以为属本无宗也。"② 又云:"支法师即色空理,盖为《般若》'本无'下一注解,以即色证明其本无之旨。盖支公宗旨所在,固为本无也。"③ 可见在空、无上支遁与道安、慧远颇相似,即执"空"为本体。相对于本无宗"情尚于无多,触言以宾无"(僧肇《不真空论》)支遁即色宗比较强调色、空的综合,其《即色游玄论》本质上说是一种"现象本体"之学。慧远对本无宗崇本息末亦有所纠正,许理和《佛教征服中国》认为慧远指出,"因缘之所有者,本无之所无""道出了'本无'与'末有'的同一性"。④《庐山出修行方便禅经统序》云:"色不离如,如不离色,色则是如,如则是色。"⑤ 也体现了慧远现象本体合一的思想,这一点继承本无宗的内在的发展逻辑,进一步深化了对现象与本体关系的探索。慧远从佛像与法身的关系对这一问题进行了深入的探讨,建构了注重通过"形象"的欣赏以体悟"本体"的"形象本体"之学。⑥ 从本质上讲,这与支遁"即色游玄"的"现象本体"之学具有相同的性质。刘宋以来,佛教由般若学发展到涅槃学,谢灵运的佛教思想主要在涅槃学和净土信仰,这两方面分别受到竺道生和慧远的影响,如他述道生顿悟说而作《辨宗论》,与慧严、慧观共同改治《大般涅槃经》,又应慧远之请而作《佛影铭》。但他对般若学仍有深入的研究,谢氏所服膺的慧远即属于般若本无宗,其《石壁立招提精舍》:"禅室栖空观,讲宇析妙理。""空观"即龙树"一切皆空"的大乘般若思想。又《文选》卷五十九南齐王简栖《头陀寺碑文》李善注引谢灵运《金刚般若经》注两条,"诸法性空,理无乖异,谓之为如;会如解故,名如来"、"玄关难起,善楗易开"。⑦ 这都说明谢灵运佛教思想与般若学的关系。谢灵运热衷佛教义理,又极为崇敬慧远,从慧远与支遁

---

① 《大正藏》第42册,第29页。
② 汤用彤:《汉魏两晋南北朝佛教史》,第170页。
③ 汤用彤:《汉魏两晋南北朝佛教史》,第184页。
④ [荷]许理和:《佛教征服中国》,李四龙、裴勇等译,第276页。
⑤ 释僧祐撰,苏晋仁、萧炼子点校:《出三藏记集》,第345页。
⑥ 参见蔡彦峰《慧远"形象本体"之学与晋宋山水诗的形成和发展》,《文艺理论研究》2012年第3期。
⑦ 李善:《文选注》,中华书局1977年版,第811页。

佛教般若思想的内在关联,及支遁与谢氏家族的密切关系来看,谢灵运受支遁的影响乃是顺理成章之事。

谢灵运与佛教渊源极深,不仅有《辨宗论》《佛影铭》等佛教作品,且整理过《大般涅槃经》,注《金刚般若经》,可以看出其佛学造诣颇深。其诗歌亦有《过瞿溪山饭僧》《石壁立招提精舍》等表现佛理之作,虽然谢灵运诗中像这类专言佛理的并不多,但是其诗歌受佛教思想方法的影响仍是一个显著的事实。佛学思想和思维方式的确影响了诗人的自然观念和观物的方式,这一点在前文探讨支遁"即色游玄"对东晋玄言山水诗的影响时,已作过详细的分析。从山水诗的独立来讲,其关键在于以山水景物作为独立的审美对象,这是一个由多种因素共同作用的结果①,在东晋以来佛学风气极为浓厚的背景下,佛教思想显然是一个极为重要的因素。谢灵运山水诗与支遁"现象本体"之学及慧远"形象本体"之学,这种注重形象的一系是有密切关系的。又由于支遁和慧远皆长于诗文,具有山水诗的创作实绩,所以他们的思想、方法对谢灵运的影响是很直观的。比如在观物方式上,谢灵运主张"遗情舍尘物,贞观丘壑美"(《述祖德二首》其二),"贞观"出自《周易·系辞下》:"吉凶者,贞胜者也;天地之道,贞观者也;日月之道,贞明者也;天下之动,贞夫一者也。"王弼注:"贞,正也,一也。夫有动则未免乎累,殉吉则未离乎凶。尽会通之变而不累于吉凶者,其唯贞者乎?《老子》曰:'王侯得一以为天下贞'。万变虽殊,可以执一御也。明乎天地万物,莫不保其贞,以全其用也。"② 所谓的"贞观"就是排除各种利害关系的影响,客观地观察山水景物。谢灵运诗文多处提到这种观物方法,如《山居赋》"研精静虑,贞观厥美",《入道至人赋》"超埃尘以贞观"。这是谢灵运观物和审美的方法。这种方法的思想基础是即色游玄、山水是道,虽然从道家和玄学也有可能发展出这种观物方式,但是支遁"即色游玄"的佛学思想方法对此的影响是极为直接的,其《八关斋诗三首》其二:

---

① 参见蔡彦峰《从"感物"到"体物"——晋宋诗学的重要发展》,《人文中国学报》第 14 期。

② 王弼撰,楼宇烈校释:《周易注》,中华书局 2011 年版,第 361 页。

"吟咏归虚房，守贞玩幽赜。虽非一往游，且以闲自释。""守贞玩幽赜"表现的正是一种无所挂碍的客观的观物方法。这种方法后经慧远等人进一步发展，如慧远《游山记》"凝神览视"，及宗炳《画山水序》："澄怀味象"，成为山水艺术的审美观。所以宗炳《画山水序》阐述山水画的功能，云："神本亡端，栖形感类，理入影迹，诚能妙写，亦诚尽矣。"① 即主张以客观写实的手法描绘山水景物。谢灵运山水诗模山范水，注重真实再现山水景物的客观形象，正是支遁、慧远观物和审美方法的体现。

　　谢灵运写作《辨宗论》在永初三年（422）七月至景平元年（423）秋这段时间内②，这正是他任永嘉太守开始大量创作山水诗的时候，所以《辨宗论》探讨的"顿悟求宗"的思维方式对山水诗境的影响应是巨大的，钱志熙即认为："谢灵运山水诗中的某些境界，确实受到'顿悟入照'的影响，因此谢诗在总体上看尽管描写比较质实，但有时又有空灵的意境出现。"③ 关于谢灵运顿悟思想与其山水诗歌的关系确还可以作深入的专门研究。但是从诗歌艺术上来看，谢灵运在写作《辨宗论》之前，早期所作的一些拟乐府诗即有山水描写，如《长歌行》"倏烁夕星流，昱奕朝露团"，《悲哉行》"檐上云结阴，涧下风吹清。幽树虽改观，终始在初生"，《会吟行》"连峰竞千仞，背流各百里。灌池溉粳稻，轻云暧松杞"。这类的句子还可以举出一些。"连峰竞千仞，背流各百里"出自东晋帛道猷《陵峰采药触兴为诗》："连峰数千里，修林带平津。"又如"昱奕朝露团"，这种追求生新鲜明的语言，其实是东晋玄言山水诗人的一个突出的特点。这些说明谢灵运对东晋诗歌也有自觉的学习。可以说，"顿悟"的思想方法主要影响谢灵运的精神品格及其诗境，而在具体的审美方式和诗歌艺术上，则主要受支遁、慧远的影响，尤其是支遁的诗歌在山水写景上富有创作实绩，所以在诗歌表现的义理和具体的语言上谢灵运对支遁都有比较明显的学习，如《游赤石进帆海》"首夏犹清和，芳

---

① 张彦远：《历代名画记》，人民美术出版社1964年版，第130页。
② 汤用彤：《汉魏两晋南北朝佛教史》，第423页。关于《辨宗论》的创作时间，钱志熙《谢灵运〈辨宗论〉和山水诗》还从谢灵运的诗文中找到了更多的佐证。
③ 钱志熙：《谢灵运〈辨宗论〉和山水诗》，《北京大学学报》1989年第5期。

草亦未歇",即出自支遁《四月八日赞佛诗》"三春迭云谢,首夏含朱明",又《登永嘉绿嶂山》"恬如既已交,缮性自此出",其所表现的义理和语言都比较明显出自支遁《咏八日诗三首》其一"交养卫恬和,灵知溜性命";《登石门最高顶》"沉冥岂别理",出自支遁《咏怀诗》其五"沉无冥到韵",《登江中孤屿》"空水共澄鲜","鲜"字极妙,而实来自支遁《咏怀诗五首》其一"彩彩冲怀鲜"。又如支遁《咏怀诗》其三"霄崖育灵蔼,神蔬含润长。丹沙映翠濑,芳芝曜五爽","灵蔼""丹沙""翠濑"语皆生新,谢灵运山水诗语言多学这种。① 此外,支遁诗歌多用复字和对仗,如"祥祥令日泰,朗朗玄夕清""穆穆升堂贤,皎皎清心修"(《八关斋诗》其一),"亹亹沉情去,彩彩冲怀鲜"(《咏怀诗》一),"苕苕重岫深,寥寥石室朗"(《咏怀诗》三),"暧暧烦情故,零零仲气新"(《咏怀诗》四)等,这在东晋诗歌中是比较突出的。王夫之云:"用复字者,亦形容之意,'河水洋洋'一章是也。'青青河畔草,郁郁园中柳',顾视之以跌宕。"② 复字的运用也是自觉的语言修辞的结果。谢灵运诗歌亦多用复字,如:

> 莓莓兰渚急,藐藐苔岭高。(《石室山》)
> 弭棹向南郭,波波浸远天。(《舟向仙岩寻三皇井仙迹》)
> 活活夕流驶,噭噭夜猿啼。(《登石门最高顶》)
> 鹭鹭翚方雏,纤纤麦垂苗。(《入东道路诗》)

这或对支遁不无学习。清末沈曾植高度评价支遁在晋宋诗歌史上的地位,将他视为开谢灵运山水诗风气之先的人物,他在《王壬秋选八代诗选跋》中说:"支公模山范水,固已华妙绝伦;谢公卒章,多托玄思,风流祖述,正自一家。"③ 其《与金潜庐太守论诗书》又云:"康乐总山水、老

---

① 参见蔡彦峰《支遁"即色空"与山水诗》,《文史知识》2017年第5期。
② 王夫之:《姜斋诗话》,人民文学出版社1961年版,第144页。
③ 沈曾植:《王壬秋选八代诗选跋》,《海日楼札丛·海日楼题跋》,辽宁教育出版社1998年版,第366页。

庄之大成，开其先支道林。"① 支遁主张名理奇藻结合，其诗歌在山水描写与义理表现上，的确对谢灵运山水诗具有示范的意义。如果说谢灵运山水诗的创作方法与东晋玄言诗出于一源②，那么从思想方法、审美方式及诗歌中的山水描写艺术等方面来看，这个源头最重要的确是来自支遁。

---

① 周兴陆、魏春吉等编著：《中国历代文论选新编·晚清卷》，第135页。
② 葛晓音：《山水方滋，庄老未退——从玄言诗的兴衰看玄风与山水诗的关系》，《学术月刊》1985年第2期。

# 第 二 章

# 慧远"实有"的佛教思想与文学

慧远（334—416），本姓贾，雁门楼烦人，是东晋时期南方影响最大的高僧。慧远一生致力于弘法①，讲论不辍，撰写了大量与佛教有关的文章，对佛教各派的思想具有兼容并包的博大胸怀，其佛教思想旨趣极为广泛，出入大小乘，涉及般若学、毗昙学、涅槃学、律学、禅学、净土等。但是贯穿于佛教思想中最为重要的是求宗体极，即对佛教最高精神实体、佛教最高境界的追求，这是慧远建构其佛学思想体系的基础。《高僧传·慧远传》说："先是中土未有泥洹常住之说，但言寿命长远而已。远乃叹曰：'佛是至极，至极则无变，无变之理，岂有穷耶。'因著《法性论》曰：'至极以不变为性，得性以体极为宗。'"②"至极以不变为性，得性以体极为宗"，这两句可以说是慧远佛学思想的基础和核心。求宗体极即以本体为实有，这是慧远"形象本体"之学的基础，对晋宋文学产生了深刻的影响。

## 第一节 求宗体极：慧远的"实有"思想

### 一 慧远的"法性论"

慧远《法性论》已佚，慧达《肇论疏》云："远师《法性论》成后

---

① 释慧皎撰，汤用彤校注《高僧传》谓其："孜孜为道，务在弘法，每逢西域一宾，辄恳恻咨访。"（第216页）
② 释慧皎撰，汤用彤校注：《高僧传》，第218页。

二章，始得什师所译《大品经》，以为明验，证成前义。"① 也就是说慧远在写成《法性论》的前两章后，才见到鸠摩罗什译出的《大品般若经》。僧祐《出三藏记集》卷二："《新大品经》二十四卷。伪秦姚兴弘始五年四月二十三日于逍遥园译出，至六年四月二十三日讫。"②《大品般若经》于404年译成。又卷十《大智度论记》："（弘始）四年夏，于逍遥园中西门阁上，为姚天王出《释论》，七年十二月二十七日乃讫。"③《大智度论》又称《摩诃般若波罗蜜经释论》《摩诃般若释论》，《大智度论》于405年译成。《晋书·姚兴载记》："时刘裕诛桓玄，迎复安帝，玄卫将军、新安王桓谦，临原王桓怡，雍州刺史桓蔚，左卫将军桓谧，中书令桓胤，将军何澹之等奔于兴。刘裕遣大参军衡凯之诣姚显，请通和，显遣吉默报之，自是聘使不绝。"④ 据《晋书·安帝纪》刘裕诛桓玄在元兴三年（404）五月。因南北"聘使不绝"，故佛教之交流亦较为通畅，《高僧传·慧远传》："秦主姚兴钦德风名，叹其才思。致书殷勤，信饷连接，赠以龟兹国细缕杂变像，以申款心，又令姚嵩献其珠像。释论新出，兴送论并遗书曰：'《大智论》新译讫，此既龙树所作，又是方等旨归，宜为一序，以申作者之意。然此诸道士，咸相推谢，无敢动手，法师可为作序，以贻后之学者。'"⑤ 本传又载慧远闻罗什入关，即遣书通好曰："释慧远顿首。去岁得姚左军书，具承德问。"⑥ 僧叡《法华经后序》："秦司隶校尉、左将军安城侯姚嵩，拟韵玄门，宅心世表，注诚斯典，信诣弥至，每思寻其文，深识译者之失。既遇鸠摩罗法师，为之传写，指其大归真，若披重霄而高蹈，登昆仑而俯盼矣。于时听受领悟之僧八百余人，皆是诸方英秀，一时之杰也。是岁弘始八年，岁次鹑火。"⑦ 慧远或于此前（406）即得姚嵩之书，翌年乃致书通好。⑧ 姚嵩在致书慧远时，

---

① 《卍续藏》第54册，第68页。
② 释僧祐撰，苏晋仁、萧炼子点校：《出三藏记集》，第49页。
③ 释僧祐撰，苏晋仁、萧炼子点校：《出三藏记集》，第388页。
④ 房玄龄：《晋书》，第2985页。
⑤ 释慧皎撰，汤用彤校注：《高僧传》，第218页。
⑥ 释慧皎撰，汤用彤校注：《高僧传》，第216页。
⑦ 释僧祐撰，苏晋仁、萧炼子点校：《出三藏记集》，第307页。
⑧ 汤用彤：《汉魏两晋南北朝佛教史》，第253页。

很可能就将鸠摩罗什所译《大品般若经》一并寄送，也就是说慧远大概在405年即看到《大品般若经》，因此其《法性论》的写作时间应在404—405年之间。《高僧传》本传载罗什见《法性论》叹曰："边国人未有经，便闇与理合，岂不妙哉。"① 所谓的"经"指的是大乘《大般涅槃经》，僧祐《出三藏记集》所载《出经后记》：

> 摩竭提国巴连弗邑阿育王塔天王精舍优婆塞伽罗先，见晋土道人释法显远游此土，为求法故，深感其人，即为写此《大般泥洹经》如来秘藏。愿令此经流布晋土。一切众生，悉成如来平等法身。义熙十三年十月一日于谢司空石所立道场寺出此《方等大般泥洹经》，至十四年正月一日校定尽讫。禅师佛大跋陀手执胡本，宝云传译。于时在座有二百五十人。②

六卷本《大般泥洹经》在418年译出。而据僧祐《出三藏记集》卷八道朗《大涅槃经序》，昙无谶在玄始十年（421）十月二十三日始译此经③，至元嘉七年（430）始流传到南方。慧远在尚未见到大乘涅槃经时即悟出涅槃常住之法性，故得到罗什的赞叹。

但是由于《法性论》已佚，所以对"法性"的内涵、发展等问题，只能通过其他人对"法性"的论述及慧远的其他著述加以辨析。现存有关慧远"法性"的材料主要有：

> 庐山远法师本无义云，因缘之所有者，本无之所无。本无之所无者，谓之本无。本无与法性同实而异名也。（慧达《肇论·不真空论疏》）④

> 云法性者，明涅槃，不可坏，不可戏论。性名本分种，如黄石中有金性，白石中有银性。譬如金刚在山顶，渐渐穿下，至金刚地

---

① 释慧皎撰，汤用彤校注：《高僧传》，第218页。
② 释僧祐撰，苏晋仁、萧炼子点校：《出三藏记集》，第316页。
③ 释僧祐撰，苏晋仁、萧炼子点校：《出三藏记集》，第314页。
④ 《卍续藏》第54册，第59页。

际乃止。诸法亦如是，种种别异，到自性乃止，亦如众流会归于海，合为一味，是名法性也。（慧达《肇论·隐士刘遗民书问无知论疏》）①

自问云：性空是法性乎？答曰：非。性空者，即所空而为名，法性是法真性，非空名也。（元康《肇论·宗本义疏》）②

慧达《不真空疏》谓慧远是本无义，也就是说属于本无宗，又说本无与法性同实异名。汉代以来以"本无"译梵语tathata，即真如，《佛光大辞典》解释"真如"："即指遍布于宇宙中真实之本体；为一切万有之根源。又作如如、如实、法界、法性、实际、实相、如来藏、法身、佛性、自性清净身、一心、不思议界。早期汉译佛典中译作本无。真，真实不虚妄之意；如，不变其性之意。即大乘佛教所说之'万有之本体'。"③《名僧传抄》载昙济《六家七宗论》云："如来兴世，以本无弘教。故《方等》深经，皆备明五阴本无。本无之论，由来尚矣。"④ 又以无为本是王弼玄学的基本思想，东晋以来佛教依附玄学而得到迅速的发展与广泛的影响，所以"本无一义几为般若学之别名"。⑤ 道安、慧远本无宗之"本无"，显然指的是本体之义。僧肇《不真空论》批评本无宗云："本无者，情尚于无多，触言以宾无。"⑥ 即以无为本，触事发言所及之万有皆宾伏于无。据慧达所言，可见慧远"法性"实出于般若本无宗思想。方立天认为上述所引三段材料的内容是一致的，与《法性论》所存的"至极以不变为性，得性以体极为宗"这两句的意思也是一致的。因此慧远《法性论》可以归纳为三个要点："第一、就宇宙万物来说，法性即事物的自性、真性，也就是说自性是有，不是空；第二，从佛教修证来说，法性就是涅槃，涅槃是'至极'状态，是不坏不灭的；第三，宇宙万物的法

---

① 《卍续藏》第54册，第68页。
② 《大正藏》第45册，第165页。
③ 《佛光大辞典》，北京图书馆出版社2004年版，第4197页。
④ 《卍续藏》第77册，第354页。
⑤ 汤用彤：《汉魏两晋南北朝佛教史》，第170页。
⑥ 僧肇著，张春波校释：《肇论校释》，第41页。

性和佛教修证的涅槃是统一的，涅槃以法性为本体，而得到法性就是体证涅槃。"① 这种强调实有是慧远"法性"思想的基本特点。

在与鸠摩罗什反复讨论之后，慧远仍然坚持"法性"实有的思想观念。《大乘大义章》第十三章"次问如法性真际并答"：

> 远问曰：经说法性，则云有佛无佛，性住如故。说如，则明受决为如来。说真际，则言真际不受证。三说各异，义可闻乎？又问法性常住，为无耶？为有耶？若无如虚空，则与有绝，不应言性住；若有而常住，则堕常见，若无而常住，则堕断见。若不有不无，则必有异乎？有无者辨而结之，则觉愈深愈隐，想有无之际，可因缘而得也。②

"真际"是真如实际，即至极之义，《大品般若经》卷十二《无作品》云："是般若波罗蜜亦不与无为法，不舍有为法。何以故？若有诸佛，若无诸佛，是诸法相，常住不异。法相、法住、法位常住不谬不失故。"③《大智度论》卷六十五释之云："诸法性者，即是诸法实相；诸法实相者，即是般若波罗蜜。若以常、无常等求诸法实相，是皆为错；若人入法性中求，则无有错谬，法性常故不失。"④ 慧远所问即以般若非有非无的中观学如何看待真际及有佛无佛法性常住的问题。他在诸法本性空寂与法性常住之间产生了疑问，却正体现了他"法性"实有的思想观念。又如第十四章"问实法有并答"：

> 远问曰：论以色、香、味、触为实法有，乳酪为因缘有。请推源求例，以定其名。夫因缘之生，生于实法。又问实法为从何生，经谓色、香、味、触为造之色，色则以四大为本。本由四大，非因缘如何？若是因缘，复如何为实法？寻实法以求四大，亦同此疑。

---

① 方立天：《魏晋南北朝佛教》，第79页。
② 《大正藏》第45册，第135页。
③ 《大正藏》第8册，第311页。
④ 《大正藏》第25册，第516页。

何者？论云一切法各无定相。是故得神通者，令水作地，地作水，是四大之相，随力而变，由以慈观。故知四大与造色，皆是因缘之所化明矣。若四大及造色非因缘，则无三相，无三相，世尊不应说以非常为观。非常则有新新生灭。故曰："不见有法无因缘而生，不见有常常生而不灭。"如此则生者皆有因缘，因缘与实法，复何以为差？寻论所明，谓从因缘而有异于即实法为有。二者虽同于因缘，所以为有则不同。若然者，因缘之所化，应无定相。非因缘之所化，宜有定相。即此论神通章中说，四大无定相，定相无故随灭而变，变则舍其本。色、香、味、触出于四大，则理同因缘之所化，化则变而为异物。以此推，实法与因缘未为殊异。[①]

《大智论》既谓色、香、味、触为实法有，又云："一切法各无定相。"慧远对此是极为怀疑的，故云"若是因缘，复如何为实法""如此则生者皆有因缘，因缘与实法，复何以为差"？所以他在这个问题的最后说："以此推，实法与因缘未为殊异。"这其实是疑问的语气，也就是认为存在一个与因缘不同的实法。实有、本体这些观念是慧远思想的基础，所以他在向罗什提出关于实法的疑问时，其实是希望从罗什那里得到某种确认。罗什回答解释"实法有"云：

> 有二种论：一者大乘论，说二种空，众生空、法空。二者小乘论，说众生空。所以者何？以阴、入、界和合，假为众生，无有别实。如是论者，说乳等为因缘有，色等为实法。又以于诸法，生二种著：一者著众生，二者著法。以著众生故，说无我法，唯名色为根本。而惑者于名色取相，分别是众生、是人、是天、是生、是舍、是山林、是河等。如是见者，皆不出于名色。譬如泥是一物，作种种器，或名瓮，或名瓶。瓮破为瓶，瓶破为瓮，然后还复为泥。于瓮无所失，于瓶无所得，但名字有异。于名色生异相者，亦如是。若求其实，当但有名色。闻是说已，便见一切诸法无我、无我所，

---

[①]《大正藏》第45册，第136页。

即时舍离，无复戏论，修行道法。有人于名色不惑众生相，惑于法相，贪着法故，戏论名色。为是人故说色，名色虚诳，如幻如化，毕竟空寂，同于众生，因缘而有，无有定相。是故当知，言色等为实有，乳等为因缘有，小乘论意，非甚深论法。何以故？以众生因此义故得于解脱。若言都空，心无所寄，则生迷闷。为是人故，令观名色二法，无常苦空，若心厌离，不待余观。如草药除患，不须大药也。又令众生离色等错谬，若一相，若异相，若常相，若断相，以是故，说色等为实有，乳等为假名。有如是观者，即知众生缘法，非有自性，毕竟空寂。若然者，言说有异，理皆一致。又，佛得一切智慧，其智不可思议。若除诸佛，无复有人，如其实理，尽能受持。是故，佛佛随众生所解，于一义中三品说道。为钝根众生故，说无常苦空，是众生闻一切法无常苦已，即深厌离，即得断爱得解脱。为中根众生故，说一切无我，安稳寂灭泥洹。是众生闻一切法无我，唯泥洹安稳寂灭，即断爱得解脱。为利根者，说一切法从本已来，不生不灭，毕竟空，如泥洹相。是故于一义中，随众生结使心错，便有深浅之异。如治小病，名为小药，治大病名为大药，随病故便有大小。众生心有三毒之病，轻重亦复如是。爱恚力等，愚痴则漏。所以者何？爱，小罪而难离；恚，大罪而易离；痴，大罪而难离。以爱难离故是恶相，以小罪故非恶；以恚大罪故是恶相，易离故非恶相。是二力等故，遗之则易，所谓不净、慈悲、无常、苦观。痴心若发，即生身见等十二见，于诸法中，深堕错谬。为此病故，演说无我、众缘生法，则无自性，毕竟常空，从本以来，以无生相。是故，佛或说众生空，或说法空。言色等为实法，乳等为因缘有，无咎。[①]

鸠摩罗什指出大乘说二种空，众生空和法空，说色等为实有乃是为了向众人说法的便利，"以众生因此义故得于解脱。若言都空，心无所寄，则生迷闷。"只有从这个意义上讲"色等为实法，乳等为因缘有"才是"无

---

① 《大正藏》第45册，第136—137页。

答"的，但是从根本上讲，一切诸法本性都是毕竟空寂的。鸠摩罗什否认了慧远以"实法"为实在的本体的观点。

公元405年，鸠摩罗什译出《大智度论》，姚兴送论并嘱慧远作序，《高僧传》本传谓："远常谓《大智论》文句繁广，初学难寻，乃抄其要文，撰为二十卷。序致渊雅，使夫学者息过半之功矣。"[1] 可见慧远对《大智论》是有深入研习的，《大智论钞序》中有一段是慧远对"法性"的论述。序云：

> 生涂兆于无始之境，变化构于倚伏之场，咸生于未有而有，灭于既有而无。推而尽之，则知有无回谢于一法，相待而非原；生灭两行于一化，映空而无主。于是乃即之以成观，反鉴以求宗。鉴明则尘累不止，而仪象可睹；观深则悟彻入微，而名实俱玄。将寻其要，必先于此，然后非有非无之谈，方可得而言。尝试论之，有而在有者，有于有者也；无而在无者，无于无者也。有有则非有，无无则非无。何以知其然？无性之性，谓之法性。法性无性，因缘以之生。生缘无自相，虽有而常无。常无非绝有，犹火传而不息。夫然，则法无异趣，始末沦虚，毕竟同争，有无交归矣。故游其樊者，心不待虑，智无所缘，不灭相而寂，不修定而闲，非神遇以期通，焉识空空之为玄。斯其至也，斯其极也，过此以往，莫之或知。[2]

这段是慧远在接触了《大般若经》和《大智论》，对鸠摩罗什所传印度中观学有所了解之后，对"法性"所作的阐述，其文义大体是：万物产生于无始之时，变化存在于万物的转化之中。由未有而生有，亦由有而灭为无。由此而知，事物的有无是代谢的，相互依存而非本原；生灭交相变迁于同一变化之中，映明虚空无有主宰。于是就从有无的生灭中形成观点，并以此为鉴寻求宗极。如镜子一样空明无染，则可睹万物的形象；深入地观照就可以透彻悟解事物之微妙，事物的名相和实质都是很玄奥。

---

[1] 释慧皎撰，汤用彤校注：《高僧传》，第218页。
[2] 释僧祐撰，苏晋仁、萧炼子点校：《出三藏记集》，第389—390页。

要寻求其要理，必由此而行。然后才可以讲非有非无的道理。尝试论述这一点，有被执著为有，是以有为有；无被执著为无，是以无为无。以有为有是非有，以无为无是非无。怎么知道这一点呢？以性空为性，就是法性。法性是无性、空性，而事物又由之而生。事物因缘而生故无自性，因为没有自性，所以是虚幻的假有，其本质是无。但是事物虽无自性，却又不是绝对的无，就如火不断传递而不熄。正因为如此，所以所有的事物的本性都无，从始至终都本性空寂的，有无皆归于法。因此能游于事物空寂之性，则心不需思虑，智慧无所运用，不需灭相而空寂，不以神遇而通达，认识一切法空的玄奥之理。这样就达到了至极，进入最高的境界。① 慧远所说的"斯其至也，斯其极也"，即《法性论》说的"至极"，也就是涅槃。

从所引《大智论钞序》这段文字来看，慧远明确指出"法性"是"无性之性"，这与其《法性论》，及慧达、元康等人所转述的法性论的内涵似存在显著的歧异。慧达《肇论·不真空论疏》《肇论·隐士刘遗民书问无知论疏》谓慧远"法性"是本无、涅槃、真性。元康《肇论·宗本义疏》更明确指出"法性"与性空的区别。"本无、实相、法性、性空、缘会，一义耳者。论文有四，第一明本无实相宗，第二明非有非无宗，第三明沤和般若宗，第四明泥洹尽谛宗。第一明本无实相宗，为《物不迁论》之宗本；第二明非有非无宗，为《不真空论》之宗本；第三明沤和般若宗，为《般若无知论》之宗本；第四明泥洹尽谛宗，为《涅槃无名论》之宗本。今云本无等者，有人云：'会释五家义也。竺法汰作本无论，什法师作实相论，远法师作法性论，安法师作性空论，于道邃作缘会二谛论。今会此五家，故云一义耳。'此非释也。何者？若今会竺法汰本无论者，何故《不真空论》初弹本无义耶？又且远法师作《法性论》，自问云：'性空是法性乎？答曰：非。性空者，即所空而为名。法性是法真性，非空名也。'今何得会为一耶？"② 《宗本义》认为本无、实相、法性、性空、缘会所表示的含义都是"空"，故谓其一义也。但元康认为慧

---

① 参见方立天《慧远及其佛学》，载《魏晋南北朝佛教》，第80—81页。
② 《大正藏》第45册，第165页。

远的"法性"不是"性空",而是实有。事实上慧远所说的"无性之性"的"性",乃是指在诸法本性空寂之外,存在一个超越此"无性"诸法的"法性"本体。《梦庵和尚节释肇论》阐释《宗本义》"性常自空,故谓之性空。法性如是,故云实相",云:"法性常寂,本非变易,故云如是。乃即事显真性也。……法性湛然,本非起灭。常住不变,谓之曰实相,即是显真相也。"① 以"真性""真相"解释"法性",似与元康《宗本义疏》的说法相同,而契合于慧远的"法性"论。

慧远在受到《大般若经》和《大智论》的影响后,虽然也接受了"诸法性空"之说,但是他仍然认为在"性空"之外,存在一个实在的"实法","诸有为法之体'无性',亦即空性。而所谓的空,并非是一无所有之空无,而是指不于法界中起念分别,取相执著"。② 所以他说的"法性"是"超越了世界'有''无'现象世界的共同本质或本体,其存在于事物有无生灭现象的内层,乃不变的永恒实在。在这个意义上,法性就是慧远所追求的因缘而得的'法有'之外的'实法'"③。可以说这其实也就是中国原有的道家、玄学的本体思想在佛教中的体现。吕澂分析了慧远《大智论序》所体现的法性思想:"这种以无性为性的说法,显然是受到道安的影响,也接近于中观的思想。但他却仍然把无性看成是实在的法性,那就还是他原来《法性论》的主张了。"④ 在《大智论钞序》中慧远既讲"无性之性,谓之法性""法性无性",但又强调"反鉴以求宗",也就是说追求、体悟不变的本体是慧远一贯的思想,从思想渊源上来看,"慧远'体极为宗'的'法性论'思想,与其说得自于印度大乘般若经,无宁说源出魏晋本体论"。⑤ 本体是真实存在的,这是慧远"法性论"的基本性质。

---

① 僧肇著,张春波校释:《肇论校释》,第362页。
② 张敬川:《庐山慧远与毗昙学》,中国社会科学出版社2012年版,第170—171页。
③ 解兴华:《"法性"、"法身"与"神"——庐山慧远"法性"思想析论》,《世界宗教研究》2011年第3期。
④ 吕澂:《中国佛学源流略讲》,第84页。
⑤ 赖永海:《中国佛性论》,江苏人民出版社2012年版,第27页。

## 二 慧远的"法身"义

在"法性"之外，慧远还经常讲到"法身""神"，对此稍作分析，也有助于我们对慧远佛教思想求宗体极的基本特点的理解。

对"法身"的解释，大小乘佛教有区别。鸠摩罗什云："后后五百岁来，随诸论师，遂各附所安，大小判别。小乘部者，以诸贤圣所得无漏功德，谓三十七品，及佛十力，四无所畏，十八不共等，以为法身。又以三藏经，显示此理，亦名法身。是故天竺诸国皆云：虽无佛生身，法身犹存。大乘部者，谓一切法无生无灭，语言道断，心行处灭，无漏无为，无量无边，如涅槃相，是名法身。及诸无漏功德，并诸经法，亦名法身。"(《大乘大义章·次问法身并答》)《佛光大辞典》解释"法身"："指佛所说之正法、佛所得之无漏法，及佛之自性真如如来藏。二身之一，三身之一。又作法佛、理佛、法身佛、自性身、法性身、如如佛、实佛、第一身。据《大乘大义章》卷上、《佛地经论》卷七等载，小乘诸部对佛所说之教法及其所诠之菩提分法、佛所得之无漏功德法等，皆称为法身。大乘则除此之外，别以佛之自性真如净法界，称为法身，谓法身即无漏无为、无生无灭。"[1] 在《大智度论》译出之前，慧远现存的著作没有看到对"法身"直接进行过探讨，从这一点来讲，慧远对"法身"的关注显然受到《大智度论》的影响。《大智度论》大致在两层意义上使用"法身"概念：一是修行菩萨的阶位名称，如"法身菩萨断结使，得六神通，生身菩萨不断结使，或离欲，得五神通"。二是用来表示佛真身或法性生身，一般与"色身""肉身""化身""随世间身"等有形之身并举，如"诸佛不可以色身见，诸佛法身无来无去，诸佛来处去处亦如是""佛有二种身，一者法性生身，二者随世间身。世间身眷属如先说。法性生身者，有无量无数阿僧祇一生补处菩萨侍从。所以者何？如不可思议解脱经说，佛欲生时，八万四千一生补处菩萨在前导，菩萨从后而

---

[1] 《佛光大辞典》，北京图书馆出版社2004年版，第3353页。

出"。① 慧远所理解的"法身"则通常指"佛真法身"与"菩萨法身"。② 从《大乘大义章》来看,"法身"是慧远极为关注的问题,十八章中有十章涉及了"法身",如初问答真法身、次重问答法身、次问答法身像类、次问答法身寿量、次问答三十二相、次问答受决、次问答法身感应、次问答法身尽本、次问答罗汉受决、次问答经寿。虽然在《大乘大义章》中慧远是一个提问者,但是通过他对"法身"的诸多疑问,还是有助于了解其"法身"观。如《初问答真法身》:

> 远问曰:佛于法身中为菩萨说经,法身菩萨乃能见之。如此则有四大五根,若然者,与色身复何差别,而云法身耶?经云法身无去无来,无有起灭,泥洹同像。云何可见,而复讲说乎?
>
> 什答曰:又经言法身者,或说佛所化身,或说妙行法身。性生身,妙行法性生身者,真为法身也。……如来真身,九住菩萨尚不能见,何况惟越致及余众生。所以者何?佛法身者,出于三界,不依身口心行,无量无漏诸净功德本行所成,而能久住,似若泥洹,真法身者,犹如日现,所化之身同若日光。……若言法身无来无去者,即是法身实相,同于泥洹,无为无作。又云:法身虽复久住,有为之法,终归于无,其性空寂。若然者,亦法身实相无来无去,如是虽云法身说经,其相不生不灭,则无过也。③

在这一章结尾,慧远将罗什在这一信中对"法身"的解释总结为三个方面:

> 远领解曰:寻来答要,其义有三,一谓法身实相无来无去,与泥洹同像。二谓法身同化,无四大五根,如水月镜像之类。三谓法性生身,是真法身,能久住于世,犹如日现。此三各异,统以一名,

---

① 《大正藏》,第 25 册,第 303 页。
② 解兴华:《"法性"、"法身"与"神"——庐山慧远"法性"思想析论》,《世界宗教研究》2011 年第 3 期。
③ 《大正藏》第 45 册,第 122—123 页。

故总谓法身。①

慧远从三个方面把握了罗什在第一章对"法身"的阐述,"第一点是从法身实相上讲,第二点是从法身所出化身来讲,第三点是从法性生身,妙行所成上讲。如果按照后世的三身说来理解,'法身'的以上三义可分别对应法身、化身(或应身)、报身。"② 这个理解总体上是不错的。但是这并不代表慧远就这样完全接受了罗什的观点,否则也不会在此后对"法身"问题反复追问。罗什在阐述"真法身犹如日现""法身实相同于泥洹"之后,又认为:"法身虽复久住,有为之法,终归于无,其性空寂。"(《大乘大义章·初问答真法身》)③ 这是其般若性空思想在"法身"观上的体现,从大乘中观非有非无的角度上看,罗什认为"法身"是"可以假名说,不可以取相求"。(《大乘大义章·次问修三十二相并答》)但是正如在"法性"问题上慧远坚持"法性"实有一样,慧远也认为"法身"实有,甚至是有形的,因此在"法身"的产生、相状、寿量等方面反复问难。如《次问法身并答》:

今所问者,谓法性生身,妙行所成。《毗摩罗诘经·善权品》云:"如来身者,法化所成。"来答之要,似同此说。此一章所说列法,为是法性生身所因不?若是前因者,必由之以致果闻。致果之法,为与实相合不?若所因与实相合,不杂余垢,则不应受生。请推受生之本,以求其例。从凡夫人,至声闻得无著果,最后边身,皆从烦恼生,结业所化也。从得法忍菩萨,受清净身,上至补处大士,坐树王下取正觉者,皆从烦恼残气生,本习余垢之所化也。自斯以后生理都绝。夫生者,宜相与痴言,若大义所明,为同此不?若同此,请问所疑,得忍菩萨,舍结业受法性生身时,以何理而得生耶?若由爱习之残气,得忍菩萨烦恼既除,着行亦断,尚无法中

---

① 《大正藏》第45册,第123页。
② 张凯:《论庐山慧远的法身思想》,《中国佛学》2014年第1期。
③ 《大正藏》第45册,第127页。

之爱，岂有本习之余爱？设有此余，云何得起，而云受身？为实生为生耶，不生为生乎？若以不生为生，则名实生，便当生理无穷。若以生为生，则受生之类，皆类有道。假令法身菩萨，以实相为已住，妙法为善因。至于受生之际，必资余垢以成化。但当换之，以论所有理耳。今所未了者，谓止处已断，所宅之形，非复本器。昔习之余，无由得起。何以知其然？烦恼残气，要从结业后边身生。诸以效明之，向使问舍利弗，常禅定三昧，声色交陈于前，耳目无用，则受淡泊而过。及其在用暂过，鼻眼之凡夫，便损虚大乘，失觉支想。所以尔者，由止处未断，耳目有所对故也。至于忘对，由尚无用，而况绝五根者乎？此既烦恼残气，要由结业五根之效也。假使慈悲之性，化于受习之气，发自神本，不待诸根，四大既绝，将何所摄，而有斯形？阴阳之表，岂可感而成化乎？如其不可，则道穷数尽，理无所出。水镜之喻，有因而像，真法性生，复何由哉？①

罗什在《次问真法身寿量并答》中区分了两种法身："今重略叙法身有二种：一者法性常住如虚空，无有为无为等戏论。二者菩萨得六神通，又未作佛，中间所有之形，名为后法身。"（《大乘大义章·次问真法身寿量并答》）佛法身即诸法实相、法性，虚空常住。菩萨法身则是菩萨得六神通后，又未证入涅槃，于中间住世说法之形。罗什又进一步指出："得无生法忍菩萨，虽是变化虚空之形，而与肉身相似故，得名为身。而此中真法身者，实法体相也。"也就是认为菩萨法身为住世说法之形，虽有变化虚空之化身，而与肉身相似。但是菩萨法身仍体现了诸法实相，因此本质上也是毕竟空寂的，不可执为实有。罗什总结对法身的认识云："诸佛所见之佛，亦从众缘和合而生，虚妄非实，毕竟性空，同如法性。"（《大乘大义章·次问修三十二相并答》）慧远这里则将菩萨法身等同于法性生身，并且似有意地忽略了罗什在《初问答真法身》所说的"法身虽复久住，有为之法，终归于无，其性空寂"。所以慧远强调得法忍菩萨之法身

---

① 《大正藏》第45册，第123页。

"从烦恼残气生，本习余垢之所化""夫生者，宜相与痴言"，法身的这种产生都必须有烦恼、余垢为产生的原因，这是实有的、有形体的"生"。但是慧远对法身的"生"有更进一步的思考，他提法性生身"为实生为生耶，不生为生乎？若以不生为生，则名实生，便当生理无穷。若以生为生，则受生之类，皆类有道。假令法身菩萨，以实相为已住，妙法为善因，至于受生之际，必资余垢以成化"。大意是说法性生身之生，是实生之生，还是不生之生？如果是不生之生，则不叫实生，这种不生之生其生理应该是无穷无尽的。如果是实生之生，那么所有受生之类，则都和菩萨的受生一样是清净的。即使是法身菩萨，已住于实相之境，以各种妙法为善因，至于在受生之时，也必须凭靠余垢才能化成法身。这里即体现了慧远对"法性生身"的思考，从所谓的"不生为生"来看，慧远的"法身"已不再局限于法身具体的形体，而更注意到"法身"作为得体之实相的意义[1]，这一点与他在研习了《大品般若》和《大智度论》后，以"法性"为"无性之性"的观念相同。慧远关于"生"的思考，或与他受道家、玄学思想的影响有关，汤用彤认为："玄理所谓的生，乃体用关系，而非谓此物生彼物（如母生子等）。"[2] 慧远精于三玄[3]，故其所谓的"不生为生"之"生"其实即一种体用关系，说明慧远也以本体的角度来思考"法身"的产生问题。

那么"法身"到底是如何产生的呢？在《次问法身并答》中，慧远提出了自己的设想："至于忘对，由尚无用，而况绝五根者乎？此既烦恼残气，要由结业五根之效也。假使慈悲之性，化于受习之气，发自神本，不待诸根，四大既绝，将何所摄，而有斯形？阴阳之表，岂可感而成化乎？如其不可，则道穷数尽，理无所出。水镜之喻，有因而像，真法性

---

[1] 道安《合放光光赞随略解序》："般若波罗蜜者，成无上正真道之根也。正者，等也，不二入也。等道有三义焉：法身也，如也，真际也。故其为经也，以如为首，以法身为宗也。如者，尔也，本末等尔，无能令不尔也。"（释僧祐撰，苏晋仁、萧炼子点校：《出三藏记集》，第266页）"法身"即是"如""真际"，皆具本体之义，慧远的"法身"观亦受其师道安的影响。

[2] 汤用彤：《魏晋玄学论稿》，第55页。

[3] 《高僧传》谓其"尤善《庄》《老》"，又"引《庄子》义为连类"以讲实相义。

生,复何由哉?"① 慧远以舍利弗为例,认为忘却所对之境,外境即不能产生作用,更何况是断绝五根者,已得清净的法身呢? 这就是烦恼残气需要依托五根才能产生的证明。假如法身菩萨的慈悲之身,可以由所受的本习之爱的残余而化成,由本根之"神"而产生,不需要五根,那么连四大都已断绝,又依照什么而构成法身菩萨的形体? 融合阴阳之形体,难道可以由感应而化成吗? 如果不能,那就无法找出其产生之理由何而出。即使把法性生身比作水月镜花,水月镜花的形象也是有来因的,所以真的法性生身到底是由何产生而来的呢? 慧远在对"法性生身"的思考中提到了在其思想体系中具有重要意义的"神"。慧远在这里将"神"与"法身"联系起来思考,"认为法身可能是'神'这个根本感而化生所成。如果说在当时的佛教义学背景下和慧远的思想体系中有什么词容易与'法身'相类比,那应该就是'神'了,比如慧远说'神也者,圆应无生,妙尽无名',这与不生不灭又能遍现无穷的法身看上去几乎是一样的。"②《大乘大义章》中,慧远只有一次提到"神"这一概念,但慧远也曾说到"法身独运,不疾而速"(《大乘大义章·问法身感应并答》),"不疾而速"出自《周易·系辞上》:"唯神也,故不疾而速,不行而至。"③ 慧远在《万佛影铭序》所描述的法身曰:"法身之运物也,不物物而兆其端,不图终而会其成。理玄于万化之表,数绝乎无形无名者也。"汤用彤认为慧远所说的法身,其实就是指"圣人成道之神明"。④ 慧远又特别强调"感",如《三报论》:"受之无主,必由于心;心无定司,感事而应。"《大智论钞序》:"虽神悟发中,必待感而应。"《庐山出修行方便禅经统序》:"数无定像,待感而应","照不离寂,寂不离照,感则俱游,应必同趣"。《念佛三昧诗集序》:"气虚则智恬其照,神朗则无幽不彻。斯二者,自然之元符,会一而致用也。是故靖恭闲宇,而感物通灵,御心惟正,动必入微。"《万佛影铭》:"感澈乃应,扣诚发响。"这在慧远文章中极多。慧远所说的"感",大体可以分为两类,一类是情

---

① 《大正藏》第45册,第123页。
② 张凯:《论庐山慧远的法身思想》,《中国佛学》2014年第1期。
③ 王弼撰,楼宇烈校释:《周易注》,中华书局2011年版,第355页。
④ 汤用彤:《汉魏两晋南北朝佛教史》,第259页。

感所感，另一类则是神明的感应。① 如《阿毗昙心序》："发中之道，要有三焉，一谓显法相以明本，二谓定己性于自然，三谓心法之生，必俱游而同感。俱游必同于感，则照数会之相因。己性定于自然，则达至当之有极。法相显于真境，则知迷情之可反。心本明于三观，则睹玄路之可游。然后练神达思，水境六府，洗心净慧，拟迹圣门。寻相因之数，即有以悟无。推至当之极，每动而入微矣。"② 慧远特别强调神明感应对体极的意义。《世说新语·文学》记载他在庐山与殷仲堪谈论《易》之体，谓《易》以感为体。③《周易·系辞上》："易无思也，无为也，寂然不动，感而遂通天下之故。非天下之至神，其孰能与于此？"韩康伯注云："夫非忘象者，则无以制象；非遗数者，无以极数。至精者，无筹策而不可乱；至变者，体一而无不周；至神者，寂然而无不应。斯盖功用之母，象数所由立，故曰非至精、至变、至神，则不得与于斯也。"④"神"能"感而遂通天下"，是"功用之母"，所以"神"是"感"的主体。慧远谓"《易》以感为体"，实际上亦即"神感"。所以他设想以"神感"阐释"法性生身"的过程。"可知他认为'法性生身'这一问题难从佛教义学中得到合理的解释，提出了从其固有的'神感'思想理解法身的可能性。"⑤ 由此，在慧远的思想体系中，"法性""法身"和"神"就具有了内在的关联。"慧远所理解的法身是实有的，神是不变的，法身和神都是独立于'玄廓之境'的'妙物'，这个'妙物'与法性'实有'的涅槃境界又是相同、相通的。"⑥

"神"是慧远思想一个极为重要的范畴，慧远在《明报应论》与《沙门不敬王者论》中提出了"神不灭"及以之为基础的三世报应说。除了针对当时对佛教的质疑，提出了"神灵不灭"这一带有显著宗教信仰

---

① 李明：《慧远"双重感应"思想对儒家修养彻底化的探索》，《东岳论坛》2009 年第 5 期。
② 释僧祐撰，苏晋仁、萧炼子点校：《出三藏记集》，第 378—379 页。
③ 余嘉锡：《世说新语笺疏》，第 240 页。
④ 王弼撰，楼宇烈校释：《周易注》，第 354—355 页。
⑤ 张凯：《论庐山慧远的法身思想》，《中国佛学》2014 年第 1 期。
⑥ 陈建华：《庐山慧远"实有"思想研究》，硕士学位论文，上海社会科学院，2008 年，第 3 页。

色彩的思想之外，慧远还从义理上对"神"作了深入的阐述，《沙门不敬王者论》：

> 夫神者何邪？精极而为灵者也。精极则非卦象之所图，故圣人以妙万物而为言。虽有上智，犹不能定其体状，穷其幽致。而谈者以常识生疑，多同自乱，其为诬也，亦已深矣。将欲言之，是乃言夫不可言。今于不可言之中，复相与而依稀。神也者，圆应无主，妙尽无名，感物而动，假数而行。感物而非物，故物化而不灭；假数而非数，故数尽而不穷。有情则可以物感，有识则可以数求。数有精粗，故其性各异；智有明暗，故其照不同。推此而论，则知化以情感，神以化传；情为化之母，神为情之根；情有会物之道，神有冥移之功。但悟彻者反本，惑理者逐物耳。①

慧远认为阐述"神"乃是"言夫不可言"，这就是老子所说的"强为之名"的"道"，慧远这里说的"神"是本体之义。慧远《法性论》谓："至极以不变为性，得性以体极为宗。""至极"即法性，是诸法之共同本性。而"法身"是"谓一切法无生无灭，语言道断，心行处灭，无漏无为，无量无边，如涅槃相，是名法身"（《大乘大义章·次问法身并答》）。法身乃是法性之体证，从前文所分析来看，慧远认为法身由神感而得，可见"神"乃是体证法性的主体。"慧远的不灭的神明如果代之以佛教的术语，当是指法身。汤用彤在《汉魏两晋南北朝佛教史》中就指出：法身者'圣人成道之神明耳。实则神明不灭，愚智同禀，神之传于形，犹火之传异薪。'在众生曰神明，在圣人曰法身。众生由业力情识而受形受六道轮回之苦，而神受情牵，形为桎梏，一旦断灭情识业力，则法身显现，成就佛果。"② 这样就可以清楚地看出"法性""法身""神"三者之间的关系。慧远沟通这三个范畴以表达其本体的思想观念，这说明认为存在一个实有的本体，是慧远思想体系的基本特点。

---

① 石峻等编：《中国佛教思想资料选编》，中华书局2010年版，第85—86页。
② 单正齐：《慧远冥神绝境之涅槃学说》，《江淮论坛》2010年第5期。

### 三 慧远实有思想的渊源

即便是在研习了《大般若经》《大智度论》,以及与鸠摩罗什反复问难,对非有非无的中观学有所了解之后,慧远仍然坚持本体实有,这与他的思想渊源有密切的关系。

慧远的佛学宗旨在《般若》,但也受小乘学影响,又善《老》《庄》和玄学。《高僧传》本传记载其出家之前即善《老》《庄》,出家后讲实相义,引《庄子》义为连类使惑者晓然,故其师道安特听其不废俗书。① 《与隐士刘遗民等书》叙其学术之发展云:"每寻畴昔,游心世典,以为当年之华苑也。及见《老》《庄》,便悟名教是应变之虚谈耳。以今而观,则知沉冥之趣,岂得不以佛理为先。"然慧远"内通佛典,外善群书,夫预学徒,莫不依拟"。② 融合内外之学甚至已成为庐山学风突出的特点,所以出家之后,道家玄学仍对其思想产生很重要的影响。故慧远虽推佛法为"独绝之教,不变之宗",但又主张融合内外之学,如《与隐士刘遗民等书》论为学之精神云:"苟会之有宗,则百家同致。"《沙门不敬王者论》亦云:"内外之道,可合而明。"观其现存篇什引《老》《庄》之处触章可见即颇可了解。从本质上讲,道家、玄学皆可谓之为本体之学,如老、庄之"道"、王弼玄学之"无"皆本体之义。郭象虽否认"有生于无",但他强调万物皆"独化于玄冥之境",这一"玄冥之境"实即道的境界。道家、玄学所说的"道""无"等本体或为实体、或为境界③,虽绝言超象,但又真实存在,这是中国哲学思想的重要特点,也是慧远以法性、法身等为实有的传统思想渊源。

大乘般若思想是慧远佛学的基础,《高僧传》载慧远乃因听道安讲《般若》,豁然开悟而皈依佛教。故慧远极重《般若》,一生讲习不辍。年二十四在道安门下即就席讲实相义。又《高僧传·竺法汰传》载道安在

---

① 释慧皎撰,汤用彤校注:《高僧传》,第211—212页。
② 释慧皎撰,汤用彤校注:《高僧传》,第221页。
③ 牟宗三认为:"《老子》之道有客观性、实体性及实现性,至少亦有此姿态。而《庄子》则对此三性一起消化而泯之,纯成为主观之境界。"(《才性与玄理》,广西师范大学出版社2006年版,第152页)王弼的"无"与郭象的"玄冥之境"实亦有这种区别。

新野分张徒众,法汰辞别道安,沿江东下,遇疾停荆州附近之杨口①,"时沙门道恒,颇有才力,常执心无义,大行荆土。汰曰:'此是邪说,应须破之。'乃大集名僧,令弟子昙一难之。据经引理,析驳纷纭。恒仗其口辩,不肯受屈。日色既暮,明旦更集。慧远就席,设难数番,关责锋起。恒自觉义途差异,神色微动,麈尾扣案,未即有答。远曰:'不疾而速,杼轴何为?'座者皆笑矣。心无之义,于此而息。"②法汰辞别道安南下在365年③,此时慧远已追随道安十余年,《高僧传》谓其:"精思讽持,以夜续昼,……籍解于前因,发胜心于旷劫,故能神明英越,机鉴遐深。安公常叹曰:'使道流东国者,其在远乎?'"④ 以其勤奋和出众的资质,可以想见慧远此时在般若学上已有很高的造诣,所以在荆州这场般若学论辩中,慧远在道恒"仗其口辩,不肯受屈",法汰弟子昙一无法取胜的情况下出场,颇有主将的风范,也说明其般若学造诣在当时已颇得认同。这场辩论涉及了般若学的不同主张,心无义出自支愍度,《世说新语·假谲》:"愍度道人始欲过江,与一伧道人为侣。谋曰:'用旧义在江东,恐不办得食。'便共立'心无义'。既而此道人不成渡,愍度果讲义积年。后有伧人来,先道人寄语云:'为我致意愍度,无义那可立?治此计,权救饥尔,无为遂负如来也!'"刘孝标注云:"旧义者曰,种智是

---

① 陈寅恪:《支愍度学说考》据《水经注》:"沔水又东南与杨口合。杨水又北注于沔,谓之杨口""法汰沿沔东下,遇疾杨阳口,当即此杨口。"(《金明馆丛稿初编》,第178—179页)

② 释慧皎撰,汤用彤校注:《高僧传》,第192—193页。

③ 陈寅恪《支愍度学说考》引《资治通鉴》卷九十九:"永和十年(西历三五四年)三月,燕王儁以慕容评为镇南将军,都督秦雍益梁江扬荆徐兖豫十州诸军事,镇洛水。"并云:"《晋书》一四《地理志》司州河南郡有陆浑县。道安之南行避难,当即此时。"《高僧传》载法汰遇疾停杨口,"时桓温镇荆州,遣使要过,供事汤药。安公又遣弟子慧远下荆问疾。汰病小愈诣温。温欲共汰久语,先对诸宾,未及前汰,汰既疾势未歇,不堪久坐,乃乘舆历厢回出。相闻与温曰:'风痰忽发,不堪久语,比当更造。'温匆匆起出,接与归焉。"(第192页)据《资治通鉴》卷九十九:"永和十年二月乙丑,桓温统步骑四万发江陵,水军自襄阳入均口,至南乡,步兵自淅川趣武关。九月,桓温远自伐秦,帝遣侍中、黄门劳温于襄阳。"陈寅恪云:"据此,法汰之诣桓温必在永和十年九月以后。而汰避慕容之难南诣扬州,沿沔东下,途中亦不能久,然则其在永和十一年(西历三五五年)前后乎?"(第179页)本书据汤用彤《汉魏两晋南北朝佛教史》之说(第137页)。许理和《佛教征服中国》也认为,法汰南下在365年(第255页)。

④ 释慧皎撰,汤用彤校注:《高僧传》,第211—212页。

第二章　慧远"实有"的佛教思想与文学　/　97

有，而能圆照。然则万累斯尽，谓之空无。常住不变，谓之妙有。而无义者曰，种智之体，豁如太虚。虚而能知，无而能应，居宗至极，其唯无乎。"① 旧义谓"心"是有、常住而能圆照；愍度则谓心体"豁如太虚"，此真空也。僧肇《不真空论》破心无义，曰："心无者，无心于万物，万物未尝无。此得在于神静，失在于物虚。"② 据僧肇的批评，心无宗认为，主体在认识外物时，只要不起执心，保持心之空寂就可以，而物则为有，此宗主张心空，而不主张境空。僧肇认为心无宗认识到神静（心空）是对的，但是没有认识到物虚（万物都是不真实的存在）则是错误的。吉藏《中观论疏》进一步解释说："经中说诸法空者，欲令心体虚妄不执，故言无耳，不空外物，即万物之境不空。"③ 也认为心无宗只强调"心体虚妄不执"，而并不否定外部事物的实在性。又安澄《中论疏记》三："《二谛搜玄论》云，晋竺法温，为释法深法师之弟子也。其制《心无论》云：'夫有，有形者也。无，无象者也。然则有象不可谓无，无形不可谓有（"有"原作"无"，据汤用彤《汉魏两晋南北朝佛教史》改）。是故有为实有，色为真色。经所谓色为空者，但内止其心，不滞外色。外色不存余情之内，非无如何？岂谓廓然无形，而为无色乎？"④ 以色为真色，故经所谓色空，仅系内止其心，不滞外色，并非色真无。据此则心无义确是空心不空境也。⑤ 陈寅恪《支愍度学说考》认为心无义"与《老子》及《易·系辞》之旨相符，而非般若空宗之义也"⑥，冯友兰也认为"此宗所持，与庄子同，盖以庄学讲佛学也"⑦。心无义在当时的般若六家七宗中是极为特殊的，故法汰斥之为邪说而必破之。荆州这场般若学辩论虽未说明慧远所持之义理，但显然是述其师道安之说，慧达《肇论疏》云："庐山远法师本无义云：因缘之所有者，本无之所无。

---

① 余嘉锡：《世说新语笺疏》，第859页。
② 僧肇著，张春波校释：《肇论校释》，第39页。
③ 《大正藏》第42册，1824经，第29页。
④ 《大正藏》第65册，第94页。
⑤ 汤用彤：《汉魏两晋南北朝佛教史》，第190页。
⑥ 陈寅恪：《金明馆丛稿初编》，第172页。
⑦ 冯友兰：《中国哲学史》，中华书局1961年版，第673页。

本无之所无者,谓之本无。本无与法性同实而异名也。"① 可见般若学上慧远继承道安本无义,并且说明其"法性"论与本无的密切的关系。道安本无宗的宗旨是性空,元康《肇论疏》曰:"如安法师立义以性空为宗,作《性空论》。"《肇论·不真空论》批评本无宗云:"本无者,情尚于无多,触言以宾无。故非有,有即无;非无,无即无。寻夫立文之本旨者,直以非有非真有,非无非真无耳。何必非有无此有,非无无彼无?此直好无之谈,岂谓顺通事实,即物之情哉?"② 德清《肇论略注》谓本无宗"情好尚于无,故触事发言皆宾伏于无"③。即强调"无"为万物之本体,并在强调"无"作为绝对存在的本体的基础上否定现象世界,可以说道安在否定现实中吸收了般若扫空一切的思想,但在以"无"为本上则吸收贵无玄学的基本思想,而与般若有显著区别。《般若》主张诸法虚空般若波罗蜜亦虚空,连佛、真如、真际等皆是虚空,没有派生万物的绝对存在的本体,如《摩诃般若波罗蜜道行经随品第二十七》:"佛身相本无色,菩萨随般若波罗蜜教,当如是。诸佛境界各各虚空,菩萨随般若波罗蜜教,当如是。"④《昙无竭菩萨品第二十九》:"阿罗汉、泥洹、空无所生,般若波罗蜜亦空、无所生如是。"⑤ 又如《放光般若经》说:"诸法无有生无有出。"⑥《光赞经》:"以一切法悉无有本,是以之故,求其末了不可得。"⑦ 可见本无宗是"一种用玄学贵无思想改造过的般若思想"⑧。其最突出的特点是强调了本体的绝对存在。慧远的般若思想继承道安,亦属本无宗,这是慧远以法性、法身等为实有的般若学思想渊源。

在大乘般若学之外,慧远也研习小乘毗昙学,《高僧传》本传载:"昔安法师在关,请昙摩难提出《阿毗昙心》,其人未善晋言,颇多疑滞。

---

① 《卍续藏》第54册,第59页。
② 僧肇著,张春波校释:《肇论校释》,第41页。
③ 《卍续藏》第54册,第338页。
④ 《大正藏》第8册,第470页。
⑤ 《大正藏》第8册,第475页。
⑥ 《大正藏》第8册,第15页。
⑦ 《大正藏》第8册,第168页。
⑧ 方立天:《道安评传》,载《魏晋南北朝佛教》,第21页。

第二章　慧远"实有"的佛教思想与文学　/　99

后有罽宾沙门僧伽提婆，博识众典，以晋太元十六年，来至浔阳。远请重译《阿毗昙心》及《三法度论》，于是二学乃兴，并制序标宗贻于学者。孜孜为道务在弘法，每逢西域一宾辄恳恻咨访。"① 道安极为重视佛经的翻译整理，从前秦建元十四年至二十一年（378—385），道安最后的八年生活于长安，这八年他的主要精力都在佛经的翻译上，而其主持译事，所出以有部之学为最著②，如《阿毗昙抄》《四阿含暮抄解》《鞞婆沙论》《阿毗昙八犍度论》《尊婆须蜜菩萨所集论》《增一阿含经》等。③ 道安还亲自为所译出的毗昙论典作序，如《阿毗昙八犍度论序》《尊婆须蜜菩萨所集论序》《鞞婆沙序》等。可见道安对小乘毗昙学极为重视，慧远在这一点上也深受其师的影响。梁宝唱《名僧传》载慧远"习有宗事"。僧伽提婆在晋太元十六年（391）至浔阳，"先是庐山慧远法师翘勤妙典，广集经藏，虚心侧席，延望远宾，闻其至止，即请入庐岳。以晋太元中，请出《阿毗昙心》及《三法度》等。"④《阿毗昙心》译于391年⑤，《三法度》亦于396年前译出。慧远在庐山的初期，毗昙学是其弘法的重要内容，慧远作有《阿毗昙心序》和《三法度经序》，体现了他对毗昙学的理解。方立天《慧远及其佛学》认为："建立在神不灭论基础上的因果报应理论，是慧远佛教思想的重心。……他依据印度佛教业报轮回的理论，结合我国原有的宗教迷信思想，系统地、完整地阐述了因果报应论，这是慧远佛教思想中最为典型、最有特色和最有影响的思想。"⑥ 从佛教思想来讲，慧远这种因果报应理论受到了《三法度论》的影响。另一方面，"小乘诸法自实有不变的思想，则是慧远法说的一个重要思想渊源。"⑦ 任继愈主编的《中国佛教史》认为慧远法性实有、因果报应等思想是受到了《阿毗昙心论》的影响。而神不灭论的思想依据，则是

---

① 释慧皎撰，汤用彤校注：《高僧传》，第216页。
② 汤用彤：《汉魏两晋南北朝佛教史》，第160页。
③ 方广锠：《道安评传》，第232—242页。
④ 释慧皎撰，汤用彤校注：《高僧传》，第37页。
⑤ 僧祐《出三藏记集》卷十慧远《阿毗昙心序》谓："晋太元十六年出。"（第379页）
⑥ 方立天：《慧远及其佛学》，《魏晋南北朝佛教》，第105—106页。
⑦ 方立天：《慧远及其佛学》，《魏晋南北朝佛教》，第82页。

《三法度论》"胜义我"的思想。① "神不灭"和"法性实有"是慧远"实有"思想的两个方面,两者又是相关联的,方立天认为:"慧远继承印度佛教犊子部主张有我的观点,结合我国古代灵魂不灭的迷信思想,以'法性'不变说去发挥神不灭论。"② 这方面明显地受到了毗昙学的影响。

关于"神不灭"论,慧远在《沙门不敬王者论》之《形尽神不灭》中有详细的阐述:"神也者,圆应无主,妙尽无名,感物而动,假数而行。感物而非物,故物化而不灭;假数而非数,故数尽而不穷。……火之传于薪,犹神之传于形;火之传异薪,犹神之传异形。前薪非后薪,则知指穷之术妙,前形非后形,则悟情数之感深。惑者见形朽于一生,便以为神情共丧,犹睹火穷于一木,谓终期都尽耳。此由从养生之谈,非远寻其类者也。"③ 慧远明确认为存在一个不灭的"神",这一思想受到传统思想的影响,《沙门不敬王者论》之《形尽神不灭》云:"庄子发玄音于太宗曰:'大块劳我以生,息我以死。'又'以生为人羁,死为反真',此所谓知生为大患,以无生为反本者也。文子称黄帝之言曰:'形有靡而神不化,以不化乘化,其变无穷。'庄子亦云:'特犯人之形,而犹喜之。'若人之形万化,而未始有极。此所谓知生不尽于一化,方逐物而不反者也。二子之论,虽未究其实,亦尝傍宗而有闻焉。论者不寻方生方死之说,而或聚散于一化;不思神道有妙物之灵,而谓精粗同尽,不亦悲乎?"④ 但从"二子之论,虽未究其实,亦尝傍宗而有闻焉"来看,慧远神不灭论主要的思想渊源还是在于佛教的思想本身。⑤ 作为宗教的佛教,"要用轮回与解脱理论来吸引广大信教群众,而轮回与解脱理论在逻辑上需要一个主体,即要回答是谁,承担业报的结果,谁来轮回,谁获得解脱的问题。……其中犊子部对此问题最为重视。犊子部认为,在轮回与解脱的过程中不是没有主体(或承受者),

---

① 任继愈主编:《中国佛教史》第2卷,中国社会科学出版社1985年版,第671页。
② 方立天:《慧远及其佛学》,《魏晋南北朝佛教》,第89页。
③ 石峻等编:《中国佛教思想资料选编》第一册,第85—86页。
④ 石峻等编:《中国佛教思想资料选编》第一册,第86页。
⑤ 姚卫群:《慧远的"神"与印度佛教中的"我"》,《中华文化论坛》1997年第4期。

这种主体是有的，即'补特伽罗'（pudgala）。犊子部认为'补特伽罗'与'五蕴'不即不离，既不能说它与作为身体的五蕴是一个东西，又不能说它是不同的东西，'补特伽罗'是不可说的，但却能作为轮回与解脱中的主体。"[1] 慧远请僧伽提婆译出，并为之作序的《三法度论》，据吕澂从书的作者、书的组织、学说思想三个方面考订，该书属于犊子部的著作。[2] 犊子部主张有"胜义我"，《三法度论》也承认有人我，这种主张传译过来之后，慧远即深受影响，其《明报应论》《三报论》即根据《三法度论》的"有我"说。[3] 即使在与鸠摩罗什书信往还，了解了大乘般若学之后，慧远也一直坚持实有的思想，他在《大乘大义章》中提出的许多问题，大多是源于他基于毗昙学诸法实有的立场，把法性理解为实在，追求一个绝对存在的实体，而对大乘般若学产生的疑惑。

据慧达《肇论疏》，慧远在写成《法性论》的前两章后才见到鸠摩罗什译出的《大品般若经》，在庐山弘法的初期，慧远主要宣扬小乘毗昙学，在请僧伽提婆译出《阿毗昙心论》和《三法度论》后，慧远受其影响，写了《法性论》阐述法性"不变"的思想。《高僧传·慧远传》："先是中土未有泥洹常住之说，但言寿命长远而已。"慧远《法性论》即针对旧泥洹说只说"长远"而未明"不变"，所以特阐明其"不变"之义。现存"至极以不变为性，得性以体极为宗"两句，"至极"是泥洹，即涅槃，"性"即法性，慧远在《阿毗昙心序》说："己性定于自然，则达至当之有极。"[4] "至当之有极"就是《法性论》说的"至极"，一切法的自性决定它自身的"类"，同类法所含的自性是不变的，如火有热性，水有湿性。《阿毗昙心论》的《界品》云："诸法离他性，各自住己性。故说一切法，自性定所摄。诸法离他性者，谓眼离耳。如是一切法不应说，若离者是摄以故，非他性所摄。各自住己性者，眼自住眼性，如是

---

[1] 姚卫群：《慧远的"神"与印度佛教中的"我"》，《中华文化论坛》1997年第4期。
[2] 吕澂：《中国佛教源流略讲》，第74页。
[3] 吕澂：《中国佛教源流略讲》，第75页。
[4] 释僧祐撰，苏晋仁、萧炼子点校：《出三藏记集》，第378页。

一切法应当说。若住者是摄，故说一切法自性之所摄。"① 一切法去掉了他性，剩下就只有自性，自性是事物的本质，因此是真实不变的。明白了自性不变，才能通达至当之极，也即涅槃。吕澂认为："《法性论》的思想还是出于《心论》。认定一切法实有，所谓泥洹以不变为性，并不是大乘所理解的不变，而是小乘的诸法自性不变，也是实有，此为小乘共同的说法。"② 慧远法性实有渊于毗昙学诸法自性实有不变的思想，这一点当前已得到了比较多的认识。③

追求一个至极不变、绝对存在的实体，是慧远佛教思想突出的特点，这种本体思想有复杂的渊源，传统的道家、玄学，以及佛教的般若学、毗昙学等都对其产生了影响。在了解了罗什所译的《大品般若经》和《大智度论》，并向罗什请教之后，慧远的实有思想也没有发生很大的变化。在接触了大乘中观学说之后，慧远仍坚持实有的思想，这或许与他曾从僧伽提婆学习，受毗昙学影响很深，因此无法严格区分大小乘有关④，但不能否认这也体现了慧远对般若性空学说的反思，这在晋宋之际中国佛学思潮由"般若性空"转向"涅槃妙有"，亦即由"性空无我"转向"佛性真我"的过程中具有重要的意义。⑤ 正是慧远坚持实有的本体思想，使他在现实中更好地处理了本体与现象的关系，慧远又特别有文学艺术的素养和创作实绩，因此其佛学思想对晋宋之际的山水文学、艺术等也产生了重要的影响。

---

① 《大正藏》第 28 册，第 810 页。
② 吕澂：《中国佛教源流略讲》，第 81 页。
③ 如区结成《慧远》一书认为，毗昙学的法相分别是通向法性理想的进路。（东大图书股份有限公司 1987 年版，第 92 页）刘贵杰《庐山慧远法师思想析论：初期中国佛教思想之转折》认为，《阿毗昙心论》《三法度论》是对慧远影响比较大的毗昙学论典，其诸法自性实有不变的思想，是慧远法性实有的思想渊源。（圆明出版社 1996 年版，第 35 页）赖鹏举《东晋慧远法师〈法性论〉义学的还原》认为，慧远在接触了小乘诸论后形成了诸法自性不变的观点，并吸收了《阿毗昙心论》的相关思想，以发展其"至极不变"的《法性论》。（《东方宗教研究》1993 年第 3 期）
④ ［日］镰田茂雄：《中国佛教史》，关世谦译，佛光出版社 1986 年版，第 395 页。
⑤ 张风雷：《从慧远鸠摩罗什之争看晋宋之际中国佛学思潮的转向》，《中国人民大学学报》2010 年第 3 期。

## 第二节　"实有"与慧远"形象本体"之学及其诗学意义

东晋刘宋之际是中国传统诗歌的变革时期，刘勰《文心雕龙·明诗》总结这一段诗歌史云："宋初文咏，体有因革，庄老告退，而山水方滋。"① 也就是山水诗的兴起取代了玄言诗，这是晋宋诗史上一个极为重要的问题，学界对此作了诸多研究，对慧远与晋宋之际山水审美思想的发展也有所认识，但是对慧远佛教美学思想在这一诗史变革中的意义，目前还缺乏系统而深入的研究。慧远在佛教信仰活动的基础上综合玄学和般若思想，发展出一种处理本末、有无的"形象本体"之学。"形象本体"之学主张通过"形象"的欣赏以体悟"本体"，具有重视"形象"的美学意义，为山水作为审美客体的确立奠定了美学思想基础。本节即在分析慧远"形象本体"之学的渊源、形成及内涵的基础上，探讨其与山水诗学的内在关系。

### 一　慧远"形象本体"之学的思想渊源

慧远学通内外的思想内涵极其深厚，而尤以般若和玄学为主，其晚年在《与隐士刘遗民等书》中叙其学术之旨归云："每寻畴昔，游心世典，以为当年之华苑也。及见《老》《庄》，便悟名教是应变之虚谈耳。以今而观，则知沉冥之趣，岂得不以佛理为先。"然慧远之学实不脱两晋佛学家之风习，于三玄亦称擅长，其学风以博通为主，故虽推佛法为"独绝之教，不变之宗"，但又主张融合内外之学，如《与隐士刘遗民等书》论为学之精神云："苟会之有宗，则百家同致。"《沙门不敬王者论》亦云："内外之道，可合而明。"观其现存篇什引《老》《庄》之处触章可见，可知般若和玄学乃其思想之宗旨所在。

东晋时期般若学虽纷繁复杂，但就其实质而言，皆是关于本体的学说，所以从广义来讲，本无几为般若之别名。这与玄学的主题基本相同，

---

① 范文澜注：《文心雕龙注》，第67页。

因此，东晋时期般若与玄学被视为同气，此亦般若兴盛之原因。般若诸家中以本无宗、心无宗及即色宗的影响最大。道安是本无宗的代表，慧远因闻道安讲《般若》豁然开悟而皈依佛教，可知慧远亦属本无宗。慧达《肇论疏》解释僧肇所破本无义云："第三解本无者，弥天释道安法师《本无论》云：明本无者，如来兴世，以本无弘教。故《方等》深经，皆云五阴本无，本无之论，由来尚矣。须得彼义，为是本无。明如来兴世，只以本无化物。若能苟解无本，即思异息矣。但不能悟诸法本来是无，所以名本无为真，末有为俗耳。"① 汤用彤概括道安本无义的主旨有两点：一空者空无；二空无之旨在灭异想。就第一点而言，《名僧传抄·昙济传》引本无宗之义曰："无在元化之前，空为众形之始，故称本无，非谓虚豁之中，能生万有也。"② 可见道安所说的空无不是有无之"无"，而与王弼崇无玄学所说的"以无为本"相近。就第二点来讲，吉藏《中观论疏》云："安公明本无者，一切诸法，本性空寂，故云本无。"③ 道安认为法性空寂，《肇论疏》云："若能苟解本无，即异想息矣。"《名僧传抄·昙济传》亦云："夫人之所滞，滞在末有，苟宅心本无，则斯累豁矣。"④ 所以在对待本体和现象的关系上，道安倡"崇本息末"，可见道安本无义与王弼贵无玄学颇多相近之处。从宗教信仰来说，只有否定了客观世界才能坚定人们追求彼岸世的信念，道安的宗教气质极重，因此主张以无为本而否认现象。但是道安又是一个具有理性精神的学者，他对于自己的思想理论有自觉的反省态度，在飞龙山时对格义法的反思即体现了这一点，道安在建构般若理论时也有这种学术精神。"般若学本体论的主要任务是要解决即世间和出世间的矛盾，既要否定现实世界，又要承认其为假有。"⑤ 道安后期对此似有所认识，如《合放光光赞略解序》云："诸五阴至萨云若，则是菩萨来往所现法慧，可道之道也。诸一

---

① 《卍续藏》第54册，第59页。
② 《卍续藏》第77册，第354页。
③ 《大正藏》第42册，第29页。
④ 《卍续藏》第77册，第354页。
⑤ 余敦康：《魏晋玄学史》，第441页。

相无相，则是菩萨来往所现真慧，明乎常道也。"① 道安认为"真慧""常道"是真谛，"法慧""可道"是俗谛，但两者又"同谓之智而不可相无"，这里就承认了现象的意义，又云："般若波罗蜜者，成无上正真道之根也。正者等也，不二人也。等道有三义焉：法身也，如也，真际也。……如者，尔也，本末等尔，无能令不尔也。……法身者，一也，常净也。有无均净。……真际者，无所著也，泊然不动，湛尔玄齐，无为也，无不为也。"② 这里所说的"本末等尔""有无均净""无为无不为"，说明道安亦有结合本体和现象的意识，试图用"等觉"使本末、有无统一于无。又《安般注序》云："夫执寂以御有，崇本以动末，有何难也？"③ 也说明道安有意识地处理本体与现象的关系。上文引《名僧传抄·昙济传》载道安本无义云："夫冥造之前，廓然而已，自然自尔，岂有造之者哉？"这里"自然自尔"的概念出自郭象"独化"论玄学。郭象玄学认为物的本质、自性在于自己本身，某种程度上综合了贵无和崇有两派的观点。可见道安般若学在"空""无"的本体论基础上，又吸收了郭象的"自生""独化"的思想，体现了对本体与现象关系的思考。

僧叡《毗摩罗诘提经义疏序》总结般若学云："自慧风东扇，法言流咏已来，虽曰讲肆，格义迂而乖本，六家偏而不即。性空之宗，以今验之，最得其实。"④ 指出了道安本无宗的学术地位。吉藏《中观论疏》评价支道林的即色义云："支道林著《即色游玄论》。明即色是空，故言《即色游玄论》。此犹是不坏假名，而说实相，与安师本性空故无异也。"⑤ 支道林即色义之旨乃以即色证本无，也就是由现象体悟本体，可以说是一种"现象本体"之学。其《大小品对比要钞序》云："夫般若波罗蜜者，……明诸佛之始有，尽群灵之本无。登十住之妙阶，趣无生之径路。何者耶？赖其至无，故能为用。"汤用彤云："此谓至极以无为体。因须证无之旨，支公特标出即色空义。然其所以特标出即色者，则

---

① 释僧祐撰，苏晋仁、萧炼子点校：《出三藏记集》，第267页。
② 释僧祐撰，苏晋仁、萧炼子点校：《出三藏记集》，第266页。
③ 释僧祐撰，苏晋仁、萧炼子点校：《出三藏记集》，第245页。
④ 释僧祐撰，苏晋仁、萧炼子点校：《出三藏记集》，第311页。
⑤ 《大正藏》第42册，第29页。

实因支公持存神之义。"①"神"是本体、是无,"无又不可以训,故言必及有。"②也就是说只有从"有"才能去论证和体悟本体之"无"。因此就本无宗来说,支遁即色本无义的发展之处,其实是提供了一种处理现象与本体的方法,即"不坏假名,而说实相",通过现象认识本体。虽然从般若中观理论上来讲,支道林的即色义仍存在缺陷,但是其"现象本体"之学,却体现了本无宗对"情尚于无多"的自我纠正,这是本无宗的内在发展逻辑。许理和认为慧远指出"因缘之所有者,本无之所无","道出了'本无'与'末有'的同一性"。③《庐山出修行方便禅经统序》云:"色不离如,如不离色。色则是如,如则是色。"也体现了慧远现象本体合一的思想观念,即继承本无宗的内在的发展逻辑,进一步深化了对现象与本体关系的探索。

另外一点值得注意的是,庐山诸人对心无义的态度。心无义主张心无色有,不空外色,也就是不否认客观事物的实在性,不像本无宗那样强调"五阴本无"。《高僧传》说经过慧远等人在荆州与持心无义的道恒论辩之后,"心无之义,于此而息",但是《出三藏记集》卷十二载陆澄《法论目录》著录了刘遗民《释心无义》,汤用彤认为刘遗民为"宗心无义者"④,这条材料说明,慧远早年虽持本无宗以破心无义,但是本无宗"情尚于无多,触言以宾无",从般若中观来说本无宗崇本息末的"好无之谈"仍然是起了执心,在接触了鸠摩罗什所译的《大般若经》《大智度论》,特别是与鸠摩罗什通信后,慧远似对"心无义"有新的理解。僧叡《毗摩罗诘提经义疏序》谓其师道安标宗"性空",并认为:"性空之宗,以今验之,最得其实。"元康《肇论疏》称道安作《性空论》,吉藏《中观论疏》说道安倡"一切诸法本性空寂","与《方等》经论什肇山门义无异"⑤,认为僧肇《不真空论》所破的是竺法汰的本无异宗。这也是我们前文所说的,道安后期对本无宗有进一步的思考,特别是在对待"无"

---

① 汤用彤:《汉魏两晋南北朝佛教史》,第184页。
② 余嘉锡:《世说新语笺疏》,第199页。
③ [荷]许理和:《佛教征服中国》,李四龙、裴勇等译,第243页。
④ 汤用彤:《汉魏两晋南北朝佛教史》,第180页。
⑤ 《大正藏》第42册,第29页。

的认识上，似不再完全强调崇本息末。李四龙认为："留在长安的道安的弟子僧叡，可能接受了道安最后的成熟思想，而远在庐山的慧远无法及时了解老师的思想变化，他还保持着道安分张徒众时的'本无义'。随着罗什新译的南传，慧远也对'本无义'有所不满，否则他没有必要另行主张'法性论'。"① 慧远《法性论》强调"得性""体极"，如何才能做到"居宗体极"呢？僧肇《不真空论》云："圣人乘千化而不变，履万惑而常通者，以其即万物之自虚，不假虚而虚物也。故经云：甚奇世尊，不动真际为诸法立处。非离真而立处，立处即真也。然则道远乎哉，触事而真；圣远乎哉，体之即神。"② 所谓的"立处即真""触事而真"，即通过万物而证万物之真，也就是《般若经》说的不废假名而说诸法实相。"这里关键的地方就在于'不废假名'，也就是能从'空'中'发现'不空。如此一来，'心无义'的'不空外色'恰好能弥补'本无义'的'情尚于无多'的不足。……因此'心无义'与'本无义'各有合理的思想内核，以达到佛法的中道精神。可能出于这个原因，庐山僧团的刘程之会写《释心无义》，予以重新解读。"③ 从认识的角度来讲，这是更加注意到"有"对认识"无"的意义。

玄学是慧远另一个重要的思想渊源。《高僧传》载慧远引《庄子》以释实相义，听者晓然，可见慧远佛学与玄学的内在关系，"故远公虽于佛教之独立精神多所扶持，而其谈理之依傍玄言，犹袭当时之好尚也。"④ 非但依傍玄言以谈理，慧远佛学思想实亦颇得力于玄学本末、有无思想与言意之辨的方法。玄学是本体之学，"本末""有无"乃玄学核心问题，玄学的分化与演变即围绕如何处理本体与现象的关系而展开，故有王弼贵无、裴颜崇有、郭象独化诸流派。"王辅嗣之学，固以其《老子注》为骨干。而万有以无为本，又道安与之有同信。则释氏之本无宗者，实可谓与王氏同流也。惟稽考古籍，本无宗未免过于着眼在实相之崇高，而

---

① 李四龙：《慧远的"心无义"与"不敬论"》，《中国佛学》2010年第2期。
② 僧肇著，张春波校释：《肇论校释》，第58—60页。
③ 李四龙：《慧远的"心无义"与"不敬论"》，《中国佛学》2010年第2期。
④ 汤用彤：《汉魏两晋南北朝佛教史》，第256页。

本末遂形对立。"① 王弼贵无论玄学,虽有贵无贱有之论,但亦未尝否定现象的存在与意义,故王弼既云"得意忘象",又曰"象者,出意者也"。② 僧肇评本无宗曰:"本无者,情尚于无多,触言以宾无。"即批评其崇无而太偏,遂至于割裂本末之关系。慧远虽属本无宗,但从其《法性论》可见其对该派理论之偏失有清楚的觉察,因此能在综合般若和玄学的基础上,继承本无宗的内在发展逻辑,对现象与本体的关系有更为深入的认识,这是慧远"形象本体"之学重要的思想渊源。

## 二 慧远"形象本体"之学的建构及其美学内涵

在佛教的信仰与传播中,形与神以及佛的形象与佛的法身本体之间的关系是佛教无法回避的基本问题,慧远的宗教气质极重,因此在宗教实践的基础上,对形与神、现象与本体的关系有深入的探索。慧远留存下来文章虽大多与弘教活动有关,但其中又蕴含了丰富的思想内涵。

375 年,道安在襄阳檀溪寺造释迦牟尼佛金像,慧远作《襄阳丈六金像颂》以颂其美,这是现存的慧远最早的文章,此文体现了慧远在佛的形象与佛性本体关系上的基本思想,可以看出现象与本体的关系乃是慧远佛学思想的核心问题。其序云:

> 每希想光晷,仿佛容仪,寤寐兴怀,若形心目。冥应有期,幽情莫发,慨焉自悼,悲愤靡寄。乃远契百念,慎敬慕之思,追述八王同志之感,魂交寝梦,而情悟于中。遂命门人,铸而像焉。夫形理虽殊,阶涂有渐,精粗诚异,悟亦有因。是故拟状灵范,启殊津之心;仪形神模,辟百虑之会。

叙述了道安铸造佛像的缘起和用意。在慧远看来,光辉庄严的佛像既能激发向佛证道的决心,也能启发人们通过生动的形象去领悟佛的本体。本无宗以贵无贱有为基本特点,因此慧远也认为神高于形,也就是序中

---

① 汤用彤:《魏晋玄学论稿》,第 41 页。
② 王弼撰,楼宇烈校释:《周易注》,第 414 页。

所说的"形理虽殊""精粗诚异",但他又清楚认识到形象对表现本体的意义,即"精粗诚异,悟亦有因",形象是体悟本体的媒介,这也就是王弼所说的"象以得意"的方法。慧远精通玄学,对"言意之辨"的玄学方法有所继承,与支遁"即色游玄""即有得无"的思想亦相近。在本体与现象相即的基础上,慧远进一步强调了"象",即"拟状灵范,启殊津之心;仪形神模,辟百虑之会"。指出生动地塑造佛的形象对表现佛性本体的意义,这一点具有明显的宗教信仰性质,但慧远强调通过形象体悟佛性本体的形神思想中,形象的价值得到了明确的认识,蕴含了重视形象的美学思想内涵,这是其超越支遁"现象本体"之学之处。曹虹《慧远评传》谓慧远善于"将哲理作审美的表述"。[1] 这在《襄阳丈六金像颂》中得到了生动的体现,在本体与现象的关系上,慧远般若学的基本特点可以概括为"形象本体"之学,其内涵即通过形象的审美体悟本体。颂的正文即表现了这一点:"反宗无像,光潜影离,仰慕千载,是拟是仪。"佛是无形无像的,但又可以通过现实中塑造的佛像去体悟。慧远晚年所作的《万佛影铭》,对这种"形象本体"之学作了更深入的阐述。其序云:

> 法身之运物也,不物物而兆其端,不图终而会其成。理玄于万化之表,数绝乎无形无名者也。若乃语其筌寄,则道无所不在。是故如来或晦先迹以崇基,或显生涂而定体,或独发于莫寻之境,或相待于既有之场。独发类乎形,相待类乎影。推夫冥寄,为有待邪?为无待邪?自我而观,则有间于无间矣。求之法身,原无二统,形影之分,孰际之哉!而今之闻道者,咸摹圣体于旷代之外,不悟灵应之在兹;徒知圆化之非形,而动止方其迹,岂不诬哉!

慧远认为法身超然于万物之上玄妙难言,或处于无迹可寻之境,或在现实中显现,非形非影不可形状。但法身又可寄托于万物之中而无处不在,即序文所说的"神道无方,触像而寄"。"佛影"作为佛留下来的形象,

---

[1] 曹虹:《慧远评传》,南京大学出版社2002年版,第131页。

最生动地体现了佛的法身本体,故慧远极重视对"佛影"的描绘。《高僧传》本传叙慧远闻天竺有佛影,又得佛驮跋陀罗和法显的印证、描述,而立佛影台的经过云:"每欣感交怀,志欲瞻睹。会有西域道士叙其光相,远乃背山临流,营筑龛室,妙算画工,淡彩图写。"《万佛影铭》正文也叙述了对佛影的描绘,如第二首:"谈虚写容,拂空传像。相具体微,冲姿自朗。白毫吐曜,昏夜中爽。感彻乃应,扣诚发响。留音停岫,津悟冥赏。抚之有会,功弗由曩。"第四首云:"妙尽毫端,运微轻素。托彩虚凝,殆映霄雾。迹以像真,理深其趣。"都强调了对佛影细致生动的刻画,而对生动形象的佛影的观赏有助于对法身之体悟,亦即"津悟冥赏"。从佛教信仰实践和审美的角度上来看,慧远佛教思想的一个重要特点是对形象的重视,注重通过对形象的冥赏去领悟本体,以审美表现哲理,从这一点来讲,慧远"形象本体"之学可以说也是一种重视形象的美学思想。

慧远非常热心于见佛修行,除了上文分析的《襄阳丈六金像颂》《万佛影铭》体现了对佛的形象的重视之外,太元十四年(389),慧远在东林寺营建般若台率众念佛,也设有阿弥陀佛像。元兴元年(402)秋慧远率众念佛立誓往生弥陀净土,刘遗民记其事云:"法师释慧远……乃延命同志息心贞信之士百有二十三人,集于庐山之阴,般若台精舍阿弥陀佛像前,率以香华,敬荐而誓焉。"可见慧远的佛教信仰活动是十分重视佛的形象的,许理和指出:"或在传记资料中或在慧远自己的撰著中,我们发现都强调了某种可见物的显现:观想佛像,幻见阿弥陀佛,赞颂'佛影'、佛的法身或菩萨法身等","需要一个具体的、能用感官感知的崇拜对象,这形成了庐山佛教的特点"。[①] 这也说明慧远重视形象的美学思想的形成与其佛教信仰活动亦有密切关系。李泽厚、刘纲纪《中国美学史》指出:"慧远以世界万物的美为佛的精神的感性体现,显然还包含着一个重要的思想,那就是认为美是'神'表现于形的结果。这同时也意味着美包含两个相互联系的方面:一个是'形',另一个是'神',而'形'

---

[①] [荷]许理和:《佛教征服中国》,李四龙、裴勇等译,第267页。

是'神'的表现，美为'形'与'神'的内在的合一。"① 揭示了慧远"形象本体"之学的美学内涵。歌德说："人只有把自己提高到最高理性的高度，才可以接触到一切物理和伦理的本原现象所自出的神。神既藏在这种本原的现象背后，又借这种本原现象而显现出来。"② 海德格尔也认为："美是真理存在的一种方式。"③ 把美作为神、真理的体现，在这一点上慧远与歌德等人是颇为相似的，体现了"形象本体"之学丰富的美学内涵，对晋宋之际的山水艺术产生了直接而深远的影响。

### 三 慧远"形象本体"之学与晋宋之际的诗歌变革

慧远"形象本体"之学注重形象对表现本体的意义，从美学的意义来讲，其最重要的意义是强调了形象。《高僧传·义解论》云："将知理致渊寂，故圣为无言。但悠悠梦境，去理殊隔；蠢蠢之徒，非教孰启。是以圣人资灵妙以应物，体冥寂以通神；借微言以津道，托形象以传真。"④ 现代文艺理论上所说的"形象"即源于此。⑤ 可以说慧远"形象本体"之学也蕴含了其文学思想。从另一方面来看，东晋以来的作为魏晋基本思想方法的"言意之辨"开始更多地转向对"言"的肯定，《世说新语·文学》载王导过江止言"言尽意"等三论，其中"言尽意"即已透露东晋人对语言的重视。⑥ 在"言意之辨"的问题上，慧远也具有东晋思想的时代特征，这使其较为注意语言艺术。《与隐士刘遗民等书》说："若染翰缀文，可托兴于此。虽言生于不足，然非言无以畅一诣之感。"即体现了慧远对"言"的重视。正是在这一基础上，慧远能够自觉地将其美学思想运用于文学创作之中，在晋宋之际的诗歌发展中起到了

---

① 李泽厚、刘纲纪：《中国美学史》，中国社会科学出版社1984年版，第351页。
② [德] 艾克曼：《歌德谈话录》，朱光潜译，人民文学出版社1978年版，第183页。
③ [法] 杜夫海纳：《审美经验现象学》，韩树站译，文化艺术出版社1996年版，第14页。
④ 释慧皎撰，汤用彤校注：《高僧传》，第343页。
⑤ 敏泽：《论魏晋至唐关于艺术形象的认识》，《文学评论》1980年第1期。
⑥ 蔡彦峰：《从"得意忘言"到"言尽意"——玄学"言意之辨"的发展及其诗学意义》（《国学研究》第31卷）深入分析了东晋以来"言意之辨"强调语言的作用及其对文学的影响。

慧远极富文学之才,《高僧传》称其"道业贞华,风才秀发","善属文章,辞气清雅"。他又重视文学在佛教信仰中的作用,《念佛三昧诗集序》云:"以此览众篇之挥翰,岂徒文咏而已哉。"可见其对文学的意义有清楚的认识。刘遗民《庐山精舍誓文》有"籍芙蓉于中流,荫琼柯以咏言"之句,也说明庐山诸人在佛教实践中亦不废文学活动。隆安四年(400)庐山诸道人组织了一次规模颇为庞大的游山文咏活动,虽仅存诗一首,但流传下来的《游石门诗序》则完整地记叙了这次文学活动,序文清楚地表现了庐山诸道人的美学和诗学思想,对探讨晋宋之际山水诗诗学的确立与发展具有重要的意义,其序云:

> 释法师以隆安四年仲春之月,因咏山水,遂杖锡而游,于时交徒同趣三十余人,咸拂衣晨征,怅然增兴。……于是拥胜倚岩,详观其下,始知七岭之美蕴奇于此。双阙对峙其前,重岩映带其后,峦阜周回以为障,崇岩四营而开宇。其中则有石台石池,宫馆之象,触类之形,致可乐也。清泉分流而合注,渌渊镜净于天池,文石发彩,焕若披面,怪松芳草,蔚然光目,其为神丽,亦已备矣。斯日也,众情奔悦,瞩览无厌,游观未久,而天气屡变,霄雾尘集,则万象隐形;流光回照,则众山倒影。开阖之际,状有灵焉,而不可测也。乃其将登,则翔禽拂翩,鸣猿厉响,归云回驾,想羽人之来仪,哀声相和,若玄音之有寄。虽仿佛犹闻,而神以之畅。……退而寻之,夫崖谷之间,会物无主,应不以情而开兴,引人致深若此,岂不以虚明朗其照,闲邃笃其情耶。……乃悟幽人之玄览,达恒物之大情,其为神趣,岂山水而已哉。

序文说明这次同游是"因咏山水"而进行的,其直接的目的是观赏山水之美,同游诸人怀着巨大的热情领略了庐山之美。自"始知七岭之美蕴奇于此"至"状有灵焉,而不可测也",这一大段详细描绘了山水之美,本身就是一篇优美的山水游记,这种山水游记与此次活动发起者慧远的《庐山记》《游山记》有密切的关系,体现了庐山诸人对自然山水已具有一种自觉的审美意识。序文描绘同游诸人因山水之"神丽"而"众情奔悦,瞩览无厌",这种欣赏态度与东晋玄学士人"以玄对山水"那种与自然合一的观物方式有本质的区别,佛教对"道"的领悟采取的是静观默察,这决定了其与自然山水的关系不是合一的而是相对的,他们有一种观想静察的观物方式。① 庐山诸道人明显地是以慧远的"形象本体"之学为旨趣,因此注重对山水形象之美的观赏和描绘。在欣赏山水的"神丽"基础上,庐山诸人还认识到山水之美还蕴含着"神趣",这即是慧远《万佛影铭》说的"迹以像真,理深其趣",审美与心灵、哲理还存在着更为深微的关系。而这种"神趣"的获得,需以虚明闲邃之心对待外物,这其实就是审美时主体应具有的心灵状态。慧远《念佛三昧诗集序》云:

  夫称三昧者何,专思寂想之谓也。思专则志一不分,想寂则气虚神朗。气虚则智恬其照,神朗则无幽不彻。斯二者,自然之元符,会一而致用也。
  体神合变,应不以方,故令入斯定者,昧然忘知,即所缘以成鉴,鉴明则内照交映,而万像生焉。

观想念佛是念佛三昧的第二种,即坐禅入定观想佛的种种美好形象及佛土的庄严美妙。所以观想念佛体现为一种独特的思维观察活动。进入念佛三昧中,就昧然忘一切知虑,思专神朗洞照所观察之象,使其生动地自我展现出来。慧远《庐山出修行方便禅经统序》对这种思维方法有更深入的阐述:

  夫三业之兴,以禅智为宗,……禅非智无以穷其寂,智非禅无以深其照,然则禅智之要,照寂之谓,其相济也,照不离寂,寂不离照。感则俱游,应必同趣。功玄在于用,交养于万法。其妙物也,运群动以至壹而不有,廓大象于未形而不无,无思无为,而无不为,

---

① 参见张伯伟《禅与诗学》,人民文学出版社 2008 年版,第 244、227 页。

是故洗心静乱者以之研虑；悟彻入微者以之穷神也。①

慧远强调禅定与智慧的结合以进入"照寂"之境，在慧远看来，"禅定没有智慧就不能穷尽寂灭，智慧没有禅定就不能深入观照。禅智两者的要旨就是寂灭和观照。就寂和照的相济相成来说，两者互不相离，共同感应，寂和照两者的妙用是，能运转各种事物而又不为有，无限广大廓空而又不为无，无思虑作为而又无所不为。这样，心境清净寂灭躁乱的人，就能用以研讨思虑；悟解透彻而入微的人，就能用以穷尽神妙。"② 净土信仰所向往的西方净土，就其性质而言是近似于审美境界的，与主体的心境密切相关，所以慧远净土思想极重内心的明净，《念佛三昧诗集序》中慧远认为只有"专思寂想"排除一切杂念才能达到主体对对象的洞照，从这一点来讲，对西方净土的向往某种程度上已转化为对内心澄明之境的追求。这即是《游石门诗序》"虚明朗其照，闲邃笃其情"的审美思想的理论依据。可见《游石门诗序》蕴含了丰富的山水美学思想，而其渊源皆来自慧远的"形象本体"之学。"形象本体"之学就其本质而言，乃是一种关于现象与本体的思想，强调形象在体悟本体中的意义，思想本身往往亦包含着方法，"形象本体"之学之所以具有重要美学的意义，即在其既重视形象又蕴含着客观观察对象的审美方法。这一美学思想首先在慧远及庐山诸人的诗歌创作中得到了体现，如慧远《庐山东林杂诗》诗：

崇岩吐清气，幽岫栖神迹。希声奏群籁，响出山溜滴。有客独冥游，径然忘所适。挥手抚云门，灵关安足辟。流心叩玄扃，感至理弗隔。孰是腾九霄，不奋冲天翮。妙同趣自均，一悟超三益。

"崇岩"以下四句描绘清幽的山水之美，诗人观照山水之美的同时，进入了一种悟理的境界，慧远用"冥游"来表现这种精神活动，也就是审美

---

① 释僧祐撰，苏晋仁、萧炼子点校：《出三藏记集》，第343页。
② 方立天：《慧远及其佛学》，中国人民大学出版社1984年版，第132页。

和悟理的融合。慧远此诗由山水审美而悟理,生动地体现其"形象本体"之学的思想内涵。又如王乔之《奉和慧远游庐山诗》:

> 超游罕神遇,妙善自玄同。彻彼虚明域,暧然尘有封。众阜平寥廓,一岫独凌空。霄景凭岩落,清气与时雍。有标造神极,有客越其峰。长河濯茂楚,阴雨列秋松。危步临绝冥,灵鹫映万重。风泉调远气,遥响多喈嘎。迤丽既悠然,余盼觌九江。事属天人界,常闻清吹空。

诗歌对山水景物之美作了更为充分而生动的描绘,诗人称所观照的山水之美为"迤丽",也就是认为远离人为而于"美"中蕴含了道之真,这也明显体现了慧远"形象本体"之学的思想特点。刘遗民、张野等人也都有奉和之作,说明慧远的思想和诗学在当时是有广泛影响的。谢灵运即发展了慧远的"形象本体"之学并推进了中国山水诗走向成熟,从这一点来讲,慧远在晋宋之际的诗歌变革中具有极其重要的意义。

谢灵运的佛学思想深受慧远影响,《庐山慧远法师诔》云:"予志学之年,希门人之末,惜哉!诚愿弗遂,永违此世。"深憾未能成为慧远的弟子,《高僧传》也载谢灵运到庐山见慧远时"肃然心服"。慧远制佛影时,曾遣弟子道秉去请谢灵运作《佛影铭》,谢灵运此文也阐述了慧远"形象本体"之学的美学内涵。序云:"摹拟遗量,寄托青彩。岂唯像形也笃,故亦传心者极矣。"赞美慧远所造佛影不仅形象生动,而且可以通过"像形"来"传心",这种"以形传心"的美学思想与慧远"形象本体"之学若符一契。铭文进一步阐述了这一思想:

> 因声成韵,即色开颜。望影知易,寻响非难。形声之外,复有可观。观远表相,就近暧景。匪质匪空,莫测莫领。倚岩辉林,傍潭鉴井。借空传翠,激光发冏。金好冥漠,白毫幽暖。……激波映墀,引月入窗。云往拂山,风来过松。地势即美,像形亦笃。彩淡浮色,群视沉觉。若灭若无,在摹在学。由其精洁,能感灵独。

"金好冥漠,白毫幽暧""像形亦笃""彩淡浮色"叙述了慧远制作佛影的精心细致,"若灭若无,在摹在学"则说明了佛影的生动可观源于制作过程中客观写实的摹写态度和方法。谢灵运亦曾作佛画,有《菩萨六臂像》,对这种写实的艺术手法当有切身的体会。"激波映墀,引月入窗。云往拂山,风来过松"则描绘了佛影所在的自然环境的优美,正是佛影和所处环境的优美,所以能生动地体现了佛的法身,也就是"由其精洁,能感灵独",这即是慧远的"形象本体"之学的基本思想。李泽厚说:"慧远基于形神关系的对美与艺术的认识,应当说是中国美学史上的一大进展,因为它在理论上明确区分了构成美的感性(形)与理性(神)两大要素,并指出美与艺术是这两大要素的统一,感性的东西只有在它成为内在的精神性的东西的表现时才可能成为美。"[①] 但是从艺术本质来讲,微妙的"神"只能通过具体的形象来表现[②],因此在确立了形象本体之学作为艺术的美学思想基础之后,在艺术中得到明显发展的乃是形象。从这一点来讲,慧远"形象本体"之学体现于诗歌艺术中,乃是重视物的客观形象之学,为山水诗的兴起奠定了直接的思想基础。

　　谢灵运对佛教极具兴趣,广泛地结交当时一些重要的僧人,如曾到庐山拜见自幼崇敬的慧远,与慧琳、法流等交善,与昙隆游云嵊;与慧严、慧观等修改大本《涅槃经》,又注《金刚经》;又著《与诸道人辨宗论》,与法勖、僧维、慧骥、法纲、慧琳等人论辩"顿悟"与"渐悟",以申述道生之义。其所交往的僧人见诸史料记载的即多达14人。[③] 其交往的内容既有佛经的译解,又有佛学义理的钻研,也有结伴游览互相酬唱。既有对佛教思想理论的热衷和发展动向的敏锐,又具有杰出的文学天才,因此谢灵运在他那个时代能最好地将佛学思想与其山水游览的经历结合起来,在山水诗的创作上取得突出的艺术成就。谢灵运第一次见到慧远在义熙七八年间,这已是慧远写作《庐山记》《游庐山诗》及

---

　　① 李泽厚、刘纲纪:《中国美学史》,第353页。
　　② 参见蔡彦峰《论谢灵运山水诗对慧远佛教美学思想的创造性发展》,《南京师范大学文学院学报》2006年第3期。
　　③ 汤用彤曾将谢灵运与佛教有关者制为《谢灵运事迹年表》,见《理学·佛学·玄学》,北京大学出版社1991年版,第114—116页。

《万佛影铭》的十余年之后了，而距谢灵运被贬永嘉开始大量创作山水诗的永初三年尚有十余年的时间，也可以说明慧远的"形象本体"之学及山水游览与佛理相结合的山水诗的创作，对谢灵运的确是会产生重要的影响的，谢灵运的山水诗创作颇可看出这一点，如：

敬拟灵鹫山，尚想祇洹轨。绝溜飞庭前，高林映窗里。禅室栖空观，讲宇析妙理。（《石壁立招提精舍》）

拂鲦故出没，振鹭更澄鲜。遥岚疑鹫岭，近浪异鲸川。（《舟向仙岩寻三皇井仙迹》）

同游息心客，暧然若可睹。清霄飏浮烟，空林响法鼓。忘怀狎鸥鲦，摄生驯兕虎。望岭眷灵鹫，延心念净土。若乘四等观，永拔三界苦。（《过瞿溪山饭僧》）

这些诗中用了很多佛教的名词概念，直观地体现了谢灵运从山水景物的欣赏中想象和领悟佛理的思想。其《山居赋》亦云："钦鹿野之华苑，羡灵鹫之名山。企坚固之贞林，希庵罗之芳园。虽缔容之缅邈，谓哀音之恒存。"自注云："鹿苑，说《四真谛》处。灵鹫山，说《般若》《法华》处。坚固林，说泥洹处。庵罗园，说不思议处。今旁林艺园制苑，仿佛在昔。依然托想，虽缔容缅邈，哀音若存也。"将所居住的环境想象成为佛陀说经之处，其所用的"依然托想"之法是直接学习慧远"形象本体"之学的。在山水诗写作实践中谢灵运进一步将"形象本体"之学发展为以山水形象体悟哲理的诗歌美学思想。以写实的手法描写山水景物是谢灵运代表的中国早期山水诗典型的诗美特点，这种诗美观的形成首先要有一种客观的观照态度，即谢灵运所说的："遗情舍尘物，贞观丘壑美。"（《述祖德二首》其二）这种山水审美方法的内涵即遗弃各种世俗之情以客观的态度来观赏山水景物。现象学美学家杜夫海纳在论述审美对象时说："只有当欣赏者打定主意，只依照知觉全神贯注于作品的时候，作品才作为审美对象出现在他面前。"[①] 其实无论是面对艺术作品还是面对自

---

① ［法］杜夫海纳：《审美经验现象学》，韩树站译，第41页。

然山水，这种全神贯注的观察都是必要的，唯其如此，山水才能以审美对象而出现。这既迥异于魏晋诗歌"感物兴思"的主观之情的投射，也不同于东晋玄言诗"以玄对山水"先入为主的理性体验。"贞观"可以说就是谢灵运的审美态度和方法，其诗文多处提到这种方法，如《山居赋》"研精静虑，贞观厌美"，《入道至人赋》"超埃尘以贞观"等。这与慧远《游山记》"凝神览视"及宗炳《画山水序》"澄怀味象"含义相同，这种方法源于慧远《念佛三昧诗集序》所提出的"专思寂想"及《庐山出修行方便禅经统序》的禅智方法。① 谢灵运山水诗的思想和方法都是深受慧远影响的。谢灵运是晋宋之际重要的诗人，其山水诗创作代表了晋宋之际的诗歌变革，从这一点来讲，慧远对晋宋之际山水诗的兴起确有极为重要的意义。

晋宋之际是中国传统诗歌变革的重要时期，刘勰《文心雕龙·明诗》阐述这种变革说："宋初文咏，体有因革，庄老告退，而山水方滋。"② 也就是山水诗的兴起取代了东晋玄言诗。这一变革完成于宋初，但是从晋宋诗史来看，有一个很比较长的发展过程，南朝的文学史家和文论家对此都有清楚的认识，如《世说新语·文学》刘孝标注引檀道鸾《续晋阳秋》云："正始中，王弼、何晏好庄、老玄胜之谈，而世遂贵焉。至江左，佛理尤盛。故郭璞五言始会合道家之言而韵之。（许）询及太原孙绰转相祖尚，又加以三世之辞，而诗、骚之体尽矣。询、绰并为一时文宗，自此作者悉体之。至义熙中，谢混始改。"③ 沈约《宋书·谢灵运传论》论述晋宋之际诗歌的变革也说："自建武逮义熙，历载将百，虽缀响联辞，波属云委，莫不寄言上德，讬意玄殊，遒丽之辞，无闻焉尔。仲文始革孙、许之风，叔源大变太元之气。爰逮宋氏，颜、谢腾声。灵运之兴会标举，延年之体裁明密，并方轨前秀，垂范后昆。"④ 可见如果以整个晋宋诗史眼光来看，这一变革的诗史意义就会更为明显地显现出来。

---

① 参见蔡彦峰《论谢灵运山水诗对慧远佛教美学思想的创造性发展》，《南京师范大学文学院学报》2007年第3期。
② 范文澜注：《文心雕龙注》，第67页。
③ 余嘉锡：《世说新语笺疏》，第262页。
④ 沈约：《宋书》，中华书局1974年版，第1778—1779页。

檀道鸾、沈约等人都指出谢混、殷仲文在晋宋诗歌变革中的作用。但是殷仲文、谢混的诗歌创作成就有限，甚至仍受玄言诗束缚，萧子显《南齐书·文学传论》即指出："仲文玄气，犹不尽除，谢混清新，得名未盛。"① 因此其影响自然也是有限的。从士风变化来看，东晋后期士族内部产生清浊分流，与东晋中前期那种以名教自然合一为整体人格而形成的密切的交际之风不同，晋宋之际士族之间的隔阂非常严重，正统的玄学之士严于交纳，交际之风衰落，史书中即经常记载晋宋之际的士人以门第自高、互相排诋的现象，如《宋书·谢弘微传》说谢混"风格高峻，少所交纳"②，《晋书·王导传》载王荟"恬虚守靖，不竞荣利"③，《宋书·羊欣传》载羊欣于隆安中"优游私门，不复进仕"④。士人间交际的衰落也使玄学清谈和品鉴等语言艺术走向衰落，"然而作为一种补偿，文章词翰却在此时代之而兴起。"⑤ 但是此时的文学活动也常以家族内部为主，谢混诗云："昔为乌衣游，戚戚皆亲侄。"从这一点也可以说明晋宋之际谢混等人虽开始具有革新诗歌的意识，但由于士风变化及自身创作成就有限，因此并没有真正完成诗歌变革的历史任务。这一诗史任务是由谢灵运等元嘉诗人完成的，然溯其渊源，则不能忽视慧远在晋宋之际文化建设上的重要意义，"由于卓越的个人素质与学养，加上庐山在南北文化交流的新格局的有利的地理位置以及隐逸之风深入人心，慧远在庐山所发挥的学术文化上的影响力之大，可能是空前绝后的。"⑥ 这种影响力自然也包括文学方面。首先，慧远"形象本体"之学直接奠定了晋宋以来山水诗的美学思想基础，这一点我们在前文已有深入的论述。其次，慧远对庐山博雅学风的建设，为扭转东晋后期的士风、促进学风的重建创造了基础，这与文学创作的重新兴起亦有直接的关系。这是慧远在晋宋文学发展进程中的意义，本书中编第二章将对此进行深入分析。

---

① 萧子显：《南齐书》，中华书局1972年版，第908页。
② 沈约：《宋书》，第1590页。
③ 房玄龄：《晋书》，第1759页。
④ 沈约：《宋书》，第1661页。
⑤ 钱志熙：《魏晋诗歌艺术原论》，第313页。
⑥ 曹虹：《慧远评传》，第109页。

## 中 编

### 早期佛教中心的形成与文学

# 第 一 章

# 会稽士僧群的形成和文学

《高僧传·支遁》记载支遁与士人的交往,"王洽、刘恢、殷浩、许询、郗超、孙绰、桓彦表、王敬仁、何次道、王文度、谢长遐、袁彦伯等,并一代名流,皆着尘外之狎。"[1] 颇可见支遁与士人群的广泛交往。东晋永和年间,会稽名士名僧群集,成为重要的佛教中心,支遁则是会稽士僧群的核心人物,《世说新语》记载佛教事迹共84处,其中正文80处,刘孝标注4处,涉及22位僧人,有关支遁的记载达52处[2],并且大部分是与诸名士的交往,支遁在东晋影响之大,实非其他名僧可比。他在会稽的一系列活动,对佛教的传播及会稽士人的文学创作皆有重要的意义。支遁之外,会稽还有竺法潜、于法兰、于法开、竺法崇、竺道壹等代表的僧团,形成了庞大的士僧群体,对东晋佛教及文学的发展都起到了重要的作用。

## 第一节 东晋会稽士僧群的形成

会稽是历史名郡,春秋时期吴越文化即产生于此地,秦汉以来会稽一直是扬州的名郡,三国孙吴建都于建业,会稽的政治、经济、军事地

---

[1] 释慧皎撰,汤用彤校注:《高僧传》,第159页。
[2] 倪晋波:《支遁与东晋士人交往初论——以〈世说新语〉为中心》,《兰州学刊》2005年第6期。

位都得到迅速的提升。① 晋室南渡之后，会稽在经济、户口等方面都有进一步的发展，成为扬州乃至东晋的第一大郡②，其政治地位更为突出，如《晋书·诸葛恢传》载元帝派亲信诸葛恢出任会稽太守，临行告诫云："今之会稽，昔之关中，足食足兵，在于良守，以君有莅位之方，是以相屈。"③ 此后会稽的历届郡守多由资格较老、任职较高的皇帝亲信或皇室亲属和世家大族的重要人物担任。④ 由于荆州、江州等长江中上游地方实力很强，政府的控制力有限，会稽在东晋政权中的地位更加凸显出来。此外，东晋以来会稽的文化也得到很快的发展。⑤ 西晋永嘉之乱后北方人口大量南迁，据谭其骧估算，自西晋永嘉至刘宋，南渡人口约有九十万占当时全国境人口约五百四十万之六分一。⑥ 童超认为南渡人口有六七十万，其中到达江东的三十余万。⑦《宋书·州郡志》："晋永嘉大乱，幽、冀、青、并、兖州及徐州之淮北流民，相率过淮，亦有过江在晋陵郡界者。晋成帝咸和四年，司空郗鉴又徙流民之在淮南者于晋陵诸县，其徙过江南及留在江北者，并立侨郡县以司牧之。"⑧ 陈寅恪认为这些南迁人口的社会阶级大体可分为三类：上层阶级为皇室及洛阳之公卿士大夫；中层阶级为北方次等士族；下层阶级为低等士族和一般庶族。其流动方向亦不同，低等士族分散居住于吴人势力甚大的地域，而为吴人所同化。次等士族则居于京口晋陵一带。⑨ 而南渡的北方上层士族由于政治上、文化上皆有最高的地位，因此随着皇室移居于新首都建康及其近旁之地。但建康是东吴旧都，吴人的势力极大，北来士族若在此地求田问舍、殖

---

① 参见田余庆《东晋门阀政治》"会稽——三吴的腹心"，北京大学出版社2005年版，第65页。
② 陈国灿《试论会稽郡在东晋政权中的地位与作用》从经济、政治、户口、世家大族等方面论述了会稽在东晋中的地位和作用，可以参见。(《浙江师范大学学报》1990年第1期)
③ 房玄龄：《晋书》，第2042页。
④ 陈国灿：《试论会稽郡在东晋政权中的地位与作用》，《浙江师范大学学报》1990年第1期。
⑤ 参见余晓栋、胡祖平《东晋南朝会稽郡研究》，人民出版社2018年版。
⑥ 谭其骧：《晋永嘉丧乱后之民族迁徙》，《长水集》，人民出版社2011年版，第225页。
⑦ 童超：《东晋南朝时期的移民浪潮与土地开发》，《历史研究》1987年第4期。
⑧ 沈约：《宋书》，第1038页。
⑨ 陈寅恪：《述东晋王导之功业》，《金明馆丛稿初编》，第65—66页。

产兴利与吴人竞争，则必招致吴人之仇怨，这与东晋政权笼络吴地士族的政策相背，因此，"新都近旁既无空虚之地，京口晋陵一代又为北来次等士族所占有，至若吴郡、义兴、吴兴等皆是吴人势力强盛之地，不可插入。故惟有渡过钱塘江，至吴人士族较弱之会稽郡，转而东进，为经济之发展。"[1] 所以南渡之后，会稽迅速成为建康之外重要的士族聚居地，田余庆也指出："由于会稽具有优越的经济条件，在南北对峙形势中又较安全，所以东晋成、康以后，王、谢、郗、蔡等侨姓士族争相到此抢置田业，经营山居，卸官后亦遁迹于此，待时而出。"[2] 南渡士族的到来极大地提升了会稽的文化品位，而会稽一带山水秀美也促进了山水文化的发展。王羲之《兰亭集序》描述会稽山阴兰亭的风光："此地有崇山峻岭，茂林修竹；又有清流激湍，映带左右。"《世说新语·言语》载："顾长康从会稽还，人问山川之美，顾云：'千岩竞秀，万壑争流，草木蒙笼其上，若云兴霞蔚。'"[3] 又，"王子敬曰：'山阴道上行，山川自相映发，使人应接不暇。若秋冬之际，尤难为怀。'"[4] 从"人问山川之美"看，说明会稽山水之美已闻名遐迩，顾恺之、王子敬所言亦颇能形容其山川之美。《世说新语·赏誉》"王右军语刘尹"条，余嘉锡笺疏："施注苏诗卷七游东西岩诗题下注云：公自注：'即谢安东山也。'东山在会稽上虞县西南四十五里，晋太傅文靖公谢安所居，一名谢安山。岿然特立于众峰闲，拱揖亏蔽，如鸾鹤飞舞。其巅有谢公调马路，白云、明月二堂址。千嶂林立，下视苍海，天水相接，盖绝景也。下山出微径，为国庆寺。乃安石故宅。"[5]《嘉泰会稽志》所载亦同[6]。李白《忆东山》云："不向东山久，蔷薇几度花。白云还自散，明月落谁家。"写的就是此处。这样的山水对北来的士人具有极大的吸引力，谢灵运《与庐陵王义真笺》说："会境既丰山水，是以江左嘉遁，并多居之。"所以会稽一带留下了

---

[1] 陈寅恪：《述东晋王导之功业》，《金明馆丛稿初编》，第 69 页。
[2] 田余庆：《东晋门阀政治》，第 64—65 页。
[3] 余嘉锡：《世说新语笺疏》，第 143 页。
[4] 余嘉锡：《世说新语笺疏》，第 145 页。
[5] 余嘉锡：《世说新语笺疏》，第 456 页。
[6] 施宿等纂：《嘉泰会稽志》，中华书局 1990 年版，第 6874 页。

很多士族名士的遗迹，如《嘉泰会稽志》载有"谢安石东西二眺亭""王逸少书堂""王子敬山亭""许询园"等。西晋以来士族以玄学为其文化标志，寓居会稽之后，安定闲适的生活和会稽的山水之美，更激发了他们的涵养性情、体悟玄理、追求审美的兴味，如戴逵《闲游赞》云："然如山林之客，非徒逃人患，避争门，谅所以翼顺资和，涤除机心，容养淳淑，而自适者尔。况物莫不以适为得，以足为至，彼闲游者，奚往而不适，奚待而不足？故荫映岩流之际，偃息琴书之侧，寄心松竹，取乐鱼鸟，则澹泊之愿，于是毕矣。"① 这种以山水自适的心态，使会稽名士形成有别于中朝名士任性纵情、虚无放废的士风，他们首先将山水和玄理结合起来，这是东晋文学主题的一个重要的发展。

进一步促使会稽成为东晋中期清谈和文学创作中心的原因，还与东晋思想文化政策的改变有关。《晋书·庾冰传》载庾冰在咸康五年（339）王导去世后辅政，其为政方式与王导颇异，"初，导辅政，每从宽惠，冰颇任威刑。"范汪谓冰曰："顷天文错度，足下宜尽消御之道。"冰曰："玄象岂吾所测，正当勤尽人事耳。"② 在政治上庾氏更为崇尚礼、法，孙绰《太尉庾亮碑》谓其"虽柔心应世，蠖屈其迹，而方寸湛然，固以玄对山水"。事实上庾氏对玄学的兴趣要比王、谢淡很多，所谓"以玄对山水"大抵虚饰的成分为多③，所以晋明帝问谢鲲："君自谓何如庾亮？"谢鲲答曰："端委庙堂，使百僚准则，臣不如亮。一丘一壑，自谓过之。"④《晋书》谓庾亮"风格峻整，动由礼节，闺门之内，不肃而成"⑤，又谓庾氏兄弟"兄亮以名德流训，冰以雅素垂风，诸弟相率莫不好礼"⑥。可见其家风还带有比较明显的儒学色彩。而王导虽也重实干，但又提倡玄学，《世说新语·文学》载其"过江后止道声无哀乐、养生、言尽意，

---

① 严可均校辑：《全上古三代秦汉三国六朝文》，第 2250 页。
② 房玄龄：《晋书》，第 1928 页。
③ 《世说新语·轻诋》："深公云：'人谓庾元规名士，胸中柴棘三斗许。'"（《世说新语笺疏》，第 826 页）
④ 余嘉锡：《世说新语笺疏》，第 512 页。
⑤ 房玄龄：《晋书》，第 1927 页。
⑥ 房玄龄：《晋书》，第 1927 页。

三理而已,然宛转关生,无所不入"①。所以在思想文化政策上,庾冰也与王导也颇为不同。在对待佛教上,王导是比较支持的,如他与帛尸梨蜜多罗、康僧渊、竺法深等僧人皆有交往②,东晋名僧竺法深、释道宝更出于琅琊王氏。③ 汤用彤认为王导"奖进僧徒,于江东佛法之兴隆颇有关系"④。庾冰则维护儒学和皇权而排佛,《弘明集》卷十二载:"晋咸康六年,成帝幼冲,庾冰辅政,谓沙门应尽敬王者。"他代晋成帝下诏说:"因父子之敬,建君臣之序,制法度,崇礼秩,岂徒然哉,良有以矣。既其有以,将何以易之?然则名礼之设,其无情乎?且今果有佛耶?将无佛耶?有佛耶,其道固弘;无佛耶,义将何取?继其信然,将是方外之事。方外之事,岂方内所体?而当矫形骸,违常务,易礼典,弃名教,是吾所甚疑也。名教有由来,百代所不废。"⑤ 虽然在何充、褚翜、诸葛恢、冯怀、谢广等人的反对下,庾冰之议未得施行,但这却成了沙门是否敬王者争论的开端,汤用彤云:"沙门致敬,乃夷俗与华人体教冲突之一大事,以此次为其开端。"⑥ 慧远《沙门不敬王者论》提及此事云:"晋成、康之世,车骑将军庾冰,疑诸沙门抗礼万乘。所明理,何骠骑有答。至元兴中,太尉桓公亦同此义,谓庾言之未尽。"⑦《弘明集》卷十二小序云:"庾君专威,妄起异端。桓氏疑阳,继其浮议。若何公莫言,则法相永传;远上弗论,则僧事顿尽。"⑧ 可见庾冰之排佛对东晋佛教影响是深远的。这个事件也在一定程度上使东晋前期建康的清谈风气受到抑制。⑨《高僧传》载竺法潜"晋永嘉初,避乱过江。中宗元皇及肃祖明

---

① 余嘉锡:《世说新语笺疏》,第 211 页。
② 如《高僧传》载:"(帛尸梨蜜多罗)晋永嘉中始到中国。值乱,仍过江,止建初寺。丞相王导一见而奇之,以为吾之徒也。由是名显。太尉庾元规、光禄周伯仁、太常谢幼舆、廷尉桓茂伦,皆一代名士,见之终日累叹。披衿致契。"
③ 释慧皎撰,汤用彤校注《高僧传·竺法潜传》谓法潜是"晋丞相武昌郡公敦之弟也"(第 156 页)。《竺法崇传》:"复有释道宝者。本姓王,琅琊人,晋丞相(王)导之弟。"(第 171 页)
④ 汤用彤:《汉魏两晋南北朝佛教史》,第 311 页。
⑤ 释僧祐撰,李小荣校笺:《弘明集校笺》,第 666 页。
⑥ 汤用彤:《汉魏两晋南北朝佛教史》,第 130 页。
⑦ 释僧祐撰,李小荣校笺:《弘明集校笺》,第 254 页。
⑧ 释僧祐撰,李小荣校笺:《弘明集校笺》,第 636—637 页。
⑨ 王德华:《东晋文学的主题变迁与地域分布》,《浙江大学学报》2006 年第 1 期。

帝、丞相王茂弘、太尉庾元规并钦其风德，友而敬焉。……中宗、肃祖升遐，王、庾又薨，乃隐迹剡山，以避当世，追踪问道者，已复结旅山门"①。所谓的"以避当世"是比较委婉的说法，其实正是元帝、明帝之后，朝廷思想政策的变化②，迫使僧人离开建康。而"追踪问道者，已复结旅山门"，说明当时离开建康的士人、僧人数量颇多。荷兰汉学家许理和认为何充主政后，"对佛教在南方的兴盛所做的贡献可能超过任何其他同期的政治家。……因此，我们可以把公元346年作为第一阶段的结束：这是东南地区士大夫佛教的初创阶段，其间佛教开始渗入并开始植根于社会的最高层。"又说："与同盟褚氏在都城中多方刺激佛教的发展。何充与竺法潜和支遁关系密切；实际上，他是我们所了解的高级官员中第一位真正的佛教徒"③。因此，随着346年何充的去世，建康的佛、玄失去了一位重要的支持者④，由建康迁移到会稽的士、僧人数可能更多。汤

---

① 释慧皎撰，汤用彤校注：《高僧传》，第156页。
② 《高逸沙门传》："晋元、明二帝，游心玄虚，托情道味，以宾友礼待法师。王公、庾公倾心侧席，好同臭味也。"（《世说新语笺疏》，第323页）习凿齿《与释道安》："夫自大教东流，四百余年矣，虽藩王居士时有奉者，而真丹宿训，先行上世，道运时迟，俗未名悟，藻悦涛波，下士而已。唯肃祖明皇帝，实天降德，始钦斯道，手画如来之容，口味三昧之旨，戒行峻于岩隐，玄纲畅乎无生，大块既唱，万窍怒号。贤哲君子，靡不归宗。"（《弘明集校笺》，第639—640页）可见东晋元、明二朝对佛教是推崇的，佛教在士大夫间的流传亦始于此时。刘宋何尚之《答宋文皇帝赞扬佛教事》云："中朝已远，难复尽知；渡江以来，则王导、周顗，宰辅之冠盖，王濛、谢尚，人伦之羽仪，郗超、王坦、王恭、王谧，或号绝伦，或称独步，韶气贞情，又为物表。郭文、谢敷、戴逵等，皆置心天人之际，抗身烟霞之间。亡高祖兄弟，以清识轨世，王元琳昆季，以才华冠朝，其余范汪、孙绰、张玄、殷觊略数十人，靡非时俊。"（《弘明集校笺》，第577—578页）可见佛教在东晋士人群体间的传播已极广，这与最高统治者的提倡不无关系。
③ ［荷］许理和：《佛教征服中国》，李四龙、裴勇等译，第138、152页。
④ 《世说新语·排调》第22条载："何充往瓦官寺礼拜甚勤。"又第51条刘孝标注引《晋阳秋》云："何充性好佛道，崇修佛寺，供给沙门以百数。"《法苑珠林》卷四十二引《冥祥记》谓何充"弱而信法，心业甚精常。（《法苑珠林校注》，第1325页）于斋堂，置一空座，筵帐精华，络以珠宝，设之积年，庶降神异。后大会，道俗甚盛。"何充本即奉佛，又其为政理念、政策皆与王导相契，深得王导器重，谓必代己。《世说新语·赏誉》："丞相治扬州廨舍，按行而言曰：'我正为次道治此尔！'何少为王公所重，故屡发此叹。"刘孝标注引《晋阳秋》谓何充"思韵淹济，有文义才情，道深器之。由是少有美誉，遂历显位。导有副贰已使继相意，故屡显此指于上下"（《世说新语笺疏》，第456页）。正是这种佛教热诚及为政理念，使何充成为东晋最重要的佛教支持者。

用彤云："盖在康、穆二代（343年至361年）的活动，遁先在吴而后在剡，先是竺法深已在岬山。同居之名僧不少（如于法开、于道邃、竺法崇、竺法虔等）。其时名僧名士，群集于东土，实极盛一时也。"①《高僧传》正传所记的有"晋剡东仰山竺法潜""晋剡沃洲山支遁""晋剡山于法兰""晋剡白山于法开""晋剡葛岘山竺法崇""晋始宁山竺法义""晋山阴嘉祥寺释法虔"。严耕望据《高僧传》作《东晋时代高僧游锡地统计表》，建康23人，会稽17人，但严氏又云："建康多东晋末期，时代较后。"②胡宝国也指出："东晋后期到南朝，会稽在人文方面失去了往昔的繁荣，士人与僧人渐渐集中到都城建康。"③但这也恰恰说明在永和年间，会稽的确成为名士、名僧的群集之地。而且东晋末期会稽和建康佛教的此消彼长也是相对而言的，会稽在东晋后期并未立即失去其佛教中心的地位，这一点详见后文分析。

名僧、名士渐从建康转移到会稽，这个时间大概从庾冰在咸康六年（340）的排佛开始，此后成、康二帝，接连有桓温、殷浩北伐，朝廷的政策发生变化，未能如元、明之世注意提倡清谈，加以颇能继承王导政策的何充在346年去世，所以清谈中心明显地转移到会稽。④《世说新语·排调》："谢公在东山，朝命屡降而不动。"刘孝标注引《妇人集》："太傅东山二十余年。"⑤《晋书·谢万传》载："万再迁豫州刺史、领淮南太守、监司豫冀并四州军事、假节。……万既受任北征，矜豪傲物，

---

① 汤用彤：《汉魏两晋南北朝佛教史》，第122页。
② 严耕望：《魏晋南北朝佛教地理稿》，上海古籍出版社2007年版，第40页。
③ 胡宝国：《从会稽到建康——江左士人与皇权》，见氏著《将无同：中古史研究论文集》，中华书局2020年版，第201页。
④ 严耕望：《魏晋南北朝佛教地理稿》："建康为六代三百余年不曾迁徙之国都，在当时各国都城中最为稳定，加以东晋、南朝士大夫本尚玄学清谈，佛教义学重义理阐论，与士大夫谈玄风尚正相契合，互扇互发，蔚为时风，君主皇室又从而礼重高僧。……故南朝佛学愈后愈盛，而建康尤为全国佛学之最大中心，群僧竞相讲研，阐明义理，殆亦愈益精密，为四方僧徒所向往，故群趋建康。"（第118页）从东晋南朝的整体来讲，建康自然可以说是南方最大的佛教中心，但是具体到特定的时期，则需详加分析，如东晋穆帝永和年间，名士名僧多聚集于会稽，可以说会稽是其时最重要的佛教中心。
⑤ 余嘉锡：《世说新语笺疏》，第801页。

尝以啸咏自高，未尝抚众。兄安深忧之，自队主将帅已下，安无不慰勉。"① 据《资治通鉴》，谢万为豫州刺史受任北征，在穆帝升平二年（358）。② 谢安随谢万北征，此前则隐居东山，因此谢安大概在公元338年之前就已入东山。许询则一直居住在会稽，支遁大概在永和初到会稽，王羲之则在永和七年（351）任会稽内史。《晋书·王羲之传》："羲之雅好服食养性，不乐在京师，初渡浙江，便有终焉之志。会稽有佳山水，名士多居之，谢安未仕时亦居焉。孙绰、李充、许询、支遁等皆以文义冠世，并筑室东土，与羲之同好。"③《世说新语·文学》也说支遁、谢安、王羲之、许询等在会稽"渔弋山水，言咏属文"，至此会稽的清谈和山水游赏的风气达到鼎盛，永和九年（353）的兰亭雅集更标志着会稽成为东晋中期的文学创作中心。④ 东晋名士群集会稽，奠定了其在历史上的重要地位，明代释妙声《送臻上人西游序》云："会稽山水名天下，由晋以来群贤所游集也。"⑤ 支遁虽然没有参加永和九年（353）的兰亭雅集，⑥ 但与会稽名士群交往密切，甚至可以说他乃是这个名士群体的核心，他在会稽与诸名士的交往活动，对会稽作为清谈、文学创作中心的形成中具有重要意义。

---

① 房玄龄：《晋书》，第2098—2099页。
② 司马光：《资治通鉴》，中华书局2011年版，第3219页。
③ 房玄龄：《晋书》，第2086—2087页。
④《世说新语·企羡》刘孝标注引王羲之《临河叙》云："故列序时人，录其所述。右将军司马太原孙丞公等二十六人，赋诗如左，前余姚令会稽谢胜等十五人不能赋诗，罚酒各三斗。"参加兰亭雅集者达41人，赋诗的26人，共创作了37首诗，数量上是很可观的，可以说这是东晋时期规模最大的一次诗歌盛会。"如此规模文士雅集同题赋诗，在后世亦极少发生。"（徐公持：《魏晋文学史》，人民文学出版社1999年版，第507页）能在会稽汇集如此众多著名的文士，说明会稽的确是当时名士聚集的中心。
⑤ 台湾商务印书馆影印文渊阁《四库全书》，第1227册，第603页。
⑥ 现存《兰亭诗》未见支遁作品，宋以前提到支遁参加兰亭集会的文献材料很少，如王隐《晋书》："王羲之初渡江，会稽有佳山水，名士多居之，与孙绰、许询、谢尚、支遁等宴集于山阴之兰亭。"（《太平御览·居处部·亭》，中华书局1966年版，第937页）唐代何延之《兰亭记》所列的与会者名单中有支遁。（张彦远：《法书要录》，人民美术出版社1984年版，第124页）孙明君《兰亭雅集与会人员考辨》据相关材料推断支遁没有参加兰亭集会。（《古典文学知识》2010年第2期）

## 第二节　支遁与会稽名士群的交往及影响

支遁虽往还于会稽、建康之间，但其活动实以会稽为中心，所以《世说新语》中所载他的轶事大多发生于会稽山阴和剡县一带。特别是永和年间，会稽名士名僧群体的形成，支遁乃是其中的核心人物，与会稽诸名士有广泛的交往，从《高僧传》《世说新语》等文献来看，与支遁交游的会稽名士有王濛、谢安、孙绰、许询、王羲之、谢玄、谢万等人，而实际人数要远较此为多。本节将对其中比较重要的交往稍作考释，并分析这种交往对文学的影响。

### 一　王濛

《高僧传》载支遁初至京师得到王濛、殷融等的赏誉。据《高僧传》本传，支遁初至京师在其隐居余杭山、二十五岁出家之前，还经历了一段潜心研习佛经的过程，即"深思《道行》之品，委曲《慧印》之经"，因此支遁初到京师，当在出家前数年，大概二十岁左右。其《述怀诗》云："总角敦大道，弱冠弄双玄。"总角是童年时期，弱冠指二十岁行冠礼[1]，这是自述其未成年时期的学习情况，玄学是重要的内容，所以青年时期的支遁即长于玄学、清谈，《世说新语·赏誉》第98条刘孝标注引《支遁别传》："遁神心警悟，清识玄远。"[2] 正是本传说的"幼有神理，聪明秀彻"，因此支遁一到京师即迅速为名士所接纳，王濛将其比作王弼，殷融以之比卫玠，皆评价极高。《世说新语·伤逝》第17条刘孝标注引《濛别传》："濛以永和初卒，年三十九。"[3]《法书要录》卷九载张怀瓘《书断》谓濛"永和三年卒，年三十九"[4]。可知王濛生于308年，年长支遁六岁，支遁二十岁左右初到京师时，当王濛二十六岁，徐广

---

[1] 《礼记·曲礼上》："二十曰弱，冠。"孔颖达疏："二十成人，初加冠，体犹未壮，故曰弱也。"（孙希旦：《礼记集解》，中华书局1989年版，第13页）
[2] 余嘉锡：《世说新语笺疏》，第475页。
[3] 余嘉锡：《世说新语笺疏》，第641页。
[4] 张彦远：《法书要录》，第296页。

《晋纪》曰:"凡称风流者,皆举王、何为宗焉。"① 又《世说新语·赏誉》:"谢太傅未冠,始出西,诣王长史,清言良久。"② 谢安生于320年,未冠若以十七八岁计,其与支遁见王濛的时间不过相去三四年,但是从支遁、谢安到京师都有意要得到王濛的品评来看,说明王濛当时已是清谈的领袖。因此得到王濛的推崇,为支遁日后在士人群体中获得极高的影响力奠定了基础。

在京师相识之后,支遁与王濛的交往颇为频繁,而其交往的内容主要是玄学、清谈。《世说新语·政事》:

> 王、刘与林公共看何骠骑,骠骑看文书不顾之。王谓何曰:"我今故与林公来相看,望卿能摆拨常务,应对玄言,那得方低头看此邪?"何曰:"我不看此,卿等何以得存?"诸人以为佳。③

可见支遁与王濛、刘惔等玄学名士的交往,主要是参加以清谈为核心的各种活动,所以他们甚至要邀请不擅清谈的何充"应对玄言"。④ 这次交游的时间,据王晓毅考证,当在咸康八年(342)。⑤ 支遁《八关斋会诗序》:"间与何骠骑期,当为合八关斋,以十月二十二日集同意者,在吴县土山墓下,三日清晨为斋始,道士白衣凡二十四人,清和肃穆,莫不静畅,至四日朝,众贤各去。余既乐野室之寂,又有掘药之怀,遂便独住。"此次八关斋会,可能就是支遁与王濛、刘惔等人去看何充的时候约定的,因此王濛等人也很可能参加了。值得注意的是,这次八关斋会还有作诗活动,支遁《八关斋诗三首》即作于此时,如第一首:

---

① 余嘉锡:《世说新语笺疏》,第520页。
② 余嘉锡:《世说新语笺疏》,第464页。
③ 余嘉锡:《世说新语笺疏》,第182页。
④ 《世说新语·政事》刘孝标注引《晋阳秋》曰:"何充与王濛、刘惔好尚不同,由此见讥于当世。"(《世说新语笺疏》,第182页)又《品藻》篇:"王丞相云:'见谢仁祖恒令人得上。'与何次道语,唯举手指地曰:'正自尔馨!'"刘孝标注曰:"或清言析理,何不逮谢故邪?"(《世说新语笺疏》,第517页)
⑤ 王晓毅:《支道林生平事迹考》,《中华佛学学报》1995年第8期。

建意营法斋，里仁契朋俦。相与期良晨，沐浴造闲丘。穆穆升堂贤，皎皎清心修。窈窕八关客，无棳自绸缪。寂默五习真，亹亹励心柔。法鼓进三劝，激切清训流。凄怆愿弘济，阖堂皆同舟。明明玄表圣，应此童蒙求。存诚夹室裹，三界赞清休。嘉祥归宰相，蔼若庆云浮。

"建意营法斋，里仁契朋俦"，即诗序讲的与王濛等人去看何充时，约定举行八关斋会，"朋俦"，当即指何充、王濛等人。诗歌叙述了此次八关斋会的缘起、道俗诸人在斋会中的心境、宏愿等。三首诗虽然都是佛理题材，但是没有完全成为枯燥的义理阐述，尤其是第三首，已经可以称得上是山水诗，有较为成功的山水描写和诗人形象。支遁似有意识地追求义理、辞藻的结合，这与东晋清谈的总体风格是比较相似的，相对于其他清谈名士，支遁比较好地将清谈与诗歌结合起来，将清谈的义理辞藻转化为诗歌艺术和形象。但是总体上来讲，支遁的清谈、诗歌等也仍然是在当时清谈风气下发展出来的，特别是与作为清谈领袖的王濛等人的交往，对支遁不无影响。王濛的清谈注重辞藻、声音之美，如《世说新语·品藻》载："刘尹至王长史许清言，时苟子年十三，倚床边听。既去，问父曰：'刘尹语何如尊？'长史曰：'韶音令辞，不如我；往辄破的，胜我。'"[①] 又《世说新语·赏誉》："谢公云：'长史语甚不多，可谓有令音。'刘孝标注："《王濛别传》曰：'濛性和畅，能清言，谈道贵理中，简而有会，商略古贤，显默之际，辞旨劭令，往往有高致。'"[②] 所谓的"韶音令辞""辞旨劭令"就是清谈的声音动听、辞采优美，这是王濛清谈的特点，并为时人所重。支遁一入士林即得王濛赏识，加以日后二人交往频繁，故支遁之清谈颇受王濛的影响，但是在辞藻上，支遁在语言优美之上还追求丰蔚的修辞。

《世说新语·赏誉》：

---

① 余嘉锡：《世说新语笺疏》，第526页。
② 余嘉锡：《世说新语笺疏》，第487页。

> 王、刘听林公讲，王语刘曰：'向高坐者，故是凶物。'复东听，王又曰：'自是钵钎后王、何人也。'"①

刘孝标注引《高逸沙门传》曰："王濛恒寻遁，遇祇洹寺中讲，正在高坐上，每举麈尾，常领数百言，而情理俱畅，预坐百余人，皆结舌注耳。濛云：'听讲众僧，向高坐者，是钵钎后王、何人也。'"《世说新语》的这段记载，其实是支遁与王濛两次交往之事，先在京师听支遁讲经，后又"东听"，这个"东"指的是会稽，即到会稽祇洹寺复听支遁讲。王濛卒于永和三年（347），故此次会稽听讲当在永和元年（345）、二年（346）间。②《高僧传》作王濛叹曰："实缁钵之王、何也。"即谓支公善谈名理，乃沙门中之王弼、何晏，正是王濛初见支遁时感叹的"寻微之功，不减辅嗣"之义，益可见支遁在士林中的地位。

《世说新语·文学》：

> 支道林、许、谢盛德，共集王家，谢顾诸人曰：今日可谓彦会，时既不可留，此集固亦难常，当共言咏，以写其怀。许便问主人：有庄子不？正得渔父一篇。谢看题，便各使四坐通。支道林先通，作七百许语，叙致精丽，才藻奇拔，众咸称善。于是四坐各言怀毕。谢问曰：卿等尽不？皆曰：今日之言，少不自竭。谢后粗难，因自叙其意，作万余语，才峰秀逸，既自难干，加意气凝托，萧然自得，四坐莫不厌心。支谓谢曰：君一往奔诣，故复自佳耳。③

刘孝标注许、谢、王为"许询、谢安、王濛"。王濛卒于永和三年（347），谢安在升平四年（360）前，主要隐居于会稽东山，与许询、支遁等游山玩水、清谈咏诗，所以此次名士聚会，应该是在王濛在会稽的住处，时间或在王濛到会稽听支遁讲经之后，亦即永和元年（345）、二

---

① 余嘉锡：《世说新语笺疏》，第 478 页。
② 王晓毅：《支道林生平事迹考》系之于永和元年（345）。（《中华佛学学报》1995 年第 8 期）
③ 余嘉锡：《世说新语笺疏》，第 237 页。

年（346）间，程炎震谓："盖王濛为长山令，尝至东耳。"① 《世说新语·赏誉》云："刘尹每称王长史云：'性至通，而自然有节。'"刘孝标注引《王濛别传》曰："濛之交物，虚己纳善，恕而后行，希见其喜愠之色。凡与一面，莫不敬而爱之。"② 这是作为清谈领袖和组织者具有的良好素养，所以此次聚会或即作为清谈领袖的王濛所召集的。可见支遁与王濛交往颇多，而且两人的交往主要集中于玄学、清谈，都重视清谈辞藻，带有比较明显的文学色彩。

**二 谢安**

《高僧传·支遁传》载支遁：

> 年二十五出家，每至讲肆，善标宗会，而章句或有所遗，时为守文者所陋。谢安闻而善之，曰："此乃九方堙之相马也，略其玄黄而取其骏逸。"③

《世说新语·赏誉》："谢太傅未冠，始出西，诣王长史，清言良久。去后，苟子问曰：'向客何如尊？'长史曰：'向客亹亹，为来逼人。'"④ 这条材料前文已稍作分析，谢安生于320年，其见王濛当在公元339年之前。支遁在余杭山出家后重游京师，支遁此时已成为成熟的清谈家，得到士林的关注，谢安当已亲自听过支遁的清谈，故为其清谈风格辩护。支遁、谢安初到京师，都拜访了王濛，两人很可能即通过王濛而结识的。

《世说新语·雅量》刘孝标注引《中兴书》云：

> 安先居会稽，与支道林、王羲之、许询共游处。出则渔弋山水，入则谈说属文，未尝有处世意也。⑤

---

① 余嘉锡：《世说新语笺疏》，第228页。
② 余嘉锡：《世说新语笺疏》，第469—470页。
③ 释慧皎撰，汤用彤校注：《高僧传》，第159页。
④ 余嘉锡：《世说新语笺疏》，第464页。
⑤ 余嘉锡：《世说新语笺疏》，第369页。

支遁与谢安、王羲之、许询等人在会稽游山玩水,在王羲之为会稽太守之后,《世说新语·文学》载:"王逸少作会稽,初至,支道林在焉。孙兴公谓王曰:支道林拔新领异,胸怀所及乃自佳,卿欲见不?王本自有一往隽气,殊自轻之。"① 据《晋书》之《王羲之传》及《王述传》,王羲之为会稽太守在永和七年(351),而永和九年(353)三月三日的兰亭集会支遁没有参加,以支遁的地位及其与士人群体的密切关系,此殊难理解,最大的可能是支遁此时已离开了会稽,故支遁与王、谢诸人的游处当在永和七年至九年(351—353)之间。除了游玩观赏山水和清谈之外,颇值得注意的是,他们还一起进行文学创作,这对增强士人群体的文学创作氛围是有积极促进作用的。王羲之等人在之后组织的兰亭集会,就既是一次清谈盛会,又是一次文学盛会,可能与支遁、谢安等人之前的这种清谈与文学创作共同进行的交往方式不无关系。对比一下支遁的诗与兰亭诸作,在观赏山水、表现玄理等方面颇多相似之处,可见其端倪,这一点我们将在探讨支遁文学创作时详作考察。

《高僧传》本传记载支遁:

> 后还吴,立支山寺,晚欲入剡,谢安为吴兴,与遁书曰:"思君日积,计辰倾迟,知欲还剡自治,甚以怅然。人生如寄耳,顷风流得意之事,殆为都尽,终日戚戚,触事惆怅,唯迟君来,以晤言消之,一日当千载耳。此多山县,闲静差可养疾,事不异剡,而医药不同。必思此缘,副其积想也。"②

《晋书·谢安传》:"温当北征,会万病卒,安投笺求归。寻除吴兴太守。"③ 据《资治通鉴》桓温北伐在升平五年(361)九月。④《晋书·谢万传》载谢万败后被废为庶人,"后复以为散骑常侍,会卒,时年四十

---

① 余嘉锡:《世说新语笺疏》,第 223 页。
② 释慧皎撰,汤用彤校注:《高僧传》,第 160 页。
③ 房玄龄:《晋书》,第 2073 页。
④ 司马光:《资治通鉴》,第 3236 页。

二，因以赠"①。《艺文类聚》卷四十八引《中兴书》云："谢万，升平五年诏曰：'前西中郎万，才义简亮，宜居献替，其为散骑常侍。'"② 可见谢万卒于升平五年（361），谢安为吴兴太守即在此年。又《高僧传》本传载："至晋哀帝即位，频遣两使，征请出都。止东安寺，讲《道行般若》，白黑钦崇，朝野悦服。……遁淹留京师，涉将三载，乃还东山，上书告辞曰：……。"③ 晋哀帝于升平五年（361）五月即位，故支遁上书告辞在接受征请的三年之后，即在兴宁二年（364），谢安此书即作于支遁欲还东山之时。汤用彤认为："盖在成帝末年，王导逝世后，经康、穆二代，南朝佛教颇为消沉。成康之际，竺法深、支道林相继隐迹东山。清谈之风因桓温、殷浩之北伐，朝廷清谈者寝息。虽简文专总万机，殷浩参决朝政，然清流名士多居东土，而以王羲之、谢安为之首。逸少永和中在会稽，有终焉之志。谢安约于升平三年（359）为吴兴太守，其致支遁书曰：……成帝之世清谈消歇，而名僧东下，清流之中心乃在会稽一带。及哀帝后，而佛法清言并盛于朝堂。由此而名僧名士中相互关系，益可见矣。"④ 哀帝之后，会稽的名士群体大体消散，许询在永和九年（353）的兰亭集会前已去世，谢万、王羲之在哀帝即位之前辞世，孙绰则因仕途而离开了会稽，《晋书·孙绰传》载："会稽内史王羲之引为右军长史。转永嘉太守，迁散骑常侍，领著作郎。"⑤ 大概在永和十一年（355）王羲之辞官之后，⑥ 会稽的名士群体就逐渐消散了，至哀帝时，清谈中心已重新转移到了京师，即谢安所说的"顷风流得意之事，殆为都尽"，这是当时的实际情形，也是谢安作书与支遁的大背景，信中充满了对友朋零落、今非昔比的感伤，文风近于魏文帝曹丕《与吴质书》，说明玄学名士也并不是完全排斥情感的。

---

① 房玄龄：《晋书》，第 2087 页。
② 欧阳询撰，汪绍楹校：《艺文类聚》，上海古籍出版社 1999 年版，第 870 页。
③ 释慧皎撰，汤用彤校注：《高僧传》，第 161 页。
④ 汤用彤：《汉魏两晋南北朝佛教史》，第 130 页。
⑤ 房玄龄：《晋书》，第 1545 页。
⑥ 房玄龄：《晋书·王羲之传》载王羲之于永和十一年（355）三月在父母墓前自誓去官。（第 2101 页）

### 三 许询

许询的生平不见于唐人所修《晋书》，唐代许嵩《建康实录》卷八有《许询传》：

> 许询字玄度，高阳人。父归，以琅琊太守随中宗过江，迁会稽内史，因家于山阴。询幼冲灵，好泉石，清风朗月，举酒永怀。中宗闻而征为议郎，辞不受职，遂托迹居永兴。肃宗连徵司徒掾，不就。乃策杖披裘，隐于永兴西山，凭树构堂，萧然自致。至今此地名为萧山。遂舍永兴、山阴二宅为寺，家财珍异，悉皆是给。既成，启奏孝宗，诏曰："山阴旧宅为祇洹寺，永兴新居为崇化寺。"询乃于崇化寺造四层塔，物产既罄，犹欠露盘相轮。一朝风雨，相轮等自备，时所访问，乃是剡县飞来。既而，移皋屯之岩，常与沙门支遁及谢安、王羲之等同游往来，至今皋屯呼为许玄度岩也。①

许询"舍永兴、山阴二宅为寺，家财珍异，悉皆是给"，可见其笃信佛教。《世说新语·文学》：

> 许掾年少时，人以比王苟子。许大不平。时诸人士及于法师并在会稽西寺讲，王亦在焉。许意甚忿，便往西寺与王论理，共决优劣。苦相折挫，王遂大屈。许复执王理，王执许理，更相覆疏，王复屈。许谓支法师曰："弟子向语何似？"支从容曰："君语佳则佳矣，何至相苦邪？岂是求理中之谈哉？"

许询曾被司徒蔡谟辟为掾，故称为许掾。② 王苟子即王修，《法书要录》

---

① 许嵩著，张忱石点校：《建康实录》，中华书局1986年版，第216页。
② 《文选》卷三十一江淹《杂体诗》李善注引《晋中兴书》云："司徒蔡谟辟不起。"（李善注《文选》，第450页）可知征辟他为掾的是蔡谟。《晋书·蔡谟传》云："康帝即位，征拜左光禄大夫，开府仪同三司，领司徒，代殷浩为扬州刺史，又录尚书事，领司徒如故。初，谟冲让不辟僚佐，屡敦逼之，始取掾属。"（《晋书》，第2039页）

卷九载张怀瓘《书断》谓王修"升平元年卒，年二十四"。① 其生卒年为334—357年。许询生卒年不详②，程炎震谓或与王修年相若③。《世说新语·文学》："王敬仁年十三，作《贤人伦》。长史送真长，真长答云：'见敬仁所论，便足参微言。'"④ 支遁亦谓："王敬仁是超悟人。"⑤ 可见王苟子是早慧的清谈名士。《世说新语·言语》第69条刘孝标注引《续晋阳秋》谓许询："总角秀惠，长而风情简素。司徒掾辟，不就，早卒。"⑥ 两人都被称为神童，年龄又相仿，相遇时不免较量一番。据前文分析，王修大概是在永和元年（345）、二年（346）间跟随其父王濛到会稽，二人辩论的地点是支遁讲经的西寺。⑦ 这次辩论直为许询的意气之争，非以名理奇藻、辨玄析理为目的，因此受到支遁的批评。魏晋人清谈虽然也不乏辞锋犀利、争强好胜，但支遁认为这种苦相折挫已偏离了清谈的本意，非"理中"之谈。以支遁的地位，他的批评或正促进许询清谈风格的转变，许询后来与支遁、王羲之、谢安、孙绰等人颇相得，大概与支遁影响下清谈风格的转变不无关系。

如《世说新语·文学》：

　　支道林、许掾诸人共在会稽王斋头。支为法师，许为都讲。支通一义，四座莫不厌心。许送一难，众人莫不抃舞。但共嗟咏二家

---

① 张彦远：《法书要录》，第297页。
② 曹道衡《晋代作家六考》认为，其生年不早于晋成帝咸和至咸康年间（326—340），约卒于永和年间（345—356）。（载《中古文学史论文集》，中华书局1986年版，第315页）张可礼《许询生年和曹毗卒年新说》则将许询生年具体到咸和五年（330）前后。（《山东大学学报》1988年第2期）《世说新语·规箴》："王右军与王敬仁、许玄度并善。二人亡后，右军论议更克。"可见许询先于王羲之卒，又《真诰》《书断》载王卒于升平五年（361），许询必卒于361年前，则许询享年三十岁左右，与王修的生卒年相若。
③ 余嘉锡：《世说新语笺疏》，第125页。
④ 余嘉锡：《世说新语笺疏》第260页。
⑤ 余嘉锡：《世说新语笺疏》，第483页。
⑥ 余嘉锡：《世说新语笺疏》，第127页。
⑦ 李慈铭："西寺即光相寺，在西郭西光坊下岸光相桥之北。……光相寺者，传是晋义熙中寺发瑞光，安帝因赐此额。西光坊本名西光相坊，其东曰东光相坊，坊与桥皆因寺得名者。"（《世说新语笺疏》，第226页）

之美，不辨其理之所在。①

刘孝标注引《高逸沙门传》曰："道林时讲《维摩诘经》。"程炎震云："《高僧传》四云：'遁晚出山阴，讲《维摩经》，遁为法师，许为都讲。'则非在会稽王斋头也。"② 兴宁二年（364），支遁上书告辞哀帝重回会稽，"既而收迹剡山，毕命林泽"，所谓的"晚出山阴"若指此事，则其时许询早已去世。所以《高僧传》所说的"遁为法师，许为都讲"，或在永和七年至九年（351—353）间许询与支遁、谢安等在会稽渔弋山水之时。但据《晋书·简文帝纪》："永和元年，崇德太后临朝，进位抚军大将军、录尚书六条事。二年，骠骑何充卒，崇德太后诏帝专总万机。"③ 则会稽王司马昱在永和二年（346）之后即在朝辅政。又《世说新语·言语》："刘真长为丹阳尹，许玄度出都就刘宿。床帷新丽，饮食丰甘。许曰：'若保全此处，殊胜东山。'刘曰：'卿若知吉凶由人，吾安得不保此！'王逸少在坐曰：'令巢、许遇稷、契，当无此言。'二人并有愧色。"④《晋书·刘惔传》："以惔雅善言理，简文帝初作相，与王濛并为谈客，俱蒙上宾礼。……累迁丹阳尹。"⑤ 则刘惔为丹阳尹必在简文帝辅政的永和二年（346）之后。又《建康实录》卷八云："（永和三年）十二月，以侍中刘惔为丹阳尹。"⑥《赏誉》："许掾尝诣简文，尔夜风恬月朗，乃共作曲室中语。襟怀之咏，偏是许之所长。辞寄清婉，有逾平日。简文虽契素，此遇尤相咨嗟，不觉造膝，共叉手语，达于将旦。"刘孝标注引《续晋阳秋》曰："许询能言理，曾出都迎姊，简文皇帝、刘真长说其情旨及襟怀之咏，每造膝赏对，夜以继日。"⑦《晋书·刘惔传》载孙绰尝诣褚裒，"言及惔，流涕。"⑧ 据《晋书·简文帝纪》，褚裒卒于永和五年

---

① 余嘉锡：《世说新语笺疏》，第 227 页。
② 余嘉锡：《世说新语笺疏》，第 227 页。
③ 房玄龄：《晋书》，第 220 页。
④ 余嘉锡：《世说新语笺疏》，第 127 页。
⑤ 房玄龄：《晋书》，第 1990—1991 页。
⑥ 许嵩：《建康实录》，第 216 页。
⑦ 余嘉锡：《世说新语笺疏》，第 491 页。
⑧ 房玄龄：《晋书》，第 1992 页。

（349）十二月，刘惔必卒于此前，故许询与简文帝、刘惔清谈在永和五年（349）之前。可见支遁与许询在会稽王斋头大概在永和三年至五年（347—353）间。这次清谈的一大特点是声情极美，乃至令人"不辨理之所在"。《高僧传》载颜延之与慧严辩论，往复终日。文帝笑曰："公等今日，无愧支、许。"① 支遁、许询这次讲经不仅为当时听者所赞美，至刘宋仍为人所仰望，唐代诗僧贯休《禅月集》卷十九《蜀王入大慈寺听讲》："只缘支遁谭经妙，所以许询都讲来。"其影响可谓大矣。又如《世说新语·雅量》刘孝标注引《中兴书》载许询与支遁、谢安、王羲之等共游处，"出则渔弋山水，入则谈说属文"，这一段前文已作过分析，其时间即在永和七年至九年（351—353）之间，正是许询与王修论辩而为支遁批评之后。这也可以见出支遁对东晋清谈的影响。

另外值得注意的是，许询等人与支遁的交往中除游山玩水与清谈外，还进行文学创作。《续晋阳秋》："询有才藻，善属文。……询及太原孙绰转相祖尚，又加以三世之辞，而《诗》《骚》之体尽矣。询、绰并为一时文宗，自此作者悉体之。"②《世说新语·品藻》："孙兴公、许玄度皆一时名流。或重许高情，则鄙孙秽行；或爱孙才藻，则无取于许。"刘孝标注引宋明帝《文章志》曰："绰博涉经史，长于属文，与许询俱与负俗之谈。"③ 从这些材料来看，许询与孙绰虽并称"文宗"，但在博涉与才藻上许实不如孙，《世说新语·品藻》载："支道林问孙兴公：'君何如许掾？'孙曰：'高情远致，弟子早已服膺；一吟一咏，许将北面。'"④ 可以说许询的"文宗"地位主要是来自玄言诗创作，恰恰是对传统《诗》《骚》之体的偏离，这一点许询似比"博涉经史"的孙绰更为彻底和纯粹。从诗体上看，玄言诗以四言体为主，许询现存诗虽极少，但可以推测其诗歌当主要是采用四言体。但简文帝又云："玄度五言诗，可谓妙绝时人。"⑤ 可见许询也不废五言诗创作，逯钦立所辑《先秦汉魏晋南北朝

---

① 释慧皎撰，汤用彤校注：《高僧传》，第 262 页。
② 余嘉锡：《世说新语笺疏》，第 262 页。
③ 余嘉锡：《世说新语笺疏》，第 532 页。
④ 余嘉锡：《世说新语笺疏》，第 528 页。
⑤ 余嘉锡：《世说新语笺疏》，第 262 页。

诗》载其残诗断句三首，宋《嘉泰会稽志》载有许询佚诗一句，卷九"北干山"条："在县北一里。《旧经》云：晋许询家于此山之阳，其诗云：'萧条北干园。'"又卷十三"许询园"条："在萧山县北干山下。《图经》云询家此山之阳，故其诗曰：'萧条北干园'也。"汉魏文人五言诗源自汉乐府，西晋末的大乱使汉魏乐府散佚殆尽，因此东晋一代文人几无拟乐府创作，特别是士族士人跟当时还被认为是俗体的汉魏西晋五言体是很隔阂的。① 因此，高雅迈俗的许询，其五言诗的渊源既非直接来自汉魏西晋文人五言诗传统，也非来自民间的吴声歌，其五言诗创作或与支遁有直接的关系。

## 四 孙绰

《世说新语·文学》："有北来道人好才理，与林公相遇于瓦官寺，讲《小品》。于时竺法深、孙兴公悉共听。此道人语，屡设疑难，林公辩答清晰，辞气俱爽。此道人每辄摧屈。孙问深公：'上人当是逆风家，向来何以都不言？'深公笑而不答。林公曰：'白旃檀非不馥，焉能逆风？'深公得此意，夷然不屑。"②

《高僧传·竺法潜传》："晋永嘉初避乱过江，中宗元皇及肃祖明帝，丞相王茂弘、太尉庾元规，并钦其风德友而敬焉。建武太宁中，潜恒着屐至殿内，时人咸谓方外之士，以德重故也。中宗、肃祖升遐，王、庾又薨，乃隐迹剡山以避当世，追踪问道者已复结旅山门。潜优游讲席三十余载，或畅方等，或释老庄，投身北面者莫不内外兼洽。至哀帝好重佛法，频遣两使殷勤征请，潜以诏旨之重暂游宫阙。"③ 竺法深有两段在建康的时期，一是过江之后到庾亮去世的 340 年；二是晋哀帝即位之后

---

① 挚虞《文章流别论》即谓五言为俳偕倡乐多用之。《世说新语·排调》："袁羊尝诣刘恢，恢在内眠未起。袁因作诗调之曰：'角枕粲文茵，锦衾烂长筵。'"（第 806 页）可见当时的士族士人对五言体仍有一种娱乐的态度。
② 余嘉锡：《世说新语笺疏》，第 218 页。
③ 释慧皎撰，汤用彤校注：《高僧传》，第 156 页。

(361)。支遁出家之后（338）至永和元年（345）也常游京师，《高僧传》本传载："至晋哀帝即位，频遣两使，征请出都，止东安寺，讲《道行般若》，白墨钦崇，朝野悦服。"① 所以孙绰与竺法深在瓦官寺听支遁讲《小品》就在这两个时间段内。关于瓦官寺的建造时间，《高僧传·释慧力传》："释慧力，未知何人，晋永和中来游京师……至晋兴宁中，启乞陶处以为瓦官寺。"② 宋代志磐《佛祖统纪》："兴宁元年，诏以瓦官窑地赐沙门慧力建瓦官寺。"③ 许嵩《建康实录》云："（晋哀帝兴宁二年）诏移陶官于淮水北，遂以南岸窑地施僧慧力，造瓦官寺。"④ 故王晓毅将此事系于这年。但是《世说新语·排调》载："何次道往瓦官寺礼拜甚勤。"⑤ 何充卒于346年，此时已有瓦官寺，又《高僧传·竺僧敷传》："西晋末乱，移居江左，止京师瓦官寺。"⑥ 可见瓦官寺的创建远在兴宁二年（364）之前。《世说新语·排调》："支道林因人就深公买印山，深公答曰：'未闻巢、许买山而隐。'"⑦《高逸沙门传》曰："遁得深公之言，惭恧而已。"⑧ 永和十一年（355）王羲之辞去会稽内史，会稽名士群体渐次离散，《高僧传》记载支遁与王羲之在永和七年（351）谈论《逍遥游》后，"俄又投迹剡山，於沃州小岭立寺行道，僧众百余，常随禀学。"⑨ 从其因人就竺法深买山的行为来看，此时支遁与法深的关系似颇为疏远，《高僧传·竺法潜传》载此后支遁与高丽道人书云："上座竺法深，中州刘公之弟子。体德贞峙，道俗纶综。往在京邑，维持法网，内外具瞻，弘道之匠也。"⑩ 可见隐居沃州小岭后，或因双方交往增多，支遁对法深已极为推崇。从支遁与法深关系来看，孙绰与法深在瓦官寺听

---

① 释慧皎撰，汤用彤校注：《高僧传》，第161页。
② 释慧皎撰，汤用彤校注：《高僧传》，第480页。
③ 志磐撰，释道法校注：《佛祖统纪》，上海古籍出版社2012年版，第824页。
④ 许嵩撰，张忱石点校：《建康实录》，第233页。
⑤ 余嘉锡：《世说新语笺疏》，第799页。
⑥ 释慧皎撰，汤用彤校注：《高僧传》，第196页。
⑦ 余嘉锡：《世说新语笺疏》，第802页。
⑧ 余嘉锡：《世说新语笺疏》，第802页。
⑨ 释慧皎撰，汤用彤校注：《高僧传》，第160页。
⑩ 释慧皎撰，汤用彤校注：《高僧传》，第157页。

支遁与北来道人讲《小品》，似当在法深离开建康隐居剡山的340年之前。此时孙绰正任职于建康，《晋书·孙绰传》："征西将军庾亮请为参军，补章安令，征拜太学博士，迁尚书郎。"① 可见支遁与孙绰交往甚早。

《晋书·孙绰传》载："绰字兴公。博学善属文，少与高阳许询俱有高尚之志。居于会稽，游放山水，十有余年，乃作《遂初赋》以致其意。"② 又《晋书·孙统传》："幼与绰及从弟盛过江。诞任不羁，而善属文，时人以为有楚风。征北将军褚裒闻其名，命为参军，辞不就，家于会稽。"③ 可见孙绰自幼居于会稽，其《遂初赋序》云："余少慕老庄之道，仰其风流久矣。却感于陵贤妻之言，怅然悟之。乃经始东山，建五亩之宅，带长阜，倚茂林，孰与坐华幕、击钟鼓者，同年而语其乐哉。"谢安未仕前隐居东山二十余年，因此孙绰与谢安在青年时期即应相熟知。孙绰《赠谢安诗》云："庭无乱辙，室有清弦。足不越疆，谈不离玄。"诗歌赞美谢安隐居东山的生活，诗的结语云："交存风流，好因维絷。自我不遘，寒暑三袭。……与尔造玄，迹未偕入。鸣翼既舒，能不鹤立。整翰望风，庶同遥集。"《晋书》本传载："征西将军庾亮请为参军，补章安令，征拜太学博士，迁尚书郎。扬州刺史殷浩以为建威长史。会稽内史王羲之引为右军长史。"④ 据《晋书·穆帝纪》："（永和二年）三月丙子，以前司徒左长史殷浩为建武将军、扬州刺史。"⑤ 孙绰大概就是在永和二年（346）随殷浩入扬州，《赠谢安诗》或作于其即将随殷浩入扬州之时，会稽属扬州，故诗云："整翰望风，庶同遥集"。支遁也在永和元年（345）、二年（346）到会稽。⑥ 孙绰与许询关系密切，《晋书》本传谓其"少与高阳许询俱有高尚之志"。二人又皆崇尚玄、佛，因此，在支遁初到会稽时即与孙、许相知。《世说新语·赏誉》："孙兴公、许玄度共

---

① 房玄龄：《晋书》，第1544页。
② 房玄龄：《晋书》，第1544页。
③ 房玄龄：《晋书》，第1543页。
④ 房玄龄：《晋书》，第1544—1545页。
⑤ 房玄龄：《晋书》，第192页。
⑥ 王晓毅：《支道林生平事迹考》，《中华佛学学报》1995年第8期。

在白楼亭共商略先往名达。林公既非所关，听讫云：'二贤故自有才情。'"① 前文分析支遁与许询的交往在永和元年（345）、二年（346）支遁初入会稽之时，故此事当即在支遁南下会稽之初。可见支遁与谢安、孙绰、许询等，这些东晋中期最具有代表性的名士，在永和初即已群集于会稽。《世说新语·文学》：

> 王逸少作会稽，初至，支道林在焉。孙兴公谓王曰：支道林拔新领异，胸怀所及乃自佳，卿欲见不？②

王羲之为会稽内史在永和七年（351），《晋书·孙绰传》载王羲之为会稽内史引孙绰为右军长史。孙绰向王羲之引见支遁即在永和七年（351），此时孙绰与支遁已在会稽游处多年。《世说新语·品藻》载支道林问孙绰与许询之优劣，孙绰曰："高情远致，弟子早已服膺；一吟一咏，许将北面。"③ 自称弟子可见孙绰对支遁极敬服。支遁和孙绰皆义理、文学兼擅，这也是两人交往的主要内容，如支遁《咏禅思道人》："孙长乐作道士坐禅之像，并而赞之，可谓因俯对以寄诚心。"又《高僧传·竺昙摩罗刹传》："支遁为之像赞云……后孙绰制《道贤论》，以天竺七僧，方竹林七贤，以护匹山巨源。"④ 其《天台山赋》多用佛教名理，如"即有而得玄"的方法更显然是源于支遁"即色游玄"论。

在文学上支遁与孙绰也颇多共同之处，支遁注重辞藻丰蔚之美，其文学观念颇受西晋人影响，这一点将在后文详细分析。孙绰也以"博学善属文"著称，宋明帝《文章志》谓其"博涉经史，长于属文"⑤，这种博学的学风近于魏晋人，因此孙绰也比较接受晋西人注重华美的文学观，如《世说新语·文学》载："孙兴公云：'潘文灿若披锦，无处不善；陆文若排沙简金，往往见宝。'""孙兴公云：'潘文浅而净，陆文深而芜。'"

---

① 余嘉锡：《世说新语笺疏》，第482页。
② 余嘉锡：《世说新语笺疏》，第223页。
③ 余嘉锡：《世说新语笺疏》，第528页。
④ 释慧皎撰，汤用彤校注：《高僧传》，第23—24页。
⑤ 余嘉锡：《世说新语笺疏》，第532页。

又,"孙兴公道曹辅佐才如白地明光锦,裁为负版绔,非无文采,酷无裁制。"① 所引这几段对西晋作家的评价,实际上即体现了孙绰的文学观,孙绰虽取西晋文学之华美而去其繁芜,但与支遁相近的是他们都比较自觉学习西晋诗风。其《秋日诗》:"萧瑟仲秋月,飂戾风云高。山居感时变,远客兴长谣。疏林积凉风,虚岫结凝霄。湛露洒庭林,密叶辞荣条。抚菌悲先落,攀松羡后凋。垂纶在林野,交情远市朝。淡然古怀心,濠上岂伊遥。"虽然表现了道家式的人格和情感,但感物兴思的写法则来自西晋,诗中的景物描写亦颇学张协《杂诗》。孙绰虽被称为"一时文宗",但现存诗只有十三首,且多四言赠答诗,从东晋中期诗歌的发展来看,《秋日诗》更直接的渊源或与支遁的诗歌创作有关联,其风格及体物艺术即与支遁《八关斋诗》其三、《咏怀诗》其三颇为接近。孙绰的名作《游天台山赋》更是明显受到支遁思想的影响:

> 于是游览既周,体静心闲。害马已去,世事都捐。投刃皆虚,目牛无全。凝思幽岩,朗咏长川。尔乃羲和亭午,游气高褰,法鼓琅以振响,众香馥以扬烟。肆觐天宗,爰集通仙。挹以玄玉之膏,漱以华池之泉;散以象外之说,畅以无生之篇。悟遗有之不尽,觉涉无之有间;泯色空以合迹,忽即有而得玄;释二名之同出,消一无于三幡。恣语乐以终日,等寂默于不言。浑万象以冥观,兀同体于自然。

这是《游天台山赋》的最后一段,杂糅了玄学、佛教、仙道等诸多概念,如象外、无生、有无、色空、法鼓、应真、三幡等,显示了东晋玄佛合流的思想特点,但其观物、运思的方式则是"泯色空以合迹,忽即有而得玄"两句,这正是支遁"即色游玄"的直观体现。而赋中华丽精妙的山水描写,道释仙灵神秘气氛的渲染,皆与平淡之体的玄言诗不同,"在某种程度上预见了后世山水诗的发展"。② 如:

---

① 余嘉锡:《世说新语笺疏》,第261、269、271页。
② [美]梅维恒主编:《哥伦比亚中国文学史》,第288页。

赤城霞起而建标，瀑布飞流以界道。睹灵验而遂阻，忽乎吾之将行。仍羽人于丹丘，寻不死之福庭。苟台岭之可攀，亦何羡于层城？释域中之常恋，畅超然之高情。被毛褐之森森，振金策之铃铃。披荒榛之蒙茏，陟峭崿之峥嵘。济栖溪而直进，落五界而迅征。跨穹窿之悬磴，临万丈之绝冥。践莓苔之滑石，搏壁立之翠屏。揽樛木之长萝，援葛藟之飞茎。……恣心目之寥朗，任缓陟之从容。藉萋萋之纤草，荫落落之长松。窥翔鸾之裔裔，听鸣凤之嘤嘤。过灵溪而一濯，疏烦想于心胸。……陟降信宿，迄于仙都。双阙云竦以夹路，琼台中天而悬居。朱阙玲珑于林间，玉堂阴映于高隅。彤云斐亹以翼棂，皎日炯晃于绮疏。八桂森挺以凌霜，五芝含秀而晨敷。惠风伫芳于阳林，醴泉涌溜于阴渠。建木灭景于千寻，琪树璀璨而垂珠。王乔控鹤以冲天，应真飞锡以蹑虚。驰神辔之挥霍，忽出有而入无。

刘师培《中国中古文学史》说："孙绰《天台山赋》，词旨清新，于晋赋最为特出。其他诸家所作，大抵规模前作，少有新体。"① 《天台山赋》的"新"在于体现了一种新的审美和艺术表现方式，这是在东晋玄佛合流的思想背景下实现的，尤其与支遁的"即色游玄"有直接的关系。赋序云："余所以驰神运思，昼咏宵兴，俯仰之间，若已再升者也。方解缨络，永托兹岭，不任吟想之至，聊奋藻以散怀。"所谓的"奋藻以散怀"即铺采摛文以抒怀，这种文学观念与支遁《五月长斋诗》："掇烦练陈句，临危折婉章。浩若惊飙散，㸌若辉夜光。"所表现的丰蔚修辞十分接近，而皆源自陆机《文赋》"缘情而绮靡"之说。《文选·游天台山赋》李周翰注："孙绰为永嘉太守，意将解印以向幽寂，闻此山神秀，可以长往，因使图其状，遥为之赋。"② 孙绰曾为王羲之的右军长史，永和十一年（355）王羲之辞官后，孙绰转为永嘉太守，此赋即作于永嘉太守的任上。

---

① 刘师培：《中国中古文学史讲义》，上海古籍出版社2000年版，第62页。
② 李善、吕延济、刘良、张铣、吕向、李周翰：《六臣注文选》，中华书局1987年版，第209页。

《世说新语·品藻》载支遁问孙绰与许询之高下，孙曰："高情远致，弟子早已服膺；一吟一咏，许将北面。"① 赋云："释域中之常恋，畅超然之高情。"这或是对当时支遁之问的某种回应。又支遁有《天台山铭》，《文选·游天台山赋》李善注引了两处支遁《天台山铭》，其一《游天台山赋》解题李善注："支遁《天台山铭》序曰：余览《内经·山记》云：剡县东南有天台山。"其二"赤城霞起以建标"李善注："支遁《天台山铭》序曰：往天台山，当由赤城山为道径。"② 又支遁《咏怀诗》其三："尚想天台峻，仿佛岩阶仰"，用了十句描绘了天台山的胜景，从"尚想"来看，支遁所写的是想象中的天台山之景，孙绰作《游天台山赋》时并未到过天台山，这样看，孙绰作《游天台山赋》或与支遁也有某种直接的关系。李周翰说孙绰"闻此山神秀，可以长往，因使图其状，遥为之赋"。孙绰从何"闻此山神秀"？可能有多种途径，但考虑到他与支遁的密切关系，及支遁作过《天台山铭》《咏怀诗》"尚想天台峻"，《游天台山赋》可能受到支遁《天台山铭》的影响。另外，当时在赤城山上有一位高僧竺昙猷，《高僧传》记载说："赤城山山有孤岩独立，秀出干云。猷搏石作梯，升岩宴坐，接竹传水以供常用，禅学造者十有余人。王羲之闻而故往，仰峰高挹，致敬而反。赤城岩与天台瀑布、灵溪四明，并相连属。而天台悬崖峻峙，峰岭切天。"③ 赤城山在天台山西北，是天台山南门，支遁《天台山铭》序云："往天台，当由赤城山为道径。"④ 王羲之辞官后居于剡县金庭，高似孙《剡录》云："金庭洞天，晋右军王羲之居焉，墨池书楼，遗雅不绝。"又云："金庭洞，天台华顶之东门也。"⑤ 王羲之所居之金庭是天台华顶的东门，赤城山在天台西北，故特地致敬竺昙猷。王羲之与孙绰交情甚深，孙绰对其行动当亦有所了解，这对他写作《游天台山赋》或有所影响，这也从一个侧面看出佛教对文

---

① 余嘉锡：《世说新语笺疏》，第528页。
② 李善：《文选注》，第164页。
③ 释慧皎撰，汤用彤校注：《高僧传》，第404页。
④ 李善：《文选注》，第164页。
⑤ 高似孙：《剡录》，台湾成文出版有限公司据嘉定八年刊本。同治九年重刊本影印，卷二，第63页。

学的影响。

《世说新语·雅量》:"谢太傅盘桓东山时,与孙兴公诸人泛海戏。"刘孝标注引《中兴书》:"安先居会稽,与支遁、王羲之、许询共游处。出则渔弋山水,入则谈说属文,未尝有处世意也。"① 孙绰是这一士僧交游群体的重要成员,东晋中期的会稽名士群体,恰以支遁、孙绰、许询、谢安、王羲之等人最具有文学才能,他们在会稽共同游赏山水、谈说属文,之间相互的切磋学习对写作艺术的发展是极为重要的。诸人中支遁的五言诗作品数量最多,写作水平也最高,孙绰等人的五言诗写作似不能不考虑到支遁的影响这一因素。田余庆《东晋门阀政治》专列"永和政局与永和人物"一节,认为:"永和以来长时间的安定局面,使浮沉于其间的士族名士得以遂其闲适,他们品评人物、辨析名理,留下的轶闻轶事,在东晋一朝比较集中,形成永和历史的一大特点。"② 永和名士大多居于会稽,从其性质来看,这是一个清谈贵游群体,但是作为其中核心的支遁、孙绰、许询、谢安、王羲之等人,因为皆具有文学才能,所以他们优游山水、谈说属文还具有一定的文学集团的性质,这对东晋中期文学的发展具有推动的作用,此后在兰亭集会上的诗歌创作,以孙绰、王羲之、谢安等人的成就最高,这和他们此前与支遁、孙绰等人的文学交游不无关系。

### 五 王羲之

《世说新语·文学》载:

> 王逸少作会稽,初至,支道林在焉。孙兴公谓王曰:支道林拔新领异,胸怀所及乃自佳,卿欲见不?王本自有一往隽气,殊自轻之。后孙与支共载往王许,王都领域,不与交言。须臾支退。后正值王当行,车已在门,支语王曰:君未可去,贫道与君小语。因论《庄子·逍遥游》。支作数千言,才藻新奇,花烂映发。王遂披襟解

---

① 余嘉锡:《世说新语笺疏》,第368页。
② 田余庆:《东晋门阀政治》,第141页。

带，留连不能已。①

《晋书·王羲之传》谓王述先为会稽，"以母丧居郡境，羲之代之。"②《王述传》云："服阕，代殷浩为扬州刺史，加征虏将军。"③ 又据《穆帝纪》，王述代殷浩为扬州刺史在永和十年（354）。依礼服丧三年，故王述离会稽内史任上在永和七年（351），可知王羲之为会稽内史在永和七年（351）。《晋书·孙绰传》载王羲之为会稽内史时引孙绰为右军长史，故得以介绍支遁与王羲之见面，支遁与王羲之相识即在此年。从王羲之对支遁"殊自轻之"的态度来看，当时士僧的交往很大程度上取决于僧人自身所能体现出来的名士风范。支遁后来使王羲之折服的，即在谈《逍遥游》"作数千言，才藻新奇，花烂映发"，这正是东晋清谈注重名理、奇藻结合的体现。《高僧传》本传："遁尝在白马寺与刘系之等谈《庄子逍遥篇》，云：'各适性以为逍遥。'遁曰：'不然，夫桀跖以残害为性，若适性为得者，彼亦逍遥矣。'于是退而注《逍遥篇》。群儒旧学，莫不叹服。"④ 支遁提出《逍遥游》新义在晋成帝咸康四年（338），之后他又"退而注《逍遥篇》"，可见支遁对《逍遥游》新义有深入的思考。到永和七年（351）在王羲之面前论《逍遥游》时，已是提出逍遥新义的十三年之后，支遁在义理、辞藻上都已有充分的准备了，因此能令王羲之倾倒。《高僧传》谓王羲之被支遁所讲《逍遥游》折服后，"仍请住灵嘉寺，意存相近。"⑤ 支遁清谈、创作并重，故与之交往密切的名士大多颇受其影响，在文学创作上似亦较为积极，王羲之等人即受到这方面的影响。王羲之原本信仰天师道，此后也崇信佛教，如他在辞官隐居于金庭时曾到赤城山致敬竺昙猷，王羲之对佛教的接受，大概与他和支遁的交游不无关系。

晋穆帝永和年间（345—356），会稽不仅聚集了大批的名士，此期南

---

① 余嘉锡：《世说新语笺疏》，第 223 页。
② 房玄龄：《晋书》，第 2100 页。
③ 房玄龄：《晋书》，第 1963 页。
④ 释慧皎撰，汤用彤校注：《高僧传》，第 160 页。
⑤ 释慧皎撰，汤用彤校注：《高僧传》，第 160 页。

下会稽的名僧也颇多，仅就《高僧传》正传所载就有"晋剡东仰山竺法潜""晋剡沃洲山支遁""晋剡山于法兰""晋剡白山于法开""晋剡葛岘山竺法崇""晋始宁山竺法义""晋山阴嘉祥寺释慧虔"等。会稽成为当时士人最集中的地区。会稽作为士僧群体活动的中心，这一盛况对东晋中期思想文化的发展具有重要的意义，其中尤以支遁所起的作用最为突出。《世说新语·伤逝》载："戴公见林法师墓，曰：'德音未远，而拱木已积。冀神理绵绵，不与气运俱尽耳！'"刘孝标引王珣《法师墓下诗序》曰："余以宁康二年，命驾之剡石城山，即法师之丘也。高坟郁为荒楚，丘陇化为宿莽，遗迹未灭，而其人已远。感想平昔，触物凄怀。"① 其为时贤所稀如此，亦可见其在士人中的影响的确极为深广。汤用彤云："东晋名士崇奉林公，可谓空前，此其故不在当时佛法兴隆，实则当代名僧、既理趣符《老》《庄》，风神类谈客。"② 支遁佛玄双修，长于清谈，与当时的名士广泛交往，在士林中获得极高的地位，其思想文化在东晋产生了深刻的影响。

## 第三节  会稽其他士僧群和文学

在支遁与王羲之、谢安、孙绰、许询等引人注目的士僧群体之外，会稽还有为数不少的其他高僧及围绕在其周围的僧团，尤其是剡县一带，聚集了竺法潜、于法兰、于法开、竺法崇、竺道壹等一大批高僧，他们的弘法、交游等活动，共同塑造了会稽作为佛教中心的宗教和文化氛围。仅就《高僧传》正传所载就有"晋剡东仰山竺法潜""晋剡沃洲山支遁""晋剡山于法兰""晋剡白山于法开""晋剡葛岘山竺法崇""晋始宁山竺法义""晋山阴嘉祥寺释慧虔""晋剡隐岳山帛僧光""晋山阴显义寺竺法纯"等。严耕望据《高僧传》正传作"东晋时代高僧标目地统计表"和"东晋时代高僧游锡地统计表"③，东晋时期会稽这两方面的高僧分别

---

① 余嘉锡：《世说新语笺疏》，第643页。
② 汤用彤：《汉魏两晋南北朝佛教史》，第128页。
③ 严耕望：《魏晋南北朝佛教地理稿》，第34、40页。

有10个和17个。加上《高僧传》附传的人数，那分布在会稽的高僧数则在30人以上。① 其中不少高僧门下追随的僧俗人数众多，如竺法潜，"隐迹剡山，以避当世，追踪问道者，已复结旅山门"②。《世说新语·德行》刘孝标注："（法深）以业慈清净，而不耐风尘，考室剡县东二百里仰山中。同游十余人，高栖浩然。"③ 据谢和耐统计，317—320年东晋境内寺庙平均僧人为14名④，竺法潜的僧团与谢和耐统计的平均数相近，但是这里的"同游者"应当是僧团中比较重要者，"追踪问道者"则主要是求学者，这些人的数量要远超过"十余人"之数。又如竺法崇，"后还剡之葛岘山，……东瓯学者，竞往凑焉"⑤。颇可见东晋会稽一地佛教之盛及士僧交往之普遍。尤可注意的是帛道猷，《高僧传·道壹传》说他"本姓冯，山阴人"⑥。东晋高僧大多由北方流寓而来，帛道猷作为会稽本地的高僧，虽然是一个特例，但还是从一个侧面说明了东晋会稽佛教氛围之盛。这些高僧大多既爱好山水，又以义解著名，形成了山林与文义相结合之风，这既是南方早期山林佛教的典型风格，又与文学有密切的联系。

## 一　剡县仰山竺法潜僧团

《高僧传·竺法潜传》："竺潜，字法深，姓王，琅琊人，晋丞相武昌郡公敦之弟也。年十八出家，事中州刘元真为师。元真早有才解之誉，故孙绰赞曰：'索索虚衿，翳翳闲冲。谁其体之？在我刘公。谈能雕饰，照足开蒙。怀抱之内，豁尔每融。'潜伏膺已后，剪削浮华，崇本务学。

---

① 徐清祥：《门阀信仰——东晋士族与佛教》："活跃于会稽的东晋高僧37人，比建康还多出一人。"（中国社会科学出版社2010年版，第217页）这包括一些《高僧传》中未标为会稽，但实际上曾在会稽弘法的高僧，如"晋敦煌于道邃""晋吴虎丘东山寺竺道壹"等。
② 释慧皎撰，汤用彤校注：《高僧传》，第156页。
③ 余嘉锡：《世说新语笺疏》，第32页。
④ ［法］谢和耐：《中国5—10世纪的寺院经济》，耿昇译，上海古籍出版社2004年版，第15页。
⑤ 释慧皎撰，汤用彤校注：《高僧传》，第171页。
⑥ 释慧皎撰，汤用彤校注：《高僧传》，第207页。

微言兴化，誉洽西朝。风姿容貌，堂堂如也。"①

法潜在会稽僧人群中辈分比较高，《高僧传》说他"以晋宁康二年卒于山馆，春秋八十有九。"② 可知他出生于286年，即西晋太康七年，年长支遁二十八岁。他在西晋时即已出家③，按孙绰所说，法潜的老师刘元真有才华悟解，"谈能雕饰，照足开蒙"，也就是融合玄学、清谈与佛法。法潜的思想学术风格也深受其师刘元真的影响，汤用彤考察般若六家七宗，以法潜为本无异宗的代表之一。《高僧传》说："潜优游讲席三十余载，或畅方等，或释老庄。投身北面者，莫不内外兼洽。"④ 可知法潜的学问也是东晋玄佛合流的风格。法潜出身琅琊王氏，加以辈分高，南渡后即得到元、明二帝及王导、庾亮等的礼敬。王导、庾亮相继于339年、340年去世，法潜大概于340年后离开建康到会稽，至哀帝时（362—366）再被征诏回建康，在建康讲《大品》，仍得到当朝者礼敬。这次回建康不久后，"乃启还剡之仰山"。法潜在会稽前后三十余年。但是《高僧传》《世说新语》等所载法潜交游的士人主要是王导（276—339）、庾亮（289—340）、何充（292—346）等同辈的东晋早期士人，到会稽后似乎与王羲之、谢安等晚一辈的士人较少交集。《世说新语·文学》记载一条："有北来道人好才理，与林公相遇于瓦官寺，讲小品。于时竺法深、孙兴公悉共听。此道人语，屡设疑难，林公辩答清析，辞气俱爽。此道人每辄摧屈。孙问深公：'上人当是逆风家，向来何以都不言？'深公笑而不答。林公曰：'白旃檀非不馥，焉能逆风？'深公得此义，夷然不屑。"⑤ 关于这件事发生的时间，我们前文在分析孙绰与支遁的交往时已提到，当在340年法潜离开建康前往会稽之前，这说明法潜与晚一辈的支遁等人关系似并不融洽，这与东晋般若学各派之间的论争或有关系。支

---

① 释慧皎撰，汤用彤校注：《高僧传》，第156页。
② 释慧皎撰，汤用彤校注：《高僧传》，第157页。
③ 许理和推测他可能是竺法护的弟子。（《佛教征服中国》，第140页）
④ 释慧皎撰，汤用彤校注：《高僧传》，第156页。
⑤ 余嘉锡：《世说新语笺疏》，第218页。

遁是即色宗的代表，这一宗又称为即色本无①，所以其学说与道安本无宗都强调本无。法潜则是本无异宗的代表，汤用彤分析安澄《中论疏记》等对这一宗的评述，说："据此则此宗执'实无'。其所谓空者，非'非有非无'，而为先无后有，似直以有无之无释空，所以与安公空寂之说截然为二派也。"② 这也是法潜与支遁的分歧之处。《世说新语·德行》："桓常侍闻人道深公者，辄曰：'此公既有宿名，加先达知称，又与先人至交，不宜说之。'"③ 桓彝卒于328年，可知在建康时期，法潜一方面得到上层的尊重，另一方面又受到时人的批评，《方正篇》也载："后来年少多有道深公者。深公谓曰：'黄吻年少，勿为评论宿士，尝与元明二帝，王庾二公周旋。'"④ 时人的这种批评主要应该是针对其本无异宗的学说，这也反映了东晋般若各家之间相互论争的关系。《高僧传》说他"隐迹剡山，以避当世"，所谓的"当世"或还指当时影响最大的本无宗一派，法潜离开建康可能与本无异宗受到批判、排挤有关，其情况与识含宗的于法开与支遁争论失利由山阴遁剡县相类。

但本无异宗作为六家七宗的一派仍有不少追随者，《高僧传》说法潜隐迹剡山后"追踪问道者，已复结旅山门"。这些问道者可能包括一些追随法潜从建康而来的人，同时还有会稽本地的士僧。《世说新语·德行》也说："（法潜）以业慈清净，而不耐风尘，考室剡县东二百里仰山中，同游十余人，高栖浩然。"⑤ 这些"追踪问道者"自然也包含一些士人，"同游十余人"也可能有一些士人。哀帝时法潜被征诏回建康后又返回剡县仰山，"率合同游，论说道义，高栖浩然，遐迩有咏。"⑥ "遐迩有咏"即吟咏山水，与庐山僧团《庐山诸道人游石门诗序》之"因咏山水"相似，他第一次隐迹剡县仰山时应该也与此次相同，同游之人或也有山水

---

① 释僧祐《出三藏记集》卷十二陆澄《法论目录》载支遁有《释即色本无义》。（第428页）
② 汤用彤：《汉魏两晋南北朝佛教史》，第180页。
③ 余嘉锡：《世说新语笺疏》，第31页。
④ 余嘉锡：《世说新语笺疏》，第323页。
⑤ 余嘉锡：《世说新语笺疏》，第32页。
⑥ 释慧皎撰，汤用彤校注：《高僧传》，第157页。

之咏。可见法潜僧团也有文学创作，惜未流传下来。法潜的弟子知名的有竺法友、竺法蕴、康法识、竺法义、竺法济等人。法潜的这些弟子在文义上皆足称道，如康法识以"有义学之功，而以草隶知名"①，东山谚曰："深量，开思，林谈，识记。"②"记"有博闻强记及作为文体的笔记之意，总之都与文学颇有关系，这些说明法潜门下也富有艺术氛围。另一些弟子则长于义学，如竺法济"有才藻，作《高逸沙门传》"。③ 竺法友"博通众典"，善《阿毗昙》，年间二十四即能讲说。竺法义"游忍众典，尤善《法华》"，他后来在始宁保山自立了一个僧团，"受业弟子常有百余"④。竺法蕴"悟解入玄，尤善《放光般若》"。许理和认为他与心无义的代竺法温是同一人。⑤《高僧传》说："凡此诸人，并潜之神足，孙绰并为之赞。"⑥ 可见这个僧团在当时的影响。

僧团之外，法潜与同时期的僧人交往最多的是支遁。340年法潜到会稽之前，法潜与支遁在建康即已相识，但关系似并不融洽。《高僧传》："支遁遣使求买仰山之侧沃洲小岭，欲为幽栖之处，潜答云：'欲来辄给，岂闻巢、由买山而隐。'"⑦ 这件事上支遁受到了法潜的揶揄，算是法潜对瓦官寺时支遁嘲讽的回应，但还是把沃洲小岭让给了支遁。支遁在永和九年（353）前已到剡县，在沃洲小岭的僧团有"僧众百人"，规模要大于法潜的"同游十余人"，这也体现了两派在当时获得的支持和发展状况。两个僧团相距甚近，法潜和支遁的关系似乎也开始缓和。支遁此后与高丽道人书云："上座竺法深，中州刘公之弟子。体德贞峙，道俗纶综。往在京邑，维持法网，内外具瞻，弘道之匠也。顷以道业靖济，不耐尘俗，考室山泽，修德就闲。今在剡县之仰山，率合同游，论道说义，高栖皓然，遐迩有咏。"⑧ 给法潜极高的评价。

---

① 释慧皎撰，汤用彤校注：《高僧传》，第157页。
② 释慧皎撰，汤用彤校注：《高僧传》，第168页。
③ 释慧皎撰，汤用彤校注：《高僧传》，第158页。
④ 释慧皎撰，汤用彤校注：《高僧传》，第172页。
⑤ [荷]许理和：《佛教征服中国》，李四龙、裴勇等译，第183页。
⑥ 释慧皎撰，汤用彤校注：《高僧传》，第158页。
⑦ 释慧皎撰，汤用彤校注：《高僧传》，第157页。
⑧ 释慧皎撰，汤用彤校注：《高僧传》，第157页。

与士人交往方面，法潜得到老一辈的王导、庾亮、桓彝等建康士人的友敬，年轻一辈的刘恢等对其不无非议嘲讽，热衷佛教的孙绰则对其保持着尊重和理解。法潜在其未离开建康的340年前，即与孙绰相识，他们曾共同在瓦官寺听支遁与北来道人讲小品。孙绰在永和二年（346）到会稽，除了与支遁、王羲之、谢安、许询等形成一个比较密切的士僧群体，但也与法潜僧团保持联系。其交往的细节虽不可得知，但孙绰作《道贤论》以法潜比刘伶，论曰："潜公道素渊重，有远大之量；刘伶肆意放荡，以宇宙为小。虽高栖之业，刘所不及，而旷大之体同焉。"法潜门下竺法友、竺法蕴、康法识、竺法济诸人，孙绰"并为之赞"。① 可见孙绰与法潜僧团当有比较密切的交往。

　　仰山还有一位高僧释道宝，《高僧传》："（道宝）本姓王，琅琊人，晋丞相导之弟。弱年信悟，避世辞荣，亲旧谏止，莫之能制。香汤澡浴，将就下发，乃咏曰：'安知万里水，初发滥觞时。'后以学行显焉。"② 据《高僧传》所说，则释道宝与竺法潜是琅琊王氏的堂兄弟③，从依师为姓来看，道宝可能不是随法潜出家，但是他后来住在仰山，显然也属于法潜僧团。从其咏诗来看，道宝的出家还带有明显的文学色彩，这也颇能看出东晋僧人与文学的关系实比较密切。

## 二　剡县石城山于法兰僧团

　　剡县除了法潜、支遁的僧团之外，还有于法兰及其弟子于法开、于道邃等人在石城山建立影响颇大的僧团。《高僧传·于法兰传》："于法兰，高阳人。少有异操，十五出家，便以精勤为业。研讽经典以日兼夜，求法问道必在众先。迄在冠年，风神秀逸，道振三河，名流四远。性好山泉，多处岩壑。……后闻江东山水，剡县称奇，乃徐步东瓯，远瞩崿嵊，居于石城山足，今之元华寺是也。时人以其风力比庾元规，孙绰

---

① 释慧皎撰，汤用彤校注：《高僧传》，第158页。
② 释慧皎撰，汤用彤校注：《高僧传》，第171页。
③ 王青《东汉魏晋南北朝时期职业教徒的阶层分析》从"两晋的僧侣大部分还是出身于寒门"这一判断，认为《高僧传》所言竺法潜、释道宝出于琅琊王氏不可尽信。（《中国史研究》1997年第1期）

《道贤论》以比阮嗣宗。"① 这个僧团建立的时间,许理和《佛教征服中国》说:"公元 4 世纪,剡山还有一个士大夫佛教中心,它和竺法潜、支遁为中心的僧团有所不同,甚至有些抵触,却也与有教养的世俗阶层有密切的关系。这个中心在元华寺,由高阳(今河北北部)于法兰及其弟子于法开、于道邃创建于公元 4 世纪初期。"② 于法兰的生卒年不可考,汤用彤引《名僧传抄》《法苑珠林》说:"(于法兰)常居长安山寺,与竺法护同隐。"③《法苑珠林》卷六十三述意部在述于法兰之后接着说:"竺护,敦煌人也。风神情宇,亦兰之次。"④ 又《高僧传·于法兰传》:"别传云:'兰亦感枯泉漱水,事与竺法护同。'"⑤ 于法兰曾与竺法护同隐于长安山寺,年纪似不会相去太多,《高僧传·竺法护传》:"晋惠西奔,关中扰乱,百姓流移,护与门徒避地东下,至渑池,遘疾而卒,春秋七十有八。"⑥ 据此法护似卒于晋惠帝时,但汤用彤说:"怀帝永嘉二年(308),护尚在天水寺译经,自非死于惠帝之时。"⑦ 许理和认为,"法护大约在公元 230 年出生于敦煌。"⑧ 即以怀帝永嘉二年(308)为其卒年而推得。陈垣则据《开元录》:护于怀愍之世仍更出经,认为法护"当卒于愍帝末"⑨。据此我们推测竺法护的生卒年为 239—317 年。《高僧传》又说:"护以晋武之末,隐居深山。"于法兰与法护同隐也在此时,即 290 年,于法兰年十五出家,所以其生年最迟在 275 年,《高僧传·于法兰传》:"迄在冠年,风神秀逸,道振三河,名流四远。性好山泉,多处岩壑。"⑩ 我们推测于法兰大概在二十岁时候与法护同隐于长安山寺,据此推定其出生年在 270 年。又《高僧传·于道邃传》:"(道邃)至年十六出

---

① 释慧皎撰,汤用彤校注:《高僧传》,第 166 页。
② [荷]许理和:《佛教征服中国》,李四龙、裴勇等译,第 184 页。
③ 汤用彤:《汉魏两晋佛教史》,第 116 页。
④ 释道世撰,周叔迦、苏晋仁校注:《法苑珠林》,中华书局 2003 年版,第 1884 页。
⑤ 释慧皎撰,汤用彤校注:《高僧传》,第 166 页。
⑥ 释慧皎撰,汤用彤校注:《高僧传》,第 24 页。
⑦ 汤用彤:《汉魏两晋南北朝佛教史》,第 113—114 页。
⑧ [荷]许理和:《佛教征服中国》,李四龙、裴勇等译,第 77 页。
⑨ 陈垣:《释氏疑年录》,第 1 页。
⑩ 释慧皎撰,汤用彤校注:《高僧传》,第 166 页。

家，事兰公为弟子。……护公常称道邃高简雅素，有古人之风。"① 法护卒于317年，据此于道邃最迟出生于301年。② 于法兰、于道邃师徒大概在西晋灭亡（317）后过江。他们先"徐步东瓯，远瞩崿嵊"，即先到浙南永嘉一带游览，之后才栖身浙东的石城山，游遍了浙东南的山水，可谓开谢灵运之先。

《高僧传》说于法兰师徒"居于石城山足，今之元华寺是也"③。但是法兰师徒何时到石城山、在石城山多久，《高僧传》无载。本传说："（法兰）居剡少时，欻然叹曰：'大法虽兴，经道多阙，若一闻圆教，夕死可也。'乃远适西域，欲求异闻，至交州遇疾，终于象林。"④ 大概他们在石城山不久后，即出发前往西域取经，《于道邃传》："后随兰适西域，于交趾遇疾而终，春秋三十有一。"⑤ 前文推测道邃出生于301年，故其卒年为331年。法兰师徒若于东晋初年过江，他们在南方的时间大概十来年，时间不算短，而僧传说"居剡少时"，或是因为法兰、道邃皆好山水"在东多游履名山"，因此定居于石城山的时间较为短暂，从后来法兰的另一位弟子于法开续修元华寺，也说明法兰、道邃在石城山的时间不长，故元华寺在他们西去取经前尚未完全修建成。

但是法兰师徒在会稽一带的弘法，还是产生了很大的影响，所以时人以法兰比庾亮，法兰好山水，庾亮也"以玄对山水"，这或是两人的相似之处。孙绰《道贤论》则以之比阮籍。于道邃则受到谢庆绪的推重⑥，孙绰以之比阮咸。于道邃是般若六家七宗之缘会宗的代表，吉藏《中观论疏》云："第七于道邃，明缘会故有，名为世谛；缘散即无，称第一义谛。"⑦ 宗炳《明佛论》以神不灭、缘会之理、积习而圣为佛法根本之

---

① 释慧皎撰，汤用彤校注：《高僧传》，第169—170页。
② 许理和推测道邃出生于305年，这样道邃出家是321年，这时法护已去世，则无品评之说，此说显然不成立。
③ 释慧皎撰，汤用彤校注：《高僧传》，第166页。
④ 释慧皎撰，汤用彤校注：《高僧传》，第166页。
⑤ 释慧皎撰，汤用彤校注：《高僧传》，第170页。
⑥ 谢敷字庆绪，见于《晋书·隐逸传》。高似孙《剡录》说谢庆绪崇信佛教，"尝于剡中造枫林寺"（卷三，第77页）。《出三藏记集》载其曾注《安般守意经》。
⑦ 《大正藏》第42册，第29页。

义,南齐周颙《三宗论》也谓其第二宗与道邃缘会义相同,汤用彤更是说:"然晋代即如支遁辈,何尝不用缘会之理。"① 可见道邃在晋宋的影响之大。法兰僧团见于《高僧传》的,还有竺法兴、支法渊、于法道、于法开、于法威等人,可见是一个颇具规模的僧团。这个僧团的学风具有内外兼擅的特点,总体上正是文义之学,如道邃"学业高明,内外该览,善方药,美书札,洞谙殊俗,尤巧谈论"。② 竺法兴、支法渊、于法道"与(法)兰同时比德,兴以洽见知闻,渊以才华著称,道以义解驰声"③。法开"深思孤发""才辩纵横"④,法威"清悟有枢辩"⑤,这种内外兼擅及才辩、悟解的学风,深受东晋士人的欢迎,扩大了僧团的影响。《高僧传·于道邃传》引孙绰《喻道论》:"近洛中有竺法行,谈者以方乐令;江南有于道邃,识者以对胜流。皆当时共所闻见,非同志之私誉也。"⑥ 可见道邃等人与东晋士人群的密切关系。

　　法兰、道邃西行求法后,于法开继续留在会稽,他不仅"深思孤发"以义学著名,且"又祖述耆婆,妙通医法"。⑦ 于道邃也"善方药",这或许是法兰僧团的传统。⑧ 许理和认为法开在医药方面的知识"有助于这位法师打开上层士大夫的大门,借孙绰的话来讲是'以数术弘教'"⑨。这与郭璞以占卜和东晋上层士人交往相似。升平五年(361)穆帝病重,法开被诏进京诊治,穆帝崩后,还剡县石城山续修元华寺。《高僧传》说:"(法开)每与支道林争即色空义,庐江何默申明开义,高平郗超宣述林解,并传于世。"⑩ 法开本长于义学,大概在与支遁的争辩中,进一

---

① 汤用彤:《汉魏两晋南北朝佛教史》,第 191 页。
② 释慧皎撰,汤用彤校注:《高僧传》,第 179 页。
③ 释慧皎撰,汤用彤校注:《高僧传》,第 167 页。
④ 释慧皎撰,汤用彤校注:《高僧传》,第 167、168 页。
⑤ 释慧皎撰,汤用彤校注:《高僧传》,第 168 页。
⑥ 释慧皎撰,汤用彤校注:《高僧传》,第 170 页。
⑦ 释慧皎撰,汤用彤校注:《高僧传》,第 167 页。
⑧ 《世说新语·术解》"郗愔信道"条及刘孝标注,也言及法开医术之妙。(《世说新语笺疏》,第 708 页)《隋书·经籍志》医方类有《议论备豫方》一卷,于法开撰。(魏征:《隋书》,中华书局 1973 年版,第 1046 页)
⑨ [荷]许理和:《佛教征服中国》,李四龙、斐勇等译,第 185 页。
⑩ 释慧皎撰,汤用彤校注:《高僧传》,第 167—168 页。

步发展其思想创立识含宗,前文分析这个时间大概在352年。法开"才辩纵横",东山当时有"开思"之谚,即法开长于思辨。《高僧传》载:"开有弟子法威,清悟有枢辩。……开尝使威出都,经过山阴,支遁正讲《小品》。开语威言,道林讲,比汝至,当至某品中,示语攻难数十番。云:'此中旧难通。'威既至郡,正值遁讲,果如开言,往复多番,遁遂屈,因厉声曰:'君何足复受人寄载来耶?'"① 法威在法开指点下驳倒支遁,可见法开在与支遁的争论中失败,主要是因为支遁得名较早,尤其是他是会稽士僧群的核心人物,得到较多名士的支持,这是一种名望和权力的胜利,而非思想和论辩能力方面的胜利。《世说新语·文学》载:"殷中军读《小品》,下二百签,皆是精微,世之幽滞。尝欲与支道林辩之,竟不得。今《小品》犹存。"刘孝标注引《语林》:"(殷)浩于佛经有所不了,故遣人迎林公,林乃虚怀欲往。王右军驻之曰:'渊源思致渊富,既未易为敌,且己所不解,上人未必能通。纵使服从,亦名不益高。若佛脱不合,便丧十年所保。可不须往!'林公亦以为然,遂止。"② 殷浩在永和九年(353)被废东阳后开始读佛经,这也正是法开与支遁争即色义失利后返回剡县的时候,殷浩所下二百签世之幽滞,必也有法开所谓"旧难通"者,从支遁被法威所挫来看,殷浩不解,支遁也未必能解,这正是王羲之劝阻支遁说的"己(殷浩)所不解,上人未必能通"。但是支遁不解的,法开能解否?《高僧传》说哀帝时法开"累被诏征,乃出京讲《放光经》,凡旧学抱疑,莫不因之披释,讲竟,辞还东山。帝恋德殷勤,嚫钱绢及步舆,并冬夏之服,谢安、王文度悉皆友善"③。《放光经》是大品,支遁《大小品对比要钞序》在对比大小品后说:"夫大小品者,出于本品,……然斯二经虽同出于本品,而时往有不同者。或《小品》之所具,《大品》所不载,《大品》之所备,《小品》之所阙。所以然者,或以二者之事同,互相以为赖,明其本一,故不并矣。而《小品》至略玄总,事要举宗,《大品》虽辞致婉巧,而不丧本归。"④ 大小品虽有不

---

① 释慧皎撰,汤用彤校注:《高僧传》,第168页。
② 余嘉锡:《世说新语笺疏》,第228—229页。
③ 释慧皎撰,汤用彤校注:《高僧传》,第168页。
④ 石峻等编:《中国佛教思想资料选编》,第62页。

同，但宗归则一。法开这次进京讲《放光般若》，"凡旧学抱疑，莫不因之披释"，解决了《大品》中的种种问题，这些问题或也包含了一些《小品》中的"旧难通"者，而随着法开的讲经一一批释，体现了法开长于深思的特点。支遁在清谈上胜过法开，而在义解上似不如法开，故当时东山的谚语说："开思，林谈。"总之，法开这次到京城讲经大获成功，不仅获得哀帝的欣赏，连与支遁交好的谢安也与法开相善，这与当时他从会稽遁剡县形成了鲜明的对比，恰恰说明法开在与支遁竞争不利隐遁剡县石城山后，其思想仍有很大的影响。《释氏要览》："高僧法开以义解知名天下，与谢安、王文度为文学之友。孙绰曰：'深通内外，才华赡逸，其在开乎？'"① 这里说的"文学"其实即文义之学。法开的弟子法威，"清悟有枢辩，故孙绰为之赞曰：易曰翰白，诗美苹藻。斑如在场，芬若停潦。于威明发，介然遐讨。有洁其名，无愧怀抱。"② 其主要事迹即受其师法开指点而驳倒支遁，正体现了其"清悟有枢辩"的特点。博学、清悟、善谈论，这些虽与文学不完全是一回事，但与文学的关系又很大，这正是东晋会稽义学僧人的一个突出特点。

自法兰、道邃驻锡剡县石城山建立元华寺，又经法开、法威的发展，建立了一个重要的元华寺僧团，这个僧团见于《高僧传》的高僧即有七人。他们在与会稽僧俗群体的交往中不断扩大了影响力，僧人方面，与当时最重要的高僧竺法潜、支遁皆有交往，竺法潜是竺法护的弟子，③ 而于法兰过江前曾与竺法护同隐于长安，于道邃也曾得到竺法护的赞誉，所以法潜和法兰等人可能在过江前即已认识。法开则与支遁争即色义，又命法威驳难支遁。士人如谢庆绪、孙绰、何墨、郗超、谢安、王坦之等，也与这个僧团有密切的联系。总之，法兰僧团的活动使石城山成为会稽一个有重要影响力的佛教中心。

法兰的元华寺僧团之外，石城山还有帛僧光、竺昙猷等其他的高僧。《高僧传》："帛僧光，或云昙光，未详何许人，少习禅业。晋永和初，游

---

① 释道诚著，富世平校注：《释氏要览校注》，中华书局2014年版，第418页。
② 释慧皎撰，汤用彤校注：《高僧传》，第168页。
③ ［荷］许理和：《佛教征服中国》，李四龙、裴勇等译，第140页。

于江东,投剡之石城山。"① 永和(345)之际,正是会稽佛教大发展的时期,僧光于此时来石城山。僧光初到之时,石城山还是猛兽纵横的蛮荒之地,他是一个禅僧,白天下山入村乞食,晚上住在山中石室中,后来"乐禅来学者,起茅茨于室侧,渐成寺舍,因名隐岳"②,由一个荒无人烟之地到修建成寺庙,这既是僧光之功,也颇可见会稽一带佛教的氛围,若无当地人的支持,以一人之力在荒芜之地修建成寺庙是难以想象的。僧光是修禅的僧人,与同在石城山注重般若学的于法兰僧团性质不同,但他们对石城山佛教的发展都有开启之功。刘勰《梁建安王造剡山石城寺石像碑》:"剡山峻绝,竞爽嵩华;涧崖烛银,岫瓒蕴玉。故六通之圣地,八辈之奥宇。始有昙光比丘,雅修远离,与晋世于兰,同时并学。兰以慧解驰声,光以禅味消影。历游岩壑,晚届剡山,遇见石室,班荆宴坐。始有雕虎造前,次有丹蟒依足,各受三皈,兹即引去。后见山祇盛饰,造带讦谈,光说以苦谛,神奉以崖窟,遂结伽蓝,是名隐岳。后兰公创寺,号曰元化。兹密通石城,而拱木肩阻,伯鸾所未窥,子平所不值。"③ 这段即叙述了僧光、法兰对石城山最初的开发。

曾驻锡在石城山的还有竺昙猷,他也是一位禅僧,但不久便去了更加偏远的赤城山,并得到隐居于剡县金庭的王羲之的礼敬。《高僧传》云:"赤城岩与天台瀑布、灵溪四明并相连属,而天台悬崖峻峙,峰岭切天,古老相传云:'上有佳精舍,得道者居之。'虽有石桥跨涧,而横石断人,且莓苔青滑,自终古以来,无得至者。猷行至桥所,闻空中声曰:'知君诚笃,今未得度。却后十年,自当来也。'猷心怅然,夕留中宿,闻行道唱萨之声。旦复欲前,见一人须眉皓白,问猷所之,猷具答意。公曰:'君生死身,何可得去?吾是山神,故相告耳。'猷乃退还。道经一石室,过中憩息。"④ 竺昙猷后又住于天台山石室,太元末卒于石室。支遁《咏怀诗五首》其三"尚想天台峻"描写天台山之景,诗歌的后半部分写道:"苔苔重岫深,寥寥石室朗。中有寻化士,外身解世网。抱朴

---

① 释慧皎撰,汤用彤校注:《高僧传》,第402页。
② 释慧皎撰,汤用彤校注:《高僧传》,第402页。
③ 刘勰著,杨明照校注拾遗:《文心雕龙校注》,古典文学出版社1958年版,第327页。
④ 释慧皎撰,汤用彤校注:《高僧传》,第404页。

镇有心,挥玄拂无想。嵬嵬形崖颓,罔罔神宇敞。宛转元造化,缥瞥邻大象。愿投若人踪,高步振策杖。"支遁在353—361年、364—366年两度驻锡于剡县石城山,距离天台山不远,对竺昙猷当有所了解,诗歌所写的"中有寻化士"或即昙猷。《高僧传》记载竺昙猷在天台山颇具神秘的经历,孙绰《游天台山赋》的神仙之想或与之不无关系。

### 三 剡县葛岘山竺法崇僧团

此外,剡县还有不少的高僧,他们也比较明显体现了佛教山林与文义的特点。

《高僧传》:"竺法崇,未详何人。少入道以戒节见称,加又敏而好学,笃志经记,而尤长《法华》一教。尝游湘州麓山,……化洽湘土。后还剡之葛岘山,茅庵涧饮,取欣禅慧,东瓯学者,竞往凑焉。与隐士鲁国孔淳之相遇,每盘游极日,辄信宿妄归,披衿顿契,自以为得意之交也。崇乃叹曰:'缅想人外三十余年,倾盖于兹,不觉老之将至。'后淳之别游,崇咏曰:'皓然之气,犹在心目,山林之士,往而不反,其若人之谓乎。'崇后卒于山中,著《法华义疏》四卷云。"①

葛岘山在剡县西北二十里②,竺法崇曾到湘州弘扬佛法,之后又回到葛岘山,可见他先在葛岘山住过一段时间。从湘州返回葛岘山,大概路过东瓯一带,这与于法兰"徐步东瓯,远瞩嵊崿"所行路线相同,因此东瓯当地的求学问道者也跟随他而来,在葛岘山形成了僧团。但是令竺法崇最惬意的是与隐士孔淳之相遇,《宋书·隐逸传》:"淳之少有高尚,爱好坟籍,为太原王恭所称。居会稽剡县,性好山水,每有所游,必穷其幽峻,或旬日忘归。尝游山,遇沙门释法崇,因留共止,遂停三载。法崇叹曰:'缅想人外,三十年矣,今乃倾盖于兹,不觉老之将至也。'"③两人甚为相得,在葛岘山过着山水之游的隐士生活。《高僧传》说:"后淳之别游,崇咏曰:'浩然之气,犹在心目,山林之士,往而不

---

① 释慧皎撰,汤用彤校注:《高僧传》,第170—171页。
② 高似孙:《剡录》卷二,第66页。
③ 沈约:《宋书》,第2283—2284页。

反，其若人之谓乎！'"① 这种士僧间的情谊与稍后谢灵运和昙隆法师极为相似，这点详见后文分析。许理和说竺法崇与孔淳之的隐居生活，"有力地证明了：寺院生活在士大夫圈内具备了新的功能和意义"②。许氏没有解释"新的功能和意义"，按竺法崇和孔淳之的方外之游，寺院的新功能大概即指具有山水隐逸的功能。从两人的知识学养来看，他们的山水之游应当也有文学创作。法崇所咏数句可谓言简意赅，其情感近于谢灵运怀念昙隆所作的："想见山阿人，薜萝若在眼。握兰勤徒结，折麻心莫展。"③ 也可见竺法崇与孔淳之的山水隐逸还带有文学的色彩，这也是南方佛教中心山林与文义的体现。

《宋书》载孔淳之"元嘉七年，卒，时年五十九"④。其生卒年即372—430年。又《宋书·谢灵运传》说谢灵运从永嘉太守辞官后，"遂移籍会稽，修营别业，傍山带江，尽幽居之美。与隐士王弘之、孔淳之等纵放为娱，有终焉之志"⑤。谢灵运在景平元年（423）秋辞官归隐始宁，与王弘之、孔淳之的交游始于此时。《高僧传》说孔淳之与法崇交游三年后"别游"，孔淳之离开剡县别游何处，文献没有记载，《剡录》说"元嘉初征为散骑常侍，乃逃于上虞界中"。⑥ 孔淳之"性好山水，每有所游，必穷幽峻"⑦。这与谢灵运相似，孔淳之这次"别游"或即是与谢灵运的交游。据此则竺法崇与孔淳之的交游可能始于420年。

东晋以来剡县先后出现了竺法潜、支遁、于法兰、竺法崇等几大僧团，这些僧团与剡县的山水之美都有密切的关系。宋代高似孙《剡录》引《会稽郡记》云："会稽境特多名山水，潭壑镜彻，清流泻注，惟剡溪有之。王子敬云：'从山阴道上行，山川自相映发，使人应接不暇，若秋

---

① 释慧皎撰，汤用彤校注：《高僧传》，第171页。
② [荷] 许理和：《佛教征服中国》，李四龙、裴勇等译，第187页。
③ 谢灵运《从斤竹涧越岭溪行》的写作对象尚有争议，我们认为所怀为昙隆的可能性比较大，参见下文"谢灵运与昙隆"分析。
④ 沈约：《宋书》，第2284页。
⑤ 沈约：《宋书》，第1754页。
⑥ 高似孙：《剡录》卷三，第90页。
⑦ 高似孙：《剡录》卷三，第89页。

冬之际尤难为怀。'子敬所云，岂惟山阴，特剡溪尤过耳。"① 可见剡县山水之美。《剡录》卷六记录了谢灵运以来，尤其是唐代诗人的咏剡县之作，后来提出的"浙东唐诗之路"，剡县是其重要的区域。剡县佛教的发展实与此地的山水有重要的关系。白居易《沃洲山禅院记》："沃洲山在剡县南三十里，禅院在沃洲山之阳，天姥岑之阴；南对天台，而华顶、赤城列焉。北对四明，而金庭、石鼓介焉。西北有支遁岭，而养马坡、放鹤峰次焉。东南有石桥溪，溪出天台石桥，因名焉。其余卑岩小泉，如子孙之从父祖者，不可胜数。东南山水，越为首，剡为面，沃洲、天姥为眉目。夫有非常之境，然后有非常之人栖焉。晋宋以来，因山洞开，厥初有罗汉僧西天竺人白道猷居焉。次有高僧竺法潜、支道林居焉。次有乾、兴、渊、支、道、开、威、蕴、崇、实、光、识、斐、藏、济、度、逞、印凡十八僧居焉。高士名人有戴逵、王洽、刘恢、许玄度、殷融、郄超、孙绰、桓彦表、王敬仁、何次道、王文度、谢长霞、袁彦伯、王濛、卫玠、谢万石、蔡叔子、王羲之凡十八人，或游焉，或止焉。故道猷诗云：'连峰数千里，修林带平津。……'谢灵运诗云：'暝投剡中宿，明登天姥岑。高高入云霓，还期安可寻？'盖人与山相得于一时也。"② 晋宋时期剡县的高僧要远超过白居易所列的十八人，但其所谓"夫有非常之境，然后有非常之人栖焉""人与山相得于一时也"，的确点出了剡县佛教与山水的特殊关系。而这其实也是会稽乃至整个南方早期佛教的一大特点。

**四 若耶山竺法旷、帛道猷、竺道壹僧团**

在会稽若耶山也有一个重要的僧团，包括竺法旷、竺道壹、帛道猷等高僧。

竺法旷，下邳人，寓居吴兴，事竺昙印为师，后辞师远游，还止于潜青山，得到了谢安的敬重。哀帝兴宁中（363—365），"东游禹穴，观瞩山水。始投若耶之孤潭，欲依岩傍岭，栖闲养志。郄超、谢庆绪并结

---

① 高似孙：《剡录》卷二，第70—71页。
② 白居易著，顾学颉校点：《白居易集》，中华书局1979年版，第1440页。

居尘外。"① 他既善《法华》《无量寿经》，又兼善神咒，简文帝曾咨以妖星之事，隐于会稽时民间遇疫疾，他又能拯救危急，祈之致效。因此，法旷既与当时的士人阶层如谢安、郗超、谢庆绪、顾恺之等人交游，又得到下层民众的欢迎，这在当时是比较特殊的。孝武帝时（373—397），法旷被诏进京，卒于长干寺。法旷在若耶山当在十年以上，得到皇帝、士人及下层民众的普遍支持，《高僧传》记载竺道邻造无量寿像，"旷乃率其有缘，起立大殿。"② 所谓的"率其有缘"可见法旷在若耶山也有其僧团。

若耶山还有帛道猷，《高僧传》说他，"本姓冯，山阴人，少以篇牍著称。性率素，好丘壑，一吟一咏，有濠上之风。与道壹经有讲筵之遇，后与壹书云：'始得优游山林之下，纵心孔释之书，触兴为诗，陵峰采药，服饵蠲疴，乐有余也。但不与足下同日，以此为恨耳。因有诗曰：'连峰数千里，修林带平津……。'壹既得书，有契心抱，乃东适耶溪，与道猷相会，定于林下。于是纵情尘外，以经书自娱。"③ 帛道猷何时到若耶山，《高僧传》没有明说，但上文所引说他"与道壹经有讲筵之遇"，因此写信邀请道壹来若耶山，《高僧传·道壹传》说："晋太和中出都，止瓦官寺，从汰公受学，数年之中，思彻渊深，讲倾都邑。"④ 太和（366—371），道壹太和中从法汰受学，其时间大概是369年，经过数年学习，已能"讲倾都邑"，帛道猷大概这时听道壹讲经，时间或在372年左右。因此，帛道猷到若耶山在372年之后，这时竺法旷已在若耶山开发数年之久了。若耶山范围比较大，所以帛道猷诗云："连峰数千里，修林带平津。"唐代独孤及诗也说："万峰苍翠色，双溪清浅流。"若耶山下有著名的若耶溪，即相传西施浣纱处，历代文人吟咏不绝，而帛道猷之作可谓开启了这一创作之风。梁朝王籍《入若耶溪》："艅艎何泛泛，空水共悠悠。阴霞生远岫，阳景逐回流。蝉噪林逾静，鸟鸣山更幽。此地动归念，长年悲倦游。"描写了若耶溪一带的山水之美，久被传诵。道壹本

---

① 释慧皎撰，汤用彤校注：《高僧传》，第205页。
② 释慧皎撰，汤用彤校注：《高僧传》，第206页。
③ 释慧皎撰，汤用彤校注：《高僧传》，第207页。
④ 释慧皎撰，汤用彤校注：《高僧传》，第206页。

第一章　会稽士僧群的形成和文学　/　167

好山水，接到帛道猷的书和诗之后"有契心抱"，即前往若耶山，《高僧传》载："及帝（简文帝）崩汰（法汰）死，壹乃还东，止虎丘山。"①法汰卒于387年，道壹到若耶山在此年之后。道壹名望很盛，到若耶山后即得到当地统治者的支持，"顷之，郡守琅琊王王荟于邑西起嘉祥寺，以壹之风德高远，请居僧首。……壹既博通内外，又律行清严，故四远僧尼，咸依附咨禀，时人号曰九州都维那。"②可见道壹到若耶山后，形成了一个规模颇大的僧团。但促使道壹道前往若耶山，关键的是与帛道猷在山水审美上的相契合，帛道猷长于文学创作，道壹也博通内外，《世说新语·言语》载："道壹道人好整饰音辞，从都下还东山，经吴中。已而会雪下，未甚寒。诸道人问在道所经。壹公曰：'风霜固所不论，乃先集其惨淡。郊邑正自飘瞥，林岫便已浩然。'"③所谓的"整饰音辞"，即重视表达的声音、辞藻，道壹所言数句的确富有音辞之美，这是东晋清谈注重声音辞藻之风的体现，与文学有密切的关系。④刘孝标注引《沙门题目》曰："道壹文锋富赡。孙绰为之赞曰：'驰骋游说，言固不虚。唯兹壹公，绰然有余。譬若春圃，载芬载敷。条柯猗蔚，枝干扶疏。'"⑤特别突出了道壹的文学才能。刘孝标的注还引了王珣《严陵濑诗叙》："道壹姓竺氏，名德。"⑥严陵濑在桐庐县，又名七里濑，《水经·渐江水注》："自（桐庐）县至于潜，凡十有六濑。第二是严陵濑，濑带山，山下有一石室，汉光武帝时，严子陵之所居也。"⑦谢灵运有《七里濑》，诗云："目睹严子濑，想属任公钓。"严陵濑是一处富于自然和人文内涵的景观，其所在的桐庐县又与会稽相邻，道壹大概是在到若耶山后，与王珣等人同游严陵濑，并且一起作了诗，其性质与王羲之等人的兰亭集、慧远庐山僧团的石门之游相近，皆山水之游与文学创作相结合，可见道壹的若

---

① 释慧皎撰，汤用彤校注：《高僧传》，第206页。
② 释慧皎撰，汤用彤校注：《高僧传》，第207页。
③ 余嘉锡：《世说新语笺疏》，第146页。
④ 参见蔡彦峰《东晋清谈与吴声歌的流行及其诗史意义》，《文学遗产》2016年第3期。
⑤ 余嘉锡：《世说新语笺疏》，第146页。
⑥ 余嘉锡：《世说新语笺疏》，第146页。
⑦ 郦道元撰，陈桥驿校证：《水经注校证》，中华书局2007年版，第936页。

耶山僧团也富有文学色彩。

从上文对会稽佛教中心的分析来看，山林和文义是士僧交往的主要内容，一方面促进了佛教义学发展，如般若六家七宗的形成发展，其代表虽都是当时的高僧，但围绕在高僧周边士人对各种般若思想的探讨、论争是东晋般若思潮缤彩纷呈的重要原因。从文学的角度来看，士僧的这种交往的影响是很直接的，支遁、孙绰、竺法崇、帛道猷、竺道壹等人的文学之作，很大一部分即在这种交往中创作出来。而其更大的影响，是形成了一种山水审美和义理相结合的风气，这种风气直接影响了东晋以至谢灵运的诗歌创作。谢灵运在给庐陵王刘义真的信中说："会境既丰山水，是以江左嘉遁，并多居之。"他对东晋以来在会稽形成的普遍的隐居求义的风气是相当熟悉的，谢灵运的文学创作及其灵感离不开这种风气的浸润。

## 小　结

永和年间，会稽成为南方重要的佛教中心，有时代和地理等诸多原因。永和之后，随着时局变化，诸多名士、高僧陆续离开会稽，谢安为桓温司马，孙绰转永嘉太守、迁散骑常侍、领著作郎，李充任大著作郎，王羲之则辞会稽内史，迁居剡县金庭与许迈等游山采药，许询、谢万等则已去世。一些重要的高僧则纷纷被征至京师，如《竺法潜传》："至哀帝好重佛法，频遣两使殷勤征请。潜以韶旨之重，暂游宫阙，即于御筵开讲大品，上及朝士并称善焉。"《支遁传》："至晋哀帝即位，频遣两使，征请出都，止东安寺。"《于法开传》："至哀帝时累被诏征，乃出京讲《放光经》。"《竺法义传》："晋宁康三年，孝武皇帝遣使征请出都讲说。"谢灵运说隐居于会稽的高僧名士"或复才为时求，弗获从志"，指的就是这种情况。因此有学者认为：会稽作为士人汇集之地，大概只在永和期间，此后一直到东晋末年，未再见有士人群体活动，可以说永和之后会稽的人文活动是极大地衰落了。① 升平五年（361）谢安为吴兴太守时，致支遁书云："顷风流得意之事，殆为都尽。终日戚戚，触事惆怅。"这

---

① 参见胡宝国《从会稽到建康——江左士人与皇权》，《文史》2013年第2辑。

是谢安离开会稽后,对会稽士僧交往生活的追怀。

但是我们还应该看到不少高僧在被征诏回建康后又都回到会稽,如法潜、支遁、法开等,而且永和之后(357)会稽一带仍有不少的士僧交往活动,从《高僧传》所载还可以看到,如竺法崇与孔淳之,前文分析,他们在葛岘山的交游很可能在420之后;竺法义在兴宁中(363—365)在始宁保山与傅亮父亲傅瑗游处;竺法旷兴宁中(363—365)游会稽若耶山与谢庆绪等结尘外之交;竺道壹到若耶山与帛道猷山水游赏,在387年之后;释慧虔在义熙初(405—419)入山阴嘉祥寺。所以说,会稽在永和之后作为佛教中心迅速衰落并不完全符合事实,严耕望据《高僧传》《续高僧传》统计南北朝高僧游锡地,建康157人,会稽30人,从高僧人数上看,南朝时期会稽的高僧数比东晋时期还有所增长,严氏总结说:"南方以建康、会稽、荆(南郡江陵)、益(益郡成都)与庐山为盛,且甚稳定。就中建康先小盛而后大盛,僧传所记南北朝高僧,建康几居半数,显见南朝国都佛教之特盛。"[①] 可见会稽佛教中心的衰落是相对而言的。另一方面,谢安等一批重要的名士离开会稽,造成了一种会稽思想文化衰落的印象。白居易《沃洲山禅院记》:"自齐至唐,兹山浸荒,灵境寂寥,罕有人游。"[②] 说的是剡县,但会稽作为佛教中心真正的衰落也是刘宋之后。从东晋中后期到刘宋,会稽在比较长的时间里一直是南方重要的佛教中心,其形成的佛教山林和文义的结合,对东晋刘宋思想文化和文学影响可谓大矣。

---

[①] 严耕望:《魏晋南北朝佛教地理稿》,第57页。
[②] 白居易著,顾学颉校点:《白居易集》,第1440页。

# 第二章

# 慧远与庐山士僧群体的学风和文学

《高僧传》本传谓慧远："幼而好书，珪璋秀发，年十三随舅令狐氏游学许洛。故少为诸生，博综六经，尤善《庄》《老》。性度弘伟，风鉴朗拔，虽宿儒英达，莫不服其深致。年二十一，欲渡江东，就范宣子共契。"[1] 可见慧远日后南渡，驻锡于庐山，原本就有其机缘。慧远道行学问皆为一时之望，因此他到庐山之后，进行的一系列功绩卓著的弘法活动，使庐山成为当时的佛教重镇和学术渊薮，对东晋中后期思想文化的发展具有深远的历史意义。[2] 这种历史意义不仅是对佛教思想与信仰的传播，甚至就晋宋的学风、文学等的发展变化而言，慧远进入庐山也具有标志性的意义。本章尝试在分析慧远的人格本体、思想学术及文化与文学活动等方面的基础上，探讨慧远与庐山僧俗群体的交往及其文化史意义。

## 第一节 慧远的学问与人格

慧远对于庐山的文化建设具有一种开创性的贡献，清人潘耒《游庐

---

[1] 释慧皎撰，汤用彤校注：《高僧传》，第211页。
[2] 许理和《佛教征服中国》在评述慧远与鸠摩罗什的交往说："当时长安出现的新理念、新佛典事实上导致了中国佛教的转向。慧远亲历了这一转向的第一阶段：他和鸠摩罗什有着密切的联系，并研读和阐释他的译著，由此成了在中国南方传播这些新知识的始作俑者。所以，慧远在诸多方面均成了启动下一个阶段中国佛教的关键，同时也是我们所要研究的第一阶段中国佛教的最为彻底的终结者。"（第291页）

山记》云："城中之山，自五岳外，匡庐最著名。其山绝高大，数百里皆见之，临江傍湖，驿路出其下，有事于江楚者，必过焉。……至东林寺，寺于山最为古，慧远与僧最为高。东晋以前无言庐山者，自莲社盛开，高贤胜流，时时萃止，庐山之胜，始闻天下，而山亦遂为释子所有，迄于今梵宫禅宇弥满山谷，望东林皆鼻祖也。"[1] 指出庐山闻名于天下，实赖慧远之力。庐山的新纪元是慧远入山之后开启的，而其关键在于慧远学问与人格的巨大感召力。

刘遗民在致僧肇的信中，赞美慧远的学养及其影响云："此山僧清常，道戒弥厉，禅隐之余，则惟研惟讲，恂恂穆穆，故可乐也。远法师顷恒履宜，思业精诣，乾乾霄夕，自非道用潜流，理为神御，孰以过顺之年，湛气若兹之勤。所以凭慰既深，仰谢逾绝。"[2] 谢灵运《慧远法师诔》云："予志学之年，希门人之末，惜哉！诚愿弗遂，永违此世。"以未能师事慧远而深感怅恨。又《高僧传》载南齐释道慧年十四（约在宋孝武帝末年），"读庐山《慧远集》，乃慨然叹息，恨生之晚，遂与友人智顺泝流千里，观远遗迹，于是憩庐山西寺。涉历三年，更还京邑"[3]。可知"远公风格学问，感人至深，在宋齐之世已然矣"[4]。慧远之风格固是其本性之发扬光大，而又与其师受深有渊源。《高僧传》载慧远二十一岁入道安门下的情形，"时沙门释道安立寺于太行恒山，弘赞像法，声甚著闻，远遂往归之。一面尽敬，以为真吾师也。"[5] 这一年是354年，至378年道安在襄阳分张徒众，慧远追随道安长达二十五年之久，这一段漫长的问学对慧远的影响至为深远。《高僧传》载道安常叹曰："使道流东国，其在远乎！"[6] 又襄阳分别时，"临路，诸长德皆被诲约，远不蒙一言，远乃跪曰：'独无训勖，惧非人例。'安曰：'如公者岂复相忧？'"[7] 可见慧

---

[1] 王锡祺辑：《小方壶舆地丛钞》，上海著易堂排印本1987年版，第四帙，第274页。
[2] 僧肇著，张春波校释：《肇论校释》，第113页。
[3] 释慧皎撰，汤用彤校注：《高僧传》，第305页。
[4] 汤用彤：《汉魏两晋南北朝佛教史》，第265页。
[5] 释慧皎撰，汤用彤校注：《高僧传》，第211页。
[6] 释慧皎撰，汤用彤校注：《高僧传》，第212页。
[7] 释慧皎撰，汤用彤校注：《高僧传》，第212页。

远深得道安赏识,在学问和精神上皆与乃师深相契合。一人之风格见诸其学问与践行之中,从道安的学术与人生之经历,亦能生动地见其风格特点。《出三藏记集》载:"初,经出已久,而旧译时谬,致使深义隐没未通。每至讲说,唯叙大意,转读而已。安穷览经典,钩深致远。其所注《般若》《道行》《密迹》《安般》诸经,并寻文比句,为起尽之义,及《析疑》《甄解》,凡二十二卷。序致渊富,妙尽玄旨。条贯既序,文理会通,经义克明,自安始也。"① 可见道安治学之精勤。许理和评价道安这些学术活动说:"道安确曾致力于获得完好无损的佛经,并在编辑那部著名的汉译佛教目录时(即《综理众经目录》),显示了卓越的学术才华。然而,这些活动背后隐藏的最初动机,决不仅仅是历史学的或文献学的兴趣。这些活动内涵着一种宗教热情:去获得最完整、最纯正的佛陀说教,去把已有的汉译佛典进行分类整理,以便估价各部佛经的佛学价值。"② 这一评价是切合实际的,从道安的学术活动中我们可以生动地感受到那种求真的精神,这种精神既源自宗教热情,同时也与儒家从精神和人格高度来看待学问的传统密切相关。《高僧传》载道安到飞龙山拜访少时好友僧先,"因共披文属思,新悟尤多。安曰:'先旧格义,于理多违。'先曰:'且当分析逍遥,何容是非先达。'安曰:'弘赞理教,且令允惬,法鼓竞鸣,何先何后。'"③ 格义即以《老》《庄》等比拟佛理之法,道安亦曾用之,而此时从准确理解佛法出发对格义之法持批判的态度,以道为归,不依傍时流,这种精神与儒家"当仁不让于师"的求道精神或有一种内在的继承关系。汤用彤评价道安在佛学上之地位云:"释道安之德望功绩,及其在佛教上之建树,比之同时之竺法深、支道林,固精神更犹若常在也。"④ 这种求道的精神和人格力量,对学问与人生的影响皆是至为巨大的。

慧远既"珪璋特达",又受安公精神之浸染,故其学问能继承和发扬乃师风格。《高僧传》叙慧远成为道安弟子的经过云:"时沙门释道安立

---

① 释僧祐撰,苏晋仁、萧炼子点校:《出三藏记集》,第 561 页。
② [荷]许理和:《佛教征服中国》,李四龙、裴勇等译,第 279 页。
③ 释慧皎撰,汤用彤校注:《高僧传》,第 195 页。
④ 汤用彤:《汉魏两晋南北朝佛教史》,第 163 页。

寺于太行恒山，弘赞像法，声甚著闻，远遂往归之。一面尽敬，以为真吾师也。后闻道安讲《波若经》，豁然而悟，乃叹曰：'儒道九流，皆糠秕耳。'便与弟慧持，投簪落彩，委命受业。"① 慧远在见到道安一段时间后才皈依佛门，其机缘则是受到道安宣讲的《般若经》的义理的感召，这一事件其实也说明了慧远具有一种"以道为归"的理性的学术精神。汤用彤云："远公出家，盖由学悟，非比寻常。"② 慧远与鸠摩罗什反复探讨佛学问题的《大乘大义章》，也很明显地体现了这种学术精神。许理和评价道安在飞龙山反对以格义的方式解释佛教说："道安这种批判反省精神在中国早期佛教史上堪称独树一帜。"③ 慧远深得道安这种求真精神。所以从某种意义上讲，可以说慧远依道安为弟子，乃是对道的追求所致，这对健康良好学风的形成至为重要，也是慧远能够塑造庐山学风的根本原因。道安和慧远皆出自北方，其最早的学术渊源都是儒家，先秦儒家求道精神在道安、慧远师徒身上都得到了鲜明的体现，汤用彤以赞叹的语气描述道安的求道精神说："安公内外俱赡，恰逢乱世。其在河北，移居九次，其颠沛流离不遑宁处之情，可以想见。然其斋讲不断，注经甚勤，比较同时潜遁剡东，悠然自得之竺法潜、支遁，其以道自任，艰苦卓绝，实已截然殊途矣。"④ 慧远在追随道安的最初十年中，道安教团因遭逢乱世而居无定所、颠沛流离，但慧远仍坚持"精思讽诵"，这种求道的精神与道安是一致的。《论语·里仁》云："君子无终食之间违仁，造次必于是，颠沛必于是。"⑤ 道安、慧远师徒即以自身的践行体现了先秦儒家这种人格风范。道安《比丘尼大戒序》曰："世尊立教，法有三焉：一者戒律也；二者禅定也；三者智慧也。斯三者，至道之由户，泥洹之关要也。戒者，断三恶之干将也；禅者，绝分散之利器也；慧者，齐药病之妙医也。"⑥ 蒋维乔论此段话说："其言之意味，虽极平淡；但当时严

---

① 释慧皎撰，汤用彤校注：《高僧传》，第211页。
② 汤用彤：《汉魏两晋南北朝佛教史》，第244页。
③ ［荷］许理和：《佛教征服中国》，李四龙、裴勇等译，第239页。
④ 汤用彤：《汉魏两晋南北朝佛教史》，第142页。
⑤ 杨伯峻：《论语译注》，中华书局2009年版，第35页。
⑥ 释僧祐撰，苏晋仁、萧炼子点校：《出三藏记集》，第412页。

肃佛徒,想象其真际,兼三者而修之,视为活语。慧远尤奉行惟谨,持律极严;传译禅经,苦心独具;信可谓当代杰出之学者矣。"① 慧远最能继承道安的学术和精神,《高僧传》本传称慧远"既入乎道,厉然不群,常欲总摄纲维,以大法为己任。精思讽持,以夜继昼,贫旅无资,缊纩常阙,而昆弟恪恭,始终不懈"②。这种求道风格和精研学理的学风,而与东晋清谈"口头虚语,纸上空文"极不同。③ 这也是慧远能够在庐山开启一代风气的重要原因,《高僧传》云:"葱外妙典,关中胜说,所以来集兹土者,皆远之力也。"可谓实录。

汤用彤论名僧与高僧之别云:"盖名僧者和同风气,依傍时代以步趋,往往只使佛法灿烂于时。高僧者特立独行,释迦精神之所寄,每每能使教泽继被于来世。至若高僧之特出者,则其德行,其学识,独步一世,而又能为释教开辟一新世纪。"④ 慧远即可称为高僧之特出者,其精神卓绝、至德感人故能开辟中国佛教发展之新局面⑤,就晋宋之际学术与文学的传承发展而言,亦具有极其重要的地位。慧远的学术精神事实上也体现为一种人格本体的建构,这是文学创作的主体基础。

## 第二节 慧远与庐山僧团博雅的学风与文学

谢灵运《庐山慧远法师诔》描述慧远影响下庐山的学术气象:"旧望研几,新学时习,公之勖之,载和载辑。乃修什公,宗望交泰。乃诞禅众,亲承三昧。众美合流,可久可大。""众美合流,可久可大"正是慧

---

① 蒋维乔:《中国佛教史》,中华书局2015年版,第45页。
② 释慧皎撰,汤用彤校注:《高僧传》,第211页。
③ 陈寅恪:《陶渊明之思想与清谈之关系》,《金明馆丛稿初编》,第217页。
④ 汤用彤:《汉魏两晋南北朝佛教史》,第170页。
⑤ 谢灵运《庐山慧远法师诔》序评价慧远之功业云:"昔释安公振玄风于关右,法师嗣沫流于江左,闻风而悦,四海同归。……可谓五百之季,仰绍舍卫之风;庐山之隈,俯传灵鹫之旨。洋洋乎未曾闻也。"宋祖琇《隆兴佛教编年通论》:"去孔子百年而有孟轲。当孟轲时,孔子之道几衰焉,轲于是力行而振起之。自大教东流凡三百年而有远公。当远公时,沙门寖盛,然未有特立独行宪章懿范天下宗师如远公者,吾道由之始振。盖谓远有大功于释氏,犹孔门之孟子焉。"(《卍续藏》第75册,第123页)

远追求的学问境界，而慧远对这种高远的学术之境的追求，源于他完整、透彻地了解佛教义理的内在需要。《高僧传》谓其"孜孜为道，务在弘法，每逢西域一宾，辄恳恻咨访"①。学术即体现了一种求道的精神。正是基于这种道、术合一的观念，慧远对庐山学风的建设有自觉的意识。

两晋时期佛教可分为南北两个系统，南方以竺法潜、支道林为代表，北方则以道安、慧远为代表。南北两个佛教系统在学风上存在着明显的歧异，这一点恰如《世说新语》所载褚渊与孔安国关于南北学风之论："北人学问，渊综广博。南人学问，清通简要。"② 道安、慧远皆是北方人，家世儒学，虽亦深受玄学影响，但依然保持着汉末以来那种博通的风气，《高僧传》谓慧远："少为诸生，博综六经。"③《高僧传》所载以学问渊博著称的北方僧人比比皆是。慧远在襄阳与道安分别后，与弟子数十人南适荆州，这是跟随慧远到达庐山的第一批徒众④，他们带来的北方博综的学风，也奠定了庐山日后学风的发展方向。《高僧传》载慧永谓江州刺史桓伊曰："'远公方当弘道，今徒属已广，而来者方多。贫道所栖褊狭，不足相处，如何？'桓乃为远复于山东更立房殿，即东林是也。"⑤ 东林寺建于桓伊为江州刺史的太元九年至十七年之间，即384年到392年之间，陈舜俞《庐山记》引《十八高贤传》："桓（伊）乃即其地更立房殿，名其殿曰神运；以在永师之居之东，故号东林。即太元十一年，岁次丙戌，寺成。"⑥ 李演《庐山法师影堂碑》："自晋氏太元九年，法师始飞锡南岭，宅胜东林。"⑦ 刘汝霖《东晋南北朝学术编年》系

---

① 释慧皎撰，汤用彤校注：《高僧传》，第216页。
② 余嘉锡：《世说新语笺疏》，第216页。
③ 释慧皎撰，汤用彤校注：《高僧传》，第211页。
④ 许理和《佛教征服中国》认为慧远大约在380年到达庐山。（第256页）陈舜俞《庐山记》引《十八高贤传·慧远传》："太元六年，（远）爱庐阜之闲旷，乃立龙泉精舍。"宋志磐《佛祖统纪》也谓太元六年（381），"慧远法师自襄阳至庐山"。（第828页）祖琇《隆兴佛教编年通论》谓："太元九年，法师慧远以秦乱来归于晋。"今从《十八贤传》。曹虹《慧远评传》认为慧远一行人约于公元381年离开荆州上明寺。（第91页）
⑤ 释慧皎撰，汤用彤校注：《高僧传》，第212页。
⑥ 《大正藏》第51册，2095经，第1039页。
⑦ 志磐撰，释道法校注：《佛祖统纪》，第570页。

于385年①，学界现在倾向于太元十一年（386）②。可见慧远入山不久其影响力已显现出来，追随者的数量也有很大的增长，《高僧传·慧持传》称："庐山徒属，莫匪英秀，往反三千，皆以持为称首。"③ 许理和认为当时"许多人在去其他佛教中心之前，先要到庐山至少住过几年，当时这种'游学'方式在僧人中间较为普遍，如果算上这些在东林寺来来去去的人，那么总数估计在3000人左右。"④ 这里面应包含了门徒和问道者两部分，当然还有一些是多次往返于庐山的，所以3000这个数目或有一部分重复，但即便扣除重复的这个部分，在庐山追随慧远的僧俗人数还是庞大的。追随者之众多更增加了对学风建设的必要性。慧远自身的学问风格对追随者具有一种榜样和示范的作用，《高僧传》即说："远内通佛理，外善群书，夫预者莫不依拟。"⑤ 同时，慧远也注重培养弟子博通的学养，如《高僧传·释僧济传》记载僧济："晋太元中来入庐山，从远公受学，大小诸经及世典书数，皆游炼心抱，贯其深要。"⑥ 又《释道祖传》载道祖，"幼有才思，精勤务学。后与同志僧迁、道流等，共入庐山七年，并山中受戒，各随所习，日有其新"。又云："道流撰诸经目未就，祖为成之，今行于世"。⑦ 这意味着道安以来重视佛教文献整理研究的博学传统在庐山得到了延续和发扬。慧远之学兼综玄释，并擅儒学，在传播佛学之外，也不废儒、玄甚至艺术等方面知识的传授，如《宋书》载宗炳常入庐山，就慧远考寻文义。雷次宗、周续之等入庐山师事慧远，并随其学习《三礼》《毛诗》等儒家典籍。此皆能看出慧远主持下庐山博综的学风。鸠摩罗什在致慧远的信中说："财有五备。"其一即"博闻"，这即是对慧远的赞许，也包含了对庐山学风的肯定。

慧远佛学的宗旨在般若，其师道安是般若六家七宗中本无宗的代表，

---

① 刘汝霖：《东晋南北朝学术编年》，第88页。
② 曹虹：《慧远评传》，第100页。
③ 释慧皎撰，汤用彤校注：《高僧传》，第229页。
④ ［荷］许理和：《佛教征服中国》，李四龙、裴勇等译，第258页。
⑤ 释慧皎撰，汤用彤校注：《高僧传》，第221页。
⑥ 释慧皎撰，汤用彤校注：《高僧传》，第234页。
⑦ 释慧皎撰，汤用彤校注：《高僧传》，第238页。

他本人在庐山时设有般若台进行一系列的佛学研究，般若学则是其中非常重要的内容。故慧远弟子群中颇有以义学著称者，如《道祖传》记载昙顺、昙诜"并义学致誉"，"又有法幽、道恒、道授等百余人，或义解深明、或匡拯众事、或戒行清高、或禅思深入，并振名当世，传业于今"。① 而对义学的领悟理解，离不开博通的学养和精研的态度。《高僧传》卷八记载昙顺的弟子僧慧也以长于义学，"少出家，止荆州竹林寺，事昙顺为师。顺庐山慧远弟子，素有高誉，慧伏膺以后，专心义学。至年十五，能讲《涅槃》《法华》《十住》《净名》《杂心》等"②。这种再传弟子也继承了庐山学风。东晋以来，在玄学的影响下，南方学风以清通简要为主，其末流甚至形成了不重视学问的风气，因此，慧远在庐山提倡博综的学风在当时具有极为重要的意义。出于传播佛教的目的，慧远还经常派遣弟子到各地讲学，如《道祖传》载道祖"后还京师瓦官寺讲说，桓玄每往观听，乃谓人曰：'道祖后发，愈于远公，但儒博不逮耳。'"③ 而其他大量以"游学"方式到庐山问道者其流动性更大，他们到各地去宣传佛法，也进一步扩大了庐山学风在当时时代的影响，这对改变东晋中后期浮浅学风有重要的意义。

东晋般若与玄学关系密切，慧远少时本善《庄》《老》，因此其学亦依傍玄言，袭当时之好尚，其为学风格也颇有玄学之特点。玄学清通简要，崇尚玄远和雅量的风格，《高僧传》谓慧远，"善属文章，辞气清雅，席上谈吐，精义简要"。道安弟子法遇、昙徽，"皆风才照灼，志业清敏，并推伏焉"。④ 可以想见慧远的学问气象。特别是进入庐山之后，慧远有意识地吸收、融合南方的学风，《世说新语》记载殷仲堪曾到庐山与慧远论"易体"，这是典型的玄学问题，殷仲堪是当时著名的玄学名士，东晋玄谈最重风度，所以两人之间的谈论不仅是思想上的交流，也是一种优

---

① 释慧皎撰，汤用彤校注：《高僧传》，第 238—239 页。
② 释慧皎撰，汤用彤校注：《高僧传》，第 320 页。
③ 释慧皎撰，汤用彤校注：《高僧传》，第 238 页。
④ 释慧皎撰，汤用彤校注：《高僧传》，第 212 页。

雅风度和气质的展现，慧远正是因其对玄学的深刻理解和优雅的风格[1]，而受到殷仲堪等南方士人的尊敬。某种程度上讲，这对扩大庐山教团的影响力，促进佛教的发展也是极为重要的。因此，在在博通的学养基础上，慧远还非常注重培养弟子的清雅之风。《道祖传》载昙诜"清雅有风则"，而这也可以用来概括慧远弟子群的典型特征。《道祖传》又载道流、僧迁等，"并年二八而卒，远叹曰：'此子并才义英茂，清悟日新，怀此长往，一何痛哉！'"[2] 道流、道祖相继完成"撰诸经目"的工作，可见"清悟"乃是学养与敏悟相结合的结果。又《慧永传》云："远既久持名望，亦雅足才力，从者百余，皆端整有风序，及高言华论，举动可观。"[3]"端整有风序"是慧远弟子群显示出来的一种集体的风貌，这一风貌是"才力""才义"相结合而形成的。所以"清雅"既有博通的学养，又富有思想敏锐的色彩，这是东晋时期一般的玄学士人所不具备的。曹虹认为："'清雅'之品，往往蕴含适当的学养与颖悟力，且能外现为一定的著述或讲论之才。慧远弟子能以'高言华论'为世人瞩目，也说明他们善于将哲理与文才结合起来，或者说是将哲理作审美的表述。"[4] 从这一点来讲，庐山博雅之风的传播不仅对扭转东晋中后期玄学清虚的学风具有重要意义，而且对诗歌摆脱玄言诗"质木无文""淡乎寡味"的弊病也有直接的作用。

学问与文学虽不能等同，但两者之间又有直接的关系，严羽《沧浪诗话》云："夫诗有别材，非关学也；诗有别趣，非关理也。然非多读书、多穷理，则不能极其至。"[5] 也就是说，诗歌创作遵循着一定的艺术规律，构成诗歌艺术本质的是某种特殊的素质，与学问义理不一样。但是诗人的学问和思想，能够影响诗人的艺术眼光，而观念和意识也会渗

---

[1] 《高僧传·法汰传》载慧远在荆州参与道恒辨心无义，"慧远就席，设难数翻，关责锋起。恒自觉义途差异，神色微动，麈尾扣案，未即有答。远曰：'不疾而速，杼轴何为？'座者皆笑，心无之义于此而息。"（《高僧传》，第193页）其举止与谈论的方式颇有魏晋清谈的特点。
[2] 释慧皎撰，汤用彤校注：《高僧传》，第238页。
[3] 释慧皎撰，汤用彤校注：《高僧传》，第232页。
[4] 曹虹：《慧远评传》，第131页。
[5] 严羽：《沧浪诗话》，丁福保辑：《历代诗话》，中华书局1980年版，第688页。

透在一个人的感情和生活感受之中。这样看来，诗歌与学问又具有内在联系的。① 甚至是那些在我们看来最具自然特点的诗歌，也与诗人的学问思想是息息相关的。② 汉末针对旧经学"空守章句，但诵师言，施之世务，殆无一可"③。这一流弊，发展起一种博涉多通、经世致用的学风，汉魏之际许多新思想、新观念的产生以及文学的发展大都是以此为基础的，"甚至可以说博学就等于文学"④。前文指出道安、慧远博通与求真的学问风格，颇多继承和发扬汉末的风气，因此这一系的僧人与文学的关系也极为密切。道安博学多识神解佳妙，并以才辩文学著称，《高僧传》载："长安中衣冠子弟为诗赋者，皆依附致誉。"⑤ 又《出三藏记集·道安传》云："安穷览经典，钩深致远，其所注《般若》《道行》《密迹》《安般》诸经，并寻文比句。……序致渊富，妙尽玄旨，条贯既序，文理会通，经义克明，自安始也。"⑥ 可见道安之文学才华及文学在弘法上之作用。慧远亦极富文学才华，《高僧传》谓其"善属文章，辞气清雅，席上谈吐，精义简要"⑦，又云"道业贞华，风才秀发"⑧。在佛教的实践过程中，慧远更意识到文采的重要性，《襄阳丈六金像颂》云："夫明志莫如词，宣德莫如颂。故志以词显，而功业可存，德以颂宣，而形容可像，匪词匪颂，将何美焉。"极重视文学语言表达力对于佛法宣传之意义。《大智论钞序》云："然斯经幽奥，厥趣难明，自非达学，甚少得其归。故叙夫体统，辩其深致，若意在文外，而理蕴于辞。"对西晋发展起来的"言""意"文学批评范畴极为精熟。鸠摩罗什《为僧叡论西方辞体》："天竺国俗，甚重文藻，其宫商体韵，以入弦为善，凡觐国王，必有赞

---

① 钱志熙：《魏晋诗歌艺术原论》，第75页。
② 陈衍《诗品平议》论钟嵘则强调的"自然英旨"说，云："此钟记室论诗要旨所在也，而其流极，乃有严沧浪'诗有别材，非关学也'之说。夫语由直寻，不贵用事，无可訾议也。然何以能直寻而不穷于所往？则推见至隐故也；何以能推见至隐？则关学故也。"（钱仲联编校：《陈衍诗论合集》，福建人民出版社1999年版，第940页）也就是说诗歌也需要学问。
③ 王利器：《颜氏家训集解》，中华书局1993年版，第177页。
④ 钱志熙：《魏晋诗歌艺术原论》，第76页。
⑤ 释慧皎撰，汤用彤校注：《高僧传》，第181页。
⑥ 释僧祐撰，苏晋仁、萧炼子点校：《出三藏记集》，第561页。
⑦ 释慧皎撰，汤用彤校注：《高僧传》，第222页。
⑧ 释慧皎撰，汤用彤校注：《高僧传》，第521页。

德。见佛之仪,以歌叹为尊。经中偈颂,皆其式也。但改梵为秦,失其藻蔚,虽得大意,殊隔文体,有似嚼饭与人,非徒失味,乃令呕秽也。"明确地指出佛教翻译中"文藻""藻蔚"的重要性。慧远与罗什在佛教上常互通声气、相互探讨,罗什这一观点对慧远文学观亦当深有影响。[1]

慧远还善于将悟理与审美结合起来,如《阿毗昙心序》云:

又其为经,标偈以立本,述本以广义。先弘内以明外,譬由根而寻条。可谓美发于中,畅于四肢者也。发中之道,要有三焉:一谓显法相以明本,二谓定己性于自然;三谓心法之生,必俱游而同感。俱游必同于感,则照数会之相因;己性定于自然,则达至当之有极;法相显于真境,则知迷情之可反。心本明于三观,则睹玄路之可游。然后练神达思,水境六府,洗心净慧,拟迹圣门。寻相因之数,即有以悟无,推至当之极,每动而入微矣。[2]

这里阐述对佛理的认识而多次用到"游"字,如"俱游而同感""睹玄路之可游","游"在道家那里常常具有一种精神活动的内涵,《庄子》即经常用"游"来表现精神之自由,如《逍遥游》《知北游》,钱志熙认为,"它的具体含义是很丰富的,大致是指一种带有绝对自由性质的精神活动,其中包含着无功利关系的审美活动"。"庄子的哲理体悟往往建立在对自然物的审美活动的感性认识的基础之上"。[3] 慧远也常用到"游"字,其内涵与庄子是比较接近的,也具有审美活动的性质。曹虹指出:"这里的'心法之生,必俱游而同感',指出悟道者类似于艺术的感知态度,从而'寻相因之数,即有以悟无'。这种'照数会之相因',既不脱离现象界,又不拘于现象界,因而这时的观照所得就是感性与理性的结合。"[4] 又如《庐山出修行方便禅经统序》:"感则俱游,应必同趣。"皆有审美之性质。此外,慧远还经常用"悟",如:

---

[1] 曹虹《慧远评传》专列一小节分析了"慧远的文学观",可以参见,第334—341页。
[2] 释僧祐撰,苏晋仁、萧炼子点校:《出三藏记集》,第378—379页。
[3] 钱志熙:《魏晋诗歌艺术原论》,第293页。
[4] 曹虹:《慧远评传》,第121页。

悟彻者反本，惑理者逐物耳。（《形尽神不灭论》）

向使时无悟宗之匠，则不知有先觉之明，冥传之功。（《形尽神不灭论》）

寻相因之数，即有以悟无。（《阿毗昙心序》）

鉴明则尘累不止，而仪像可睹，观深则悟彻入微，而名实俱玄。（《大智论钞序》）

虽神悟发中，必待感而应。（《大智论钞序》）

弱而超悟，智绝世表。（《庐山出修行方便禅经统序》）

"神悟""超悟"等都是一种主客之间的活动，与审美活动也极为相似。这些都说明慧远的宗教活动具有一种艺术气质，也可以看出慧远影响下庐山学风与文学的关系是极为密切的。《宋书》载雷次宗写给家人的信说："逮事释和尚，于时师友渊源，务训弘道，外慕等夷，内怀悱发。于是洗气神明，玩心坟典，勉志勤躬，夜以继日，爰有山水之好，悟言之欢，实足以通理辅性。"① 又《高僧传》载僧彻在慧远指导下除"遍学诸经，尤精《波若》"之外，还有文学才华，"又以问道之暇，亦措怀篇牍，至若一赋一咏，辄落笔成章。尝至山南攀松而啸，于是清风远集，众鸟和鸣，超然有胜气"。② 可见慧远门下佛理钻研与山水审美相得益彰。许理和认为，"归隐"是中古社会初期士大夫中间最为普遍的理想，"文学研究和艺术追求如诗歌、绘画、音乐及书法也都成了'归隐'的分内之事"。而"所有这些因素均以一种高度发展的方式体现在庐山僧人身上：佛教哲学和玄学、禅定和超自然力崇拜，自然之美和禁欲生活、清谈，学术研究和艺术活动，与世无争和政治中立"。③ 这种宗教、文学、艺术相结合的活动，在庐山僧团上得到显著体现。比如慧远组织庐山士僧群体集体进行"念佛三昧"的诗歌创作。隆安四年（400）还组织了山水之游和诗歌创作活动，庐山诸道人《游石门诗序》云："释法师以隆安四年

---

① 沈约：《宋书》，第2293页。
② 释慧皎撰，汤用彤校注：《高僧传》，第277页。
③ [荷]许理和：《佛教征服中国》，李四龙、裴勇等译，第263—264页。

仲春之月，因咏山水，遂杖锡而游，于时交徒同趣三十余人，咸拂衣晨征，怅然增兴。"这次重要的活动虽然仅存诗一首，但是可以看出庐山士僧群体富于文学氛围的特点。慧远《庐山略记》说二十三年中"凡再诣石门，四游南岭"①。可见他曾多次游览庐山胜迹，这种游山活动不会只有慧远一人，而应该也是一种群体性的活动，这些游山活动或也有不少文学作品的写作。可见庐山士僧群体还具有明显的文学集团的性质。这一点与支遁等人在会稽的"渔弋山水，言咏属文"颇为相似。甚至可以说，隆安四年（400）的游山文咏，与永和九年（353）的兰亭集会，具有相互呼应的意义，在文学史上标志着士僧群体的形成及其对文学影响的深入。

慧远本人亦勤于著述，《高僧传》谓："所著论序铭赞诗书集为十卷，五十余篇，见重于世。"② 其中即有富于文学艺术价值之作，如《庐山记》：

> 始入林渡双阙，谓则践其基，登涉十余里，乃出林表，回步许，便得重崿。东望香炉，秀绝众流；北眺九江，目流神览。过此转觉道隘，而合力进，复数百步，方造颓岭。积石连阜，霜崿相乘。然后攀弱条，涉峭迳，足惫体疲，仅达孤松。其下有磐石，可坐十人。至松林尚有十四五里。既至，乃傍林际，憩龟岭。视四岭之内，犹观掌焉。未至松林，又有石悬溜，其下傪然，使人目眩，斯瀑布之源，三流之始。其上有双石临虚，若将坠而未落。傍有盘屋纡回，壁立千仞，翠林被崖，万籁齐响，遗音在岫，若绝而有闻。③

详细描写了庐山之游及庐山山水之美，是一篇十分成功的山水游记。其写实的笔法，对后来谢灵运的山水诗艺术有直接的影响。刘遗民、张野都有同题《庐山记》，加上《游庐山诗》等一系列诗歌，可见庐山的浓厚

---

① 台湾商务印书馆影印文渊阁《四库全书》第585册，第43页。
② 释慧皎撰，汤用彤校注：《高僧传》，第222页。陈舜俞《庐山记》卷三《十八贤传》第五谓："有《匡山集》二十卷，传于世。"（《大正藏》，第51册，第1039页）
③ 《大正藏》第51册，第1031页。

的文学艺术氛围。宋代志磐《佛祖统纪》谓慧远集号《庐山集》，其下注曰："白云端禅师自庐山录本来越上，遇照律师，与之，嘱其开板，照师为序，有云：王荆公言，晋人为文无如远公。"① 从这点来讲，慧远的创作及其对庐山博雅学风的建设，对晋宋文学有重要的影响。

## 第三节　慧远与士人群的交游考

陈舜俞《庐山记》云："庐山岂独水石能冠天下，由代有高贤隐居以传。"②《高僧传》本传载慧远创东林寺后："率众行道，昏晓不绝，释迦余化，于斯复兴。既而谨律息心之士，绝尘清信之宾，并不期而至，望风遥集。"③ 慧远以其德行、学问的风范，而对士人群体具有很强的吸引力，《高僧传·慧持传》云："庐山徒属，莫匪英秀，往反三千。"④ 在慧远的努力下，庐山已成为当时的佛教和文化学术的中心，这种往返于庐山的"徒属"，包括僧人和一般的问道之士，可见慧远的魅力对士、僧群体皆有很深的影响。严耕望认为魏晋以后，"会佛教兴盛，当时第一流学者多属僧徒，且兼通经史，贵族平民皆仰尊之。吾人想像当时教育中心固在世家大族，然必有不少士子就学于山林巨刹者。"⑤ 慧远的东林寺可以说就是一个典范。

晋安帝元兴元年（402），慧远等一百二十三人于无量寿像前，建斋立誓，共期西方，其知名的士人有刘遗民、雷次宗、周续之、毕颖之、宗炳、张莱民、张季硕等。⑥ 明代憨山德清《东林怀古》云："东林开白社，高贤毕在斯。"⑦ 这里所谓的"高贤"一般指"莲社十八贤"，宋志磐《佛祖统纪》卷二十七《十八贤传》列十八人为慧远、慧永、慧持、

---

① 志磐撰，释道法校注：《佛祖统纪》，第835页。
② 《大正藏》第51册，2095经，第1039页。
③ 释慧皎撰，汤用彤校注：《高僧传》，第214页。
④ 释慧皎撰，汤用彤校注：《高僧传》，第229页。
⑤ 严耕望：《唐人习业山林寺院之风尚》，《唐史研究丛稿》，新亚研究所1969年版，第367页。
⑥ 释慧皎撰，汤用彤校注：《高僧传》，第214页。
⑦ 吴宗慈：《庐山志》，江西人民出版社1996年版，第315页。

道生、昙顺、僧叡、昙恒、道昺、昙诜、道敬、佛驮耶舍、佛驮跋陀罗、刘程之、张野、周续之、张诠、宗炳、雷次宗。宋李元中为李伯时"莲社十八贤图"所作记文，介绍了"十八贤"的人员构成情况：

> 按十八贤行状，沙门慧远初为儒，因听道安讲《般若经》，豁然大悟，乃与其弟慧持俱弃儒落发。太元中至庐山，时沙门慧永先居香谷。……时有彭城遗民刘程之、豫章雷次宗、雁门周续之、南阳宗炳、张诠、张野凡六人，皆名重一时，弃官舍缘来依远师。复有沙门道昺、昙常、惠睿、昙诜、道敬、道生、昙顺凡七人，又有梵僧佛驮跋陀罗、佛驮耶舍二尊者相结为社，号庐山十八贤。①

学界对白莲结社颇多怀疑，但通常所据的《莲社十八贤传》，经陈舜俞《庐山记》、志磐《佛祖统纪》的修正，已加入了可靠的材料②。《十八贤传》所列士人与《高僧传》提到的七位"弃世遗荣"的隐者，虽稍有出入，但无碍于说明慧远对士人阶层的吸引力。《佛祖统纪》录莲社一百二十三人中可见者三十七人，士人除十八贤所列之外，还有阙公则、毕颖之、孟怀玉、王乔之、殷隐、毛修之、殷蔚、王穆夜、何孝之、范悦之、张文逸、孟常侍、孟司马、陆修静等，虽不可尽信，但仍然可以说明围绕在慧远周围的士人群其人数不在少。白莲结社这样一个故事也"贴和东林寺当年富于凝聚力的气氛"。③ 可见慧远虽影不出山，但与士人群却

---

① 吴宗慈：《庐山志》，第42—43页。
② 汤用彤《汉魏两晋南北朝佛教史》云："今日世俗相传，谓远公与十八高贤立白莲社，入社者一百二十三人，外有不入社者三人。此类传说，各书所载互有不同，且亦不知始于何时，然要在中唐以后。通常所据之书相传为《十八高贤传》，陈舜俞《庐山记》载其文。据陈氏曰：'东林寺旧有《十八贤传》，不知何人所作。文字浅近，以事验诸前史，往往乖谬，读者陋之。……予既作《山记》，乃因旧本，参质晋宋史及《高僧传》，粗加刊正。'宋志磐《佛祖统纪》二十六（当为卷二十七）亦载《十八贤传》。且于末附注曰：'《十八贤传》始不著作者名，疑自昔出于庐山耳。熙宁间嘉禾贤良陈令举舜俞粗加刊正。大观初沙门怀悟以事迹疏略，复为详补。今历考《庐山集》《高僧传》及晋宋史，依悟本再为补治，一事不遗，自兹可为定本矣。'据此，《十八高贤传》乃妄人杂取旧史，采摭无稽传说而成。至陈舜俞、志磐为之修正，采用旧史，《十八高贤传》中当已加入可靠之材料。"（第248页）
③ 曹虹：《慧远评传》，第141页。

有广泛的交往。本节将对其中较为重要的一些交往稍作考察，以揭示庐山士僧群体的特点。

## 一　刘遗民

在庐山追随慧远的士人中，以刘遗民最为精勤，修行成果亦最大。刘遗民，名程之，字仲思，汉楚元王之后。刘遗民《晋书》无传，《宋书·周续之传》谓之与周续之、陶渊明称浔阳三隐。《广弘明集》三十二道宣注云："彭城刘遗民，以晋太元中除宜昌、柴桑二县令。值庐山灵邃，足以往而不返。丁母忧，去职入山。于西林涧北，别立禅房，养志闲处。在山一十五年，年五十七。"[①] 陈舜俞《庐山记》刊正《十八贤传》谓其"坟典百家靡不周览，尤好佛理。……程之既慕远公名德，欲白首同社，乃录寻阳柴桑。以为入山之资，岁满弃去。结庐西林，蔽以榛莽。义熙间，公侯复辟之，皆不应，后易名遗民。远公社贤推为上客。常贻书关中，与什肇二法师通好，扬搉经论。著《念佛三昧诗》、道德名实诸词文义之华，一时所挹。凡居山十有二年。……义熙六年庚戌终，春秋五十七"[②]。据此其生卒年为 354—410 年。但是这两则材料在刘遗民在庐山的时间上有出入，或谓十五年，或谓十二年，大抵刘遗民在 395—398 年即到庐山依远公而隐。[③] 刘遗民追随慧远十几年，精勤修行成为慧远门下的佼佼者，得到了远公的首肯，唐代元康《肇论疏》载慧远为刘遗民作传："庐山远法师作刘公传云：刘程之，字仲思，彭城人。……陈郡殷仲文、谯郡桓玄、诸有心之士，莫不崇拭。禄浔阳柴桑，以为入山之资。未旋几时，桓玄东下，格称永始。逆谋始，刘便命孥，考室山薮。"[④] 慧远现存《与隐士刘遗民等书》，以刘遗民为门下士人群的代表，颇可见刘氏之地位，所以后人在述及慧远门下之士人时，也常以刘遗民称首，如慧皎《高僧传·慧远传》载"依远游止"的士人即首列刘遗民；唐代法琳《辩证论》称刘遗民、雷次宗、周续

---

[①]　《大正藏》第 52 册，第 304 页。
[②]　《大正藏》第 51 册，第 1039 页。
[③]　刘汝霖：《东晋南北朝学术编年》系此于 396 年。（第 95 页）
[④]　《大正藏》，第 45 册，第 181 页。

之、毕颖之、宗炳为"五贤";而《十八贤传》慧远之后即为刘遗民传。又如宋道诚《释氏要览》:"昔晋慧远法师,雁门人,住庐山虎溪东林寺。招贤士刘遗民、宗炳、雷次宗、张野、张诠、周续之等为会,修西方净业。"① 李元中《莲社图记》载:"时有彭城遗民刘程之、豫章雷次宗、雁门周续之、南阳宗炳、张诠、张野凡六人,皆名重一时,弃官舍缘,来依师。"②

刘遗民最得慧远的重视,一方面是其修行精勤在诸人中最为突出,道宣在《广弘明集》卷二十七慧远《与隐士刘遗民等书》后说:"于是山居道俗,日加策勉。遗民精勤偏至,具持禁戒,宗、张等所不及。"③元代文才《肇论新疏游刃》云:"古之高士以道德自居,忘身遗世,如子陵、戴逵之流,天子不得臣,诸候不能友,谓之处士,遗民亦斯人之徒也。"④"以道德自居"与慧远"以大法为己任,精思讽持,以夜继昼"相似,故这是刘遗民颇得慧远赞赏的重要原因。另一方面,则是二人在思想学术和文学等诸多方面皆颇相契合。二人皆崇尚隐逸,刘遗民是东晋隐士的代表,慧远年二十一即"欲渡江东,就范宣子共契嘉遁"⑤,入庐山后三十余年影不出山。思想上两人皆精通道家玄学⑥,又由玄入佛,所以有浓厚的理论兴趣,特别表现在般若学上,《出三藏记集》卷十二载陆澄《法论目录》著录了刘遗民《释心无义》,心无宗主张心无色有,法汰谓"此是邪说,应需破之",慧远曾在荆州攻难道恒心无义。慧远承其师道安主本无宗⑦,因此《释心无义》或体现了庐山内部对"心无义"有新的认识,不论刘遗民《释心无义》具体内容是

---

① 释道诚撰,富世平校注:《释氏要览校注》,第69—70页。
② 参见曹虹《遗民诗境中的"刘遗民"》,2006年中国诗学研讨会论文集。
③ 《大正藏》,第52册,第304页。
④ 《卍续藏》,第54册,第303页。
⑤ 释慧皎撰,汤用彤校注:《高僧传》,第211页。
⑥ 《高僧传》谓慧远"尤善《庄》《老》",引《庄子》以讲实相义。(第211、212页)志磐《佛祖统纪》载《十八贤传·刘程之传》:"妙善庄老,旁通百氏。"(第559页)
⑦ 据日本佛教学者横超慧日考证,慧远属本无宗。(《中国佛教の研究》,法藏馆昭和四十六年版,第174页)

什么①，都体现了他对探讨般若学思想的兴趣。又409年，僧肇托道生将其所写《般若无知论》转给刘遗民②，刘氏作《致书释僧肇请为般若无知论释》表达了对僧肇的尊敬和赞赏，同时也对般若无知论提出了疑问。

夫理微者辞险，唱独者应希。苟非绝言象之表者，将以存象而致乖乎？意谓答以缘求智之章，婉转穷尽，极为精巧，无所间然矣。但暗者难以顿晓，犹有余疑一两，今辄题之如别，想从容之暇，复能粗为释之。

论序云：般若之体，非有非无，虚不失照，照不失虚。故曰不动等觉而建立诸法。下章云：异乎人者神明，故不可以事相求之耳。又云：用即寂，寂即用，神弥静，应逾动。夫圣心冥寂，理极同无，不疾而疾，不徐而徐。是以知不废寂，寂不废知，未始不寂，未始不知。故其运物成功化世之道，虽处有名之中，而远与无名同。斯理之玄，固常所弥昧者矣。

但今谈者所疑于高论之旨，欲求圣心之异，为谓穷灵极数，妙尽冥符耶？为将心体自然，灵怕独感耶？若穷灵极数，妙尽冥符，则寂照之名，故是定慧之体耳。若心体自然，灵怕独感，则群数之应，固以几乎息矣。夫心数既玄而孤运其照，神淳化表而慧明独存。当有深证，可试为辨之。

疑者当以抚会、应机、睹变之知，不可谓之不有矣。而论旨云本无惑取之知，而未释所以不取之理。谓宜先定圣心所以应会之道，

---

① 张春波在引用了横超慧日考证慧远为本无宗的观点之后说："这个看法如正确，刘遗民也应本持本无宗观点。"（《肇论校释》，第117页）汤用彤《汉魏两晋南北朝佛教史》则谓刘遗民为"宗心无义者"（第189页）。陈寅恪《支愍度学说考》也认为刘遗民《释心无义》"其题以释义为名，必为主张，而非驳难心无义者"（《金明馆丛稿初编》，第181页）。

② 据僧祐《出三藏记集》卷二："《新大品经》二十四卷。伪秦姚兴弘始五年四月二十三日于逍遥园译出，至六年四月二十三日讫。"（第49页）《大品般若经》于404年译成。僧肇参与罗什的译经活动，在《大品般若经》译出后，僧肇根据其对大乘中观的理解，写了《般若无知论》，其时间在405年。又僧祐《出三藏记集》卷十五《道生法师传》谓道生"义熙五年还都"，即409年。道生在游长安之前，曾在庐山依慧远学有宗，"隆安中，移入庐山精舍，幽栖七年，以求其志。"（第571页）大概道生在409年由建安返建康途中经过庐山，为刘遗民等人带来了僧肇的《般若无知论》。

为当唯照无相耶？为当咸睹其变耶？若睹其变，则异乎无相；若唯照无相，则无会可抚。既无会可抚，而有抚会之功，意有未悟，幸复诲之。

  论云："无当则物无不当，无是则物无不是。物无不是，故是而无是；物无不当，故当而无当。"夫无当而物无不当，乃所以为至当；无是而物无不是，乃所以为真是。岂有真是而非是，至当而非当，而云当而无当，是而无是耶？若谓至当非常当，真是非常是，此盖悟惑之言本异耳。固论旨所以不明也。愿复重喻，以祛其惑矣。

  《般若无知论》是僧肇的代表作，《高僧传》本传云："后罗什至姑臧，肇自远从之，什嗟赏无极。及什适长安，肇亦随返。姚兴命肇与僧叡等，入逍遥园，助详定经论。肇以去圣久远，文义多杂，先旧所解，时有乖谬，及见什咨禀，所悟更多。因出《大品》之后，肇便著《波若无知论》，凡二千余言，竟以呈什，什读之称善。乃谓肇曰：'吾解不谢子，辞当相挹。'"① 此论作于405年，在罗什译出《大品般若经》和《大智度论》之后，也就是在僧肇参与罗什译经活动，对印度中观学有了深刻认识之后所写的，代表了当时中国人对般若学研究的最新成果，所以得到了罗什的赞赏。《般若无知论》的主要观点是把般若说成"无知"，"试论之曰：《放光》云：般若无所有相，无生灭相。《道行》云：般若无所知，无所见。此辨智照之用，而曰无相无知者，何耶？果有无相之知，不知之照，明矣。何者？夫有所知，则有所不知。以圣心无知，故无所不知。不知之知，乃曰一切知。故经云：圣心无所知，无所不知。信矣。"② 僧肇引《放光般若经》和《道行般若经》所说的般若无相无知，但是又有"无相之知，不知之照"，说明"确实有无相状的圣智，也确实有没有知识的认识"。③ 这就是僧肇所说的般若无知。所谓的"无

---

① 释慧皎撰，汤用彤校注：《高僧传》，第249页。
② 僧肇著，张春波校释：《肇论校释》，第68—69页。
③ 僧肇著，张春波校释：《肇论校释》，第69页。

知"是指惑取之知，而"圣心无知，故无所不知"，圣心没有普通人的认识，但是能认识万物性空的本质，所以也就无所不知了。慧远、刘遗民等人读到此论之后，都极为叹赏。① 但是由于深受小乘实有思想的影响，所以他们无法理解"圣心无知，故无所不知"的思想。刘遗民认为《般若无知论》所说的"圣心"既是"无知"又是"知"，既照"无相"又照"有相"，这样把"圣心"，说成是自相矛盾的，这是《般若无知论》的错误之处。所以，刘遗民在信中提出了三个问题：智体有知无知？照境有相无相？境智相对有是无是？② 这正是他受慧远实有思想影响，而执般若为有的结果。这和慧远与鸠摩罗什反复辩论法性、法身等问题的《大乘大义章》，其性质是相同的。刘遗民在信的结尾说："论至日即与远法师详省之。法师亦好相领得意，但标位似各有本，或当不必理尽同矣。"元康《肇论疏》云："标位似各有本者，远法师以法性为本，谓性空非法性。肇法师以性空为真谛，与远法师不同也。"③ 所以这封信虽是刘遗民所写，却代表了慧远的思想。这也说明了慧远对刘遗民佛学造诣的认同。

此外，刘遗民的文雅之才极为突出，这点也与慧远注重的清雅之风相契合。慧远对文学极为重视，如《与隐士刘遗民等书》云："若染翰缀文，可托兴于此。虽言生于不足，然非言无以畅一诣之感。"隆安四年（400），慧远组织了一次三十余人参加的庞大的游山文咏活动，现存《游石门诗序》详细叙述了此次活动，慧远作《游庐山诗》④，刘遗民、王乔之、张野等人都有《奉和慧远游庐山诗》，刘遗民诗云：

> 理神固超绝，涉粗罕不群。孰至消烟外，晓然与物分。冥冥玄

---

① 《高僧传》载慧远读后，"抚机叹曰：'未常有也'。"刘遗民也感叹，"不意方袍，复有平叔。"（第249页）
② 僧肇著，张春波校释：《肇论校释》，第120页。
③ 《大正藏》第45册，1859经，第184页。
④ 慧远《庐山略记》："《游庐山记》并诗，自记此二十三载，凡再诣石门，四游南岭。"龚斌：《慧远年谱》据此认为《游庐山诗》作于元兴三年（404）（龚斌：《慧远评传》，江西人民出版社2008年版，第243页）。我们认为现存慧远《游庐山诗》应该是隆安四年（400）与庐山诸人共游石门时所作。

谷里,响集自可闻。文峰无旷秀,交岭有通云。悟深婉冲思,在要开冥欣。中岩拥微兴,临岫想幽闻。弱明反归鉴,暴怀傅灵薰。永陶津玄匠,落照俟虚斤。

诗歌表现了对山水中所蕴含神理的领悟,这也正是慧远的主张。此外,慧远作《庐山记》《游山记》,特别是《庐山记》已是极富文学色彩的游记散文,据文廷式《补晋书艺文志》,刘遗民也有《庐山记》[1],与《游庐山诗》一样,这很可能是一种同题共作,可见入庐山之后,慧远欣赏其徒属的文学才华,并使其得以进一步发展,这是庐山富于文学风气的重要原因。又如《十八贤传》《居士传》都谓刘遗民诸贤共作《念佛三昧诗》,遗民文采尤为时人所推崇。[2] 又元兴元年(402),慧远率众立誓念佛共期西方,命刘遗民作誓文。慧远极重净土信仰,此次念佛立誓是一次庞大而庄重的活动,对誓文的撰写自然也是极为重视的。慧远晚年制佛影时,曾特地派遣弟子道秉去请谢灵运作《佛影铭》"以充刊刻",这是对谢灵运文学才华的充分肯定。所以刘遗民受命作誓文,其实也说明慧远对刘遗民文学才能的推重。誓文云:"然复妙观大仪,启心贞照,识以悟新,形由化革。籍芙蓉于中流,荫琼柯以咏言。标飘衣于八极,泛香风以穷年。体忘安而弥穆,心超乐以自怡。临三涂而缅谢,傲天宫而长辞。绍众灵以继轨,指太息以为期。究兹道也,岂不弘哉。"[3] 此段多用对仗,而语言流畅,颇可看出刘氏的文才。又如其《致书释僧肇请为般若无知论释》[4]:

遗民和南!顷餐徽闻,有怀遥伫。岁末寒严,体中如何?音寄雍隔,增用抱蕴。弟子沈疴草泽,常有弊瘵耳。因慧明道人北游,

---

[1] 刘遗民《庐山记》,见文渊阁《四库全书》第889册,第781页。
[2] 《十八贤传》谓刘遗民"道德名实,诸词文义之华,一时所揖"(《大正藏》第51册,第1039页)。
[3] 释慧皎撰,汤用彤校注:《高僧传》,第215页。
[4] 刘遗民致僧肇的信原无标题,标题为后人所加,名称不一,如《隐士刘遗民书》《刘公致问》《刘君致书覼问》等。此处用严可均《全晋文》所加标题。

裁通其情。古人不以形疏致淡,悟涉则亲。是以虽复江山悠邈,不面当年,至于企怀风味,镜心象迹,伫悦之勤,良以深矣。缅然无因,瞻霞永叹,顺时爱敬,冀因行李,数有承问。伏愿彼大众康和,外国法师当休纳。上人以悟发之器而遘兹渊对,想开究之功,足以尽过半之思。故以每惟乖阔,愤愧何深!此山僧清常,道戒弥厉,禅隐之余,则惟研惟讲,恂恂穆穆,故可乐矣。弟子既已遂宿心而睹兹上轨,感寄之诚,日月铭至。远法师顷恒履宜,思业精诣,乾乾宵夕。自非道用潜流,理为神御,孰以过顺之年,湛气若兹之勤。所以凭慰既深,仰谢逾绝。去年夏末,始见生上人示《无知论》。才运清俊,旨中沈允,推涉圣文,婉而有归。披味殷勤,不能释手。真可谓浴心方等之渊,而悟怀绝冥之肆者矣。若令此辩遂通,则般若众流,殆不言而会。可不欣乎!可不欣乎![①]

这是信的第一部分,表达了对僧肇的问候,并介绍了庐山的风气和慧远精勤的求道精神。两人虽未谋面,但信中娓娓道来,语言平实而情感真挚,颇令人想见二人之风范。即使不考虑刘遗民与僧肇所探讨的般若问题在佛教思想史上的意义,仅从文学的角度而言,此信也足称为成功的散文。《太平御览》卷六五五引杨衒之《洛阳伽蓝记》载:"僧肇法师制四论合为一卷,曾呈庐山远大师,大师叹仰不已。又呈刘遗民,叹曰:'不意方袍复有叔平!''方袍'之语,出遗民也。"[②] 据此段材料,僧肇将《般若无知论》分别呈送给了慧远和刘遗民,那么刘遗民此信很可能就是受慧远委托而写,这更可见慧远对刘遗民在佛学、文学上的信任。

慧远重视文学,自己又富于诗才,所以在庐山曾多次组织诗歌吟咏活动,刘遗民《庐山精舍誓文》云:"籍芙蓉于中流,荫琼柯以咏言。"所谓的"咏言",说明在佛教活动之外,慧远与刘遗民诸人还有诗歌吟咏、创作。慧远还以诗歌表现在念佛的活动,现存有《念佛三昧诗歌集序》。僧肇在回复刘遗民的信中说:"威道人至,得君《念佛三昧咏》,并

---

[①] 僧肇著,张春波校释:《肇论校释》,第109—116页。
[②] 《太平御览》,中华书局1960年版,卷六五五释部,第2926页。

得远法师《三昧咏》及《序》，此作兴寄既高，辞致清婉，能文之士率称其美，可谓游涉圣门，扣玄关之唱也。君与法师当数有文集，因来何少？"①《念佛三昧咏》传到长安后，得到了"能文之士"的称美，在僧肇看来，刘遗民这类诗作应该还有很多。说明刘遗民的诗歌艺术才华颇为突出，从这一点来讲，《十八贤传》谓其"道德名实诸词文义之华，一时所挹"②。这一评价还是中肯的。

在庐山追随慧远十几年，是刘遗民在思想文化上取得了突出成就的重要因素，他著有《老子玄谱》一卷，文集五卷（《随书·经籍志》），《释心无义》《难般若无知论》（《出三藏记集》引陆澄《法论目录》）。现存《庐山精舍誓文》《致书释僧肇请为般若无知论释》《笃终诚》《奉和慧远游庐山诗》等。

## 二　周续之

《宋书·隐逸传》载："周续之字道祖，雁门广武人也。其先过江居豫章建昌县。……豫章太守范宁于郡立学，招集生徒，远方至者甚众。续之年十二，诣宁受业。居学数年，通《五经》并《纬候》，名冠同门，号曰'颜子'。既而闲居读《老》《易》，入庐山事沙门释慧远。时彭城刘遗民遁迹庐山，陶渊明亦不应征命，谓之浔阳三隐。……刘毅镇姑孰，命为抚军参军，征太学博士，并不就。江州刺史每相招请，续之不尚节峻，颇从之游。常以嵇康《高士传》得出处之美，因为之注。高祖之北讨，世子居守，迎续之馆于安乐寺，延入讲礼，月余，复还山。……俄而辟为太尉掾，不就。……高祖践阼，复召之，乃尽室俱下。上为开馆东郭外，招集生徒。乘舆降幸，并见诸生，问续之《礼记》'傲不可长''与我九龄''于嚳圃'三义，辨析精奥，称为该通。续之素患风痹，不复堪讲，乃移病钟山。景平元年卒，时年四十七。通《毛诗》六义及《礼论》《公羊传》，皆传于世。"③

---

① 僧肇著，张春波校释：《肇论校释》，第 144 页。
② 《大正藏》第 51 册，第 1039 页。
③ 沈约：《宋书》，第 2280—2281 页。

第二章　慧远与庐山士僧群体的学风和文学　/　193

　　周续之的学术由儒入道，《隋书·经籍志》录有嵇康撰、周续之注《圣贤高士传赞》三卷，说明他不仅崇尚隐逸的生活，而且有心汲取古来隐逸文化的内涵。① 其入庐山师事慧远，与庐山作为隐逸和文化学术中心巨大的吸引力有重要的关系。周续之的学术成就主要表现在"《毛诗》六义及《礼论》《公羊传》"，《高僧传·慧远传》载："时远讲《丧服经》，雷次宗、宗炳等，并执卷承旨。次宗后别著义疏，首称雷氏，宗炳因寄书嘲之曰：'昔与足下共于释和尚间，面受此义，今便题卷首称雷氏乎？'"② 又《宋书·隐逸传》载雷次宗"少入庐山，事沙门释慧远，尤明《三礼》《毛诗》"③。陆德明《经典释文·毛诗音义》亦云："周续之与雷次宗同受慧远法师《诗》义。"④ 可见慧远在庐山传授《诗》《礼》等儒家学术，周续之的《毛诗》《礼论》之学即出于慧远，其现存《答孟氏问有祖丧而父亡服》，显然即慧远所讲《丧服经》在现实中的应用。在庐山除了学习儒家学问，周续之还研习佛理。戴逵作《释疑论》送至庐山，慧远《答戴处士书》云："去秋与诸人共读君论，并亦有同异。观周郎所作答，意谓世典与佛教粗是其中。"⑤ 周续之作《难释疑论》，慧远认为其对儒家与佛教的关系的阐述大体准确。可见，周续之在庐山跟随慧远学习佛理颇有收获。

　　从《宋书》本传来看，周续之似乎经常往返于庐山，他虽不应抚军和太学博士之征，但又为人"不尚节峻"，颇与江州刺史游处。陶渊明《示周续之祖企谢景夷三郎》云："负疴颓檐下，终日无一欣。药石有时闲，念我意中人。相去不寻常，道路邈何因。周生述孔业，祖谢响然臻。道丧向千载，今朝复斯闻。马队非讲肆，校书亦已勤。老夫有所爱，思与尔为邻。愿言诲诸子，从我颖水滨。"萧统《陶渊明传》："刺史檀韶苦请续之出州，与学士祖企、谢景夷三人共在城北讲《礼》，加以雠校。所

---

① 曹虹：《慧远评传》，第148页。
② 释慧皎撰，汤用彤校注：《高僧传》，第221页。
③ 沈约：《宋书》，第2292页。
④ 陆德明撰，黄焯汇校：《经典释文》，第119页。
⑤ 严可均校辑：《全上古三代秦汉三国六朝文》，第2390页。

住公廨，近于马队。是故渊明示其诗云：……"① 据《宋书·檀韶传》，檀韶于义熙十二年（416）为江州、豫州之西阳、新蔡二郡诸军事、江州刺史，此诗当作于此年，这一年慧远去世。但是在处理与政治人物的关系时，周续之或亦颇受慧远的影响。慧远一方面影不出山，自觉地保持佛教的独立性，另一方面又与诸多政治人物周旋，如与桓玄、殷仲堪、卢循、刘裕等皆有交往，为佛教的发展争取多方的支持。佛教的发展与政治支持有重要的关系，慧远的老师道安就颇能意识到政治对佛教传播的作用，《高僧传·道安传》载："俄而慕容俊逼陆浑，遂南投襄阳，行至新野，谓徒众曰：'今遭凶年，不依国主，则法事难立，又教化之体，宜令广布。'"② 慧远在处理佛教与政治关系的方法上颇承其师。庐山在江州境内，周续之与江州刺史的游处，大概也与慧远出于佛教发展的考虑而加以支持有关。他后来成为刘宋的礼学顾问，似亦是此种风气的继承。此益可见慧远对追随他的士人群体实有多方面的影响。《宋书·颜延之传》载："雁门人周续之隐居庐山，儒学著称，永初中，征诣京师，开馆以居之。高祖亲幸，朝彦毕至，延之官列犹卑，引升上席。上使问续之三义，续之雅仗辞辩，延之每折以简要。"③ 像周续之这种以学术著称的人，也有"雅仗辞辩"的特点，与慧远注重文学之培养也显然有关系。《高僧传》载周续之与河内竺慧超友善④，可见庐山僧团与其他地区的佛教声气相通。

### 三 雷次宗

《宋书·隐逸传》载："雷次宗，字仲伦，豫章南昌人也。少入庐山，事沙门释慧远，笃志好学，尤明《三礼》《毛诗》，隐退不交世务。本州辟从事，员外散骑侍郎征，并不就。……元嘉十五年，征次宗至京师，开馆于鸡笼山，聚徒教授，置生百余人。会稽朱膺之、颍川庾蔚之并以儒学，监总诸生。时国子学未立，上留心艺术，使丹阳尹何尚之立

---

① 严可均校辑：《全上古三代秦汉三国六朝文》，第 3096 页。
② 释慧皎撰，汤用彤校注：《高僧传》，第 178 页。
③ 沈约：《宋书》，第 1892 页。
④ 释慧皎撰，汤用彤校注：《高僧传》，第 175 页。

玄学，太子率更令何承天立史学，司徒参军谢元立文学，凡四学并建。车驾数幸次宗学馆，资给甚厚。又除给事中，不就。久之，还庐山，公卿以下，并设祖道。……后又征诣京邑，为筑室于钟山西岩下，谓之招隐馆，使为皇太子诸王讲《丧服经》。次宗不入公门，乃使自华林东门入延贤堂就业。二十五年，卒于钟山，时年六十三。"①

据《宋书》所载，雷次宗生卒年为386—448年。他在追随慧远的士人群中是比较特殊的一位，他在少年时代即入庐山，在庐山得到了良好的教育，他所明《三礼》《毛诗》，及此后至京邑为皇太子诸王讲的《丧服经》，皆来自慧远的传授。雷次宗在元嘉中掌朝廷所立四学之儒学，其学术渊源显然也是来自庐山的。现存《答袁悠问》《答蔡廓问》《甥侄》等皆与丧服有关。其《与子侄书》云：

夫生之修短，咸有定分，定分之外，不可以智力求，但当于所禀之中，顺而勿率耳。吾少婴羸患，事钟养疾，为性好闲，志栖物表，故虽在童稚之年，已怀远迹之意。暨于弱冠，遂托业庐山，逮事释和尚。于时师友渊源，务训弘道，外慕等夷，内怀徘发，于是洗气神明，玩心坟典，勉志勤躬，夜以继日。爰有山水之好，悟言之欢，实足以通理辅性，成夫亹亹之业，乐以忘忧，不知朝日之晏矣。自游道餐风，二十余载，渊匠既倾，良朋凋索，续以衅逆违天，备尝荼蓼，畴昔诚愿，顿尽一朝，心虑荒散，情意衰损，故遂与汝曹归耕垄畔，山居谷饮，人理久绝。

日月不处，忽复十年，犬马之齿，已逾知命。奄薾将迫，前涂几何，实远想尚子五岳之举，近谢居室琐琐之勤。及今耄未至惛，衰不及顿，尚可厉志于所期，纵心于所托，栖诚来生之津梁，专气莫年之摄养，玩岁日于良辰，偷余乐于将除，在心所期，尽于此矣。汝等年各成长，冠娶已毕，修惜衡泌，吾复何忧。但愿守全所志，以保令终耳。自今以往，家事大小，一勿见关，子平之言，可以

---

① 沈约：《宋书》，第2292—2294页。

为法。①

从"犬马之齿，已逾知命"，知此信写于雷次宗五十岁。②信的第一段追忆了当年慧远门下良好的学习风气，不仅学习儒家、佛教的经典，还有"山水之好，悟言之欢"，即山水游赏和师友间的交流，这包括了义理辨析、文学酬赠等诸多方面。修行而不废文学，是庐山学风的突出特点，两者有互相促进之用，故雷次宗云："实足以通理辅性，成夫亹亹之业，乐以忘忧，不知朝日之晏矣。"这是庐山吸引士人群的一个重要原因。信中谓自己"暨于弱冠，遂托业庐山，逮事释和尚"，雷次宗大概在406年之前进入庐山③，慧远于义熙十二年（416）圆寂④，信又云"自游道餐风，二十余载"，这说的大概是426年之后的事，此时慧远已去世十余年，刘遗民、周续之、宗炳等人，或已去世、或离开庐山，慧远时庐山之盛况已不再，所以作者感慨"渊匠既倾，良朋凋索"，抚今追昔颇多感伤。其风格近于曹丕《与吴质书》、谢安《与支遁书》等，以抒情为主，颇可见庐山富于文学精神和传统。

### 四 张野

《十八贤传》："张野，字莱民，南阳宛人也。后徙浔阳柴桑，与陶元亮通婚姻。学兼华竺，善属文。州举秀才，南中郎府功曹，州治中后征散骑常侍，俱不就。天资孝友，田宅旧业悉推与弟，一味之甘一庾之粟，共九族分之。衣食躬自菲薄，人不堪其忧，不改其乐。凡所著述传于世万余言。师敬远公，与刘、雷同辙。远公卒葬西岭，谢灵运为铭，野序之，称门人焉。义熙十四年戊午终，春秋六十九。"⑤这是现在所能看到

---

① 沈约：《宋书》，第2293页。
② 彭绍升撰，张培锋校注：《居士传校注》谓："年五十余，与子侄书。"（中华书局2014年版，第35页）刘汝霖《东晋南北朝学术编年》系此书作于436年。（第180页）
③ 龚斌《慧远法师传》附《慧远年谱》定于405年前后。（江西人民出版社2008年版，第245页）
④ 释慧皎撰，汤用彤校注：《高僧传》，第221页。
⑤ 《大正藏》第51册，2095经，第1040页。

的有关张野生平的材料,据《十八贤传》他生活于350—418年间。隆安四年(400),慧远组织了规模庞大的游山文咏活动①,慧远作《游庐山诗》,张野有《奉和慧远游庐山诗》,可见在隆安四年(400)之前,张野即已到庐山。其诗云:"觌岭混太象,望厓莫由检。器远蕴其天,超步不阶渐。竭来越重垠,一举拔尘染。辽朗中大眄,回豁遐瞻慊。乘此摅莹心,可以忘遗玷。旷风被幽宅,妖涂故死减。"表现了在山水中体道之感,这自然也契合于慧远对山水的态度。此外,张野也有和慧远同题的《庐山记》:"天将雨,则有白云,或冠峰岩,或亘中岭,俗谓之山带,不出三日必雨。每雨其下成潦,而上犹皎日。峰头有大盘石,可坐数百人。"② 所存这段或非完篇,但笔法简洁,亹亹可读,可见在游记之作中也仍有表现文才的意识。这也说明,张野等人入庐山后,他们的文学才华是得到慧远的欣赏和鼓励的,所以进一步发展他们这方面的长处,这是庐山形成良好学风和文风的重要原因。

张野又与陶渊明有姻亲关系,慧远与陶渊明的交往或许与张野不无关系。张野在庐山接受了慧远儒、佛等方面的教育,又有突出的文化才华,使他成为慧远重要的弟子。《佛祖统纪》卷二十七载《庐山法师碑》③,文末有"元熙二年春二月朔,康乐公谢灵运撰"④;释僧祐《出三藏记集》载慧远卒后,"谢灵运造碑墓侧,铭其遗德焉";《高僧传》也说:"谢灵运为造碑文,铭其遗德,南阳宗炳又立碑寺门。"陈舜俞《庐山记》卷三《十八贤传·张野传》谓:"远公卒葬西岭,谢灵运为铭,野序之。"卷五《古碑目》载:"慧远法师碑铭,谢灵运撰,张野序。"⑤

---

① 《游石门诗序》云:"释法师以隆安四年仲春之月,因咏山水,遂杖锡而游,于时交徒同趣三十余人,咸拂衣晨征,怅然增兴。"在当时的庐山,只有慧远具有这种强大的号召力,组织这样一次庞大的游山文咏活动,故此释法师指的是慧远。
② 张野《庐山记》见于《艺文类聚》卷七《山部上》庐山条,《太平御览》卷四一;陈舜俞《庐山记》卷一。
③ 学界对此文的作者仍有争论,参见李勤合《谢灵运〈庐山法师碑〉献疑》,《图书馆杂志》2011年第6期。陈志远《地方史志与净土教——谢灵运〈庐山法师碑〉的"杜撰"与"浮现"》则力主此文是伪作。(《魏晋南北朝隋唐史资料》第三十四辑)
④ 志磐撰、释道法校注:《佛祖统纪》,第569页。
⑤ 《大正藏》第51册,第1048页。

《佛祖统纪》卷三十七："谢灵运制碑，张野作序，宗炳复立碑于寺门。"① 可见《佛祖统纪》所载《庐山法师碑》所包含的序、铭两部分，其实是张野作序文，谢灵运作铭文。《世说新语·文学》"殷荆州曾问远公"条，刘孝标注："张野《远法师铭》曰：'沙门释慧远，雁门楼烦人。本姓贾氏，世为冠族。年十二，随舅令狐氏游学许、洛。年二十一，欲南渡，就范宣子学，道阻不通，遇释道安以为师。抽簪落发，研求法藏。释昙翼每资以灯烛之费。诵鉴淹远，高悟冥赜。安常叹曰：'道流东国，其在远乎？'襄阳既没，振锡南游，结宇灵岳。自年六十，不复出山。名被流沙，彼国僧众，皆称汉地有大乘沙门。每至然香礼，辄东向致敬。年八十三而终。"② 这一段与《佛祖统纪》所载《庐山法师碑》张野序的内容、语言皆极为相似，唯游学许、洛此处作"年十二"，而《庐山法师碑》作"年十三"，或为传抄之误。刘孝标注引的《远法师铭》很可能就是转述的《庐山法师碑》张野之序，而直接题为张野作，说明刘孝标时序为张野所作是很清楚的，只是由于铭文后面署谢灵运之名，加以谢灵运的文名甚著，所以后人在提到《庐山法师碑》时只题为谢灵运作，而张野反倒被忽略了。张野所作的序，可以是说是慧远的第一篇传记，对慧远的生平、思想、贡献有简要而清晰的描述。远公卒后由其撰写碑文，可见其在门人中地位颇高。

### 五　张诠

《十八贤传》："张诠字秀硕，莱民之族人也。情性高逸，酷嗜坟籍，虽耕锄犹带经自乐。朝廷以散骑常侍征，不赴。庾悦以其家贫，以寻阳令禄之，笑曰：'古人正以容膝为安，屈吾志亦何荣乎？'竟不就。入庐山，依远公净社。宋景平元年癸亥终，春秋六十五。"③ 据此，其生卒年为359—423年。张诠为十八贤之一，可知也在402年之前即入庐山。《十八贤传》谓其"酷嗜坟籍"，又在庐山得到慧远的指点，所

---

① 志磐撰，释道法校注：《佛祖统纪》，第834页。
② 余嘉锡：《世说新语笺疏》，第240页。
③ 《大正藏》第51册，2095经，第1040页。

悟颇多，故得名列十八贤之中。以上五人加上下文将要介绍的宗炳，并为慧远门人。

### 六 王乔之

志磐《佛祖统纪》还列了莲社一百二十三人中知名的阙公则、毕颖之、孟怀玉、王乔之、殷隐、毛修之、殷蔚、王穆夜、何孝之、范悦之、张文逸、孟常侍、孟司马、陆修静等人，这些虽不可尽信，但其中如王乔之等人仍稍可考。

王乔之，又作王齐之①，《佛祖统纪》谓其为临贺太守。彭绍升《居士传》云："王乔之，琅琊人，官临贺太守。已而入白莲社事远公，与刘遗民诸贤作《念佛三昧诗》，而乔之诗独传于世。"②《高僧传·道恒传》载道恒作《吊王乔文》，许理和认为这里的王乔就是王乔之③，道恒卒于义熙十三年（417）④，故王乔之卒于417年之前。道恒师事鸠摩罗什，《高僧传》本传谓："罗什入关，即往修造，什大嘉之，及译出众经，并助详定。"⑤ 其一生似未曾到过江南⑥，所以他与王乔之的交往，很可能如慧远与罗什、刘遗民与僧肇，主要通过书信的交流。这说明王乔之在追随慧远后，其佛学修养颇高。有关王乔之的生平虽然所知甚少，但在《广弘明集》等文献中，可以看到他流传下来的几首诗、赞，这也有助于我们了解他在庐山的学习生涯。

隆安四年（400），慧远与同趣诸人共游庐山，作了《游庐山诗》，王乔之有《奉和慧远游庐山诗》流传下来，显然也参加了此次活动，可见他在隆安四年（400）之前即已达到庐山。王乔之此诗的山水描写已颇为成熟，体现了很高的艺术水准，而这与慧远的观物、审美的思想和方式

---

① 王乔之，《庐山记》卷四、《佛祖统纪》卷二十六等皆同，唯《广弘明集》卷三十作王齐之。清彭绍升《居士传》云："乔之一作齐之，或其字也。"（彭绍升撰，张培锋校注：《居士传校注》，中华书局2014年版，第31页）
② 彭绍升撰，张培锋校注：《居士传校注》，第31页。
③ ［荷］许理和：《佛教征服中国》，李四龙、裴勇等译，第299页注释第205。
④ 释慧皎撰，汤用彤校注：《高僧传》，第247页。
⑤ 释慧皎撰，汤用彤校注：《高僧传》。
⑥ 此道恒与心无义之道恒非一人。

是密切相关的,我们将在下文分析这一点。这也进一步说明庐山具有良好的文学风气,对围绕在慧远周围的隐士,甚至对整个晋宋之际的文学创作,都有不可忽视的促进作用。此后,王乔之似一直在庐山追随慧远,参与了慧远的净土信仰等宗教活动,庐山诸人作《念佛三昧诗》,唯王乔之诗作流传下来。慧远《念佛三昧诗集序》云:"夫称三昧者何,专思寂想之谓也。思专则志一不分,想寂则气虚神朗。气虚则智恬其照,神朗则无幽不彻,斯二者自然之玄符,会一而致用也……又诸三昧,其名甚众。功高易进,念佛为先,何者?穷玄极寂,尊号如来,体神合变,应不以方。故令入斯定者,昧然忘知,即所缘以成鉴。鉴明则内照交映而万象生焉,非耳目之所暨而闻见行焉?于是睹夫渊凝虚镜之体,而悟灵相湛一,清明自然;察夫玄音之叩心听,则尘累每消,滞情融朗,非天下之至妙,孰能与于此哉?……是以奉法诸贤,咸思一揆之契,感寸阴之颓影,惧来储之未积。于是洗心法堂,整襟清向,夜分忘寝,夙宵惟勤。庶夫贞诣之功,以通三乘之志,临津济物,与九流而同往。仰援超步,拔茅之兴,俯引弱进,垂策其后。以此览众篇之挥翰,岂徒文咏而已哉?"[①] 这篇序文被认为是净土宗的重要文献,慧远提出了思专志一、想寂、气虚恬照、神朗彻幽,这种体佛的修养功夫,奠定了净土宗的修习法门。序文结语说:"以此览众篇之挥翰,岂徒文咏而已哉。"说明集中所作,主要都是表现对慧远提出的念佛三昧法的理解及对净土之向往,这从王乔之诗中仍可有大体的了解。

其一
妙用在兹,涉有览无。神由昧彻,识以照粗。积微自引,因功本虚。泯彼三观,忘此毫余。

其二
寂漠何始,理玄通微。融然忘适,乃廓灵晖。心悠缅域,得不践机。用之以冲,会之以希。

其三

---

[①] 石峻等编:《中国佛教思想资料选编》第1册,中华书局2014年版,第98页。

神资天凝，圆映朝云。与化而感，与物斯群。应不以方，受者自分。寂尔渊镜，金水尘纷。

其四

慨自一生，夙乏惠识。托崇渊人，庶藉冥力。思转毫功，在深不测。至哉之念，注心西极！

前三首是对念佛三昧的理解和阐释，如"泯彼三观，忘此毫余""用之以冲，会之以希""寂尔渊镜，金水尘纷"，就是对专思寂想、气朗神虚之表述。第四首则表现了对西方净土的强烈渴望，这是在慧远影响下而迸发的宗教热情，可以说，这是庐山教团形成良好风气的情感基础，在刘遗民等人身上也可以清楚地看到这一点。

## 第四节　慧远与宗炳及其《明佛论》

### 一　宗炳的生平及与慧远的交往

《宋书·隐逸传》："宗炳，字少文，南阳涅阳人也。祖承，宜都太守。父繇之，湘乡令。母同郡师氏，聪辩有学义，教授诸子。……辟炳为主簿，不起。问其故，答曰：'栖丘饮谷，三十余年。'高祖善其对。妙善琴书，精于言理，每游山水，往辄忘归。征西长史王敬弘每从之，未尝不弥日也。乃下入庐山，就释慧远考寻文义。兄臧为南平太守，逼与俱还，乃于江陵三湖立宅，闲居无事。高祖召为太尉参军，不就。……宋受禅，征为太子舍人；元嘉初，又征通直郎；东宫建，征为太子中舍人，庶子，并不应。妻罗氏，亦有高情，与炳协趣。罗氏没，炳哀之过甚，既而辍哭寻理，悲情顿释。谓沙门释慧坚曰：'死生不分，未易可达，三复至教，方能遣哀。'……好山水，爱远游，西陟荆、巫，南登衡、岳，因而结宇衡山，欲怀尚平之志。有疾还江陵，叹曰：'老疾俱至，名山恐难遍睹，唯当澄怀观道，卧以游之。'凡所游履，皆图之于室，谓人曰：'抚琴动操，欲令众山皆响。'古有《金石弄》，为诸桓所重，桓氏亡，其声遂绝，惟炳传焉。太祖遣乐师杨观就炳受之。……元嘉二十年，炳卒，时年六十九。"① 据《宋书》宗炳的生卒年为375—443年。《十八贤传》则谓其"元嘉二十四年癸未终，春秋六十九"②。若据此，则其生卒年为379—447年。未知孰是。

从《宋书》的记载来看，宗炳一生未曾出仕③，故张彦远《历代名画记》云："宗公，高士也，飘然物外情。"④ 宗炳确可称为隐居求志的代表。《宋书》本传谓其"妙善琴书，精于言理"，《十八贤传》亦曰："炳博学，善琴书图画，尤精玄言"。⑤《宋书》本传又云："母同郡师氏，聪辩有学义，教授诸子。"⑥ 可见其思想文化最早来自其母亲师氏的传授。"学义"大抵是博学善义理之谓，东晋以来"文义"一词极为常见，"义"即义理，东晋玄、佛盛行，所以"义"往往是指玄佛义理。在玄风影响下，东晋一些妇女也通玄学，如《晋书·列女传》记载王凝之妻谢道韫的清谈，"凝之弟献之尝与宾客谈议，词理将屈，道韫遣婢白献之曰：'欲为小郎解围。'乃施青绫步鄣自蔽，申献之前议，客不能屈。……太守刘柳闻其名，请与谈议。道韫素知柳名，亦不自阻，乃簪髻素褥坐于帐中，柳束脩整带造于别榻。道韫风韵高迈，叙致清雅，先及家事，慷慨流涟，徐酬问旨，词理无滞。柳退而叹曰：'实顷所未见，瞻察言气，使人心形俱服。'"⑦ 又《北史·卢玄传》载卢玄孙道虔妻元氏"甚聪悟，常升高坐讲《老子》。道虔从弟元明隔纱帷以听焉"⑧。吕思勉《两晋南北朝史》论两晋玄学清谈的发展云："东渡已后，流风未沫。帝王，贵戚，大臣，武夫，儒生，文吏，艺士，妇女无不能之。余风又流衍于北。入隋乃息。"⑨《宋书·宗室·刘义庆传》："处士南郡师

---

① 沈约：《宋书》，第2278页。
② 《大正藏》第51册，第1040页。
③ 韦宾《宗炳出仕考》认为宗炳曾出仕过。（《文艺研究》2009年第10期）
④ 张彦远：《历代名画记》，人民美术出版社1964年版，第132页。
⑤ 《大正藏》第51册，第1040页。
⑥ 沈约：《宋书》，第2278页。
⑦ 房玄龄：《晋书》，第2516页。
⑧ 姚思廉：《北史》，1974年，第1078页。
⑨ 吕思勉：《两晋南北朝史》，上海古籍出版社2005年版，第1238—1239页。

觉，才学明敏，操介清修，业均井渫，志固冰霜。"① 按"师觉"，《南史·宋宗室及诸王传上》作"师觉授"②。《宋书·隐逸·宗炳传》云："炳外弟师觉授亦有素业，以琴书自娱。临川王义庆辟为祭酒。"③ 即此人也。所谓的"素业"就晋宋的思想背景来讲，似亦即指玄学。又《宋书·隐逸·龚祈传》亦有"衡阳王义季临荆州，发教以祈及刘凝之、师觉授不应征召，辟其三子。"④ 师觉授为宗炳外弟，宗炳母即师觉授之姑母。⑤ 可见师氏为当时的文化家族，其义学有家学渊源。宗炳母师氏"有学义"，即通儒、玄诸义理，所以大概宗炳在青年时期即接受了其母在儒、玄方面的教育，打下了其学养的基础。宗炳入庐山就慧远"考寻文义"，除了继续接受慧远在儒、玄方面的指导之外⑥，还包括进一步学习佛教义理。《高僧传·慧远传》载刘遗民、宗炳等人"并弃世遗荣，依远游止"。⑦ 元兴（402）慧远率众立誓念佛共期西方，宗炳名列莲社十八贤中，可见宗炳在402年之前即已入庐山追随慧远，并且已有比较高的佛学修养。宋志磐《佛祖统纪》："师闻天竺佛影是佛昔化毒龙瑞迹，欣感于怀。后因耶舍律士，叙述光相，乃背山临流，营筑龛室，淡彩图写，望如烟雾。复制五铭，刻于石。江州太守孟怀玉、别驾王乔之、常侍张野、晋安太守殷隐、黄门毛修之、主簿殷蔚、参军王穆夜、孝廉范悦之、隐士宗炳等，咸赋铭赞。"⑧ 可见宗炳在庐山也颇有佛教方面的文章创作。

---

① 沈约：《宋书》，第2279页。
② 李延寿：《南史》，中华书局1975年版，第359页。
③ 沈约：《宋书》，第2279页。
④ 沈约：《宋书》，第2285页。
⑤ 参见丁福林《〈宋书〉考疑（二）》，《江海学刊》1994年第3期。
⑥ 《高僧传》载雷次宗、宗炳等听慧远讲《丧服经》，"次宗后别著义疏，首称雷氏，宗炳因寄书嘲之曰：'昔与足下共于释和尚间，面受此义，今便题卷首称雷氏乎？'"可见宗炳等人在庐山仍进一步接受慧远 在儒学方面的教育。又，慧远擅长玄学，宗炳入庐山就慧远"考寻文义"，自然也进一步接受了慧远在玄学方面的指点。刘师培在《中国中古文学史讲义》云："自晋代人士均善清言，用是言语文章虽分二途，而出口成章，悉饶辞藻。晋宋之际，宗炳之伦，承其流风，兼以施于讲学。"（第120页）事实上我们看到雷次宗、周续之等人都是在入庐山接受慧远的教育之后，才走上讲学之路的，宗炳以玄理施于讲学，包括作《明佛论》等辩佛文章，其逻辑清晰、论理深刻，显然皆与接受慧远在义理上之指导有密切关系。
⑦ 释慧皎著，汤用彤校注：《高僧传》，第214页。
⑧ 志磐撰，释道法校注：《佛祖统纪校注》，第536页。

正是在庐山追随慧远的经历，使宗炳成为坚定的佛教信仰和弘扬者，此后他作了《答何衡阳书》《难白黑论》《明佛论》等护教、弘教文章。其佛学思想即比较集中地体现在《明佛论》中。

## 二 《明佛论》的佛学思想

《明佛论》是宗炳重要的佛学论著，其写作时间，他在《答何衡阳书》之一说："吾故磬其愚思，制《明佛论》以自献所怀。始成，已令人书写，不及此信，晚更遣。"①《高僧传》云："（慧琳）后著《白黑论》，乖于佛理。衡阳太守何承天，与琳比狎，雅相击扬，著《达性论》，并拘滞一方，诋呵释教。颜延之及宗炳驳二论，各万余言。"②据《宋书·何承天传》："承天为性刚愎，不能屈意朝右，颇以所长侮同列，不为仆射殷景仁所平，出为衡阳内史。"③《宋书·文帝纪》："（元嘉九年七月）以领军将军殷景仁为尚书仆射。"④本传也说："（元嘉）九年，服阕，迁尚书仆射。"宗炳致何承天书称其为何衡阳，并在信中言及《明佛论》始成，由此知《明佛论》作于元嘉九年之后，《宋书》本传又谓何承天"（元嘉）十六年，除著作佐郎。"可知《明佛论》当作于元嘉九年至十六年（432—439）之间。⑤在慧远去世的十七年之后，此时涅槃学已极为盛行，涅槃学之妙有为宗炳宣扬"神不灭"提供了新的思想依据。

《明佛佛》又名《神不灭论》，其基本思想继承了慧远《沙门不敬王者论·形尽神不灭》，并对"神不灭"及其相关问题进一步进行了探讨。《明佛论》云：

> 今称"一阴一阳之谓道"，"阴阳不测谓之神"者，盖谓至无为

---

① 石峻等编：《中国佛教思想资料选编》（第一册），第247页。
② 释慧皎著，汤用彤校注：《高僧传》，第268页。
③ 沈约：《宋书》，第1704页。
④ 沈约：《宋书》，第81页。
⑤ 汤用彤《汉魏两晋南北朝佛教史》认为大概作于元嘉十年（433）左右；任继愈《中国佛教史》认为作于元嘉十二年至十六年（435—439）之间，其依据是《宋书·殷景仁传》所载："（元嘉）十二年，景仁复迁中书令，护军、仆射如故。"将"仆射如故"误以为首拜仆射的时间。

道，阴阳两浑，故曰一阴一阳也。自道而降，便入精神，常有于阴阳之表，非二仪所究，故曰阴阳不测耳。君平之说，一生二，谓神明是也。若此二句，皆以明无，则以何明精神乎？然群生之神，其极虽齐，而随缘迁流，成粗妙之识，而与本不灭矣。今虽舜生于瞽，舜之神也，必非瞽之所生，则商均之神，又非舜之所育。生育之前，素有粗妙矣，既本立于未生之先，则知不灭于既死之后矣。又，不灭则不同，愚圣则异，知愚圣生死不革不灭之分矣，故云精神受形，周遍五道，成坏天地，不可称数也。夫以累瞳之质，诞于顽瞽，嚣均之身，受体黄中，愚圣天绝，何数以合乎？岂非重华之灵，始粗于在昔，结因往劫之先，缘会万化之后哉？今则独绝其神。昔有接粗之累，则练之所尽矣。神之不灭，及缘会之理，积习而圣，三者鉴于此矣。①

"神之不灭，及缘会之理，积习而圣，三者鉴于此矣"，宗炳认为这三者是佛法之根本义②，其实也是《明佛论》所要探讨的三个基本问题。宗炳首先申述了"神不灭"的观点，这是其思想的基础。"神"是中国传统思想文化中一个重要的概念，慧远《形尽神不灭》即引先秦对"神"的阐述以证其论，宗炳以瞽叟生舜，舜生商均，但圣愚不同，说明群生之神，其极本相同，但是因为随缘迁流，各自的因缘不同而有精粗的分别，神在群生的形体产生之前即已存在，群生之形有灭，而神则不灭。宗炳进一步阐述说："若使形生则神生，形死则神死，则宜形残神毁，形病神困。据有腐则其身或属纩临尽，而神意平全者，及自牖执手，病之极矣，而无变德行之主，斯殆不灭之验也。若必神生于形，本非缘合，今请远取诸物，然后近求诸身。夫五岳四渎，谓无灵也，则未可断矣。若许其神，则岳唯积土之多，渎唯积水而已矣。得一之灵，何生水土之粗哉？而感托岩流，肃成一体，设使山崩川竭，必不与水土俱亡矣。神非形作，

---

① 石峻等编：《中国佛教思想资料选编》（第一册），第230页。
② 汤用彤：《汉魏两晋南北朝佛教史》，第182页。

合而不灭,人亦然矣。"① 这段的基本意思是说:假设形体产生了神才产生,形体死亡神也随之死亡,那么应该形体残缺,则神也就会受到毁伤;形体有病患,神当随之困顿。但是有形体已近死亡,而神意仍平和完全,如伯牛有疾,孔子去探问他,从窗户去握他的手说:活不了了。这是病得最严重的了,但是作为其德行的神却没有改变,这可以作为神不灭的验证。如果神生于形,无与因缘和合相关,现在请取象于天地间广大的事物,然后反求于自身。五岳四渎,说它们没有灵,这点还未可断然。如果认可它们是有灵的,可是山岳不过是积土而成的,河渎只是水之聚集而已。地得一而有灵,神怎么会是生于水土这种粗物之中呢?然而神因感而寄托于岩流之中,与之为一体,假设山崩毁河枯竭,神也不会与水土一起。因为神不是由形产生的,形神合一,而神则不灭,人之与神也是如此。只有神不灭,才能坚定人们的佛教信仰和修行,成佛也才有其主体,安澄《中论疏记》云:"《玄义》云,第一释道壹著《神二谛论》云:一切诸法,皆同幻化,同幻化故,名为世谛,心神犹真不空,是第一义,若神复空,教何所施,谁修道?隔凡成圣,故知神不空。"②幻化宗也主张心有色无,"若神复空,教何所施,谁修道?"也就是宗教宣传和实践都首先必须肯定有一个精神实体的存在。"般若空宗由于自己的那一套特殊的理论逻辑,导致了否定精神主体的结论,实际上是不利于佛教的传播的。中国的般若学者常常提出一些新解来修正空宗的说法。道壹所说的'心神犹真不空',和道安的弟子慧远所倡导的'神不灭'遥相呼应,就是显明的例子。这些新解尽管背离般若性空的本义,但却逐渐发展成为中国佛教的正统观念。"③ 这也是宗炳强调神不灭的重要原因。

宗炳所说的"神"其内涵是什么?《明佛论》云:"神也者,妙万物而为言矣。若资形以造,随形以灭,则以形为本,何妙以言乎?夫精神四达,并流无极,上际于天,下盘于地,圣之穷机,贤之研微。逮于宰、赐、庄、嵇、吴札、子房之伦,精用所乏,皆不疾不行,坐彻宇宙,而

---

① 石峻等编:《中国佛教思想资料选编》(第一册),第230页。
② 《大正藏》第65册,第95页。
③ 任继愈:《中国佛教史》第二卷,第239页。

形之臭腐，甘嗜所资，皆与下愚同矣。宁当复禀之以生，随之以灭耶？"①《周易·说卦传》云："神也者，妙万物而为言者也。"韩康伯注云："于此言神者，明八卦运动变化推移莫有使之然者。神则无物，妙万物而为言也。"② 这个"神"与"道"相同，即不为而自然，故《周易》云："阴阳不测之谓神。"神即神明，神妙莫测莫见端倪无物可称，而体现于宇宙万物的微妙神奇的作用之中，即《说卦》接下去说的："动万物者莫疾乎雷，桡万物者莫疾乎风，燥万物者莫熯乎火，说万物者莫说乎泽，润万物者，莫润乎水，终万物始万物者莫盛乎艮。故水火相逮，雷风不相悖，山泽通气，然后能变化既成万物也。"③ 雷动、风桡、火燥、泽悦、水润及艮之终始等，就是"神"之微妙地化成万物之体现。④ 神之妙物有两层含义，一是神推动事物的生灭变化，二是神自身不在变化中，神无生无灭。所以宗炳说的"神"与精神并不完全相同，"神"无生无灭，而个体的精神则其所生之物，"神"蕴含于身体和精神之中，又不随之变化、生灭，可以说"神"与人的"精神"具有全与分的关系。

但是由于现实中会有种种情识，因此只有排除情识而达"神"之全，才能成佛，《明佛论》云：

> 识能澄不灭之本，禀日损之学，损之又损，必至无为无欲，欲情唯神独照，则无当于生矣。无生则无身，无身而有神，法身之谓也。……夫以法身之极灵，感妙众而化见，照神功以朗物，复何奇不肆，何变可限？⑤

澄神而至于无为无欲，唯神独照，这样就无生无灭，完全排除了情识之累，这种"神"就是法身。对这一点，慧远解释得更为详细，《沙门不敬王者论·求宗不顺化》云：

---

① 石峻等编：《中国佛教思想资料选编》（第一册），第230—231页。
② 王弼撰，楼宇烈校释：《周易注》，第382页。
③ 王弼撰，楼宇烈校释：《周易注》，第382页。
④ 陈鼓应、赵建伟：《周易今注今译》，商务印书馆2005年版，第717页。
⑤ 石峻等编：《中国佛教思想资料选编》（第一册），第232页。

是故经称：泥洹不变，以化尽为宅；三界流动，以罪苦为场。化尽则因缘永息，流动则受苦无穷。何以明其然？夫生以形为桎梏，而生由化有。化以情感，则神滞其本，而智昏其照，介然有封，则所存唯己，所涉唯动。于是灵辔失御，生涂日开，方随贪爱于长流，岂一受而已哉？是故反本求宗者，不以生累其神；超落尘封者，不以情累其生。不以情累其生，则生可灭；不以生累其神，则神可冥。冥神绝境，故谓之泥洹。泥洹之名，岂虚构也哉？①

慧远认为"神"是成佛的主体，成佛就是"冥神"而达到的境界。在以"神不灭"为成佛的根据的基础上，宗炳进一步认为"人可作佛"，《明佛论》云："今以不灭之神，含知尧之识，幽显于万世之中，苦以创恶，乐以诱善，加有日月之宗，垂光助照，何缘不虚己钻仰，一变至道乎？自恐往劫之桀纣，皆可徐成将来之汤、武。况今风情之伦少，而泛心于清流者乎。由此观之，人可作佛，其亦明矣。"人皆可成佛之说既是对慧远佛学思想的发展，与晋宋之际涅槃佛性说或亦有关系。释僧祐《出三藏记集》载："义熙十三年十月一日于谢司空石所立道场寺出此《方等大般泥洹经》，至十四年正月一日校定尽讫。"《出经后记》云："愿令此经流布晋土，一切众生，悉成平等如来法身。"② 此经译出后，引起很大的波澜，慧睿《喻疑论》云："此《经》云：泥洹不灭，佛有真我。一切众生，皆有佛性。皆有佛性，学得成佛。"此后道生"孤明先发"，更倡"一阐提人皆得成佛"③，由此忤旧学僧党而被摈，至元嘉七年（430）《大涅槃经》传至京都，"果称阐提皆有佛性"，"于是京邑诸僧内惭自疚，追而信服"。④ 释僧祐《出三藏记集·道生法师传》记载道生"隆安中，移入庐山精舍，幽栖七年，以求其志"⑤。在庐山依慧远学有宗。道

---

① 释僧祐撰，李小荣校笺：《弘明集校笺》，第260页。
② 释僧祐撰，苏晋仁、萧炼子点校：《出三藏记集》，第316页。
③ 释慧皎著，汤用彤校注：《高僧传》，第256页。
④ 释僧祐撰，苏晋仁、萧炼子点校：《出三藏记集》，第571页。
⑤ 释僧祐撰，苏晋仁、萧炼子点校：《出三藏记集》，第571页。

生与宗炳都名列莲社十八贤之中①，因此两人是有交集的，汤用彤认为："涅槃佛性之说，生公似早有所悟。其立顿悟佛性诸义，不知在何年。惟《高僧传》云，生因'潜思日久，悟彻言外'，则立诸义，似不必与《泥洹》之译有关也。"② 这样看来，对"妙有"的关注似乎是慧远以来，庐山僧团佛学思想的一个突出特点。《明佛论》作于元嘉十年（433）左右，彼时涅槃学已在南方流行，加上宗炳曾与道生同在慧远门下，对其思想较为熟悉，因此能进一步提出如桀纣之人亦可作佛，这其实就近于道生说的"一阐提人皆得成佛"。

在成佛的方法上，宗炳主张"澄神"，其原因即其所说的"缘会之理"，《明佛论》云：

> 或问曰：神本至虚，何故沾受万有，而与之为缘乎？又本虚既均，何故分为愚圣乎？又既云心作万有，未有万有之时，复何以累心使感，而生万有乎？答曰：今神妙形粗，而相与为用。以妙缘粗，则知以虚缘有矣。今愚者虽鄙，要能处今识昔，在此忆彼，皆有神功，则练而可尽，知其本均虚矣。心作万有，备于前论，据见观实，三者固已信然矣。③

宗炳用自设问难的方式，提出了三个问题：神是至虚，为何会与万有为缘迁流；神是不生不灭、常住不变，其本体原无二致，为何会有愚圣的区分；心由感而生万有，但是在万法产生之前，是什么使心有累而感生万有？对这三个问题的回答即宗炳所说的"缘会之理"。在宗炳之前"缘会"之说即已流行，般若六家七宗第七宗即缘会宗，吉藏《中观论疏》云："第七于道邃，明缘会故有，名为世谛。缘散即无，称第一义谛。"④ 安澄《中论疏记》释此云："《玄义》云，第七于道邃著《缘会二谛论》云，缘会故有，是俗。推拆无，是真。譬如土木合为舍，舍无前体，有

---

① 见陈舜俞《庐山记》、志磐《佛祖统纪》。
② 汤用彤：《汉魏两晋南北朝佛教史》，第 441 页。
③ 石峻等编：《中国佛教思想资料选编》，第 233 页。
④ 《大正藏》第 42 册，第 29 页。

名无实。故佛告罗陀，坏灭色相，无所见。"① 汤用彤认为据《玄义》引坏灭色相之言，则此宗或亦重色空。② 任继愈《中国佛教史》云："识含、幻化、缘会、即色这四个学派都是由心无宗的心无色有的思想引发出来的。这四个学派都力图贯彻般若学的唯心主义路线，侧重于否定物质现象，反对心无宗的不空外色的思想。"③ 缘会也就是缘起，缘起性空是般若的基本理论。宗炳的"缘会之理"继承了般若缘起性空思想，首先要说明神内在于众生之中，"然群生之神，其极虽齐，而随缘迁流，成粗妙之识，而与本不灭矣。"神之极虽同，但随缘迁流而起种种识；其次，众生之心以神为所缘而有差异之识，宗炳以人借阳光而见物为喻，云："众心禀圣以成识，其犹众目会日以为见"，心也是因神而有识，就如眼睛因为日光而有见。正因为有分别诸法的识，诸法因识而有，因此产生了种种执着，而识又"含于神"，宗炳进一步阐释了至虚不变的神随缘迁流而成识的原因，以及"澄神"之必要。

  夫亿等之情，皆相缘成识，识感成形，其性实无也。自有津悟已来，孤声豁然，灭除心患，未有斯之至也。请又述而明之。夫圣神玄照而无思营之识者，由心与物绝，唯神而已。故虚明之本，终始常住，不可凋矣。今心与物交，不一于神，虽以颜子之微微，而必乾乾钻仰，好仁乐山，庶乎屡空。皆心用乃识，必用用妙接，识识妙续，如火之炎炎相即而成焰耳。今以悟空息心，心用止而情识歇，则神明全矣。则情识之构，既新故妙续，则悉是不一之际，岂常有哉？……甚矣伪有之蔽神也。今有明镜于斯，纷秽集之，微则其照蔼然，积则其照朏然，弥厚则照而昧矣。质其本明，故加秽犹照，虽从蔼至昧，要随镜不灭，以之辨物，必随秽弥失，而过谬成焉。人之神理，有类于此。伪有累神，成精粗之识，识附于神，故虽死不灭。渐之以空，必将习渐至尽而穷本神矣，泥洹之谓也。④

---

① 《大正藏》第65册，第95页。
② 汤用彤：《汉魏两晋南北朝佛教史》，第191页。
③ 任继愈主编：《中国佛教史》第二卷，第237页。
④ 石峻等编：《中国佛教思想资料选编》，第232—233页。

其大意是众生随缘而成识，因识而分别众形，但众形本性空寂。自有佛教作为启导众生领悟之津梁以来，灭除心累惑识才达到了最高的境界。圣人之神玄照而无思营之识，乃在于心与外物隔绝，专主于神。所以虚明之神始终常在。如果心与外物相交接，不专主于神，即使以颜子之微妙近圣，也必须努力钻仰，才能庶几于空。心神为外物所用而成识，用与识相接，如火之成焰。如以领悟空而息心，心不为外物所用则情识消歇，如此则神明全矣。情识是新故不断产生的，皆不专主于神。惑识对于神的蒙蔽极为严重，就如明镜，各种灰尘聚集其上，灰尘微少时，明镜能映照清晰，灰尘聚积则其照微明，灰尘积到厚时则晦暗难照。镜的本质是虚明的，所以即使加灰尘等物于其上仍能映照，虽然随着灰尘之积，其照会从清晰到晦暗转变，但照随镜不灭。以镜之照辨物，则随着秽物越多而越失物之真实，于是产生了各种谬误。人的神理，与此相似。缘起之假有累神，而形成了精粗不同之识，识依附于神，至死不灭。通过逐渐的澄炼而至于穷其神明之累，达到这一境界就是泥洹。

正是由于有"缘会之理"，所以需要"澄神"，这是成佛的过程，宗炳强调"澄神"是一个修证而达到的状态，《明佛论》云："夫常无者道也。唯佛则以神法道，故德与道为一，神与道为二。夫万化者，固各随因缘，自作于大道之中矣。"宗炳将佛区分为"德"与"神"两个层面，"德与道为一"，"道"即佛，"德"则是佛之体现，这显然借鉴了道家"道"与"德"之说；"神与道为二"与"以神法道"结合起来看，一方面"神"是成佛的主体，另一方面由于神随缘迁流而成识，所以需要经过佛教修持成佛之后才能以神法道，即个体生命中的神才能体道，与道合一而为佛。王弼云："圣人茂于人者神明也，……神明茂故能体冲和以通无。"① "神明茂"即神明全也，神明全才能通于本体之"无"，宗炳所谓"以神法道"也建立在神明之虚明上，这点似受王弼的影响，所以宗炳说"道在练神"，这一个过程就是"积习而圣"。因此他突出了渐悟成佛之说，"今愚者虽鄙，要能处今识昔，在此忆彼，皆有神功，则练而可尽，知其本均虚矣""契阔人理，崎岖六情，何获于我，而求累于神；诚

---

① 陈寿撰，裴松之注：《三国志》，第795页。

自剪绝,则日损所情,实渐于道,苦力策观,倾资夐居,未几有之""夫自古所以不显治道者,将存其生也。而苦由生来,昧者不知矣。故诸佛悟之以苦,导以无生。无生不可顿体,而引以生之,善恶同,善报而弥升,则朗然之尽可阶焉"。① 这些都明显体现了宗炳注重"澄神""练神"这样一个宗教修证的过程。

《明佛论》所说的"神之不灭""缘会之理""积习而圣",是宗炳根本的佛学教义,三者之间又是密切相关的。"神不灭"是成佛的根据,"缘会之理"是需要佛教修持的原因,"积习而圣"则是修证成佛的过程。《明佛论》写作的元嘉十年(433),涅槃学已经流行,宗炳原本与道生有过交集,元嘉七年(430)道生因倡顿悟成佛、一阐提皆可成佛而被摈后即重入庐山,因此宗炳对涅槃思想是熟悉的。他主张人皆可成佛,很可能就是在受到涅槃思想影响下提出来的,但是在成佛方法上,他主张渐悟,与当时流行的顿悟说不同,这与宗炳仍坚持慧远佛学思想、注重佛教修持是有关的。宗炳《明佛论》特别强调的"澄神",与其《画山水序》主张的"澄怀味象"的观物方式也有内在的关系,益可证明慧远对晋宋审美思想和方法的影响。

---

① 石峻等编:《中国佛教思想资料选编》(第一册),第233、240、241页。

# 下 编

## 早期士僧交往视域下的文学

# 第一章

# 东晋僧人的诗歌创作

东晋以来佛教影响日益扩大，士人出家渐多，从《高僧传》等文献材料的分析来看，东晋僧人大多出自中下层的家族。在魏晋以来家族和学术分化的背景下，中下层家族继承汉末以来儒学文史兼综的风气，这种学风与文学的关系比较直接，因此出自中下层家族的东晋僧人中不乏富有文学创作之才的。就诗歌而言，东晋僧人比较明显地继承了带有寒素文学特点的汉魏五言诗歌艺术，五言诗写作取得了比较突出的成就。在玄言诗独盛，士族士人与五言诗极为隔阂的东晋前中期，诗僧群以其五言诗创作实绩及与士人的广泛交往，对改变士族士人五言诗的观念，重新进行五言诗创作起到了重要作用。

## 引言　家族与学术：魏晋家族分隔与学术的分化

魏晋以来门第与学术文化有很深的关系，陈寅恪论汉末以来学术的发展云："盖自东汉末年之乱，首都洛阳之太学，失其为全国文化学术中心之地位，虽西晋混一区宇，洛阳太学稍复旧观，然为时未久，影响不深。故东汉以后学术文化，其重心不在政治中心之首都，而分散于各地之名都大邑。是以地方之大族盛门乃为学术文化之所寄托。中原经五胡之乱，而学术尚能保持不坠者，固由地方大族之力，而汉族之学术文化变为地方化及家门化矣。故论学术，只有家学之可言，而学术文化与大族盛门常不可分离也。"① 指出了门第在魏晋南北朝学术文化发展上的意义。钱穆《略论魏晋南北朝学术文化与当时门第之关系》也分析了魏晋南北朝三百多年来门第与学术文化发展之关系。然陈、钱两位的着眼点皆在高门大族,且以为魏晋南北朝士族虽亦重视文学、艺术、清谈、宗教,但其文化之核心仍为儒学。但是魏晋南北朝在高门士族之外,还有数量众多的次等士族、寒素等中下层家族,这种家族在学术文化上的特点和意义也值得注意。所以就魏晋南北朝来讲,欲了解某一个群体或个人的思想学术的特点,准确地把握其家族出身是极为有必要的。

魏晋之际是士族形成的关键时期,特别是曹魏以来实行的九品中正制,为士族提供了重要的政治保障。魏晋士族主要有两个类别,一类是由东汉士家大族发展而来,另一类则是乘时而起的所谓新门户。② 正因为这些士族主要都是当时的显贵,因此他们享有仕进上的特权,但是特权并非士族唯一的特征,陈寅恪即指出:"所谓士族者,其初并不专用其先代之高官厚禄为其唯一之表征,而实以家学及礼法等标异于其他诸姓。"③ 田余庆也认为:"士族的形成,文化特征本是必要的条件之一。非玄非儒而纯以武干居官的家族,罕有被视作士族者。"④ 从家族文化学术的发展来看,由于魏晋以来玄学成为社会思潮的主流,所以虽然一些由东汉世家大族而来的士族还保持儒学传统,但是总体上魏晋士族大多有一个由儒到玄的转化的过程,如太原王氏、琅琊王氏大体在曹魏时期实现了儒玄转化,又如陈留阮氏,《世说新语·任诞》"阮仲容、步兵居道南"条注引《竹林七贤论》曰:"诸阮前世皆儒学。"⑤ 但到了阮籍及兄弟子侄辈,就已从儒学转变为以玄学著称。而谢鲲、庾敱这些玄学名士代表的谢、庾士族,则更是凭借玄学而上升为士族。到了西晋玄风更盛,士族的玄学化也更为普遍和显著,"西晋朝野玄风吹扇,玄学压倒了儒学而成为意识形态的胜利者,连昔日司马氏代魏功臣的那些儒学世家,多数也

---

① 陈寅恪:《崔浩与寇谦之》,《金明馆丛稿初编》,第147—148 页。
② 田余庆:《东晋门阀政治》,第270 页。
③ 陈寅恪:《唐代政治史述论稿》,商务印书馆2011 年版,第259 页。
④ 田余庆:《东晋门阀政治》,第278 页。
⑤ 余嘉锡:《世说新语笺疏》,第732 页。

迅速玄学化了。两晋时期，儒学家族如果不入玄风，就产生不了为世所知的名士，从而也不能继续维持起尊显的士族地位。"① 所以两晋士族士人虽然在家族之内仍然遵循儒家的规范，但就个人的立身、精神、风范等方面，则深受玄风浸染了，正所谓的"遵儒者之教，履道家之言"。

两晋士族的文化学术之所以以玄学为特征，与九品中正制的施行亦有关系。九品中正作为一种制度的本意是以德、才、家世为品第人才的根据，但是在士族形成之后，其实已是"计资定品"②，即只看门资，造成了"上品无寒门，下品无势族"③，这虽然说的是中正定品，但品第与士族士人的仕宦有密切的关系，王沈所说的"公门有公，卿门有卿"④，就是以门资取士的结果。因此，九品中正制使士族士人无须再通过明经、文史等为入仕之资。而玄学在思维和修身等方面较儒学更富于吸引力，故士族士人纷纷转向玄学，《晋书·刘毅传》载刘毅认为九品中正制带来的结果之一是"上夺天朝考绩之分，下长浮华朋党之士"。⑤ 浮华所指的就是玄学清谈一类。在某种程度上可以说，九品中正制是士族玄学化的制度保证。余英时还注意到经济背景与汉晋思想学术变迁的关系，其《汉晋之际士之新自觉与新思潮》以马融、孔融、何晏为例，认为"三人为汉晋之际思想变迁之关键性人物，而皆富于资产，且又好游谈宴乐，足证彼等思想发展与经济生活殊有不可分割之关系。盖饮宴伎乐既所以达生任性之旨，游谈好客亦清谈高论所由来也"⑥。产生于汉末的《古诗十九首》云："今日良宴会，欢乐难具陈。弹筝奋逸响，新声妙入神。令德唱高言，识曲听其真。齐心同所愿，含意俱未伸。"描写的正是这样的宴乐高谈，其所谓的"令德唱高言"大概就是高谈"达生任性"之旨。葛洪《抱朴子》外篇卷二十五《疾谬》批评汉末士大夫的交往风气："终日无及义之言，彻夜无箴规之益。诬引老庄，贵于率任，大行不顾细

---

① 田余庆：《东晋门阀政治》，第 292 页。
② 房玄龄：《晋书》，第 1058 页。
③ 房玄龄：《晋书》，第 1274 页。
④ 房玄龄：《晋书》，第 2382 页。
⑤ 房玄龄：《晋书》，第 1276 页。
⑥ 余英时：《士与中国文化》，上海人民出版社 2003 年版，第 290—291 页。

体,至人不拘检括,啸傲纵逸,谓之体道。"① 余英时认为:"依《抱朴子》之见解,则此诸种生活习惯实为士大夫趋赴老庄之根本原因。"② 而支撑这种生活则需要经济基础。魏晋以来士族门第形成,士族在政治、经济等方面的特权进一步得到保证③,这也是魏晋士族文化学术玄学化的一个重要原因。陈寅恪认为:"汉魏主要的士大夫,其出身大抵为地方豪族。但也有出身于小族的,因为政治立场和思想信仰与豪族相同,可划为一个阶级。"④ 所谓的"思想信仰"指的就是儒家,也就是说小族和士族原本都是崇信儒学的,但是魏晋玄学兴起之后,士族由于有经济基础和制度保证,因此实现了儒玄的转变,而小族则缺乏这种基础,在魏晋以来仍然保持了儒学的特点。这是魏晋以来家族分隔造成的学术的分化。

缺乏门资的中下层家族的士人唯有通过自身不断的努力,特别是在文化学术上取得成就,才有可能提升自己以及整个家族的地位。魏晋士族形成之后虽然比较稳定,但是并非不可能发生变化,唐长孺《士族的形成和升降》以东晋的高门颍川庾氏和阳翟褚氏为例分析了由寒素上升为士族的途径,其中最可值得注意的是,庾氏成为士族首先是从文化上的努力开始的,如为庾氏成为士族开辟了道路的庾乘,《后汉书·郭太附庾乘传》:"(庾乘)颍川鄢陵人也。少给事县廷为门士。林宗见而拔之,劝游学宫,遂为诸生佣。后能讲论,自以卑第,每处下座。诸生博士皆就雠问,由是学中以下座为贵。后征辟并不起。"⑤ "游学宫"的这段经历使庾乘学业有成,虽然出身卑微,但已经有成为名士并得到辟召的机会。《晋书·庾峻传》载:"祖乘,才学洽闻,汉司徒辟,有道征,皆不就。伯父巍,中正简素,仕魏为太仆。"⑥ 到了庾乘的下一代庾巍等人更是走上成为士族的道路。又《后汉书·郭太附孟敏传》载:"孟敏字叔

---

① 葛洪撰,杨明照校笺:《抱朴子外篇校笺》,中华书局1991年版,第632页。
② 余英时:《士与中国文化》,第291页。
③ 从政治上看,九品中正制基础上的士族政治保证了士族入仕的特权,而荫族、荫客等则保证了士族的经济特权。(唐长孺:《士人荫族特权和氏族队伍的扩大》,《魏晋南北朝史论拾遗》,中华书局2011年版,第64—78页)
④ 陈寅恪:《魏晋南北朝史讲演录》,贵州人民出版社2012年版,第4页。
⑤ 范晔:《后汉书》,中华书局1965年版,第2229页。
⑥ 房玄龄:《晋书》,第1391页。

达，钜鹿杨氏人也。客居太原。荷甑堕地，不顾而去。林宗见而问其意。对曰：'甑已破矣，视之何益？'林宗以此异之，因劝令游学。十年知名，三公俱辟，并不屈云。"① 孟敏亦由游学知名而得到征辟。又如张华，《晋书》载："华少孤贫，自牧羊，……华学业优博，辞藻温丽，朗赡多通，图纬方伎之书莫不详览。少自修谨，造次必以礼度。初未知名，著《鹪鹩赋》以自寄。陈留阮籍见之，叹曰：'王佐之才也！'由是声名始著。郡守鲜于嗣荐华为太常博士。卢钦言之于文帝，转河南尹丞，未拜，除佐著作郎。"② 本传谓张华出于"庶族"，他被举荐正是出于其文学成就。这样的例子还有西晋诗人左思，《晋书·文苑·左思传》说："家世儒学。父雍，起小吏，以能擢授殿中侍御史。思少学钟、胡书及鼓琴，并不成。雍谓友人曰：'思所晓解，不及我少时。'思遂感激勤学，兼善阴阳之术。"③ 左思的父亲左雍从小吏做起，可见其左氏家族原本比较低微，但是左雍通过自己的奋斗由一个小吏被擢授殿中侍御史④，是当时寒素族士人奋斗成功的一个例子。左雍虽以才干被擢，但从他对友人所说的"思所晓解，不及我少时"来看，他对文化艺术也是擅长的。左思更是走以文学取誉进身的道路，其《咏史诗》云："弱冠弄柔翰，卓荦观群书。著论准《过秦》，作赋拟《子虚》。"正是表现他在文学上的努力，到洛阳后他构思十载写成《三都赋》，也是希望从文学上树立名誉以获得仕进的机会。庾衮、张华、左思在魏晋以来是颇具有代表性的人物。吕思勉论两晋的学校教育说："诸生中自有孤贫好学者。此辈除爱坟籍，出自天性外，不免有志于宠荣。"⑤ 对没有家族背景的人，勤奋好学是一条重要的出路。钱志熙即认为："自魏晋之际以降，寒素之士，多以文史为业，以博学善属文取誉进身，傅玄、张华开其先，其后皇甫谧、左思、挚虞乃

---

① 范晔：《后汉书》，第 2229 页。
② 房玄龄：《晋书》，第 1068—1070 页。
③ 房玄龄：《晋书》，第 2375—2376 页。
④ 吕宗力主编《中国历代官制大辞典》："殿中侍御史，三国魏始置，员二人，七品，居殿中纠察非法，隶御史台。西晋员四人，东晋减为二员，七品。"（商务印书馆 2015 年版，第 896 页）
⑤ 吕思勉：《两晋南北朝史》，上海古籍出版社 2005 年版，第 1213 页。

至两晋之际的郭璞、杨方，以及东晋中期袁宏，莫不如此。"① 在儒学及文化艺术上取得成就，这是魏晋以来中下层士人提升个人和家族地位的一条重要途径。

儒家经术之衰与老庄思想之兴是汉晋间学术思想变迁之大势，但是应该注意的是，魏晋以来士族与中下层家族存在着学术分化，两种家族的学术基础并不相同，士族以玄学为标榜，中下层家族的士人因缺乏经济基础和仕进的保障，仍以儒学和文史之学为主。

## 第一节 东晋诗僧群的出身、创作与五言诗史的重建

东晋以来佛教得到了迅速的发展，士人出家渐多，僧人作为一个群体出现于诗坛②，开始引人注目，对诗史产生了自己的影响③。逯钦立《先秦汉魏晋南北朝诗·全晋诗》卷二十"释氏"，收录15位与佛教密切相关的诗人的作品，除杨苕华为竺僧度的未成礼之妻外，其余14人皆为东晋僧人④，所收诗歌34首，五言体32首，在东晋前中期四言体玄言诗占主流、五言诗创作处于低谷的背景下，这个数量是比较可观的。此外还可以看到的是与诗僧关系密切的一些士人，如张翼、孙绰、许询、王羲之、谢安、王乔之、刘遗民等也都擅长五言诗，这在东晋诗歌史上是一个很值得注意的现象。东晋诗僧群的五言诗歌创作既继承了汉魏西晋五言诗传统，又在转向山水描写中结合言咏写怀、名理奇藻，而形成了

---

① 钱志熙：《论陶渊明的寒素性质及其在文学上的体现》，《齐鲁学刊》2010年第1期。

② 从现存的文献来看，"诗僧"一词最早出现于唐代皎然《酬别襄阳诗僧少微》中。皎然《答权从事德舆书》又云："灵澈上人，足下素识，其文章挺拔瑰奇，自齐梁以来诗僧未见其偶。"（《全唐文》，中华书局1983年版，第9552页）说明唐代人认为诗僧从齐梁就有，但是追溯僧人的诗歌创作实始于东晋，因此诗僧的出现也应该从东晋算起。东晋诗僧群体虽然不具有文学家集团的性质，但是他们相同的家族出身及僧人身份，使他们在诗歌观念上相接近，具有比较明显的群体特征。

③ 钱志熙：《中国诗歌通史·魏晋南北朝卷》，人民文学出版社2012年版，第276页。

④ 其中题为庐山诸道人《游石门诗》、庐山诸沙弥《观化决疑诗》，当为庐山僧人个人所作而集体署名。

新的五言诗风格。由于东晋以来士僧交往的广泛和深入,诗僧这种融合新旧的五言诗,对士人具有很大的吸引力,弥缝了东晋士人以五言诗为俗体及与汉魏西晋诗歌传统的隔阂,至东晋中期孙绰、许询、王羲之、谢安等人开始比较明显地重新开启了五言诗的写作,这些原本偏离了汉魏五言诗传统的士人,为何又选择了五言体,这是研究东晋前中期诗歌发展、转变,准确把握东晋诗歌史,需要厘清的一个关键问题。仔细地分析士人五言诗的语言、内容、风格等,可以比较直观地发现,其与僧诗存在着诸多共通之处。从士僧交往及诗歌具体的写作时间等来看,士人的五言诗写作显然是受到了诗僧的影响,并在此基础上形成了晋宋的新诗风。就晋宋诗歌的发展而言,东晋诗僧群的五言诗创作,可以看作是对五言诗史的一种重建。东晋诗僧之所以能担负起这一诗史任务,从客观的方面来看,是东晋前期诗坛"溺乎玄风"[①],四言体玄言诗盛行,造成了"《诗》《骚》之体尽矣"即汉魏五言诗传统的式微,僧人继承汉魏西晋五言诗传统的创作,反而带有某种意义上的开创性;从主观方面来说,则是东晋诗僧群出身于中下层,比较自然地继承了汉魏西晋的五言诗传统,并在融合山水审美、表现佛玄义理中开创了五言诗的新风格,开启了晋宋五言诗新的发展轨迹。

  诗僧群这种承上启下的创作,使东晋五言诗史得以完整地建构起来。但是在玄言诗为主流的背景下,东晋诗僧群五言诗创作的历史功绩很大程度被遮蔽和忽视了,南朝檀道鸾、沈约、刘勰、钟嵘等诗论家建构的东晋诗歌史中,注意突出玄言诗独盛的现象,包括诗僧等其他诗歌则很自然地被忽略了,以诗歌数量和艺术都很突出的支遁为例,檀、沈、刘、钟等人皆不置一语,可见南朝诗史家对东晋诗僧群及其创作的忽视。唐宋之后陶渊明的诗史地位不断得到提升,东晋诗歌史的整体却越来越隐潜下去。[②] 这两种诗歌史建构都未能准确地勾勒出东晋诗歌史的真实面貌。基于这样一个诗歌史事实,我们应该注意到玄言诗和陶渊明诗歌之外东晋的其他诗歌种类,而这其中僧人及受其影响的士人的诗歌创作,

---

 ① 范文澜注:《文心雕龙注》,第 67 页。
 ② 钱志熙:《中国诗歌通史·魏晋南北朝卷》,第 257 页。

是东晋诗歌史发展中一个很值得关注的脉络。正是在这一层面上，我们强调了东晋诗僧五言诗创作对五言诗史重建的意义。

### 一　东晋诗僧群的出身及其学术渊源

魏晋以来高门士族与中下层的寒素家族，明显地分化为两个具有不同文化特点的阶层。士族实现了玄学化的转变并以玄学相标榜，中下层的寒素家族则继承汉代的儒学和文史之学。在文史之学上取得成就，是魏晋以来中下层士人提升个人和家族地位的一条重要途径。魏晋以来家族和学术文化的这种分化，深刻地影响了不同家族出身的士人的诗歌观念和创作。

关于魏晋南北朝士族的界定，毛汉光据《魏书·官氏志》及《新唐书·儒学·柳冲传》的相关记载，确定了三世中二世居五品作为士族的标准。① 总体来看，这虽然并不是一个被完全认同的划分法，却是确定士族的一个较符合实际情况又易操作的标准。② 按这一标准来看，《高僧传》所载两晋出家的士人基本上都是中下层的寒素。具体到东晋诗僧群来讲，更是全都来自中下层的家族。③《全晋诗》所载的东晋诗僧中，康僧渊、佛图澄、鸠摩罗什是外国人，不在本文所谈论的家族出身问题之中，庐山诸道人、庐山诸沙弥难以确认具体姓名，但当为慧远弟子④，其他可考的则皆出身于中下层家族。

支遁，《高僧传》载其"本姓关氏，陈留人，或云河东林虑人……家世事佛，早悟非常之理"⑤。两晋时期，未见高门大族举家事佛者，由此来看，支遁家族当为北方中下层的家族。又，毛汉光曾依史籍所载，列举东汉至唐末大士族六十族⑥，支遁所属之关氏不在此六十大族之列，也

---

① 毛汉光：《中国中古社会史论》，上海书店出版社2002年版，第144页。
② 《晋书·陈敏传》载陈敏有江东后，华谭致信顾荣等人说："陈敏仓部令史，七第顽冗，六品下才……"可见五品以下即不被视为士族。
③ 王青《东汉魏晋南北朝时期职业教徒的阶层分析》认为："两晋的僧侣大部分还是出身于寒门。"（《中国史研究》1997年第1期）这个判断是比较准确的。
④ 曹虹：《慧远及其庐山教团文学论》，《文学遗产》2001年第6期。
⑤ 释慧皎撰，汤用彤校注：《高僧传》，第159页。
⑥ 毛汉光：《中国中古社会史论》，第58—59页。

可知其非高门士族。

道安，《高僧传》谓其"家世英儒，早失覆荫，为外兄孔氏所养"①。可知道安的家族是已衰落的寒素家族。

慧远，《高僧传》说他"本姓贾氏，雁门楼烦人也"②，张野《远法师铭》谓其"世为冠族"③，许理和则认为慧远为贫寒之士，因为《高僧传》本传载慧远出不起灯烛费，并据王伊同《五朝门第》，指出雁门贾氏单弱，出自平原之贾氏方为望族。④ 日人塚本善隆从《出三藏记集》《高僧传》等传记资料中无慧远父祖或近亲官职记载，也推测这一家族为寒门儒士。⑤ 张野所说实为碑文中常见的虚美之词。

帛道猷，《高僧传》："时若耶山有帛道猷者，本姓冯，山阴人，少以篇牍著称。"⑥ 钟嵘《诗品》将其列入下品，"康、帛二胡，亦有清句。"⑦ 即康法畅、帛道猷二位诗僧，而钟嵘谓道猷为胡人，白居易《沃洲山禅院记》："厥初有罗汉僧，西竺天人帛道猷居焉。"其说与钟嵘合。古直《钟记室诗品笺》云："《高僧传》云吴人，意其先本胡人，生于吴，遂为吴人。"⑧ 如此则道猷为胡人后代自非士族，且会稽以虞、魏、孔、谢四姓为大族，即便帛道猷非胡人，其所出之冯氏亦当为中下层之家族。

竺僧度，《高僧传》谓其"少出孔微"，故虽与衣冠士人杨氏婚配，但其家族显然已是衰落的寒素家族。

竺法崇，《高僧传》谓"未详何人"⑨。史宗，《高僧传》谓"不知何许人"⑩。魏晋以来极重门第，所谓"未详何人""不知何许人"，很大程度上正是因为门第不显故不为时人所知，所以法崇、史宗当亦出于中下

---

① 释慧皎撰，汤用彤校注：《高僧传》，第177页。
② 释慧皎撰，汤用彤校注：《高僧传》，第211页。
③ 《世说新语·文学》刘孝标注引，第240页。
④ ［荷］许理和：《佛教征服中国》，李四龙、裴勇等译，第338页。
⑤ ［日］木村英一编：《慧远研究·研究篇》，创文社1960年版，第7页。
⑥ 释慧皎撰，汤用彤校注：《高僧传》，第207页。
⑦ 曹旭：《诗品集注》，上海古籍出版社2011年版，第560页。
⑧ 曹旭：《诗品集注》引，第563页。
⑨ 释慧皎撰，汤用彤校注：《高僧传》，第170页。
⑩ 释慧皎撰，汤用彤校注：《高僧传》，第376页。

层家族。

竺昙林，《宋书·五行志》："司马元显时，民谣诗……此诗云襄阳道人竺昙林所作。"① 竺昙林仅见于此，对生平难有更详细的了解，但《宋书》已失其族姓，故应出自中下层家族。

从上文的分析来看，东晋诗僧群除了来自域外的康僧渊、佛图澄、鸠摩罗什，其他的皆出于中下层家族。严耕望统计了《高僧传》所在高僧来源之地，指出东晋以来"建康高僧虽极多，但本地人则极少，……多北人流寓江左者"②。东晋诗僧如支遁、慧远等也大多来自北方，这也使他们比较直接地继承了北方的学风。

魏晋以来，中下层家族多以儒学和文史为文化特点，这也是东晋诗僧思想学术的渊源。如道安、慧远师徒的学术即从儒学、文史开端，习凿齿与谢安书称道安"多所博涉，内外群书，略皆遍睹，阴阳算数，亦皆能通"③。可见道安在出家之后，也仍保持着儒学和文史博综的学风。又如慧远，《高僧传》说他"少为诸生，博综六经。……年二十一，欲渡江东，就范宣子共契嘉遁"④。范宣子是东晋著名的儒士，可见慧远最早的学术基础也在儒学。到庐山之后，慧远在弘佛之外仍不废儒学，他在庐山讲授《丧服经》《毛诗》等儒家学问⑤，并注重培养庐山僧团的文学风气⑥，庐山僧众包括《全晋诗》中题为"庐山诸道人"、"庐山诸沙弥"诸人，自然皆深受慧远学风的影响。又如史宗，《高僧传》说他"博达稽古，辩说玄儒"⑦。竺僧度，《高僧传》谓其"孝事尽礼"，可知亦出于儒学。支遁《述怀诗二首》其二："总角敦大道，弱冠弄双玄。"从字面上

---

① 沈约：《宋书》，第919页。
② 严耕望：《魏晋南北朝佛教地理稿》，第58页。
③ 释慧皎撰，汤用彤校注：《高僧传》，第180页。
④ 释慧皎撰，汤用彤校注：《高僧传》，第211页。
⑤ 《高僧传·慧远传》载："时远讲《丧服经》，雷次宗、宗炳等，并执卷承旨。"（第221页）又《宋书·隐逸传》载雷次宗："少入庐山，事沙门释慧远，尤明《三礼》《毛诗》。"（第2292页）陆德明《经典释文·毛诗音义》亦云："周续之与雷次宗同受慧远法师诗义。"（第119页）
⑥ 曹虹：《慧远及其庐山教团文学论》，《文学遗产》2001年第6期。
⑦ 释慧皎撰，汤用彤校注：《高僧传》，第376页。

看,"大道"可以有儒、佛、玄三种不同的解释,但这里应该指的是儒家之"道",即说自己年少时开始学习儒家思想文化。帛道猷,出自山阴中下层家族,东晋时期江南土著的学风较保守,仍相当重视传统经学①,故道猷亦当出于儒学。其他如竺法崇、竺昙林,虽乏材料以确知其最早的学术渊源,但由他们出于中下层家族,大体可以推测他们最早的学术基础也在儒学。从以上的分析来看,儒学和文史是东晋诗僧群重要的学术基础。

儒学、文史博综的学风,与文学有密切的关系。钱志熙分析汉末学风与文学的关系说:"博涉的学风与文学有直接的联系,据史书所载,东汉时代的一些善文章者,多是博学之士。甚至可以说博学就等于文学。"② 魏晋以来北方中下层家族的士人,其学风与汉末一脉相承,从《高僧传》记载可以看到,博学、属文、言辩、艺术乃至各种技艺也是两晋僧人的一个突出的特点,如:康僧会"为人弘雅,有识量,笃至好学,明解三藏,博览六经,天文图纬,多所综涉,辩于枢机,颇属文翰"。支谦"博览经籍,莫不精究,世间技艺,多所综习"。竺法护"笃志好学,博览六经,游心七籍"。帛远"世俗坟素,多所该贯"。昙无谶"清辩若流,兼富于文藻,辞制华密"。竺法雅"少善外学"。于道邃"学业高明,内外该览,善方药,美书札,洞谙殊俗,尤巧谈论。"释昙徽,"学兼经史"。释道恒"学该内外才思清敏"。释僧肇"历观经史,备尽坟籍"。③ 东晋高僧在继承这种博综的学风基础上,更突出了文学创作能力,如道安"外涉群书,善为属文。长安中,衣冠子弟为诗赋者,皆依附致誉"④。慧远"内通佛理,外善群书""善属文章,辞气清雅"。⑤ 支遁"所著文翰,集

---

① 唐长孺:《读〈抱朴子〉推论南北学风的异同》,《魏晋南北朝史论丛》,第358—368页。
② 钱志熙:《魏晋诗歌艺术原论》,第76页。
③ 释慧皎撰,汤用彤校注:《高僧传》,第15、23、36、77、169、172、202、246、249页。
④ 释慧皎撰,汤用彤校注:《高僧传》,第181页。
⑤ 释慧皎撰,汤用彤校注:《高僧传》,第221、222页。

有十卷①。释慧持"善文史，巧制艺"②。帛道猷"少以篇牍著称"③。而"庐山诸道人""庐山诸沙弥"这些慧远庐山僧团之人，在慧远的影响下皆"清雅有风则"④，以能"高言华论"为世瞩目⑤，也就是具有学养、颖悟和文才相结合的素养。可见很多东晋高僧的学术基础主要还是文史之学，不少高僧甚至还比较明显地带有文学之士的特点，这对文学创作有很直接的影响。

### 二  东晋诗僧群的五言诗写作

东晋诗僧群继承汉魏博学善属文的风气，使其能够比较自然地理解和接受汉魏西晋五言诗的艺术传统。在东晋玄言诗盛行、传统诗歌陷入低潮的背景下，东晋诗僧群直接渊源于汉魏西晋的五言诗创作，对东晋中后期诗歌的发展变化、五言诗歌史的重建具有重要的意义。

两晋时期诗学未昌，诗人对自身的诗学渊源缺乏理论表述，但是从创作实践上，可以看出东晋僧诗与汉魏西晋诗歌有明显的渊源关系。如康僧渊《又答张君祖诗》：

> 遥望华阳岭，紫霄笼三辰。琼岩朗璧室，玉润洒灵津。丹谷挺櫄树，季颖奋晖薪。融飙冲天籁，逸响互相因。鸾凤翔回仪，虬龙洒飞鳞。中有冲漠士，耽道玩妙均。高尚凝玄寂，万物忽自宾。栖峙游方外，超世绝风尘。翘想睎眇踪，矫步寻若人。泳啸舍之去，荣丽何足珍。濯志八解渊，辽朗豁冥神。研机通微妙，遗觉忽忘身。居士成有党，顾眄非畴亲。借问守常徒，何以知反真。

康僧渊在《代答张君祖诗序》中曾提出"言志"的诗学观，云："未足尽美亦各言其志也。"其诗虽多涉佛玄义理，但他认为也是属于言志之作，

---

① 释慧皎撰，汤用彤校注：《高僧传》，第164页。
② 释慧皎撰，汤用彤校注：《高僧传》，第229页。
③ 释慧皎撰，汤用彤校注：《高僧传》，第207页。
④ 释慧皎撰，汤用彤校注：《高僧传》，第238页。
⑤ 释慧皎撰，汤用彤校注：《高僧传》，第232页。

如此首表现的耽道、濯志、冥神、研机、反真等体道的追求，就是他所谓的"言志"，这虽然主要是义理上的体验和追求，不能等同于抒情言志，但诗人主观上则是有意地要继承汉魏晋的诗歌传统的，故多以咏叹来表现义理。而且可以看到诗中的立意、用语、结构颇多来自汉魏晋诗歌，如"中有冲漠士，耽道玩妙均"出自郭璞《游仙诗十九》其二"清溪千余刃，中有一道士"；"荣丽何足珍"出自《古诗十九首》"庭中有奇树"之"此物何足贵，但感别经时"；"翘想晞眇踪，矫步寻若人""濯志八解渊"出自左思《咏史八首》其五"被褐出阊阖，高步追许由。振衣千仞岗，濯足万里流"。而诗歌之语言如紫霄、琼岩、璧室、玉润、灵津、丹谷、晖薪、融飙、鸾凤、回仪、虬龙、飞鳞等，这些藻丽的修辞，正是陆机、潘岳等代表的太康诗风的继承，体现了陆机《文赋》提出的"诗缘情而绮靡"的诗学主张，而迥异于玄言诗"淡乎寡味"的平淡之体。

东晋诗僧中诗歌成就最大的支遁，其艺术也主要源于汉魏晋诗歌。如其《咏怀诗》五首，《抒怀诗》二首，虽多玄、佛内容，但以玄理抒怀，有意要学习阮籍的《咏怀诗》，左思《咏史》及郭璞《游仙诗》一类。试举《咏怀诗》其三：

晞阳熙春圃，悠缅叹时往。感物思所托，萧条逸韵上。尚想天台峻，仿佛岩阶仰。泠风洒兰林，管濑奏清响。霄崖育灵蔼，神蔬含润长。丹沙映翠濑，芳芝曜五爽。苕苕重岫深，寥寥石室朗。中有寻化士，外身解世网。抱朴镇有心，挥玄拂无想。隗隗形崖颓，冏冏神宇敞。宛转元造化，缥瞥邻大象。愿投若人踪，高步振策杖。

此诗融合了魏晋多种诗歌笔法，开头以魏晋诗人常用的感物兴思起调，中间"泠风洒兰林"至"寥寥石室朗"一段的写景，杂取张协《杂诗》、左思《招隐诗》的写景之法，"泠风洒兰林"出自张协《杂诗十首》其二"飞雨洒朝兰"，"丹沙映翠濑"出自左思《招隐诗》"丹葩耀阳林"、张协《杂诗十首》其二"浮阳映翠林"。"中有寻化士"以下的运思结构则明显学郭璞《游仙诗》其二："青溪千馀仞，中有一道士。云生梁栋间,风出窗户里。借问此何谁?云是鬼谷子。翘迹企颍阳,临河思洗耳。闾阖西南来,潜波涣鳞起。灵妃顾我笑,粲然启玉齿。蹇修时不存,要之将谁使?"钟嵘《诗品》谓郭璞诗"词多慷慨,乖远玄宗,乃是坎壈咏怀,非列仙之趣"。① 支遁《咏怀》诸作,虽以义理为主要内容,但情理结合表现了体道者的形象和心境,颇多咏叹,带有陶写情怀的色彩,正是"以玄言诗为咏怀之具的创作态度"②。其诗歌精神乃从阮籍《咏怀诗》而来,对阮籍、郭璞等人有继承之处。③ 又如《八关斋诗三首》其三,描写诗人与何充等人举行八关斋会后,登山采药的山水游赏,诗中写景清蔚,音节流畅,是出自左思、张协的一种山水写景之法,对仗工整又颇学陆机的风格和手法。其他如《咏禅思道人》《四月八日赞佛诗》《五月长斋诗》等,都是篇幅超过三十句的长诗,内容虽主要表现佛玄义理,但诗人有意用丰富典雅的辞藻,避免成为枯燥的玄理演绎一体,如:"云岑竦太荒,落落英岊布。回壑伫兰泉,秀岭攒嘉树。蔚荟微游禽,峥嵘绝蹊路。"(《咏禅思道人》)"绿澜颓龙首,缥蕊翳流泠。芙蕖育神葩,倾柯献朝荣。芬津霈四境,甘露凝玉瓶。珍祥盈四八,玄黄曜紫庭。"(《四月八日赞佛诗》)语言皆极富丽,与康僧渊诗一样,其体亦从太康体而来。

又如慧远《庐山东林杂诗》:

> 崇岩吐清气,幽岫栖神迹。希声奏群籁,响出山溜滴。有客独冥游,径然忘所适。挥手抚云门,灵关安足辟。流心叩玄扃,感至理弗隔。孰是腾九霄,不奋冲天翮。妙同趣自均,一悟超三益。

"崇岩"以下四句描写庐山清幽的山水之美,庐山诸道人《游石门诗序》云:"峦阜周回以为障,崇岩四营而开宇。其中则有石台石池,宫馆之

---

① 曹旭:《诗品集注》,第319页。
② 钱志熙:《中国诗歌通史·魏晋南北朝卷》,人民文学出版社2012年版,第269页。
③ 萧驰《佛法与诗境》认为支遁诗歌对山水的表现,"未能脱离郭璞结合招隐和游仙的框架"(台北联经出版事业股份有限公司2012年版,第37页)。其实支遁诗歌常融合了招隐、游仙、咏怀等多种艺术手法而成,由此可见支遁对五言诗传统有广泛的学习。

象,触类之形,致可乐也。清泉分流而合注,渌渊镜净于天池,文石发彩,焕若披面,柽松芳草,蔚然光目,其为神丽,亦已备矣。"慧远《庐山略记》:"有匡裕者,出自殷周之际。……受道于仙人,共游此山,遂托室崖岫,即岩成馆,故时人谓其所止为神仙之庐,因以名山焉。"[1] 此诗所说的"神迹"既是指庐山是"神仙之庐",又以之表现庐山富于神秘气氛之美的"神丽"。慧远与其弟子的诗中都有意用神仙来做渲染山水的幽深之境,如"腾九霄""冲天翻",及庐山诸道人的《游石门诗》"眇若凌太清",这种山水境界渊源于郭璞的《游仙诗》。"希声奏群籁,响出山溜滴",两句写山水清音,出自左思《招隐诗二首》其一:"非必丝与竹,山水有清音。""有客独冥游,径然忘所适"以下,则塑造一个独游而悟道的诗人形象,这种孤独的悟道者的形象比较明显地受到阮籍《咏怀诗》的影响,可以说是从曹植、阮籍、嵇康、郭璞等人所塑造出来的诗人形象的延续。总体来看,慧远此诗借景抒怀,由山水审美而体道悟理,正是康僧渊所说的"言志"。可见慧远此诗的诗学渊源亦来自魏晋诗歌艺术传统。

又如帛道猷《陵峰采药触兴为诗》:

> 连峰数千里,修林带平津。云过远山翳,风至梗荒榛。茅茨隐不见,鸡鸣知有人。闲步践其径,处处见遗薪。始知百代下,故有上皇民。

明代杨慎说曾在沃洲看到此诗一、三两联的石刻,认为"此四句古今绝唱也"[2]。这四句的确更符合唐以后之人的诗美观,也就是更具有兴象之美和想象的空间,所以"茅茨隐不见,鸡鸣知有人"两句的立意和表现方法,引起后人不断地模仿、借鉴和翻新,如"人家在何许,云外一声鸡"(梅尧臣《鲁山山行》),"隔林仿佛闻机杼,知有人家在翠微"(法潜《东园》),"菰蒲深处疑无地,忽有人家笑语声"(秦观《秋日三首》

---

[1] 文渊阁:《四库全书》第585册,第42页。
[2] 杨慎著,王仲镛笺证:《升庵诗话笺证》,上海古籍出版社1987年版,第53页。

其一)。① 但是帛道猷在这四句之外，还增加了纪实性的内容，如"闲步践其径，处处见遗薪"，即叙述了他在上山采药观赏山水之后，探访山林中的茅屋的活动，最后兴发起在百代之后，仍有像上古三皇时代那样自然自足的人民的感慨。相对于杨慎所说的具有兴象、空灵之美的四句，整首诗更带有纪实和描述的性质，这正是魏晋早期山水诗体的特点。帛道猷此诗带有写景、记游、抒怀的内容，这种章法是从陆机、左思等的《招隐诗》发展而来的，从魏晋诗歌的角度来看，此诗的艺术已很成功，辞体省净、写景苍蔚、音韵清新流转，能得五言体之声情。

此外还可注意的是杨苕华的《赠竺度诗》：

> 大道自无穷，天地长且久。巨石故巨消，芥子亦难数。人生一世间，飘若风过牖。荣华岂不茂，日夕就彫朽。川上有余吟，日斜思鼓缶。清音可娱耳，滋味可适口。罗纨可饰躯，华冠可耀首。安事自剪削，耽空以害有？不道妾区区，但令君恤后。

杨苕华是竺僧度未成礼之妻，此诗作于僧度出家之后，希望僧度能回心转意，与其共度此生。诗的开头"大道自无穷，天地长且久"，是魏晋典型的以天道入题的写法，"人生一世间，飘若风过牖"，出自《古诗十九首》："人生寄一世，奄忽若飙尘。"诗歌情感真切，语言质朴，能得汉魏古诗之风。僧度的答诗虽受到佛教影响，情感没有杨苕华赠诗之深切，但其诗在回答杨苕华的过程中，能针对杨苕华的诗意而出新，可见他对五言诗艺术本是颇为熟悉的。又如与康僧渊、竺法頠酬赠的张翼，其《咏怀诗三首》《赠沙门竺法頠三首》《答康僧渊诗》等，皆以咏怀的方式表现佛、玄义理，其写景、言理之体与僧诗相类，可见东晋僧侣及与之密切相关的士人，其诗歌主要是从汉魏晋发展而来的，与玄言诗的诗学渊源不同。此外，现存道整在出家之前所作的两首也皆为五言体，又《晋书》载道安与习凿齿相嘲之作，是魏晋流行的五言俳谐体，皆可窥见五言体在东晋僧人群中的流行情况。

---

① 陶文鹏：《隔物闻声，借声想景》，《古典文学知识》1994 年第 4 期。

从现存的僧诗来看，东晋诗僧群对五言体是极为熟悉的，他们的诗学渊源即出自汉魏西晋诗歌，这与东晋诗僧群的出身及其继承汉末以来儒学文史之学的学风正相契合。

### 三 东晋诗僧群的诗学渊源与诗史意识

东晋理论形态的诗歌史观是檀道鸾、沈约、刘勰、钟嵘等南朝诗史家首先建构起来的，其中以檀道鸾的诗史观影响最大，稍后的沈约《宋书·谢灵运传论》、刘勰《文心雕龙·明诗》、钟嵘《诗品序》都明显受其影响。① 檀道鸾《续晋阳秋》云：

> 询有才藻，善属文。自司马相如、王褒、扬雄诸贤，世尚赋颂，皆体则《诗》《骚》傍综百家之言。及至建安，而诗章大盛。逮乎西朝之末，潘、陆之徒虽时有质文，而宗归不异也。正始中，王弼、何晏好《庄》《老》玄胜之谈，而世遂贵焉。至过江，佛理尤盛，故郭璞五言，始会合道家之言而韵之。询及太原孙绰转相祖尚，又加以三世之辞，而《诗》《骚》之体尽矣。询、绰并为一时文宗，自此作者悉体之，至义熙中，谢混始改。②

这是有关玄言诗发生、发展的一段重要材料，其对东晋诗歌史研究的价值，已为历来的研究者所重视。檀氏从汉魏晋诗歌史的大背景下来把握东晋诗歌，而且显然是将东晋诗歌作为一种偏离了《诗》《骚》传统来看待，是传统诗歌的一种歧异。稍晚于檀氏的沈约、刘勰、钟嵘等人，在建构东晋诗歌史时都明显受到檀氏诗史观的影响，经过南朝这些诗史家、批评家的建构，以玄言诗为主体的东晋诗歌史成为一个基本认识。但是檀道鸾等南朝诗史家，是在玄言诗风被否定和扭转的宋齐时期，建构其东晋诗史观，是将东晋诗歌作为诗史一个否定性的环节建构起来的。在

---

① 余嘉锡《世说新语笺疏·文学》云："学者诚欲扬榷千古，尚论六朝，试取道鸾此篇，与休文、彦和、仲伟之书合而观之，则于魏、晋以下诗歌一门，兴衰得失，了如指掌矣"，又云："三家之言皆源于檀氏"（第262页）。

② 余嘉锡：《世说新语笺疏》，第262页。

批判玄言诗风的背景下，这一诗史观被普遍接受，但是这种否定性的建构却正是否定了一代诗史本身①，因此没有接近东晋诗史的真相。就檀道鸾所述的这段材料，有三点需要进一步辨析：一是"郭璞五言始会合道家之言而韵之"，即郭璞诗歌的性质及其与东晋诗歌的关系；二是"加以三世之辞"对诗歌的影响；三是"《诗》《骚》之体尽矣"。对这三点的理解，关系到对东晋僧诗与东晋诗歌史的把握。

首先，檀道鸾谓："郭璞五言，始会和道家之言而韵之。"可见檀道鸾将郭璞《游仙诗》纳入东晋玄言诗史的范畴中。刘勰《文心雕龙·明诗》则说："景纯仙篇，挺拔而为俊矣。"②《才略》又云："景纯艳逸，足冠中兴，郊赋既穆穆以大观，仙诗亦飘飘而凌云矣。"③ 钟嵘《诗品》对郭璞诗歌作了更全面的评价："宪章潘岳，文体相辉，彪炳可玩，始变永嘉平淡之体，故称中兴第一。《翰林》以为诗首，但《游仙》之作，辞多慷慨，乖远玄宗。……乃是坎壈咏怀，非列仙之趣也。"④ 刘勰、钟嵘强调郭璞与玄言诗在诗歌精神、诗体、艺术等方面的区别，这是对郭璞诗歌比较准确的定位。从前文对东晋诗僧群的创作的分析来看，郭璞《游仙诗》是其重要的诗学渊源，东晋诗僧群学习了郭璞瑰奇艳丽的辞藻，并有意地效法郭璞以隐逸、游仙、悟理寄托情怀的咏怀写法。《诗品》中品说郭璞，"宪章潘岳，文体相辉，彪炳可玩，始变永嘉平淡之体。"与檀道鸾相反，钟嵘认为，郭璞是改变玄言诗体的人，从这一点来讲，东晋诗僧群对郭璞的学习，某种意义上也有变革玄言诗"淡乎寡味"的自觉意识。《诗品序》又说："先是郭景纯用俊上之才，变创其体。刘越石仗清刚之气，赞成厥美。然彼众我寡，未能动俗。逮义熙中，谢益寿斐然继作。"⑤ 钟嵘认为，郭璞变革诗体的努力，在东晋前中期都未得到回响，直到后期的谢混才又继承，这其实是忽视了东晋中期诗僧群对郭璞的学习，东晋诗僧群中下层的出身及文史博学之风皆与郭璞颇相似，

---

① 钱志熙：《中国诗歌通史·魏晋南北朝卷》，第256页。
② 范文澜注：《文心雕龙注》，第67页。
③ 范文澜注：《文心雕龙注》，第701页。
④ 曹旭：《诗品集注》，第318页。
⑤ 曹旭：《诗品集注》，第34页。

这使郭璞的诗歌成为他们重要的效法对象，也成为东晋诗僧建构五言诗史的重要诗学渊源。

其次，"三世之辞"指佛教的过去、现在、未来三世的说教，檀氏以之代指佛教。佛教对东晋诗歌的影响主要有两个方面：一是佛教义理；二是诗歌体制，即内容和形式。孙绰、许询等人现存的诗歌中，几乎看不到表现佛教义理的内容，最早在诗歌中"加以三世之辞"的并不是孙绰、许询诸人，而是支遁、竺法颢等诗僧。① 前文我们指出东晋僧诗几乎都为五言体，与东晋诗僧群出身于中下层，比较自然地接受出自寒素的五言诗有关，从他们作为僧人的身份来说，也与东晋以来佛教偈颂以五言为主的形制有关。陈允吉《东晋玄言诗与佛偈》说："玄言诗依靠'三世之辞'佛偈的加入而诞生。"将玄言诗的产生归因于佛教当然不符诗史事实，但陈氏在分析佛理诗与玄言诗的关系时，又指出："这种浸润互融之所以表现得如此普遍，根本原因要归结到它们诗体来源上的一致性。"② 注意到"三世之辞"对诗歌体制的影响，这一点是很有见地的。当然，最早提到这一点的是黄侃，他在《诗品讲疏》中说："若孙、许之诗，但陈要妙，情既离乎比兴，体有近于偈语，徒以风会所趋，仿效日众。"③ 黄氏所关注的也是孙、许等人在诗歌体制上受佛教的影响。从诗体的角度来探讨佛教在东晋诗歌发展上的意义，会得出与南朝诗史家们不同的认识，笔者曾在另一篇文章中指出："孙、许乃是当时写作五言诗的能手，而二人皆与佛教有密切的关系，按檀道鸾《续晋阳秋》的说法，他们引'三世之辞'入诗，因此'三世之辞'与五言诗存在什么关系？这是我们当前尚未深入分析的问题。我们认为在西晋永嘉以来玄言诗以四言体为主的诗学背景下，许询作为玄言诗的代表又能成为写作五言诗的妙手，恰恰是受到了佛教的影响。"④ 这里说的"佛教的影响"就是指孙、许等人通过佛教而接受了五言体。

---

① 孙昌武《佛教与中国文学》认为支遁"把佛理引入文学、用文学形式来表现，他有开创之功"（中华书局2019年版，第71页）。
② 陈允吉：《东晋玄言诗与佛偈》，《复旦学报》1998年第1期。
③ 曹旭：《诗品集注》，第518页。
④ 蔡彦峰：《支遁的五言诗创作及其诗史意义》，《文艺理论研究》2018年第3期。

再次，檀道鸾总结东晋玄言诗的消极影响为"《诗》《骚》之体尽矣"。从檀道鸾的叙述来看，这个"体"是文学本质之义，"《诗》《骚》之体"即《诗》《骚》所体现的抒情言志的诗歌本质。但是从汉魏西晋的诗歌来看，承载抒情言志诗歌传统的主体是五言诗，所以从诗歌体制上来看，"《诗》《骚》之体尽矣"还指五言诗的衰落。从这一点来说，檀道鸾《续晋阳秋》所建构的东晋诗歌史，也可以说是五言体衰落，而以四言为主体的玄言诗歌史。所以从诗歌体制上讲，檀道鸾说的"加以三世之辞，而《诗》《骚》之体尽矣。"并不符合诗史事实，"三世之辞"的加入反倒是五言诗发展的一个契机。

东晋诗僧出身中下层家族及其僧人身份，使这一群体与传统五言诗、佛经五言偈颂等五言体有一种天然的关系。魏晋以来，五言诗在抒情言志之外，还强调诗歌自身之美，如曹丕《典论·论文》主张"诗赋欲丽"，陆机《文赋》提出"诗缘情而绮靡"；刘勰《文心雕龙·明诗》总结西晋以来的诗风是"析文以为妙，流靡以自妍"；在佛经偈颂翻译上，鸠摩罗什批评当时存在的问题说："但改梵为秦，失其藻蔚，虽得大意，殊隔文体。"① 这其实是主张偈颂的翻译要做到"大意"和"藻蔚"并重。值得注意的是，《高僧传》在鸠摩罗什这段话之后，紧接着录了其《赠沙门法和》："心山育明德，流熏万由延，哀鸾孤桐上，清音彻九天。"后面两句是对法和品德的赞颂，鸠摩罗什以"哀鸾"栖于"孤桐"之上，"清音"响彻"九天"，"极写一种'伟大的孤独'，一种崇高的气质，以突出法和对世情人生的无限悲愿。而这种描写，也正是从传统诗歌中转化而来，因此也特别能够感人"。② 此外如支遁《咏怀诗》其二"端坐邻孤影，眇罔玄思劭"，慧远《庐山东林杂诗》"有客独冥游，径然忘所适"，都塑造了孤独、感人的悟道者形象，而这显然是受到了曹植、阮籍、郭璞等人诗歌艺术的影响。《高僧传》在《赠沙门法和》后说："凡为十偈，辞喻皆尔。"可知这类作品鸠摩罗什作了十首，说明罗什对传统诗歌有广泛的学习和实践，这其实也代表着东晋诗僧群的一种普遍意识。

---

① 释慧皎撰，汤用彤校注：《高僧传》，第 53 页。
② 张伯伟：《禅与诗学》，人民文学出版社 2008 年版，第 185 页。

在这种背景下，诗僧对传统诗歌的追摹、体认，远较东晋士人来得自觉而深入。康僧渊《代答张君祖诗序》云：

> 省赠法颙诗，经通妙远，娓娓清绮。虽云言不尽意，殆亦几矣。夫诗者，志之所之，意迹之所寄也。忘妙玄解，神无不畅。夫未能冥达玄通者，恶得不有仰钻之咏哉。吾想茂得之形容，虽栖守殊涂，标寄玄同，仰代答之。未足尽美，亦各言其志也。

这是很难得的东晋诗僧的诗论，其中有几点值得注意：一是强调诗歌之美，如序的开头赞赏张翼赠法颙诗"娓娓清绮"，结尾又说自己所作"未足尽美"，皆以美为诗歌的追求；二是以诗为寄兴、悟理，如序云："意迹之所寄，忘解玄妙，神无不畅""标寄玄同"；三是诗以言志，即诗序所说"夫诗者，志之所之""各言其志"。这几点其实也是魏晋诗学的基本主张。东晋僧诗多以"咏怀""述怀"为题，又多有辞藻之美，有追求诗歌语言之美的意识，如支遁《五月长斋诗》："掇烦练陈句，临危折婉章。浩若惊飙散，囧若辉夜光。"此数句自谓其在诗歌上追求如"惊飙""夜光"一样纷披藻丽的语言之美。可以说，东晋诗僧群的诗学主张主要是从汉魏西晋发展而来的。

从前文对东晋僧诗的分析来看，郭璞《游仙诗》是东晋诗僧一个重要的诗学渊源，他们不仅学习郭璞藻丽精拔的语言，还学习郭璞悟理、咏怀相结合的写法，以及游仙中遗世之想的神秘气氛。郭璞之外，左思和张协也是他们重要的学习对象，由此而上溯至阮籍等汉魏诗人。从东晋诗僧群的诗学主张和诗歌创作实践，隐然可以看出他们自觉取法、继承汉魏西晋诗歌的诗史的意识。这是之前的东晋诗歌史研究所没有注意到的，但却是建构东晋诗史的一条重要线索。

### 四　东晋诗僧群对五言诗史的重建

东晋诗僧群的五言诗创作，促进了四言向五言的转变，扭转了东晋诗歌的发展方向，并影响了晋宋之际新诗风的形成，从这一点来讲，东晋诗僧的五言诗创作本身即具有诗史建构的历史意义。钱志熙说："东晋初的玄言诗，实为雅颂体。到了中叶，张翼、支道林等多改用五言诗为酬赠之体，直接导致了中期五言体玄言诗的盛行。"① 东晋前期的雅颂体玄言诗主要是四言，支遁等诗僧之作则多用五言体，并且在写法上，"已趋于一般五言诗的叙述之体，语言也趋于通俗"②。"语言趋于通俗"指的是东晋诗僧的五言诗，已摆脱玄言诗品鉴式的缺乏表现力的语言特点，接近于汉魏西晋五言诗语言的一般风格。《诗纪》谓张翼、康僧渊相酬赠之作"皆恬淡雅逸有晋风"。③ 这里的"晋风"恐怕指的是西晋，即谓其诗有西晋之风，这与我们前文有关东晋诗僧自觉取法汉魏西晋诗风的论述相契合。东晋诗僧群对东晋诗歌的影响，很大程度上就是将诗歌从玄言诗的虚述、泛咏中解脱出来，重新赋予诗歌叙述、抒情、体物等功能和表现力。如建元元年（343）十月十二日，支遁与何充组织了一次僧俗二十四人参加的八关斋④，支遁作有《八关斋诗三首》，其序云：

  间与何骠骑期，当为合八关斋，以十月二十二日，集同意者在吴县土山墓下。三日清晨为斋始，道士白衣凡二十四人，清和肃穆，莫不静畅。至四日朝，众贤各去，余既乐野室之寂，又有掘药之怀，遂便独住。于是乃挥手送归，有望路之想；静拱虚房，悟外身之真。登山采药，集岩水之娱，遂援笔染翰，以慰二三之情。

这三首诗，明嘉靖杨仪七桧山房抄本题为《土山会集诗三首》⑤，邵武徐氏刻本、宛委别藏本题作《土山会集诗三首并序》⑥，可见这次由支遁与何充等名僧、名士组织的佛教活动，还带有文士集会的性质。序的最后说："遂援笔染翰，以慰二三之情。"所谓的"二三之情"也就是诗人在

---

① 钱志熙：《中国诗歌通史·魏晋南北朝卷》，第269页。
② 钱志熙：《中国诗歌通史·魏晋南北朝卷》，第269页。
③ 逯钦立：《先秦汉魏晋南北朝诗》，中华书局1983年版，第891页。
④ 汤用彤《汉魏两晋南北朝佛教史》云："按康帝建元元年以何充领扬州刺史，镇京口，则土山会或约在此时。"（第126页）
⑤ 沈津：《书城挹翠录》，上海科学院出版社1996年版，第158页。
⑥ 张富春：《支遁集校注》，第127页。

诗歌中所要表现的情怀，包含了很丰富的内容，即"众贤各去"后的"望路之想"，朋友间的离别之情，还有"静拱虚房"的领悟"外身之真"的悟理，及"登山采药，集岩水之娱"对山水之美的欣赏表现。诗人赋予诗歌叙述、抒情、写景、悟理等丰富的表现内容，这正是东晋前期玄言诗所缺乏的质感。如其二：

> 三悔启前朝，双忏暨中夕。鸣禽戒朗旦，备礼寝玄役。萧索庭宾离，飘摇随风适。踟蹰歧路隅，挥手谢内析。轻轩驰中田，习习陵电击。息心投伴步，零零振金策。引领望征人，怅恨孤思积。咄矣形非我，外物固已寂。吟咏归虚房，守真玩幽赜。虽非一往游，且以闲自释。

这首写八关斋活动结束后，诗人送别参与者离去之后的心境，诗歌的结尾稍涉言理，但总体上却是以情感人以情运理的，如"萧索庭宾离，飘摇随风适。踟蹰歧路隅，挥手谢内析""引领望征人，怅恨孤思积"，乃是典型的汉魏西晋赠别诗的写法，其语言和风格多从古诗和汉魏诗歌中来。第三首则多写山水之游和景物之美，学左思、张协之法，是西晋写景诗的继承。这组诗是支遁早期之作，于此可以窥见其诗歌艺术和观念，此后的《咏怀诗五首》《述怀诗二首》虽多佛玄义理，但以自抒其怀出之，《咏禅思道人》《四月八日赞佛诗》《五月长斋诗》一类则辞藻丰富，可见支遁对五言诗艺术多方面的探索，其诗的语言、句法颇多效法汉魏诗歌及左思、张协、郭璞等西晋诗人之作，本节的第二部分对此已作了分析。

另一方面，支遁的五言诗又被晋宋诗人所广泛取法，支遁是东晋士僧交往中的核心人物，清谈、文学上都引领一时风气，《晋书·谢安传》载谢安"寓居会稽，与王羲之及高阳许询、桑门支遁游处，出则渔弋山水，入则言咏属文，无处世意"。[①]"言咏属文"即清谈与文学创作并称，这是玄学名士集团第一次兼有文学集团的性质，支遁之外的清谈名士之

---

① 房玄龄：《晋书》，第 2072 页。

间的交往，极少看到这种清谈、写作相结合的活动，可以说许询、孙绰、王羲之、谢安等人五言诗写作与支遁的影响都不无关系。兰亭集会所作《兰亭诗》组诗，是东晋诗歌发展史上一个标志性事件，兰亭组诗37首诗中，23首为五言诗，作诗的26人中，12人只作五言诗，11人四言、五言各作一首，3人只作四言诗，说明东晋中期五言诗在上层士人中已颇为流行。许询更是被晋简文帝赞叹"五言诗妙绝时人"，可见五言诗已被士人普遍接受，不再视为俗体了，这是东晋中期诗歌观念上一个重要的转变。诗体观念的这种转变自然有多方面的原因，但是值得注意的是，许询、孙绰、王羲之、谢安，这些体现了东晋诗歌观念转变的代表人物，恰恰都与支遁有密切的交往，这恐怕不是一种偶然。现存许询诗如"青松凝素髓，秋菊落芳英"，虽未冠绝当代，但颇雕琢字句，犹有潘、陆之遗。许询还有残篇《竹扇诗》："良工眇芳林，妙思触物骋。箑疑秋蝉翼，团取望舒景。"徐公持评此诗说："除了玄言之外，亦颇具托物取譬文学手段，功力不浅。"① 这也颇近支遁五言诗的特点。许文雨《诗品讲疏》谓《剡溪诗话》，"引许询诗'青松凝素髓，秋菊落芳英'，'丹葩耀芳蕤，绿竹阴闲敞'，'曲棂激鲜飚，石室有幽响'，均善造状。而询诗'丹葩'二句，尤与左思'白雪停阴岗，丹葩耀芳林'近似。若谓太冲宗归建安，则询诗又岂异趣哉？"②"丹葩""曲棂"这几句其实是江淹《杂体诗三十首·许征君自叙》拟许询诗之句，许询的《自叙诗》已不存，但是从江淹的拟作中，我们大抵还能看出许询诗歌的一些特点，即山水描写与高情远致的抒发相结合，这已是五言的一般之体。许文雨说："若谓太冲宗归建安，则询诗又岂异趣哉？"将许询的诗歌宗归由左思而上溯至建安，从江淹的拟作来看，其写法比较接近左思的《招隐诗》，可见这是江淹对许询诗歌艺术的认识。檀道鸾《续晋阳秋》谓许询、孙绰的玄言诗改变了汉魏以来诗歌的宗归，造成"诗、骚之体尽矣"，许氏则认为许询诗歌之宗归也在建安。之所以得出两个完全相反的结论，笔者认为其实是关注点不同，东晋玄言诗原有两脉，一是玄理演绎、酬赠，这类多

---

① 徐公持：《魏晋文学史》，人民文学出版社1999年版，第501页。
② 钟嵘撰，许文雨讲疏：《诗品讲疏》，成都古籍书店1983年版，第15页。

四言雅颂体；二是写怀、言志、山水审美，此类则多五言体。许询等人既创作缺乏诗味的四言体玄言诗，又开始创作趋于叙述之体的五言，刘师培即注意到"许询、支遁所作，虽然多玄言，其体仍近士衡"①。这与许文雨认为许询诗的宗归也在建安的看法相近，都注意到许询等人继承魏晋诗歌的一面。所以，许询等人既将玄言诗推向极致，又在四言向五言的转变中改变了玄言诗的发展，而实现这种转变的原因，与支遁的影响有密切的关系。左思诗是支遁诗歌一个重要的艺术渊源，支遁《咏怀诗五首》其三"晞阳熙春圃"、《咏禅思道人》都比较明显模拟左思《招隐诗》，支遁诗歌中一些句子更是直接出自左思，如"蔼若庆云浮"（《八关斋诗三首》其一）出自左思《咏史》"飞宇若云浮"；"高步振策杖"（《咏怀五首》其三）、"高步寻帝先"（《述怀诗二首》其一）出自左思《咏史》"高步追许由"；"濯足戏流澜"（《述怀诗二首》其一）出自左思《咏史》"濯足万里流"；"长啸归林岭"（《咏利城山居》）出自左思《咏史》"长啸激清风"。江淹拟许询诗而风格近于左思，可见许询的原作也必与左思有重要的关系，左思是寒素诗人，他的诗歌得到东晋士人的接受，恐怕与支遁的学习、创作有很大的关系，考虑到许询与支遁密切的交往，许询之接受、学习左思，或与支遁的创作和影响有关。江淹的拟诗中还值得注意的一点是"曲棂激鲜飙"，"鲜"字极生新，支遁《咏怀诗五首》其一"彩彩冲怀鲜"，我们甚至可以这样推测，江淹了解支遁对许询诗歌的重要影响，故在拟诗中特意效仿支遁的用字之法。

支遁对兰亭雅集及其诗歌也产生了影响，兰亭雅集之前，支遁即与许询、孙绰、谢安、王羲之等"渔弋山水，言咏属文"，已具有文人集会的性质，支遁对这些名士诗歌创作的影响此时即已开始，而集中体现于《兰亭诗》组诗中。比较一下支遁的诗、赞，与王、谢等名士之作，即可发现在意象、用语等方面颇多相似之处。② 如王羲之《兰亭诗》

---

① 刘师培：《中国中古文学史讲义》，第63页。
② 陈引驰《中古文学与佛教》谓支遁"诗中确有与当时的诗学趋向合辙处"（商务印书馆2017年版，第9页）。

"寥朗无厓观",与支遁《八关斋诗》其三"寥寥神气畅,钦若盘春薮"、《咏怀诗》其一"寥亮心神莹,含虚映自然",所表现的于自然山水中体玄悟理的虚朗心境很接近。孙绰《兰亭诗》其二"时珍岂不甘,忘味在闻韶",其内涵、句法当出自支遁《咏怀诗》其一"毛鳞有所贵,所贵在忘筌"。《兰亭诗》颇多兴、寄、畅、想,即在山水审美中兴发对佛、玄义理的领悟,如"望岩怀逸许,临流想奇庄"(孙嗣《兰亭诗》),"端坐兴远想,薄言游近郊"(郗昙《兰亭诗》),"仰想虚舟说,俯叹世上宾"(庾蕴《兰亭诗》),"尚想方外宾,迢迢有余闲"(曹茂之《兰亭诗》),"遐想逸民轨,遗音良可玩"(袁峤之《兰亭诗二首》其二),与支遁《咏利城山居》"寻元存终古,洞往想逸民",《咏怀诗》其三"尚想天台峻,仿佛岩阶仰",《弥勒赞》"寥朗高怀兴,八音畅自然。恬智冥微妙,缥眇咏重玄",《善思菩萨赞》"登台发春咏,高兴希遐踪",亦极相类似。《高僧传》载:"遁先经余姚坞山中住,至于明辰犹还坞中。或问其意,答云:'谢安在昔数来见,辄移旬日,今触情举目,莫不兴想。'"①举目触情而兴想,正是对东晋观物方式的总结。从支遁的诗歌造诣及诸名士与支遁的关系来看,东晋中后期士人在诗歌上明显受到支遁的影响。②

东晋诗僧群中影响较大的还有慧远。慧远极富文学才华,其五言诗虽仅存《庐山东林杂诗》一首,但是慧远在庐山组织了多次群体性的诗歌创作,如现在还可以看到刘程之、王乔之、张野等人的同题之作《奉和慧远游庐山诗》。慧远又编有《念佛三昧诗集》,是庐山僧俗的群体之作。此外,署名为庐山诸道人的《游石门诗》、庐山诸沙弥《观化决疑诗》,很可能也是慧远组织的群体创作所留下的作品。在慧远的影响下,庐山僧俗群体形成了浓厚的诗歌创作风气,尤其是五言诗取得了比较高的艺术成就。试举王乔之《奉和慧远游庐山诗》为例:

> 超游罕神遇,妙善自玄同。彻彼虚明域,暧然尘有封。众阜平寥廓,

---

① 释慧皎撰,汤用彤校注:《高僧传》,第163页。
② 参见蔡彦峰《支遁五言诗的创作及其诗史意义》,《文艺理论研究》2018年第3期。

一岫独凌空。霄景凭岩落，清气与时雍。有标造神极，有客越其峰。长河濯茂楚，险雨列秋松。危步临绝冥，灵鹫映万重。风泉调远气，遥响多喈嘈。遐丽既悠然，余盼觌九江。事属天人界，常闻清吹空。

除了第二句，整首几不涉及义理，已是五言叙述、写景之体，如"长河濯茂楚，险雨列秋松""风泉调远气，遥响多喈嘈"，皆善于写景，其艺术即从张协、左思、郭璞等人的诗歌发展而来。在山水描写之外，诗歌有意营造神秘气氛，"绝冥""灵鹫""遐丽"这类语言皆来自这种审美意识，其风格与慧远《庐山东林杂诗》相近。萧子显《南齐书·文学传论》谓："江左风味，盛道家之言，郭璞举其灵变，许询极其名理。"[①] 从慧远等人的庐山诗歌来看，他们的五言诗在言理之外，已比较注意描写山水，并有意识地营造幽远神秘之美，这正是源于"举其灵变"的郭璞《游仙诗》，郭璞成为东晋诗僧群重要的学习对象，一方面是仙、道、佛的关系密切，另一方面，郭璞在游仙、隐逸意象描写中寄托情志，契合了东晋诗僧的诗学主张。

东晋诗僧群包括围绕在其周围深受其影响的一些士人，如张翼、张奴、刘遗民、张野、王乔之，以及与支遁在文义上交往密切的孙绰、许询、谢安、王羲之等人，创作了数量相当可观的一批五言诗，构成了东晋中期诗歌的重要内容，但是这些五言诗创作完全没有进入南朝诗歌史家的东晋诗史建构之中，因此东晋五言诗史在很大程度上被忽略和遮蔽了。重新勾勒东晋五言诗史可以发现，在东晋前期五言诗衰落的局面下，是东晋诗僧群首先重启了五言诗的写作。东晋诗僧群由于其出身中下层，比较自然地继承了带有寒素文学特点的五言诗歌艺术，加以佛经五言偈颂的广泛流行，他们与五言体有天然的关系。从创作实践和诗学观念来看，东晋诗僧群有学习、继承汉魏西晋五言诗艺术传统的自觉意识，使他们成为东晋中期五言诗创作的主要群体。由于士僧交往的深入，诗僧的五言诗创作对士人产生了深刻的影响，改变了士人视五言为俗体的观念，重新认识、接受五言诗及汉魏诗歌艺术传统。另一方面，由于东晋

---

① 萧子显：《南齐书》，中华书局1972年版，第908页。

以来玄佛合流、士僧交往的深入，诗僧群在继承寒素文学传统的同时，又融入了士族的审美趣味，佛理与山水的融合，形成了新的五言诗风格，受到了东晋士人的欢迎，开启了晋宋山水诗风。东晋诗僧群通过郭璞、左思、张协等人进而上溯至汉魏，下启许询、孙绰乃至谢灵运等人，形成了一条五言诗发展的脉络，正是从这一点可以说东晋诗僧群以其创作重建了五言诗史。在南朝诗歌史家建构的玄言诗歌史之外，东晋诗僧群从创作和诗学理论上建构的这个五言诗史，有必要得到进一步的认识，才能逼近东晋诗歌史的真相，并为晋宋的诗歌变革寻找到诗学渊源。

## 第二节　支遁的诗歌创作及其意义

　　支遁富有才藻，在玄、佛活动之外，亦注重文学创作，所得颇丰，从现存诗歌的数量和艺术水准来看，支遁都可以说是东晋诗歌的重要代表，因此在分析东晋僧人群体创作的基础上，我们以支遁为个案进行更进一步的研究，以揭示其诗歌写作在晋宋诗歌发展上的意义。举凡其注重以丰蔚修辞表述佛玄义理的诗歌写作观念，与东晋中期以来名理、奇藻结合的玄言诗写作方法；其诗歌、赞体多用五言与谢安、王羲之、孙绰等人的五言诗创作；其"即色游玄"的思想方法，与孙绰乃至谢灵运等人的观物方式及山水诗写作，在晋宋这些重要的诗史问题上，都颇可看出支遁的影响，其中不少问题仍有待于进一步深入的探讨，以期对晋宋诗歌发展有更准确的认识。

　　支遁的作品见诸记载，如《高僧传》本传："凡遁所著文翰，集有十卷，盛行于世。"[①]《四库未收书目提要》："案《隋书·经籍志》云：'《支遁集》八卷，注云梁十三卷。'《唐书·艺文志》则作十卷，宋志不著录。《读书敏求记》及《述古堂书目》作二卷，知缺佚多矣。……晋代沙门多墨名而儒行，若支遁，尤矫然不群，宜其以词翰著也。"[②] 可见支

---

[①]　释慧皎撰，汤用彤校注：《高僧传》，第164页。
[②]　阮元撰：《四库未收书目提要》，商务印书馆1935年版，第25页。

第一章　东晋僧人的诗歌创作　/　243

遁集在宋代即已散佚,至明代出现了多种支遁作品辑本。① 现在流行的三种《支遁集》本子:明代新安吴家驹本、清代嘉庆《宛委别藏》本、清代邵武徐氏刊本。严可均《全上古三代秦汉三国六朝文》、逯钦立《先秦两汉魏晋南北朝诗》,对支遁诗文的辑录也较全面。从目前的著录看,支遁现存诗十八首②,包括《四月八日赞佛诗》、《咏八日诗》(三首)、《五月长斋诗》、《八关斋诗》(三首)、《咏怀》(五首)、《抒怀诗》(二首)、《咏大德诗》《咏禅思道人诗》《咏利城山居》。此外,还有一些赞体,极为接近于诗,甚至可以称为赞体诗,释正勉《古今禅藻集》即在支遁诗歌之外,又收《文殊师利赞》《弥勒赞》《维摩诘赞》《善思菩萨赞》《月光童子赞》,共计二十三首。事实上支遁其他一些五言赞体,如《法作菩萨不二入菩萨赞》《阇首菩萨赞》《不眴菩萨赞》《善宿菩萨赞》《善多菩萨赞》《首立菩萨赞》等,这些五言赞体也极接近于诗③,甚至将其视为诗亦无不可。所以在研究支遁的诗歌创作的时候,有必要注意到其赞体作品。支遁对东晋诗歌的影响是多方面的,主要包括:引佛理入诗、佛玄结合,拓展了玄言诗的题材,推动玄言诗的进一步发展;清谈和诗歌创作皆注重名理奇藻相结合,影响了东晋士族士人的文学风气;大量创作五言体,影响了士族士人重新接受五言体;在即色游玄观念下,以山水表现义理,促进了山水诗的发展。

---

①　参见王京州《〈支遁集〉版本叙录》(《古籍整理研究学刊》2014 年第 3 期);张富春《支遁诗文辑本考》(《清华大学学报》2014 年第 4 期)。
②　诸本皆作十八首,清代邵武徐氏刊本补遗《失题》一首,唯存两句"石室可蔽身,寒泉濯温手","寒泉"句又见于《八关斋诗》。
③　马鸣《佛所行赞》虽名为"赞"但采用的却是印度流行的宫廷诗体,唐代义净写他到印度看到马鸣所作《佛所行赞》的流行情形时说:"又尊者马鸣亦造歌词及《庄严论》,并作《佛本行诗》,大本若译有十余卷,意述如来始自王宫,终乎双树,一代教法,并辑为诗。"即将"赞"称为"诗"。梁启超《翻译文学与佛典》也说:"大乘首创,共推马鸣。……其《佛所行赞》实一首三万余言之长诗歌,今译本虽不用韵,然吾辈读之,犹觉其与《孔雀东南飞》等古乐府相仿佛。"清代陈轼《妙峰灵谷山人诗序》:"昔白香山与普济大德唱酬曰:'先以诗句牵,后令入佛智。'疑者谓诗句与佛智有何交涉,得无香山空中呓语?然而非也。声音一道,淡妙无穷,世尊謦欬弹指,地皆六种震动,修多罗中诸佛菩萨作偈唱赞,或四五七言,与今人赋诗,体无差别,谁谓诗句非佛智也。"(陈轼:《道山堂后集》,《清代诗文集汇编》第 62 册,第 28 页)可见佛赞原与诗极为接近。

## 一　名理和奇藻：清谈与支遁的诗学主张

支遁长于清谈，《高僧传》："东山谚云：'深量，开思、林谈，识记。'"[1] 其清谈尤注重以丰富的辞藻表现名理，比较明显地将正始和西晋分为两途的清谈和文学融合起来，因此通过分析其清谈所体现的语言观，有助于我们把握其基本的诗学观念。

《高僧传》本传载支遁在出家前初到京师即深得王濛赏识[2]，王濛清谈注重"韶音令辞"[3]，即声音动听与辞藻优美相配合。支遁到京师拜访王濛，在其二十五岁出家的前数年，王濛年长支遁数岁[4]，此时已是当时的清谈领袖[5]，两人结识之后交往频繁，故支遁之清谈颇受王濛的影响。但是支遁在清谈语言优美之上还更进一步追求丰蔚的修辞，如《世说新语·文学》载其与王羲之谈《逍遥游》，"作数千言，才藻新奇，花烂映发"[6]。又《赏誉》："林公谓王右军云：'长史作数百语，无非德音，如恨不苦。'王曰：'长史自不欲苦物。'"刘孝标注曰："苦谓穷人以辞。"[7]支遁在赞美王濛清谈之外，认为还应该穷其辞藻。又同篇，"王长史谓林公：'真长可谓金玉满堂。'林公曰：'金玉满堂，复何为简选？'王曰：'非为简选，直致言处自寡耳。'"[8] "金玉满堂，复何为简选"，其义与《世说新语·文学》所载孙绰评陆机诗之语相似，"孙兴公云：潘文烂若披锦，无处不善；陆文若排沙简金，往往见宝。"[9] 在对清谈语言的"金

---

[1] 释慧皎撰，汤用彤校注：《高僧传》，第168页。
[2] 释慧皎撰，汤用彤校注：《高僧传》，第159页。
[3] 《世说新语·品藻》："刘尹至王长史许清言，时苟子年十三，倚床边听。既去，问父曰：'刘尹语何如尊？'长史曰：'韶音令辞，不如我；往辄破的，胜我。'"（第218页）可见王濛清谈以"韶音令辞"自许。
[4] 《世说新语·伤逝》第17条刘孝标注引《王濛别传》："濛以永和初卒，年三十九。"（第641页）《法书要录》卷九载张怀瓘《书断》谓王濛卒于永和三年（347），年三十九。（张彦远《法书要录》，第296页）可知王濛出生于308年，年长支遁六岁。
[5] 徐广《晋纪》曰："凡称风流者，皆举王、刘为宗焉。"（《世说新语》刘孝标注引，第520页）
[6] 余嘉锡：《世说新语笺疏》，第223页。
[7] 余嘉锡：《世说新语笺疏》，第471页。
[8] 余嘉锡：《世说新语笺疏》，第468页。
[9] 余嘉锡：《世说新语笺疏》，第261页。

玉满堂"的理解上，支遁与王濛有所不同，王濛认为直致的语言就是"金玉满堂"，支遁的意思则是"金玉满堂"不能如排沙简金，而当辞藻丰富灿若铺锦。所谓的"直致"，钟嵘《诗品》评陆机诗云："才高词赡，举体华美。……尚规矩，不贵绮错，有伤直致之奇，然其咀嚼英华，厌饫膏泽，文章之渊泉也。"[1] 陆机诗尚辞藻，故"伤直致之奇"，即有害于自然晓畅的语言之美。从对"直致"语言的态度上看，支遁在王濛等追求"韶音令辞"之外，还突出强调了辞藻的丰富。又如《世说新语·文学》载支遁与许询、谢安等在王濛家谈《庄子·渔父》，支遁和谢安在此次清谈中的表现引人注目，同时也体现了不同的语言风格，支遁的特点是"叙致精丽，才藻奇拔"，谢安则是"才峰秀逸，意气凝托，萧然自得"，支遁亦赞其"一往奔诣，故复自佳耳"。[2] 总体上看，支遁清谈更注重辞藻，谢安则倾向于兴会之韶美。《世说新语·品藻》："王孝伯问谢太傅：'林公何如长史？'太傅曰：'长史韶兴。'问：'何如刘尹？'谢曰：'噫，刘尹秀。'王曰：'若如公言，并不如此二人邪？'谢云：'身意正尔也。'"[3] 谢安对支遁与王濛等人的评价，其实是着眼于清谈语言，王濛兴会韶美，支遁辞藻丰蔚，对这两种风格的轩轾，正体现了东晋人更倾向优美自然的语言，支遁则注重丰蔚的修辞。《高僧传》本传谓支遁"陈留人，或云河东林虑人。……家世事佛，早悟非常之理。隐居余杭山，深思《道行》之品，委曲《慧印》之经。"[4] 可见支遁出自北方信佛的文化家族，所以在出家前即深有学养，这种家族还保留了北方儒学、文史博综的学风，《世说新语·文学》载："褚季野；语孙安国云：'北人学问，渊综广博。'孙答曰：'南人学问，清通简要。'支道林闻之，曰：'圣贤固所忘言。自中人以还，北人看书，如显处视月；南人学问，如牖中窥日。'"[5]《北史·儒林传序》："南人简约，得其英华；北学深芜，穷

---

[1] 曹旭：《诗品集注》，第162页。
[2] 余嘉锡：《世说新语笺疏》，第237页。
[3] 余嘉锡：《世说新语笺疏》，第539页。
[4] 释慧皎撰，汤用彤校注：《高僧传》，第159页。
[5] 余嘉锡：《世说新语笺疏》，第216页。

其枝叶。"① 这是南北学风的不同。《高僧传》所载来自北方高僧大多有博学的特点,支遁成长于这种文化家族②,显然也具有北方博综的学风。从支遁对褚裒、孙盛之言的评判来看,他对南北学风的歧异是清楚地了解的,并且能取两者之长,支遁突出对丰富辞藻的追求与其源自北方的学风有关。刘勰《文心雕龙》总结西晋诗歌云:"采缛于正始,力柔于建安,或析文以为妙,或流靡以自妍,此其大略也。"③ 这是西晋讲究辞藻的诗风,支遁继承了这一风气。从前文所引材料来看,支遁与王濛、王羲之等人在语言观上有多次的探讨,这对形成自觉的语言观极为重要,可以说支遁比较自觉地继承了魏晋以来北方文人注重丰蔚修辞的特点,接近于陆机、潘岳等西晋诗人的语言观。

支遁注重辞藻的语言观与创作有直接的关系。《世说新语·文学》:"支道林初从东出,住东安寺中。王长史宿构精理,并撰其才藻,王与支语,不大当对。王叙致作数百语,自谓是名理奇藻。支徐谓曰:'身与君别数年,君义言了不长进。'王大惭而退。"④ 余嘉锡引程炎震云:"王濛卒于永和三年,支道林以哀帝时至都,濛死久矣。"⑤ 故此处的"王长史"不是王濛,据王晓毅教授考证,这里的"王长史"是王坦之。⑥ 王坦之与支遁相轻,尝著《沙门不得为高士论》,《世说新语·轻诋》:"王中郎与

---

① 李延寿:《北史》,中华书局1974年版,第2709页。
② 《高僧传·佛图澄传》载:"澄道化既行,民多奉佛,皆营造寺庙,相竞出家,真伪混淆,多生愆过。(石)虎下书问中书曰:'佛号世尊,国家所奉,里间小人无爵秩者,为应得事佛与不?又沙门皆应高洁贞正,行能精进,然后可为道士。今沙门甚众,或有奸宄避役,多非其人,可料简详议。'伪中书著作郎王度奏曰:'夫王者郊祀天地,祭奉百神,载在祀典,礼有尝飨。佛出西域,外国之神,功不施民,非天子诸华所应祠奉。往汉明感梦,初传其道。唯听西域人得立寺都邑,以奉其神,其汉人皆不得出家。魏承汉制,亦修前轨。今大赵受命,率由旧章,华戎制异,人神流别。外不同内,飨祭殊礼。荒夏服祀,不宜杂错。国家可断赵人悉不听诣寺烧香礼拜,以遵典礼。其百辟卿士,下逮众隶,例皆禁之。其有犯者,与淫祀同罪。其赵人为沙门者,还从四民之服。'(第352页)桓玄《难王中令》:'曩者晋人略无奉佛,沙门徒众,皆是诸胡,且王者与之不接,故可任其方俗,不为之检耳。'(石峻等编:《中国佛教思想资料选编》,第106页)可见到东晋十六国时期,汉人出家者大多集中于北方地区。
③ 范文澜注:《文心雕龙注》,第67页。
④ 余嘉锡:《世说新语笺疏》,第228页。
⑤ 余嘉锡:《世说新语笺疏》,第228页。
⑥ 王晓毅:《支道林生平事迹考》,《中华佛学学报》1995年第8期。

林公绝不相得。王谓林诡辩，林公道王云：'箸腻颜帢，缋布单衣，挟《左传》，逐郑康成车后，问是何物尘垢囊？'"① 显然王坦之"宿构精理，撰其才藻"，是针对支遁清谈特重名理辞藻而为，具有与之较量的意味。但这种事先在清谈语言等方面的充分准备，仍然被支遁批评为"义言了不长进"，虽不免有刻意贬低的意思，却也说明支遁对清谈语言辞藻是远较一般清谈士人来得注重且擅长的。又如《世说新语·文学》："江左殷太常父子并能言理，亦有辩讷之异。扬州口谈至剧，太常辄云：'汝更思吾论。'"刘孝标注引《中兴书》曰："殷融字洪远，陈郡人。桓彝有人伦鉴，见融甚叹美之。著《象不尽意》《大贤须易论》，理义精微，谈者称焉。兄子浩亦能清言，每与浩谈，有时而屈，退而著论，融更居长。"② 从这两条材料来看，东晋中期之后清谈与著论的关系极为密切，或清谈之后续之以作论，或作论后因之而清谈。而且值得注意的是殷融所作《象不尽意》《大贤须易论》为"谈者称焉"，正是清谈与写作之间具有密切关系的体现。支遁既擅清谈又精于作论，所以清谈之前在义理、辞藻上先做准备，甚至要事先撰写下来的方法，应该也是支遁认同甚至常用的，这与文学创作已极为相似，如他与王羲之论《逍遥游》新义，就是在作论之后而谈③，故最具有辞藻丰富花烂映发的淋漓尽致之美。由于注重名理辞藻，所以支遁是东晋名士中将清谈与文学创作结合得最好的，其《咏怀诗》其二云："俯欣质文蔚"，"文蔚"出自《周易·革》："君子豹变，其文蔚也。"④《五月长斋诗》："掇烦练陈句，临危折婉章。浩若惊飚散，冏若辉夜光。"此数句自谓其在诗歌上，追求如"惊飙""夜

---

① 余嘉锡：《世说新语笺疏》，第841页。
② 余嘉锡：《世说新语笺疏》，第355页。
③ 《高僧传》本传载："遁尝在白马寺与刘系之等谈《庄子·逍遥篇》，云：'各适性以为逍遥。'遁曰：'不然，夫桀跖以残害为性，若适性为得者，彼亦逍遥矣。'于是退而注《逍遥篇》。"陆德明《经典释文》卷二十六《庄子音义·逍遥游》还保存了支遁的七条注。余嘉锡引陆德明《经典释文》所存支遁注云："与《高僧传》退而注《逍遥篇》之说合。然则支并详释名物训诂，如注经之体。不独作论标新立异而已。或者此论即在注中。"（第220页）可见支遁在清谈中提出逍遥游新义后，又作《逍遥论》以申其义。支遁在会稽与王羲之所论之逍遥游当即其之前所作之《逍遥论》。
④ 陈鼓应、赵建伟：《周易今注今译》，第442页。

光"一样纷披藻丽的语言之美,这是支遁对丰蔚修辞语言观的自我阐述。体现在创作上如《咏怀诗》《咏禅思道人》《四月八日赞佛诗》《五月长斋诗》等,虽多佛玄义理,但辞藻丰富典雅,如,"云岑竦太荒,落落英岊布。回壑伫兰泉,秀岭攒嘉树。蔚荟微游禽,峥嵘绝蹊路。"(《咏禅思道人》)"绿澜颓龙首,缥蕊翳流泠。芙蕖育神葩,倾柯献朝荣。芬津霈四境,甘露凝玉瓶。珍祥盈四八,玄黄曜紫庭。"(《四月八日赞佛诗》)语言皆极富丽,其体即从陆机、潘岳等代表的太康诗风而来。

总体上看,支遁的诗歌主要义理为表现内容,但是他注重丰蔚的修辞,有意识地以之避免诗歌成为枯燥的玄理演绎,与钟嵘等人批评的"理过其辞,淡乎寡味"的玄言诗相比,实体现了不同诗学观,相对于东晋玄言诗人,支遁更自觉地继承了魏晋的诗学。

### 二 支遁五言诗的诗体渊源

支遁现存的诗歌都是五言体,包括赞体亦多用五言,在东晋四言雅颂体盛行的背景下,这是值得注意的现象。西晋末的大乱,使汉魏乐府几散佚殆尽,《宋书·乐志》载贺循魏晋雅乐沦丧的情况云:"旧京荒废,今既散亡,音韵曲折,又无识者,则于今难以意言。"[①] 这造成东晋一朝几无乐府诗创作。汉魏乐府是文人五言诗的渊源,因此汉魏旧曲凋零散落使东晋士人与五言体极为隔阂。另一方面,大量的文人在西晋的动乱中丧生,造成了东晋一代诗人的断层,在玄学清谈风气中成长起来的新一代的士人,其写作观念和艺术皆未能继承魏晋的文人诗传统。这是东晋前中期五言体在士族文人中极为衰落的两个主要原因。因此,东晋士族士人五言诗的写作水平很低,甚至杂以嘲戏,丧失了汉魏西晋诗人以五言抒情言志的艺术观念和原则。如《世说新语·排调》:"殷洪远答孙兴公诗云:'聊复放一曲。'刘真长笑其语拙,问曰:'君欲云那放?'殷曰:'櫓腊腊亦放,何必其铨铃邪?'"殷融长于作论,刘孝标注引《中兴书》谓其"著《象不尽意》《大贤须易论》,理义精微,谈者称焉"。但就是这样一个长于写作的士人,其五言诗仍写得拙劣而为人所笑。据余

---

[①] 沈约:《宋书》,第540页。

嘉锡考证，"檐腊者，鼙鼓之声也。……此云'檐腊亦放，何必铃铃'者，谓己诗虽不工，亦足达意，何必雕章绘句，然后为诗？犹之鼓虽无当于五声，亦足以应节，何必金石铿铃，然后为乐也？"① 这其实是东晋士族士人在五言诗上的基本表现，即使偶尔尝试，实未能掌握五言诗的写作艺术。又如同篇："袁羊尝诣刘恢，恢在内眠未起。袁因作诗调之曰：'角枕粲文茵，锦衾烂长筵。'刘尚晋明帝女，主见诗，不平曰：'袁羊，古之遗狂。'"② 又如《世说新语·排调》："郝隆为桓公南蛮参军，三月三日会，作诗。不能者，罚酒三升。隆初以不能受罚，既饮，揽笔便作一句云：'娵隅跃清池。'桓问：'娵隅是何物？'答曰：'蛮名鱼为娵隅。'桓公曰：'作诗何以作蛮语？'隆曰：'千里投公，始得蛮府参军，那得不作蛮语也！'"③ 这些皆为俳谐之作，可见当时的士族士人对五言体仍有一种娱乐的态度，未能继承魏晋五言诗抒情言志的艺术传统。东晋人仍视五言为俗体，大抵就是从士族的角度而发。

相对于东晋士族士人，支遁则比较自觉地继承魏晋五言诗的传统。康僧渊《代答张君祖》序云："夫诗者，志之所之，意迹之所寄也。忘妙玄解，神无不畅。夫未能冥达玄通者，恶得不有仰钻之咏哉。吾想茂得之形容，虽栖守殊涂，标寄玄同，仰代答之。未足尽美亦各言其志也。"可见康僧渊把表现义理也视为言志，这其实也可以说是支遁所持的观念，故其诗歌内容虽多佛、玄义理，但仍以"咏怀""述怀"命题，有《咏怀诗》五首、《抒怀诗》二首，从艺术上看明显是有意学习阮籍的《咏怀诗》、左思《咏史》及郭璞《游仙诗》一类的。如《咏怀诗》其二：

端坐邻孤影，眇罔玄思劬。偃寒收神辔，领略综名书。涉老咍双玄，披庄玩太初。咏发清风集，触思皆恬愉。俯欣质文蔚，仰悲二匠徂。萧萧柱下迥，寂寂蒙邑虚。廓矣千载事，消液归空无。无矣复何伤？万殊归一途。道会贵冥想，罔象掇玄珠。怅怏浊水际，

---

① 余嘉锡：《世说新语笺疏》，第807页。
② 余嘉锡：《世说新语笺疏》，第806页。
③ 余嘉锡：《世说新语笺疏》，第806页。

机忘映清渠。反鉴归澄漠，容与含道符。心与理理密，形与物物疏。萧索人事去，独与神明居。

诗人在端坐冥想的体悟玄理过程中，兴发起哲人已逝一切归于空无的悲慨，在这种悲伤之中，诗人又以理自遣，认识到万物皆为空无，只有化尽种种萧索的人世之情，才能与神合一，体悟至道。此诗虽以义理为主要内容，但情理结合表现了体道的形象和心境，颇多咏叹。相对东晋玄言诗缺乏艺术形象，支遁此诗有意识地塑造了一个独立于天地间的悟道者的形象，这一艺术形象或颇受阮籍《咏怀诗》所表现的诗人形象的影响，如阮诗："夜中不能寐，起坐弹鸣琴。薄帷鉴明月，清风吹我襟。孤鸿号外野，翔鸟鸣北林。徘徊将何见？忧思独伤心。"支遁所塑造的形象实与此颇相类似。又如《咏怀诗》其三：

晞阳熙春圃，悠缅叹时往。感物思所托，萧条逸韵上。尚想天台峻，仿佛岩阶仰。泠风洒兰林，管濑奏清响。霄崖育灵蔼，神蔬含润长。丹沙映翠濑，芳芝曜五爽。苕苕重岫深，寥寥石室朗。中有寻化士，外身解世网。抱朴镇有心，挥玄拂无想。隗隗形崖颓，冏冏神宇敞。宛转元造化，缥瞥邻大象。愿投若人踪，高步振策杖。

此诗以感物兴思起调，融合西晋多种诗歌笔法，如中间"泠风洒兰林"至"寥寥石室朗"一段的写景，辞藻清蔚，杂取张协《杂诗》和左思《招隐诗》，"中有寻化士"以下则明显学郭璞《游仙诗》其二："青溪千馀仞，中有一道士。"钟嵘《诗品》谓郭璞诗"词多慷慨，乖远玄宗，乃是坎壈咏怀，非列仙之趣"[①]。实亦咏怀一类。支遁诗虽含玄理，但也颇以绚丽的辞采表现其情怀，或亦受郭璞之启发。又如《述怀诗》其二：

总角敦大道，弱冠弄双玄。逡巡释长罗，高步寻帝先。妙损阶玄老，忘怀浪濠川。达观无不可，吹累皆自然。穷理增灵薪，昭昭

---

① 曹旭：《诗品集注》，第319页。

神火傅。熙怡安冲漠，优游乐静闲。膏腴无爽味，婉娈非雅弦。恢心委形废，亶亶随化迁。

这首追述少年时代的学习经历，及自己在体玄悟理后达到的精神境界，虽以玄理为表现内容，但仍比较成功地塑造了诗人的形象。"高步寻帝先"，其句法和精神都有学习左思《咏史》"高步追许由"之意。又如《咏禅思道人》其写景学左思《招隐诗》，而"中有冲希子，端坐摹太素"以下所塑造的悟道者的形象，则渊源于郭璞《游仙诗》。又如《八关斋诗》其三"广漠排林筱，流飙洒隙牖"，写景出自张协《杂诗》"飞雨洒朝兰，轻露栖丛菊"。此外，如《四月八日赞佛诗》："三春迭云谢，首夏含朱明。"《咏八日诗三首》其一："大块挥冥枢，昭昭两仪映。"《五月长斋诗》："炎精育仲气，朱离吐凝阳。"这种以天体运行、节气变化起调是魏晋诗歌常用的"感物兴思"的手法。可见支遁诗歌的确深受魏晋诗学影响，魏晋五言诗是支遁五言体的重要渊源。

支遁诗歌都用五言体，还与佛偈的翻译有关。佛经文体常为韵散结合，偈即韵文，《出三藏记集》卷七引《法句经序》云："偈者结语，犹诗颂也。是佛见事而作，非一时语，各有本末，布在众经。"[①] 偈颂是释尊说法的重要形式[②]，吕澂《印度佛学源流略讲》说："释迦宣扬其说，前后达四五十年，传播的地区又相当广，他还允许弟子们用地方方言进行传习，宣扬时应该有一定的表述的形式。按照当时的习惯是口传，凭着记忆互相传授，采用偈颂的形式是最合适的了。因为偈颂形式，简短有韵，既便于口诵，又易记牢。"[③] 因此，印度佛经的偈颂十分注重音乐性和节奏之美。《高僧传》载鸠摩罗什与僧叡论西方文体："天竺国俗，

---

[①] 释僧祐撰，苏晋仁、萧炼子点校：《出三藏记集》，第272页。
[②] 陈允吉《汉译佛典偈颂中的文学短章》："佛典作为释迦牟尼和其他圣者言教的结集，其文体主要由偈颂和长行两大部分构成。谓长行者，指此类口语说教书写时文句连结之行列较长，约相当于我们平常习见的散文。偈颂的梵语原文为 Gatha，依其声音可径译作'偈陀'或'伽他'，意译曰'颂'或者'诗'，简言之乃是借助韵文来进行说法的形式。"（《佛教与中国文学论稿》，上海古籍出版社2010年版，第18页）
[③] 吕澂：《印度佛学源流略讲》，上海人民出版社2005年版，第14页。

甚重文制，其宫商体韵，以入弦为善。凡觐国王，必有赞德，见佛之仪，以歌叹为贵，经中偈颂，皆其式也。但改梵为秦，失其藻蔚，虽得大意，殊隔文体。有似嚼饭与人，非徒失味，乃令呕哕也。"① 鸠摩罗什对偈颂翻译失其音乐之美颇为不满，这是梵语多音节与汉语单音节在翻译上存在的问题。但是在形式上，佛偈的句型格式，"大体由四句组成一个诗节，每个句子则有相同而固定的八个音节。用这种固定音节的四句偈来演述佛理，是佛教承接了印度诗歌在形式上演进的成果"②。因此在翻译佛偈的时候，采用中国传统的诗歌形式③，而尤以五言最多。东汉末年，佛偈即随着佛经翻译而传入中土，经过支娄迦谶到西晋支谦、支恭明、康僧会、竺佛念、竺法护、竺叔兰等一大批译师的努力，"讫至东晋初叶，佛偈出译之数量已甚可观，其译文形式也很快被固定下来。整个魏晋南北朝时代翻译的佛典，五言偈颂之多要大大超过另外几种伽陀译文句式的总和，譬如东晋时代新译出的《中论》《百论》《阿毗昙心论》等论书要籍，乃一概以五言偈的形式结局谋篇"④。除了佛经翻译中的偈颂大多为五言体，东晋以来僧人所作偈颂亦以五言为主，《高僧传》所载慧远、鸠摩罗什、求那跋摩等所作偈颂都是五言体。如鸠摩罗什赠法和之偈："心山育明德，流薰万由延。哀鸾孤桐上，清音彻九天。"⑤ 后两句尤有五言诗的形象和韵味。鸠摩罗什与慧远互遗之偈也都是五言。又如鸠

---

① 释慧皎撰，汤用彤校注：《高僧传》，第53页。
② 陈允吉：《论佛偈及其翻译文体》，《复旦学报》1992年第6期。
③ 台湾静宜大学王晴慧硕士论文《六朝汉译佛典偈颂与诗歌之研究》，分析汉译偈颂与中土诗歌的体制形式之关系："我们可发现汉译偈颂的体制形式，基本上是脱胎于中土诗歌形制的，试看三言、四言、五言、六言、七言、八言、九言等偈颂的形式呈现，皆为中土诗歌中本有的形式。此系因外国译经僧至中国翻译佛典时，为求使所译经典深入人心，达到传教的目的，在翻译'伽陀'或'祇夜'（即本文之偈颂）时，遂以当时已普遍流行于中国的诗歌形式，去诠释、翻译所持原典中（或所默诵经文中）诗歌之部分。我们之所以认为汉译偈颂是采用当时中土所流行的诗歌形式，除了偈颂的言数形式与中土诗歌的言数形式相同外，另一理由是：偈颂于形式上的主要类型，与中土诗歌互相吻合。例如四、五、七言在中土诗坛中，向来占较大市场，而当代译经者亦广泛延揽这几种言数形式于翻译过程中，使汉译偈颂于每一时期中，几皆出现四言、五言、七言的偈颂形式，此无疑说明了偈颂形式借鉴于当代诗坛之形式。"
④ 陈允吉：《东晋玄言诗与佛偈》，载《古典文学佛教溯源十论》，复旦大学出版社2002年版，第14—15页。
⑤ 释慧皎撰，汤用彤校注：《高僧传》，第53页。

摩罗什《十喻诗》："一喻以喻空，空必待此喻。借言以会意，意尽无会处。既得出长罗，住此无所住。若能映斯照，万象无来去。"此作很可能就是罗什讲经说法时所唱的偈颂，由于采用了五言的韵文形式，所以被认为是五言诗，而载于《艺文类聚》卷七十六、《诗纪》卷三十七，逯钦立《先秦汉魏晋南北朝诗》亦收录。这说明东晋时期，佛偈与诗歌的关系是很密切的。在高僧的弘法过程中，创作偈颂是一种重要的方法。谢灵运《山居赋》描述了当时的讲经情形：

安居二时，冬夏二月，远僧有来，近众无阙。法鼓朗响，颂偈清发，散华霏蕤，流香飞越。析旷劫之微言，说像法之遗旨。

自注云：

众僧冬、夏二时坐，谓之安居，辄九十日。众远近聚萃，法鼓、颂偈、华、香四种，是斋讲之事。析说是斋讲之议。乘此之心，可济彼之生。南倡者都讲，北机者法师。

可见在讲经中，伴随着佛教音乐而吟咏偈颂是一种基本的程式。支遁《八关斋诗》其一："法鼓进三劝，激切清训流。"所述的也正是斋讲中伴随音乐吟咏偈颂。《世说新语·文学》记载支遁、许询曾在会稽王司马昱斋头讲《维摩诘经》，许询为都讲，支遁为法师，参与这次的僧俗众多，"但共嗟咏二家之美，不辨其理之所在。"[1] 可以想见，当时也必有"法鼓朗响，颂偈清发"的情形。

东晋中期以来，随着士僧交往更加深入，僧俗共同参与的佛教的活动更为广泛，如研读探讨内典、听经、参与译事、裁制梵呗等[2]，这使士

---

[1] 余嘉锡：《世说新语笺疏》，第227页。

[2] 汤一介据《开元录》指出："从汉到西晋250年间翻译的佛经共1420卷，而东晋这一时期（包括同期北方的后秦、西秦、前凉、北凉）则共译佛经1716卷，100年间超过以前的250年。"（《从印度佛教传入中国看研究比较哲学、比较宗教教学的意义》，载《中国哲学》第八辑）特别是东晋以来，士人在佛经的翻译中往往起到重要的作用。

人直观地领受了佛偈这类翻译文体的浸习薰陶。《高僧传·诵经》:"论曰:若乃凝寒靖夜,朗月长宵,独处闲房,吟诵经典,音吐遒亮,文藻分明。足使幽灵忻踊,精神畅悦。所谓歌咏诵法言,以此为音乐者也。"① 这种诵经自然也包括了偈颂。"偈颂在汉地还常常被称之为赞、颂、偈子、歌谣等名称。"②支遁的《释迦文佛像赞》《阿弥陀佛像赞》等,被认为是汉地佛教偈颂的肇始。③ 所以支遁的诗歌皆为五言体,与他受偈颂的影响应是有重要的关系的。④ 另外,东晋以来制作梵呗更为普遍,《高僧传·经师》:"论曰:自大教东流,乃译文者众,而传声盖寡。良由梵音重复,汉语单奇。……始魏有陈思王曹植,深爱声律,属意经音。既通般遮之瑞响,又感鱼山之神制。……逮宋齐之间,有昙迁、僧辨、太傅、文宣等,并殷勤嗟咏,曲意音律,撰集异同,斟酌科例。存仿旧法,正可三百余声。自兹厥后,声多散落。人人致意,补缀不同。所以师师异法,家家各制。皆由味乎声旨。……但转读之为懿,贵在声文两得。若唯声而不文,则道心无以得生;若唯文而不声,则俗情无以得入。"⑤ 佛经转读、梵呗影响了汉语四声的发现及声律说的提出和发展⑥,这虽是南齐永明之事,但是梵呗对诗歌的影响,在齐梁之前已然。佛经诵读原本就极重视声音之美,所以佛偈在译梵为汉时,虽失去了原有的音韵,但是佛经偈颂翻译时多采用五言体,其实已在某种程度上说明翻译者已认识到五言体在声情上的长处,钟嵘《诗品》谓五言为"众作之有滋味者也"⑦,应该说这是魏晋以来在五言诗创作实践上得出的一个普遍的认识。囿于佛经的内容,偈颂翻译仍然无法达到五言诗的声韵要求,但是一旦是僧人自己的诗歌创作,他们就能比较自由地吸收五言诗声情上的优点。

---

① 释慧皎撰,汤用彤校注:《高僧传》,第475页。
② 王丽娜、李伟:《汉传佛教偈颂类型考》,《中国佛学》2012年第1期。
③ 王丽娜、李伟:《汉传佛教偈颂类型考》,《中国佛学》2012年第1期。
④ 佛偈与六朝诗歌的关系,还可以参见台湾静宜大学王晴慧硕士论文《六朝汉译佛典偈颂与诗歌之研究》、李小荣《汉译佛典文体及其影响研究》(上海古籍出版社2010年版)、吴海勇《中古汉译佛经叙事文学研究》(学苑出版社2004年版)。
⑤ 释慧皎撰,汤用彤校注:《高僧传》,第507页。
⑥ 陈寅恪:《四声三问》,《金明馆丛稿初编》,第367—382页。
⑦ 钟嵘撰,曹旭集注:《诗品集注》,第43页。

所以，我们看到东晋以来僧人的诗歌创作几乎都为五言体，如赵正、竺僧崇、竺僧度、帛道猷等，如前文举过的帛道猷"连峰数千里，修林带平津"一诗，辞体省净、音韵清新流转，已得五言体之声情。又如《世说新语·言语》载："道壹道人好整饰音辞，从都下还东山，经吴中。已而会雪下，未甚寒，诸道人问在道所经。壹公曰：'风霜固所不论，乃先集其惨澹；郊邑正自飘瞥，林岫便已浩然。'"① 道壹所言数语颇得声情之美，所谓的"好整饰音辞"就是这类，可见僧人的文学创作亦贯彻注重声情之美的观念。又如竺法汰"含吐蕴藉，词若兰芳"。竺道生"吐纳问辩，辞清珠玉"。所以僧人的诗歌创作反倒有意识地追求声和文之间的关系，故多用更富声韵美的五言体，这一方面是来自佛经偈颂对五言体的影响，另一方面与五言诗自身声情之美有关。这也是支遁诗歌都为五言体，甚至赞体文也多用五言、接近于诗歌的原因。

### 三 支遁五言诗的诗史意义

在玄言诗占主流的东晋诗史背景下，支遁讲究辞藻的五言诗创作显得极为独特，由于支遁与当时的名士群广泛交往，因此与之关系密切的名士大多颇受其影响，在文学创作上亦较为积极。如《晋书·谢安传》载谢安"寓居会稽，与王羲之及高阳许询、桑门支遁游处，出则渔弋山水，入则言咏属文，无处世意"②。又《续晋阳秋》云："初，安优游山水，以敷文析理自娱。"③ 这两条材料所指的当是一事，"言咏属文""敷文析理"都是清谈与文学创作并称，而支遁之外的清谈名士之间的交往，似极少看到这种清谈、写作相结合的活动。因此，支遁对东晋中后期士族诗歌的影响，有必要进一步深入研究。

晋成帝咸康五年（339）王导去世，庾冰辅政，其为政方式与王导颇异，在文化政策上排斥佛教，《弘明集》卷一二载："晋咸康六年，成帝幼冲，庾冰辅政，谓沙门应尽敬王者。"④ 虽然在何充、褚翜、诸葛恢、

---

① 余嘉锡：《世说新语笺疏》，第 146 页。
② 房玄龄：《晋书》，第 2072 页。
③ 余嘉锡：《世说新语笺疏》，第 476 页。
④ 释僧祐撰，李小荣校笺：《弘明集校笺》，第 666 页。

冯怀、谢广等人的反对下，庾冰之议未得施行，但这却成了沙门是否敬王者争论的开端①，慧远《沙门不敬王者论》提及此事云："晋成、康之世，车骑将军庾冰，疑诸沙门抗礼万乘。所明理，何骠骑有答。至元兴中，太尉桓公亦同此义，谓庾言之未尽。"②可见庾冰之排佛对东晋佛教影响颇为深远，成为东晋学术发展分期的一个标志。东晋前、中期之际，玄学、佛教在康、穆二代的低潮后重新得到发展，玄、佛合流成为学术的主流，般若六家七宗即在这一思想学术背景下兴起，东晋中后期文学的发展，与这一思想学术背景亦密切相关。此期士僧交往更为频繁和深入，王濛、刘惔、何充、郗超、王洽、殷浩、谢安、谢万、王羲之、孙绰、许询、李充等东晋中后期名士与法潜、道安、法汰、法兰、法开、法威、道壹等众多高僧皆有广泛交往，且对佛教的理解更为深入，如郗超《奉法要》对支遁即色义之阐释，郗超对法汰本无义、法开识含义之批驳，王洽与支遁就即色义之问答，许询与支遁之共讲《维摩诘经》，孙绰之《喻道论》对佛理之阐发，桓玄、刘遗民之述愍度心无义，凡此诸类，皆可见东晋中后期士人对佛教之热衷与理解，实非前期诸名士可比。就支遁来讲，更是当时士僧交往中之核心人物。当永和年间，名士名僧群集会稽，支遁与会稽名士群密切的交往，使其思想与文学在士人群中产生了广泛的影响。

　　从诗歌来看，由于支遁在名士群体中的影响力及其五言诗创作取得的成绩，很大程度上改变了士人对五言体的观念。孙绰、许询、王羲之、谢安等人皆与支遁关系密切，一方面，他们通过与支遁"言咏属文"的活动进一步体认了魏晋五言诗；另一方面，他们在与支遁的交往中，比较直接地受到佛教五言体偈颂的影响。如东晋玄言诗人的代表许询，其五言诗创作即与支遁的影响密切相关，檀道鸾《续晋阳秋》论述玄言诗的发展说："询及太原孙绰转相祖尚，又加以三世之辞，而《诗》《骚》之体尽矣。询、绰并为一时文宗，自此作者悉体之。"③从

---

① 汤用彤：《汉魏两晋南北朝佛教史》，第130页。
② 释僧祐撰，李小荣校笺：《弘明集校笺》，第254页。
③ 余嘉锡：《世说新语笺疏》，第262页。

现存作品看，玄言诗以四言体为多，许询所作当主要为四言，但是简文帝又说："玄度五言诗，可谓妙绝时人。"①说明许询也不废五言诗创作，孙绰则自认为诗歌写作水平超过许询②，可见孙、许乃是当时写作五言诗的能手，而二人皆与佛教有密切的关系，按檀道鸾《续晋阳秋》的说法，他们引"三世之辞"入诗，因此"三世之辞"与五言诗存在什么关系？这是我们当前尚未深入分析的问题。我们认为在西晋永嘉以来玄言诗以四言体为主的诗学背景下，许询作为玄言诗的代表又能成为写作五言诗的妙手，恰恰是受到了"三世之辞"即佛教的影响。许询的佛学造诣颇高，曾与支遁在会稽王斋头讲《维摩诘经》，得到僧俗赞美，所以他在玄言诗中"加以三世之辞"，从诗体上看，是能够比较好地学习偈颂的五言体。另一方面，许询与支遁关系密切，支遁长于五言体，所以许询的五言诗创作直接受到支遁的影响。从汉魏晋以降的诗歌创作来看，文人五言诗到汉末建安成熟，五言体在当时是专家之体，五言体写作需要创作主体较高的诗歌艺术素养，而四言则"取效《风》《骚》，便可多得"。③西晋以来，清谈名士大多非专门诗家，胡应麟《诗薮》评《兰亭诗》云："永和修禊，名士尽倾，而诗佳者绝少，由时乏当行耳。"④许学夷《诗源辩体》也说："渡江后以清谈胜，而诗实非所长，故《兰亭》诸诗仅耳。"⑤但是应该注意到的是，永和这批名士在兰亭集会上创作的《兰亭诗》，37首诗中23首为五言诗，作诗的26人中12人只作五言诗，11人四言、五言各作1首，3人只作四言诗，说明东晋中期五言诗在上层士人中已颇为流行。又如前引简文帝称赞许询五言诗"妙绝时人"，这原出自曹丕《与吴质书》中评刘桢五言诗之语，黄侃《诗品讲疏》云："自魏文已往，罕以五言见诸品藻。至文帝《与吴质书》，始称：'公干五言诗之善者，妙绝时人。'盖五言始

---

① 余嘉锡：《世说新语笺疏》，第262页。
② 《世说新语·品藻》载："支道林问孙兴公：'君何如许掾？'孙曰：'高情远致，弟子早已服膺；一吟一咏，许将北面。'"（第528页）
③ 曹旭：《诗品集注》，第43页。
④ 胡应麟：《诗薮》，中华书局1958年版，第142页。
⑤ 许学夷：《诗源辩体》，人民文学出版社1987年版，第100页。

兴，惟乐府为众，辞人竞效其风，降自建安，既作者滋多，故工拙之数，可得而论矣。"① 黄氏认为建安文人五言诗创作的兴盛，才促使五言诗批评的出现。从这一点来讲，简文帝对许询五言诗的评论，某种程度上也说明当时五言诗在上层文人中也已得到一定程度的复兴。汉魏文人五言诗源自汉乐府，西晋末的大乱使汉魏乐府散佚殆尽，因此东晋一代文人几无拟乐府创作，特别是士族士人跟当时还被认为是俗体的汉魏西晋五言体是很隔阂的。② 因此，我们认为许询等东晋名士，其五言诗的渊源不是直接源自汉魏西晋文人五言诗③，而是与诸名士密切交往的支遁有直接的关系。支遁富于才藻，在东晋名士中，支遁的五言诗创作较早又成就比较高。许询服膺支遁，自称弟子，陈允吉云："名僧支遁尤开东晋时代风气之先，询为当时援佛入玄的带头人物，又是许、孙等人精神上的导师。"④ 许询不仅在引"三世之辞"入诗上受支遁影响，其五言诗体当主要也是学习支遁的。《诗品》卷下："永嘉以来，清虚在俗。王武子辈诗，贵道家之言。爰泊江表，玄风尚备。真长、仲祖、桓、庾诸公犹相袭。世称孙、许，弥善恬淡之词。"⑤ 作为玄言诗代表许询之作以平淡为基本特点，但是现存许询诗如"青松凝素髓，秋菊落芳英"，颇有藻蔚的特点，近于张协等人的写景之句。刘师培指出："东晋之诗，其清峻之篇，大抵出自叔夜。惟许询、支遁所作，虽多玄言，其体仍近士衡。"⑥ 刘氏注意到许询在平淡之体外，还有与陆机繁缛之体相近的特点，这在东晋平淡的诗风中是比较值得注意的。刘师培在论述东晋总体诗风时又说："（东晋）大抵析理之美，超越西晋，而

---

① 范文澜注：《文心雕龙注》，第87—88页。
② 挚虞《文章流别论》即谓五言多为俳偕倡乐所用。《世说新语·排调》："袁羊尝诣刘恢，恢在内眠未起。袁因作诗调之曰：'角枕粲文茵，锦衾烂长筵。'"（第806页）可见当时的士族士人对五言体仍有一种娱乐的态度。
③ 东晋上层士人五言诗还有另一个渊源即吴声歌，参见蔡彦峰《东晋清谈与吴声歌的流行及其诗史意义》。（《文学遗产》2016年第2期）
④ 陈允吉：《古典文学佛教溯源十论》，复旦大学出版社2002年版，第9页。
⑤ 曹旭：《诗品集注》，第511页。
⑥ 刘师培：《中国中古文学史讲义》，第63页。

才藻新奇，言有深致，……故其为文，亦均同潘而异陆，近嵇而远阮。"① 支遁、许询有与时风相异的一面，许询这种"仍近士衡"之体从何而得？从许询与支遁的关系来看，笔者认为很大可能正是从支遁的诗歌创作中得到的启发和反思，并由此而学习了西晋诗风。

许询之外，谢安、王羲之、孙绰等皆与支遁过从甚密，又曾共同"渔弋山水，言咏属文"，所以诸人的五言诗创作也都受支遁的影响。支遁虽未参加永和九年（353）的兰亭雅集②，但支遁与谢安诸人在东山的活动，已具有文人雅集、诗歌创作的性质。此外，在咸康八年（342）③，支遁与何充等组织了一次二十四人参与的八关斋会，这虽是一次佛教活动，但支遁留下了《八关斋诗》三首，试举第三首：

> 靖一潜蓬庐，愔愔咏初九。广漠排林筱，流飙洒隙牖。从容瑕想逸，采药登崇阜。崎岖升千寻，萧条临万亩。望山乐荣松，瞻泽哀素柳。解带长陵陂，婆娑清川右。泠风解烦怀，寒泉濯温手。寥寥神气畅，钦若盘春薮。达度冥三才，恍惚丧神偶。游观同隐丘，愧无连化肘。

诗中写景清蔚，情理结合，音节流畅，对此后谢安、孙绰、王羲之等人的兰亭之作不无影响。兰亭雅集之前，支遁即与许询、孙绰、谢安、王羲之等"渔弋山水，言咏属文"，已具有文人集会的性质，支遁对这些名士诗歌创作的影响此时即已开始，而集中体现于《兰亭》组诗中。比较一下支遁的诗、赞，与王、谢等其他名士之作，即可发现在意象、用语等方面颇多相似之处。如王羲之《兰亭诗》"寥朗无厓观"，与支遁《八关斋诗》其三"寥朗神气畅，钦若盘春薮"、《咏怀诗》其一"廖亮心神莹，含虚映自然"，所表现的于自然山水中体玄悟理的虚朗

---

① 刘师培：《中国中古文学史讲义》，第56页。
② 宋以前有关兰亭集会的文献材料中，只有唐代何延之《兰亭记》所列的与会者名单中有支遁。（张彦远《法书要录》，第124页）孙明君《兰亭雅集与会人员考辨》据相关材料推断支遁没有参加兰亭集会。（《古典文学知识》2010年第2期）
③ 王晓毅：《支道林生平事迹考》，《中华佛学学报》1995年第8期。

心境极为相似。孙绰《兰亭诗》其二"时珍岂不甘,忘味在闻韶",似即出自支遁《咏怀诗》其一"毛鳞有所贵,所贵在忘筌"。《兰亭诗》颇多兴、寄、畅、想,即在山水审美中兴发对佛、玄义理的领悟,如"望岩怀逸许,临流想奇庄"(孙嗣《兰亭诗》),"端坐兴远想,薄言游近郊"(郗昙《兰亭诗》),"仰想虚舟说,俯叹世上宾"(庾蕴《兰亭诗》),"尚想方外宾,迢迢有余闲"(曹茂之《兰亭诗》),"遐想逸民轨,遗音良可玩"(袁峤之《兰亭诗二首》其二),与支遁《咏利城山居》"寻元存终古,洞往想逸民",《咏怀诗》其三"尚想天台峻,仿佛岩阶仰",《弥勒赞》"廖朗高怀兴,八音畅自然。恬智冥微妙,缥眇咏重玄",《善思菩萨赞》"登台发春咏,高兴希遐踪",亦极相类似。从支遁的诗歌造诣及诸名士与支遁的关系来看,东晋中后期士人在诗歌上明显受到支遁的影响。①

　　支遁的诗歌主要源于魏晋五言诗,注重以富丽的辞藻表现佛、玄义理。东晋中期之后,随着士族士人对佛教的崇信及理解的深入,支遁在五言诗创作中"加以三世之辞"即引佛理入诗,很大程度上改变了士族士人以五言为俗体的观念,促进了士族士人重新关注五言体,自觉体认魏晋五言诗的艺术传统。晋宋之际谢混、殷仲文乃至谢灵运等人,可以说就是这一风气的继承,这是晋宋之际诗歌变革的契机,也是支遁诗歌创作在东晋诗歌史上一个重要的意义。永和之后的一些士族士人已比较好地掌握了五言诗的写作原则,如谢安侄女谢道韫,现存两首诗《拟嵇中散咏松诗》:

　　遥望山上松,隆冬不能凋。愿想游下憩,瞻彼万仞条。腾跃未能升,顿足俟王乔。时哉不我与,大运所飘飖。

《泰山吟》:

　　峨峨东岳高,秀极冲青天。岩中间虚宇,寂寞幽以玄。非工复

---

① 参见蔡彦峰《支遁五言诗的创作及其诗史意义》,《文艺理论研究》2018年第3期。

非匠，云构发自然。

仍带有玄学的审美意识，但落笔高远，已深得五言体的本质。可以看出东晋人在五言诗写作上的进步。

# 第 二 章

# 士僧交往与文人创作

## 第一节 陶渊明与佛教的关系考论

陶渊明生活的晋宋之际是佛教思想极为流行的时期,但是现存陶渊明的诗文中没有直接表现佛教主题的作品,他与佛教的关系也缺乏直接的记载,因此陶渊明与佛教的关系是一个聚讼纷纭的问题。陈寅恪说:"凡研究陶渊明作品之人莫不首先遇一至难之问题,即何以绝不发见其受佛教影响是也。以渊明之与莲社诸贤,生既同时,居复相接,除有人事交际之记载而外,其他若《莲社高贤传》所记闻钟悟道等说皆不可信之物语也。陶集中诗文实未见赞同或反对能仁教义之单词只句是果何故耶?"[1] 并认为陶渊明"盖其平生保持陶氏世传之天师道信仰,虽服膺儒术,而不归命释迦也。"[2] 朱光潜在《陶渊明》一文则说:"至于渊明是否受佛家的影响呢?寅恪说他绝对没有,我颇怀疑。渊明听到莲社的议论,明明说过它'发人深省',我们不敢说'深省'的究竟是什么,'深省'却大概是事实。"[3] 梁启超列举东晋以来与佛教甚有因缘的士人,最后一个即陶渊明。[4] 丁永忠《陶诗佛音辨》更是力主陶渊明深受佛教的影响。宋代以来的一些研究者已指出陶渊明与佛教的关系,如施德操《北

---

[1] 陈寅恪:《陶渊明之思想与清谈之关系》,《金明馆丛稿初编》,第217页。
[2] 陈寅恪:《陶渊明之思想与清谈之关系》,《金明馆丛稿初编》,第219页。
[3] 朱光潜:《诗论》,生活·读书·新知三联书店2014年版,第351页。
[4] 梁启超:《佛学研究十八篇》,上海世纪出版集团2009年版,第126页。

窗炙輠录》云:"时达摩未西来,渊明早会禅。"① 钟秀《陶靖节记事诗品》:"按元亮与白莲社中人朝夕聚首,虽劝驾有人,终不为所污,及观其诗,乃多涉仙释,可见人只要心有主宰,若假托之辞,何必庄老,何必不庄老;何必仙释,何必不仙释。"② 但是这些研究者对这一问题缺乏深入的分析。近来一些研究者也讨论过这个问题,其涉及面虽然更广,但在研究的深度上总体上没有太多推进,仍有进一步研究的必要。其中涉及几个问题:陶渊明与庐山佛教的关系、佛教对陶渊明《形影神》组诗的影响、陶渊明具体接受的佛教义理。

### 一 陶渊明与庐山佛教的关系

381 年慧远到达庐山,386 年东林寺成③,慧远追随者的数量有很大的增长。《高僧传·慧持传》称:"庐山徒属,莫匪英秀,往反三千。"④ 许理和认为当时"许多人在去其他佛教中心之前,先要到庐山至少住过几年,当时这种'游学'方式在僧人中间较为普遍,如果算上这些在东林寺来来去去的人,那么总数估计在 3000 人左右"⑤。这里面应包含了门徒和问道者两部分,当然还有一些是多次往返于庐山的,所以 3000 这个数目或有一部分重复。但即便扣除重复的这个部分,在庐山追随慧远的僧俗人数还是庞大的。可见庐山作为一个佛教和文化学术中心的影响力已显现出来。就在慧远在庐山东林寺大力进行佛教和文化学术传播时,生活于距庐山很近的陶渊明刚刚 21 岁⑥,这正是一个热情、好奇、富有探索精神的年纪,陶渊明与庐山佛教的关系,在这个时候就已开始了。

有关陶渊明的几篇传记都没有直接记载陶渊明与慧远的交往,但都提到了他与庐山的关系,如《宋书·隐逸传》:"潜尝往庐山。"《晋书·

---

① 《陶渊明资料汇编》,中华书局 1962 年版,第 56 页。
② 《陶渊明资料汇编》,中华书局 1962 年版,第 241 页。
③ 曹虹:《慧远评传》,第 100 页。
④ 释慧皎撰,汤用彤校注:《高僧传》,第 229 页。
⑤ [荷]许理和:《佛教征服中国》,李四龙、裴勇等译,第 258 页。
⑥ 陶渊明的出生年有多种说法,本书采用生于 365 年之说。

隐逸传》:"未尝有所造诣,所之唯至田舍及庐山游观而已。"① 陶渊明往庐山游观,有几方面的原因:首先是庐山是山水之胜,且在陶渊明居住的柴桑县境内相距很近②,庐山东林寺、西林寺等都在山北,靠近县治。其次,陶渊明亲友人中多有与庐山关系密切者。《高僧传·慧永传》:"(慧永)素与远共期,欲结宇罗浮之岫,远既为道安所留,永乃欲先逾五岭。行经浔阳,郡人陶范苦相要留,于是且停庐山之西林寺。"③《晋书·陶侃传》说陶侃诸子中,"(陶)范,最知名。"④ 唐欧阳询《西林道场碑》:"晋光禄卿寻阳口范,缔建伽蓝,命曰西林。是岁太和二年(公元三六七年)也。"⑤ 西林寺当即陶范所建。可知陶侃之后,陶氏家族与佛教已较为密切。李剑峰指出陶氏家族"隐隐约约存在着某些礼佛的传统"⑥,此说有其道理,这对陶渊明显然是会有影响的。又如与陶渊明并称"浔阳三隐"的刘遗民、周续之⑦,以及与陶渊明有姻亲关系的张野⑧,都先后入庐山事慧远。陶渊明有《和刘柴桑》《酬刘柴桑》《示周续之祖企谢景夷三郎》等与刘、周二人有关的诗歌,可见其关系。乃至桓玄、刘裕等与陶渊明有重要关联的政治人物也都到庐山致敬过慧远。⑨这些很显然会影响到陶渊明与庐山的关系。再次,慧远的人格及文化学

---

① 房玄龄:《晋书》,第 2462 页。
② 颜延之《陶征士诔》说:"有晋征士寻阳陶渊明,南岳之幽居者也。""南岳"即庐山,陶渊明隐居之地就在庐山附近,故颜延之称之为"南岳之幽居者"。《丙辰岁八月中于下潠田舍获》:"贫居依稼穑,勤力东林隈。"即庐山之东林,龚斌《陶渊明集校笺》谓都昌《西源陶氏宗谱》《浔阳陶氏宗谱》皆称陶渊明祖父陶茂"居江州寻阳东林"。可能陶渊明祖上置田产于此。(第 222 页) 又《杂诗十二首》:"去去欲何之,南山有旧宅。"这里的"南山"指的也是庐山,旧宅指祖先墓地,可知陶家的墓地就在庐山,《诸人共游周家墓柏下》陶澍注:"周(访)、陶世姻,此所游或即访其冢墓也。"周访家的墓地即《晋书·周访传》载陶侃让于周访之地,周、陶两家墓地都在庐山,故渊明之所常至,也可见陶渊明与庐山之关系。
③ 释慧皎撰,汤用彤校注:《高僧传》,第 232 页。
④ 房玄龄:《晋书》,第 1781 页。
⑤ 释慧皎撰,汤用彤校注:《高僧传》,第 233 页。
⑥ 李剑峰:《陶渊明及其诗文渊源》,山东大学出版社 2005 年版,第 246 页。
⑦ 萧统《陶渊明传》:"时周续之入庐山事释慧远,彭城刘遗民亦遁迹匡山,陶渊明又不应征命,谓之'浔阳三隐'。"沈约《宋书·隐逸传》所载大体相同。
⑧ 《莲社十八贤传》:"张野,字莱民,南阳人也。后徙浔阳柴桑,与陶元亮通婚姻。……师敬远公,与刘、雷同辙。"(《卍续藏》第 51 册,第 1040 页)
⑨ 释慧皎撰,汤用彤校注:《高僧传》,第 216、219 页。

术造诣对陶渊明也有影响力。《庚子岁五月中从都还阻风于规林二首》其一："延目识南岭,空叹将焉如。"《饮酒》其五："采菊东篱下,悠然见南山。"《游斜川》序："彼南阜者,名实旧矣,不复乃为嗟叹。"《杂诗十二首》其七："去去欲何之,南山有旧宅。""南岭""南山""南阜"都是指庐山①,可以说陶渊明对庐山及慧远实也有钦羡之情②。慧远作为东晋南方的佛教领袖,其人格学问皆极有感人之处,《高僧传·慧远传》谓其"既入乎道,厉然不群,常欲总摄纲维,以大法为己任。精思讽持,以夜继昼,贫旅无资,缊纩常阙,而昆弟恪恭,始终不懈"③。这种求道风格和精研学理的学风本质上对先秦儒家和汉末子家有所继承,而与东晋清谈"口头虚语,纸上空文"极不相同④,刘遗民、周续之、宗炳、雷次宗等纷纷入庐山师事慧远,正是出于这个原因。可以说"博综群书,学兼内外"的慧远,其人格学问对陶渊明是会有吸引力的。陶渊明最不喜俗人,而庐山教团在慧远的影响以"清雅有风则"为特点,这正契合了陶渊明的追求。所以从《晋书·隐逸传》的记载来看,陶渊明往庐山"游观"应该是多次的,这使他得以近距离地了解庐山佛教。从陶渊明的作品中,我们大概可以看出他对庐山佛教的态度,《拟古》其六:

> 苍苍谷中树,冬夏常如兹。年年见霜雪,谁谓不知时。厌闻世上语,结友到临淄。稷下多谈士,指彼决吾疑。装束既有日,已与家人辞。行行停出门,还坐更自思。不怨道里长,但畏人我欺。万一不合意,永为世笑嗤。伊怀难具道,为君作此诗。

关于《拟古》九首的写作时间,前人一般认为是晋宋易代之后⑤,袁行霈则认为:"除其九或许寓有易代之感外,其他八首均系古诗之传统题材,

---

① 慧远《庐山略记》:"其山大岭凡有七重。……其南岭临宫亭湖。"又说:"自记此二十三载,凡再诣石门,四游南岭。"南岭即庐山之一峰。
② 参见陈洪《陶渊明佛教观新探》,《徐州师范学院学报》1993年第4期。
③ 释慧皎撰,汤用彤校注:《高僧传》,第211页。
④ 陈寅恪:《陶渊明之思想与清谈之关系》,《金明馆丛稿初编》,第217页。
⑤ 参见龚斌校笺《陶渊明集校笺》,上海古籍出版社2000年版,第290页。

无关易代也。……由此观之，未可轻易将此九首诗统统系于宋初，首首坐实为刘裕篡晋而发。"① 钱志熙也认为："这一组《拟古九首》，就诗论诗，应该是陶渊明晚年隐居田园后，借用拟古的形式，回顾一生奔走世途的种种遭际。"② 陶渊明于 405 年隐居，距慧远立东林寺弘法的 386 年，已经过了近二十年。这段时间内陶渊明多次到过庐山，对庐山佛教的了解已较之前更为深入，所以关于这首诗表现的内容颇有争议之处，宋代汤汉注云："前四句兴而比，以言吾有定见，而不为谈者所眩，似为白莲社中人也。"③ 逯钦立认为此诗所指的就是慧远"以书招渊明事"④，袁行霈则说："稷下谈士所论皆治乱之事、治国之术，如以稷下谈士比喻白莲社所信仰之佛教，不伦不类。汤说非是。"⑤ 钱志熙进一步指出："诗中说'稷下多谈士，指彼决吾疑'，可见他想加入其中的，是一个学术性的名流圈子。这个学术名流圈子，我认为是隐指当时门阀名士清谈集团，换言之，即当时的名士圈。陶渊明在思想上受到玄学的影响是毫无疑问的，所以这种玄学名士集团对他还是有吸引力的。"⑥ 这个观点很有道理，陶渊明对东晋名士群的确是颇为向往的，如其《游斜川并序》所描写的斜川之游，就显然是效仿王羲之等人的兰亭之游的，其表现的生命感慨也与王羲之《兰亭序》相近。但是作为拟古诗，诗中的"稷下"不能过分指实，如果以之比喻白莲社不恰当，那么范围扩大一点，以之比喻慧远庐山教团则似无不可。因为慧远庐山教团，既是一个佛教团体，也是一个文化学术团体，其中甚至也不乏清谈士人，慧远本身擅长《庄》《老》和玄学，《高僧传》本传记载其出家之前即善《庄》《老》，出家后讲实相义，引《庄子》义为连类使惑者晓然，故其师道安特听其不废俗书。⑦ 慧远"内通佛典，外善群书，夫预学徒，莫不依拟"⑧。融合内外之学甚

---

① 袁行霈笺注：《陶渊明集笺注》，中华书局 2011 年版，第 222 页。
② 钱志熙：《陶渊明传》，中华书局 2012 年版，第 142 页。
③ 逯钦立校注：《陶渊明集》，中华书局 1979 年版，第 112 页。
④ 逯钦立校注：《陶渊明集》，中华书局 1979 年版，第 113 页。
⑤ 袁行霈笺注：《陶渊明集笺注》第 230—231 页。
⑥ 钱志熙：《陶渊明传》，第 150 页。
⑦ 释慧皎撰，汤用彤校注：《高僧传》，第 211—212 页。
⑧ 释慧皎撰，汤用彤校注：《高僧传》，第 221 页。

至已成为庐山学风突出的特点。隐居柴桑之后陶渊明最有可能加入的清谈集团，就是庐山慧远教团，从这一点来说"稷下"指庐山慧远教团其实是极有可能的。诗中"指彼决吾疑"，与宗炳等人"入庐山，就慧远考求文义"，其性质很相似。可以说，陶渊明此时对庐山教团的态度是比较矛盾的，既向往又有疑惑，也就是下文说的"万一不合意，永为世笑嗤"，这可与《和刘柴桑》结合起来看，其诗云：

> 山泽久见招，胡事乃踌躇，直为亲旧故，未忍言索居。良辰入奇怀，挈杖还西庐。荒涂无归人，时时见废墟。茅茨已就治，新畴复应畲。谷风转凄薄，春醪解饥劬。弱女虽非男，慰情良胜无。栖栖世中事，岁月共相疏。耕织称其用，过此奚所须。去去百年外，身名同翳如。

刘柴桑即刘遗民，唐代元康《肇论疏》载慧远作《刘公传》："刘程之，字仲思，彭城人。……陈郡殷仲文、谯郡桓玄，诸有心之士，莫不崇拭。禄浔阳柴桑，以为入山之资。未旋几时，桓玄东下，格称永始。逆谋始，刘便命弩，考室山薮。"① 隆安五年（401）刘遗民为柴桑令，元兴元年（402）桓玄东下，刘遗民弃官隐居庐山。此年刘遗民与慧远、宗炳等一百二十三人在阿弥托佛像前立誓，共期往生西方极乐世界，刘遗民作《誓愿文》。这是东晋净土信仰史上的一件大事，在柴桑任上，刘遗民与渊明交好，故有相招之事。关于此诗的写作时间，袁行霈认为："揣测诗意，或渊明曾往庐山访刘柴桑，刘复招入山泽，而渊明未允。此诗作于归西庐之后。兹系此诗于晋安帝义熙五年乙酉（409）。"② 可知刘遗民招渊明入庐山教团应该不止一次。李公焕《和刘柴桑》注文云："时遗民招渊明庐山结白莲社，渊明雅不欲预名社列，但时复往还于庐阜间。"大概是符合事实的。刘遗民第一次招渊明或在402年，距此诗写作已七年了，故云"山泽久见招"。渊明虽然与刘遗民交好，但是在对待庐山佛教的态

---

① 《大正藏》，第45册，第181页。
② 袁行霈笺注：《陶渊明集笺注》，第96页。

度上却颇为不同，经历了一个由向往到疑惑、拒斥的发展过程，最终保持一种相对独立的距离。佚名的《莲社高贤传》记载陶渊明与庐山佛教的关系说："常往来庐山，使一门生二儿舁篮舆以行。时远法师与诸贤结莲社，以书招渊明，渊明曰：'若许饮则往。'许之，遂造焉，忽攒眉而去。"汤用彤认为："《十八高贤传》乃妄人杂取旧史，采摭无稽传说而成。至陈舜俞（《庐山记》）、志磐（《佛祖统记》）为之修正，采用旧史，《十八高贤传》中当已加入可靠之材料。"① 慧远晚年制佛影时曾特地派遣弟子道秉去请谢灵运作《佛影铭》"以充刊刻"，这是慧远对当时重要士人的拉拢以扩大佛教的影响和传播，"慧远的立教方略与乃师道安具有强烈的延续性。"② 慧远在庐山建立教团，当然会尽力争取江州境内士人的支持，陶渊明虽然隐居，但在浔阳名望甚高。因此，慧远以书招陶渊明应是事实，而陶渊明到庐山后又攒眉而去，也符合陶渊明的个性。《莲社高贤传》的这段记载正可与《和刘柴桑》相结合，来了解陶渊明与庐山佛教的关系。

## 二 佛教与陶渊明《形影神》组诗

《形影神》是陶渊明以诗歌的形式总结其生命哲学的组诗，是了解陶渊明思想的重要作品，马璞《陶诗本义》卷二以为："渊明一生之心寓于《形影神》三诗之内。"③ 陈寅恪也认为这组诗"最可窥见其宗旨者"④。学界普遍认为《形影神》组诗是陶渊明有感于慧远形神思想的论述而发的，如逯钦立认为《形影神》"针对释慧远《形尽神不灭论》《万佛影铭》而发，以反对当时宗教迷信"⑤。慧远等庐山诸人热烈地探讨生死问题，慧远宣扬的"神不灭"及往生西方净土的佛教生命观在当时影响很大，陶渊明与庐山诸人颇有交往，这大概是促使陶渊明思考、总结自己生命观的一个契机。从这一点来讲，《形影神》组诗与佛教的确有着密切

---

① 汤用彤：《汉魏两晋南北朝佛教史》，第248页。
② 陈志远：《六朝前期荆襄地域的佛教》，《中山大学学报》2019年第2期。
③ 北京大学中文系编：《陶渊明诗文汇评》，中华书局1961年版，第36页。
④ 陈寅恪：《陶渊明之思想与清谈之关系》，《金明馆丛稿初编》，第220页。
⑤ 逯钦立校注：《陶渊明集》，第220页。

的关系,陶渊明形、影、神三个范畴即来自慧远,但是以往的研究者将慧远的"神"理解为灵魂、精神,而以陶渊明《形影神》为对慧远佛教生命观的批判,这既低估了慧远的思想深度,更没有把握陶渊明的思想实质。慧远讲的"神"是实有之本体,陶渊明的"神辨自然"的"神"则是"自然","神"体现为自然境界。这是陶渊明与慧远的一个根本区别,显示了陶渊明对魏晋思想发展的深刻理解和发展,也是陶渊明建构其生命观的思想基础。《形影神》所表现出来的生命观,如"我无腾化术,必尔不复疑""应尽便须尽,无复独多虑",与追求来世和往生净土的慧远等人不一样,但是这组诗更主要的是体现了陶渊明对生命真相的思考,对生命哲学观的建构,有其独特的哲学思想内涵①,而不是简单的针对慧远佛教生命观而发。因此,准确把握陶渊明与佛教的关系,探索陶渊明的哲学思想,是理解《形影神》组诗的哲学内蕴及陶渊明生命观的一个关键。

1. 慧远"神不灭"论与《形影神》的写作

402年秋,慧远率众于庐山东林寺般若云台阿弥陀佛像前念佛立誓往生弥陀净土,刘遗民作《誓愿文》:

> 惟斯一会之众,夫缘化之理既明,则三世之传显矣;迁感之数既符,则善恶之报必矣。推交臂之潜沦,悟无常之期切;审三报之相催,知险趣之难拔。此其同志诸贤,所以夕惕宵勤,仰思攸济者也。盖神者可以感涉,而不可以迹求。必感之有物,则幽路咫尺。苟求之无主,则渺茫河津。……誓兹同人,俱游绝域。其有惊出绝伦,首登神界,则无独善于云峤,忘兼全于幽谷。先进之与后升,勉思策征之道。②

文章表现了对死亡的忧虑,对因果报应、三世轮回的恐惧,因此热烈向

---

① 钱志熙《陶渊明〈形影神〉的哲学内蕴与思想史位置》(《北京大学学报》2015年第3期)、《陶渊明"神辨自然"生命哲学再探讨》(《求是学刊》2018年第1期)对此作了很深入的探讨,可以参见。

② 释僧祐撰,苏晋仁、萧炼子点校:《出三藏记集》,第567—568页。

往极乐净土,代表了所有参与结社的人的心声。超脱报应、轮回以及往生净土,都需要一个承受的主体,这就是"神"。慧远作于404年的《形尽神不灭论》,即以"不灭"之"神"为主体建构了一种超脱于现实生灭的宗教生命观。关于"神不灭"论,慧远在《沙门不敬王者论·形尽神不灭论》中有详细的阐述:

> 夫神者何邪?精极而为灵者也。精极则非卦象之所图,故圣人以妙物而为言。虽有上智,犹不能定其体状,穷其幽致。而谈者以常识生疑,多同自乱,其为诬也,亦已深矣。将欲言之,是乃言夫不可言。今于不可言之中,复相与而依稀。神也者,圆应无主,妙尽无名,感物而动,假数而行。感物而非物,故物化而不灭;假数而非数,故数尽而不穷。有情则可以物感,有识则可以数求。数有精粗,故其性各异。智有明暗,故其照不同。推此而论,则知化以情感,神以化传;情为化之母,神为情之根;情有会物之道,神有冥移之功。但悟彻者反本,惑理者逐物耳。……请为论者验之以实:火之传于薪,犹神之传于形;火之传异薪,犹神之传异形。前薪非后薪,则知指穷之术妙,前形非后形,则悟情数之感深。惑者见形朽于一生,便以为神情共丧,犹睹火穷于一木,谓终期都尽耳。此曲从养生之谈,非远寻其类者也。①

慧远明确认为存在一个不灭的"神",这一思想受到传统思想的影响,《沙门不敬王者论》云:"庄子发玄音于太宗曰:'大块劳我以生,息我以死。'又,以生为人羁,死为反真。此所谓知生为大患,以无生为反本者也。文子称黄帝之言曰:'形有靡而神不化,以不化乘化,其变无穷。'庄子亦云:'特犯人之形,而犹喜之。'若人之形万化,而未始有极。此所谓知生不尽于一化,方逐物而不反者也。二子之论,虽未究其实,亦尝傍宗而有闻焉。论者不寻方生方死之说,而或聚散于一化;不思神道有妙物之灵,而谓精粗同尽,不亦悲乎?"但从"二子之论,虽未究其

---

① 释僧祐撰,苏晋仁、萧炼子点校:《出三藏记集》,第267—269页。

实,亦尝傍宗而有闻焉"来看,慧远神不灭论主要的思想渊源还是在于佛教的思想本身。① 这个"神"是佛教追求解脱的主体,这是慧远佛教思想对充满生命焦虑感的士人具有很大吸引力的原因。但是慧远说的"神"与传统的神灵、灵魂不完全一样,而是指法身,慧远认为"神"是"圆应无主,妙尽无名,感物而动,假数而行。感物而非物,故物化而不灭;假数而非数,故数尽而不穷"。既真实存在但要描述它又是"言乎不可言",这与老子所说的"强为之名"的"道"相似,可见慧远说的"神"有本体之义。《沙门不敬王者论·求宗不顺化》又说:

> 有情于化,感物而动,动必以情,故其生不绝。其生不绝,则其化弥广而形弥积,情弥滞而累弥深。其为患也,焉可胜言哉。是故《经》称泥洹不变,以化尽为宅,三界流动,以罪苦为场。化尽则因缘永息,流动则受苦无穷。何以明其然?夫生以形为桎梏,而生由化有。化以情感,则神滞其本。而智昏其照,介然有封。则所存唯己。所涉唯动,于是灵辔失御,生途日开。方随贪爱于长流,岂一受而已哉?是故反本求宗者,不以生累其神。超落尘封者,不以情累其生。不以情累其生,则生可灭。不以生累其神,则神可冥。冥神绝境,故谓之泥洹。

慧远以现实的人生为苦累,冥神才可超越人生的罪苦,这是佛教否定现实的一种生命观。慧远认为,现实人生在情的作用下,在罪苦之场中流转相续,只有"不以情累其生""不以生累其神",不顺化以求其宗,才能超脱现实的苦累,实现"冥神绝境",进入泥洹之境。这也说明慧远讲的"神"有本体之义。《高僧传·慧远传》说:"先是中土未有泥洹常住之说,但言寿命长远而已。远乃叹曰:'佛是至极,至极则无变,无变之理,岂有穷耶。'因著《法性论》曰:'至极以不变为性,得性以体极为宗。'"② "至极以不变为性,得性以体极为宗",这两句

---

① 姚卫群:《慧远的"神"与印度佛教中的"我"》,《中华文化论坛》1997年第4期。
② 释慧皎撰,汤用彤校注:《高僧传》,第218页。

可以说是慧远佛学思想的基础和核心,所以慧远的"神不灭"其实不是简单的宗教迷信,而是在其"求宗体极"的本体思想基础上建构起来的。这种哲学思想内涵,对陶渊明的吸引和触动,要远较于宗教信仰大得多。

陶渊明《形影神并序》:

贵贱贤愚,莫不营营以惜生,斯甚惑焉。故极陈形影之苦,言神辨自然以释之。好事君子,共取其心焉。(《序》)

天地长不没,山川无改时。草木得常理,霜露荣悴之。谓人最灵智,独复不如兹!适见在世中,奄去靡归期。奚觉无一人,亲识岂相思?但余平生物,举目情悽洏。我无腾化术,必尔不复疑。愿君取吾言,得酒莫苟辞!(《形赠影》)

存生不可言,卫生每苦拙。诚愿游崑华,邈然兹道绝。与子相遇来,未尝异悲悦。憩荫若暂乖,止日终不别。此同既难常,黯尔俱时灭。身没名亦尽,念之五情热。立善有遗爱,胡可不自竭。酒云能消忧,方此讵不劣!(《影答形》)

大钧无私力,万物自森著。人为三才中,岂不以我故。与君虽异物,生而相依附。结托善恶同,安得不相语!三皇大圣人,今复在何处?彭祖爱永年,欲留不得住。老少同一死,贤愚无复数。日醉或能忘,将非促龄具?立善常所欣,谁当为汝誉?甚念伤吾生,正宜委运去。纵浪大化中,不喜亦不惧。应尽便须尽,无复独多虑。(《神释》)

这组诗的写作时间和缘起,逯钦立《陶渊明事迹诗文系年》说:"《形影神》诗当作于本年(413)五月以后。……按此诗盖针对慧远《形尽神不灭论》《万佛影铭》而发,以反对当时宗教迷信。释慧远元兴三年作《形尽神不灭论》,本年又立佛影作《万佛影铭》。铭云:'廓矣大象,理玄无名。体神入化,落影离形。'形、影、神三者至此具备。又慧远等于元兴元年建斋立誓。共期西方,又以次作《三报论》《明报应论》《形尽神不灭论》等，皆摄于生死报应之反映，故陶为此诗斥其营营惜生也。"① 逯氏指出陶渊明《形影神》组诗是针对慧远《形尽神不灭论》而发，这一点是有道理的，但谓其为反对慧远宗净土信仰、轮回报应之说而作，则似尚未把握陶渊明这组诗的深意，事实上这是明清以来不少研究者的看法，如清代邱嘉穗《东山草堂陶诗笺》卷四云："其曰'此生不再值'，曰'何用身后置'，皆破白莲社中前生后生、轮回净土之说。"又曰："盖陶公深明乎生死之说，而不以寿夭贰其心，所以异于慧远之修净土、作升天妄想者远甚。"② 包括逯氏本人也还是把慧远《形尽神不灭论》的"神不灭"当作神灵、灵魂不灭，故称之为"宗教迷信"。但是《形尽神不灭论》其实主要是阐述慧远"实有"的本体思想，与《法性论》一样是佛教哲学，《形尽神不灭论》为《三报论》《明报应论》、净土信仰等提供了本体论的哲学思想基础。③ 渊明对慧远的回应，恐怕主要还是在这个哲学层次上的，而不是简单地批评慧远的佛教生命观。④ 陶渊明常说自己作诗文是为了"自娱"⑤，某种意义上说陶渊明的思想学问是一种"为己"之学，他写《形影神》也是要通过"神辨自然"为自己建构一种自觉的生命观，而并不祈与他人较短长。

慧远和刘遗民等人于402年结社念佛立誓往生西方阿弥陀净土，但据上文分析，陶渊明作于405年隐居之后的《拟古》其六说"指彼决吾疑"乃是指到庐山以破解己之疑惑，此时陶渊明对慧远庐山教团仍有向往之情。因此《形影神》序中所言"贵贱贤愚，莫不营营以惜生，斯甚惑焉"，在我们看来并非专门针对慧远等人的轮回、报应、净土信仰。"惜生"原本就是中国传统的一种生命观，特别是魏晋以来，道家玄学一派

---

① 逯钦立校注：《陶渊明集》，第220页。
② 《陶渊明资料汇编》下册，第258页。
③ 《高僧传·释僧含》载："时任城彭丞著《无三世论》，含乃作《神不灭论》以抗之。"（第276页）这一"不灭"之"神"正是三世的载体。
④ 逯钦立谓陶渊明形、影、神这三个范畴来自慧远，其实在慧远之前的张翼《赠沙门竺法頵三首》其三："万物可逍遥，何必栖形影。勉寻大乘轨，练神超勇猛。"即已用到这三个范畴，陶渊明对东晋诗歌是很熟悉的，这说明《形影神》的基本概念，并不一定就直接来自慧远。
⑤ 如《饮酒二十首·序》："既醉之后，辄题数句以自娱"；《五柳传》："常著文章以自娱，颇示己志。"

"养生""惜生"影响很广,道教则追求长生久视。陶渊明通过形、影说的"愿君取吾言,得酒莫苟辞""存生不可言,卫生每苦拙。诚愿游崑华,邈然兹道绝",即针对这些传统的生命观而言,也就是陈寅恪说的:"批评旧自然说与名教说之两非。"① 而《影答形》中"立善有遗爱",也并不能说就完全是针对慧远报应论而发的,《饮酒》其二:"积善云有报,夷叔在西山。善恶苟不应,何事立空言。"是更为明显的怀疑报应,但是这显然是直接由《史记·伯夷列传》中司马迁对"天道无亲,常与善人"那段著名的质疑引发出来的。因此,将《形影神》看作是陶渊明"不指名地批评庐山佛教徒甚念生死之苦、别求死后往生净土及其形尽神不灭之说为非"。② 可谓未能尽其真相,如果只看到陶渊明在《形影神》中对各种生命观的批评,那还未揭示《形影神》达到的哲学深度及其在思想史上的意义。③《形影神》组诗的写作的确与慧远《形尽神不灭论》有内在关系,但这种关系主要是哲学的层次上的激发和回应,钱志熙即指出:"渊明虽然不接受慧远的思想,但还是有感于共誓往生的行为的影响,开始尝试系统地阐述自己的生命哲学。并且我们应该承认,渊明还是采用了慧远佛学中形、影、神的概念,只是渊明舍弃其内涵,对它们做出了全新的阐释。"④ 这是我们准确理解《形影神》组诗哲学内涵的关键。

2. 陶渊明《形影神》的生命哲学内涵

追求存在一个至极不变、绝对存在的实体,是慧远佛教思想突出的特点,"神不灭"是这种实有思想的重要体现,慧远的生死观正是建立在这一思想基础之上的。《形尽神不灭论》在当时产生了很大的影响,以至形神之辩成为东晋之后一个重要的论题,陶渊明与慧远、刘遗民等庐山教团诸人多有来往,对慧远的思想是熟悉的,可以说慧远具有本体性质

---

① 陈寅恪:《陶渊明之思想与清谈之关系》,《金明馆丛稿初编》,第202页。
② 邓小军:《陶渊明与庐山佛教之关系》,《中国文化》,2001年,第十七、十八期。
③ 《形影神》所体现的陶渊明对传统各派生命价值观的发展、超越及其丰富的哲学内涵和思想史价值,可以参见钱志熙《陶渊明〈形影神〉的哲学内蕴与思想史位置》(《北京大学学报》2015年第3期)。
④ 钱志熙:《陶渊明〈形影神〉的哲学内蕴与思想史位置》,《北京大学学报》2015年第3期。

的"形神"思想，促使了陶渊明从哲学的高度上对自我的生命观及其思想基础进行了总结。

《形影神》组诗分别设为形、影、神三者的对话，体现了三种人生观，而最终以神代表的自然之理为旨归。袁行霈认为这三种人生观"可视为渊明自己思想中互相矛盾的三个方面"①。其实这恰恰体现了陶渊明的思维方式和思想内涵，也就是在矛盾及寻求矛盾的解决中，获得最高的理性和境界。"酒"代表了物质享受，"影"则以立善求名来解决形体的现实矛盾，但是从"神"的角度来看，在面对现实时"形""影"都有不可解决的矛盾，"老少同一死，贤愚无复数。日醉或能忘，将非促龄具？立善常所欣，谁当为汝誉？"对这些矛盾，"神"的回应是："甚念伤吾生，正宜委运去。纵浪大化中，不喜亦不惧。应尽便须尽，无复独多虑。"境界正体现于矛盾的解决之中，即序言说的："极陈形影之苦，言神辨自然以释之"，"神"以自然之理为"形""影"解脱，所以"神"就是自然，陈寅恪即指出："兹言'神辨自然'，可知神之主张即渊明之创解，亦自然说也。"② 这也是陶渊明所达到的境界，神、自然、境界，三者是合一的。东晋庾阐《观石鼓诗》："妙化非不有，莫知神自然。"这两句诗也有助于我们理解陶渊明"神"与"自然"的关系。钱志熙说这是陶渊明"建立起一种符合终极原则、符合生命真相的终极需要"。③ 陶渊明的形、影、神可能运用了慧远的佛学概念④，但是在内涵上有新的发展，特别是关于"神"的阐释上，最能体现陶渊明与慧远在思想上的歧异。从哲学的角度来讲，慧远的"神"乃是实有之本体，这与他深受其师道安"本无宗"的影响有密切的关系。而陶渊明的"神"则是自然之境界。牟宗三分析《老子》和《庄子》之"道"的区别，说：

---

① 袁行霈笺注：《陶渊明集笺注》，第49页。
② 陈寅恪：《陶渊明之思想与清谈之关系》，《金明馆丛稿初编》。
③ 钱志熙：《陶渊明〈形影神〉的哲学内蕴与思想史位置》，《北京大学学报》2015年第3期。
④ 东晋张翼《赠沙门竺法頵诗三首》其三："万物可逍遥，何必栖形影。勉寻大乘轨，练神超勇猛。"诗中已有形、影、神三个范畴，陶渊明也有可能由此得到启发。

《老子》之道有客观性、实体性及实现性，至少亦有此姿态。而《庄子》则对此三性一起消化而泯之，纯成为主观之境界。故《老子》之道为'实有形态'，或至少具备'实有形态'之姿态，而《庄子》则纯为'境界形态'。……《老子》之形而上系统之客观性、实体性、实现性，似乎亦只是一姿态，似乎皆可化掉者。而《庄子》正是向化掉此姿态而前进，将'实有形态'之形而上学转化而为'境界形态'之形而上学。①

这说的虽是《老》《庄》之别，却颇有助于我们理解慧远与陶渊明在"神"这一范畴上的区别，简单讲也就是"实有"与"境界"之别。这主要源于两人思想上的歧异，慧远的思想基础主要是般若本无宗，并研习小乘毗昙学②，作有《阿毗昙心序》和《三法度经序》，体现了他对毗昙学的理解，"小乘诸法自实有不变的思想，是慧远法性说的一个重要思想渊源。"③ 而陶渊明则深受玄学的影响，其"自然"思想的来源虽比较复杂，但主要是来自"自生""独化"这一派玄学。"自然"一词首先见于《老子》，《庄子》中更加普遍，但是在《老》《庄》中"自然"是本体之义，郭象《庄子注》则将其阐释为自我之本性。郭象"独化"论玄学主张"自生""独化"，也就是认为万物皆是自生的，是自然自足的，其存在的依据就是其自己，这就将"自然"由"道"之本质，发展为普遍事物之性，如《山木》："仲尼曰：'有人，天也；有天，亦天也。人之不能有天，性也。"郭象注云："言自然则自然矣，人安能故此自然哉？自然耳，故曰性。"④ 这里所谓的"自然"即是事物之本性。郭象又云"任自然""率性自然"，在他看来任何事物其自身都有其"自然"，这一

---

① 牟宗三：《才性与玄理》，第152页。
② 《高僧传·慧远传》载："昔安法师在关，请昙摩难提出《阿毗昙心》，其人未善晋言，颇多疑滞。后有罽宾沙门僧加提婆，博识众典，以晋太元十六年，来至浔阳。远请重译《阿毗昙心》及《三法度论》，于是二学乃兴，并制序标宗贻于学者。孜孜为道务在弘法，每逢西域一宾辄恳恻咨访。"（《高僧传》，第216页）
③ 方立天：《慧远及其佛学》，《魏晋南北朝佛教》，第82页。
④ 郭庆藩：《庄子集释》，第694—695页。

"自然"就是事物的"自性",这是郭象"独化"论玄学对"自然"的新的阐释。陶渊明的"自然"主要就是这一个含义①,《归去来兮辞》序云:"质性自然,非矫励所得。"体现的就是这样的内涵。郭象《齐物论注》云:"是以涉有物之域,虽复罔两未有不独化于玄冥者也。"这是郭象"独化"论玄学的基本思想②,其内涵是指万物在本质上都是自生、自尔、自为、自然的,并在其自身的发展变化中体现为一种微妙幽深的玄冥之境。这种"玄冥之境"就是"自然"的境界。陶渊明《形影神》序云:"神辨自然以释之",其实就是以这种万物"独化于玄冥之境"来解决"形""影"所体现的现实中的矛盾。与慧远追求一个带有客体性质的、实有的本体之"神"不同,陶渊明讲的"神"就是"自然",是体现于自我本身之中的,这是渊明通过"自生""独化"玄学思想的总结而确立的一种生命哲学。在如何达到"神"的方法上,陶渊明与慧远也截然不同,慧远讲"不顺化以求宗"(《沙门不敬王者论》),陶渊明则主张"纵浪大化中"(《形影神·神释》),"聊乘化以归尽,乐夫天命复奚疑"(《归去来兮辞》)。进一步讲,化与不化,体现的是两人对现实生命的态度和思考。因此,陶渊明没接受慧远的教义,恐怕不是简单的如陈寅恪说的是"保持家传之道法,而排斥佛教",而是两人不同的思想的结果,钱志熙指出是其精神气质、独立思考的原因,这是很有道理的,"其中包含了渊明固有思想的抵触因素"③,这种"固有思想"或者"独立思考",在我们看来主要是自生、独化的玄学思想。陶渊明讲的"神"是一种自然的境界,这种境界也就是独化于玄冥之境在生命中的体现,这是与慧远实体之"神"的本质区别。

郭象《庄子注》序云:"通天地之统,序万物之性,达生死之变,而明内圣外王之道,上知造物无物,下知有物之自造也。"④ 郭象玄学这种"达生死之变""上知造物无物,下知有物之自造",对生命本质的认识,对陶渊明有显著的影响,《形影神》中"我无腾化术,必尔不复疑""老

---

① 参见蔡彦峰《玄学与陶渊明诗歌考论》,《中国韵文学刊》2013年第1期。
② 汤用彤即指出:"懂得此语即懂得向郭之学说。"(《魏晋玄学论稿》,第163页)
③ 陈洪:《陶渊明佛教观新探》,《徐州师范学院学报》1993年第4期。
④ 郭庆藩:《庄子集释》,第3页。

少同一死，贤愚无复数""应尽便须尽，无复独多虑"，体现的就是这样一种生命观。"上知造物无物，下知有物之自造"是郭象对"自生"思想的表述，从本质上讲，陶渊明的生命观是建立在对人生以及万物"自生"的这个哲学认识的基础之上的，《影答形》："存生不可言，卫生每苦拙"，袁行霈注引《庄子·达生》："生之来不能却，其去不能止。"这两句颇能代表"自生"思想在生命观上的体现。陶渊明与慧远都认识到生命终归于尽，《归园田居》其四"人生似幻化，终当归空无"，《饮酒》其八"吾生梦幻间，何事继尘羁"，这种生命归于空、幻，显然即受到佛教的影响，但是慧远由此发展出追求永恒存在的、本体的"神"作为三世轮回的主体，以阐述其"形尽神不灭"的佛教生命观。而陶渊明则以回归自我之"自然"来建立其生命观，这是陶渊明和慧远两人在生命哲学上的本质之别。

但是我们又可以说，正是慧远的净土信仰、对形神关系的哲学阐释，并在此基础上建立的生命观，促发了陶渊明对生死问题进行系统的、哲学的思考，《形影神》组诗就是陶渊明哲学思考的成果。在写作《形影神》组诗之前，陶渊明在诗文中已常表现其生命观，如"吁嗟身后名，于我若浮烟""运生会归尽，终古谓之然""去去百年外，身名同翳如""有酒不肯饮，但顾世间名。所以贵我身，岂不在一生？一生复能几，倏如流电惊""虽留身后名，一生亦枯槁。死去何所知？称心固为好。各养千金躯，临化消其宝""百年归丘垄，用此空名道"，这些诗歌从不同的角度阐述了对生命、名声等的看法，表现了任自然的人生态度，这正是《形影神》序中说的"神辨自然"之义，陶渊明在《形影神》组诗中思考、总结出来的生命观，是贯穿于他的人生之中的，但是只有在《形影神》组诗中，陶渊明才对其生命观作了系统的总结，体现了陶渊明对魏晋思想的理解和把握，陈寅恪认为陶渊明："实为吾国中古时代之大思想家，岂仅文学品节居古今之第一流，为世所共知者而已哉！"[1] 袁行霈也说："陶渊明不仅是诗人，同时也是哲人，他有很深刻的哲学思考。"[2] 这

---

[1] 陈寅恪：《陶渊明之思想与清谈之关系》，《金明馆丛稿初编》，第229页。
[2] 袁行霈：《陶渊明研究》，北京大学出版社2009年版，第5页。

在《形影神》组诗中应该说是得到了集中的体现的。而陶渊明对生命的哲学思考,这个动机应该说主要来自慧远的促发,钱志熙即指出:"道家、佛教生命哲学中那种原本具有的对死亡这一必然结局的透彻认识,成为渊明思考生命问题的重要资源。比如庄子的以生为归,佛教的生命归于空无,都被渊明融化到他的神辨自然的生命哲学中。所以,对渊明是否受佛教的影响,应该辩证地去看。"① 从这个角度来讲,《形影神》与佛教又存在着重要的内在关系的。方东树《昭昧詹言》谓陶渊明《形影神》"用《庄子》之理,见人生贤愚贵贱,……后来佛学,实地如是,此诚足解拘牵役形之累"②。陶渊明的生命哲学观虽与慧远净土不同,但却与佛教的精神相通。

### 三 心无宗与陶渊明的自然思想

陶渊明和慧远同处柴桑县,加以慧远在东晋中后期声望甚隆,因此在探讨陶渊明与佛教的关系时,往往只关注他与慧远佛学的关系,但是佛教思想极为复杂,东晋极为流行的般若学就有六家七宗之说,所以陶渊明虽不接受慧远之学,却并不能以此认为他对佛教思想都是拒斥的。陈洪即认为陶渊明在处理仕、隐矛盾问题上表现出来的态度,"不是偶然地与佛教'心无宗'相关"③。这是一个富有启发之见,有助于我们从另外一个角度来探讨陶渊明与佛教的关系。

《世说新语·假谲》:"愍度道人始欲过江,与一伧道人为侣。谋曰:'用旧义往江东,恐不办得食。'便共立心无义。"刘孝标注云:"旧义者曰:种智是有(原文作'有是'),而能圆照。然则万累斯尽,谓之空无。常住不变,谓之妙有。而无义者曰:种智之体,豁如太虚。虚而能知,无而能应。居宗至极,其唯无乎。"④ 僧肇《不真空论》破心无义云:

---

① 钱志熙:《陶渊明〈形影神〉的哲学内蕴与思想史位置》,《北京大学学报》2015年第3期。
② 方东树:《昭昧詹言》,人民文学出版社1961年版,第101页。
③ 陈洪:《陶渊明佛教观新探》,《徐州师范学院学报》1993年第4期。
④ 余嘉锡:《世说新语笺疏》,第859页。

"心无者，无心于万物，万物未尝无。此得在于神静，失在于物虚。"① 据吉藏《二谛义》心无义的基本主张是"空心不空色"，即物是有，而无心于万物②，元康《肇论疏》云："但于物上不起执心，故言其空。然物是有，不曾无也。"陈寅恪认为："详绎'种智'及'有''无'诸义，但可推见旧义者犹略能依据西来愿意，以解释般若'色空'之旨。新义者则采用周易老庄之义，以助成其说而已。"③ 事实上般若六家七宗无不与玄学有关，就心无义来说，具体是以玄学哪一派助成其说，则尚需再进一步深入的探讨。据僧肇、吉藏、元康诸人所说，知心无者乃以物为有。安澄《中论疏记》："《二谛搜玄论》云：晋竺法温为释法琛法师之弟子也。其制心无论云：'夫有，有形者也，无，无像者也。然则，有象不可谓无，无形不可谓无。是故有为实有，色为真色。'"④ 心无义当以支愍度最早，陈寅恪辨之甚详，故法蕴或当述愍度之义。而所谓"实有""真色"皆不符合佛法之义，故《世说新语》谓心无义与旧义不同，这一主张的确与本无义等大异其趣。性空本无等义出于般若经之学说，据陈寅恪分析，《放光般若经》《道行般若经》《持心梵天经》三经实为心无义所依据之圣典。⑤ 心无与本无等同出于般若经而形成对立的主张，关键在于取"外书以释内典"的格义之法中所用"外书"之不同所致。魏晋玄学贵无、崇有、独化诸派中，崇有、独化皆讲"有"，而反对以"无"为本的贵无论玄学，这两派皆以"有""自生"为其哲学基础，尤其是郭象独化论，是对崇有的系统发展，代表了玄学发展的最高程度，在东晋以来影响极大。独化论玄学万物"独化于玄冥之境"，与心无义"无心于万物，万物未尝无"极相契合。吕澂即认为"心无"是"从玄学的至人无己，'无己故顺物'（郭象《庄子注》）脱胎出来的。就是'无心'一词，

---

① 僧肇著，张春波校释：《肇论校释》，第39页。
② 陈寅恪据梵本及中藏诸译本，认为："心无义者殆误会译文，失其正读，以为"有'心无'心"，遂演绎其旨，而立心无义与？""'无心'之'无'字应与下之'心'字联文，而不属于上之'心'字。"故"心无"实为"无心"。（《支愍度学说考》，《金明馆丛稿初编》第166页）
③ 陈寅恪：《支愍度学说考》，《金明馆丛稿初编》，第161页。
④ 《大正藏》第65册，第94页。
⑤ 陈寅恪：《支愍度学说考》，《金明馆丛稿初编》，第164页。

也是郭象《逍遥游》注中讲过的。郭象的无心是无成见，即是无我，当然也是空"①。

裴頠崇有论、郭象独化论皆产生于西晋，心无义在愍度渡江时所立，愍度至迟在成帝初年咸和之世（326—334）过江②，心无义的产生晚于崇有论、独化论十数年，愍度对主张"有"的崇有论、独化论当是熟悉的，因此，我们现在虽然缺乏直接的史料证明心无义受崇有论、独化论的影响，但是从东晋玄佛合流的学术背景及格义的思想方法来看，这一说法大抵是可以成立的。

陈寅恪认为陶渊明在家世信仰的天师道及玄学清谈基础上形成了"新自然"说，但是我们上文分析了陶渊明的思想主要来自"自生"、"独化"一派的玄学思想。从这一点来看，陶渊明的思想与心无义颇有相近之处，陶渊明有接受心无宗的思想基础和现实条件。

《高僧传·法汰传》："时沙门道恒，颇有才力，常执心无义大行荆土。汰曰。此是邪说应须破之。乃大集名僧令弟子昙壹难之。据经引理析驳纷纭。恒仗其口辩不肯受屈。日色既暮。明旦更集慧远就席。设难数番关责锋起。恒自觉义途差异。神色微动。麈尾扣案未即有答。远曰。不疾而速。杼轴何为。座者皆笑矣。心无之义于此而息。"③按《法汰传》载其"与道安避难行之新野，安分张徒众，命汰下京。……遇疾停阳口。时桓温镇荆州，遣使要过，供事汤药，安又遣弟子慧远下荆问疾"。法汰、慧远与道恒争心无义当在此时，陈寅恪认为在永和十一年（355）前后④，汤用彤则系于兴宁三年（365）⑤。既以陈寅恪说的永和十一年（355），也已距支愍度过江二三十年了，心无义在南方已得到了广泛的流行，《法汰传》谓其"大行荆土"正得其实，而谓慧远与道恒论辩后"心无之义于此息矣"，则不符合实际情况。《出三藏记集》卷十二陆澄《法论目录》载有："《心无义》（桓敬道。王稚远难，桓答。）""《释

---

① 吕澂：《中国佛学源流略讲》，第49页。
② 陈寅恪：《支愍度学说考》，《金明馆丛稿初编》，第176页。
③ 释慧皎撰，汤用彤校注：《高僧传》，第192页。
④ 陈寅恪：《支愍度学说考》，《金明馆丛稿初编》，第179页。
⑤ 汤用彤：《汉魏两晋南北朝佛教史》，第143页。

心无义》(刘遗民)"据《晋书》桓玄生卒年为369—404年,其出生在慧远与道恒论辩之后,可见这场论辩之后心无义并未熄灭。刘遗民《释心无义》已佚,陈寅恪认为:"但其题以释义为名,必为主张,而非驳难心无义者。慧远既破道恒义后,其莲社中主要之人,犹复主张所谓'邪说'者。然则心无义本身必有可以使人信服之处。"① 汤用彤也认为刘遗民为"宗心无义者"②。而张春波则在引了日本佛教学者横超慧日考证慧远为本无宗的观点之后说,"这个看法如正确,刘遗民也应持本无宗观点。"③ 409年,僧肇托道生将其所写《般若无知论》转给刘遗民④,刘氏作《难般若无知论》表达了对僧肇的尊敬和赞赏,同时也对般若无知论提出了疑问。⑤"但今谈者所疑于高论之旨,欲求圣心之异,为谓穷灵极数,妙尽冥符耶?为将心体自然,灵怕独感耶?若穷灵极数,妙尽冥符,则寂照之名,故是定慧之体耳。若心体自然,灵怕独感,则群数之应,固以几乎息矣。夫心数既玄而孤运其照,神淳化表而慧明独存。当有深证,可试为辨之。"⑥ 这一段涉及的中心问题就是圣心是有知还是无知?本质上也就是"心"是有还是无?刘遗民深受慧远的影响,"慧远虽然力图接受大乘中观思想,但他最终还是未能完全摆脱小乘的实有思想,未能摆脱'非此即彼'的思想。"⑦ 所以他们对"无而能知,虚而能应"的"圣心"非常疑惑,认为是《般若无知论》的矛盾之处。针对这一点,僧肇回答说:"夫圣人玄心默照,理极同无。既曰为同,同无不极,何有同

---

① 陈寅恪:《支愍度学说考》,《金明馆丛稿初编》,第181页。
② 汤用彤:《汉魏两晋南北朝佛教史》,第189页。
③ 僧肇著,张春波校释:《肇论校释》,第117页。
④ 据僧祐《出三藏记集》卷二:"《新大品经》二十四卷。伪秦姚兴弘始五年四月二十三日于逍遥园译出,至六年四月二十三日讫。"(第49页)《大品般若经》于404年译成。僧肇参与罗什的译经活动,在《大品般若经》译出后,僧肇根据其对大乘中观的理解,写了《般若无知论》,其时间在405年。又祐《出三藏记集》卷十五《道生法师传》谓道生"义熙五年还都",即409年。道生在游长安之前,曾在庐山依慧远学有宗,"隆安中,移入庐山精舍,幽栖七年,以求其志。"(第571页)大概道生在409年由建安返建康途中经过庐山,为刘遗民等人带来了僧肇《般若无知论》。
⑤ 僧肇《肇论》题为《刘君致书咨问》。(僧肇著,张春波校释:《肇论校释》,第108页)
⑥ 僧肇著,张春波校释:《肇论校释》,第122页。
⑦ 僧肇著,张春波校释:《肇论校释》,第123页。

无之极而有定慧之名？"僧肇认为圣人以玄妙之心认识事物，就认识了真谛。认识到真谛就与空性一致，因为事物本性是空，所以圣心当然也是空。圣人的认识是认识主体与认识对象的完全冥合。对象是空无，认识主体也是空无。① 可见在心"无"这一点上，僧肇是认同心无宗，而与慧远、刘遗民等主张圣心实有有根本的分歧。但是刘遗民在信的开头赞叹《般若无知论》说："才运清俊，旨中沉允，推涉圣文，婉而有归。披味殷勤，不能释手。真可谓浴心方等之渊，而悟怀绝冥之肆者矣。若令此辨遂通，则般若众流，殆不言而会。可不欣乎！可不欣乎！"② 大意是说如果《般若无知论》的观点被大家接受，那么般若诸家将会通而一矣。可见刘遗民等人是认识到《般若无知论》的价值和意义的，所以刘遗民虽然向僧肇提出自己的疑问，但或由于对《般若无知论》的研读，启发了他们对般若的新的思考，故刘遗民作有《释心无义》，阐述对心无的理解，而慧远也允许曾被认为"邪说"的心无义在庐山的存在和接受。若非如此，则作为慧远信徒的刘遗民作《释心无义》殊难解释。僧肇评心无义说："此得在于神静，失在于物虚。"所谓的"神静"就是"神性空"，僧叡《毗摩罗诘提经义疏序》："此土先出诸经于识神性空，明言处少，存神之文，其处甚多。"③ 六家七宗除心无宗之外，其余各家本质上都讲"存神"，即以心神为常住不变之本体，而这其实也不符合般若中观，所以僧肇认为心无义的可取之处在于"神静"，即无心，元康《肇论疏》释僧肇此句云："能于法上无执，故名为'得'。"④ 所以心无义实乃得般若之一端，这大概就是陈寅恪所说"可以使人信服之处"，因此在慧远与道恒论辩之后，心无义仍在流行。心无义在"无心于万物，万物未尝无"这一点上，是极契合陶渊明之思的。

　　从现实来看，陶渊明也有接受心无义的条件。陈洪指出："引起我们特别注意的是，执'心无'义的桓玄、刘遗民都是与渊明关系极为密切的佛教信士。陶渊明曾在桓玄手下作幕僚三、四年，与刘遗民不仅有诗书往来，

---

① 张春波：《肇论校释》，第152页。
② 僧肇著，张春波校释：《肇论校释》，第116页。
③ 释僧祐撰，苏晋仁、萧炼子点校：《出三藏记集》，第312页。
④ 《大正藏》第45册，第171页。

若《和刘柴桑》《酬刘柴桑》二诗，而且还有共往庐山修行的期约和共同归隐的志趣，时间也正在陶渊明三十五至四十岁之间。故陶渊明从顶头上司桓玄和密友刘遗民那里接受'心无宗'的影响是可信的。"① 又《高僧传·康僧渊传》："康僧渊，本西域人，生于长安。貌虽梵人，语实中国，容止详正，志业弘深，诵《放光》《道行》二般若，即大小品也。晋成之世，与康法畅、支敏度等俱过江。……后于豫章山立寺，去邑数十里。带江傍领，林竹郁茂，名僧胜达，响附成群。以常持《梵心经》，空理幽远，故偏加讲说。尚学之徒，往还填委。"② 陈寅恪说："康僧渊之于支愍度殆《世说》，所谓同谋立新义之伧道人乎？……今就僧渊所诵之《放光》《道行》二般若及偏加讲说之《持心梵天经》考之，足见此三经实为心无义所依据之圣典。"③《世说新语·栖逸》也载："康僧渊在豫章，去郭数十里，立精舍。旁连岭，带长川，芳林列于轩庭，清流激于堂宇。乃闲居研讲，希心理味，庾公诸人多往看之。观其运用吐纳，风流转佳。加已处之怡然，亦有以自得，声名乃兴。"④ 智昇《开元释教录》："《经论都录》一卷，《别录》一卷。右东晋成帝豫章山沙门支敏度撰。"⑤ 可知支愍度、康僧渊这些心无义的创立者，都在豫章一代弘法，这正是陶渊明生活的地方，所以陶渊明应该很早就接触到心无义。

陶渊明对心无义的接受，与桓玄、刘遗民等人的影响不无关系，但最为重要的是心无义"无心于万物，万物未尝无"，契合陶渊明的自然观。陶渊明在诗文中表现出来的"心远地自偏""云无心以出岫""委运任化"等，都可以说是其自然观的体现，这种自然观的建立与心无宗也不无关系。

## 四 心无宗与陶渊明的诗歌艺术

陶渊明和谢灵运是晋宋两位重要的诗人，他们分别开拓了田园和山

---

① 陈洪：《陶渊明佛教观新探》，《徐州师范学院学报》1993 年第 4 期。
② 释慧皎撰，汤用彤校注：《高僧传》，第 151 页。
③ 陈寅恪：《支愍度学说考》，《金明馆丛稿初编》，第 164 页。
④ 余嘉锡：《世说新语笺疏》，第 659 页。
⑤ 智昇撰，富世平点校：《开元释教录》，中华书局 2018 年版，第 579 页。

水两大诗歌题材,盛唐以来常陶谢并称①,但是与唐代王维、孟浩然山水田园诗在题材、艺术和风格上趋于融合不同②,陶、谢两位诗人在审美方式、写作艺术上存在很大的歧异。陶渊明《饮酒》其五:"此中有真意,欲辨已忘言。"谢灵运《登江中孤屿》:"表灵物莫赏,蕴真谁为传。"两首诗中"忘""赏"颇能代表陶、谢对物的不同态度,这是陶、谢诗歌歧异的重要原因。形成陶、谢"忘""赏"两种不同的审美方式有多方面的原因,如果从佛教的角度来讲,与两人接受的不同的佛教思想也有重要的关系,谢灵运比较明显地受到慧远本无宗及由此发展出来的"形象本体"之学的影响;陶渊明则由于接受了郭象任物之自然的自生、独化的玄学思想③,而与"无心于物"的心无宗较相契合。

关于心无宗的基本思想,僧肇《不真空论》说:"心无者,无心于万物,万物未尝无。此得在于神静,失在于物虚。"④僧肇总结的心无义的基本思想包含两个方面:首先是"无心于万物",即不执着于外物,这种思想非常契合于陶渊明"委运任化"的人生态度,不仅体现在陶渊明也讲"无心",如"云无心以出岫""心远地自偏"之类,而且像陶渊明讲的"千载非所知,聊以永今朝""中觞纵遥情,忘彼千载忧"等,也皆以"忘"体现出这种"无心"的人生态度和处世方法。其次是"神静",所谓的"神静"就是"神性空",六家七宗除心无宗之外,其余各家本质上都主张"存神",故皆视心无宗为异端。而陶渊明《形影神》虽然也讲"神",但其所谓的"神"是自然、境界之义,与慧远等人主张的本体之"神"有本质的区别,前文在分析佛教与陶渊明《形影神》组诗的关系时已对此作了辨析,从这一点来讲,陶渊明也与心无宗相近。

---

① 比较早是李白和杜甫,如李白《早夏于将军叔宅与诸昆季送傅八之江南序》:"陶公愧田园之能,谢客惭山水之美。"杜甫《江上值水如海势聊短述》:"焉得思如陶谢手,令渠述作与同游。"从诗歌创作上看则是,"王维等人将陶的田园诗传统与谢的山水诗传统结合起来,开创了一个新的山水田园诗派,才出现了诗歌史上陶谢并称的现象。"(刘青海:《王维诗歌与陶、谢的渊源新探》,《求是学刊》2012年第1期)
② 李泊汀:《"颜谢""鲍谢"与"陶谢"——唐人元嘉诗史观的考察》,《文学遗产》2019年第4期。
③ 参见蔡彦峰《玄学与陶渊明诗歌考论》,《中国韵文学刊》2013年第1期。
④ 僧肇著,张春波校释:《肇论校释》,第39页。

但是具体到文学艺术上来讲,心无宗的基本思想对陶渊明产生过什么影响,则是陶渊明研究中比较少关注的。从艺术上来看,陶渊明不注重对外物的描写刻画,与谢灵运精工细致的体物差别很大,研究者常以写意和写实来概括陶、谢二人在写景上的艺术特点,这种艺术特点的形成与两人的思想观念有直接的关系。有学者认为陶渊明写意为主的艺术与魏晋玄学"得意忘言"之说相通①,从字面上看,这一观点似乎从《饮酒》其五"此中有真意,欲辩已忘言"得到了直接的印证,但是这显然没有注意到,恰恰是"得意忘言"之说导致了西晋以来清谈与文学分为两途②,某种意义上可以说这种观念是阻碍了作为语言艺术的文学的发展的③,这与"所好在诗文"的陶渊明截然相反④。"得意忘言"是贵无玄学的基本思想方法,从玄学上讲,陶渊明则主要受郭象"独化论"的影响,所以讲陶渊明的艺术特点归结于"得意忘言"之说的影响,显然还不能充分说明陶诗艺术的形成原因。

陶渊明的诗文中,直接讲"无心"之处虽不多,但随处可见其"任化""纵心"的人生态度,如"居常待其尽"(《五月旦和戴主簿》)、"纵心复何疑"(《庚子岁五月中从都还阻峰于规林二首》其二)、"心远地自偏"(《饮酒二十首》其五),"穷通靡攸虑"(《岁暮和张常侍》)、"拨置且莫念"(《还旧居》),这些所表现的就是陶渊明自足于内、无心于外的人生观念,清人马璞《陶诗本义》论《连雨独饮》云:"《五月旦作和戴主簿》一首以'居常待其尽'一句为结穴,此篇以'任真无所先'一句为结穴,渊明一生大本领,此二句可以尽之。"⑤"居常待其终""任真无所先"都有"无心"之义,马璞认为这是陶渊明的大本领是很有见地的。这种"无心"不仅体现在现实的人生之中,在文学上陶渊明最

---

① 龚斌校笺:《陶渊明集校笺》前言,第10页。
② 刘师培:《中国中古文学史讲义》:"迄于西晋,则王衍、乐广之流,文藻鲜传于世,用是言语、文章,分为二途。"(第49页)
③ 参见蔡彦峰《从"得意忘言"到"言尽意"——玄学"言意之辨"的发展及其诗学意义》,《国学研究》第31卷。
④ 许学夷:《诗源辨体》,第100页。
⑤ 龚斌校笺:《陶渊明集校笺》,第120页。

突出的主张也是"无心",《饮酒二十首》序云:"既醉之后,辄题数句自娱。"《五柳传》:"常著文章自娱。"这种"自娱"即体现出陶渊明率性不刻意的文学观念。苏轼等人特别重视从这一角度来把握陶渊明的诗歌艺术,如《饮酒》其五:"采菊东篱下,悠然见南山",苏轼云:"因采菊而见山,境与意会,此句最有妙处。近岁俗本多作'望南山',则此一篇神气都索然矣。"① 晁补之阐释苏轼这段话云:"望山,意尽于山,无余蕴矣,非渊明意也。见南山者,本自采菊,无意望山,适举首见之,故悠然忘情,趣闲而景远。"② 蔡启亦云:"'采菊东篱下,悠然见南山',此其闲适自得之意直若超然邈出宇宙之外。俗本多以'见'字为'望'字,若尔,便有褰裳濡足之态矣。"③ 苏轼等人所特别强调的正是陶渊明的"无意",正因为是率意任真,无心于望山,而山自来适我,所以才深得自然之境。王士禛《古学千金谱》评此诗云:"通章意在'心远'二字,真意在此,忘言亦在此。从古高人只是心无凝滞,空洞无涯,故所见高远,非一切名象之可障隔,又岂俗物之可妄干。有时而当静境,静也,即动境亦静。境有异而心无异者,故远也。心不滞物,在人境不虞其寂,逢车马不觉其喧。篱有菊则采之,采过则已,吾心无菊。忽悠然而见南山,日夕而见山气之佳,以悦鸟性,与之往还,山花人鸟,偶然相对,一片化机,天真自具,既无名象,不落言诠,其谁辨之?"④ 这一段的评论即特别突出陶渊明的"无心"。王国维《人间词话》云:"'采菊东篱下,悠然见南山',无我之境也。"王国维解释说:"无我之境,以物观物故不知何者为我,何者为物。"⑤ 叶嘉莹进一步阐释说:"'无我之境'则是指当吾人已泯灭了自我之意志,因而与外物并无利害关系相对立时的境界。"⑥ 所谓的"以物观物""泯灭自我之意志",皆可以说是"无心"之义。从这个意义上来讲,"采菊东篱下,悠然见南山",可谓是

---

① 苏轼:《题渊明饮酒诗后》,《陶渊明资料汇编》,第29页。
② 晁补之:《题陶渊明诗后》,《陶渊明资料汇编》,第167页。
③ 蔡启:《蔡宽夫诗话》,《陶渊明资料汇编》,第167页。
④ 龚斌校笺:《陶渊明集校笺》,第237页。
⑤ 王国维:《王国维文学论著三种》,商务印书馆2001年版,第30页。
⑥ 叶嘉莹:《王国维及其文学批评》,北京大学出版社2008年版,第189页。

陶渊明在诗歌艺术上冥合于"心无"的一个典范体现。

　　陶渊明表现田园、行役生活时也涉及自然风光的描写，如《丙辰岁八月中于下潠田舍获》："扬楫越平湖，泛随清壑回。郁郁荒山里，猿声闲且哀。"描写了前往劳作途中的一段田园山水风光。又如《和郭主簿二首》其二："和泽周三春，清凉素秋节。露凝无游氛，天高肃景澈。陵岑耸逸峰，遥瞻皆奇绝。芳菊开林耀，青松冠岩列。"赠答诗常以比兴手法写景，这数句也可谓工于体物。陶渊明行役之作也较多写景，如"高莽眇无界，夏木独森疏""崩浪聒天响，长风无时息"（《庚子岁五月中从都还阻风于规林》），"微雨洗高林，清飚矫云翮"（《乙巳岁三月为建威参军使都经钱溪》），写景壮阔，用字精警，谢灵运、鲍照山水诗不无学渊明此种句法①，可见陶渊明并非不长于体物。但正如苏轼等人所说的"悠然见南山"乃"无意望山"，总体来看陶渊明对景物常不做刻意的观察和描写，这与谢灵运"贞观丘壑美"注重对山水之美的观察、刻画，实体现为两种完全不同的态度。②《饮酒》云"不觉知有我，安知物为贵"，这虽写的是饮酒时物、我两忘的状态，但也可以说是陶渊明对物我关系的一种基本认识和主张，即无心于物、任物之自然。正是这样一种对物的态度，所以即使是一些山水之游，陶渊明也常不作景物之刻画，如《归园田居五首》其四：

　　　　久去山泽游，浪莽林野娱。试携子侄辈，披榛步荒墟。徘徊丘垄间，依依昔人居。井灶有遗处，桑竹残朽株。借问采薪者，此人皆焉如？薪者向我言，死没无复余。一世异朝市，此语真不虚。人生似幻化，终当归空无。

---

　　① 鲍照有《学陶彭泽体诗》，对渊明的诗歌自然是熟悉的。方东树《昭昧詹言》则特别强调谢灵运出于陶渊明，如"陶疏谢密，然谢实陶出，如此真谢之祖也"（第110页）。"陶公不烦绳削，谢则全用绳削，一天事，一人功也。每篇百遍烂熟，谢从陶出，而加琢句工矣。"（第131页）

　　② 沈德潜《古诗源》亦云："陶诗合下自然，不可及处，在真在厚。谢诗追琢而返于自然，不可及处，在新在俊。"（《古诗源》，中华书局1963年版，第232页）方东树《昭昧詹言》："大约谢公清旷，有似陶公，而气之骞举，词之奔会，造化天全，皆不逮，固由其根底源头本领不逮矣，而出之以雕缛、坚凝、老重，实能别开一宗。"（第127页）

这是陶渊明归隐田园后，与子侄们一次山水之游。东晋以来随着山水审美的发展，诗歌中表现群体性的山水之游越发普遍，陶渊明之前比较著名的如王羲之等人的兰亭之游、慧远僧团的庐山石门之游，留下了《兰亭序》《兰亭诗》及《庐山诸道人游石门诗序》等作品，在晋宋山水文学发展史上都有重要意义。而陶渊明的这次山泽之游，则以几乎不涉及山水的描写。结语"人生似幻化，终当归空无"这两句是诗歌的核心，诗人由"徘徊丘垄间"所见进一步印证了人生"终当归空无"，这是陶渊明对生命的基本看法，这种生命观使陶渊明不执着于物。将陶渊明此诗与谢灵运诗歌稍作比较，可以看出陶渊明无心于物的态度对其诗歌艺术的深刻影响。试以谢灵运《登江中孤屿》为例：

  江南倦历览，江北旷周旋。怀新道转迥，寻异景不延。乱流趋正绝，孤屿媚中川。云日相辉映，空水共澄鲜。表灵物莫赏，蕴真谁为传。想像昆山姿，缅邈区中缘。始信安期术，得尽养生年。

谢灵运云"江南倦历览，江北旷周旋"，陶渊明则说："久去山泽游，浪莽林野娱"，可见陶、谢两人都展开了一段新的山水游览，但与谢灵运对山水的精工刻画不同，陶渊明则以叙事之体平平叙来，正是"赏"与"忘"两种不同的审美方式，在诗歌艺术上的体现。

又如《游斜川并序》：

  辛酉正月五日，天气澄和，风物闲美。与二三邻曲，同游斜川。临长流，望曾城，鲂鲤跃鳞于将夕，水鸥乘和以翻飞。彼南阜者，名实旧矣，不复乃为嗟叹。若夫曾城，傍无依接，独秀中皋，遥想灵山，有爱嘉名。欣对不足，率尔赋诗。悲日月之遂往，悼吾年之不留。各疏年纪乡里，以记其时日。

  开岁倏五十，吾生行归休。念之动中怀，及辰为兹游。气和天惟澄，班坐依远流。弱湍驰文鲂，闲谷矫鸣鸥。迥泽散游目，缅然睇曾丘。虽微九重秀，顾瞻无匹俦。提壶接宾侣，引满更献酬。未知从今去，当复如此不？中觞纵遥情，忘彼千载忧。且极今朝乐，明日非所求。

陶渊明的这次出游显然有意地学习王羲之等人的兰亭之游，诗序的写法也颇效王羲之《兰亭集序》。但诗歌从"开岁倏五十，吾生行归休。念之动中怀，及辰为兹游"这种时光流逝的生命之感叙述而下，而归结为"中觞纵遥情，忘彼千载忧"这样一种物我两忘的境界，以山水之游及由此引发的情感展示其生命观，所以诗中虽有"弱湍驰文鲂，闲谷矫鸣鸥"这样两句富于生机的描写，但其实只作为"且极今朝乐"的直观意象。又如《移居二首》其二"春秋多佳日，登高赋新诗"，一般人接下去必多对春秋佳日的景物描写，但陶渊明则转入抒写躬耕生活。黄文焕《陶诗析义》引沃仪仲对《和郭主簿二首》其二的批评曰："天高景徹，乃可遥瞻，信笔皆工于体物。"① 陶渊明为人所传诵的一些名句，如"山涤余霭，宇暧微宵。有风自南，翼彼新苗"（《时运》），"蔼蔼堂前林，中夏贮清阴"（《和郭主簿二首》其一），可谓体物而得神，可见陶渊明的确并非不擅长描写景物。但是陶渊明的田园诗又确实不以写景见长，这不仅与后来唐代王、孟的田园诗不同，也脱离了东晋中后期以来体物艺术的发展潮流。形成这样一个现象当然有多方面的原因，但与陶渊明思想契合于"心无色有"、"无心与物"的心无宗也有重要的关系。

后人常以平淡自然论陶诗，其实陶渊明也经常表现、展示人生的种种矛盾，以及面对矛盾时的焦虑、痛苦，但陶渊明过人之处在于又常能以"无心"对之，由此实现矛盾的解决，如《还旧居》：

畴昔家上京，六载去还归。今日始复来，恻怆多所悲。阡陌不移旧，邑屋或时非。履历周故居，邻老罕复遗。步步寻往迹，有处特依依。流幻百年中，寒暑日相推。常恐大化尽，气力不及衰。拨置且莫念，一觞聊可挥。

在离开六年后重回上京旧居，诗人从房屋变化、故老罕存等人事变迁中，

---

① 龚斌校笺：《陶渊明集校笺》，第140页。

深刻感受到光阴流逝人生变幻无常，这是人生无法回避的大问题，陶渊明对此也深感忧虑。面对生死问题，庄子以生死为一其实是回避和否认矛盾，但是回避生死矛盾无法真正消解对死亡的恐惧，王羲之《兰亭序》即云："固知一死生为虚诞，齐彭殇为妄作。"陶渊明不否认和回避人生矛盾，而常以任化来对待和处理矛盾，简单地讲任化就是任事物自然地发展变化，本质上讲就是无心于化，这是陶渊明与心无宗极相契合之处。清人邱嘉穗云："陶公诸感遇诗，都说到极穷迫处，方以一句拨转，此所以为安命守义之君子也，而章法特妙。"① 此说极有道理，而所谓"以一句拨转"的"一句"就是"拨置且莫念"这类句子，这其实正是陶渊明无心于外物的思想观念的体现。

陶渊明的诗歌不注重对外物的描写刻画，应该说与"无心于物"的思想是直接相关的。虽然陶渊明形成这种"任化""无心"的思想有多方面的思想渊源，但也不能否认与心无宗的关系。某种意义上来讲，在对"物"的态度上，可以看出心无宗对陶诗的影响。

## 第二节 谢灵运与僧人的交往及其文学创作

东晋以来，佛教的发展极为迅速，引领了当时的思想潮流的发展，魏晋士人原就有一种求新的意识，因此佛教作为一种新的思想渊源也被士人广泛的接受，谢灵运就是其中一个突出的代表。谢氏家族与佛教的关系密切，如谢氏重要的人物谢鲲，在西晋时即与支孝龙交好，并称八达②，过江后又与帛尸梨密多罗"披衿致契"③，可谓开士僧交往的风气之先。谢鲲之外，如谢安与名僧支遁、于法开、竺法汰等皆有交游，谢安、谢万、谢玄、谢朗等尤与支遁交谊深厚。谢氏以山水文学著称，与此有重要的关系。谢灵运承此风气，与佛教的关系更为密切，深刻地影响了他的思想及文学创作。

---

① 邱嘉穗：《东山草堂陶诗笺》，见北京大学中文系编《陶渊明研究资料汇编》，第140页。
② 慧皎著，汤用彤校注：《高僧传》，第149页。
③ 慧皎著，汤用彤校注：《高僧传》，第30页。

## 一 谢灵运与僧人的交往

谢灵运热衷佛教,与晋宋之际的僧人有广泛的交往①,尤其是与慧远、道生等人的交往,在佛教史和文学史上都具有重要的影响,厘清谢灵运与僧人之间复杂的关系,有助于准确把握其思想和文学创作。

### 1. 与慧远的交往

谢灵运《庐山慧远法师诔并序》序曰:"予志学之年,希门人之末,惜哉!诚愿弗遂,永违此世。"可见在十五岁时,谢灵运已闻慧远盛名,深相钦服,乃至想拜入慧远门下。谢灵运十五岁是隆安三年(399),此时慧远已驻锡庐山十八年之久,其声名广播于江南,《高僧传》说往还于庐山的僧俗达三千人,可见庐山已成为当时一个重要的宗教、文化中心,故令谢灵运一心向往。钟嵘《诗品》卷上:"钱塘杜明师夜梦东南有人来入其馆,是夕,即灵运生于会稽。……其家以子孙难得,送灵运于杜治养之。十五方还都,故名'客儿'。"② 谢灵运在杜明师的道馆中自然深受道教的影响③,他的名字"灵运"即带有明显的道教文化色彩④,但就是在道馆中,他也开始接受佛教的影响⑤,在钱塘下天竺的莲花峰一带有一座"翻经台"(北宋契嵩《镡津文集》卷十二谓在灵隐山南坞)相传客儿年幼时常常在此翻译佛经,故有此称。北宋僧人文莹《玉壶清话》卷二有一则故事语及谢灵运寄居浙西飞来峰翻译《金刚经》事。⑥ 这些虽

---

① 张伯伟《禅与诗学》考证谢灵运交往的僧人有十四人。(第237—239页)
② 曹旭:《诗品集注》,第201页。
③ 谢灵运在杜明师道馆期间所受的道教方面的教育课,参见孙翀《谢灵运寄居钱塘杜治与家族信仰的中断》。(《世界宗教研究》2010年第2期)
④ 六朝人名字中带"灵"字的,常与道教有密切关系,如孙恩字灵秀,世奉五斗米道。(《晋书》第2631页)孔灵产,遭母忧,断绝珍馐,蔬食布衣,深研道几,遍览仙籍。(《太平御览》卷六六六《道部·道士》,第2975页)徐灵期,东晋末道士,抱朴子传人。(《云笈七签》卷三《道教本始部·灵宝略纪》,华夏出版社1996年版,第14页)
⑤ 东晋时期佛教、道教尚未形成严格的壁垒,田余庆《东晋门阀政治》说:"东晋以来,江左社会中道教和佛教同步发展。接受道教、佛教信仰的人,遍及社会各阶层,上自皇室、士族,下至平民。这个时候,佛、道彼此包容,可以并行不悖,尚未形成像南朝那样的宗教壁垒。"又说:"佛教与道教同步发展,在士族门户之内往往也是如此。"(第252页)如郗超家族、王羲之家族都同时受到道教和佛教的影响。
⑥ 参见姜剑云《谢灵运与钱塘杜明师》,《中国道教》2005年第3期。

为传说，却颇可于此见谢灵运在杜明师道馆期间与佛教的关系。其《山居赋》云："顾弱龄而涉道，悟好生之咸宜。"自注云："自少不杀，至乎白首，故在山中，而此欢永废。庄周云：'虎狼仁兽，岂不父子相亲。'世云虎狼暴虐者，政以其如禽兽，而人物不自悟其毒害，而言虎狼可疾之甚，苟其遂欲，岂复崖限。自弱龄奉法，故得免杀生之事。苟此悟万物好生之理。"①"弱龄涉道""弱龄奉法"，"弱龄"即幼年，这进一步说明谢灵运在杜明师道馆中即已接触并向往佛教了。② 谢灵运十五岁离开杜明师道馆，又自述十五岁时向往成为慧远的弟子，这是一个很有意味的时间点。关于谢灵运于隆安三年（399）离开杜明师道馆的原因，有研究者认为与杜明师的去世，及孙恩起义对谢氏的巨大打击有关，如谢邈一支"竟至灭门"。③ 这应该也是谢灵运在十五岁离开道馆后就迅速转向佛教的重要原因。《庐山慧远法师诔并序》说："希门人之末，惜哉！诚愿弗遂，永违此世。"又说："山川路邈，心往形违。"说明隆安三年谢灵运虽已极为钦敬慧远，但并没有到庐山拜见慧远，这里的"山川路邈"，很重要的原因就是孙恩在南方动乱造成的道路阻绝，《撰征赋》："闵隆安之致寇，伤龟玉之毁碎。漏妖凶于沧洲，缠衅难而盈纪。时焉依于晋、郑，国有蹙于百里。"赋作于义熙十三年（417）④，距孙恩起义已十八年，谢灵运仍表现出极大的痛恨，这正是谢氏在这场起义中遭到了巨大破坏给谢灵运留下的深刻的记忆。在家族的这一惨烈遭遇时，谢灵运不可能离开建康到庐山拜见慧远。

元兴元年（402）慧远与刘遗民等一百二十三人在庐山建斋立誓往生

---

① 顾绍柏：《谢灵运集校注》，中州古籍出版社1987年版，第327页。
② 陈怡良：《谢灵运在佛法上之建树及其山水诗的禅意理趣》认为谢灵运"有心向佛，似在未离开杜明师家，返京以前即有朕兆。此盖当代佛、道两家，本无严格的门户之见，灵运在此之前，或即对支遁所创之即色宗佛学思想，已有初步接触，并由此产生一些兴趣"（《汉学研究》第26卷第4期，第39页）。谢氏家族与佛教的关系极为密切，这在谢灵运曾祖、祖父一辈已然，这种家族因缘很自然地影响了谢灵运，此已见前文所述，故此说颇可采信。
③ 孙翀：《谢灵运寄居钱塘杜治与家族信仰的中断》，《世界宗教研究》2010年第2期。
④ 参见顾绍柏《谢灵运集校注》，中州古籍出版社1987年版，第259页。

西方净土①,《高僧传·慧远传》详载其事,这是慧远在庐山一次非常重要的宗教活动,在净土宗的发展史上影响极大。对于谢灵运有没有参与慧远主导的这次活动,学术界有不同的看法。杨勇《谢灵运年谱》:在"元兴元年壬寅"系谢灵运事迹"与慧远等结白莲社",杨氏列举一系列材料:

> 灵运《净土咏》曰:"法藏长王宫,怀道出国城;愿言四十八,弘誓拯群生。净土一何妙,来者皆菁英;颓言安可寄,乘化必晨征。"唐法照《净土五会念佛诵经观行仪》:"晋时,有庐山慧远大师,与诸硕德及谢灵运、刘遗民一百二十三人,结誓于庐山,修念佛三昧,皆见西方极乐世界。"唐迦才《净土论》序:"慧远法师、谢灵运等,虽以愈期西境,终是独善一身,后之学者,无所承习。"唐飞锡《念佛三昧宝王论》:"慧远公从佛陀跋陀罗之藏授念佛三昧,与弟慧持,高僧慧永,朝贤贵士,隐逸清信宗炳、张野、刘遗民、雷次宗、周续之、谢灵运、阙公则等一百二十三人,凿山为铭,誓生净土。"《文谂少康往生西方净土瑞应传》:"有朝士谢灵运、高人刘遗民等,并弃世荣,同修净土,信士都一百二十三人,于无量寿像前,建斋立誓,遗民著文赞诵。"《佛祖统纪》:"谢灵运,为凿东西二池种白莲,因名白莲社。"时灵运又有《送雷次宗诗》曰:"符瑞守边楚,感念凄城壕;志苦离思结,情伤日月滔。"②

又有宋陈舜俞《庐山记》卷三《十八贤传·社主远法师》在叙慧远与刘遗民等人结社后,紧接着说:"陈郡谢灵运,负才傲物,少所推崇,一见肃然心服。为凿东西二池种白莲,因名白莲社,求入净社,师以其心杂止之。"③ 这一叙述似乎从逻辑上很顺利地将谢灵运纳入到慧远此次的建

---

① 汤用彤《汉魏两晋南北朝佛教史》据刘遗民《誓愿文》:"惟岁在摄提(格)秋七月戊辰朔二十八日乙未。"确认其事在402年。
② 杨勇:《谢灵运年谱》,载陈祖美《谢灵运年谱汇编》,广西师范大学出版社2000年版,第65页。
③ 《大正藏》,第51册,第1039页。

斋立誓活动中来。而汤用彤《汉魏两晋南北朝佛教史》、顾绍柏《谢灵运集校注》等则持相反的意见，如汤用彤认为：

> 至若谢灵运约于义熙七八年顷，始到匡山见慧远，则又在立誓后十一年矣。而敦煌本唐法照撰《净土五会观行仪》卷下云，远大师与诸硕德及谢灵运、刘遗民一百二十三人结誓修念佛三昧，皆见西方极乐世界，可见康乐原亦曾列入结誓者之数（唐飞锡《念佛三昧宝王论》，迦才《净土论序》，文谂、少康《净土瑞应传》均列谢氏于百二十三人之中）。世传远因其心杂，不许入社，亦妄也。①

汤用彤认为谢灵运在义熙七八年才到庐山，自然也就没有参加元兴元年（402）慧远的建斋立誓活动，但是汤用彤没有提供相应的证据，因此有些研究者对这一说法有所质疑。② 但是我们如果了解一下当时的局势和所谓白莲社的性质，对这一问题可能就会有更清楚的认识。据《晋书·安帝纪》《宋书·武帝纪》记载，孙恩在元兴元年（402）于临海投水而死，余众推其妹夫卢循为主，桓玄欲使东土安定，使循为永嘉太守，循仍寇暴不已，刘裕等与卢循在东阳、永嘉一带交战，东土未宁，因此刚回建康继承家业不久的谢灵运应该不大可能被允许到庐山去。另外，慧远等一百二十三人参与的这个建斋立誓，被研究者认为是东晋南北朝佛教结社的最早材料，郝春文认为："首先，这个团体的成员都是信奉佛教的僧俗二众，法师释慧远是这个团体的首领。其次，这个团体在佛像前举行了类似香火盟誓的发愿仪式。再次，这个团体结合的目的是为了共赴西方净土，达到这一目的手段是观念念佛。"③ 在刘遗民的《誓愿文》中有："惟斯一会之众，夫缘化之理既明，则三世之传显矣；迁感之数既符，则善恶之报必矣。"这里的"会"就是慧远组织的这个佛社的名称，唐代以后的材料传言慧远佛社为"白莲社"，这显然是一种附会，东晋南

---

① 汤用彤：《汉魏两晋南北朝佛教史》，第264页。
② 姜剑云、霍贵高：《谢灵运新探与解读》，中华书局2018年版，第84页。
③ 郝春文：《东晋南北朝时期的佛教结社》，《历史研究》1992年第1期。

北朝时期，佛社称为邑、邑义、法义等，或如慧远组织的佛教结社称为"会"，从现存材料看绝不以"社"为名，"社"是从事传统的春秋二社祭祀活动的民间团体的名称，直到隋唐之后，这种情况才发生变化。① 从这一点来看，根本就无所谓的"白莲社"，这是唐代以后之人从刘遗民的《誓愿文》"藉芙蓉于中流，荫琼柯以咏言"中附会出来的。作为佛寺的一种外围组织，其作用在于扩大佛教和寺院的影响力，增强佛寺的社会和经济力量，从这一点来讲，以谢灵运的社会、经济地位，及其热衷佛教为东林寺凿池种莲的举动，慧远也不会拒绝他加入这个净土的佛教组织中。事实上参与佛教结社的俗众都有期望获得佛教护佑，寻求心灵慰藉等现实目的，因此慧远以"心杂"为由拒绝谢灵运是不合常理的。后来的这些材料，大概是有见于谢灵运不在一百二十三人之列，又谢灵运性格燥竞识见不足②，故谓慧远以"心杂"为由拒绝其入社，而实则颇不可信。③

《宋书·谢灵运传》："抚军将军刘毅镇姑孰，以为记室参军。"④ 刘毅镇姑孰在义熙二年（406）⑤，此后至刘毅兵败自缢的义熙八年（412），谢灵运一直在刘毅幕下。因此，义熙七年（411）刘毅任江州刺史，移镇豫章，谢灵运当也随刘毅到江州。⑥ 豫章距庐山三百里左右，交通便利，《高僧传·慧远传》："陈郡谢灵运负才傲俗，少所推崇，及一相见，肃然心服。"⑦ 一般认为这说的正是谢灵运入庐山拜见慧远之事。《国清百录》

---

① 郝春文：《东晋南北朝时期的佛教结社》，《历史研究》1992年第1期。
② 释慧皎著，汤用彤校注《高僧传·僧苞传》："陈郡谢灵运闻风而造焉，及见苞，神气弥深叹伏。或问曰：'灵运何如？'苞曰：'灵运才有余而识不足，抑不免其身矣。'"（第271页）
③ 郝昺衡《谢灵运年谱》指出，世间流行的"远公不许灵运入社之说，殊不可信。慧远为佛影，倩灵运作铭，义熙十二年远卒，灵运为之诔，二东林寺远法师碑铭，亦出灵运手，至道倾慕如此，则其说不可信亦也。又是年（元兴元年）灵运适在建康，无请入社之理，则其说不可信二也"（《谢灵运年谱汇编》，广西师范大学出版社2000年版，第41页）。其说可参见。
④ 沈约：《宋书》，第1743页。
⑤ 房玄龄：《晋书》，第2208页。
⑥ 汤用彤《汉魏两晋南北朝佛教史》："义熙七年四月，刘毅兼江州刺史，命其亲将赵恢领千兵守寻阳。康乐或于此时亦到寻阳，并入山见远公。"（第314页）
⑦ 释慧皎著，汤用彤校注：《高僧传》，第221页。

《庐山记》《佛祖统记》等记载谢灵运入庐山，为慧远凿池种白莲等事，若所言不虚，当也在此时。这次会面的具体细节已不可知，但是可以想见，通过这次会面谢灵运与慧远之间互相有更深入的了解，并很快有了具体的成果，就是《佛影铭》的写作。义熙八年（412）五月，慧远在庐山建般若台立佛像，其《万佛影铭》云："晋义熙八年，岁在壬子，五月一日，共立此台，拟像本山，因即以寄诚。……至于岁次星纪，赤奋若贞于太阴之墟，九月三日，乃详检别记，铭之于石。"《尔雅·释天》："太岁在丑曰赤奋若"。义熙九年（413）为癸丑年，可知《万佛影铭》作于此年。佛影是佛化毒龙在石室中留下的影子，慧远对佛影圣迹极为向往，其铭文的序说："远昔寻先师，奉侍历载，虽启蒙慈训，托志玄籍，每想奇闻，以笃其诚。遇西域沙门，辄餐游方之说，故知有佛影，而传者尚未晓然。及在此山，值罽宾禅师、南国律学道士，与昔闻既同，并是其人游历所经，因其详问，乃多有先征。然后验神道无方，触象而寄，百虑所会，非一时之感。于是悟彻其诚，应深其信，将援同契，发其真趣，故与夫随喜之贤，图而铭焉。"佛经中原就有佛影之事①，加上听到罽宾禅师、南国律学道士等游历回来所说②，慧远对佛影更加热忱。其《万佛影铭》序云："爰自经始，人百其诚。道俗欣之，感遗迹以悦心。于是情以本应，事忘其劳。于时挥翰之宾，金焉同咏。"可见这次立佛像也是慧远组织下的一次集体活动，其性质与元兴元年（402）的建斋立誓相同，即在法事过程中还兼有文咏，这也是庐山佛教的一个突出特点。慧远在立佛像后，特地派弟子道秉去请谢灵运作一篇"以充刊刻"，可见他对谢灵运的佛教造诣和文学才华的充分信任。谢灵运《佛影铭》

---

① 觉贤所译《观佛三昧海经》就记载了佛化毒龙留影的事迹，"世尊结跏趺坐，在石壁中，众生见时，远望则见，近则不现，诸百千，供养佛影，影亦说法。"

② 汤用彤认为罽宾禅师即佛陀跋陀罗。（《汉魏两晋南北朝佛教史》）许理和也持此说。（《佛教征服中国》，第359页）塚本善隆认为，佛陀跋陀罗或僧伽提婆。（《慧远研究·研究篇》第76页）关于南国律学道士，汤用彤认为应不是法显，而从谢灵运《佛影铭》序所说的："法显道人，至自祇洹，具说佛影，偏为灵奇。幽岩嵼壁，若有存形，容仪端庄，相好具足，莫知始终，常自湛然。庐山法师，闻风而悦，于是随喜幽室，即考空岩。北枕峻岭，南映彪涧，摹拟遗量，寄托青彩。"慧远说的"南国律学道士"就是法显。又可参见姜剑云、霍贵高《谢灵运新探与解读》，第94页。

序云：

> 夫大慈弘物，因感而接，接物之缘，端绪不一，难以形检，易以理测。故已备载经传，具著记论矣。虽舟壑缅谢，像法犹在，感运钦风，日月弥深。法显道人，至自祇洹，具说佛影，偏为灵奇。幽岩嵌壁，若有存形，容仪端庄，相好具足，莫知始终，常自湛然。庐山法师，闻风而悦，于是随喜幽室，即考空岩。北枕峻岭，南映滮涧，摹拟遗量，寄托青彩。岂唯像形也笃，故亦传心者极矣！道秉道人远宣意旨，命余制铭，以充刊刻。石铭所始，寔由功被，未有道宗崇大，若此之比，岂浅思肤学，所能宣述？事经徂谢，永眷罔已。辄馨竭劣薄，以诺心许，徽猷秘莫，万不写一。庶推诚心，颇感群物，飞鸮有革音之期，阐提获自拔之路。当相寻于净土，解颜于道场。圣不我欺，致果必报，援笔兴言，情百其概。①

序赞美了佛影感人之深，慧远所立佛像之精美、其事之伟大，以及自己对佛像的意义的体认。序文提到法显"至自祇洹，具说佛影"，法显因感中土律藏舛阙，故誓志往天竺寻求，据汤用彤考证，法显到建康在义熙九年（413）秋。② 慧远《佛影铭》作于义熙九年（413）九月，作成后派道秉赴建康请谢灵运制铭，故谢灵运《佛影铭》完成的时间当在义熙九年（413）秋冬。尤其值得注意的是序文中说，"当相寻于净土，解颜于道场"，也就是以净土相期许，这正是元兴元年慧远等人建斋立誓的宗旨，刘遗民《庐山精舍誓文》云："誓兹同人，俱游绝域。"也是以同往净土相期。这说明谢灵运与慧远等人在佛教思想上相契合，若元兴元年（402）的净土结社活动，谢灵运真的被慧远以"心杂"拒绝入社，那么恐怕不会在义熙九年（413）派弟子去请谢灵运制铭文以充刊刻，这是极为庄重的事，慧远不至前后如此不一。这进一步说明义熙七年（411）、八年（412）谢灵运必有到庐山拜见慧远之行，且这次会面使两人彼此之

---

① 顾绍柏：《谢灵运集校注》，第247页。
② 汤用彤：《汉魏两晋南北朝佛教史》，第274页。

第二章　士僧交往与文人创作　／　299

间有深入的了解，这才会有义熙九年请谢灵运制铭之举。这次建台立佛像谢灵运虽然没有直接参与，但通过写作《佛影铭》，两人在思想文字上的交流却更为深入，留下了《万佛影铭》和《佛影铭》这两篇有重要影响的文字。另外，还应提到的是，陶渊明在义熙九年（413）作《形影神》组诗，回应慧远的"神不灭"说，逯钦立《陶渊明事迹诗文系年》说："《形影神》诗当作于本年五月以后。诗序：'贵贱贤愚，莫不营营以惜生，斯甚惑焉。故极陈形影之苦，言神辨自然以释之。'按此诗盖针对慧远《形尽神不灭论》、《万佛影铭》而发，以反对当时宗教迷信。"① 慧远立般若台在义熙八年（412）五月，陶渊明与慧远、刘遗民等交好，对此当是熟知的，甚或也曾请渊明参与，如请灵运制铭一样？总之，陶渊明《形影神》组诗的写作与慧远此次建台立像实有关联，这可视为陶渊明和谢灵运在思想文化上的一次交流的契机也未曾不可，虽然这是通过慧远这一中介，但可以想象他们很可能通过慧远等庐山诸人而看到对方的作品②，如果这个猜想不错，那么这是目前唯一可见的陶、谢二人的交流。

　　义熙十二年八月，慧远卒于庐山。谢灵运撰《庐山慧远法师诔》，其序云："春秋八十有四，义熙十三年秋八月六日薨。"但是《高僧传·慧远传》载："（慧远）以晋义熙十二年八月初动散，至六日困笃。大德耆年，皆稽颡请饮豉酒，不许。又请饮米汁，不许。又请以蜜和水为浆。乃命律师，令披卷寻文，得饮与不。卷未半而终。春秋八十三矣。"③ 慧远去世的时间，谢灵运所记与《高僧传》不同，《出三藏记集·慧远法师传》、张野《远法师铭》都谓慧远终年八十三。汤用彤《慧远年历》："晋安帝义熙十二年，或十三年，年八十三或八十四，卒于庐山之东林寺。"④ 顾绍柏《谢灵运集校注》云："月、日完全相同，唯年份不同，'二'与'三'仅有一笔之差，二者必有一误。今找不到更多佐证，难以

---

　　① 逯钦立校注：《陶渊明集》，第220页。
　　② 宇文所安认为谢灵运很可能读过陶渊明的作品，并受到他的影响。（孙康宜、宇文所安主编《剑桥中国文学史》，三联书店2013年版，第270页）
　　③ 释慧皎著，汤用彤校注：《高僧传》，第221页。
　　④ 汤用彤：《汉魏两晋南北朝佛教史》，第243页。

判断孰是孰非（灵运与慧远是同时代人，又是在慧远新逝即作诔，自不会误记卒年，但不能排除后世辗转传抄或刊刻致误的可能）。"① 六朝是抄本时代，传抄或后世刊刻出现错误是很常见的。② 陈垣《释氏疑年录》据《高僧传》《出三藏记集》《世说新语·文学》刘孝标注引张野《远法师铭》等，谓"东晋义熙十二年卒，年八十三"。③ 因此我们也以《高僧传》所载为准。谢灵运《庐山慧远法师诔》：

  道存一致，故异代同晖。德合理妙，故殊方齐致。昔释安公振玄风于关右，法师嗣沫流于江左，闻风而悦，四海同归。尔乃怀仁山林，隐居求志。于是众僧云集，勤修净行，同法餐风，栖迟道门。可谓五百之季，仰绍舍卫之风；庐山之巅，俯传灵鹫之旨，洋洋乎未曾闻也！予志学之年，希门人之末，惜哉诚愿弗遂，永违此世。春秋八十有四，义熙十三年秋八月六日薨。年逾纵心，功遂身亡。有始斯终，千载垂光。呜呼哀哉！乃为诔曰：
  于昔安公，道风允被。大法将尽，颓纲是寄。体静息动，怀真整伪。事师以孝，养徒以义。仰弘如来，宣扬法雨。俯授法师，威仪允举。学不窥牖，鉴不出户。粳粮虽御，独为茇楚。朗朗高堂，肃肃法庭。既严既静，愈高愈清。从容音旨，优游仪形。广演慈悲，饶益众生。堂堂其器，亹亹其姿。总角味道，辞亲随师。供养三宝，析微辩疑。盛化济济，仁德怡怡。于焉问道，四海承风。有心载驰，戒德鞠躬。令声续振，五浊暂隆。弘道赞扬，弥虚弥冲。十六王子，孺童先觉。公之出家，年未志学。如彼邓林，甘露润泽。如彼琼瑶，既磨既琢。大宗庋止，座众龙集。聿来胥宇，灵寺奂立。旧望研机，新学时习。公之勖之，载和载辑。乃修什公，宗望交泰。乃延禅众，

---

① 顾绍柏：《谢灵运集校注》，第265页。
② 宇文所安《中国早期古典诗歌的生成》序言提道："从我们对唐朝手抄本流传的知识来判断，诗歌往往是根据记忆写下来的，这一过程中异文和变体的出现再正常不过。人们抄写和重抄时认真程度的不同也会导致异文的出现。"（三联书店2012年版，第4页）这虽然说的是中古时期的诗歌，但在抄本时代，其他文体也普遍存在这种在传抄中出现异文的现象。
③ 陈垣：《释氏疑年录》，第3页。

亲承三昧。众美合流，可久可大。穆穆道德，超于利害。六合俱否，山崩海竭。日月沉辉，三光寝晰。众麓摧柯，连波中结。鸿化垂绪，徽风永灭。呜呼哀哉！生尽冲素，死增伤凄。单絷土樟，示同敛骸。人天感悴，帝释恸怀。习习遗风，依依余凄。悲夫法师，终然是栖。室无停响，除有广蹊。呜呼哀哉！端木丧尼，哀直六年。仰慕洙泗，俯悼罩筌。今子门徒，实同斯艰。晨扫虚房，夕泣空山。呜呼法师，何时复还！风啸竹柏，云蔼岩峰。川壑如泣，山林改容。自昔闻风，志愿归依。山川路邈，心往形违。始终衔恨，宿缘轻微。安养有寄，阎浮无希。呜呼哀哉！①

序赞美了慧远隐居求志的人生志向，继承道安在庐山大弘佛法，以其人格魅力，吸引了广大的僧众，使庐山成为"四海同归"的佛教圣地，开创佛教发展新局面的伟大功德。同时表现了自己未能成为其门人的遗憾之情。诔文从慧远的老师道安写起，表现其"大法将尽，颓纲是寄""仰弘如来，宣扬法雨"，以弘法为己任的宗教精神。中间写慧远跟随道安出家后，能得道安的精神，勤修戒律孜孜不倦，广弘佛法饶益众生。南下庐山后，创立寺宇，以高尚的道德境界，包容各派佛教思想，造就了庐山佛教"众美合流，可久可大"的盛况！诔文最后部分写慧远去世，"六合俱否，山崩海竭。日月沉辉，三光寝晰。众麓摧柯，连波中结。鸿化垂绪，徽风永灭"，极力表现慧远之逝给僧俗众人带来的巨大的悲痛和震动。更进一步写弟子们对慧远的深挚之情，"晨扫虚房，夕泣空山"，这是谢灵运的想象，却很好地表现了弟子们睹物思人无法排遣的悲伤。诔文的最后再一次回顾了自己当年钦敬慧远，想皈依其门而未得的遗恨。《文心雕龙·诔碑》论诔之体曰："详夫诔之为制，盖选言录行，传体而颂文，荣始而哀终。论其人也，暧乎若可觌；道其哀也，凄焉如可伤：此其旨也。"② 谢灵运这篇诔可以说深得诔体，其赞颂慧远的道德，表现其辞世带来的哀伤，皆极感人，令人感受慧远的人格魅力，想见其为人。

---

① 顾绍柏校注：《谢灵运集校注》，第263—264页。
② 范文澜注：《文心雕龙注》，第213—214页。

这既是谢灵运的突出的才力及对诔体很好的把握,更源于谢灵运对慧远的深厚情感。

《高僧传》在叙述慧远去世后接着说,"门徒号恸,若丧考妣,道俗奔赴,毂继肩随。远以凡夫之情难割,乃制七日展哀。遗命使露骸松下。既而弟子收葬。浔阳太守阮侃,于山西岭凿圹开隧。谢灵运为造碑文,铭其遗德。南阳宗炳又立碑寺门。"① 释僧祐《出三藏记集》也载慧远卒后,"谢灵运造碑墓侧,铭其遗德焉。"② 从这两条材料来看,谢灵运在慧远去世之后还作过一篇碑文。《佛祖统纪》卷二十七载《庐山法师碑》,文末有"元熙二年春二月朔,康乐公谢灵运撰"③,有研究者认为这篇就是《高僧传》《出三藏记集》说的谢灵运所造的碑文,但也有不少反对的意见④。《世说新语·文学》:"殷荆州曾问远公"条,刘孝标注引张野《远法师铭》,《佛祖统纪》所载《庐山法师碑》张野序的内容、语言皆极为相似,汤用彤已注意到这篇碑文,"《佛祖统纪》载谢灵运远师碑,应系谢作铭,张野作序。"汤用彤所说颇有道理。现在至少可以确定的是,谢灵运在慧远去世之后,为其作过碑文,这进一步说明谢灵运对慧远的钦服。

2. 谢灵运与竺道生的交往

谢灵运对道生顿悟成佛义极为服膺,专作《辨宗论》以述生公之义。但是两人之间交往的情况则缺乏直接的材料,汤用彤即认为:"谢康乐与道生交谊如何,今不可知。"⑤ 因此关于谢灵运与道生的关系,只能在现有材料的基础上,进行相应的辨析。

《出三藏记集》《高僧传》皆言道生卒于元嘉十一年(434)十一月,但是关于他的生年则史无明文。汤用彤《汉魏两晋南北朝佛教史》推测

---

① 释慧皎著,汤用彤校注:《高僧传》,第222页。
② 释僧祐撰,苏晋仁、萧炼子点校:《出三藏记集》,第570页。
③ 志磐撰,释道法校注:《佛祖统纪校注》,第569页。
④ 学界对此文的作者仍有争论,纪赟《新辑谢灵运〈慧远碑〉商兑》认为碑文是慧远一系僧人所造,又假附先贤。(《古籍研究》2006年,卷上);陈志远《地方史志与净土教——谢灵运〈庐山法师碑〉的"杜撰"与"浮现"》也力主此文"是一篇利用六朝僧碑'移花接木'的伪作"(《魏晋南北朝隋唐史资料》第三十四辑)。
⑤ 汤用彤:《汉魏两晋南北朝佛教史》,第475页。

道生出生于 375 年。陈沛然著《竺道生》谓道生出生于 372 年①。陈垣《释氏疑年录》云："京师龙光寺竺道生。三五五生。宋元嘉十一年卒，年八十。"自注云："《释氏通鉴》作'年八十'，今从之。"② 徐文明《道生生卒事迹略考》也主出生于 355 年③。

两说相去二十年，因此需稍考辨，以明道生之事迹。《出三藏记集》《高僧传》皆谓道生从竺法汰出家，《高僧传·竺法汰传》载："汰下都止瓦官寺，晋太宗简文皇帝深相敬重，请讲《放光经》。开题大会，帝亲临幸，王侯公卿莫不毕集。汰形解过人，流名四远，开讲之日，黑白观听，士女成群。及咨禀门徒，以次骈席，三吴负帙至者千数。……领军王洽、东亭王珣、太傅谢安并钦敬无极。"④ 这段材料是了解法汰到建康的时间，并大体确定道生出生时间的重要依据，其中涉及几个重要的时间点，依叙述顺序分别为：瓦官寺，立于兴宁中（363—365）⑤；东晋简文帝（371—372）在位；王洽，卒于升平二年（358）。若据王洽的卒年来看，法汰当在公元 358 年之前就到建康。汤用彤《竺道生与涅槃学》即据此认为，"法汰到京实在立瓦官寺前数年。"⑥ 但其《汉魏两晋南北朝佛教史》根据"晋太宗简文皇帝深相敬重，重请讲《放光经》"，认为"简文帝在位仅二年（371—372）。其时瓦官寺创立未久。及汰居之，乃拓房宇，修立众业。是汰之来都，在兴宁年后，简文帝之世也"⑦。或许是有见于下文"领军王洽、东亭王珣、太傅谢安并钦敬无极"，所以汤用彤在文中又以小字补充道："但《世说新语·赏誉篇》载法汰因王领军之供养，而名遂重。查王洽卒于升平二年（358），其时法汰尚未共道安南来。《世说》所载，应为另一王氏子弟。"汤用彤所谓"共道安南来"指

---

① 陈沛然：《竺道生》，东大图书公司 2011 年版，第 179 页。
② 陈垣：《释氏疑年录》，第 5 页。
③ 徐文明：《道生生卒事迹略考》，《中国佛学》2010 年第 2 期。
④ 释慧皎著，汤用彤校注：《高僧传》，第 193 页。
⑤ 见《高僧传》之《法汰传》《慧力传》。《法苑珠林》则云："晋中宗元帝。江左造瓦官、龙宫二寺，度丹阳千僧。"（唐道世著，周叔迦、苏晋仁校注：《法苑珠林校注》，第 2889 页）晋元帝（318—323 年在位），如此则瓦官寺建立的时间远早于兴宁（363—365）年间。
⑥ 汤用彤：《竺道生与涅槃学》，第 10 页。
⑦ 汤用彤：《汉魏两晋南北朝佛教史》，第 438 页。

的是《高僧传·竺法汰传》所说:"与道安避难行至新野,安分张徒众,命汰下京。"① 其《汉魏两晋南北朝佛教史》系此事于365年,许理和《佛教征服中国》、方广锠《道安评传》也都系于此年。② 在新野与道安分别后,法汰带领弟子昙一、昙二等四十余人沿江东下,遇疾停阳口。病愈即往建康,其时间后不会相隔太久,汤用彤认为在瓦官寺创立(365)不久之后到达。总之,法汰到建康之后很快即已声名鹊起,深得士人所重,"咨禀门徒,以次骈席,三吴负帙至者千数"。道生大概即于此时随法汰出家,"年在志学,便登讲座"③。即370年左右。因此,我们认为陈垣《释氏疑年录》据《释氏通鉴》推测道生出生于355年是可信的。

　　从随法汰出家,至法汰去世的太元十二年(387),道生一直在建康追随法汰。此后,道生进入庐山,汤用彤认为:"道生应在太元之末数年至庐,得见提婆,从习一切有部义。"④ 但是《出三藏记集》载:"初住龙光寺,下帷专业。隆安中,移入庐山精舍,幽栖七年,以求其志。"⑤ 慧琳《道生法师诔》也说:"中年游学,广搜异闻。"若依汤用彤所说道生出生于375年,则隆安中(397—401),道生只有二十来岁,不能说是中年。道生于隆安元年(397)至庐山修行七年以求其志。鸠摩罗什到长安后,道生"遂与始兴慧叡、东安慧严、道场慧观,同往长安,从罗什受学。"⑥ 此即404年。"义熙五年还都,因停京师,游学积年,备总经论。"⑦ 义熙五年(409)回到建康后,道生一直在建康,直到元嘉五年(428)、六年(429)提出"阿阐提人皆得成佛",受排挤被开除僧籍,才离开建康隐居苏州虎丘。谢灵运则在义熙八年(412)刘毅战败自杀后

---

① 释慧皎著,汤用彤校注:《高僧传》,第192页。
② 陈寅恪《支愍度学说考》谓在永和十一年(355)前后。张雪松《竺道生的生平及其相关问题简析》谓在法汰在新野与道安分别,其时大约在四世纪五十年代初。(《佛学研究》2012年第2期)
③ 释慧皎著,汤用彤校注:《高僧传》,第255页。
④ 汤用彤:《汉魏两晋南北朝佛教史》,第438页。
⑤ 释僧祐撰,苏晋仁、萧炼子点校:《出三藏记集》,第571页。
⑥ 释僧祐撰,苏晋仁、萧炼子点校:《出三藏记集》,第571页。
⑦ 释僧祐撰,苏晋仁、萧炼子点校:《出三藏记集》,第571页。

转任刘裕太尉参军，并于次年回到建康任秘书丞，此后到永初三年（422）七月被贬官永嘉太守，其间大部分时间谢灵运都在建康，之后元嘉三年至五年（426—428），又在建康任秘书监。可知谢灵运和道生在建康有十余年的交集时间，《高僧传·道生传》载："王弘、范泰、颜延之，并挹敬风猷，从之问道。"① 又，道生"幼而颖悟，聪哲若神。……既践法门，俊思奇拔，研味句义，即自开解。……吐纳问辩，辞清珠玉。虽宿望学僧，当世名士，皆虑挫词穷，莫敢酬抗"②。道生的颖悟、文才也都是谢灵运极为欣赏的，加以谢灵运对佛教的热衷和领悟，以及后来写《辨宗论》表现出来的对道生顿悟成佛说的钦敬，几乎可以断言谢灵运在建康期间一定会有所交往。

谢灵运与道生交往中非常重要的一件事是，谢灵运写作佛学论文《辨宗论》支持、阐发道生的顿悟成佛义。《辨宗论》：

> 同游诸道人，并业心神道，求解言外。余枕疾务寡，颇多暇日，聊伸由来之意，庶定求宗之悟。释氏之论，圣道虽远，积学能至，累尽鉴生，不应渐悟。孔氏之论，圣道既妙，虽颜殆庶，体无鉴周，理归一极。有新论道士以为，寂鉴微妙，不容阶级，积学无限，何为自绝？今去释氏之渐悟，而取其能至，去孔氏之殆庶，而取其一极。一极异渐悟，能至非殆庶。故理之所去，虽合各取，然其离孔、释矣。余谓二谈救物之言，道家之唱，得意之说。敢以折中自许，窃谓新论为然，聊答下意，迟有所悟。③

关于此论的写作时间，汤用彤考证作于永初三年（422）七月至景平元年（423）秋之间，即谢灵运任永嘉太守时。钱志熙根据《辨宗论》中"枕疾务寡颇多暇日"之语，及《登池上楼》等诗，进一步断定该论写于永初三年（422）至景平元年（423）的冬春之间。④《辨宗论》写作的目

---

① 释慧皎著，汤用彤校注：《高僧传》，第 256 页。
② 释慧皎著，汤用彤校注：《高僧传》，第 255 页。
③ 顾绍柏：《谢灵运集校注》，第 285 页。
④ 钱志熙：《谢灵运〈辨宗论〉和山水诗》，《北京大学学报》1989 年第 5 期。

的，即文中说的"庶定求宗之悟"，宗即宗极本体，也就是真如佛性，所以辨宗其实是探讨以什么样的悟才能悟得圆融的佛性。刘宋之前即有顿悟、渐悟之分，支遁、道安、慧远、僧肇等皆主顿悟说，《世说新语·文学》注："《支法师传》曰：'法师研十地，则知顿悟于七住。'"① 慧达《肇论疏》："远法师云：'二乘未得无生，始于七地，方能得也。'"② 他们主张在十地的第七地有一个比较大的飞跃，然七地虽见理，但仍未究竟证体，需进修三位，才能成就最高法身，这种顿悟是小顿悟，小顿悟之说有不能自圆其说之处，《涅槃无名论·难差第八》即说："儒童菩萨时于七住初获无生忍，进修三位。若涅槃一也，则不应有三。如其有三，则非究竟。"③ 在道生看来，小顿悟仍属渐悟，道生所执"顿悟成佛义"则为大顿悟。慧达《肇论疏》述道生顿悟之义云："顿悟者，两解不同。第一竺道生法师大顿悟云：夫称顿者，明理不可分，悟语极照。以不二之悟，符不分之理。理智恚释，谓之顿悟。"④ 正因为道生之前的顿悟为小顿悟，其性质与渐悟无根本的差异，所以道生之前的顿悟、渐悟之争不激烈，直到道生提出"顿悟成佛义"，分顿悟为大顿悟和小顿悟，顿、渐之义在当时才引起很大的争论。⑤ 谢灵运《辨宗论》所辨的顿悟、渐悟就是道生说的大顿悟和小顿悟。"支道林、僧肇等人的小顿悟认为至七地已经顿悟，但要再进修三地才可成佛。这样就把悟理与证体分成两个阶段。道生认为悟理与证体皆在十地完成，顿悟之时即成佛，即成就法身。谢灵运《辨宗论》引道生的顿悟义说：'以为寂鉴微妙，不容阶级。'这就是说顿悟是一时完成的，不需要中间阶段。"⑥ 可见谢灵运对道生顿悟的准确把握。《高僧传·道生传》说："生既潜思日久，彻悟言外，乃喟然叹曰。夫象以尽意。得意则象忘。言以诠理。入理则言息。自经典东流译人重阻。多守滞文鲜见圆义。若忘筌取鱼始可与言道矣。于是校阅

---

① 余嘉锡：《世说新语笺疏》，第223页。
② 《卍续藏》第54册，第55页。
③ 僧肇著，张春波校释：《肇论校释》，第212页。
④ 《卍续藏》第54册，第55页。
⑤ 汤用彤：《汉魏两晋南北朝佛教史》，第447页。
⑥ 任继愈主编：《中国佛教史》第三卷，第357—358页。

真俗研思因果。乃立《善不受报》《顿悟成佛》。又著《二谛论》《佛性当有论》《法身无色论》《佛无净土论》《应有缘论》等。笼罩旧说，妙有渊旨。而守文之徒，多生嫌嫉，与夺之声纷然竞起。"① 可见顿悟成佛义在当时引起很大的争论，遭到很多人的诘难。《宋书》卷九十七叙道生事云："及长有异解，立顿悟义，时人推服之。"② 这与《高僧传》所述不同，推服道生"顿悟成佛义"的"时人"其实很少③，而其中最有力的当属谢灵运。道生"顿悟成佛义"不知于何时提出，但应当在永初三年谢灵运离开京城之前，谢灵运对道生新义已有深入的了解，很可能两人在建康时就已交流讨论过④，所以永初三年（422）秋一到永嘉，当地的名僧法勖、僧维、慧驎等人向其咨询道生的新说，这也说明谢灵运与道生在建康即有比较深入的交往，并为时人所了解。《大般涅槃经集解》引道生序文："夫真理自然，悟亦冥符。真则无差，悟岂容易？不易之体，为湛然常照，但从迷乖之，事未在我耳。"⑤《辨宗论》说："有新论道士以为，寂鉴微妙，不容阶级。"这正是道生顿悟说的基本主张，《出三藏记集》载陆澄《法论目录》称："沙门道生执顿悟，谢康乐灵运辩宗述顿悟。"⑥ 可知谢灵运支持道生之义。有不少学者认为谢灵运以折中儒释来谈顿悟是他的创造，其实谢灵运是转述道生阐释顿悟说的方法，"有新论

---

① 释慧皎著，汤用彤校注：《高僧传》，第256页。
② 沈约：《宋书》，第2388页。
③ 宋文帝对道生的顿悟义颇感兴趣，但苦于当时建康佛教界无人持此观点，而需要到外地寻访。"宋太祖尝述生顿悟义，沙门僧弼等皆设巨难，帝曰：'若使逝者可兴，岂为诸君所屈。'"宋文帝曾问慧观："顿悟之义，谁复习之？"由此可见，不仅道生生前，即便是死后一个时期，他的顿悟成佛等观点，都没有被当时佛教界接受。（张雪松：《竺道生的生平及其相关问题简析》，《中国佛学》总三十二期）宋文帝述道生顿悟义受到僧弼等人的诘难后诏道猷、法瑗入京，何尚之听到法瑗所述顿悟义后感叹："常谓生公殁后，微言永绝，今日复闻象外之谈，可谓天未丧斯文也。"何尚之这段话一方面说明法瑗所述之妙，另一方面也正说明道生之后弘扬顿悟义者甚少，故有"微言永绝"之叹。
④ 义熙八年（412）慧远在庐山建般若台立佛像，请谢灵运作《佛影铭》，据前文考证，谢灵运此文当作于义熙九年（413）秋冬。谢灵运《佛影铭》序云："飞鹗有革音之期，阐提获自拔之路，当相寻于净土，解颜于道场。""阐提获自拔之路"与道生主张的"一阐提皆可成佛"其意相同，从这句来看，似乎谢灵运在道生之前即已理解到这一点，所以他能迅速理解和接受道生的顿悟成佛说。
⑤《大正藏》第37册，第377页。
⑥ 释僧祐撰，苏晋仁、萧炼子点校：《出三藏记集》，第441页。

道士，以为寂鉴微妙，不容阶级，积学无限，何为自绝？今去释氏之渐悟，而取其能至，去孔氏之殆庶，而取其一极。一极异渐悟，能至非殆庶。故理之所去，虽合各取，然其离孔、释矣。"这段其实是谢灵运总结道生的基本观点。道生用他所熟悉的儒、玄学说和自己的宗教心理去理解佛教义理，提出新的见解。[1] 谢灵运融合儒、释之说其实也是对道生思想方法的总结。此后道生在《答王卫军书》评价谢灵运《辨宗论》说："究寻谢永嘉论，都无间然，有同似若妙善，不能不以为欣。"肯定了谢灵运对顿悟义的思想、方法的理解。谢灵运作《辨宗论》及其与法勖、僧维、慧骥、法纲、慧琳、王弘诸人的论辩，是清谈的重要记录，也显示了清谈由口谈到作论的转变，这是晋宋学风的一个重要转变。

景平元年（423）秋，谢灵运辞官归隐始宁，元嘉三年（426）征为秘书监重回建康，直到元嘉五年（428）再度归隐始宁[2]，这期间道生也在京城，其顿悟义当时仍受到很多"守文之徒"的嫌嫉，可以想象主张顿悟义的两人一定会有所交往。《高僧传》云："又六卷《泥洹》先至京师，生剖析经理，洞入幽微，乃说阿阐提皆得成佛。于时大本未传，孤明先发，独见忤众。于是旧学以为邪说，讥愤滋甚，遂显大众，摈而遣之。……初投吴之虎丘山。"这大概在元嘉五年至六年（428—429）。[3]《出三藏记集》云："以元嘉七年投迹庐岳，销影岩阿，怡然自得。"[4] 而大概在此时，隐居会稽始宁的谢灵运与会稽太守孟𫖮产生仇隙，孟𫖮"表其异志，发兵自防，露版上言。灵运驰出京都，诣阙上表"。谢灵运表云："臣自抱疾归山，于今三载。"[5] 知时为元嘉八年（431）。"太祖知其见诬，不罪也。不欲使东归，以为临川内史。"据顾绍柏考证，谢灵运在元嘉八年（431）春至京师诣阙上表，而出任临川内史在本年十二月，[6] 从政治上看，为平衡谢灵运与孟𫖮矛盾的双方，从不加之罪到任命为临川

---

[1] 任继愈主编：《中国佛教史》第三卷，第335页。
[2] 沈约：《宋书》，第1774页。
[3] 汤用彤：《汉魏两晋南北朝佛教史》，第315页。
[4] 释僧祐撰，苏晋仁、萧炼子点校：《出三藏记集》，第571页。
[5] 沈约：《宋书》，第1776页。
[6] 顾绍柏：《谢灵运生平事迹及作品系年》，《谢灵运集校注》，第447—448页。

内史,也应该不是仓促之间的事,他在京城有一段比较长的停留时间,其时北本《大涅槃经》已传至京师①,北本《大涅槃经》的翻译文字比较质朴,品数较为紊乱,初学者难以接受,不利于传播,《高僧传·慧严传》云:"《大涅槃经》初至宋土,文言致善,而品数疏简,初学者难以措怀。严乃共慧观、谢灵运等依《泥洹》本加之品目。文有过质,颇亦治改,始有数本流行。"②汤用彤认为:"南北二本之不同,一为品目之增加,此仅及北本之前五品。二为文字上之修治,则南北相差更甚微。"③但是孙述圻比较南北二本文字上的差异,发现南本在文字上的修治实甚多,④唐元康《肇论疏》针对南本《大涅槃经》的改治,指出"谢灵运文章秀发,超迈古今,如《涅槃》原来质朴,本言'手把脚蹈,得到彼岸',谢公改云'运手动足,截流而渡'。"⑤孙氏根据元康"谢公改云"的提法,认为南本的改定主要出于谢灵运之手。以谢灵运的佛学基础和悟性及其文学才华,南本文字的改治主要出于谢灵运应该是较为可信的。元嘉八年(431),谢灵运出任内川内史,《初发石首城》云:"皎皎明发心,不为岁寒欺。"可知其时间在冬季,途中又作《孝感赋》《道路忆山中》《入彭蠡湖口》《登庐山绝顶望诸峤》,《孝感赋》:"萋萋叶于枯木,起春波于寒川。"《道路忆山中》:"怀故叵新欢,含悲忘春暖。"《入彭蠡湖口》:"春晚绿野秀,岩高白云屯。"可知到达江西境内已是元嘉九年(432)春。途中登庐山作《登庐山绝顶望诸峤》:"山行非前期,弥远不能辍。但欲淹昏旦,遂复经盈缺。扪壁窥龙池,攀枝瞰乳穴。积峡忽复启,平途俄已绝。峦垅有合沓,往来无踪辙。昼夜蔽日月,冬夏共霜雪。"原本只计划短暂停留几天,最终却"遂复经圆缺"超过一个月,此时慧远已去世十六年了,能让谢灵运停留这么久,恐怕与道生有关。道

---

① 《出三藏记集·道生法师传》:"以元嘉七年投迹庐岳,……俄而《大涅槃经》至于京都。"(第571页)隋硕法师《三论游意义》说:"元嘉七年,涅槃至扬州。"(《大正藏》,第45册,第122页)
② 释慧皎著,汤用彤校注:《高僧传》,第262—263页。
③ 汤用彤:《汉魏两晋南北朝佛教史》,第437页。
④ 参见孙述圻《谢灵运与南本〈大涅槃经〉》,《南京大学学报》1983年第1期。
⑤ 《大正藏》,第45册,1859经,第162页。

生于元嘉七年（430）入庐山，谢灵运此次到庐山时很可能带了改治后的南本《大般涅槃经》，经中印证了道生"孤明先发"提出的"一阐提皆可成佛"的先见，对被摈出建康僧团的道生而言这是很大的慰藉。谢灵运在庐山很可能与道生就《大般涅槃经》进一步深入探讨。大概正是因为谢灵运在改治《大般涅槃经》上的重要贡献，庐山和临川都有谢灵运翻经台的记载，如宋代志磐《佛祖统纪》："（谢灵运）至庐山一见远公，肃然心服。乃即寺筑台翻《涅槃经》。"① 陈舜俞《庐山记》："黄龙山在灵汤之南，亦庐山之别峰也。其南十里，亦有清霞观。灵汤之东二里，道旁有谢康乐经台。"② 张祐《毁浮图年逢东林寺旧》："可惜东林寺，空门失所依。翻经谢灵运，画壁陆探微。"颜真卿《东林寺题名》："唐永泰丙午岁，真卿以罪佐吉州。夏六月壬戌，与殷亮、韦桓尼、贾镒同次于东林寺。……仰庐阜之炉峰，想远公之遗烈。升神运殿，礼僧伽衣，睹生法师麈尾扇，谢灵运翻《涅槃经》贝多梵夹。"③ 庐山的谢灵运翻经台当为后人附会，但这些传说的出现和流传，却颇可看出谢灵运、《涅槃经》与庐山这三者的关系。这次登庐山是谢灵运与道生的最后交集。元嘉十年（433）谢灵运在广州被杀，道生则于元嘉十一年（434）在庐山圆寂。

谢灵运与道生的交往缺乏相应的文献材料，但是谢灵运支持道生的"顿悟成佛"，这成为两人交往的重要内容。顿悟对谢灵运山水诗的运思方式和诗境的营造皆有深刻的影响，这一点详见下文分析。

3. 与昙隆法师的交往

谢灵运与僧人有广泛的交往，像慧远、道生等名僧，谢灵运主要接受了他们佛学思想的影响，至于深入交游的，则昙隆法师是具有代表性的一个。

关于谢灵运与昙隆法师的交往情形，目前已有学者进行过相关的考察，而我们比较关注的是这段交往对谢灵运文学创作的影响。目前可看

---

① 志磐撰，释道法校注：《佛祖统纪校注》，第567页。
② 《大正藏》第51册，第1032页。
③ 董浩等编：《全唐文》，中华书局1983年版，第3434页。

到的有关昙隆的资料极少,《高僧传·僧镜传》云:"(僧镜)后东反姑苏,复专当法匠。台寺沙门道流,请停岁许。又东适上虞徐山,学徒随往百有余人。化洽三吴,声驰上国。陈郡谢灵运,以德音致款。……上虞徐山先有昙隆道人。少善席上,晚忽苦节过人,亦为谢灵运所重,尝共游嵊崂。亡后,运乃诔焉。"①从这段材料看,昙隆在出家后大概在上虞徐山修行过一段时间。昙隆去世后,谢灵运作了《昙隆法师诔并序》,可以从中进一步了解两人交往的情形。

夫协理置论,百家未见其是,因心自了,一己不患其踬,而终莫相辨。我若咸叹,翻沦得拔,竟知于谁?冀行迹立,则善恶靡徵;欲声名传,则熏莸同歇。然意非身之所挫,期出命之所限者,目所亲觌,见之若人矣。慧心朗识,发于磬辨,生自豪华,家赢金帛。加以巧乘骑,解丝竹,沫绝景于康衢,弄弦管于华肆者,非徒经旬涉朔,弥历年稔而已。谅赵李之咸阳,程郑之临邛矣。既而永夜独悟,中饮兴叹曰:悲夫!欣厌迭来,终归忧苦,不杜其根,于何超绝?且三界回沉,诸天倏瞬。况齐景牛山,赵武企阴,催促节物,逼迫霜露。推此愿言,伊何能久?慨然有摈落荣华,兼济物我之志。母氏矜其心,姊弟申其操,遂相许诺,出家求道。一身既然,阃门离世,妻子长绝,欢娱永谢。岂唯向之靡乐,判之盛年,终古恩爱,于今怳别矣。旅舟南溯,投景庐岳,一登石门香炉峰,六年不下岭。僧众不堪其深,法师不改其节。援物之念,不以幽居自抗:同学婴疾,振锡万里相救。余时谢病东山,承风遥羡,岂望人期,颇以山招。法师至止,鄙人荣役,前诗叙粗已记之,故不重烦。及中间反山,成说款尽,遂获接栋重崖,俱把回涧。茹芝术而共饵,披法言而同卷者,再历寒暑,非直山阳靡喜愠之容,令尹一进已之色。实明悟幽微,祛涤近滞,荡去薄垢,日忘其疾。庶白首同居,而乖离无象,信顺莫归,征集何缘?晚节罹莘,远见参寻,至止阻闱,音尘殆绝。值暑遘疾,未旬即化,诚存亡命也。此行颇实有由,承凶

---

① 释慧皎著,汤用彤校注:《高僧传》,第293页。

感痛，实百常情，纸墨几时，非以斯名。盖钦志节，追深平生，自不能默已，故投怀援笔，其辞曰：

仰寻形识，俯探理类，采声知律，援茅观汇。物以灵异，人以智贵，即是神明，观鉴意谓。爰初在稚，慧心凤察，吐喻芳华，怀抱日月。如彼兰畹，风过气越。如彼天倪，云被光发。求名约身，规操束己。倘或遇世，曾未近似。生以意泰，意管生理。孰是欢慰，程郑赵李。家畜金缯，才练艺技，骧首挥霍，繁弦绮靡。酒娱调促，意妍服侈。朝迫景曛，夕忌星徙，悠悠白日，凄凄良夜。年往欢流，厌来情舍。苦乐环回，终卒代谢。弃而更适，生速名借，谁能易夺？何术推移？精粗浑济，善恶参差。即心有限，在理莫规。试核众肆，庶获所窥。道家踬近，群流缺远，假名恒谁？傍义岂反？独有兼忘，因心则善。伤物沉迷，羡彼驱遣。变服京师，振锡庐顶，长别荣冀，永息幽岭。含华袭素，去繁就省，人苦其难，子取其静。昏之视明，即愚成绝。智之秉情，对理斯涅。吝既弗祛，滞亦安拔。子之矜之，为尔苦节。节苦在己，利贞存彼。以明暗逝，以慈累徙。欲以援物，先宜济此。发轸情违，终然理是。梁鸿携妻，荷蓧见子。鸡黍接人，行歌通己。于世曰高，于道殊鄙。始见法师，独绝神理。形寿易尽，然诺难判。乘心即化，弃身靡叹。怀道弥厉，景命已晏。矜物辞山，终身旅馆。呜呼哀哉！魂气随之，延陵已了。鸢蝼同施，漆园所晓。委骸空野，岂异岂矫。幸有遗馀，聊给虫鸟。呜呼哀哉！缅念生平，同幽共深。相率经始，偕是登临。开石通涧，剔柯疏林。远眺重叠，近瞩岖崟。事寡地闲，寻微探赜。何句不研，奚疑弗析。帙舒轴卷，藏拔纸襞。问来答往，俾日馀夕。沮溺耦耕，夷齐共薇。迹同心欢，事异意违。承疾怀灼，闻凶懑悲。孰云不痛，零泪沾衣。呜呼哀哉！行久节移，地边气改，终秋中冬，逾桂投海。永念伊人，思深情倍。俯谢常人，仰愧无待。呜呼哀哉！

序文交代了昙隆的家世及出家的原因，他出身豪华之家，幼有慧心，兼通礼、乐、御等儒家六艺，序谓其"巧乘骑，解丝竹，沫绝景于康衢，弄弦管于华肆者。"诔文称其"才练艺技""骧首挥霍，繁弦绮靡"，可见他早年接受的是儒家思想和技艺等方面的教育，这是东晋以来出家的士人共通的特点，道安、慧远等高僧也都是由儒入佛。其出家的原因是有感于人生在三界轮回中苦乐交迭终归于忧苦，"不杜其根，于何超绝？"这个感悟正是慧远在《求宗不顺化》中阐释的，"有情于化，感物而动，动必以情，故其生不绝。其生不绝。则其化弥广而形弥积，情弥滞而累弥深，其为患也。焉可胜言哉！是故经称：泥洹不变，以化尽为宅；三界流动，以罪苦为场。化尽则因缘永息，流动则受苦无穷。……是故反本求宗者，不以生累其神；超落尘封者，不以情累其生。不以情累其生，则生可灭；不以生累其神，则神可冥。冥神绝境，故谓之泥洹。"① 真正的解脱就是要追求泥洹之境。可见昙隆的佛学思想与慧远接近，他在出家之后很快往庐山修行，可能也主要是思想上与慧远庐山僧团相契合有关，这也是他与谢灵运交好的思想基础。《高僧传·僧镜传》说："上虞徐山先有昙隆道人，少善席上，晚忽苦节过人。"② 可见昙隆也在上虞徐山修行过，其时间或在去庐山之前。"一登石门香炉峰，六年不下岭。僧众不堪其深，法师不改其节。"其志节也与"影不出山，迹不如俗"的慧远相近，这是谢灵运极为钦佩之处。但是昙隆法师还有另一个特点是，"援物之念，不以幽居自抗；同学婴疾，振锡万里相救。"仍保持着义气相投之性，这是谢灵运得以招其下山的重要原因。昙隆下庐山与谢灵运交游的时间，只能从谢灵运的序文中推测，序云："余时谢病东山，承风遥羡，岂望人期，颇以山招。法师至止，鄙人荣役。……茹芝术而共饵，披法言而同卷者，再历寒暑。"谢灵运从永嘉太守辞官归隐始宁在景平元年（423）秋，元嘉三年（426）三月被征为秘书监，与昙隆的交游即在这一时间段内，昙隆在东山"再历寒暑"，之后返回庐山"值暑遘疾，未旬即化"，也就是在返回庐山的一个暑季里遇疾去世，所以昙隆当在景平元年（423）秋冬受谢灵运邀请到东山，元嘉二年（425）夏天之前返回庐山。

  昙隆与谢灵运可谓是意趣相得，其交往的情形，诔文的序说："前诗

---

① 释僧祐撰，李小荣校笺：《弘明集校笺》，第259—260页。
② 释慧皎著，汤用彤校注：《高僧传》，第293页。

叙粗已记之，故不重烦。"可见谢灵运有专门的诗叙详细记载，惜此诗叙已佚，但从诔文和《山居赋》还颇可见其交往之事，"缅念生平，同幽共深。相率经始，偕是登临。开石通涧，剔柯疏林。"《山居赋》说："建招提于幽峰，冀振锡之息肩。"谢灵运有《石壁立招提精舍》，石壁是东山之一峰，据顾绍柏《谢灵运集校注》考证石壁精舍建于景平元年（423）冬或元嘉元年（424）初①，此时昙隆已到东山，所以"相率经始，偕是登临。开石通涧，剔柯疏林"，很可能就是对谢灵运与昙隆一起营建石壁精舍的描述。在东山的一年多里，谢灵运与昙隆交往极为密切，序云："遂获接栋重崖，俱挹回涧。茹芝术而共饵，披法言而同卷者。"诔文说："远眺重叠，近瞩岖嵚。事寡地闲，寻微探赜。何句不研，奚疑弗析。帙舒轴卷，藏拔纸襞。问来答往，俾日馀夕。"他们一起寻幽探赜观赏山水，研讨佛经、诗文酬唱，与陶渊明说的"奇文共欣赏，疑义相与析"颇相近，这是一段充满诗意的生活。谢灵运和昙隆皆对儒家六艺极为精通，可以想见在佛经研讨之外，他们也会有不少的诗歌、艺术的切磋和酬唱，谢灵运在序中已提及有诗歌表现两人交往，即为明证。现存谢灵运集中作于与昙隆交游的景平元年（423）秋到元嘉二年（425）夏之间的诗歌有：《石壁立招提精舍》《石壁精舍还湖中作》《田南树园激流植援》《南楼中望所迟客》《于南山往北山经湖中瞻眺》。诗歌虽然没有直接提到昙隆，但除了《田南树园激流植援》外，其他四首可能或多或少都与昙隆有关。陈代江总《游摄山栖霞寺并序》："祯明元年太岁丁未四月十九日癸亥，入摄山展慧布法师，忆《谢灵运集，还故山入石壁中寻昙隆道人有诗一首十一韵》，今此拙作，仍学康乐之体。"②谢灵运此诗已不存，但可肯定他与昙隆有诗歌唱和。如《石壁立招提精舍》：

> 四城有顿踬，三世无极已。浮欢昧眼前，沉照贯终始。壮龄缓前期，颓年迫暮齿。挥霍梦幻顷，飘忽风电起。良缘迨未谢，时逝不可俟。敬拟灵鹫山，尚想祇洹轨。绝溜飞庭前，高林映窗里。禅

---

① 顾绍柏：《谢灵运集校注》，第110页。
② 逯钦立：《先秦汉魏晋南北朝诗》，中华书局1983年版，第2584页。

室栖空观,讲宇析妙理。

诗人将石壁山、石壁精舍比作成释迦牟尼讲经的灵鹫山和祇园精舍,之所以有这样的想象,显然与他和昙隆在石壁精舍中探讨佛教的空观、妙理有关,从这一点来看,此诗很可能就是赠给昙隆,至少是写好之后有意拿给昙隆看的。《石壁精舍还湖中作》则是在石壁精舍与昙隆交流后返回的途中所作。又《从斤竹涧越岭溪行》最后数句:"企石挹飞泉,攀林摘叶卷。想见山阿人,薜萝若在眼。握兰勤徒结,折麻心莫展。情用赏为美,事昧竟谁辨?观此遗物虑,一悟得所遣。"这几句写得悲伤沉郁,情思很深,顾绍柏系此诗作于元嘉二年(425)夏,正是昙隆返回庐山后去世的那个夏天,元代刘履《选诗补注》认为是伤其密友庐陵王刘义真之被杀,顾绍柏《谢灵运集校注》从其说。但我们认为诗中的情感为昙隆的去世而发的可能性更大,谢灵运在诔文中叙述与昙隆探幽览胜,"相率经始,偕是登临。开石通涧,剔柯疏林。远眺重叠,近瞩岖嵚。事寡地闲,寻微探赜。"这些经历是和刘义真交往中所没有的,而此诗的情感正是在幽深的山水之境中兴发起对朋友的深切怀念,云:"企石挹飞泉,攀林摘叶卷。想见山阿人,薜萝若在眼。""山阿人"两句本《楚辞·九歌·山鬼》:"若有人兮山之阿,披薜荔兮带女萝。"吴小如认为:"这里的'山阿人',乃借喻避居山林与世隔绝的高人隐士。"[1] 谢灵运与昙隆寻幽探赜的环境正与山鬼所处的环境相似,对景怀人这是激发他深沉情感的重要原因。"握兰勤徒结,折麻心莫展"暗用《山鬼》:"被石兰兮带杜衡,折芳馨兮遗所思。"此时昙隆已去世,故有"勤徒结""心莫展"的感慨。可见与昙隆的交往,对谢灵运的文学创作产生了重要的影响。

慧远、道生、昙隆之外,谢灵运与慧严、慧观、慧琳等也有密切的交往,其交往活动主要体现在《大般涅槃经》的改治,《华严经》的润改,《十四音训叙》的写作及对顿悟、渐悟的论辩,与文学较少直接的关系,故不详细进行分析。

---

[1] 吴小如等编撰:《汉魏六朝诗鉴赏辞典》,上海辞书出版社1992年版,第665页。

## 二 慧远"形象本体"之学与谢灵运山水诗

前人已指出谢灵运山水诗得益于佛教思想,尤其是慧远佛教美学思想对谢诗产生了明显的影响。谢灵运极物写貌的山水诗与东晋品鉴式的山水诗之间有质的区别,体现了美学思想的根本差异,这一点与谢灵运继承和发挥慧远佛教美学思想密切相关。谢灵运山水诗创造性地发展了慧远形象本体之学的美学思想,在山水诗的创作上取得了突出的艺术成就。皎然《诗式》云:"康乐公早岁能文,性莹神澈。及通内典,心地更精,故所做诗,发皆造极,得非空王之助邪?"[①] 明确指出了谢灵运诗歌创作受佛教的影响。大谢诗歌成就主要在山水诗上,因此佛教对谢诗的影响主要在于山水诗。谢灵运山水诗以极物写貌之法刻画山水的形象之美,与东晋追求虚灵之境的山水诗具有质的区别,这说明谢灵运山水美学思想不是直接继承东晋的。从晋宋之际的思想发展特点及谢灵运的思想内涵来看,谢诗美学思想的主要渊源是佛教尤其是慧远的佛教思想,这一点与慧远佛学思想中包含深刻美学内涵密切相关。但美学思想并不等同于艺术本身,主体在接受美学思想时,需要对其进行创造性的发展,才能将其融入并体现于艺术创作之中。

慧远以宗教哲学形式存在的美学思想,从当时来看,需要具有良好的佛学和艺术素养,才能真正地理解,并将其从佛教思想体系中发展出来。谢灵运佛学思想主要渊源于慧远,又具有精深的艺术修养,这种主观条件使其能够比较容易地理解,并发展了慧远形象本体之学的美学思想。

晋宋之际,佛教由般若学向涅槃学发展是一个基本的趋势,涅槃学将佛教由般若性空的本体论,转移到佛性本有的心性论的研究上来。在涅槃学的启发下竺道生提出顿悟成佛说,成为心性论研究的一个关键性思想。道生顿悟说提出之初,受到了许多人的激烈反对,但却及时得到了谢灵运的热烈响应。永初三年至景平元年(422—423)的冬春之间,谢灵运在永嘉任上作了著名的《辨宗论》,并与法勖、僧维、慧骥、法纲、慧琳、王弘等人反复辩论,得道生的肯定,推动顿悟说的影响和传

---

① 皎然撰,李壮鹰校注:《诗式校注》,第118页。

播，说明了谢灵运对体认佛性本体的方法是有所思考和心得的，而这一点仍与他接受慧远的影响密切相关。《高僧传·慧远传》说："先是中土未有泥洹常住之说，但言寿命长远而已。远乃叹曰：'佛是至极，至极则无变，无变之理，岂有穷耶？'因著《法性论》曰：'至极以不变为性，得性以体极为宗。'罗什见论而叹曰：'边国人未有经，便暗与理合，岂不妙哉。'"[1] 在涅槃学传入之前，慧远已先悟到佛性本体。谢灵运因倾慕和接近慧远，也受到慧远这一思想的影响，这为其率先理解和接受顿悟说奠定了思想基础。顿悟是一种体认佛性本体的方法，而慧远在道生顿悟说提出之前即反复强调"悟"对体认佛性本体的重要性，如：

> 悟彻者反本，理惑者逐物耳。（《形尽神不灭论》）
> 向使无悟宗之匠，则不知有先觉之明，冥传之功。（《形尽神不灭论》）
> 寻相因之数，即有悟无。（《阿毗昙心序》）
> 鉴明则尘累不止，而仪像可睹，观深则悟彻入微，而名实俱玄。（《大智论钞序》）
> 虽神悟发中，必待感而后应。（《大智论钞序》）
> 弱而超悟，智绝世表。（《庐山出修行方便禅经统序》）

从本质上来讲，"悟"是一种主客之间的能动关系，所谓的"神悟""超悟"与顿悟的性质相同，都是一种思维方法。谢灵运接受顿悟说也颇受慧远的启发。思想上的这种渊源关系，是谢灵运继承和发展慧远美学思想的基础和条件。

慧远制佛影时，曾遣弟子道秉去请谢灵运作《佛影铭》，谢灵运此文即阐述了慧远形象本体之学的美学内涵。序云："摹拟遗量，寄托青彩。岂唯像形也笃，故亦传心者极矣。"所谓的"心"也就是慧远说的"神"，不仅追求"象形"，而且要通过"象形"来"传心"。铭文进一步阐述了这种"以形传心"的美学思想：

---

[1] 释慧皎撰，汤用彤校注：《高僧传》，第218页。

> 因声成韵,即色开颜。望影知易,寻响非难。形声之外,复有可观。观远表相,就近暧景。匪质匪空,莫测莫领。倚岩辉林,傍潭鉴井。借空传翠,激光发囧。金好冥漠,白毫幽暧。……激波映墀,引月入窗。云往拂山,风来过松。地势即美,像形亦笃。彩淡浮色,群视沉觉。若灭若无,在摹在学。由其精洁,能感灵独。

"借空传翠,激光发囧"以下描绘了慧远所制佛影及佛影所在的自然环境的优美,"由其精洁,能感灵独"强调了"形"之精妙以"感神",使"神"通过"形"生动地体现出来。谢灵运所谓的"心""灵独"其含义与慧远所说的"神"相近。

《佛影铭》受题材与主题的限制,在美学思想上阐述得较为简单,但其"以形传心"的美学内涵却是相当丰富的。从艺术本质来讲,微妙的"神"只能通过具体的形象来表现,谢灵运创造性地把"悟"的方法与慧远"形神思想"融合起来,即通过形象去体悟本体之"神",将"形神思想"由佛教思想体系中剥离出来,发展成为以山水形象体悟哲理内涵的山水审美思想,这种美学思想很明显地体现于谢灵运的山水诗创作实践之中,如《于南山往北山经湖中瞻眺》:

> 朝旦发阳崖,景落憩阴峰。舍舟眺迥渚,停策倚茂松。侧径既窈窕,环洲亦玲珑。俛视乔木杪,仰聆大壑灇。石横水分流,林密蹊绝踪。解作竟何感,升长皆丰容。初篁苞绿箨,新蒲含紫茸。海鸥戏春岸,天鸡弄和风。抚化心无厌,览物眷弥重。不惜去人远,但恨莫与同。孤游非情叹,赏废理谁通。

描绘了湖中所见的自然山水景物之美,由景物的观赏和描写中引发出情理的感受和体验,叶维廉论述这首诗说:"此诗仍未脱解说的痕迹。但此诗的解说方式是独特的,颇近后来公案的禅机。"[①] 如诗人对"解作竟何感"之问,答曰:"初篁苞绿箨,新蒲含紫茸。海鸥戏春岸,天鸡弄和

---

① 叶维廉:《中国诗学》,人民文学出版社2006年版,第91页。

风",这很像云门文偃的问答,"问:如何是佛法大意?答:春来草自青。"又如王维"君问穷通理,渔歌入浦深",也就是以形象的展现代替对本体的演绎和说明。这即是对慧远形象本体之学的创造性发展在诗歌写作中的体现。谢灵运其他山水诗虽不一定皆有这种问答形式,但由对自然景物形象美的欣赏描绘中体悟哲理的境界,这一审美思想在其山水诗写作之中却是体现得相当普遍的。又如《石壁精舍还湖中作》:

> 昏旦变气候,山水含清晖。清晖能娱人,游子憺忘归。出谷日尚早,入舟阳已微。林壑敛暝色,云霞收夕霏。芰荷迭映蔚,蒲稗相因依。披拂趋南径,愉悦偃东扉。虑淡物自轻,意惬理无违。寄言摄生客,试用此道推。

诗歌描写了湖中周围的山水美境,最后四句所谓的"理"、"道"诗人并不加以说明,而指引读者从诗歌所描绘的林壑、云霞、芰荷、蒲稗各自的生机美妙中去体悟,将山水形象与理悟的本体融合为一。

慧远形神思想蕴涵的形象本体之学,在美学思想上具有重要的意义,但形神思想从本质而言,乃是一种宗教哲学。谢灵运创造性地将慧远形象本体之学——这一佛教美学思想发展成为山水审美思想。从谢灵运山水诗的写作实践来看,其诗歌凸显了山水形象美的艺术价值,在表现山水自身的形象之美,如色彩、形式、构图、画境等方面,谢灵运的艺术技巧都是前人所不及的,形成了富丽精工的山水描写与精深的哲理内涵融合的诗歌美学特点。

### 三 谢灵运山水诗对慧远禅智思维方法的发展

慧远由形神思想发展出的形象本体之学,诱发了晋宋之际山水艺术对山水自身形象的重视和表现,这一点在谢灵运山水诗中表现得很明确。思想包含着内容和方法两个方面,在具体的审美方法上,慧远净土思维方法对谢灵运山水诗的审美方法也有直接的影响。

慧远提倡弥陀净土信仰,主张息心忘念凭借念佛入定得见诸佛形象,以进入美妙的净土之境。慧远之前的净土宗主张称名念佛以得生西方净

土,思想和方法都很简单,慧远则特别重视观想念佛的修持,将禅定与智慧结合发展成为独特的思维方法,《念佛三昧诗集序》云:

> 夫称三昧者何,专思寂想之谓也。思专则志一不分,想寂则气虚神朗。气虚则智恬其照,神朗则无幽不彻。斯二者,自然之元符,会一而致用也。
> 
> 体神合变,应不以方,故令入斯定者,昧然忘知,即所缘以成鉴,鉴明则内照交映,而万像生焉。①

观想念佛是念佛三昧的第二种,即坐禅入定观想佛的种种美好形相及佛土的庄严美妙。观想念佛本身虽然不是审美方法,但却体现为一种独特的思维观察活动。进入念佛三昧中,就昧然忘一切知虑,思专神朗洞照所观察之象,使其生动地自我展现出来。这种思维方法还可以参照《庐山出修行方便禅经统序》:

> 夫三业之兴,以禅智为宗,……禅非智无以穷其寂,智非禅无以深其照,然则禅智之要,照寂之谓,其相济也,照不离寂,寂不离照。感则俱游,应必同趣。功玄在于用,交养于万法。其妙物也,运群动以至一而不有,廓大象于未形而不无,无思无为,而无不为,是故洗心静乱者,以之研虑;悟彻入微者,以之穷神也。②

慧远强调禅定与智慧的结合以进入"照寂"之境,在慧远看来"禅定没有智慧就不能穷尽寂灭,智慧没有禅定就不能深入观照。禅智两者的要旨就是寂灭和观照。就寂和照的相济相成来说,两者互不相离,共同感应,寂和照两者的妙用是,能运转各种事物而又不为有,无限广大廓空而又不为无,无思虑作为而又无所不为。这样,心境清净寂灭躁乱的人,

---

① 石峻等编:《中国佛教思想资料选编》,第98页。
② 石峻等编:《中国佛教思想资料选编》,第91页。

就能用以研讨思虑；悟解透彻而入微的人，就能用以穷尽神妙。"①净土信仰所向往的西方净土，就其性质而言近似于审美境界，与主体的心境密切相关，所以慧远净土思想极重内心的明净，《念佛三昧诗集序》中慧远认为只有"专思寂想"，排除一切杂念才能达到主体对对象的洞照，从这一点来讲，对西方净土的向往某种程度上已转化为对内心澄明之境的追求。为达到内心的明净，慧远从净土信仰中发展出禅智双修的思维方法。慧远禅智双修、专思寂想的思维方法，在剔除宗教色彩后，很容易发展成具有普遍意义的思维和审美方法，这一点在谢灵运的山水诗中即得到发挥。

谢灵运佛学渊源于慧远，又热衷净土信仰，因此在思维方法上也明显受到慧远的影响。《辨宗论》云：

> 累起因心，心触成累。累恒触者心日昏，教为用者心日伏。伏累弥久，至于灭累；然灭之时，在累伏之后也，伏累灭累，貌同实异，不可不察。灭累之体，物我同忘，有无壹观。伏累之状，他己异情，空实殊见。殊实空、异己他者，入于滞矣；一有无、同我物者，出于照也。

只有"灭累"才能进入明心见性的"照"境，这就是谢灵运主张的顿悟，顿悟其实也是一种思维方法。②《和范光禄祇洹像赞三首》第一首《佛赞》云："惟此大觉，因心则灵。垢尽智照，数极慧明。"也强调除"垢"之后才能朗然见性。可见谢灵运是极重视"灭累"的，其诗歌如"虑淡物自轻，意惬理无违"（《石壁精舍还湖中作》），"观此遗物虑，一悟得所遣"（《从斤竹涧越岭溪行》），都表现了对"虑"的排除。《山居赋》中谢灵运阐述了去累的思维方法：

> 观三世以其梦，抚六度以取道。乘恬知以寂泊，含和理之窈窕。

---

① 方立天：《慧远及其佛学》，第 132 页。
② 钱志熙：《谢灵运〈辨宗论〉与山水诗》，《北京大学学报》1989 年第 5 期。

所谓的"六度"即六波罗密，是佛教到达彼岸的六种超度方法，即布施、持戒、忍辱、精进、禅定、智慧，其中"禅定""智慧"是慧远净土思想中强调的思维方法，谢灵运《菩萨赞》云："以定养慧，和理斯附"，即继承慧远定慧双修的思维方法，强调通过禅定启发智慧，由定生慧洞照万象。

从以上的分析看，禅智是慧远营造主体心境的方法，但在诗歌写作实践中谢灵运则创造性地将其运用于客体的山水审美，形成"遗情舍尘物，贞观丘壑美"（《述祖德二首》其二）的山水审美方法。"遗情舍尘物，贞观丘壑美"有两层含义，首先是"遗情"，即抛弃各种世俗之情；其次是"贞观"，以客观的态度来观赏山水景物。就其性质而言，这两者其实就是慧远禅智方法在审美上的发展，因为审美就其本质来讲，是主客体之间的一种能动关系，因此与主体的心境密切相关。现象学美学家杜夫海纳在论述审美对象时说："只有当欣赏者打定主意，只依照知觉全神贯注于作品的时候，作品才作为审美对象出现在他面前。"[1] 其实无论是面对艺术作品还是面对自然山水，这种全神贯注的观察都是必要的，唯其如此，山水才能以审美对象而出现。这既迥异于魏晋诗歌"感物兴思"的主观之情的投射，也不同于东晋玄言诗"以玄对山水"先入为主的理性体验。"贞观"可以说就是谢灵运的审美态度和方法，其诗文中亦多有表现，如《山居赋》说："研精静虑，贞观厥美。"《入道至人赋》："超尘埃以贞观。"而"贞观"又需以"遗情"为前提，这与宗炳的"澄怀味象"性质相同。作为山水诗审美方法的"遗情贞观"，体现在具体的艺术创作之中，即形成了山水诗客观再现的写实手法，刘勰《文心雕龙·物色》："自近代以来，文贵形似，窥情风景之上，钻貌草木之中。吟咏所发，志惟深远；体物为妙，功在密附。故巧言切状，如印之印泥，不家雕削，而曲写毫芥；故能瞻言见貌，即字而知时也。"[2] 这一艺术特点在谢灵运山水诗中表现得很明显，钟嵘谓谢诗"尚巧似"，王士祯云

---

[1] ［法］杜夫海纳：《审美经验现象学》，韩树站译，第41页。
[2] 范文澜注：《文心雕龙注》，第694页。

"谢康乐出，始创为刻画山水之词"①，皆着眼于谢诗写实性的山水描绘。与传统诗歌中山水比兴的主观性相比，谢灵运山水诗的特点，在于能随物宛转客观地再现山水形象之美，故谢诗多用客观写实的赋法。如《晚出西射堂》："连鄣叠巘崿，青翠杳深沉。晓霜枫叶丹，夕曛岚气阴。"用客观细致的笔法写青翠的山色和红艳的霜叶构成的图画。又如"白云抱幽石，绿筱媚清涟"（《过始宁墅》），"白芷竞新苕，绿蘋齐初叶"（《登上戍石鼓山》）皆以仔细的观察，描绘出写实性的画面。从审美方法来说，谢灵运"遗情贞观"审美方法是对慧远禅智的思维方法的创造性发展，从而形成了谢诗重客观美的美学品质。

谢灵运注重形象美的山水诗与追求虚灵美的东晋山水诗有质的区别，这需要一种不同于东晋玄学与般若学的外向性思想，从晋宋思想的发展来看，这种思想的根源在于慧远。慧远在美学思想与方法上都对谢灵运山水诗产生了明显的影响，一方面是由于谢灵运的佛学渊源于慧远，另一方面也因为慧远思想中已包含了深刻的美学内涵。但审美思想并不等同于诗歌艺术，诗人在接受一种美学思想时，仍需进行创造性的发展，才能真正地实现这一美学思想的内涵。从诗歌创作实践来看，谢灵运山水诗既继承慧远审美思想和方法又对其进行创造性的发展，谢诗富丽精工的美学特征及其在山水诗史上的崇高地位是根源于这种创造性的发展的。

### 四　顿悟与神助：谢灵运山水诗学的建构和诗境

佛教与谢灵运文学的关系，是谢灵运研究中得到较多关注的问题，尤其是在佛教与山水诗关系上学界已作了很多的探讨，我们在探讨慧远佛教"形像本体"之学时，对这一个问题也进行了自己的分析，这里将重点探讨顿悟说与谢灵运诗歌的内在关系。

关于顿悟与谢灵运山水诗的关系，钱志熙《谢灵运〈辨宗论〉和山水诗》已作了深入的论述，其中的诸多观点现在仍富有启发意义，比如指出谢灵运在《辨宗论》里讲的"宗极""具有更一般的唯心主义本体

---

① 王士禛：《带经堂诗话》，人民文学出版社1963年版，第115页。

论的性质,而不拘泥于佛性真如说,同样,他所提倡的顿悟也更带有一般的思维方式的意义。他的诗歌之所以会受顿悟说的影响,跟这一点是分不开的"①。一般的、普遍的思维方式和方法论,对不同的思想文化领域具有普遍的意义,如玄学的"言意之辨",作为一种带有普遍性的方法论,即对魏晋以降思想文化领域的各个方面产生广泛的影响。谢灵运《辨宗论》所探讨的顿悟,既是"真知""入照"的"宗极"本身,又是"求宗体极"的方法,顿悟与渐悟在"理"以及"理"的获得上都有不同的看法,谢灵运认为"理"不可分,故"悟"不可渐,"悟在有表,得不以渐"。在与法勖、僧维、慧骦、法纲、王卫军等人的往复论辩中,谢灵运进一步发展出对学与悟,真知与假知、伏累与照寂等几组相关概念的辨析,这使他对理、境及相应的思维方式,有了新的认识,对他的诗歌产生了很深刻的影响。

1. 顿悟和神助的内涵与谢灵运山水诗学的建构

谢灵运主张的顿悟,虽然强调"寂鉴微妙,不容阶级""至夫一悟,万滞同尽",但是在如何实现顿悟上,谢灵运又注意到"学"的作用,他在《再答法勖问》中说:"大而校之,华民易于见理,难于受教,故闭其累学,而开其一极;夷人易于受教,难于见理,故闭其顿了,而开其渐悟。渐悟虽可至,昧顿了之实,一极虽知寄,绝累学之冀。良由华人悟理无渐而诬道无学;夷人悟理有学而诬道有渐。是故权实虽同,其用各异。昔向子期以儒道为一,应吉甫谓孔老可齐,皆欲窥宗,而况真实者乎?"② 谢灵运通过批判华、夷各自之失,即"华人悟理无渐而诬道无学;夷人悟理有学而诬道有渐",将两者所代表的"悟"与"学"结合起来,形成其完整的"顿悟"方法论。在《三答法勖问》中又说:"是故傍渐悟者,所以密造顿解;倚孔教者,所以潜学成圣。"这两句的基本意思也是说,由学以顿悟成圣。在《答僧维问》中,谢灵运对"学"与"悟"作了一个非常明确的总结:"在有之时,学而非悟;悟在有表,托学以至。"在谢灵运看来,"学"与"悟"不是互相对立排斥的,而是辨证的

---

① 钱志熙:《谢灵运〈辨宗论〉和山水诗》,《北京大学学报》1989 年第 5 期。
② 顾绍柏:《谢灵运集校注》,第 286 页。

相须而成的关系。这是从佛教思想中提炼出来的一种带有普遍性的认识和思想方法，可以看到谢灵运此后的山水诗比较明显地受到这种思想方法的影响。

以著名的《登池上楼》为例，诗中"池塘生春草，园柳变鸣禽"两句历来被视为谢诗的名句广为传唱，谢灵运对这两句也极为自得，钟嵘《诗品》上品："《谢氏家录》云：康乐每对惠连，辄得佳语。后在永嘉西堂，思诗竟日不就，寤寐间忽遇惠连，即成'池塘生春草'。故尝云：'此语有神助，非我语也。'"[1] 据《宋书·谢灵运传》："灵运去永嘉还始宁，时方明为会稽郡。灵运尝自始宁至会稽造方明，过视惠连，大相知赏。时长瑜教惠连读书，亦在郡内，灵运又以为绝伦，谓方明曰：'阿连才悟如此，而尊作常儿遇之。何长瑜当今仲宣，而饴以下客之食。尊既不能礼贤，宜以长瑜还灵运。'灵运载之而去。"[2] 从这段材料来看，谢灵运从永嘉太守辞官归隐始宁后才第一次见到谢惠连。《酬从弟惠连》说："末路值令弟，开颜披心胸。"末路有晚年和处境潦倒失意两种意思，谢灵运被外放永嘉到辞官归隐，是他在政治上的一个大挫折，诗中末路指的就是这个意思，但是被贬官永嘉时，谢灵运无由见惠连，所谓的"末路值令弟"只能是从永嘉辞官归隐之后。所以《谢氏家录》谓谢灵运于永嘉西堂梦见谢惠连显然不合史实。但是这无损于谢灵运感慨的"池塘生春草，园柳变鸣禽"两句"有神助"的可信性。古人常从自然的角度来阐释这两句诗的妙处，如叶梦得《石林诗话》："世多不解此语为工，盖欲以奇求之耳。此语之工，正在无所用意，猝然与景相遇，借以成章，不假绳削，故非常情所能到。诗家妙处，当须以此为根本，而思苦言难者，往往不悟。"[3] 元好问《论诗三十首》："池塘春草谢家春，万古千秋五字新。传语闭门陈正字，可怜无补费精神。"即以谢灵运这两句的清新自然批评陈师道着意雕琢的作诗之法。又王若虚《滹南诗话》引张九成云："灵运平日好雕镌，此句得之自然，故以为奇。"[4] 从诗歌艺术来看，

---

[1] 曹旭：《诗品集注》，第372页。
[2] 沈约：《宋书》，第1775页。
[3] 何文焕：《历代诗话》，中华书局1961年版，第426页。
[4] 丁福保：《历代诗话续编》，中华书局1983年版，第507页。

这两句似不思而得，元代方回《文选颜鲍谢诗评》云："按此句之工，不以字眼，不以句律，亦无甚深意奥旨，……皆天然浑成，学者当以是求之。"这种"不以字眼，不以句律"的佳句就是不由雕琢锤炼的妙手偶得，谢灵运讲的"非我语也"，指的就是这个意思。也就是说，"池塘生春草，园柳变鸣禽"这两句不是由我之锤炼而得的，谢灵运认为是"神助"而成的，而"神助"之"神"具体指的又是什么？清代贺贻孙《诗筏》云："诗文有神，方可远行。神者，吾身之生气也。老杜云：'读书破万卷，下笔如有神。'吾身之神，与神相通，吾神既来，如有神助，岂必湘灵鼓瑟，乃为神助乎？老杜之诗，所以传者，其神传也。"① 可见诗歌创作之"神"乃是作者内在的一种兴致饱满富有灵感的状态，而非外在的神异之神。钱钟书《谈艺录》论文学创作中的"神助"说："及夫求治有得，合人心之同然，发物理之必然；虽由我见，而非徒己见，虽由我获，而非可自私。放诸四海，俟诸百世。譬如凿井及泉，钻石取火；钻与凿，我力也，而泉与火，非我力也；斯有我而无我也。故每曰'神助'，庄子所谓鬼神将来舍，盖虽出于己，而若非己力所及。"② 这接近于谢灵运说的"顿悟"。

但是诗歌创作上怎么获得这种"神助"式的灵感？这是谢灵运之前没有解决的问题，陆机《文赋》曾阐述了文学创作中"天机骏利"与"志往神留"两种不同的状态，"若夫应感之会，通塞之纪，来不可遏，去不可止，藏若景灭，行犹响起。方天机之骏利，夫何纷而不理？思风发于胸臆，言泉流于唇齿；纷葳蕤以馺遝，唯毫素之所拟；文徽徽以溢目，音泠泠而盈耳。及其六情底滞，志往神留，兀若枯木，豁若涸流；揽营魂以探赜，顿精爽而自求；理翳翳而愈伏，思轧轧其若抽。是以或竭情而多悔，或率意而寡尤。"但他最后又不无困惑地说："虽兹物之在我，非余力之所戮。故时抚空怀而自惋，吾未识夫开塞之所由。"这说明陆机对文学创作的灵感问题的自觉研寻，虽然他仍未从理论上解决这一课题。谢灵运早期的诗歌主要模拟陆机，他对陆机《文赋》中关于灵感

---

① 郭绍虞：《清诗话续编》，上海古籍出版社1983年版，第136页。
② 钱钟书：《谈艺录》，中华书局1984年版，第281页。

的探讨自然十分熟悉,从"此语有神助,非我语"来看,谢灵运似乎也认为灵感无法主动地把握。但是我们在上文说过,谢灵运在《答僧维问》中对如何实现顿悟作过一个明确的总结,即"悟在有表,托学以至",也就是通过"学"实现"悟",顿悟不是凭空而来的,顿悟仍需要学习的积累。陈衍在论述钟嵘《诗品》"直寻""自然英旨"的诗学主张说:"此钟记室论诗要旨所在也,而其流极,乃有严沧浪'诗有别材,非关学也'之说。夫语由直寻,不贵用事,无可訾议也。然何以能直寻而不穷于所往?则推见至隐故也;何以能推见至隐?则关学故也。"① 陈氏所论"学"与"直寻"的关系,与谢灵运"学"与"悟"本质上是相通的。从诗歌创作上来说,谢灵运虽然认为"池塘生春草,园柳变鸣禽",这两句是不思而得的"非我语",但其实与谢灵运"思诗竟日不得"密切相关,甚至可以说这种"神助"而得的妙句,是谢灵运整个诗学积累的成果。黄侃《文心雕龙札记》论《文心雕龙·神思》:"至于思表纤旨,文外曲致,言所不追,笔固知止。至精而后阐其妙,至变而后通其数,伊挚不能言鼎,轮扁不能语斤,其微矣乎!"说:"凡言文不加点、文如宿构者,其刊改之功,已用之平日,练术既熟,斯疵累渐除,非生而能然者也。"② 这里所说的其实也就是学与悟的关系。关于谢灵运这两句的获得,《南史·谢惠连传》也有与《谢氏家录》相近的记载:"族兄灵运嘉赏之,云'每有篇章,对惠连辄得佳语。'尝于永嘉西堂,思诗竟日不就,忽梦见惠连,即得'池塘生春草',大以为工。常云'此语有神功,非我语也。'"③ 值得注意的是被后人认为清新自然的这两句,谢灵运则以为"工"、"神功",可见"工""自然""神"实有内在关系,工巧而至于自然也就是"神"。④ 这种"神"的诗境即类似于顿悟的境界。⑤ 如何由"工"而至于"神",即谢灵运说的"悟在有表,托学以至",诗歌的妙境需要有"顿悟"式的灵感,"顿悟"又不能脱离"学"的积累,这

---

① 钱仲联编校:《陈衍诗论合集》,福建人民出版社1999年版,第940页。
② 范文澜:《文心雕龙注》,第504页。
③ 李延寿:《南史》,第537页。
④ 蔡彦峰:《玄学与魏晋南朝诗学研究》,人民文学出版社2013年版,第139页。
⑤ 钱志熙:《谢灵运〈辨宗论〉和山水诗》,《北京大学学报》1989年第5期。

正体现了"学"与"悟"的关系。贺贻孙《诗筏》云:"神者,灵变惝恍,妙万物而为言。读破万卷而胸无一字,则神来矣,一落滓秽,神已索然。"① 这本质上就是"学"与"悟"的微妙关系,谢灵运在与法勖、僧维等人关于顿悟的论辩中对此最有心得,这一点深刻地影响了他的诗学。

谢灵运的山水描写有质实的一面,又常有空灵之句,即以《登池上楼》为例:

潜虬媚幽姿,飞鸿响远音。薄霄愧云浮,栖川怍渊沉。进德智所拙,退耕力不任。徇禄反穷海,卧疴对空林。衾枕昧节候,褰开暂窥临。倾耳聆波澜,举目眺岖嵚。初景革绪风,新阳改故阴。池塘生春草,园柳变鸣禽。祁祁伤豳歌,萋萋感楚吟。索居易永久,离群难处心。持操岂独古,无闷征在今。

对这首诗的关注,一般集中在"池塘生春草"两句,这两句与"顿悟"的关系,前文已作了分析,事实上不仅是这两句有一种顿悟式的灵感,诗歌结尾的抒情言理也体现了一种从感性到理性的升华,这就是谢灵运《辨宗论》中说的"真知"。诗歌的前半部分则写得比较质实,叶笑雪注谓开头六句是"托物起兴和感怀喻志"②。这是传统诗歌抒情言志的一般写法。"初景革绪风,新阳改故阴",由感怀转入写景,通过时序交替景物变化表现了强烈的新旧之感,"改"字用语极工,生动地写出了新旧的转变,与唐代王湾《次北固山下》"海日生残夜,江春入旧年",颇有异曲同工之妙。从诗歌艺术上讲,这种立意和用字比较好地体现了诗之为"学"的一面,诗歌中所谓的"学"更主要的应该指的是这种,与钟嵘批评的"聊表学问""殆同书钞",以用典之密为基本法门,实有本质的区别。由"初景革绪风,新阳改故阴"才引出最著名的"池塘生春草,园柳变鸣禽",在新旧变化中获得一种崭新的审美和生命体验,这就是谢灵

---

① 郭绍虞:《清诗话续编》,第136页。
② 叶笑雪:《谢康乐诗选》,古典文学出版社1957年版,第44页。

运诗歌中的"学"与"悟"。

谢灵运尝云:"若殷仲文读书半袁豹,则文才不减班固。"[1] 可见他极为重视博学在文学创作中的作用。以"学"矫东晋诗歌的"浅",这是刘宋诗人的一个普遍认识,其弊端则流为颜延之等人的"文章殆同书钞"[2]。谢灵运诗歌用《老》《庄》《楚辞》《周易》随处可见,可以明显看出博学的影响,具有学者之诗的特点,但是谢灵运又注重艺术追求,《隋书·经籍志》载他编《赋集》九十二卷,《诗集》五十卷、《诗集抄》十卷、《诗英》十卷等,对诗赋总集的编纂,显然还有艺术的总结、学习的性质,这与颜延之之编类书《纂要》,其艺术的出发点即已不同。可以这么说,谢灵运在对"学"与"诗"的认识上,既不同于严羽"诗有别材,非关学也"[3] 之说,也超越了颜延之等人的以学问为诗,谢灵运善于将典故、语言熔铸为自己的诗思,对谢灵运而言,"学"不仅为诗歌提供材料,更关键的是提升了诗识,这是谢灵运能超越当时一般诗人的重要原因。

另一方面,在颜延之等人走向以学为诗时,谢灵运又通过对"顿悟"的强调,开拓山水诗领域,创造了新的诗境,在审美、艺术及理境等方面,谢灵运都有开创性的发展,以《登江州孤屿》为例:

> 江南倦历览,江北旷周旋。怀新道转迥,寻异景不延。乱流趋正绝,孤屿媚中川。云日相辉映,空水共澄鲜。表灵物莫赏,蕴真谁为传?想像昆山姿,缅邈区中缘。始信安期术,得尽养生年。

此诗作于景平元年(423),谢灵运游览了永嘉江中的孤屿,这首诗展现了谢灵运在山水审美、艺术表现及理境的领悟上多方面的开创性,从诗歌的角度来讲,具有一种透彻之悟的性质,如山水描写的"乱流趋正绝,孤屿媚中川。云日相辉映,空水共澄鲜"数句,其"媚""鲜"对山水

---

[1] 房玄龄:《晋书》,第 2605 页。
[2] 钟嵘《诗品》:"大明泰始中,文章殆同书钞。"
[3] 严羽著,郭绍虞校释:《沧浪诗话校释》,人民文学出版社 1983 年版,第 26 页。

优美鲜明的审美感受和艺术表现，实可谓发前人之未发。但这两字也不无来历，如"鲜"即出于陆机和支遁的诗，陆机《长安有狭邪行》："烈心厉劲秋，丽服鲜芳春。"支遁《咏怀诗五首》其一："亹亹沈情去，彩彩冲怀鲜。""媚"更可见谢灵运对语言的锤炼之功。但是谢灵运善于将"学"与"悟"融合起来，创造出一种前所未有的诗境。"表灵物莫赏，蕴真谁为传"两句的基本意思是山水蕴涵的真知需由美的欣赏而得，这可视为谢灵运对审美与悟理的思想和方法的总结，所以谢灵运的山水诗常由审美而转入悟理，这即谢灵运讲的"真知""入照"，《答慧驎问》云："真知者照寂，故理常为用；用常在理，故永为真知。"又云："一有无、同物我者，出于照也。""照"即入于悟的境界。如此诗结语，"想像昆山姿，缅邈区中缘。始信安期术，得尽养生年。"诗人登上江中的孤屿，在一片明媚澄明的山水之境中兴发起神仙之想，仿佛置身昆仑山上遗世独立，悟透了养生之理，这种由审美而获得的理悟，就是谢灵运所说的顿悟入照。谢诗中颇多这种出尘之想和理致之思，如《七里濑》"目睹严子濑，想属任公钓"，《石室山》"微戎无远览，总笄羡升乔。灵域久韬隐，如与心赏交"，《游赤石进帆海》"扬帆采石华，挂席拾海月。溟涨无端倪，虚舟有超越"，《舟向仙岩寻三皇井仙迹》"遥岚疑鹫岭，近浪异鲸川"，《过瞿溪山饭僧》"望岭眷灵鹫，延心念净土"，从这些诗歌可见谢灵运常由现实的山水游览和欣赏中进入想象之境，这种想象之境与理悟之境自然契合，所以谢灵运的言理往往由于山水审美而发，带有诗人个性化的体认和新鲜的悟感，与玄言诗抽象的玄理演绎差别很大。

　　谢灵运山水诗的写作与他对顿悟思想的深入思考几乎同步进行，山水诗的运思、写作可以说是谢灵运对顿悟的一种体验和实践。皎然《诗式》说："康乐公早岁能文，性颖神澈。及通内典，心地更精，故所作诗，发皆造极，得非空王之道助耶？"[①]"内典""空王"指佛典、佛道，谢诗受佛教的影响是一个事实，但是佛教的思想内容极其广泛，谢灵运的诗歌创作受佛教思想哪一方面的影响，需要更加具体地把握。钱志熙认为："显然不是指谢氏早年那种一般性的佛学研究，而是指研究内典、

---

① 李壮鹰：《诗式校注》，人民文学出版社2003年版，第118页。

修习佛法到了一个通悟的境界，在我的理解中，就是指到了倡顿悟求宗这样一个阶段，这才是真正的通内典。"① 就谢灵运来讲，顿悟不仅是一种佛教思想，而且被广泛地运用到对社会、人生等方面的理解，在诗歌艺术和义理领悟上都努力追求一种顿悟式的飞跃，"谢氏在诗中一方面努力塑造山水境界，另一方面又力图脱离山水境界，进入比审美更虚妙的理念的境界，他当然是常用审美的眼光去观察山水，可又企图在山水美之外发现另外一些东西。"② 谢灵运寻找到了审美与理悟的内在关系，山水的欣赏、表现与理悟构成了谢诗的主要内容，可以说"学"与"悟"构成了谢灵运诗学的一对基本关系。

2. 顿悟与谢灵运的孤独意识及其诗境

出守永嘉之后谢灵运开始大量创作山水诗，在山水描写、义理领悟中融入强烈的孤独意识，这种孤独意识常伴随着顿悟而得的理境，带有比较明显的理性色彩，与谢灵运追求顿悟入照的人生境界有密切的关系。从艺术上讲，则与他有意地塑造孤独的诗人形象有关，这是从屈原以来到阮籍、郭璞、支遁、慧远等人相继创造的引人注目的诗歌形象。这种孤独形象和孤独意识使谢灵运的诗歌形成比较深宏的诗境，在某种程度上继承了汉魏的诗歌精神和传统。

东晋南朝陈郡谢氏门第高华，加上谢灵运自幼聪颖绝人，处处都有追求超越的强烈意识，《宋书》本传说他少时"好臧否人物"，晋宋易代之后自以为"才能宜参机要，既不见知，常怀愤愤"。乃至车服器物"多改旧制"③，无不显示着这种意识。永初三年（422）被贬永嘉，对谢灵运而言不仅是政治上的重大挫折，更是一场心灵危机，他的顿悟求宗和山水创作，正是努力追求从思想和艺术上获得新的超越，这是谢灵运顿悟求宗和山水诗创作共同的背景。顿悟使谢灵运山水诗获得新的、具有个人体验的理语、理境，而顿悟这种宗教性的神秘体验，又通过山水诗的艺术得以表现，这是谢灵运顿悟和山水诗的内在关系。谢灵运诗歌中流

---

① 钱志熙：《谢灵运〈辨宗论〉和山水诗》，《北京大学学报》1989 年第 5 期。
② 钱志熙：《谢灵运〈辨宗论〉和山水诗》，《北京大学学报》1989 年第 5 期。
③ 沈约：《宋书》，第 1753 页。

露出的孤独感，当然与遭受挫折远离政治中心的失意不无关系，如《永初三年七月十六日之郡初发都》："将穷山海迹，永绝赏心悟。"《邻里相送方山》："各勉日新志，音尘慰寂蔑。"这是即将离开京城时感受到远离亲朋好友的孤独寂寞。谢灵运的孤独之感也与其贵族意识有关，如《石室山》："虚泛径千载，峥嵘非一朝。乡村绝闻见，樵苏限风霄。"《山家》："中为天地物，今为鄙夫有。"《田南树园激流植援》："樵隐俱在山，由来事不同。"《山居赋序》也说："古巢居穴处曰岩栖，栋宇居山曰山居，在林野曰丘园，在郊郭曰城傍。四者不同，可以理推。言心也，黄屋实不殊于汾阳；即事也，山居良有异乎市廛。"刻意强调隐居与山野之人的不同，叶笑雪注《田南树园激流植援》云："樵夫和隐士虽然同在山中，但樵夫是砍柴，为生活而劳动，而隐士的逍遥山林，却是高尚其志，指出两者有着本质的区别。……潜流着一股封建地主的阶级意识。"①孙康宜、宇文所安主编《剑桥中国文学史》说："尽管随从众多，谢灵运的诗中却充斥着随处可感的寂寞。这当然反映了早期中古社会严格的社会等级区分：虽然被仆从所围绕，这些仆从却无法与他分享山水之美，因此这位大贵族诗人难免哀叹他的孤独。"②这与曹植后期的感慨相近，曹植《求通亲亲表》云："每四节之会，块然独处，左右唯仆隶，所对唯妻子，高谈无所与陈，发义无所与展，未尝不闻乐而拊心，临觞而叹息也。"③表现的正是这样一种孤独感。盛唐以来常以陶谢并称，尤其是杜甫，如"谢氏寻山屐，陶公漉酒巾"（《寄张十二山人彪三十韵》），"优游谢康乐，放浪陶彭泽"（《石柜阁》），正是杜甫对谢灵运山水之游和诗歌寄寓的现实感受的理解与共鸣。

但是从深层上来讲，谢灵运的孤独感更主要是源自其佛教信仰和精神，《山居赋》云："山野昭旷，聚落膻腥。故大慈之弘誓，拯群物之沦倾。"其意即昭旷的山野才是佛祖彻悟佛理实现渡世弘愿之所，李小荣指出："谢客实际描摹了把自身所处'此岸山水'想象为'彼岸山水'的

---

① 叶笑雪：《谢灵运诗选》，古典文学出版社1957年版，第68页。
② 孙康宜、宇文所安主编：《剑桥中国文学史》，第271页。
③ 赵幼文：《曹植集校注》，中华书局2016年版，第650页。

宗教玄想，旨在消除二者的界限。因此，在他看来，此岸的山山水水，一草一木，全具备了佛影般的灵性。甚至他山居的庄园，也与佛陀祇园无异。"① 远离尘世、栖居山林是佛教修行的一大特点，日本禅宗学者柳田圣山《无的探求：中国禅》引巴利文《经集》："贤者，专注于精神的宁静，在林中漫步，在树下瞑想，会感到极大的满足。"即对山林修行的赞美。萧驰《佛法与诗境》谓："谢氏'山居'显然具有时时回顾佛祖人世生命中几处山林环境的意味，有其对原始佛教山林传统的祈向。"② 更具体地说，谢灵运的孤独意识主要来自顿悟而得的超越的人格和精神境界，《登池上楼》结语云："索居易永久，离群难处心。持操岂独古，无闷征在今。"可见现实中离群索居的孤独感已被"遁世无闷"消解，真正的孤独正来自这种顿悟而得的理境，从谢灵运就顿悟渐悟与法勖、僧维、慧骠等人反复的辩论，可以看出他对顿悟是相当自信的，顿悟使他获得了超越他人的强烈的自我意识。《宋书·谢灵运传》载："太守孟𫖮事佛精恳，而为灵运所轻，尝谓𫖮曰：'得道应须慧业文人，生天当在灵运前，成佛必在灵运后。'𫖮深恨此言。"③ 这是谢灵运与孟𫖮构隙的重要原因，而谢灵运此言正在于他对顿悟的自信，及由此带来的超越的意识。这在其诗歌中得到了显著的体现，如《登永嘉绿嶂山》：

> 裹粮杖轻策，怀迟上幽室。行源径转远，距陆情未毕。澹潋结寒姿，团栾润霜质。涧委水屡迷，林迥岩愈密。眷西谓初月，顾东疑落日。践夕奄昏曙，蔽翳皆周悉。蛊上贵不事，履二美贞吉。幽人常坦步，高尚邈难匹。颐阿竟何端，寂寂寄抱一。恬如既已交，缮性自此出。

清顾祖禹《读史方舆纪要》载："（永嘉）西北二十里有青嶂山，上有大湖，澄波浩渺。"④ 青嶂山应该就是绿嶂山。这首诗可以分为纪行、写景

---

① 李小荣：《晋唐佛教文学史》，人民出版社 2017 年版，第 138 页。
② 萧驰：《佛法与诗境》，联经出版事业股份有限公司 2012 年版，第 26 页。
③ 沈约：《宋书》，第 1775—1776 页。
④ 顾祖禹辑著：《读史方舆纪要》，中华书局 1955 年版，第 3940 页。

和言理三个部分,是谢灵运诗歌的典型结构。从"澹潋结寒姿"到"蘙薱皆周悉",描写了极为幽深的山水之境,"盅上贵不事"以下转入言理,诗人从幽深的山水中兴发起对隐士的向往,随着理思的深入,他理解到隐士精神境界的高尚难匹,正在于他们的抱一守道,结语两句则进一步领悟到保持自然恬淡无为,也就是隐士的抱一之境界,这就是谢灵运讲的顿悟。从"高尚邈难匹"来看,可见谢灵运认为这是一种超越性的境界,这正是谢灵运在审美、悟理之后又常常流露出孤独意识的主要原因。《斋中读书》云:"矧乃归山川,心迹双寂寞。"这里的"寂寞"就不是现实中的离群索居而来的,而是思想上的寂寞无为,《庄子·天道》:"夫虚静恬淡寂寞无为者,万物之本也。"[①]《吕氏春秋·审分》:"若此,则能顺其天,意气得游乎寂寞之宇矣,形性得安乎自然之所矣。""寂寞"即道的境界,谢灵运诗歌中的孤独意识主要即为这种"寂寞"之境的外现。又如《东山望海》:"非徒不弭忘,览物情弥遒。萱苏始无慰,寂寞终可求。"登山望海欲借景消忧却忧思更深,唯有隐居求志,在寂寞无为的道境中才能忘怀一切。

顿悟式的理境的追求加深了谢灵运对孤独感的体验,这种带有理性性质的孤独感又反过来促使他更自觉地寻求理悟,如《登石门最高顶》:

晨策寻绝壁,夕息在山栖。疏峰抗高馆,对岭临回溪。长林罗户庭,积石拥基阶。连岩觉路塞,密竹使径迷。来人忘新术,去子惑故蹊。活活夕流驶,嗷嗷夜猿啼。沉冥岂别理,守道自不携。心契九秋干,目玩三春荑。居常以待终,处顺故安排。惜无同怀客,共登青云梯。

石门在浙江嵊县西北,谢灵运《游名山志》云:"石门山,两岩间微有门形,故以为称。瀑布飞泻,丹翠交曜。"诗歌描写了石门山幽深之景,表现了诗人在山水欣赏中的理悟,"沉冥岂别理,守道自不携""居常以待终,处顺故安排"这几句即诗人所悟之理,其意即守道不二入于玄寂泯

---

① 郭庆藩:《庄子集释》,第457页。

然之境，而顺应自然、安于推移、与化为一即是守道。这种领悟显然带有谢灵运深入山水之境后的体验和思考。结语两句表现了谢诗中比较普遍的孤独感，这里的"青云梯"不是游仙之想，而是指进入"沉冥""安排"的理境，诗歌到这里又由理而入情、情理结合，生发出一种深沉的感慨，这种感慨的事实并不是现实中缺少"同怀客"，而是无人能像他一样体验这种顿悟式的飞跃。这种情理的关系，就如他在《庐陵王墓下作》说的"理感深情恸"，对理的理解更加深了情感，从这一点来讲，顿悟推进了谢诗诗境的深入发展。又如《于南山往北山经湖中瞻眺》：

> 朝旦发阳崖，景落憩阴峰。舍舟眺迥渚，停策倚茂松。侧径既窈窕，环洲亦玲珑。俛视乔木杪，仰聆大壑灇。石横水分流，林密蹊绝踪。解作竟何感，升长皆丰容。初篁苞绿箨，新蒲含紫茸。海鸥戏春岸，天鸡弄和风。抚化心无厌，览物眷弥重。不惜去人远，但恨莫与同。孤游非情叹，赏废理谁通？

这首诗是谢灵运山水诗的典型写法，纪行、写景、悟理三者结合，"解作竟何感，升长皆丰容。初篁苞绿箨，新蒲含紫茸。海鸥戏春岸，天鸡弄和风。"这几句用了诸多意象表现万物自由的生长变化，诗人由此领悟到"抚化心无厌"，即"万物万化，亦与之万化"的道理。"抚化心无厌，览物眷弥重"这两句的意思应该倒过来，即观览万物的变化，眷念之情更加深切，而一旦认识到万物皆化，我亦随之而化与化为一，则由顿悟而得到解脱，超越现实中的种种情累。所以诗人不以"去人远"之"孤游"为意，他所感慨的是没有人像他一样通过对万物的观赏而得到透彻之悟，从谢灵运就顿悟与诸道人反复论辩来看，当时理解、支持顿悟的人极少，谢灵运这种"但恨莫与同"实有深沉的感慨。这就是我们说的谢灵运的孤独感，从本质上讲与顿悟有密切的关系，是顿悟之后强烈的自我意识的体现。谢灵运反复地渲染这种感慨，如"我志谁与亮，赏心惟良知"（《游南亭》）、"赏心不可忘，妙善冀能同"（《田南树园激流植援》）、"情用赏为美，事昧竟谁辨"（《从斤竹涧越岭溪行》）、"永绝赏心望，长怀莫与同"（《酬从弟惠连》）、"匪为众人说，冀与智者论"（《石门新营所住四面高山回溪石濑茂林修竹》)、"风雨非攸吝,拥志谁与宣"(《发归濑三瀑布望两溪》)、"妙物莫为赏,芳醑谁与伐"(《石门岩上宿》),谢灵运正是通过对玄理的体悟,来获得一种他自认为超越他人的精神和人格的境界,这是其孤独意识的本质。

从艺术上讲,这种孤独意识使谢灵运塑造了具有个性化的诗歌艺术形象和深沉的诗境,如《石门新营所住,四面高山,回溪石濑,茂林修竹》:

跻险筑幽居,披云卧石门。苔滑谁能步,葛弱岂可扪。袅袅秋风过,萋萋春草繁。美人游不还,佳期何由敦?芳尘凝瑶席,清醑满金罇。洞庭空波澜,桂枝徒攀翻。结念属霄汉,孤景莫与谖。俯濯石下潭,俯看条上猿。早闻夕飙急,晚见朝日暾。崖倾光难留,林深响易奔。感往虑有复,理来情无存。庶持乘日车,得以慰营魂。匪为众人说,冀与智者论。

石门是谢灵运山居之处,与《游石门最高顶》所写的为同一处。此诗写诗人在石门山上营建新居后的所见所感。谢灵运极为强调山居与市廛的区别,诗歌入题四句即以"跻险""披云""苔滑"等极写石门之险峻迥绝,这种与世隔绝的幽深之境,为下文写景、抒情及悟理的展开定下了一个大的背景。独处于山高林密的石门顶上,诗人在时空上都有强烈的孤独感,"袅袅秋风过,萋萋春草繁。美人游不还,佳期何由敦""洞庭空波澜,桂枝徒攀翻。结念属霄汉,孤景莫与谖。"即表现了独处石门之顶的时光之久与空间之深。诗人采用了《九歌·湘夫人》《招隐士》等楚辞中的典型意象来表现这种孤独之感。"俯濯"以下六句进一步描写石门新居远离人寰的荒远幽深,但是谢灵运没有继续诗歌前半部分对时光流逝、美人不还的情感抒发,而是转入哲理的领悟,《山居赋》云:"选自然之神丽,尽高栖之意得。"显然,谢灵运对自然山水的观赏、描写,根本的目的还是从中获得一种义理上的体悟,这是"神丽"与"意得"的关系,其实也就是他说的"赏废理谁通"。从本诗来讲,诗人领悟的道理即"理来情无存",在诗人看来这种以理胜情的道理只能"与智者论"。

这里的"智者"指的是谁？一般认为是谢灵运归隐之后的好友谢惠连、羊璇之、何长瑜等人，笔者则以为乃是指慧远、道生、昙隆等深悟佛理之人，《山居赋》在描写湖中之美后说："顾交情之永绝，觊云客之暂如。"交情即世俗中的朋友，云客则指云游的僧人，谢灵运认为只有深悟佛理的僧人才能与他探讨深奥的义理，《过瞿溪山饭僧》："同游息心客，暧然若可睹。"吉藏《法华义疏》云："息心达本源，故名为沙门。本源者即法性也。"① 谢灵运说的"息心客"即指高僧，也就是说只有与我同游的高僧才能一起体悟高深精妙之理。《石壁立招提精舍》更直接说："禅室栖空观，讲宇析妙理。"显然谢灵运讲的"智者"就是指高僧，这进一步说明谢灵运山水诗的悟理与佛教有密切的内在关系。从诗歌的内在发展逻辑来看，这种由情到理正体现了谢灵运精神上的飞跃，这就是他所体会的顿悟，真正能理解这种顿悟的正是那些高僧大德。伴随着顿悟，诗人的孤独之感，由远离朋友与世隔绝世俗之情，转化为悟理之后的自我超越的意识，并由此塑造了一个典型的悟道者的诗歌形象。这是谢灵运山水诗歌一个突出的特点，也是谢灵运诗歌的说理具有个人体验与诗人形象，而不同于东晋玄言诗之处。其他如《石壁精舍还湖中作》《于南山往北山经湖中瞻眺》《从斤竹涧越岭溪行》《登石门最高顶》《发归濑三瀑布望两溪》等，都比较明显地塑造了孤独的悟道者形象。对这种孤独的形象的青睐，主要是源于谢灵运对顿悟带来的超越意识的醉心，从艺术上讲，则主要来自郭璞、支遁、慧远等人的影响。郭璞《游仙诗》其二"清溪千余刃，中有一道士"。这种山水中悟道者的形象被东晋诗僧普遍效法，如康僧渊《又答张君祖诗》："遥望华阳岭，紫霄笼三辰。琼岩朗璧室，玉润洒灵津。……中有冲漠士，耽道玩妙均。高尚凝玄寂，万物忽自宾。"支遁《咏怀诗》其三："苕苕重岫深，寥寥石室朗。中有寻化士，外身解世网。抱朴镇有心，挥玄拂无想。"慧远《庐山东林杂诗》："崇岩吐清气，幽岫栖神迹。希声奏群籁，响出山溜滴。有客独冥游，径然忘所适。挥手抚云门，灵关安足辟。流心叩玄扃，感至理弗隔。"鸠摩罗什《赠沙门法和》："哀鸾孤桐上，清音彻九天。"东晋诗僧

---

① 《大正藏》第34册，第513页。

描写的这种独处山林中的悟道者,契合了谢灵运的心理,谢灵运深受支遁、慧远的影响,其山水诗塑造的孤独悟道者形象,显然有对东晋诗僧的直接效法。

最能体现谢灵运诗歌孤独形象与深沉诗境的,当属《石门岩上宿》:

朝搴苑中兰,畏彼霜下歇。瞑还云际宿,弄此石上月。鸟鸣识夜栖,木落知风发。异音同致听,殊响俱清越。妙物莫为赏,芳醑谁与伐?美人竟不来,阳阿徒晞发。

这首诗仍然写石门及诗人的感受,石门是谢灵运山水诗创作中一个极为重要的地方,但是这首诗与谢灵运其他山水诗颇有不同之处,首先是谢灵运山水诗主要是诉诸视觉的,而此诗则主要通过听觉来描写;其次是谢灵运山水诗通常在山水描写之后有一段理语,此诗则不涉理路。开头四句从容道来,却又蕴含着一种强烈的矛盾,"苑中"和"云际"实际上是世俗和隐逸两种不同世界,现实不免之凋损则不如转向隐逸,"瞑还云际宿,弄此石上月",是隐逸的一种诗意呈现,我们似可感受到诗人独立石门顶上,那种邈出尘世的形象。正是这种完全没有尘世喧嚣的石门顶上,才能如此细微真切地感受各种不同的声音,又在这细微之处蕴含着诗人的孤独意识,所以才有结语四句那种无人同赏的深深感慨。诗人所说的"美人竟不来"之"美人",即《石门新营所在》说的"智者",皆是指与诗人志同道合能共同体悟佛理之人,但是这样的"美人"终究没有到来,诗人于此显示了其孤高之情,这大概就是孙绰所谓的"高情远致"。所以此诗虽然不涉理语,却仍然塑造了一个孤独的悟道者形象。这是谢灵运山水诗中通篇较为空灵的一首,从艺术上讲,深得言有尽而意无穷之境。

写景、悟理与感慨是谢灵运山水诗的基本内涵,宇文所安即指出谢灵运:"把多重的大自然和他自己的多重经历、思想和情感建构成一个意味深长的整体,并在这个意味深长的整体上刻印他个人的感受和理解,最终达到开悟。"[1] 所以谢灵运的山水诗在理思之中往往蕴含着强烈的情

---

[1] 孙康宜、宇文所安主编:《剑桥中国文学史》,三联书店 2013 年版,第 271 页。

感,但是这种鲜明的个人体验、高度个人化的情感不是以传统抒情诗的方式抒发出来,而是体现为对诗境的深化上。谢灵运山水诗虽然被批评为"酷不入情"①,但其诗歌精神其实是接近于阮籍《咏怀诗》理思情感结合的性质的。刘勰《文心雕龙·明诗》评阮籍诗云"阮旨遥深"②,所谓的"遥深"即诗境之深,这源于阮籍情感理思的深度。钟嵘《诗品》论阮籍诗云,"《咏怀》之作,可以陶性灵,发幽思。……颇多感慨之辞。厥旨渊放,归趣难求。"③ 范文澜即以《诗品》此段注《文心雕龙》"阮旨遥深"一句,可见幽思、感慨融合即诗旨之深。"发幽思"即发人之理思,与理性的思考有密切的关系,这是阮籍诗歌突出的特点。谢灵运不少诗歌也有这种特点,如《过白岸亭》:"荣悴迭去来,穷通成休戚。未若长疏散,万事恒抱朴。"这是在经历过现实的荣耀与憔悴、欢乐与忧愁的变化后,领悟到了人生的真谛,诗思很深,接近于阮籍"繁华有憔悴"的深刻认识。对谢灵运而言,对自然、人生各种道理的理解领悟就是顿悟,他从中获得自我超越的孤独的意识,并由此而营造了深沉的诗境,可以说是顿悟说对谢诗的一个重要影响。

---

① 萧子显:《南齐书·文学传论》,第908页。
② 范文澜注:《文心雕龙注》,人民文学出版社1958年版,第67页。
③ 曹旭:《诗品集注》,第150—151页。

# 第三章

# 士僧交往与六朝文艺理论

## 第一节 佛教与宗炳《画山水序》的理论建构

### 一 宗炳对慧远庐山"形象本体"之学的接受

东晋孝武之世佛教已在中国占有绝大的势力[①]，这是佛教发展的一个重要时期，然"大凡一宗教既兴隆，流品渐杂，遂不能全就正轨"[②]。佛教在此时出现了诸多问题，如僧寺奢侈靡费、佛徒秽杂、佛学精神沦丧等等，当时遂颇多反佛言论，佛教之精神不灭、因果报应等皆颇受非议，其结果乃至有桓玄下令沙汰僧人之举。慧远《明报应论》《三报论》《沙门不敬王者论》即因此而作。可以说晋宋之际是佛教发展史上一个机遇和危机并存的时代，在这一时代背景下，宗炳坚定地站在佛学立场上大力地弘扬佛教，成为虔诚的佛教徒，《答何衡阳书》《明佛论》等文章明确地体现其佛教立场和佛学思想。佛学是宗炳的基本思想，而其佛学思想又主要源于慧远。

慧远由于卓越的个人素质和学养，及其在庐山东林寺一系列业绩卓越的弘教活动，极大地提高了庐山的文化品格，对当时的隐逸层具有极大的吸引力，《高僧传·慧远传》载东林寺既立之后："谨律息心之士，绝尘清信之宾，并不期而集，望风遥集，彭城刘遗民、豫章雷次宗、雁

---

[①] 严耕望《魏晋南北朝佛教地理稿》指出："东晋时代，南方高僧已远较北方为多。南北朝时代，此种现象更为显著。约略计之，北方得四分之一，南方四分之三，而建康、会稽之地约占全国二分之一以上。"（第58页）

[②] 汤用彤：《汉魏两晋南北朝佛教史》，第247页。

门周续之、新蔡毕颖之、南阳宗炳、张莱民、张季硕，并弃世遗荣，依远游止。"① 这些隐士受慧远感召而入庐山，除了有"弃世遗荣"的人生价值上的驱动以外，也与慧远山门内能继续高水准传承文化的学术地位有关。② 严耕望《唐人习业山林寺院之风尚》指出：魏晋之后"会佛教兴盛，当时第一流学者多属僧徒，且兼通经史，贵族平民皆尊仰之。吾人想象当时教育中心固在世家大族，然必有不少士子就学于山林巨刹者"③。慧远的东林寺就是这方面的典范。慧远博综六经学兼内外，是当时思想学术的领袖，又重视指导追随者进行佛经研习和佛理钻味，如戴逵《释疑论》传到庐山时，慧远就与周续之等人"共读"之，而慧远与鸠摩罗什、刘遗民与僧肇之间以书信往还反复探讨佛学问题，也说明慧远门下共同研讨文义的机会是颇多的。在慧远的引导下，庐山形成了纯净的风气和精进的学风，雷次宗《与子侄书》叙慧远门庭之风："遂托业庐山，逮事释和尚。于时师友渊源，务训弘道，外慕等夷，内怀俳发，于是洗气神明，玩心坟典，勉志勤躬，夜以继日。"④ 刘遗民在写给僧肇的信中也介绍了庐山精进之风，并引起僧肇的叹赏。这种良好的风气是庐山吸引隐士层的重要原因，宗炳就是在这一背景下入庐山就慧远考寻文义⑤，这对其思想学术的形成是极为关键的。《高僧传》本传记载慧远于元兴元年（402）率息心贞信之士一百二十三人"于精舍无量寿像前，建斋立誓，共期西方"。⑥ 宗炳即在其列，据《宋书·隐逸传》其时宗炳二十余岁⑦，这正是一个人形成其思想观念的重要时期，宗炳成为虔诚的佛教徒，并在其后半生成了最雄辩的护法，与其深受慧远佛教思想的影响密切相关，这一点也说明佛学乃其思想宗旨所在，思想学术上的这种渊源关系是宗炳接受慧远"形象本体"之学的前提和基础。《高僧传·慧

---

① 释慧皎撰，汤用彤校注：《高僧传》，第214页。
② 曹虹：《慧远评传》，第107页。
③ 严耕望：《唐史研究丛稿》，第367页。
④ 沈约：《宋书》，第2293页。
⑤ 沈约：《宋书》，第2278页。
⑥ 释慧皎撰，汤用彤校注：《高僧传》，第214页。
⑦ 《宋书》卷九十三《隐逸传》载："元嘉二十年，炳卒，时年六十九。"（《宋书》，第2279页）可知元兴元年（402）宗炳二十七岁，而他入庐山必在此之前。

远传》叙慧远入庐山的缘起云:"远于是与弟子数十人,南适荆州,住上明寺。后欲往罗浮山,及届浔阳,见庐峰清净,足以息心,始住龙泉精舍。"① 本传又描绘慧远所建东林寺之景:"洞尽山美,却负香炉之峰,傍带瀑布之壑。仍石垒基,即松裁构,清泉环阶,白云满室。复于寺内别置禅林,森树烟凝,石筵苔合。凡在瞻履,皆神清而气肃焉。"② 环境之美令人流连忘返,可见慧远极重视山水之美。与山水的密切关系是中国佛教的一大特色,慧远庐山教团明显地体现了这一点。雷次宗《与子侄书》叙慧远门庭在"玩心坟典,勉志勤躬"精进的学风之外,又"爱有山水之好,悟言之欢,实足以通理辅性"。③ 说明山水审美也是慧远庐山教团佛教活动中重要的内容,即在山水审美中体悟佛教义理。庐山诸人将山水审美、哲理体悟与文学创作结合起来,展现了一种艺术化的生活方式,这一点对宗炳等隐士是极具吸引力的。隆安四年(400)慧远组织了一次规模颇为庞大的游山文咏活动,保存下来的《游石门诗序》完整记载此次文学活动,清楚地体现了慧远"形象本体"之学的山水美学思想,及其对庐山诸人的影响,在晋宋之际山水艺术的发展中具有重要的意义。中国传统文化背景中隐逸与山水天然地存在着密切的关系,而在山水隐逸中追求一种审美的、艺术化的生活方式,则是隐逸的文化品格的重要体现,这是隐逸层与慧远庐山教团极相契合之处。宗炳"好山水""精于言理"④,又追随慧远问道,其思想旨趣与慧远若符一契,故能真切地体会并接受慧远"形象本体"之学的思想内涵,这是其山水画创作及山水画理论建构的美学思想基础。

## 二 "形象本体"之学与宗炳《画山水序》的理论建构

宗炳《画山水序》是中国绘画史上第一篇山水画论,在中国传统山水画理论发展史上具有开创性的意义。刘宋时期,画人物及佛像最为盛行,在山水画还未从人物画的背景中完全分化出来成为独立的艺术作品

---

① 释慧皎撰,汤用彤校注:《高僧传》,第212页。
② 释慧皎撰,汤用彤校注:《高僧传》,第212页。
③ 沈约:《宋书》,第2293页。
④ 沈约:《宋书》,第2278页。

的情况下①，宗炳《画山水序》超越绘画的艺术实践，建构成熟的山水画理论体系，这在美术理论史上可以说是颇为超前的。内藤湖南《中国绘画史》说南朝刘宋时期，"文学家们开始对山水风景产生兴趣，画家们也开始将目光转向山水。……从这一点来看，宗炳和王微都是超越时代潮流的人物。如果这些人的作品保留至今，一定会在中国绘画史中占据重要的地位。"②这说的是其创作，事实上宗炳在绘画理论上的超前性也值得关注。学术界对宗炳山水画理论做了诸多研究，但对《画山水序》何以能够产生这一问题本身，则缺乏充分的注意和深入的探讨。在山水画创作远未成熟的情况下，宗炳《画山水序》山水画理论的建构具有一种超前的性质，从文化史的一般规律来看，一种超前的文化现象的出现，往往源于某种新思想的促发。从东晋后期佛学取代玄学成为主流思潮，及宗炳的佛学思想内涵来看，我们认为其山水画理论的建构与他从慧远那里继承和发展的佛教思想有重要的关系。山水作为审美客体的确立是山水艺术及其相应的理论建构的前提，这需要一种重视山水景物客观形象的美学思想。慧远强调以"形象"的审美体悟本体的"形象本体"之学契合了这一美学要求，为山水画理论的建构奠定了美学思想基础。宗炳追随慧远问道的经历，使其继承了慧远"神不灭"思想，张晶指出："《画山水序》中体现出的山水审美观念，在很大程度上是其在《明佛论》中的'神不灭'思想在美学领域的延伸，但已淡化了神学色彩，突出了审美领域中的形神关系问题。如果说慧远描述的'神'是无形无像的，'神也者，圆应无生，妙尽无名'，宗炳则在其《明佛论》中更强调了'精神受形'的特征，并揭示出自然山水中神的存在。这就产生了宗炳山水画论中'山水有灵'的观念。……《明佛论》中已将神不灭思想扩展到山水自然之中，这就为其画论中的'山水有灵'论提供了哲学支撑。"③指出宗炳《画山水序》以"神不灭"为哲学思想基础，这点是准确的，但还没有认识到慧远注重通过形象体悟"神"的美学思想，宗炳

---

① 潘天寿：《中国绘画史》，上海人民美术出版社1983年版，第28页。
② [日]内藤湖南撰：《中国绘画史》，栾殿武译，中华书局2008年版，第18页。
③ 张晶：《宗炳与谢灵运：从佛学到山水美学》，《江西社会科学》2016年第7期。

其实是比较直接受慧远"神不灭",以及在此基础上发展出来的"形象本体"的影响的。这是《画山水序》超越绘画实践,建构具有超前性的山水画理论的内在原因。

此外,《画山水序》理论的超前和创新,也与佛教追求新解的风气不无关系。郑午昌《中国画学全史》云:"惟能闲居理气,拂觞鸣琴,披图幽对,坐究四荒,不违天励之丛,独应无人之野,始能一遇峰岫峣嶷,云林森渺,目亦同应,心亦俱会,应会感神,神超理得,此中奥妙,宗氏能于山水画幼稚时代而阐发之,不可谓非高人深致也。"① 这种"高人深致"一方面源于宗炳在画学上的理论素养,另一方面也与东晋以来,在"格义"方法下佛教注重创建新解有关。东晋时期道安的同学竺法雅提倡一种"格义"学风,"这种'格义'和佛典翻译中仅限于以名词概念相比附的方法不同,也和用几种不同的译本'合本'比较的研究不同。它不拘泥于片言只语的训释,也不追求忠实于外来的般若学的本义,而只着重于从义理的方面去融合中外两种不同的思想,只要在它们中间找到了某种同一性,便可以自由发挥,创立新解。"② 格义之法虽然在此后消歇,但是其促发的追求新解的风气则一直影响着晋宋佛教士人,如慧远《法性论》之"暗与理和",竺道生"一阐提皆有佛性"之"孤明先发"等,与此种风气皆不无关系。宗炳追随慧远,崇信佛教,其绘画理论上之超前和创新,也与佛教的这种风气有关。

山水作为审美客体的确立是晋宋美学史和艺术史的一个重要课题,玄学的影响极大地促进了这一时期山水审美意识的发展,但是从艺术史来看,玄学的影响并未使山水作为审美客体被确立起来。这一点说明玄学虽然提升了此期的山水审美能力,但它本身并不是山水艺术的美学思想基础。玄学注重本体而轻视现象,在其影响下东晋人虽感受到山水之美对心灵的意义,却对山水景物的客观形象缺乏自觉的描写意识。汤用彤《魏晋玄学与文学理论》认为魏晋以来思想的中心,"不在环境而在内心,不在形质而在精神。于是魏晋人生观之新型,其期望在超世之理想,

---

① 郑午昌:《中国画学全史》,上海古籍出版社2008年版,第71页。
② 任继愈主编:《中国佛教史》第二卷,第216页。

其向往为精神之境界，其追求者为玄远之绝对，而遗资生之相对"①。这一点在东晋人注重精神体验的山水审美中得到明显的体现。德国著名现象学美学家莫里茨·盖格尔在《艺术的意味》一书中，将审美分为"内在的专注与外在的专注"两种类型，内在专注把外物当作一种引发情感的手段和工具，欣赏者沉浸在自我情感的享受之中；外在专注则关注外物的客观结构和特征，将其作为客观的审美对象，因此"只有外在专注才特别是审美态度。"② 从这一点来讲，东晋人重心灵感受的山水欣赏是属于"内在的专注"，而不是真正的山水审美态度，山水仍未成为审美客体。这是东晋时期山水成为士人精神生活的重要内容，而山水诗、山水画等艺术却没有得到相应发展的根本原因。③ 山水描写艺术的发展需要一种重视山水景物客观形象的美学思想为基础，以纠正崇本忽末的玄学的影响，在这一点上慧远强调形象价值的"形象本体"之学具有重要的意义，可以说晋宋之际山水艺术的美学思想，主要是导源于慧远"形象本体"之学的。

慧远"形象本体"之学重视对"形象"的观察和描写，这一美学思想在慧远等人的山水欣赏和文学活动中得到了明确的体现，正是在"形象本体"之学的基础上，山水作为审美客体才得以确立。《宋书》载宗炳"好山水，爱远游，……叹曰：'老疾俱至，名山恐难徧观，唯当澄怀观道，卧以游之。'凡所游履，皆图之于室，谓人曰：'抚琴动操，欲令众山皆响。'"④ 宗炳的山水画创作，可以说就是对慧远"形象本体"之学的美学思想和艺术活动的接受和继承，这为宗炳首创山水画理论奠定了美学思想基础，也是其超前性的山水画理论产生的内在根据。《画山水序》云：

圣人含道暎物，贤者澄怀味象。至于山水，质有而趣灵，是以

---

① 汤用彤：《魏晋玄学论稿》，第180页。
② [德]莫里茨·盖格尔著：《艺术的意味》，艾彦译，华夏出版社1999年版，第102页。
③ 蔡彦峰：《从"感物"到"体物"——晋宋诗学的重要发展》，香港浸会大学《人文中国学报》第14期。
④ 沈约：《宋书》，第2279页。

轩辕、尧、孔、广成、大隗、许由、孤竹之流，必有崆峒、具茨、藐姑、箕首、大蒙之游焉。又称仁智之乐焉。夫圣人以神法道，而贤者通；山水以形媚道，而仁者乐。不亦几乎？余眷恋庐、衡，契阔荆、巫，不知老之将至。愧不能凝气怡身，伤跕石门之流，于是画象布色，构兹云岭。夫理绝于中古之上者，可意求于千载之下。旨微于言象之外者，可心取于书策之内。况乎身所盘桓，目所绸缪。以形写形，以色貌色也。且夫昆仑山之大，瞳子之小，迫目以寸，则其形莫睹，迥以数里，则可围于寸眸。诚由去之稍阔，则其见弥小。今张绡素以远暎，则昆、阆之形，可围于方寸之内。竖划三寸，当千仞之高。横墨数尺，体百里之迥。是以观画图者，徒患类之不巧，不以制小而累其似，此自然之势。如是，则嵩、华之秀，玄牝之灵，皆可得之于一图矣。夫以应目会心为理者，类之成巧，则目亦同应，心亦俱会。应会感神，神超理得。虽复虚求幽岩，何以加焉？又，神本亡端，栖形感类，理入影迹，诚能妙写，亦诚尽矣。于是闲居理气，拂觞鸣琴，披图幽对，坐究四荒，不违天励之藂，独应无人之野，峰岫峣嶷，云林森眇。圣贤暎于绝代，万趣融其神思。余复何为哉，畅神而已。神之所畅，孰有先焉。①

序文中宗炳抽绎出"形道""形神"作为山水画的基本范畴，这两对范畴的内涵基本相同，因此可以说宗炳的山水画理论是以"形""神"为基本范畴而建构起来的。"形神"是中国传统思想文化的一对重要范畴，如《淮南子·原道训》云："故以神为主者，形从而利；以形为制者，神从而害。"② 在"形""神"的关系中，强调"神"是"形"的主宰。汉末以来的人物品评也明显有重神忽形的倾向，这一"形神"观与魏晋玄学贵无贱有的思想相契，其影响甚深遂至于绘画艺术。东晋著名画家顾恺之第一次把"形神"引入绘画理论之中，他在《魏晋胜流画赞》中提出"以形写神"的理论，其基本的内涵是主张传神，形服务于神，故认为

---

① 张彦远：《历代名画记》，第130—131页。
② 刘文典：《淮南鸿烈集解》，中华书局2013年版，第50页。

"四体妍蚩，本无关妙处。"但是神又必须通过形来表现，为达到传神的艺术效果，顾氏又提出了"迁想妙得"之法，强调画家要充分发挥艺术想象力，甚至要通过虚构来达到传神的效果。可见在顾恺之的绘画理论中，"形"是"神"的媒介和工具，"神"才是其绘画真正的表现范畴和目的。黄宾虹《古画微》云："两晋六朝顾恺之特重传神。……大抵两晋之画，每多命意深远，造景奇崛，尤觉画外有情，与化同游，颇能不假准绳墨，全趋趣灵。由此得之天性，非学所能，又其不拘形似，能以神行乎其间。"①说明顾氏是重"神"而轻"形"的。这一观念深受玄学"得意忘象"思想的影响，汤用彤《言意之辨》即指出："顾氏画理，盖亦得意忘形说之表现也。"②《世说新语·巧艺》："顾长康画裴叔则，颊上益三毛。人问其故，顾曰：'裴楷俊朗有识具，正此是其识具。'看画者寻之，定觉益三毛如有神明，殊胜未安时。"③顾恺之这种"益三毛"以表现神明，正是"得意忘象"在绘画艺术上的体现。宗炳《画山水序》虽然也以"形""神"为其山水画理论的基本范畴，但他认为"神"直观地体现于山水的"形"之中，只要能准确生动地"妙写"山水的形象，那么"嵩华之秀，玄牝之灵"就能被表现出来，所以在宗炳的山水画理论中，山水画并不是直接地去表现"神"，而是以山水之"形"为审美对象和表现范畴，注重对山水景物形象的客观描绘，"神"在"形"的生动刻画中自然地展现出来。从这一点来讲，宗炳首先确立了以山水为审美客体和表现范畴的绘画思想，这是《画山水序》具有开创性的贡献，因为艺术的本质最清楚地体现于其表现的范畴上，山水画作为一种绘画艺术的兴起及山水画理论的建构都是以此为基础的。

宗炳与顾恺之同样是从"形"和"神"来建构起美术理论，但是顾恺之发展出重"神"轻"形"的理论，宗炳则提出"以形写形，以色貌色""诚能妙写，亦诚尽矣"，注重"以形传神"的主张，这与二者不同的思想基础有关。顾恺之的绘画理论，如前文指出是玄学得意忘象说之

---

① 卢辅圣编：《黄宾虹艺术随笔》，上海文艺出版社2001年版，第32页。
② 汤用彤：《魏晋玄学论稿》，第31页。
③ 余嘉锡：《世说新语笺疏》，第719页。

表现，宗炳的画论则与其佛教思想密切相关。从《画山水序》来看，宗炳提出的诸多范畴、命题都与其佛教理论有密切的关系，如"山水质有而趣灵"，慧远《沙门不敬王者论》云："夫神者何邪？精极而为灵者也。"宗炳这里说的"趣灵"就是"神"，其《明佛论》云："若使回身中荒，升岳遐览，妙观天宇澄肃之旷，日月照洞之奇，宁无列圣威灵尊严乎其中，而唯唯人群，忽忽世务而已哉？固将怀远以开神道之想，感寂以昭明灵之应矣。"即认为日月照洞之象中有"列圣威灵"，这个"灵"就是《画山水序》说的"趣灵"之"灵"。庐山诸道人《游石门诗序》云："开阖之际，状有灵焉，而不可测也。"这个"灵"也与《画山水序》之"趣灵"含义相近。宗炳认为形由神而生，《明佛论》云："佛经云：'一切诸法，从意生形。'……夫亿等之情，皆相缘成识，识感成形，其性实无也。"又云："今神妙形粗，而相与为用。以妙缘粗，则知以虚缘有矣。"佛教所说的"缘"是指引起结果的原因，宗炳强调形由神而生，神寓于形，这正是其山水画理论主张通过形象表现神的思想基础。故下文说："是以观画图者，徒患类之不巧，不以制小而累其似，此自然之势。如是，则嵩华之秀，玄牝之灵，皆可得之于一图矣。""玄牝"出自《老子》第六章："谷神不死，是谓玄牝。玄牝之门，是谓天地根。绵绵若存，用之不勤。"苏辙《老子解》云："谓之'谷神'，言其德也。谓之'玄牝'，言其功也。牝生万物，而谓之玄焉，言见其生而不见其所以生也。"①"玄牝"为道之表征，宗炳所说的"玄牝之灵"即"道"，宗炳认为神、道皆可表现于形象之中，其原因即在于形本由神、道而生。所以他明确提出了"神本亡端，栖形感类，理入影迹，诚能妙写，亦诚尽矣"。这种注重写形的山水画理论，是体现当时山水艺术的发展性质的。

为了能够客观地描绘山水形象以表现神，宗炳提出了"澄怀味象"的审美态度，也就是要求审美主体排除各种外物的干扰，以虚静澄明的精神状态观赏山水。这与《老子》说的"涤除玄览"，《庄子》说的"心

---

① 陈鼓应：《老子今注今译》，商务印书馆2003年版，第99页。

斋""坐忘"所达到的精神状态相同。但是老、庄是以"道"为对象①，而宗炳则是"象"为对象，将体道的方式发展为审美的方式，陆机《文赋》即提出了这种观物方式，"伫中区以玄览，颐情志于《典》《坟》。"许文雨《文论讲疏》云：

"伫中区"云者，盖有旷立览远之义。"玄"训为幽远深冥。玄览义同览冥。高诱释《淮南·览冥》题篇之义云："览观幽冥变化之端，至精感天，通达无极。"此道家深观物化之说。魏晋才子，好驱遣玄言，不妨偶袭。庐山诸道人《游石门诗序》云："虚明朗其照，闲邃笃其情。""乃悟幽人之玄览，达恒物之大情。其为神趣，岂山水而已。"亦哲人自述其玄览宇宙，抒其遐想之意也。②

简单地讲"玄览"即以玄静虚明之心观物。慧远《佛影铭》云："慧风虽遐，维尘攸息。匪圣玄览，孰扇其极。"至庐山诸道人《游石门诗序》说的"幽人之玄览"，就更明确是对山水的观赏了。宗炳对庐山诸人"玄览"的观物方式显然是了解的，如《明佛论》云："凡若此情，又皆牵附先习，不能旷以玄览，故至理匪遐，而疑以自没。""所谓轩辕之前，遐哉邈矣者，体天道以高览，盖昨日之事耳。"宗炳这里所说的"玄览""高览"，其对象虽不是山水，但都有深入观察之意。而"若使回身中荒，升岳遐览，妙观天宇澄肃之旷，日月照洞之奇"，这里的"遐览"就是庐山诸道人说的"玄览"，其对象正是山水景物。宗炳有时又称其观物方式为"贞观"，《明佛论》："今于无穷之中，焕三千日月以列照，丽万二千

---

① 《老子》讲的"玄览"乃是一种观道的方式，张岱年《中国哲学大纲》说："老子讲'为道'，于是创立一种直觉法，不重经验而主直接冥会宇宙根本。'玄览'即一种直觉。"（中国社会科学出版社1982年版，第531页）冯友兰《中国哲学史新编》也说："《老子》认为，要认识'道'也要用'观'。'常有欲以观其妙，常无欲以观其徼。'这是对于'道'的'观'。它认为，这种观需要另一种方法，它说：'涤除玄览，能无疵乎？''玄览'即'览玄'，'览玄'即观道。要观道，就要先'涤除'。'涤除'就是把心中的一切欲望都去掉，这就是'日损'。'损之又损'以至于无为，这就可以见道了。见道就是对于道的体验，对于道的体验就是一种最高的精神境界。"（《冯友兰文集》第九卷《中国哲学史新编》第二册，第37页）

② 陆机著，张少康集释：《文赋集释》引，人民文学出版社2002年版，第22页。

天下以贞观。"这种观物方式明显受慧远影响。慧远特别强调客观细致地观察对象，这是山水作为审美对象所必须具有的审美态度和方式。南齐谢赫《古画品录》列宗炳于第六品，"炳于六法，亡所遗善。然含毫命素，必有损益。迹非准的，意足师放。"① 所谓的"迹非准的，意足师放"即宗炳画迹不可作为标准，然立意思想却足可仿效。② 这正是迹不逮意，是宗炳绘画实践与理论上存在的矛盾，但是谢赫特别指出其"意足师放"，即注意到宗炳绘画在立意思想上的过人之处，唐张彦远谓："宗炳、王微，皆拟迹巢由，放情林壑，与琴酒而具适，纵烟霞而独往。各有《画序》，意远迹高，不知画者，难可与论。"③ 这或与宗炳从"形道"、"形神"来把握绘画的理论和实践有密切关系④，而宗炳的这种思想和美学观则较明显源自慧远。

传统"形神"思想重神而忽形，艺术则以"神"为表现范畴，这种观念随着玄学"得意忘象"的流行而进一步加强，阻碍了艺术中写实主义的出现，这也是东晋时期山水审美意识和能力得到进一步发展，而山水诗、山水画却没有得到相应发展的根本原因。东晋后期慧远由佛教"形神"思想发展出的"形象本体"之学，扭转了传统重形忽神的"形神"观，为客观写实的山水艺术的产生奠定了思想基础。宗炳《画山水序》中重视通过"形"的描绘表现"神"的"形神"思想即源于慧远"形象本体"之学。稍作分析可以清楚发现，《画山水序》的"形神"观与慧远的思想是极为契合的，如"神本亡端，栖形感类"，源于慧远《万佛影铭》"神道无方，触像而寄"；"山水质有而趣灵"，源于《游石门诗序》"开阖之际，状有灵焉，而不可测也""其为神趣，岂山水而已哉"；"畅神"说则出自《游石门诗序》"虽仿佛犹闻，而神以之畅"。从这些简单的对比，即可清楚地看出慧远"形象本体"之学对宗炳山水画思想

---

① 张彦远：《历代名画记》，人民美术出版社1964年版，第132页。
② 陈传席：《六朝画论研究》，中国青年出版社2015年版，第258页。
③ 张彦远：《历代名画记》，第134页。
④ 当前对宗炳画论的研究，比较多注意到其道家、佛教的思想基础，前者如陈传席《六朝画论研究》之"宗炳《画山水序》研究"；后者如张晶《宗炳绘画美学思想新泉》（《江汉论坛》2010年第3期）等可以参见。

是有直接的影响的。在山水审美方法上，宗炳认为需以"澄怀味象"之法观赏山水，才能体悟山水的"趣灵"，此即慧远《游山记》提出的"凝神览视"，也就是以虚明闲邃之心客观地观察山水之美，这其实就是莫里茨·盖格尔《艺术的意味》所谓的"真正审美态度"的"外在的专注"[1]，而与东晋人注重主观感受的山水鉴赏有本质区别。从艺术特点上来看，《画山水序》"以形写形，以色貌色"的客观再现的写实手法，与顾恺之强调想象和虚构的"迁想妙得"之法也有本质的区别，艺术手法的这种区别源于"形"与"神"两种表现范畴的歧异，这也是玄学"得意忘象"与慧远"形象本体"之学两种美学思想的区别在艺术上的体现。这也说明，宗炳之所以能够超越山水画的艺术实践建构成熟的山水画理论，与他对慧远"形象本体"之学的敏锐把握是密切相关的。

《画山水序》是我国绘画史上第一篇论述山水画创作理论的重要著作，它在绘画理论上的一些重要命题都得到了后人的重视，特别是对山水画创作中的透视原理、以山水画观道畅神的功能，及《画山水序》的美学意义等具体问题作了许多研究。但是对于宗炳在传统山水画创作远未成熟的情况下，建构起系统的山水画理论这一超前的现象，目前学界的研究却是非常薄弱的，这是绘画史中一个重要的问题，对准确地理解传统山水画理论的发展具有重要的意义。本节从分析慧远"形象本体"之学出发，探讨宗炳对慧远美学思想的接受及对其山水画理论建构的影响，这是研究宗炳山水画理论一个比较新的视角，还可以再作进一步的研究。

## 第二节　玄佛合流与刘勰《文心雕龙》"太极"论

《文心雕龙·原道》云："人文之元，肇自太极。"《说文解字》："《九家易》曰：元者，气之始也。"[2]詹锳《文心雕龙义证》云："'元'

---

[1] ［德］莫里茨·盖格尔：《艺术的意味》，艾彦译，华夏出版社1999年版，第102页。
[2] 许慎撰，段玉裁注：《说文解字注》，上海古籍出版社1988年版，第1页。

指本源或根源。"① 所以历来一般将此处的"太极"解释为"元气"。但是刘勰《原道》题篇是仿效《淮南子》开篇的《原道训》，高诱注云："原，本也。本道根真，包裹天地，以历万物，故曰原道。"②《淮南子》以道家思想为本，其所谓的"道"即道家之"道"，刘勰仿《原道训》题篇，其"道"为"自然之道"，显然具有本体之义，《序志》说："盖《文心》之作也，本乎道，师乎圣，体乎经。"这也说明《原道》所论的乃是文学本源于道，陆侃如、牟世金《文心雕龙译注》的解题即说："'原'是本，'道'是'自然之道'；'原道'就是文本于'自然之道'。"③ 本源是本质之源④，文学的本源就是文学本质的本体依据，所以文学本源论实质上是一个本体论的问题。《原道》篇正是从本体论的角度来使用"太极"一词，即以"太极"为"人文"之本体，这是刘勰的文学本源观。因此"太极"一词在《文心雕龙》全书虽然只出现一次，却又极为重要。但是历来各家大多未能从本体论的角度来理解刘勰的"太极"，而将"太极"解释为"人文"起源的"元气"实体，这其实是将文学本体论问题转换成为文学史问题。因此有必要在厘清《文心雕龙》的学术渊源的基础上，对"太极"的内涵进行深入的辨析。正始玄学兴起之后，王弼以玄理阐释《周易》，其易学与汉儒朴实之体较然有别，在对"太极"的解释上，以本体的"无"取代儒家的"元气"说。西晋以来，王弼易学极为流行，东晋南朝时期南方更是以王弼易学为主。刘勰深受玄学、佛教的影响，从这一学术渊源来看，刘勰的易学主要来自王弼，因此《文心雕龙》的"太极"乃是本体之义而非历来所解释的元气实体。对这一点的清楚认识，有助于我们准确把握《原道》乃至整部《文心雕龙》的理论性质。

---

① 詹锳：《文心雕龙义证》，上海古籍出版社1989年版，第12页。
② 刘文典：《淮南鸿烈集解》，中华书局1989年版，第1页。
③ 陆侃如、牟世金：《文心雕龙译注》，齐鲁书社2009年版，第93页。
④ [德] 海德格尔：《艺术作品的起源》，孙周兴选编《海德格尔选集》，上海三联书店1996年版，第237页。

## 一　王弼易学的流行与刘勰的学术渊源

《文心雕龙》从思想内容到结构安排等方面，皆与《周易》有密切的关系，但是刘勰主要受儒家易学还是王弼代表的玄学易学的影响呢？这是准确地理解《文心雕龙》"太极"的内涵的一个关键。因此需要对魏晋南朝易学的发展史进行深入的辨析，把握《文心雕龙》的学术渊源，以准确地阐释其"太极"之说。

汉晋学术转型，易学亦随之嬗变，《三国志·魏书·三少帝纪》载正始六年十二月辛亥，"诏故司徒王朗所作《易传》，令学者得以课试。"[1] 王朗《易传》由其子王肃撰定，王肃是司马昭的岳父，晋武帝司马炎之外祖，故魏末以来极重王朗、王肃易学，其书"下开王弼之明理"[2]。至何晏、王弼更大开以老庄玄理说《易》之风，《四库提要》谓王弼《周易注》云："弼之说《易》，源出费直，……但弼全废象数，又变本加厉耳。平心而论，阐明义理，使《易》不杂于术数，弼与康伯深为有功。祖尚虚无，使《易》竟入于老庄者，弼与康伯亦不能无过。"[3] 黄逢元《补晋书艺文志》也说："东汉末流以谶纬说易，魏王弼独标新学，阐明义理。晋人承之，奉为宗师，入室升堂韩伯最著。然祖尚虚无，流入庄老。"[4] 此实魏晋易学之主流，因此西晋以来，汉儒易学日渐衰微，陆德明《经典释文序录》云："永嘉之乱，施氏、梁丘之《易》亡，孟、京、费之《易》，人无传者，唯郑康成、王辅嗣所注行于世，而王氏为世所重，今以王为主。"[5]《隋书·经籍志》亦云："梁丘氏、施氏、高氏亡于西晋，孟氏、京氏易则有书无师。"[6] 颇可看出汉儒易学在西晋的处境。余嘉锡《四库提要辨证》说："郑学行而众说废，王学盛而郑氏又微。"[7]

---

[1] 陈寿撰，裴松之注：《三国志》，第121页。
[2] 徐芹庭：《易经源流——中国易经学史》，中国书店2008年版，第410页。
[3] 魏小虎编撰：《四库全书总目汇订》，上海古籍出版社2012年版，第8页。
[4] 黄逢元：《补晋书艺文志》，《二十五史补编》第3册，中华书局1955年版，第3899页。
[5] 陆德明撰，黄焯汇校：《经典释文汇校》卷一，第8页。
[6] 魏徵撰：《隋书》，中华书局1973年版，第913页。
[7] 余嘉锡：《四库提要辨证》，中华书局2007年版，第3页。

西晋末北方大乱，士人南渡，王弼之学遂亦流行于南方。《晋书·荀崧传》载晋元帝践祚后：

> 时方修学校，简省博士，置《周易》王氏、《尚书》郑氏、《古文尚书》孔氏、《毛诗》郑氏、《周官礼记》郑氏、《春秋左传》杜氏服氏、《论语》《孝经》郑氏，博士各一人，凡九人，其《仪礼》《公羊》《穀梁》皆省不置。崧以为不可，乃上疏曰："今九人以外，犹宜增四。愿陛下万机余暇，时垂省览。宜为郑《易》置博士一人，郑《仪礼》博士一人，《春秋公羊》博士一人，《谷梁》博士一人。"会王敦之难，不行。①

东晋立王弼易学博士，而郑玄易学不得立，因此东晋以来王弼易学大盛于江南，郑玄易只间或流行，至东晋孝武帝太元年间，亦置王肃易学②，此后则王弼易学独尊。据《晋书》所载，当时传汉代易学仅有续咸、董景道、韩友、郭琦数家。以《易》清谈者则有王湛、王浑、殷融、殷浩、谢鲲、裴楷、刘惔、阮修等。《世说新语·赏誉》："王仲祖、刘真长造殷中军谈，谈竟，俱载去。刘谓王曰：'渊源真可。'王曰：'卿故堕其云雾中。'"刘孝标注引《中兴书》："浩能言理，谈论精微，长于《老》《易》，故风流者皆宗归之。"③ 可见东晋易学固以玄理为旨归。当时有易学著作者亦不乏其人，如东晋秘书郎张璠作《周易集解》十卷，此书采集钟会、向秀、阮咸、王济等魏晋说易者二十二家④，其易学大多与王弼同出一源，如王济《易义》，文廷式《补晋书艺文志》云："《魏志·钟会传》注引何劭《王弼传》曰：太原王济尝云见王弼易注，所悟者多。

---

① 房玄龄：《晋书》，第 1976—1978 页。
② 萧子显《南齐书·陆澄传》："太元立王肃《易》，当以在玄弼之间。"（第 684 页）
③ 余嘉锡：《世说新语笺疏》，第 469 页。
④ 《隋书·经籍志》题为晋著作郎张璠注《周易》八卷，梁有十卷；《旧唐书·经籍志》、《新唐书·艺文志》皆作张璠《周易集解》；丁国均《补晋书艺文志》引《七录》谓张采集解易者至二十八家。

据此则济盖辅嗣之学也。"① 可以说以玄理解《易》是两晋易学的主流②。据丁国均《补晋书艺文志》所载，两晋易学有四十八家，五十五部③，徐芹庭《易经源流——中国易经学史》则总结出有五十四家，七十一部，其数虽不少但大多为发挥王弼易义者。④

南朝学术上承魏晋，仍崇尚玄风，又由于佛教义学的盛行，故会通玄理的王弼易学最为时人所重。《北史·儒林传》说："江左，《周易》则王辅嗣。"⑤ 孔颖达《周易正义序》也说："唯魏世王辅嗣之注，独冠古今，所以江左诸儒并传其学。"刘宋以来，清谈风气虽不如两晋，但渐成专家之学⑥，其影响于南朝思想学术仍不可忽视。《宋书·雷次宗传》载："时国子学未立，上留心艺术，使丹阳尹何尚之立玄学。"⑦ 可见刘宋以来仍极重玄学。颜延之《庭诰》："《易》首体备，能事之源。马、陆得其象数，而失其成理；荀、王举其正宗，而略其数象。四家之见，虽各有所志，总而论之，情理出于微明，气数生于形分；然则荀、王得之于心，马、陆取之于物，其芜恶迄可知矣。夫数象穷则太极著，人心极则神功彰，若荀、王之言《易》，可谓极人心之数者也。"⑧ 余嘉锡《四库提要辨证》云："据本传，延之为刘湛及彭城王义康所忌，出为永嘉太守，又被免官。闲居无事，乃作《庭诰》。篇中所言，自是本怀。及刘湛诛，始复被用，累迁至国子祭酒，遂行其素志，黜郑置王耳。《庭诰》虽不及康成，然郑为马融弟子，以爻辰言《易》，亦是象数之学，延之以马之象数为芜恶，则其于郑可知。"⑨ 《南齐书·陆澄传》载陆澄与王俭书曰："元嘉建学之始，玄、弼两立。逮颜延之为祭酒，黜郑置王，意在贵

---

① 文廷式：《补晋书艺文志》，《二十五史补编》第3册，第3703页。
② 徐芹庭：《易经源流——中国易经学史》，第428页。
③ 丁国均：《补晋书艺文志》，《二十五史补编》第3册，第3655页。
④ 徐芹庭：《易经源流——中国易经学史》，第433页。
⑤ 李延寿：《北史》，第2709页。
⑥ 参见萧子显《南齐书》所载王僧虔《诫子书》。（第598页）
⑦ 沈约：《宋书》，第2293页。
⑧ 严可均校辑：《全上古三代秦汉三国六朝文》，第2637页。
⑨ 余嘉锡：《四库提要辨证》，第6页。

玄，事成败儒。"① 《宋书·礼志》："宋高祖受命，诏有司立学，未就而崩。太祖元嘉二十年，复立国子学，二十七年废。"② 曹道衡、刘跃进《南北朝文学编年史》谓颜延之《皇太子释奠会诗》有"妾先国胄，侧闻邦教"，是其已为国子祭酒之证，故系颜延之为国子祭酒在元嘉二十二年。③ 颜氏为国子祭酒后即"黜郑置王"，故刘宋时郑氏《易》之立于国学当在元嘉二十年至二十二年（443—445）之间，时间很短，其影响自极为有限。

至南齐永明间，在陆澄、王俭的努力下，郑《易》得与王《易》同置博士，《南齐书·陆澄传》载澄在"永明元年，转度支尚书。寻领国子博士。时国学置郑、王《易》"④。据《南齐书·武帝纪》永明三年（485）正月诏："今遐迩一体，车轨同文，宜高选学官，广延胄子。"⑤ 可知郑《易》重置博士在永明三年（485）。《南齐书·礼志》："建武四年正月，诏立学。永泰元年，东昏侯即位，尚书符依永明旧事废学。领国子助教曹思文上表曰：'……永明以无太子故废，斯非古典也。'"⑥ 由此可见永明三年（485）立学，至十一年以皇太子薨而废。⑦ 建武四年（497）又立，至永泰元年（498）东昏侯即位再废。郑氏《易》虽重得立国学，但在南齐的影响仍极小。余嘉锡即指出："自元嘉废黜，至永明复立，中间旷绝垂四十年，老师宿儒，存者盖亦无几，而二十余年之间，又经两度废学，欲望于数年之顷，起衰救弊，昌明绝学，其可得哉？"⑧ 陈述《补南齐书艺文志》载南齐易学著作十四部，其中如周颙《周易论》、祖冲之《易义》、沈驎士《周易要略》《周易两系》、顾欢《王弼易

---

① 萧子显：《南齐书》，第 684 页。
② 沈约：《宋书》，第 367 页。
③ 曹道衡、刘跃进：《南北朝文学编年史》，人民文学出版社 2000 年版，第 140 页。
④ 萧子显：《南齐书》，第 683 页。
⑤ 萧子显：《南齐书》，第 50 页。
⑥ 萧子显：《南齐书》，第 144 页。
⑦ 《南齐书·武帝纪》记载，永明十一年（493）正月，皇太子萧长懋薨。（第 60 页）
⑧ 余嘉锡：《四库提要辨证》，第 9 页。

第三章　士僧交往与六朝文艺理论 / 357

二系》等大抵皆以玄理解易。① 当时的大儒刘瓛有《周易四德例》《周易乾坤义》《周易系辞义疏》等易学著作，然据余嘉锡考证，"案《经典释文序录》云：'王氏为世所重，今以王为主，其《系辞》以下，王不注，相承以韩康伯注续之。'又云：'谢万以下十人，并注《系辞》。'十人之中，韩伯、刘瓛皆与焉。凡此诸人，皆以王弼不注《系辞》，为之补作，其为王氏学可知。"② 又明僧绍亦在陆德明《经典释文序录》所载注系辞者十人之中，因此其《周易系辞注》当亦为王氏之学。可见在儒学复兴的南齐，其易学仍以王弼为主，就是刘瓛、明僧绍这样的大儒也仍尊王弼之学，故陆澄与王俭书云："今若不大弘儒风，则无所立学，众经皆儒，惟《易》独玄。玄不可弃，儒不可缺，谓宜并存，所以合无体之义。"③ 所谓的"惟《易》独玄"，可以说就是当时易学的真实情况。④

至梁朝，"《周易》郑、王两家，虽同立国学，而时方尚玄，学官必多讲王注，纵征引及郑，适足供其诘难耳。"⑤ 又梁武帝"虽出儒生，本自信道，及登大位，舍道事佛，故其学术，出入二氏，《易》宗辅嗣，为可援儒入墨。其于康成，臭味差池，犹冰炭也。简文、孝元，相继讲论，父子作述，衣被朝野，风行草偃，理有固然，况在学官，岂同化外？故郑氏《易》之在南朝，日以益微，特未明诏废之而已"⑥。又《魏书·儒林·李兴业传》载，李业兴，上党长子人也，天平四年使梁，梁武帝问

---

① 《南齐书·周颙传》谓周颙"兼善《老》《易》。与张融相遇，辄以玄言相滞，弥日不解"（第732页）。《祖冲之传》谓祖冲之"著《易》《老》《庄》义"（第906页）。《沈麟士传》谓沈麟士"著《周易两系》《庄子内篇训》，注《易经》。……《老子要略》数十卷"。（第944页）《顾欢传》谓顾欢"从豫章雷次宗咨玄儒诸义，删撰老氏。……又注王弼易二系，学者传之"（第929、935页）。又尚秉和《易说评议》也指出沈麟士《周易要略》"其说多华而不实，以王弼为宗主者欤"（光明日报出版社2006年版，第27页）。

② 余嘉锡：《四库提要辨证》，第12页。《南齐书·陆澄传》载陆澄与王俭书云："弼于注经中已举《系辞》，故不复别注。今若专取弼《易》，则《系》说无注。"（第684页）刘瓛、明僧绍等即是针对王弼无注《系辞》而为之补作。

③ 萧子显：《南齐书》，第684页。

④ 萧子显：《南齐书·刘瓛传》载刘瓛讲《月令》毕，谓学生严植曰："江左以来，阴阳律数之学废矣。吾今讲此，曾不得其仿佛。"（第680页）此虽非直接针对易学而发，然颇可见汉儒之学在南朝之衰微，其于易亦复如此。

⑤ 余嘉锡：《四库提要辨证》，第10—11页。

⑥ 余嘉锡：《四库提要辨证》，第11—12页。

曰:"《易》曰太极,是有无?"业兴对:"所传太极是有,素不玄学,何敢辄酬。"①可见梁武帝亦主王弼易学,故士人多习之。现在所能看到的梁代易学著作,如褚仲都《易注》,尚秉和《易说评议》据现存佚文,认为"皆申王义"②,可知梁代易学亦以王弼为主者。

总之,王弼《易》学因缘时会在东晋南朝以来即极为盛行,其原因余嘉锡《四库提要辨证》论之极详:"汉自桓、灵以后,庄、老之学渐兴,……迄乎正始之间,何晏以高才贵仕,手握权势,能清言,善《老》《易》,为天下谈士所宗,辅嗣少年通辩,为晏所奇,以为可以言天人之际,作《周易注》,附会庄、老,遂与晏齐名,并称王、何。清谈之士,争相推重。王济谓见王弼《易注》,所悟者多,故得立于国学。及晋宋之际,佛学渐盛,往往依附道家,以为外护,……由是江左儒生归心释教者,辄兼讲《老》《易》,欲以通彼我之邮,而其关键则在辅嗣之注。……然则弼藉《周易》以谈老、庄,江南诸儒,复藉弼注以阐佛教,老、庄既魏晋所尊,佛教又南朝所尚,此弼注所以盛行,郑《易》由斯渐废也。"③因此南朝刘宋齐梁诸朝儒学虽渐昌,但时人谈儒术"仍沿玄学之观点,与王弼注《周易》、何晏解《论语》固为一系"④。刘勰主要活动于齐梁,《文心雕龙》作于齐末⑤,故东晋南朝盛行的王弼易学,乃是其写作《文心雕龙》的重要的学术背景和渊源。

## 二 佛教与刘勰对王弼易学的接受

玄佛合流是东晋学术大势和突出特点,刘勰崇信佛教博通经论、深研义理,佛教是其另一个重要的学术思想渊源,从这一点来看,在易学上刘勰也主要是接受了王弼易学的影响。

《梁书·文学·刘勰传》载:"勰早孤,笃志好学,家贫不婚娶,依

---

① 魏收:《魏书》,中华书局1974年版,第1864页。
② 尚秉和:《易说评议》,第29页。
③ 余嘉锡:《四库提要辨证》,第6—7页。
④ 汤用彤:《汉魏两晋南北朝佛教史》,第337页。
⑤ 刘毓崧《书文心雕龙后》有翔实的考订,见《通义堂文集》卷十四。(《清代诗文集汇编》,上海古籍出版社2010年版,第670册,第514页)

沙门僧祐，与之居处，积十余年，遂博通经论，因区别部类，录而序之。今定林寺经藏，勰所定也。……勰为文长于佛理，京师寺塔及名僧碑志，必请勰制文。"本传又说："天监初，起家奉朝请，中军临川王宏引兼记室。"①按《梁书·临川王传》："天监元年，封临川郡王。……三年加侍中，进号中军将军。"②又《梁书·武帝纪》："（天监）三年春正月戊申，后将军、扬州刺史临川王宏进号中军将军。"③故刘勰当于天监三年（504）离开定林寺。据《高僧传》记载，定林寺超辩卒于永明十年（492），刘勰为之作碑文，可知他在永明十年之前即进入定林寺，由他"起家奉朝请"的天监三年，上推"十余年"，正好是永明七（489）、八年（490）之际，这时刘勰大概二十三左右。④《文心雕龙·序志》云："齿在逾立，则尝夜梦执丹漆之礼器，随仲尼而南行。……于是搦笔和墨，乃始论文。"⑤可见刘勰大约在三十岁之后开始写作《文心雕龙》，即在他已到定林寺依僧祐七八年之后。僧祐是齐梁著名的高僧，其所在的定林寺聚集了众多高僧，如僧远、僧柔、法通、智称、道嵩、超辩、慧弥、法愿等，很多崇信佛教的权贵名流，亦常至寺中礼拜听讲，王侯如萧子良、萧宏、萧伟，名流如何点、周颙、明僧绍、张融、袁昂、何胤等。寺中藏有大量的佛教经论典籍。刘勰入定林寺依僧祐可能有诸多原因，但崇信佛教应该是重要的原因之一。⑥在定林寺其间，刘勰刻苦研阅释典，故能够"博通经论"，"经论"即三藏中之经藏与论藏，因此他成了僧祐重要的助手，《梁书》本传谓"京师寺塔及名僧碑志，必请勰制文"，这除了刘勰富有文学写作才能，很大程度上还因为他对佛教有深入的了解，因此后人怀疑僧祐诸记序很可能是刘勰代笔的，明代曹学佺《文心雕龙序》云："窃恐祐《高僧传》，乃勰手笔。"（案：《高僧传》乃

---

① 姚思廉：《梁书》，中华书局1973年版，第710—712页。
② 姚思廉：《梁书》，第340页。
③ 姚思廉：《梁书》，第40页。
④ 张少康：《刘勰及其〈文心雕龙〉研究》，北京大学出版社2010年版，第11页；杨明《刘勰评传》，南京大学出版社2001年版，第11—12页。
⑤ 范文澜：《文心雕龙注》，第725—726页。
⑥ 杨明照：《增订文心雕龙校注》，中华书局2012年版，第8—9页。

慧皎所撰。）徐燉《文心雕龙跋》："曹能始云：'沙门僧祐作《高僧传》，乃勰手笔。'今观其《法集总目录序》及《释迦谱序》、《世界序》等篇，全类勰作。则能始之论，不诬矣。"① 又严可均《全梁文》僧祐小传云："案《梁书·刘勰传》：'……今定林寺经藏，勰所定也。'如传此言，僧祐诸记序，或杂有勰作，无从分别。"② 所以《文心雕龙》全书似不关佛理，然其文理密察，组织严谨，显然又与之有关。③

刘勰现存两篇佛学著作，即《灭惑论》和《梁建安王造剡山石城寺石像碑》，其中《灭惑论》颇有助于我们了解刘勰的佛学思想，及其与《文心雕龙》的关系。《灭惑论》作于《文心雕龙》之前④，是针对《三破论》而作的护法文章⑤。刘勰在《灭惑论》里并没有系统地提出自己的佛学思想，但是细绎其旨，我们对其佛学还是能够有一个总体的了解。《灭惑论》中多称涅槃、般若，如：

夫泥洹妙果，道惟常住。

况般若之教，业胜中权。

大乘圆极，穷理尽妙，故明二谛以遣有，辩三空以标无，四等弘其胜心，六度振其苦业。

至道宗极，理归乎一；妙法真境，本固无二。佛之至也，则空玄无形而万象并应，寂灭无心而玄智弥照。幽数潜会，莫见其极；冥功日用，靡识其然。但言万象既生，假名遂立，梵言"菩提"，汉语曰"道"。

且夫《涅槃》、《大品》，宁比玄妙、上清？⑥

这里所举到的"大乘圆极"也是般若，梁法云《御讲般若经序》即称般

---

① 杨明照：《文心雕龙校注拾遗》，上海古籍出版社1982年版，第736、749页。
② 严可均：《全上古三代秦汉三国六朝文》，中华书局1958年版，第373页。
③ 杨明照：《增订文心雕龙校注》，第28页。
④ 参见杨明照《刘勰〈灭惑论〉撰年考》（《杨明照论〈文心雕龙〉》，上海科学技术文献出版社2008年版，第110页）；张少康《刘勰及其〈文心雕龙〉研究》第23页。
⑤ 《三破论》托名张融，宋代释德珪《北山录注解》认为《三破论》乃道士顾欢所作。（神清撰，慧宝注，德珪注解，富世平校注：《北山录校注》，中华书局2013年版，第353页）
⑥ 石峻等编：《中国佛教思想资料选编》（第一册），第323—327页。

若乃"众圣之圆极,而万法之本源"①;《大品》即《放光般若经》。可见刘勰的佛学思想特别重视涅槃、般若之学。《文心雕龙·论说》云:"然滞有者,全系于形用;贵无者专守于寂寥,徒锐偏解,莫诣正理;动极神源,其般若之绝境乎!"即认为般若表现了最深、最高的道理。般若学在东晋以来因附玄学而极为盛行,有六家七宗之说。东晋末,僧肇在鸠摩罗什介绍龙树中观学之后,写了《不真空论》《般若无知论》等论文,标志着中国人已能准确理解般若学。刘勰《灭惑论》中所谓"佛之至也,则空玄无形而万象并应,寂灭无心而玄智弥照",很可能就受到僧肇《般若无知论》的影响,如僧肇云:"内虽照而无知,外虽实而无相,内外寂然,相与俱无"② "是以照无相,不失抚会之功;睹变动,不乖无相之旨。"③ 但是我们看到,《灭惑论》中仍然有明显的玄佛并用的色彩,如称佛教为"玄宗",佛教之化则曰"玄化",其他如"空玄""玄智""妙本""宗极"之类都是玄佛并用之名。④ 这说明刘勰仍然深受玄学思想的影响。这正是东晋以来佛教、玄理相契合这一学术背景的体现。王元化认为:"《灭惑论》:'至道宗极,理归乎一;妙法真境,本固无二。'亦同本宗极是一之旨。案宗极为玄佛并用的专名。……实际上,宗极正是玄学家所说的本体。玄学家认为本无而末有,故空无(《灭惑论》曰空玄)乃宇宙万有之本体(或言实体、实相)。本体无相,而为万有之源。本体不分无二,故又名为一极(或假名《周易》用语称为太极)。据此一极义,虽万有纷纭,终不超过本体之外。"⑤ 杨明《刘勰评传》也说:"佛学东传,即与中土玄学相结合,成为所谓佛教玄学。关于宇宙本体,大乘佛学原是不大注意的。而中土人士头脑中,老、庄关于道的说法(还有《周易》关于太极的论述),却是根深蒂固,成为普通常识。因此

---

① 《大正藏》,第52册,第235页。
② 僧肇著,张春波校释:《肇论校释》,第102页。
③ 僧肇著,张春波校释:《肇论校释》,第165页。
④ 王元化:《〈灭惑论〉与刘勰的前后期思想变化》,《文心雕龙讲疏》,上海三联书店2012年版,第39页。
⑤ 王元化:《〈灭惑论〉与刘勰的前后期思想变化》,《文心雕龙讲疏》,上海三联书店2012年版,第43页。

他们谈到佛学中某些问题时,往往与道家、玄学关于宇宙本体的说法相比附。"① 两位学者都指出了中土士人以"太极"为本体的观念,并指出其与佛教的关涉。刘勰的佛学渊源在般若和涅槃,两者皆与玄学密切相关,从这一点来讲,刘勰显然也是以"太极"为本体的,这也可以说明其"太极"观当主要受王弼《易》学的影响。而且很值得注意的是,《灭惑论》有一段:

> 《三破论》云:道以气为宗,名为得一。……《灭惑论》曰:至道宗极,理归乎一;妙法真境,本固无二。佛之至也,则空玄无形而万象并应,寂灭无心而玄智弥照。幽数潜会,莫见其极;冥功日用,靡识其然。但言万象既生,假名遂立,梵言"菩提",汉语曰"道"。②

所谓"至道宗极,理归乎一",即以"一"为本体之"宗极",刘勰以此批判以"气"为"一"之说,如果将此放在对"太极"的理解上,那么我们可以清楚地看出,刘勰是认为"太极"是本体的"一",并以之反驳《三破论》"道以气为宗"之说。以"气"为"一"是汉代儒家的基本观点,刘勰对此的批评说明他在易学上的学术渊源,不是出自汉儒而主要来自王弼。

从《文心雕龙》的文本来看,我们也可以发现刘勰深受王弼易学思想的影响。《原道》云:"玄圣创典,素王述训,莫不原道心以敷章,研神理而设教。"又赞曰:"道心惟微,神理设教。"这两处"神理"都来自《周易·观》:"观天之神道,而四时不忒。圣人以神道设教而天下服矣。"③ 刘勰的"神理设教"与《周易》的"神道设教"其义相同。王弼注这条彖辞云:"神则无形者也。不见天之使四时,而四时不忒;不见圣人使百姓,而百姓自服也。"④ 王弼强调天道自然,刘勰也强调天道自然,

---

① 杨明:《刘勰评传》,南京大学出版社 2001 年版,第 47 页。
② 石峻等编:《中国佛教思想资料选编》(第一册),第 326 页。
③ 王弼撰,楼宇烈校释:《周易注》,第 110 页。
④ 王弼撰,楼宇烈校释:《周易注》,第 110 页。

他在《原道》开篇提出"自然之道",篇末又归于"神理","自然之道"与"神理"是一致的①,其来源都出于王弼的易学。又如《论说》篇评价王弼的《周易注》云:"王弼之解易,要约明畅,可为式矣。"刘勰阐述论体文的内在要求说:"原夫论之为体,所以辨正然否,穷于有数,追于无形,迹坚求通,钩深取极;乃百虑之筌蹄,万事之权衡也。故其义贵圆通,辞忌枝碎,必使心与理合,弥缝莫见其隙,辞共心密,敌人不知所乘,斯其要也。是以论如析薪,贵能破理。斤利者越理而横断;辞辨者反义而取通:览文虽巧,而检迹知妄。唯君子能通天下之志,安可以曲论哉?"也就是强调论体文要做到辞、义的紧密结合。从这一点来讲,刘勰认为王弼《周易注》可为论体文之法式,可见他对王弼易注的文辞和义理,都是极为推崇的。这进一步说明,刘勰易学来自于王弼。

### 三 《文心雕龙》"太极"的含义

正始之际玄学的发展,《周易》是其思想渊源之一,与《老》《庄》合称三玄,因此魏晋以来《周易》被非常明显地进行了玄学化的阐释,出现了儒家与玄学两种不同的易学,"太极"也因之具有不同的含义。

"太极"见于《周易系辞》:"是故易有太极,是生两仪。"②陈鼓应认为这是讲"八卦所象征的宇宙万物的创生过程。'太极'即浑沌未分的一气"③。汉代以来,儒家皆从宇宙起源论来解释太极,如《淮南子·览冥训》:"引类于太极之上。"高诱注:"太极,天地始形之时也。"④郑玄注《周易乾凿度》"孔子曰易始于太极"一句云:"气象未分之时,天地之所始也。"⑤《晋书·纪瞻传》载顾荣说:"太极者,盖谓混沌之时蒙昧未分。"⑥刘宋郑鲜之《神不灭论》云:"太极为两仪之母,两仪为万物

---

① 程天佑、孟二冬:《〈文心雕龙〉"神理"辨》,《文学遗产》1982年第3期。
② 陈鼓应、赵建伟:《周易今注今译》,第627页。
③ 陈鼓应、赵建伟:《周易今注今译》,第634页。
④ 刘文典:《淮南鸿烈集解》,第197页。
⑤ 文渊阁:《四库全书》第53册,第867页。
⑥ 房玄龄:《晋书》,第1819页。

之本。彼太极者，浑元之气而已。"① 孔颖达《周易正义》云："太极谓天地未分之前，元气混而为一，即太初太一也。"② 在魏晋玄学背景下"太极"的重要发展，是王弼以本体的"无"取代汉代的元气实体之说。汤用彤《王弼大衍义略释》云："易学关于天道，辅之以《太玄》，在汉末最为流行。马、郑而外，荆州宋衷，江东虞翻，北方荀爽，各不相同。今日欲知汉代宇宙学说如何演变为魏晋玄学本体论者，须先明汉魏间易学之变迁。汉代旧《易》偏于象数，率以阴阳为家。魏晋新《易》渐趋纯理，遂常以《老》、《庄》解《易》。"又云："王弼注《易》摈落象数而专敷玄旨。其推陈出新，最可于其大衍义见之。"③《周易·系辞上》："大衍之数五十，其用四十有九。"韩康伯注引王弼曰："演天地之数，所赖者五十也，其用四十有九，则其一不用也，不用而用之以通，非数而数以之成，斯《易》之太极也。四十有九，数之极也。夫无不可以无明，必因于有，故常于有物之极，而必明其所宗也。"④ 可见王弼认为太极就是"无"。孔颖达《周易正义》引何晏曰："上篇明无，故曰《易》有太极，太极即无也。"⑤ 以太极为"无"，这是正始玄学的一个基本看法，汤用彤对此阐释极详：

不用之一，斯即太极。夫太极者非于万物之外之后别有实体，而实即蕴摄万理孕育万物者耳。故太极者（不用之一）固即有物之极（四十九）耳。吾人岂可于有物（四十九）之外，别觅本体（一）。实则有物依体以起，而各得性分。……据此则末有之极，即本无即太极也；"四十有九"亦即"不用之一"也。不过四十有九为数，而一则非数也。夫数所以数物，万形万用，固均具名数。但太极谓万用之体而非一物，故超绝象数，而"一"本非数。故曰"不用而用以之通，非数而数以之成"。万物本其所以通，本其所以成，

---

① 释僧祐撰，李小荣校笺：《弘明集校笺》，第242页。
② 孔颖达：《周易正义》，上海古籍出版社1990年版，第158页。
③ 汤用彤：《魏晋玄学论稿》，上海古籍出版社2005年版，第50—51页。
④ 王弼撰，楼宇烈校释：《王弼集校释》，第547—548页。
⑤ 孔颖达：《周易正义》，第145页。

固与太极同体（即谓体用一如），而非各为独立实体也。夫汉儒固常用太极解"不用之一"矣，然其"一"与"四十九"固同为数。"一"或指元气之浑沦，或指不动之极星，"四十有九"则谓十二辰或日月等等，"一"与"四十九"分为二截，绝无体用相即之意。①

可见王弼所谓的"太极"乃是本体之义，而非实体之元气。

《晋书·纪瞻传》载纪瞻与顾荣在赴洛途中论《易》太极，顾荣曰："太极者，盖谓混沌之时曚昧未分，日月含其辉，八卦隐其神，天地混其体，圣人藏其身。然后廓然既变，清浊乃陈，二仪著象，阴阳交泰，万物始萌，六合闿拓。《老子》云：'有物混成，先天地生'，诚《易》之太极也。而王氏云：'太极天地'，愚谓未当。夫两仪之谓，以体为称，则是天地；以气为名，则名阴阳。今若谓太极为天地，则是天地自生，无生天地者也。《老子》又云：'天地所以能长且久者，以其不自生，故能长久'，'一生二，二生三，三生万物'，以资始冲气以为和。原元气之本，求天地之根，恐宜以此为准也。"② 这正是汉儒的易学思想的体现。汤用彤云："顾荣出南土世家，伏膺旧学，推元气之本以释太极，遂谓天地生于太极，而太极非即天地。此则全是《周易乾凿度》也。查王弼书中天地二字用法有二。一就体言，如《老子》七十七章注'与天地合德'，天地则直为本体之别名，因此则太极直为天地矣。一就用言，则为实物，如复卦注曰，天地虽大，而寂然至无为本。夫寂然至无之体并非一实物（非如元气），而其天地之用亦非离体而独立存在。如是则天地之与太极中间具体用之关系，即体即用，则天地即太极也。太极之与天地为体用之关系，而非实物之由此生彼也，因非有时间先后之关系，故王弼释'先天地生'为'不知其谁之子'。不知其谁之子者，谓寂然至无为天地万物之本之极也，并非谓先有混沌之太极，后乃分而为天地，如汉儒所论，顾荣所述也。"③ 王弼这种本体义的"太极"虽不为顾荣所理

---

① 汤用彤：《魏晋玄学论稿》，第57页。
② 房玄龄：《晋书》，第1819页。
③ 汤用彤：《魏晋玄学论稿》，第58页。

解，但正始之后则已在北方得到普遍接受①，包括魏晋之际的一些南方士人也对王弼的易学已有所理解，如纪瞻针对顾荣的易论云："夫天清地平，两仪交泰，四时推移，日月辉其间，自然之数，虽经诸圣，孰知其始。吾子云'曚昧未分'，岂其然乎！圣人，人也，安得混沌之初能藏其身于未分之内！老氏先天之言，此盖虚诞之说，非《易》者之意也。亦谓吾子神通体解，所不应疑。意者直谓太极极尽之称，言其理极，无复外形；外形既极，而生两仪。王氏指向可谓近之。古人举至极以为验，谓二仪生于此，非复谓有父母。若必有父母，非天地其孰在？"② 可见纪瞻已理解了玄学背景下"太极"是"无"，及"太极生天地"之"生"为体用之意。清代皮锡瑞《经学通论》云："汉末易道猥杂卦气爻辰纳甲飞伏世应之说纷然并作，弼乘其弊，扫而空之，颇有摧陷廓清之功，而以清言说经，杂以道家之学，汉人朴实说经之体，至此一变，宋赵师秀诗云，辅嗣易行无汉学，可为定评。"③ 说明王弼易学在正始之后的确是极为流行的，如阮籍《通老论》云："道者自然，《易》谓之'太极'，《春秋》谓之'元'，《老子》谓之'道'也。"④ 阮氏谓"太极"即"道"，亦体现了王弼以玄理阐释"太极"在当时得到普遍的理解和接受。

历来对《文心雕龙》"人文之元，肇自太极"的解释，大多是沿用儒家的元气起源论，或以此为基础而加以引申，如范文澜《文心雕龙注》注"文之为德也大矣，与天地并生者何哉？"说："下文云'人文之元，肇自太极'，故曰与天地并生。"其实即认为人文与天地并生于太极。周振甫《文心雕龙注释》云："元，始。肇，开端。太极，天地未分以前的元气。太极生天地，天地的灵秀之气蕴育成人的五性，就是人文。这是从理论上说明人文与天地并生。"⑤ 詹锳《文心雕龙义证》在引《周易正义》对"太极"的解释之后说："天地剖判，固原乎太极，即人文之始，

---

① 这正是汉末以来南北学风不同造成的结果，参见唐长孺《读〈抱朴子〉推论南北学风的异同》，《魏晋南北朝史论丛》，第349—350页。
② 房玄龄：《晋书》，第1820页。
③ 皮锡瑞：《经学通论》，中华书局1954年版，第25页。
④ 陈伯君：《阮籍集校注》，中华书局1987年版，第159页。
⑤ 周振甫：《文心雕龙注释》，人民文学出版社1981年版，第4页。

第三章　士僧交往与六朝文艺理论　/　367

亦复有同然也。"① 其意也是说人文与天地一样都是起源于天地未分之前的太极。陆侃如、牟世金《文心雕龙译注》认为"太极"是"指天地混沌的时候"②，人文即起源于此时。王元化《文心雕龙讲疏》："《原道》篇所谓'人文之元，肇自太极'，显然是从'太极生两仪'这一说法硬套出来。这样，他就通过太极这一环节，使文学形成问题和《易传》旧有的宇宙起源假说勉强结合在一起。"③ 王运熙、周锋《文心雕龙译注》云："人类之文的根源，起始于混沌之气。"④ 从以上所列举的例子来看，将"人文之元，肇自太极"解释为人文起源于天地未分的"元气"太极是学术界普遍的观点，这显然没注意到魏晋玄学背景下"太极"的本体之义的内涵。而且很明显的是，人文的产生必然是在有人类之后，沈约《宋书·谢灵运传论》阐述文学的起源云："虽虞夏以前，遗文不睹。禀气怀灵，理或无异。然则歌咏所兴，宜自生民始也。"⑤ 即认为人文起源于有人类之后，这在当时就是一个基本认识，《原道》说："（人）为五行之秀，实天地之心。心生而言立，言立而文明，自然之道也。"刘勰也认为有人之"心"才有人文。可见"人文之元，肇自太极"，显然并不是说人文起源于天地之先的"元气"之太极。

　　学界之所以将《文心雕龙》"太极"解释为人文起源于天地未分之元气，与《原道》开篇"文之为德也大矣，与天地并生者何哉"有重要的关系。《文心雕龙》旧注对这句话的解释大多不够准确，如范文澜《文心雕龙注》："《易·小畜·大象》'君子以懿文德'。彦和称文德本此。"⑥ 范氏是以儒家之德来解释此处之"德"字，并以"文德"阐释"文之为德"。周振甫《文心雕龙注释》、杨明照《增订文心雕龙校注》皆将"德"解释为功用属性，陆侃如、牟世金《文心雕龙注释》则释其为"意义"。我们认为这些解释与刘勰所要指出的"文"与"天地并生"之

---

① 詹锳：《文心雕龙义证》，第12页。
② 陆侃如、牟世金：《文心雕龙译注》，第96页。
③ 王元化：《文心雕龙讲疏》，上海三联书店2012年版，第57页。
④ 王运熙、周锋：《文心雕龙译注》，上海古籍出版社2010年版，第3页。
⑤ 沈约：《宋书》，第1778页。
⑥ 范文澜注：《文心雕龙注》，第6页。

"德"明显并不相符。《庄子·天地》:"物得以生,谓之德。"① 《老子》第五十一章:"道生之,德畜之,物形之,势成之。是以万物莫不尊道而贵德。道之尊,德之贵,夫莫之命而常自然。故道生之,德畜之;长之育之;亭之毒之;养之覆之。生而不有,为而不恃,长而不宰。是谓玄德。"② 陈鼓应《老子注译及评介》注云:"德是一物所得于道者。德是分,道是全。一物所得于道以成其体者为德。德实即一物之本性"。又云:"万物成长的过程是:一、万物由道产生;二、道生万物之后,又内在于万物,成为万物各自的本性(道分化于万物即为'德')"。③ 我们认为刘勰"文之为德"的"德"是老、庄所说的"德",即道之体现,而非儒家所谓的"文德"。

此外,对"与天地并生"之"生"也尚需进一步加以解释,因为从天文、地文来讲,谓文与天地同时产生尚可通,若谓"人文"与天地并生,则显然不符合历史事实。詹锳《文心雕龙义证》注此句云:"《庄子·齐物论》:'天地与我并生,而万物与我为一。'此处推其说以论文。"④ 詹氏引《庄子》这两句甚是,但他接下去又说:"范文澜《文心雕龙注》:'下文云:人文之元,肇自太极。故曰与天地并生。'"说明他与范文澜一样认为"人文"与天地并生。这其实是未准确理解《庄子·齐物论》"天地与我并生,而万物与我为一"之义,《庄子》这两句有互文的性质,其基本意思是天地万物与我皆并存齐一,显然这里的"生"不是指产生、生成,汤用彤《王弼大衍义略释》云:"玄理所谓的生,乃体用关系,而非此物生彼物(如母生子等),此则生其所生,亦非汉学所了解之生也。"⑤ 结合"万物与我为一"来看,庄子说的"一"即是道,如《老子》第三十九章云:"昔之得一者:天得一以清;地得一以宁;神得一以灵;谷得一以盈;万物得一以生。"⑥ "一"是万物本体之道,故

---

① 郭庆藩:《庄子集释》,中华书局2004年版,第424页。
② 陈鼓应:《老子注译及评介》,中华书局2009年版,第254页。
③ 陈鼓应:《老子注译及评介》,第255页。
④ 詹锳:《文心雕龙义证》,第2页。
⑤ 汤用彤:《魏晋玄学论稿》,第55页。
⑥ 陈鼓应:《老子注译及评介》,第212页。

"天地与我并生"指的是"我"与天地都是"道"的体现。所以，刘勰所说的"与天地并生"并不是指"文"与天地同时产生，而是说"文"与"天地"都是"道"的体现。张少康《刘勰及其〈文心雕龙〉研究》云："从《原道》篇的基本思想来看，这个'德'就是'得道'的意思。刘勰这一句话的意思是说：文作为'道'的体现，其意义是很重大的，所以是和天地并生的，因为天地也是'道'的体现。"① 这个解释很准确。从这一点来讲，《原道》篇的"太极"也是本体之义。范文澜《文心雕龙注》以"人文之元，肇自太极"阐释《原道》开篇的"与天地并生"，旧注在这两句的解释上大抵也都是互相关联，可见准确解释"文之为德也大矣，与天地并生"，也有助于我们对刘勰"太极"的理解。《序志》云："位理定名，彰乎《大易》之数，其为文用，四十九篇而已。"《文心雕龙》五十篇的结构，正是取《易传》的"大衍之数"。王元化《文心雕龙讲疏》说："《系辞》称：'大衍之数五十，其一不用。'所谓'其一不用'即指'太极'。刘勰没有明言《文心雕龙》五十篇中哪一篇属于不用之一，但就全书的思想体系来看，显然指的是《原道》。因为他以为道（亦即太极）是派生天地万物，包括文学在内的最终原因，正如《易传》所说的太极作用一样。"② "太极"也就是"道"，是文学之本源，从体用的意义上讲，"文"与天地万物皆源于作为本体之"太极"，并作为其体现，唯有如此，"文"才能"与天地并生"，才能"肇自太极"。刘勰的这种文学本源论，正是在王弼玄学本体思想的基础上建构起来的。

王弼以玄学阐释《周易》，是东晋南朝易学的主流，也是刘勰《文心雕龙》重要的学术渊源，对《文心雕龙》"太极"的理解，应该在这一学术背景下来展开。汤用彤《王弼大衍义略释》云："王弼以为天地万物皆以无为本。本者宗极，即其大衍义中所谓之太极。太极无体，而万物由之以始以成。"③ 万物由太极以成，与汉儒所说的太极生天地其义不同，万物由太极以始以成，不是生成之义，道家、玄学的"有生于无"是体

---

① 张少康：《刘勰及其〈文心雕龙〉研究》，第60页。
② 王元化：《文心雕龙讲疏》，第57页。
③ 汤用彤：《魏晋玄学论稿》，第55页。

用关系而非此物生彼物。太极即"无"即"道",《原道》"人文之元,肇自太极"表述的正是一种体用关系,而非谓由太极产生了"人文",这样一种时间先后的生成关系。所以"人文之元,肇自太极",从本质上是说人文的本源在于"道"。这也呼应了《原道》所说的"文"之产生为"自然之道"之说。

# 参考文献

（后汉）支娄迦谶译：《道行般若经》，《大正藏》第 8 册。

（西晋）无罗叉译：《放光般若经》，《大正藏》第 8 册。

（西晋）竺法护译：《光赞般若》，《大正藏》第 8 册。

（后秦）鸠摩罗什译：《摩诃般若波罗蜜经》，《大正藏》第 8 册。

（后秦）鸠摩罗什译：《金刚般若波罗蜜经》，《大正藏》第 8 册。

（后秦）鸠摩罗什译：《维摩诘所说经》，《大正藏》第 14 册。

（后秦）鸠摩罗什、（东晋）慧远：《鸠摩罗什法师大义》，《大正藏》第 45 册。

（北凉）昙无谶译：《大般涅槃经》，《大正藏》第 12 册。

世贤造，（东晋）僧伽提婆译：《三法度论》，《大正藏》第 25 册。

法胜造，（东晋）僧伽提婆译：《阿毗昙心论》，《大正藏》第 28 册。

龙树造，（后秦）鸠摩罗什译：《大智度论》，《大正藏》第 25 册。

龙树造，（后秦）鸠摩罗什译：《中论》，《大正藏》第 30 册。

龙树造，（后秦）鸠摩罗什译：《十二门论》，《大正藏》第 30 册。

龙树造，（后秦）鸠摩罗什译：《百论》，《大正藏》第 30 册。

（后秦）僧肇等：《注维摩诘所说经》，上海古籍出版社 2011 年版。

（后秦）僧肇撰，张春波校释：《肇论校释》，中华书局 2010 年版。

（梁）宝唱：《名僧传抄》，《卍续藏》第 77 册。

（梁）释慧皎撰，汤用彤校注：《高僧传》，中华书局 1992 年版。

（梁）释僧祐撰，苏晋仁、萧錬子点校：《出三藏记集》，中华书局 1995 年版。

（梁）释僧祐撰，李小荣校笺：《弘明集校笺》，上海古籍出版社 2013 年版。

（陈）慧达：《肇论疏》，《卍续藏》第 54 册。

（隋）费长房：《历代三宝记》，《大正藏》第 49 册。

（唐）吉藏：《中观论疏》，《大正藏》第 42 册。

（唐）吉藏：《大乘玄论》，《大正藏》第 45 册。

（唐）吉藏撰，韩延杰校释：《三论玄义校释》，中华书局 1987 年版。

（唐）元康：《肇论疏》，《大正藏》第 45 册。

（唐）道宣：《广弘明集》，《大正藏》第 52 册。

（唐）释道世撰，周叔迦、苏晋仁校注：《法苑珠林校注》，中华书局 2003 年版。

（唐）释道宣撰，郭绍林点校：《续高僧传》，中华书局 2014 年版。

（唐）释道宣：《大唐内典录》，《大正藏》第 55 册。

（唐）释智升撰，富世平点校：《开元释教录》，中华书局 2018 年版。

（唐）神清撰，（宋）慧宝注，（宋）德珪注解，富世平校注：《北山录校注》，中华书局 2013 年版。

（宋）释道诚撰，富世平校注：《释氏要览校注》，中华书局 2014 年版。

（宋）志磐撰，释道法校注：《佛祖统纪校注》，上海古籍出版社 2012 年版。

（宋）祖琇：《隆兴佛教编年通论》，《续藏经》第 75 册。

（元）文才：《肇论新疏》，《大正藏》第 45 册。

（明）德清：《肇论略注》，《卍续藏》第 54 册。

（清）彭绍昇撰，张培锋校注：《居士传校注》，中华书局 2014 年版。

王孺童：《中论讲记》，中华书局 2019 年版。

梁启超：《佛学研究十八篇》，上海古籍出版社 2009 年版。

蒋维乔：《中国佛教史》，中华书局 2015 年版。

汤用彤：《汉魏两晋南北朝佛教史》，中华书局 2016 年版。

吕澂：《中国佛学源流略讲》，中华书局 1979 年版。

吕澂：《印度佛学源流略讲》，上海人民出版社 2005 年版。

陈垣：《中国佛教史籍概论》，上海书店出版社 2006 年版。

陈垣：《释氏疑年录》，广陵书社2008年版。
任继愈主编：《中国佛教史》，中国社会科学出版社1985年版。
方立天：《魏晋南北朝佛教论丛》，中华书局1995年版。
方立天：《中国佛教与传统文化》，中国人民大学出版社2010年版。
方立天：《魏晋南北朝佛教》，中国人民大学出版社2006年版。
张弓：《汉唐佛寺考》，中国社会科学出版社1997年版。
严耕望：《魏晋南北朝佛教地理稿》，上海古籍出版社2007年版。
严耀中：《中国东南佛教史》，上海人民出版社2005年版。
赖永海：《中国佛性论》，江苏人民出版社2012年版。
姚卫群：《佛教思想与文化》，北京大学出版社2009年版。
方广锠：《道安评传》，昆仑出版社2004年版。
李正西：《支遁评传》，宗教文化出版社2009年版。
曹虹：《慧远评传》，南京大学出版社2002年版。
龚斌：《慧远法师传》，江西人民出版社2008年版。
许抗生：《僧肇评传》，南京大学出版社1998年版。
区结成：《慧远》，东大图书公司1987年版。
吴丹：《大乘大义章研究》，吉林人民出版社2008年版。
汤用彤选编，李建欣、强昱点校：《印度佛教汉文资料选编》，北京大学出版社2010年版。
石峻等编：《中国佛教思想资料选编》，中华书局2010年版。
慈怡法师主编：《佛光大辞典》，北京图书馆出版社2004年版。
陈允吉：《古典文学佛教溯源十论》，复旦大学出版社2002年版。
陈允吉：《佛教与中国文学论稿》，上海古籍出版社2010年版。
孙昌武：《佛教与中国文学》，中华书局2019年版。
张伯伟：《禅与诗学》，人民文学出版社2008年版。
普慧：《南朝佛教与文学》，中华书局2002年版。
陈引驰：《中古文学与佛教》，商务印书馆2017年版。
徐清祥：《门阀信仰——东晋士族与佛教》，中国社会科学出版社2010年版。
萧驰：《佛法与诗境》，联经出版事业股份有限公司2012年版。

高文强：《东晋南朝文人接受佛教研究》，中国社会科学出版社 2012 年版。

李小荣：《晋唐佛教文学史》，人民出版社 2017 年版。

（刘宋）范晔：《后汉书》，中华书局 1965 年版。

（晋）陈寿撰，（刘宋）裴松之注：《三国志》，中华书局 1982 年版。

（唐）房玄龄：《晋书》，中华书局 1974 年版。

（梁）沈约：《宋书》，中华书局 1974 年版。

（梁）萧子显：《南齐书》，中华书局 2017 年版。

（唐）姚思廉：《梁书》，中华书局 1973 年版。

（北齐）魏收：《魏书》，中华书局 1974 年版。

（唐）李延寿：《南史》，中华书局 1973 年版。

（唐）李延寿：《北史》，中华书局 1974 年版。

（唐）魏征：《隋书》，中华书局 1973 年版。

（宋）司马光：《资治通鉴》，中华书局 2011 年版。

（刘宋）刘义庆撰，余嘉锡笺疏：《世说新语笺疏》，上海古籍出版社 1993 年版。

（北魏）郦道元撰，陈桥驿校证：《水经注校证》，中华书局 2007 年版。

（唐）许嵩著，张忱石点校：《建康实录》，中华书局 1986 年版。

（唐）陆德明撰，黄焯汇校：《经典释文》，中华书局 2006 年版。

《二十五史补编》，中华书局 1955 年版。

（唐）张彦远：《历代名画记》，人民美术出版社 1964 年版。

（唐）张彦远：《法书要录》，人民美术出版社 1984 年版。

（唐）陆广微：《吴地记》，江苏古籍出版社 1999 年版。

（宋）张敦颐撰，张忱石点校：《六朝事迹编类》，中华书局 2012 年版。

（宋）施宿等纂：《嘉泰会稽志》，中华书局 1990 年版。

（宋）高似孙：《剡录》，台湾成文出版有限公司据嘉定八年刊本，同治九年重刊本影印。

（宋）陈舜俞：《庐山记》，《大正藏》第 51 册。

吴宗慈编撰：《庐山志》，江西人民出版社 1996 年版。

陈寅恪：《金明馆丛稿初编》，生活·读书·新知三联书店 2001 年版。

陈寅恪：《金明馆丛稿二编》，生活·读书·新知三联书店2001年版。

陈寅恪：《隋唐制度渊源略论稿·唐代政治史述论稿》，商务印书馆2011年版。

陈寅恪：《魏晋南北朝史讲演录》，贵州人民出版社2012年版。

吕思勉：《两晋南北朝史》，上海古籍出版社2005年版。

周一良：《魏晋南北朝史论集》，北京大学出版社1997年版。

王仲荦：《魏晋南北朝史》，中华书局2007年版。

唐长孺：《魏晋南北朝史论丛》，中华书局2009年版。

唐长孺：《魏晋南北朝史论丛续编·魏晋南北朝史论拾遗》，中华书局2011年版。

蒙思明：《魏晋南北朝社会》，上海人民出版社2007年版。

毛汉光：《中国中古社会史论》，上海书店出版社2002年版。

田余庆：《东晋门阀政治》，北京大学出版社2005年版。

余英时：《士与中国文化》，上海人民出版社2003年版。

胡宝国：《将无同：中古史研究论文集》，中华书局2020年版。

余嘉锡：《四库提要辨证》，中华书局2007年版。

刘汝霖：《东晋南北朝学术编年》，华东师范大学出版社2010年版。

（魏）王弼撰，楼宇烈校释：《周易注》，中华书局2011年版。

（清）郭庆藩：《庄子集释》，中华书局2004年版。

钟泰：《庄子发微》，上海古籍出版社2002年版。

刘武：《庄子集解内篇补正》，中华书局1987年版。

陈鼓应、赵建伟：《周易今注今译》，商务印书馆2005年版。

陈鼓应：《老子今注今译》，商务印书馆2003年版。

刘文典：《淮南鸿烈集解》，中华书局1989年版。

杨明照校释：《抱朴子外篇校笺》，中华书局1991年版。

汤用彤：《理学·佛学·玄学》，北京大学出版社1991年版。

汤用彤：《魏晋玄学论稿》，上海古籍出版社2005年版。

牟宗三：《才性与玄理》，广西师范大学出版社2006年版。

余敦康：《魏晋玄学史》，北京大学出版社2004年版。

康中乾：《魏晋玄学》，人民出版社2008年版。

（唐）李善注：《文选》，中华书局1977年版。
（唐）李善、吕延济等注：《六臣注文选》，中华书局2012年版。
（唐）欧阳询撰，汪绍楹点校：《艺文类聚》，上海古籍出版社1999年版。
（宋）李昉等撰：《太平御览》，中华书局1960年版。
（清）严可均校辑：《全上古三代秦汉三国六朝文》，中华书局1958年版。
逯钦立辑校：《先秦汉魏晋南北朝诗》，中华书局1983年版。
（清）彭定求等编：《全唐诗》，中华书局1999年版。
鲁迅：《古小说钩沉》，《鲁迅全集》第八卷，人民文学出版社1972年版。
魏宏灿校注：《曹丕集校注》，安徽大学出版社2009年版。
赵幼文：《曹植集校注》，中华书局2016年版。
陈伯君：《阮籍集校注》，中华书局1987年版。
张富春：《支遁集校注》，巴蜀书社2014年版。
逯钦立：《陶渊明集》，中华书局1979年版。
龚斌：《陶渊明集校笺》，上海古籍出版社2000年版。
袁行霈：《陶渊明集笺注》，中华书局2011年版。
北京大学、北京师范大学编：《陶渊明资料汇编》，中华书局1962年版。
李剑峰：《陶渊明及其诗文渊源》，山东大学出版社2005年版。
叶笑雪：《谢灵运诗选》，古典文学出版社1957年版。
顾绍柏：《谢灵运集校注》，中州古籍出版社1987年版。
陈祖美：《谢灵运年谱汇编》，广西师范大学出版社2001年版。
萧涤非主编：《杜甫全集校注》，人民文学出版社2014年版。
（梁）刘勰著，范文澜注：《文心雕龙注》，人民文学出版社1958年版。
（梁）刘勰著，杨明照校注：《增订文心雕龙校注》，中华书局2012年版。
杨明照：《杨明照论文心雕龙》，上海科学技术文献出版社2008年版。
（梁）刘勰著，詹锳义证：《文心雕龙义证》，上海古籍出版社1989年版。
王元化：《文心雕龙讲疏》，上海三联书店2012年版。
张少康：《刘勰及其〈文心雕龙〉研究》，北京大学出版社2000年版。
（梁）钟嵘著，曹旭集注：《诗品集注》，上海古籍出版社2011年版。
（梁）钟嵘著，许文雨讲疏：《诗品讲疏》，成都古籍书店1983年版。
（晋）陆机著，张少康集释：《文赋集释》，人民文学出版社2002年版。

（清）何文焕：《历代诗话》，中华书局1981年版。

丁福保：《历代诗话续编》，中华书局1983年版。

郭绍虞：《清诗话续编》，上海古籍出版社1983年版。

（唐）皎然著，李壮鹰校注：《诗式校注》，人民文学出版社2003年版。

（宋）严羽著，郭绍虞校释：《沧浪诗话校释》，人民文学出版社1983年版。

（明）杨慎著，王仲镛笺证：《升庵诗话笺证》，上海古籍出版社1987年版。

（明）许学夷：《诗源辨体》，人民文学出版社1987年版。

（清）方东树：《昭昧詹言》，人民文学出版社1961年版。

（清）王夫之：《姜斋诗话》，人民文学出版社1961年版。

（清）胡应麟：《诗薮》，中华书局1958年版。

钱仲联编校：《陈衍诗论合集》，福建人民出版社1999年版。

吴小如等编撰：《汉魏六朝诗鉴赏辞典》，上海辞书出版社1992年版。

刘师培：《中国中古文学史讲义》，上海古籍出版社2000年版。

钱钟书：《管锥编》，中华书局1979年版。

钱钟书：《谈艺录》（补订本），中华书局1984年版。

徐公持：《魏晋文学史》，人民文学出版社1999年版。

曹道衡、沈玉成：《南北朝文学史》，民文学出版社1991年版。

曹道衡、沈玉成：《中国文学家大辞典·先秦汉魏晋南北朝卷》，中华书局1996年版。

曹道衡、刘跃进：《南北朝文学编年史》，人民文学出版社2000年版。

朱光潜：《诗论》，生活·读书·新知三联书店2014年版。

叶维廉：《中国诗学》，人民文学出版社2006年版。

钱志熙：《魏晋诗歌艺术原论》，北京大学出版社2005年版。

钱志熙：《中国诗歌通史·魏晋南北朝卷》，人民文学出版社2012年版。

蔡彦峰：《玄学与魏晋南朝诗学研究》，人民文学出版社2013年版。

姜剑云、霍贵高：《谢灵运新谈与解读》，中华书局2018年版。

潘天寿：《中国绘画史》，上海人民美术出版社1983年版。

郑午昌：《中国画学全史》，上海古籍出版社2008年版。

陈传席：《六朝画论研究》，中国青年出版社2015年版。

［日］安澄：《中论疏记》，《大正藏》第65册。

［日］木村英一编：《慧远研究·遗文篇》，创文社1960年版。

［日］木村英一编：《慧远研究·研究篇》，创文社1960年版。

［日］塚本善隆编：《肇论研究》，京都大学法藏馆1955年版。

［日］镰田茂雄著，关世谦译：《中国佛教史》，佛光出版社1986年版。

［日］小林正美著，王皓月译：《六朝佛教思想研究》，齐鲁书社2013年版。

［法］谢和耐：《中国5—10世纪的寺院经济》，耿昇译，上海古籍出版社2004年版。

［荷］许理和著，李四龙、裴勇等译：《佛教征服中国》，江苏人民出版社2017年版。

［日］内藤湖南撰，栾殿武译：《中国绘画史》，中华书局2008年版。

［德］莫里茨·盖格尔著，艾彦译：《艺术的意味》，华夏出版社1999年版。

［美］孙康宜、宇文所安主编：《剑桥中国文学史》，三联书店2013年版。

［美］梅维恒主编：《哥伦比亚中国文学史》，新星出版社2016年版。

# 后　记

　　本书是在我申请的一个国家社科基金项目结项成果的基础上修改而成的。2010年我以"士僧交往与六朝文学艺术研究"为题申请了国家社科基金青年项目并顺利得到立项。在此之前，我在2008年和2009年以"玄学与魏晋南北朝诗学"为主要内容申请了中国博士后科学基金的面上资助和特别资助。所以这个课题在申请下来的前三年，基本上是被搁置的，当时的精力主要在玄学与诗学方面的研究上，期间因为要应付中期考核，写过《慧远"形象本体"之学与山水诗学的形成和发展》等与这个课题有关的几篇论文。2013年，随着专著《玄学与魏晋南朝诗学研究》的出版，我对玄学与诗学的研究暂告一个段落，才把时间和精力集中到士僧交往与文学的研究上。

　　魏晋南北朝是中国历史上思想与文学关系最密切的时期，一些思想主题往往直接转化为文学主题，如阮籍《咏怀诗》八十二首，即围绕着现实、自然、游仙（逍遥）等思想主题及其之间的关系而展开，嵇康《释私论》里提出的"越名教而任自然"的思想，也是其诗歌的重要主题。东晋玄言诗更可谓是对玄学清谈的各种论题精致化的记录。乃至于陶诗之"自然"、谢诗的"玄言尾巴"，可以说都是其思想主题在文学中的表现。我的博士后出站报告即主要探讨玄学思想与诗学的关系，这也就是后来的《玄学与魏晋南朝诗学研究》一书。东晋以来，玄佛合流是思想史和学术史上一个突出的问题，因此在进行玄学与诗学研究的过程中，其实已初步涉及佛教思想的探讨，特别是在探讨晋宋山水艺术的兴起这一论题时，我比较关注谢灵运、宗炳与慧远的关系，这使我意识到有必要拓展到对东晋以来士僧两大群体关系的分析，从而从更大的视角对六朝文学、艺术进行新的研究，这是申请这一课题的起因。课题的最初设想是要把整个六朝纳入到研究视野之中，随着研究的深入，我逐渐意识到齐梁以来士僧关系有比较明显的变化，东晋刘宋士人常耽于佛教义理的思考，齐梁人则比较多转向对佛教宗教信仰和仪式，更带有群体化、世俗化的特点。恩师钱志熙先生《魏晋诗歌艺术原论》将魏晋和齐梁划分为两个不同的诗歌艺术系统，刘宋诗歌虽处于承上启下的阶段，但本质上也属于魏晋诗歌艺术系统的范畴。进一步还可以发现，不仅在诗歌艺术上如此，其思想文化等方面，齐梁与魏晋宋也都有明显的区别。基于这样一个认识，我将课题研究集中在东晋刘宋这个士僧交往的最初阶段，并称之为"中古早期"，这个命名不无受许理和《佛教征服中国——佛教在中国中古早期的传播和适应》一书的影响，虽然本书的研究时限与许氏并不完全相同。

考察文人交游是古代文学研究常用的方法，从士僧交往的角度探讨中古文学，也仍属于这一研究范畴。但是相对于文士，僧人毕竟是一个比较特殊的群体，这两大群体之间的关系自然不是单纯的文学意义上的，其中还牵涉不能回避的玄学、佛教思想、宗教信仰等问题。在写作之初，我曾对如何在这种复杂关系中，寻找到与文学最重要的联结点踌躇不已，研究思路也摇摆不定。在茫然的阅读和收集资料很长一段时间后，我才决定从与文学关系最直接和密切的问题写起，于是就首先对慧远和支遁这两位与士人关系密切的高僧进行比较全面的研究。支遁和慧远是东晋有重要影响的两位高僧，且与文学的关系最为紧密，相关的研究自然也最多。在写完支遁"即色义"考论、支遁与会稽名士群、支遁五言诗的诗史意义、慧远的"实有"思想与"形象本体"之学、慧远与庐山士僧群等内容后，比较自然地浮现出三个关键词：玄佛合流、佛教中心、士僧群的文学创作。整本书的思路和框架才逐渐明晰起来。这三个关键词之间的关系在我看来是这样的：玄佛合流是士僧交往的思想基础，佛教中心是士僧交往的重要场所，文学创作则是士僧交往的结果。东晋以来出现的第一批本土高僧如道安、支遁、慧远等人，首先都具有士人的身份，其思想学术出入于儒、玄、佛之间。东晋玄佛合流这一思想发展大势，虽然不能说完全是由士僧交往推动的，但是玄佛融合却是士僧交往的重要基础和内容，士僧的交往又进一步促进了玄佛的融合，这是一个相辅相成的过程。在魏晋南北朝思想与文学关系密切的背景下，这对文学的影响是很大的。本书上编着眼于对支遁和慧远的研究，即比较强调他们玄佛融合的思想特点，并以此探讨其与文学的关系，如支遁"即色游玄"与山水诗；慧远"实有"思想与"形象本体"之学。中编分析东晋南方佛教中心的形成及其内部士僧群体的关系，重点关注会稽和庐山两个地区，这是因为这两个地区代表了早期山林佛教的形成，山林和文义是这两个佛教中心的突出的特点，其中的士僧群体又最富有文学氛围和创作实绩。东晋早期的一批名士名僧，都缺乏文学创作实绩，士、僧群的文学创作从中期才开始显露出来，与永和年间会稽佛教中心的形成、士僧群的密切交往几乎是同步的，显然，两大群体之间的交往对文学艺术创造起到了重要的促进作用。稍后的庐山慧远僧团可视为这一风气的嗣响，可以说早期佛教中心的山林和文义共同塑造了日后中国佛教中心作为重要的文化生产场所的突出特点。下编集中探讨士僧交往视域下的文学创作和理论建构，尤其是东晋诗僧群体的形成及其创作，对晋宋诗歌史建构的意义，并以支遁、陶渊明、谢灵运、宗炳、刘勰等具有代表性的人物为例进行了个案研究。这是在前两编研究基础上的结果，也是士僧交往与文学艺术这一个课题研究的落脚点。

2015年课题结项顺利通过了审查，在反馈回来的审查报告中，评审专家提出了不少中肯的建议，所以在结项后课题的研究仍在继续，一直到2020年，我在2017年申请的另一个国家社科基金也面临着要结项的压力，以我的知识储备以及进入中年后日渐衰退的精力，无法同时展开两个课题的研究。这促使我必须尽快结束士僧交往与文学的研究，才能将时间和精力集中到新的课题中来。

2020年春节我带儿子回老家陪父母过年，妻子带女儿留在福州陪岳母。原本计划过完年就回福州，突如其来的那场疫情打乱了所有计划，出于安全考虑，妻子建议我和儿子待在老家等疫情缓解了再回来。没想到这一待就是三个多月，这是将近三十年来，我在老家陪父母最长的一段时间！在焦虑、陪儿子上网课以及对女儿的思念之余，我也趁机对书稿进行了修订。时间就这样从冬天到了春天，有两首小诗记录了当时的生活，其一："细雨潇潇绿旧苔，小园长闭锁寒梅。门前尽日行人少，唯有春风燕子来。"其二："岫烟散尽暮云长，陌上风微草自香。几日下帘书读罢，登楼忽见稻成行。"这是纪实，疫情期间人情往来少了很多，使我能够比较专心地尽量把课题完善一些。初稿完成后，窗外树林里正此起彼伏地响起了布谷鸟的叫声，已是南方仲春春耕的时节了。

如今回过头来看，从2010年课题立项到完成书稿，整整过了十年！我还清楚记得当时作为青年教师申请到国家项目时的心境，只是怎么也没想到这个课题做得如此漫长！课题立项时，妻子刚怀孕六个月，如今儿子的个头已到了我肩膀，越来越有他自己的想法，送他上下学的途中，我们漫无边际的闲聊，他那些稀奇古怪的问题已常让我觉得难以应对。而女儿也已两周岁多了，正是很黏人的年纪，每次看到我回家都高兴得满屋飞奔。没课的时候，我往往在送儿子上学后，再回家带女儿出去散步，她坐在婴儿车上指挥着前进的方向，有时遇到喜欢的树叶或者花坛里的鹅卵石，她会下来自顾自地玩上好半天，我就一边看着她一边考虑着书稿的修改，这是一段我们父女俩很难得的时光。和儿子小时候一样，看到我在电脑前读书、写作，她也很喜欢跑过来坐在我怀里玩弄书本，思路常常被打断。尤其是她的睡眠不深，半夜经常还会醒来索抱，有时要花很长的时间才能再把她哄睡，不免感觉疲倦，但是每次看到她恬静的小脸、听到她时常在半睡半醒间轻柔地叫"爸爸"，所有的付出感觉都是值得的！

现在常以"十年磨一剑"来赞赏学术研究精益求精的态度，曹丕《又与吴质书》引东汉光武帝之言"年三十余，在军中十岁，所更非一"之后说"吾德虽不及，年与之齐！"我觉得这句话稍微改变一下也可以用来表达我写完本书时的感受：这本小书虽然不是精益求精之作，但的确也花了十年的时间！这确是我那时的心境。本书不是专门研究佛教与文学的关系，但是在探讨玄佛合流及士僧交往时，不可避免要涉及对佛教思想和佛教史的分析，我原本缺乏系统的佛教方面的学术修养，虽然在之前的研究中已接触过佛教，并且为了写作本书进一步研读了相关佛经和佛教史料，但对书中有关佛教思想和佛教史的把握是否准确，仍不免有惴惴之感。之所以不揣固陋将本书付梓，还因为这本书的写作伴随着我两个儿女的出生和成长，以及很多的人事变迁，这是我人生中极为重要的十年。写完这本书，我从青年进入了中年，我也将它作为这十年来生活和读书的一个总结。

感谢中国社会科学出版社张林老师，在她的支持下书稿得以顺利出版。我第一本专著博士论文《元嘉体诗学研究》，也是张老师做的责编，在审阅书稿中，她严谨的态度和出色的学识，使我避免了不少错误！再次致以诚挚的谢意！

感谢我的导师钱志熙先生在百忙中为本书作序！志熙师不仅指引我走上学术研究的道路，而且多年来一直关心支持我，我在学术研究上的每一点进步，都离不开恩师的指导和鼓励！

感谢我的妻子王蕊，十多年来我们共同养育儿女，携手面对许多困难，她在独立负责一个部门后工作繁重很多，但仍然为我分担了许多琐事，使我得以比较专心地进行学术研究。

书稿完成后，黄美华、詹青青、赵颖慧诸君帮我校核全文，在此一并致谢！

蔡彦峰<br>
2020年12月8日于榕城美域寓所